ハヤカワ文庫SF

〈SF2258〉

量子魔術師

デレク・クンスケン

金子　司訳

早川書房

8431

THE QUANTUM MAGICIAN

by

Derek Künsken

Translated by
Tsukasa Kaneko
First published 2019 in Japan by
HAYAKAWA PUBLISHING, INC.
This book is published in Japan by
arrangement with
BAROR INTERNATIONAL, INC.
Armonk, New York, U.S.A.
through TUTTLE-MORI AGENCY, INC., TOKYO.

わが息子ジョシュアに
私がこの小説を執筆しているあいだ
きみはいっしょに過ごす時間を少し犠牲にしてくれた
私の夢を信じているからこそ

量子魔術師

1

おそらく、ベリサリウス・アルホーナは詐欺の計画と量子世界に類似性を認めたこの世でただ一人の詐欺師だろう。振動数を問題にすると、電子は波として見える。運動量を問題にすると、電子は粒子として見える。不動産詐欺に強引に割りこもうと狙う悪党は、金に困っている売り手を見つけだすものだ。ボクシングの不正な試合につけこもうとするやくざ者は、八百長《やおちょう》をして負けるボクサーを見つけだすものだ。この世の自然は、量子世界を現実の何かに変えるために必要な手がかりを観測者に与えてきた。そしてベリサリウスはといえば、カモにしようと手ぐすね引いている連中の強欲さを逆手《さかて》にとり、それを高くつくミスに変えるのに必要な手がかりを相手に与えてきた。そしてときには、銃を突きつけられた状態でそうしたこともある。より正確にいえば、こうしていま、彼に話しかけているエヴァリン・パウエルのピストルの銃口は、彼女の膝の上に載せられていたのだが。

「どうして浮かない顔をしているの、アルホーナ？」とパウエルが尋ねた。

「浮かない顔というわけじゃない」と彼が不機嫌にいう。

「あなたをすごいお金持ちにしてあげる。そうなれば、あなたはこのバケモノ屋敷でどうにかこうにか食いつないでいく必要もなくなるのよ」パウエルはそういうと、手を伸ばしてぐるりと周囲を示した。

　二人はいま、彼が経営するパペット・アートの展示館《ギャラリー》にいて、化粧レンガで表面を仕上げた円筒状の空間の底の暗がりにすわっている。螺《ら》旋《せん》階段や踊り場を支えているこの円柱状の空間が、ギャラリーの建物全体を貫いている。レンガづくりの壁のくぼみ《アルコーヴ》におさめられた絵画、彫刻、そして無声映画といった展示物は、階段と壁のあいだの三メートルほどの隙間に並べられて鑑賞できるようになっている。ベリサリウスはパペット神政国家連盟に認可されたはじめてのパペット・アート展示施設を管理していた。におい、光、音といった刺激が、パペットの宗教的体験にもとづいた審美意識をかきたてる。頭上はるか高いところにあるギャラリーの入口付近からは、むちの音が不規則な間隔をおいて聞こえてきた。

「おれはパペットのアートが好きなんでね」とベリサリウスはいった。

「だったら、お金持ちになって、もっと買えるようにするといいわ」

「アート作品は牢獄から買えるわけじゃない」

「捕まりはしないわよ」とパウエルがいった。「怖《お》じ気《け》づかないで。あれがここでうまくいくなら、あたしのとこのカジノでもうまくいくはずよ」

　パウエルはがっしりした体格のカジノ経営者で、ポート・バルセロナからやってきた。犯罪者たちの界隈《かいわい》で広まっている、ベリサリウスという男は奇跡を起こせるという噂が本当なのかを確かめるために、彼女は準惑星オラー周辺の禁輸令をものともせずにはるばるやってきたのだった。パウエルはピストルの銃口を膝にかるく打ちつけて、彼の視線を引き寄せた。

「でも、あなたはまだ完全に正直には打ち明けてないわね、アルホーナ。あなたがフォーチュナAIを本当にハッキングしたっていう話を、あたしはまだ完全には信じてない。みんながそうできないか試してみるのをこれまで何度も見てきたし、自分でもそうしようとしてお金を注《つ》ぎこんできた。それなのに、こんなところでパペットどもに囲まれて一人で暮らしてるあなたが、まんまとやってのけた可能性がどれくらいあるっていうの？」

パウエルが表明した疑念を、ベリサリウスは呼吸ふたつぶん、相手に考えさせておいた――正確にいえば、時間にして八・一秒だ。そうして彼は目を伏せ、相手の期待にあわせて、さらに一秒間、相手の忍耐心を試した。

「誰もフォーチュナAIをハッキングなんてできない」と彼は認めた。「そしてそれは、おれも同じだ。おれはセキュリティが移植されたところに入りこんで、コードをちょっとだけ忍びこませた。大きく変えるわけにはいかない。でないと、ほかのAIに気づかれるだろうから。だが、こうしてちょっと変えてやることで、AIの統計的期待値に別の要因を加えたんだ」

パウエルは相手をじっと見つめたまま、頭の中で計算していた。これが本当にフォーチュナAIを打ち負かす秘策であるという可能性はあるだろうか、この移植部分の変更によりどれだけのカジノが脆弱《ぜいじゃく》であるか、そしてベリサリウスはこの移植部分の何を変更したのだろうかと。

統計的期待値というのはフォーチュナAIの核になっているものだ。現代のテクノロジーは運が左右する偶然のゲームの範疇《はんちゅう》をはるかに超えて進化していたから、どのカジノも客からじつに簡単に金をはぎとることができる。それをいえば、客のほうでも、対策されていないカジノをまんまとだますことができる。フォーチュナAIの存在は、カジノにとって承認印のようなものだ。進歩した監視システムとあわせて、このAIは超音波、光、無線通信、赤外線、紫外線、X線の放射といったものをモニターしている。それと同時に、オッズや客の連勝をリアルタイムで計算している。客にとって、それはゲームが公正におこなわれていることの証明でもある。カジノ側にとっては、イカサマに対する防御の手段だった。

「セキュリティ移植だって、ハッキングできないものよね」とパウエルがいった。「うちの部下にも調べさせてみたの」

「絶対にそうだとはいえない。コード変更が充分にすばやくて、転送中の修正パッチをインターセプトできて、しかも変更が充分に小さいものであるなら」とベリサリウスはいった。

パウエルがいった意味においてなら、フォーチュナAIは〝ハッキング不可能〟だ。すべてのAIがそうだ。AIは成長していくものだから。単に進化するか、小さな移植で修正されるだけだ。

パウエルは彼をしばらく見据えつづけた。

「うちの部下たちも惜しいところまでいった。だけど、まだそれを実行するだけのシステムはととのってない」と彼女がいった。「体温を使うというのは巧妙な思いつきね」

館内のはるか上のほうから、またしてもむちの音が聞こえてきた。パペットが宗教的恍惚《エクスタシー》にうめく録音音声がかすかにこだまする。

「うちの部下たちは、あなたのことをとても頭が切れる男だといってる」とパウエルがいった。「あなたはホモ・クアントゥスだということも。本当なの？」

「おたくはいい情報源をもってるな」と彼はいった。

「だったら、スーパー・スマートなホモ・クアントゥスともあろうお方が、こんな文明世界の果てで何をしてるの？」

「ホモ・クアントゥスが量子に関わるときに使う薬物に、ひどい拒絶反応が出たもんでね」彼はいった。「連中はおれをほうりだした。アングロ＝スパニッシュ銀行は失敗作に無駄な金を払いたくなかったんだ」

「へえ！」と彼女がいう。「失敗作ですって？　なるほどね。銀行なんてくたばるがいいわ」

ベリサリウスは嘘をつくのが巧みだった。彼は完璧な記憶力をもっていたし、ホモ・クアントゥスは一度に複数の思考の筋をたどれなければならない。ほとんどのばあい、思考のどれが本当であるかは問題にならない。それがごちゃまぜにならないかぎりは。

「この件を片づけてしまおう」と彼はようやくそういうと、パウエルの手のひらにある丸薬を指さした。

「新しいパートナーに毒を盛ろうなんてことはしないわよね？」と彼女がいって、にやりとした。その笑みの裏には、何かとても激しいものがあった。

「なんなら、自身の情報筋からウイルス抑制因子を入手するといい」と彼はいった。

パウエルは首を横に振り、丸薬を二錠、口にほうりこんだ。「肉体増強のおかげで、あたしが高熱で死ぬことはないわよ」

おそらくはそのとおりなのだろう。ベリサリウスは投薬量と毒性について計算をはじめ、パウエルが使っていそうな闇市場《ブラックマーケット》で流通している肉体増強の能力について解答を求めた。彼は脳の一部をこの計算で忙しくさせておいた。パウエルが熱にあらがえる能力を備えていることをうらやましくは思わなかったが、どのみち彼自身にはこの種の増強はうまくいかない。

パウエルの発熱はひどくすみやかにはじまるだろう。この策略についてはすでに三度も説明していたから、彼女のほうでも理解できているはずだ。パウエルの体温が二度上がったからといって、カジノのセキュリティ機能が発動することはないだろうが、体温のこの差がセキュリティ・パッチの統計的アルゴリズムを作動させる。フォーチュナAIは彼女がさらに勝つことを予想するだろうから、実際にそうなっても警告を発しはしない。このためにこそ、彼女ははるばるパペット・フリーシティまでやってきたのだ。

「行きましょ」とパウエルがいった。吐く息が空気中に白く凝結する。「あなたのギャラリーはぞっとするほど気味悪いところね」

二人は螺旋階段を上がり、遺伝子工学によって改変されたベリサリウスの脳のうち、より深い数学的反応を引き起こすことなくパターンをさぐろうとする部分をとてもよく引きつける奇妙な展示物の並びを通り過ぎていった。複雑な詐欺の計画も、それと同じような反応を起こす効果がある。

通りはさらに寒かった。二人は九・六分間歩きつづけ、それはパウエルの体温を上げるのに充分な時間だった。歩いていくうちに、通りの装飾がいくぶん華やかになった。パペット・フリーシティは準惑星オラーの凍りついた表面にうがった地下洞窟の入り組んだ迷路だ。壁はレンガづくりの部分もあれば、むき出しの氷のままで、食べ物や飲み物の残骸で汚れているところもある。トンネルの大半は明かりがとぼしく、ゴミのかたまりが路上に捨てられたまま凍りついている。

パペット・フリーシティはギャンブルを好み、ちっぽけな店や路上のクラップス賭博場から、実際にカジノと呼ばれている施設まである。なかでもブラックモアズはフォーチュナＡＩが備わっている唯一のカジノで、そのため、金まわりのいいギャンブラーを呼び寄せ、この周辺の凍《い》てついた通りは比較的きれいなうえに、照明もけばけばしい。どぎつい緑色ややわらかな青色が混じりあい、なめらかな氷の壁に反射するさまがベリサリウスは気に入っていた。

廃墟になったアパートや空《あ》き店舗の並ぶ側に沿って、粗雑につくられたおもちゃ箱やまがいものの檻《おり》の中にパペット族の物乞いたちが立ち、それぞれに手を差しだしている。彼らは旧ヨーロッパ系の肌が白い人間の子孫であるように見えるが、ただしサイズは半分しかない。なかでも一人のやせこけたパペット女は、折りたたみテーブルの上に乗って、とうの昔に干からびてしわしわになった本物のシュークリームを手にしていた。ベリサリウスは女に鋼《はがね》のコインを何枚か投げてやった。パウエルは顔をしかめ、パペット女が乗っていた折りたたみテーブルを蹴とばしたから、倒れた女は彼らにひとしきり悪態をついてわめきちらした。

「あの女は、むしろあたしに感謝すべきじゃないの？」とパウエルがいって、大笑いした。

「パペットはそういうふうにはできてない」

「あなたはユーモアのセンスってものがないのね、アルホーナ」とパウエルがいうあいだに、二人はブラックモアズの入口に近づいていった。生身の人間のセキュリティ係が棒状の道具を使って入場客の身体をスキャンしている。これは自動スキャンを使うよりも、カジノの品位を示そうとするためだ。

スキャンには九・九秒かかった。「気を楽にして」ベリサリウスの脳にとっては永遠にも等しい時間だ。彼は平行線とパターンを使って遊んだ。金はカジノでは勾配をつけて一方に流れていく。ちょうど、エネルギーが高エネルギー分子から低い分子へと流れていくのと同じように。生命はエネルギーの勾配にコロニーをつくる。植物は太陽と石のあいだに身を置き、動物は植物と腐敗のあいだに身を置いている。悪党は木にからみつくツタのように、カジノにそっと入りこむ。

金の流れるところはどこであれ、誰かがその一部を吸い上げようとする。クリーンなカジノであっても、収斂《しゅうれん》進化はカジノかそれとも客をだまくらかそうとする新たな連中をつくりだす。ディーラーは買収することができる。ギャンブラーはカジノのオーナーと共謀することができる。詐欺師は新たな詐欺の手口を開発する。そこでフォーチュナＡＩが重要な意味をもつことになる。フォーチュナＡＩの不可侵性によってつくりだされた信用なしには、まっとうな金は流れてこない。

パウエルは肩で押しのけて、彼の前に出た。ベリサリウスは彼女のあとからクラップスのテーブルに近づいていった。ボックスマンは彼らのまわし者で、スティックマンも同様だ。ベリサリウスはパウエルとともに、昨日、彼らとこっそりギャラリーで打ちあわせていた。パウエルはパスラインのベットの順番がくるのを待って、サイコロを彼に差しだした。ベリサリウスはあきれたように目を上に向け、息を吹きかけた。パウエルは紅潮してふくらんだ頰に笑みを浮かべ、一投《カムアウト・ロール》目で七の目を出した。ここまでは簡単な部分だ。

ほかの三人のプレイヤーがパスラインをベットし、サーヴィス・ベットした。スティックマンがパウエルのサーヴィス・ベットである百コングリゲート・フランをコーンロウに置いて、新たなサイコロを彼女のほうに移した。サイコロはベリサリウスが設計したものだ。内部に液相のナノ成分が仕こまれている。サイコロ内の透明な液体はわずかな温度の変化によって構造変化を起こし、一の面を重くする。サイコロはボックスマンのそばで白色光の熱にあてられていたが、いまはパウエルの体温が上がった熱い手の中にある。

パウエルは六のゾロ目を出し、見物客が歓声をあげた。

次のプレイヤーが冷たい手でサイコロを取って、幸運を祈って空気中に白い息を吐きだした。七が出た。この女は脱落《アウト》だ。次のプレイヤーは三の目を出して、観客が歓声をあげた。

最後のプレイヤーが振ったサイコロの目は五のゾロ目《ハード・テン》で、これも脱落だ。

パウエルは指を折り曲げて、わきの下に挟んだ。スティックマンに顎《あご》でくいっと示し、彼女のベットをコーンロウにとどめさせ、サイコロに指を伸ばす。スティックマンがサイコロを彼女のほうに近づけた。パウエルは両手の中にサイコロを長いことおさめて、祈るかのごとく目を閉じ、そしてサイコロを振った。

またしても六のゾロ目が出たために、見物客が歓声をあげた。

パウエルが彼ににやりとした笑みを向ける。ボックスマンはフォーチュナＡＩが作動するものと予想していたようだが、テーブルに戻ってスティックマンにうなずいた。ベリサリウスは喜んでいるふりをよそおった。サイコロはテーブル上で冷えていく。氷に覆われた街のカジノである利点のひとつだ。ほかに残っていた唯一のプレイヤーが複合ベットを越えてつづけたが、出した目は九だった。アウトだ。観客すべての注目がパウエルに集まった。

「コーンロウに」と彼女がいって、ボックスマンにマネー・ウエハーを渡した。ボックスマンの眉が驚きにぴくりとはね上がる。一万コングリゲート・フラン、彼女がついさっき勝ってこしらえた、ちょっとした大金にさらに大金を加えたことになる。

「落ちつけよ」とベリサリウスがささやく。「もう少し待ったらどうだ？」

パウエルはサイコロを取り、十秒間しっかりと握ったうえで、向こう側の土手《バックストップ》にころがした。六のゾロ目が出た。人々は手を振り上げていっせいに歓声をあげ、パウエルは笑いながらあたりを見まわした。そうして、彼女の顔がこわばり、ゆっくりと手をおろしていった。

若いパペット司祭が彼らの背後に近づいてきていた。その女の肌は旧ヨーロッパ人ふうに淡く、髪の毛の色も同様だ。身長は八十五センチ、各部位の比率は人間の大人をミニチュアに縮小したかのようで、ただしローブの上に鎧《よろい》を身に着けている。彼女の両側にそれぞれ四分円を描いて並んでいるのは十名あまりの司教兵で、紋章つきの鎧と兜《かぶと》のおかげで身長は十センチほど水増しされている。兵士たちはパウエルとベリサリウスにライフルの狙いをつけていた。カジノで遊んでいた人々はゆっくりとあとずさりはじめた。なかには悲鳴をあげてドアを目指した者もある。ベリサリウスとパウエルはまんまと罠にかかった。

ベリサリウスはカジノの奥に向かって逃げだした。司祭がピストルを抜き、閃光とはじける音がこだました。ベリサリウスのわき腹あたりで小さな爆発が生じて、血と煙がコートごしにはじけた。彼は凍った床にどさりと倒れ、血だまりは広がるそばから凍りついていった。彼はすがるようにパウエルを見上げたが、彼女は恐怖に襲われた顔で、ほかの客たちは屈んで頭を低くしながら出口に駆けていく。司祭と司教兵たちはほかの客のことなど無視していた。

「エヴァリン・パウエル、おまえを冒瀆罪《ぼうとく》で逮捕する」とパペット司祭がいった。

パウエルは歯ぎしりし、額にしわを寄せた。「なんですって？」

「ブラックモアズでのイカサマは冒瀆罪に相当する」とパペットがいった。

パウエルはどうすることもできずに天井を見上げた。そこにはフォーチュナAIが内蔵されていて、ゲームになんらかの不正を見てとったなら、大騒ぎになるはずだ。パウエルは手で上を示した。「あたしは運がよかっただけよ！」

そのとき、警告音が鳴りはじめ、スポットライトがパウエルを照らしだした。彼女が声にならないまま口をぱくぱく動かしているあいだに、司教兵の一人が彼女の手を背中にまわして拘束し、武器を取り上げた。ほかの兵士たちがおびえた客たちをすっかり追い払ってカジノを封鎖するまでに、さらに九十六秒かかった。

「エンリケ」とベリサリウスが呼びかけた。身体を起こして、両手をこすりあわせる。「あんたのとこの床はえらく冷たいな」

オリーヴ色の肌のボックスマンは、クラップス・テーブルの奥の椅子からとび降りた。

「だったら、寝ころがるのはよせばいい」

アングロ＝スパニッシュ金権国での不運や不良債権が積み重なったため、エンリケははるばるこの文明の果てまで流れ着き、ブラックモアズで職にありついたのだった。彼はときどきベリサリウスに手を貸すことがあった。ベリサリウスはコートを開き、空包に反応してコートに穴をうがった装置をはずした。まだ偽物の血が漏れでている。

「いい仕事ぶりだったぞ、ロザリー」とベリサリウスはさらにいった。

ロザリー・ジョンズ＝10はまだ実際の司祭ではなかった。見習い司祭としてあと一、二年間の修練期間が残っているが、まわりのことには無関心で、怠惰なパペットたちは、彼女がときどき司祭の格好をして非番の兵士を何人か用心棒として雇ったとしても誰も気にしなかった。返事の代わりに彼女はベリサリウスの腕をかるくパンチした。ロザリーの身長ではあまり高いところまで手が届かないが、重要なのはその精神的意味あいだ。

オフィスから、人間の男とパペットがあらわれでた。このパペットはこの国宝級の建物の管理人で、ここはかのピーター・ブラックモアがギャンブルに興じたという伝説の残る神聖なる場所だ。パペットは多くの事物に対してブラックモアにちなんだ名をつけているが、ここは実際に納得ができる。男のほうはアングロ＝スパニッシュから来たフォーチュナ社の調査員だった。彼はベリサリウスと握手を交わした。

「アングロ＝スパニッシュの法の力では、けっしてパウエルを捕らえることはできなかったでしょう」と調査員がいった。

「見習い司祭のジョンズ＝10とパペットの法体制に感謝するといい」ベリサリウスはそういって、彼女のほうを示した。

「できれば」とエンリケがいいながら調査員を押しのけて前に出ると、ベリサリウスにマネーチップを手渡した。「パウエルの賭け金を山分けするあいだ、単におれたちに感謝してもらえないかな」

エンリケが自身のパッドを渡した。ベリサリウスは二千フランを彼の口座に転送した。エンリケがにんまりする。ロザリーも自分のパッドをベリサリウスに渡すと、彼は三千フランを転送した。彼女は兵士たちや手を貸してくれた偽の働き手のぶん、それに司教への十分の一税、そしてパペット警察の警官隊にも謝礼金を支払わないといけない。

「この先もほかの仕事はあるのかしら、ボス？」と彼女が尋ねた。

ベリサリウスは首を横に振った。いまのところは本当になかった。この詐欺仕事はうまい計画で、気晴らしになるものではあったが、ほかのものは、ありふれた、とるに足りない標的を狙ったものばかりだ。彼の脳を忙しく働かせつづけるようなものではない。「いまのところはのんびりしてるが、ほかに何かできたら連絡しよう」

ギャンブルの聖地の管理者が、みんなに酒をふるまった。カジノの名声がいまのところ高まったことに喜んでいた。最高ランクの酒とはいえないが、なにぶんパペットは禁輪状態にある。

エンリケはぶらりとその場を去っていった。調査員もだ。管理者もカジノの運営に戻っていった。ベリサリウスとロザリーはボックス席に移動し、新たに手に入った金を使ってヒーターの温度を上げ、もっとましな酒を買った。彼ら二人はいとこ同士のようなものだ。彼女はパペット族で、より正確な呼び名でいえばホモ・プーパだ。一方の彼はホモ・クアントゥスだ。ロザリーは若く、洞察力に富み、好奇心もある。

「あの男は本当にフォーチュナ社からやってきたの？」と彼女が驚いたように尋ねた。

「まさしく」と彼はいった。「そうでなかったら、おもりをつけて細工したサイコロを使って、どうしてＡＩのアラームを鳴らさずに済んだと思う？」

「もしかして、本当にあなたがＡＩをハッキングしたのかと思ってた」彼女がきまり悪そうにいった。

「そんなことは誰にもできない」彼はグラスをくるりと回した。ロザリーに嘘をつかないといけないのをうれしく思ってはいなかった。彼女はあまりにも無垢で、あまりにも人を信用しすぎる。「フォーチュナ社はパウエルの手の者がセキュリティ・パッチをハッキングしようとしてることを知ったが、解決策が見つからなかった。彼らはあの女を排除したくてしかたがなかったから、劣悪なＡＩを一時的にブラックモアズにインストールすることにも充分に乗り気だった。新しいやつをインストールしなおすには数日かかるだろうが、彼らにとって、そうするだけの価値はあった」

ロザリーは詐欺の計画についてほかにもいくつか質問したいことがあった。まだ彼女には慣れない世界のように思えた。パウエルの件を別にしても、これまでに四度、彼に手を貸していたのだが。それ以降の会話はあちこちにとび、ついにはまた神学に落ちついた。これについてなら、ロザリーはより議論が達者だ。

彼女の思考はパペットの狂気の表面上の問題について論理の防御線を引いていて、神学を議論するときは会話によどみがなかった。そのため、ベリサリウスは人間の本質について彼自身の疑問を先鋭化することになり、たいていのばあい、彼の論理構成にロザリーは感心させられた。だが、真夜中までに二人はボトルを二本空け、クレストン司教の初期の論理モデル三部作について議論した。ベリサリウスにはどれもそれくらいで充分で、彼は漠然と満足できないまま家路についた。

彼の落ちつかない脳はアーケードの石の数を数え、壁と建物や屋根の接合部の角度誤差を測り、誰も直そうとしないため徐々に悪化していく誤差をたどった。彼の細胞内の磁気的な小器官は付近の電流の不安定さを感じとり、彼の脳は別の公共サーヴィスの不具合に概念的な可能性をあてはめた。別世界の悪党をあざむくちっぽけな詐欺程度のことが彼の遺伝子操作された好奇心を抑えるのに充分であったなら、彼の脳はこのように些細な問題をあれこれ考えたりしないだろう。このところの仕事は実入《みい》りのいいものだったが、あまりに簡単すぎて、気をまぎらすにはあまりにちっぽけなものになっていた。

自宅に近づくと、ギャラリーのＡＩが彼のインプラントを通じて話しかけてきた。「ある人物が、あなたを捜して訪ねてきています」と。

2

ベリサリウスは足を止めた。自分は暗殺者を送りこまれるような仕事をしているわけではないが、最近は大物の犯罪者からもむしり取るようになっていた。そして暗殺とまではいかないにしても、金を払ってでも彼を痛い目にあわせたいと思う者は何人かいるだろう。

「見せてみろ」彼は声に出さずにサブ＝ヴォーカライズで命じた。

ギャラリーＡＩが彼の視覚インプラントに映像を映しだした。彼のアートギャラリーが円筒形の化粧レンガの簡略図としてあらわされ、空洞になった中心部を螺旋階段が貫いている。夜遅い鑑賞客が階段をのぼり降りしながらささやきを交わし、踊り場の光のたまり場で足を止めて、アルコーヴに設置された絵画や彫刻、さらには無声映画に見入っている。映像がズームインして、最上階のロビーを入ってすぐのところに立っている人物を映しだした。

彼女の肌はベリサリウスよりも数段階は色が濃く、黒い髪の毛は快適そうでない編み方できつく束にして結ばれている。姿勢をどうしていいのかわからずにもて余しているようだった。両手はぎこちなく背後で結んでいる。足をやや開いて平衡をたもちながら立ち、いつでも動ける準備ができているようだ。既成もののチュニックにゆったりとしたズボンで、カットは大胆すぎもせず、だからといって保守的すぎることもない。

「サブ＝サハラ同盟か？」彼は訊いた。

「わかりません」ギャラリーAIが応じた。「彼女の財務リンクを確認しています。遺伝子分析をお望みですか？」

「武器は携帯してるか？」とベリサリウスは訊いて、またぶらりと歩きはじめた。

「いいえ。ただし、非活動状態ながら肉体増強をいくらかしているようです」AIが応じた。

「それが何かまではわかりません」

ベリサリウスは映像を拡大し、女の表情を凝視した。「彼女の財務リミットは？」

彼はパペット・フリーシティ郊外の突出部にあたるボブ・タウンにたどり着き、氷に覆われたトンネルにあらわれた焼結表土のレンガでできたひらたい建物の前までやってきた。この建物内の、氷の中に深く落ちこんだところに彼のアートギャラリーがある。

「見つけられるかぎり、クレジットの制限はありません」ギャラリーAIが報告した。「ですが、サブ＝サハラ同盟の領事館所有の口座にひとつリンクをもっています」

サブ＝サハラ同盟というのは小さなクライアント国家で、フレイジャ・ワームホールの向こう側にふたつの星といくつかの工業用宇宙ステーションをもっている。彼らのパトロン国家であるコングリゲートは中古の兵器や戦闘艦を与えてきた。その代償として、サブ＝サハラ同盟は軍事遠征を請け負い、守備隊の任務についている。富裕ではない。彼のクライアントであったことも標的であったことも一度もなく、彼が心配すべきような兵力があるという噂もなかった。

ベリサリウスはドアを開け、螺旋階段をのぼりきったところにあるロビーに入っていった。ベリサリウスは合法、非合法にかかわらずパペット・アートを売り買いし、パペット神政国家連盟によってその展示を許可されたはじめてのギャラリーを管理している。におい、光、音がパペットの宗教的経験の審美意識に影響し、ベリサリウスはこの展示のためにパペットの汗のかすかな柑橘類《シトラス》の香りをロビーにふり撒いていた。下の暗がりから、むちを打つ音が響いてくる。彼に会いにやってきた女はこうしたすべてに気づいているようだが、この環境にまったく動揺してもいなかった。

女はベリサリウスよりもゆうに十センチは背が高く、目力が強かった。彼女は待っているあいだの姿勢を変え、背筋を伸ばして、両手をわきにおろしたが、このボディ・ランゲージは少しも休んでいることを示してはいない。彼女ははなたれる直前の弓矢だ。

「ムッシュ・アルホーナ?」と彼女が尋ねた。

「ベリサリウスだ」彼はフランス語ヴァージョン8・1でいった。

「わたしはアイェン・イエカンジカ少佐」と彼女がいった。「もっとプライヴェートなところで話せない?」

彼女のフランス語には奇妙なアクセントがあった。

「ギャラリー内に居住用のアパートを併設してる」と彼はいって、廊下を案内していった。

小惑星のちりを焼き固めたレンガが氷の壁の表面を覆い、幻影の温かみを与えている。彼のアパートは準惑星オラーの水準でいえば富裕な部類で、ベッドルームがいくつかと広いダイニング、そして床が一段低くなったリヴィングがある。壁や天井は白色で、装飾はない。ダイニングには染みひとつなく、リヴィングはほとんど家具がなかった。すべてが低刺激であるように考えられている。

壁につくりつけた燭台《しょくだい》にギャラリーAIがやわらかな光をともし、ヒーターもついていた。テーブルには小さなグラスふたつのあいだにコメを原料にした焼酒《ソジュ》のボトルがある。ベリサリウスは床が一段低くなったリヴィングに降りて、カウチソファーにどさりとすわりこむと、アイェンにもお好きにどうぞと手ぶりで示した。彼女も腰をおろす。

「ここでの会話はどれくらいプライヴェートなものに?」と彼女がひそめた声で尋ねた。

「このアパート内は安全だ。どのみち、パペットは〝禁じられた街〟の外では他人のことにあまり鼻先を突っこんでこない」ベリサリウスはいった。彼女の顔はけわしいままだ。「この会話を自前の手段で安全なものにしたいかな?」

彼女は疑わしげに目を細め、小さな装置を取りだした。新品のように見えるが、デザイン自体はアンティークで、三十年は遅れているかもしれない。

「マルチスペクトルのホワイトノイズ発生装置?」とベリサリウスは尋ねた。

彼女がうなずく。ベリサリウスは少し疑わしげにその装置を見つめた。十年前の監視システムであっても、おそらくこの小さな発生装置の防御壁を破ることができるだろうが、彼女もそのことはわかっているに違いない。アイェンがスイッチを入れると、彼の耳に届いていたアパートのAIからの搬送波信号が弱まり、〝室内の監視システムが厳重に無力化されました〟と小さな警告音を発した。興味ぶかい。さらなる疑問が彼の脳内で形をとった。

「詐欺師を必要としてるの」と彼女がいった。

ベリサリウスは焼酒《ソジュ》をふたつのグラスに注いだ。

「五年は遅すぎたな」と彼はいった。「おれはスピリチュアルな旅に出てるんだ」

「信用できる筋の者が、あなたは不可能なことをやってのけると評してる」

彼女がグラスを取ろうとして身を乗りだした。細身だがしなやかな強さがあり、力を秘めている。彼女は注意ぶかく酒のにおいを嗅いでみてから、飲みくだした。

ベリサリウスは相手がしゃべる発音を記憶していった。ホワイトノイズ発生装置と同じように、彼女が使う方言もアンティークなもので、フランス語8から初期に分化したものだが、いったいどこの言葉だろうか？　彼の増強した脳はあらゆるアクセントや方言、ヴァージョンのフランス語をおさめているが、彼女のアクセントはどれともマッチしない。

「お世辞《せじ》はうれしいが、正確ではないな」と彼はいった。「いまでは詐欺をやろうとする者がいるのかさえもわからない。全員が牢獄行きになってるだろうから」

「人はあなたのことを魔術師《マジシャン》と呼んでる」

「面と向かってはいわないな」

「わが雇い主は魔術師を必要としてる」

相手は彼がたじろぐほどきつい目つきで見つめてきた。ベリサリウスの脳はアイェン・イエカンジカ少佐とその正体不明の雇い主の素性《すじよう》について、なんらかのパターンや仮説、抽象的概念を構築しはじめた。なぜ彼女のアクセントを突き止められないのか？　誰のもとで働いているのか？　彼のことをどう考えているのか？

「おたくの雇い主はどんな魔術を必要としてるのかな？」ベリサリウスは尋ねた。

「あるものをパペット・ワームホールにくぐらせて移動させる必要があるの。向こう側からこっちに」

「パペットの貨物船はつねにあそこの軸を行き来してる。連中はおたくらが何を運ぼうと気に留めもしない。ちゃんと金を払ってもらえるかぎりは」

「われわれには提示された額を払う余裕がないの」

「金の余裕がないなら、きっとおれにも払う余裕はないだろうな」

彼女の視線がさらに激しさを増して、弓の弦《つる》がぴんと引きしぼられた。「われわれは資金が不足しているわけじゃない」と彼女がいった。「けれど、連中は金を欲しがらなくて」

「確かに、パペットは武器で支払われるのを好む」

「彼らは半分を望んでる」と彼女がいった。

「半分とはなんの？」

「戦闘艦十二隻の半分を」

3

依頼を受けるか手を引くか決めるまでに、ベリサリウスには三日間の猶予があった。そもそも、どうやって戦闘艦を導いてパペット軸をくぐらせるのか、彼には最初の手がかりさえもつかめていなかった。実際のところ、自分が殺されるのにうってつけな手段のようにも聞こえるが、彼は何か手ごたえのある仕事を欲していた。何かやることを充分に与えないときはいつもそうなるように、触れさせたくないさまざまな問題について、彼の落ちつかない脳が苦しんでいた。

そこで、彼は民間の輸送手段を使ってパペット・ワームホールをくぐり、パペット・フリーシティから三百二十光年のかなたにあるポート・スタッブスに降り立った。装備はほとんど持っていかなかった。ただ十組ほどの量子もつれを起こしたボタンを服に仕込んでおいた。ほかに何か必要になれば、イエカンジカ少佐が調達してくれるだろう。少佐とサブ＝サハラ同盟の領事館付き武官であるモスディ・ババベディが、平服姿でポート・スタッブスにて彼を出迎えた。

彼らは宇宙港でタグボートを借りて、ベリサリウスを連れだした。窓は暗くして、彼をコックピットの後方にすわらせ、ダッシュボードや数値が見えないようにした。彼らはホモ・クアントゥスについてあまりよく知らないため、どこに向かうのか彼に知られずにおこうとしているのかもしれない。スタッブス星系のパルサーの磁場が、かなり弱いにしても、ベリサリウスの細胞内のマグネトソームに呼応して拍動し、宇宙の両極をはっきりと教え、彼の脳におおまかな航行データを供給している。五十六・一分後、新たな磁場が彼のマグネトソームを圧迫し、それまでの感覚を呑みこんだ。向こうに、何か大きなものが存在している。戦闘艦くらいの大きさのものが。外で何かがタグボートの船腹をつかんだ耳ざわりな音は、これが電磁気以上の強力なものであることを示している。

「外に出ないのか？」さらに三十三秒間、船内から動くことなく空中に浮かんだまま待機をつづけたあとで、ベリサリウスが尋ねた。

「遠征部隊のために一時的なワームホールを誘導しているの」とイエカンジカが応じた。

明かりが暗くなり、まわりのすべてが静まりかえった。タグボートを収納した戦闘艦がゆっくりと前進をはじめるとタグボートも震え、そしてふたたび二十二・四分間にわたって静寂がつづいた。そうして、タグボートをつかんでいた留め具《クランプ》がようやくゆるめられた。タグボート自体が宇宙空間に出て、ベリサリウスはふたたびスタッブスの磁場を感じられるようになった。

磁場はひどくかすかで、それは彼らがスタッブス星系のパルサーからはるかに離れたことを意味している。およそ十分の一光年だ。ということは、スタッブス星系のオールトの雲に点在する彗星や微惑星のさなかにいることになる。コックピットの窓がクリアになり、ベリサリウスは首を伸ばして望遠鏡なみの視覚インプラントを使い、目のくらむほどの暗闇をのぞきこんだ。十二隻の戦闘艦が視界に入ってきた。コックピットの向こう、二百キロ先の宇宙空間に、わずかな斑点として。彼の視覚インプラントが、星の光や航行灯に照らされたそれらのイメージにズームする。

それらの戦闘艦は金星コングリゲートの古い設計だった。このクラスの軍用艦は六、七十年前には二線級に格下げになっていたはずだ。ベリサリウスはフリゲート艦二隻、巡航艦九隻、戦艦一隻を数えることができた。あまりに小型で、現在の航宙軍の規模ではかろうじて主要艦と呼べる程度のものだが。

ベリサリウスは目を細め、映像をさらにズームした。すべての部分が古いわけではない。時の経過とともに疵痕《きずあと》のついた装甲は、ぴかぴかした箇所と対照をなしている。そして、盛り上がって気泡のようになった奇妙な形のものが艦腹に並んでいる。さらに、ドライヴ機構は奇妙な形をしていた。ふくらんだチューブが上部構造の下を艦首から艦尾まで貫いている。通常のドライヴ機構ではない。

鳥がさえずるような奇妙な信号が、彼のマグネトソームを圧迫した。つかの間のパターンで、タグボートが発したものではない。船腹ごしに正確に感じとるのは難しいが、この圧迫は強い磁場から感じられるような一定のものではなかった。豊かな質感がそれを満たす。量子重ねあわせの中で何層もの磁場が互いに作用しあうことによってつくられる、パターン化した粒度の細かいもの、たいていの装置で検知するにはあまりにかすかなものだ。いったいなんだろうか？

極小世界は量子の不明確性であふれている。この世界の原子核内部の構造では、それぞれの粒子や波長が互いに矛盾する可能性のうちに同時に存在し、互いに競いあうように駆け、相互に作用し、一瞬ごとに潜在的な因果連鎖の複雑な網目をつくりだし、粒子や場の相互作用の過去が観測されない混沌の中で泡立っている。だが、巨視的に見れば、混沌はつねに安定している。だが、これは違った。このように持続する、複雑な量子干渉を彼はこれまで一度も目にしたことがなかった。興奮のために、彼の心臓が激しく打った。

大使館付き武官のバベディが、タグボートを旗艦の上面格納庫のひとつにドッキングさせた。このゼロG環境下にあって、ベリサリウスはイエカンジカ少佐につづいてぎこちない動きで伸縮式通路を通って戦艦の通路に入っていった。そこは乗り組んでいる人々やプラスチック材のにおいがした。艦内の電磁場が彼のマグネトソームを圧迫し、外の世界の謎を覆い隠した。

4

遺伝子操作された好奇心を制御するのはけっして確実なものではなく、そのためベリサリウスはそわそわしないように無理にも自身を抑えつけた。イエカンジカ少佐が制服に着替えて戻ってきた。彼女の落ちつきはらった油断のなさは、平服のときは姿と合っていなかったが、いまは硬質な宝石がもとの台枠に戻ったかのようにぴったりはまっていた。会議室まで彼女に案内されていくあいだ、ゼロG環境下でベリサリウスの手がぎこちなくはしご段をさぐった。ときどき過剰に反応しすぎて、二人のあとからつづいていた温和な顔つきの憲兵《MP》軍曹を蹴ってしまいそうになった。

会議室に入ると、イエカンジカはすとんと席におさまり、ハーネスで身体を固定した。同じようにすわるためにベリサリウスはかなり手間どった。彼が不器用にハーネスを留め終わるまで、少佐はいらだちに目を細めていた。戦闘艦の概要図が、詳細な戦術解析やポート・スタッブスの略図とともに彼らのあいだにホログラムとして投影された。切りだす言葉を選んで彼女がわずかな間をとったそのすきに、ベリサリウスはディスプレイのデータを記憶した。

「戦隊がパペット軸をぐる計画を立てるために、あなたはどんなことを知る必要があるの？」とイエカンジカが尋ねた。

「歴史の講義をしてもらおうか」とベリサリウスはいった。「それと、おそらく政治についても。おたくらのささやかな戦隊は時代遅れのように見える。連中はここで何をしてるんだ、故郷から遠く離れて？」

イエカンジカは心のうちで少し議論しているようだった。

「長い話になるわ」彼女がついにいった。「四十年の」

ベリサリウスは自分がまじまじと相手を見つめているのを感じた。

「四十年前」と少佐がつづけた。「コングリゲートの政治委員がサブ＝サハラ同盟に、中華王国領の深奥まで入りこむ武装偵察ミッションを命じた。それは挑発を意図したものだった。誰も第六遠征部隊が生きて帰ることを期待していなかったんじゃないかと思う」

「おたくらの戦隊は別のほうに？」

「遠征部隊は任務を果たしたわ」彼女が気色《けしき》ばんだ。「危険をかえりみずに。けれど、ミッションのあいだに、ある観測結果から、士官の一人が新たなタイプのドライヴ機構を提案した。とても進歩したドライヴ機構を。パトロン＝クライアント協定の取り決めでは、このような発見はわれわれのパトロンに委譲しなくてはならなかった」

「そして、政治委員たちはすでにこの新しいアイデアのことを知っていた」とベリサリウスは予測していった。

「そして、われわれは同行していた政治委員をすべて拘束した」と彼女がつづけた。「コングリゲートがクルーや士官内にこっそり潜伏させていたスパイも、一人残らずあぶりだした。そうして、われわれは中華王国領を離れた」

「四十年後にスタッブスにたどり着いたということは、おたくらはまっすぐ深宇宙を目指したに違いない」ベリサリウスはいった。「世界軸《アクシス・ムンディ》の知られているすべてのワームホールには近づかずに」

「われわれはそのドライヴ機構をみずから設計し、各戦闘艦にそれを搭載しなくてはならなかった」

「そのドライヴ機構とやらには、どんな特徴があるんだ？」

イエカンジカの目が猜疑心にせばめられ、さまざまな可能性を推《お》しはかった。彼女はベリサリウスのことを信用していない。それはつまり、少佐はおそらく彼にコンタクトをとるという判断自体にも同意していなかったのだろう。

「おたくらは軍事的解決の代わりに詐欺師を雇った」と彼はいった。「サブ＝サハラ同盟の諜報部はインディアン座イプシロン星系じゅうのフリーの極秘スパイを雇うことも考慮してみたろう。推測してみよう。すでにほかのライヴァル国に仕えているか、でなけりゃおたくらを売り渡すことでより大きな褒賞をもらえるようなやつ以外に、おたくらはただの一人も見つけることができなかった」

「ホモ・クアントゥスというのは思索的な新たな人類だとバベディがいっていたわ。あなたの口ぶりはそれほど思索的に聞こえないけれど」

「おれとしても、誰かにとって最後の選択肢になるのはあまり好きじゃない」ベリサリウスはいった。「おたくらの船はどんなことができるんだ？」

イエカンジカは手の甲につけていた透明なパッチに指で触れ、下を見ることなくタップしていった。このようなインターフェースを彼は見たことがなかった。部屋が反応し、照明が暗くなった。彼らの旗艦、〈ムタパ〉のホログラムがはじけるように広がった。

薄青色のクリーンな線は、八十年前には最先端であったクラシックなコングリゲート艦のデザインを示している。六十年前には馬力があって競争力もあったろうが、四十年前にはすっかり新しいデザインに取って代わられていた。改良点は薄い黄色の線で輝いている。戦闘艦の中心軸は空洞のチューブに取り替えられ、上部構造がこの巨大なチューブの上に載っているさまは、フジツボのコロニーがパイプ管の表面を覆っているかのようだ。

「これが新たなタイプのドライヴ機構よ」とイエカンジカがいった。「反応生成物は使わないから、測定できる排気速度はない。けれど、ドライヴ機構の推進力は秒速五十万キロメートルの排気速度に等しい」

「なんだって？」ベリサリウスは驚きを声にもらしてつぶやいた。彼女は誇りの入り混じった挑《いど》むような視線で彼を見据えている。「となると、この文明世界のいかなる乗り物の最大推進力よりも大きいことに……」彼の言葉は尻切れになった。「いったい、どういうことなんだ？」

「あなたは仕様だけをわかっていればいいの」

「ほかのやつに近いとさえもいえない。ワームホール内でこのドライヴ機構を使ったことは？　これほど異質なものを、時空をねじ曲げるトンネル内で使うのは、本当に危険なことにもなりうる」

「誘導したワームホールに艦隊を通して移動させたことはあるわ」とイエカンジカがいった。「ただし、ワームホール内でドライヴ機構を作動させたことは一度もない」

「何がほかとは違うんだ？」

　彼女の視線は不安げだった。ベリサリウスは略図の青と黄色の線に目をやった。線そのものよりも色に注意を向ける。線のほうはすでに記憶していた。カードゲームで賭けるタイミングをはかるのと同じように、会話には好機を待つ必要があることもある。

「インフラトン・ドライヴよ」イエカンジカ少佐がついにいった。

「なんだって？」彼はこの十分間で二度も、相手の言葉に驚かされた。

「あなたには、それがどうやって機能するのか理解するだけの知識がない」

「たぶん、そうだろうな」とベリサリウスはいって、目を細めつつ略図をにらんだ。「もっと拡大できるかな？」

〈ムタパ〉の略図が拡大されて室内を満たしたときの彼女の指の動きを、ベリサリウスはじっと観察していた。

「艦尾をこっちに向けてもらえないか」と彼は頼んだ。

イエカンジカの指がさっきとは違う動きで手の甲のパッチを払うしぐさをすると、画像が九十度回転して、ついには戦闘艦のうつろな中心軸ごしに、向こう側の壁が見えるようになった。この角度からだと、側面の気泡がはっきりと浮き彫りになり、側面から見たときよりも大きく見えた。

インフラトン・ドライヴか。少佐が嘘をついているのだろうかとベリサリウスはいぶかしんだ。たいていのばあい、彼は相手の嘘を見抜くことができるが、いまのイエカンジカが嘘をついているとは思えなかった。この話になったとき、彼女は誇らしさをどうにか抑えていた。彼らはどうやってこれをつくりだしたのだろうか？　インフラトン粒子はインフレーションを誘発する力をもっていて、それがいまもつづく宇宙の拡大を引き起こしている。ある仮説によれば、インフレーションの波は自己増幅性があり、暴走する傾向があるという。だとすれば、彼ら自身のドライヴ機構も破壊されてしまいかねないし、エネルギー・コストは莫大なものになるに違いない。そのときになって、あることがひらめいた。

「仮想インフラトンか」とベリサリウスはいった。イエカンジカがはっと息を呑む。

仮想粒子というのは粒子と反粒子がペアになり、すばやく消えてなくなるまでのあいだ存在しつづける。

「ホモ・クアントゥスは、とりわけ仮想粒子について洞察する力がある」と彼はいった。

これはやや控えめな表現だ。仮想粒子の海は、時空がとてつもないノイズを起こすいかなるポイントにおいてもつねに泡立っている。ホモ・クアントゥスはフィルターを通してそれを濾過しなければならない。イエカンジカは渋い顔になり、まるでしゃべりすぎたといわんばかりだった。

「心配はいらない、少佐。おたくらの秘密は何も失われていない。おたくらは時空をつかの間ながら拡大することのできる仮想粒子をつくりだし、それがしぼんで通常の状態に戻る直前に戦闘艦を前に進めている、そうじゃないか？」

「あなたは危険な男ね、アルホーナ」とイエカンジカがいった。彼女がそういったのは、ピストルを抜いて彼の脳みそを壁にぶちまけてしまおうという示唆なのか、彼には確信がなかった。「ほかにもどれだけ多くのホモ・クアントゥスが、似たような推測をできるの？」

「ほとんどのホモ・クアントゥスは二重人格者で、とても不安定だ」ベリサリウスは嘘をついた。「彼らは静かな、低刺激環境下でのみ機能できる。おれみたいに外の世界でやっていけるのは百人に一人だ」

「けれど、あなたのような人の大半は、そうした論理的飛躍をできるということ？」

彼は首を横に振った。「ほとんどのホモ・クアントゥスはあまりに観念的で、宇宙論などというものは応用的すぎて真剣な議論に価《あたい》しないと考えてる。おれが興味あるのは、いつだって彼らよりも即物的なもののほうだった」

「あまり多くのことに興味をもちすぎるのは危険よ、アルホーナ」

「だったら、危険はすべて早めに取り除いてしまったほうがいい。なぜおたくらの船のドライヴ機構は正面が空洞になってるんだ？　これはただの吸入口《ラム・スクープ》じゃない。星間媒質を餌にして取りこんでるわけじゃあるまいし」

今度の彼女は眉をつり上げ、腕組みをした。「あなたから説明してみたらどうなの、魔術師さん」

彼は〈ムタパ〉のホログラムをじっと見つめ、これこそはポーカーテーブルを挟んでイエカンジカがコングリゲートとプレイしている手札であるかのように考えた。もし自分がカードをプレイするのではなくプレイヤーを演じるとすれば、最初のデータはイエカンジカが自分の手札をとてもよいものだと感じていることだ。コングリゲートの覇権に対してブラフは通用しない。だとすれば、彼女は勝てるカードを自分が手にしていると考えている。なぜだろうか？

第六遠征部隊が活動をはじめたのは四十年前で、戦隊が姿を消すよりも前に時代遅れになった装備を搭載していた。数のうえでも、そして艦対艦の比較で見ても、四十年前にパトロン国家に対して戦いを挑んでみたところで、彼らは一時間ももちこたえはしなかったろう。それがいま、あちこち改修された戦闘艦内にあって、文明世界に戻ろうという彼らの熱意が空気中にひりひりと感じられる。彼らはホームシックになったわけではない。あくまでも独立のための戦争を夢見ているのであって、自分たちが勝てないと思う戦争をしたがる者などいるはずもない。

「ディスプレイを百八十度回転させてみてくれ」と彼は頼んだ。

少佐の指がパッチの上で動くうちに画像が回転しはじめ、ついには空洞のチューブが大砲の筒のように彼を正面から見据えた。彼のホモ・クアントゥスとしての脳は、つねにパターンや対称性を嗅ぎわけ、新たな類似性を感じとった。燃料のないドライヴ機構と弾薬のない大砲との類似性を。

インフラトン砲。彼らのドライヴ機構はチューブ内のインフラトン／アンチ・インフラトンがわずかピコ秒だけ存在することによって推進する。そのような粒子のペアがドライヴ・システムの封じこめ以外に何をするというのだろうか？

「おたくらのインフラトン砲はどれくらいの威力があるんだ？」彼はついに尋ねた。

「あなたには関係ない」と彼女がいったが、その声には尊大さがにじんでいた。

遠征部隊はどうやってそこまで装備を発達させることができたのだろうか？〈先駆者〉の残した遺物のようなものにばったり行きあたり、その謎を解明したのだろうか？四十年というのは長い時間だが、彼らが開発した装備すべてを手に入れるには長すぎることなどない。インフラトン・ドライヴひとつをとってみても、現在の文明よりも数十年は先を行っている。おそらくはそれ以上に。この仕事の大きさ、政治的、軍事的な意味あいのスケールの大きさは彼の頭を混乱させるに充分なほどだ。これは狡猾なビジネスマンと悪党のもめごとといった範疇をはるかに超えている。ついに、おそらくは彼の技量を超えたものに行きあたった。そして彼が試みてしくじったなら、イエカンジカ少佐が彼の脳に銃弾をぶちこむのを有効な時間の使い方とみなすだろうということに彼はわずかな疑念ももたなかった。

「この依頼はパペット軸に十二隻の船をぐらせることだ」と彼は思いにふけりつつつぶや

いた。そして、そのように口にしたとき、政治的な文脈はなく、それほど大きなことのようにも聞こえなかった。「その報酬は？」

少佐がホログラム・ディスプレイの表示を変え、黄色の線で描かれた小さな船があらわれた。

「これの縮尺は？」と彼は尋ね、ハーネスで身体を留めたまま身を乗りだした。

「全長五十三メートル」と彼女がいった。

船はなめらかな流線型をしていた。細身の構造のコックピット、エンジン、貨物室、そして生命維持装置がチューブのまわりを包んでいる。インフラトン・ドライヴを備えた小型の乗り物だ。どのパトロン国家であっても、これのためならどんな代償でも支払おうとするだろう。

5

ベリサリウスは仕事を受けるべきか決断できていなかったが、まだ返事をする必要はなかった。憲兵が待っていたところまで、イエカンジカ少佐が彼を案内して通路を戻っていった。ベリサリウスははしご段をつかんだが、動きはぎこちなかった。そのうちにつかみそこない、パニックを起こして何かにつかまろうと手を伸ばしたものの、通路の真ん中で身体がゆっくりと回転しはじめた。どの壁にもちょうど手が届かない。ベリサリウスはため息をついた。「手を貸してもらえるとありがたい」

「ゼロGを経験するのは久しぶりなもんでね」と彼はいった。

憲兵はうんざりした顔をして、手を差し伸べた。ベリサリウスは憲兵の手を救命索であるかのように両手でつかみ、壁のはしご段につかまった。それ以降はより慎重になって彼らのあとからつづいた。通路の壁は色あせた炭素重合体で、感触はつれなく、敵対的に感じられた。色つきの小さな照明でもあれば、艦内に温かみを感じさせてくれたところだが。イエカンジカ少佐が足を止め、手のひらをセンサーにあてると、ドアがきしみながら開いた。薄暗い、棺桶をどうにかいくつか置ける程度の広さの部屋があらわれた。

「ここの士官は一般の部屋に移したから、この艦に滞在中、あなたは賓客のように感じられるはずよ」とイエカンジカがいった。その言葉に皮肉は感じとれなかった。パペット・フリーシティの彼のアパートのシャワー室でさえも、この部屋よりは広い。

彼は空中に浮かんだまま部屋に入り、振り返って少佐に向きなおった。彼女の茶色の目が、挑むように彼を見つめ返す。

「おたくらはコングリゲートを打ち負かせはしない」ベリサリウスはついにいった。「連中がくしゃみをしただけで、ほかのパトロン国家でさえも不安になるくらいだ」

「あなたは自分のほうの魔術を心配してくれればそれでいいの。残りはわれわれがやるから」

少佐の強烈な視線が彼の目をうがち、そのあとでわずかにやわらいだ。

「あなたに悪意があるわけじゃないのよ、アルホーナ」と彼女がいった。「あなたはつねに後ろから誰かにブーツで頭を小突《こづ》かれながら暮らしているわけじゃない。あなたは何十年もくり広げられてきた議論にたまたま出くわして蹴つまずいた。オン・ネ・パ・メートル・ダン・ノ・メゾン……」彼女はフランス語の古い言い回しを最後までいわずに残した。われわれはわが家の主《あるじ》にあらず……

壁の機械装置がふたたびドアをきしませながら閉じた。天井の薄暗いパネルが、時の経過によって色あせた灰褐色のカーボンファイバーの壁を照らしていた。ゼロG用の寝袋が壁にストラップで固定されている。別の壁のハンドルを引くと、小さなシンクとトイレがあらわれた。空気中に汗のにおいがただよう。もちろん、いくつかのカメラが彼を観察しているに違いない。サブ＝サハラ同盟の偏執ぶりは、彼らの熱意と同じくらいに明白だった。彼はそろそろと慎重に寝袋を開いてもぐりこみ、身体を固定した。明かりを消し、目を閉じる。思考はなおも忙しく駆けめぐっている。

サブ＝サハラ同盟は文明社会で最大の勢力を誇る国家に独立戦争を仕掛けようともくろんでいる。そして彼らは、頼みの綱の秘密兵器を粉々にされかねないところに持ちこむために詐欺師を必要としている。表層的にはあまり食指の動く案件ではない。

そのほかに、イエカンジカ少佐はある点についてひどい嘘をついていた。サブ＝サハラ同盟の科学者が単独で、新たなタイプの推進システムをいきなり思いつくという可能性はほぼゼロに等しい。だとすれば、彼らはどこでインフラトン・ドライヴや新たな兵器を手に入れたのだろうか？　その点を考えてみる必要がある。

ホモ・クアントゥスは過去十一世代にわたって、数学的かつ幾何学的な能力、それに鮮明な記憶を備えるように遺伝子操作されてきた。それだけでも子どもたちは驚くべき精神上の能力を発揮することができたが、宇宙のもっとも深遠で概念的な問題に取り組むために、ホモ・クアントゥスはさらに多くのものを必要としていた。

電気魚のＤＮＡからヒントを得て遺伝子操作されたホモ・クアントゥスは、いずれも電函《エレクトロプラーク》を備えていて、それが肋骨の下に筋肉のかたまりとして存在し、バッテリーのように機能している。ベリサリウスはいま、分極化した持続的な微弱電流を電函から脳の左側頭葉に送った。感覚入力や言語に関連するエリアだ。少しすると、言語や社会的ニュアンスを概念化する能力が弱まり、同様に、嗅覚、味覚、触覚も弱まった。それと同時に、右前頭葉の活動が増進し、数学的創造性を増幅して幾何学的思考を天才レヴェル以上に引き上げた。ホモ・クアントゥスはこの状態を〝サヴァン〟と呼んでいる。

ベリサリウスは電函から別の電流を送り、マグネトソームに電気を流した。筋細胞中のこの小器官は極小の鉄コイルを内包している。彼の周囲に微弱な磁場が生じ、〈ムタパ〉の電磁場が彼の手足を圧迫するのが感じとれるようになった。シンクのパネルを留めている金属製の蝶番《ちょうつがい》が彼の磁場をゆがめている。電源を落としたコンピュータ・ディスプレイの背後に延びている配線も同じだ。そして小さな居室の隅に据えつけられたカメラも。彼は自身の磁場の力を調節して、カメラがつくりだすゆがみを感じとろうとした。カメラは感心できるほど高性能なものではなく、データ処理能力のない機種で、視覚的な周波数帯だけをモニターしている。

ベリサリウスはカメラに背を向け、眠ろうとするかのように寝袋の中に頭をもぐりこませた。寝袋内の暗闇の中で、彼はさっき憲兵の手の甲からくすねてきたプラスチックのパッチを取りだした。誰かから財布やコインやチップを盗むのは久しぶりのことだった。コツを忘れてしまったのではないかと心配になったくらいだ。

このパッチは通気性のある炭素フィラメントの網目の上に半導体のナノ回路を配置したものだった。可撓《かとう》性があり、かすかに光をはなっている。電力源は人体の活動だ。彼はそれを左手の甲に押しつけた。小さなディスプレイがかすかにともった。先刻、ベリサリウスはホログラム・ディスプレイを何度も回転させるようにとイエカンジカに頼んでいたから、彼女がパッチをどう操作するのか見てとっていた。彼女の手の動きは自信にあふれ、慣れたようすだった。彼のはためらいがちだ。単純で古風なフランス語をもちいたホログラム・ディスプレイが彼の手の甲の上に浮かびあがった。パッチはパスワードでロックされてもおらず、それはつまり、ほかの機能もすべてそうだということを意味している。

彼らのネットワークに入りこんでさぐっていることが知れたら、彼はすみやかに銃殺隊を訪ねる短い名簿に載せられることになるだろう。願わくは、第六遠征部隊がまだ五十年前の量子コンピュータの領域にとどまっているといいのだが。ベリサリウスの頭には量子解析能力がたっぷりとおさまっているが、それでも不安だった。自分自身がこれほど深くゲームに入りこむことはあまり多くない。だが、この仕事を受けるべきか、あるいはそもそもそんなことが可能なのか判断するためには、サブ＝サハラ同盟についてもっと知っておく必要がある。

ガンダーという名の詐欺師がかつて彼に教えてくれたことがある。賭ける方法は三つしかない、と。

あるときは、カードをプレイする。
あるときは、役を演じる。
あるときは、単にサイコロを振る。

彼はサブ＝サハラ同盟のネットワークに入りこんだ。標準的なアイコンのグリッドが彼の手の上に黄色い光として広がった。通信、共通アーカイヴ、調査研究、電力系統、兵器、ステータス・ダッシュボード、そして機密ファイル。認証画面が大きくあらわれ、点滅して問いただす。量子パスワードになるだろう。

思考を量子論理に切り替えると、まわりの世界が揺らいだ。正確さが弱まるのではなく、正確さがそれほど重要でなくなる態度をとろうとするかのようで、相互作用と関係性のほうがそれ自体の独自性や状態よりも重要になった。ぼやけた影のまわりでオーラが拍動する。かすかに聞こえてくるノイズが構築と破壊の干渉によって修正され、音が深く豊かなものになった。現在と呼ばれる時間の一部がゆっくりと広がっていく。

彼の増強された視力が認証画面の密な織り地の情報をばらばらに切り裂く。暗号化されたデータは手ごわかった。ベリサリウスのサヴァン状態の思考が量子解析をおこないながら、この新しい難問に少しのあいだ苦しんだ。十秒、二十秒、三十秒、そしていよいよ警告が鳴るものと確信するまで。そのとき、ホログラムのアイコンがゴーサインを出した。

彼は電力システムのアイコンを切り替えた。ディレクトリは眉をつり上げたくなるほどのインフラトン・ドライヴの加速度と熱放散の仕様や、超えてはならない許容値、詳細なメンテナンス指示といったものを含んでいたが、設計図や理論はどこにもなかった。そうした情報はおそらく独立したシステム内に保管されているのだろう。ここは袋小路だ。

彼は調査研究のディレクトリに分け入った。パターンを認識する彼の脳は、不完全な物理理論の断片に付随した数学的な定式化に集中した。妙なことに、遠征部隊は確固たるインフラトン理論を確立していないのに、よく知られているあるものを修正していた。すなわち、彼らの機械工学を下支えするために、ワームホール物理学を。彼らの定式化は、それを獲得するうえでの困難を欠いていた。彼自身が十代のころ、この理論を予想して分析する力を与えてくれたのと同じものが。まとまりのない理論の切れ端は、まるで外部の者によって発明されたもののように見えた。おそらくこれは、驚くことでもないのだろう。軍の攻撃部隊が理論物理学者を同行させることはあまりないだろうから。

彼の脳は調査研究の日付のところでぴたりと止まった。報告書は日付が重なり、あと戻りしている。第一世代のテストは二四九九年にはじまったと記されているが、第五世代の四つの異なる実験が二四七六年にはじまっている。遠征部隊が姿を消して、わずか一年後に。最初の世代の実験は第五世代の実験よりも前に終了していなければならないはずだ、そうではないか？

サブ＝サハラ同盟は出発する前から違法な研究をはじめていたのだろうか？　もしサブ＝サハラ同盟の遠征部隊がコングリゲートのワームホールに常時アクセスしていて、乗艦している政治委員の監視下でつねに行動してきたのなら、どうやって調査研究を秘密にしておけたのだろうか？　秘密にできるはずがない。つまり、彼らは出発する前から研究をはじめていたわけではない。

彼はさらに、文献やメモのたぐいにざっと目を通していった。彼らの研究の大半はワームホール物理学に関係しているらしく、なかには〈先駆者〉が残していった世界軸ネットワークのように恒久的なワームホールにアクセスしないかぎり不可能な観測も含まれていた。遠征部隊は別のワームホールを発見したに違いない。

もしそうだとすると、はかりしれないほど価値のある宝を手にしたことになる。世界軸ネットワークの恒常的なワームホールを所有することこそは、パトロン国家であることを定義する特徴だ。一方のクライアント国家は、その名の示すとおりワームホールを所有しておらず、サブ＝サハラ同盟はコングリゲートと交わしているパトロン＝クライアント協定により、新たに発見したワームホールはパトロン国家に献上しなければならない。それこそは遠征部隊が姿を隠すことになった理由だ。

この発見は彼にとってひどく個人的な関係があるものでもあった。彼らがおこなった観測は、もしそれが正しいとすれば、ベリサリウスが何年も前に故郷を離れたときに捨てていったあらゆる分野の研究に新たな道筋を開くことになる。彼の中でかつての記憶がわき上がった。細かい泥砂のような、判然としない切望の念。彼はそうした感情を押しとどめて、目の前にある問題に集中しなおした。

ごたまぜになった日付表示は、その謎を突き通せないままだった。因果関係の論理の筋は、調査→発見→新たな調査という本来の流れにリンクしていない。複雑な発見の多くは四十年におよぶ調査のはじめのほうになされているように見えた。

ディレクトリのひとつは〝研究調整センター〟とラベルづけされていた。調整センターはこの三年ほど不活発な状態だが、それ以前は研究上のやりとりのための巨大な情報交換所で、発見の中心だった。研究上の疑問がある日付で記録され、のちの日付でその答えが導きだされる。ワームホール物理学、兵器研究、防衛技術、センサー技術、推進力、コンピューティング。一度につき何十年もの研究がなされている。ところが、その結果が別の研究部門に伝達されたとき、日付が混乱してくる。

ベリサリウスはディスプレイが自分の脳により適したものになるようにカスタマイズしなおした。幾何学的なディスプレイが欲しかった。できれば四次元以上の、実験からその結果へと線を引いた因果関係の筋道が見えるものを。そうした結果がどこで次の実験に組みこまれているのか、その軌跡をたどるために。ホログラム・ディスプレイが彼の要求に従い、超次元のかたまりを表示した。普通の人間の目や脳なら、このかたまりをほぐすのに苦労するだろう。

噴水の形があらわれた。六つの噴流をもった光の噴水だ。時間は噴水の流れとともに未来へと縦方向に流れていく。実験のはじまりと疑問は基部に存在している。実験結果は遠征部隊の研究者によって推進されて縦方向に上がっていき、別々の流れにとどまり、ほかの研究の筋とは交わらない。最初に得られた結果からさらなる実験が打ち上げられ、新たな結果を生じさせ、そしてまた新たな実験が生じて、ついに二四八七年ごろ、実験開始から十年あまりたつと結果は忽然と消えて、次にそばの別の流れの基部にあらわれる。

基部に。

二四七六年に。

十一年の歳月をさかのぼって。

ベリサリウスはこのつながりを結びつけるのを拒絶し、日付表示を再確認した。パターンはあまりに組織だっていたから、日付の食い違いやデータベースのエラーということはありえない。彼の脳は世界のさまざまなパターンを見つけだせるようにつくられているが、遺伝子工学者は彼の能力をとても巧妙につくりあげていたから、実際には存在していないパターンまでも彼は見つけることがよくあった。自分が知覚したものをコンスタントにもう一度予測しなおすことによって、彼は自分の世界を正常にたもっていた。

そうだとしても、これはいったい……

ひと晩かけてもう一度予測しなおすという以外の選択肢は、遠征部隊が時間を逆行して情報を過去に送る手段を見つけたと認めることだ。もしそれが正しいとすれば、研究における情報の流れの分離は、因果関係に違反するのを避けるため、知識を分割化するように設計されている。流れAにおける二四八七年当時の研究者は、二四九八年における自身の実験結果をけっして受けとることはない。そうした実験結果は流れBへと向かう。そうして同じように、流れBの結果は流れCの過去へと向かい、そのようにしてそれぞれの研究の流れがつづいていく。そして十一年ごとに、研究のサイクルが再スタートする。

なんと巧妙なやり方だろうか。息を呑むばかりの。サブ＝サハラ同盟はタイムトラヴェル装置を手に入れたということになる。

そして四十年間で、彼らは単純に四十年ぶんの研究ではなく、おそらく四百年ぶんの価値がある研究を終えていた。サブ＝サハラ同盟ははるか後方から遅れてスタートし、ほかのすべての国家をとび越えることに成功したのかもしれない。そしてもしタイムトラヴェル装置が存在するというニュースが広まったなら、すべてのパトロン国家がぞろぞろと足並みをそろえて戦争に向かうだろう。もし彼がこの仕事を受けるとすれば、それが文明世界の全域にわたる戦争の引き金となるかもしれない。すべての意味を一度に吸収するには、情報があまりに多すぎる。

ベリサリウスはタイムトラヴェル装置の定式化を含むいくつかのファイルを見つけた。この研究はいらいらするほどエレガントさに欠けていたが、数分後には、それがひと組のワームホールを描写したものだとわかった。ひと組のワームホールはほんの十メートル離れているだけで、互いに不完全に結びつき、十一年の時間を越えた一方通行の橋を形成している。彼らは〈先駆者〉がつくったワームホールをひとつならずふたつも発見し、軌道力学的な何かのアクシデントによってそれをくっつけた。ひと組のワームホールが結びついた状態というのはあらゆる種類の量子レヴェルでの干渉を引き起こすだろう。おそらくは、彼がこの艦隊に近づいたときに感じたのと同じような、奇妙な電磁場を。ワームホールはすぐ近くに存在している可能性がある。そうして、彼はぴんときた。くだんのワームホールは直径にしてわずか十メートル程度だ。遠征部隊はこのひと組のワームホールを戦闘艦のいずれかに搭載している。

イエカンジカとバベディとともに艦隊に近づいたときに感じた信号のことを彼は思いだした。時間をさかのぼって考え、その発信源がどこにあったかを計算し、艦隊の配置図にアクセスして適合するものを探した。彼が近づいたとき、あの奇妙にざらついた磁場のみなもと付近に存在していた戦闘艦は一隻しかなかった。〈リンポポ〉だ。あれは二百キロのかなたにあって、ここからではひと目観察することさえも遠すぎる。かなり近づいてはいるが、それでも遠すぎる。

ベリサリウスは艦内のファイルから離れ、サヴァン状態を脱した。

彼は不利な証拠となりうるパッチを手の甲から剝がすと、指で覆った。彼の指先に通っている絶縁カーボンのナノサイズのワイヤの細い管を通って、電函から電気が流れた。パッチは焼けてしなびて、灰の小さなかたまりと化した。そのかたまりを寝袋の縫い目のゆるんだ部分に押しこんで、念のため粉々に砕いた。

6

朝になっても、ベリサリウスは依然として仕事を受けるかどうかの判断に少しも近づいていなかった。彼が成功したとしてもしくじったとしても、誰かが、もしかすると大勢の者が死ぬことになるだろう。おそらく第六遠征部隊の全員や、ことによるとそれ以上に多くの者が。だが、明らかにサブ＝サハラ同盟はすでに作戦決行を心に誓っている。彼が参加しようとしまいと、彼らは実行に移すだろう。現実の戦争が近づいている。彼らがこれまで経験してきたような単なる冷戦ではなくて。彼はパペットのことをよく知っている。パペット以外では誰よりもくわしく。それに彼は、ワームホールについても少しばかり知っている。自分以上にこの件で助けになれる者をほかに考えられなかった。たとえ、どうすればそれをうまくやれるのかはまだわかっていないにしても。

彼は憲兵に案内され、壁に真空用の宇宙服がずらりと下がった部屋に入っていった。イエカンジカ少佐はすでに真空用のスーツを着ていた。

「遠征部隊の能力を見てみたいでしょ」と彼女がいった。「あなたに実演して見せる許可をとっておいたから」

ベリサリウスは手足をばたつかせながらゼロGの状態で棚のほうに向かい、自分のサイズに近そうなスーツを手に取った。無重力のため、着るのに少し時間がかかり、憲兵のほうはベリサリウスがようやくズボンをはく前にてきぱきと着替え終わっていた。シャツのボタンをはずすのに手が二本必要になったとき、彼の身体は回転をはじめた。これにはイエカンジカの忍耐心がすり切れたようで、とうとう彼女みずからベリサリウスの腕をぱっとつかみ、彼の身体を安定させた。ベリサリウスはきまりが悪そうにしながらボタンを宇宙服の外ポケットに入れると、着替えを再開した。

「これでオーケイだ」スーツの接続部が密閉されてきつく締まると、彼はいった。

彼ら三名はエアロックをくぐり、真空のただなかに出た。心のうちでベリサリウスはげんなりした。星を見るのは好きだが、宇宙空間に出るのは大嫌いだった。そして宇宙の深い闇は、胃のひっくり返るほどの巨大さで目の前に広がっている。十分の一光年離れたところにあるスタッブス星系のパルサーが、ベリサリウスの筋肉にかすかな磁力の指で触れてきた。標準的な人間の視力では、約四千の星を見ることができる。視覚インプラントを望遠鏡のように使えば、その数の五倍は多く見えるかもしれないが、星々のあいだの空間も数倍になり、単純な観測によっても、未知の新たな虚空が出現する。こうした眺めはフーガ状態に似ているように感じられた。宇宙の全体を見て、それが虚空であることを知らされるだけでなく、自分がその虚空の一部であることをも思い知らされることになる。

ベリサリウスは手袋をはめた指でポケットからボタンを取りだすと、〈ムタパ〉のそばの完全な静けさのなかにそれをただよわせた。〈ムタパ〉のスポットライトが彼らを照らし、まぶしい白色光が彼のスーツの腕や手を漂白したように色あせさせた。別の戦闘艦が、〈ムタパ〉の真横の、数キロ離れた宇宙空間に浮かんでいるのが見えた。彼の片側についた少佐ともう一方の側の憲兵が両側から彼の上腕をつかみ、〈ムタパ〉からとんで離れた。彼の胃袋がぐいっと動き、悲鳴をあげそうになるのをどうにか抑えこむあいだに、彼らは虚空に勢いよくとびだしていった。

シャトルはなし。誘導用のワイヤもなし。何もなしだ。

イエカンジカと憲兵は正確にジャンプした。彼らがジャンプしたとき、ベリサリウスは驚きのあまり身体を動かすこともできず、おかげで彼らの狙いを台なしにせずに済んだ。彼は身を硬くしたままでいた。わずかな圧力がかかり、彼は別の方向に押された。両側の二人が低温噴流《コールド・ジェット》を使って進路を修正したからだ。彼らが別の戦闘艦のところまでたどり着くのに数分はかかるだろう。こうして宇宙空間を飛んでいくあいだ、彼自身の浅く速い呼吸のほかに聞こえてきたのは、二人が彼の腕をつかんでいる部分の生地と手袋の生地がガサガサとこすれる音だけだった。

いったいどこの人間が、戦闘艦と戦闘艦のあいだをジャンプして行き来するというのか？このような手法を必要とする軍を彼はほかに知らなかった。彼に印象づけるために、こうして外に散策に出たとは考えにくい。そんなことをするほど彼らは彼に敬意を払ってもいない。

軍の新たな手法なのか、それとも経費節約の観点から生まれた方策かもしれない。はたまた、純粋に彼らの慣例にとらわれない態度から発展したのかもしれない。第六遠征部隊は新たな兵器や推進装置を備えている。だとすれば、どうして新たな戦術を考えだしていないはずがあろうか?

プレイヤーを演じるんだ、カードをプレイするのではなくて。

彼らは別の戦闘艦に近づいた。スポットライトが彼らに当てられ、青白い光が入口を囲む小さな格納庫まで彼らの進む方向を追いかけた。さらなる力、さらなる圧力、そうして彼はくるりと回転しながら、進んでいた方向に足を向けた。彼らの下で強い磁場がはじけた。

「膝を曲げて、アルホーナ、でないと足首を折るわよ」イエカンジカが彼のヘルメット内に無線で呼びかけた。

ベリサリウスはそのとおりに従った。戦闘艦が驚くべきスピードで迫ってきた。ジャンプをはじめたときの運動エネルギーだけを維持して飛んでいることは彼もわかっていたが、本能的に心のうちで恐怖がむずむずした。そうして彼の視界に広がっていた無限の宇宙を戦闘艦が呑みこみ、彼らの足が壁にぶつかってそのまま貼りついた。彼の呼吸が耳にぜいぜいと大きく響き、膝ががくがくした。

「まったく、アルホーナ!」とイエカンジカがいいながら、エアロックを彼に示した。「あなたはこれまで、一度も宇宙空間に出たことがないみたいね」

ベリサリウスの顔が熱くなった。彼らはエアロックの手順をくり返した。

「これは〈ジョングレイ〉」と彼女がヘルメットをはずしたベリサリウスにいった。「いい戦闘艦よ。遠征部隊の艦隊を代表してる」

彼らは手を使って壁をつたいながらブリッジに向かった。ベリサリウスの動きはゆっくりとだったが、不運な失敗は起きなかった。彼らは〈ジョングレイ〉の艦長であるルヒンディ大佐と会った。三十代後半の女性で肌がとても黒く、額に六本の水平な傷痕がある。ゼロG状態であるにしてはおかしなことに、ブリッジは重力がかすかに感じとれた。棺《ひつぎ》くらいのサイズの加速室《チャンバー》が六つ、壁に斜めにしつらえられ、クルーの顔の高さに小さな厚いガラス窓がはめこまれている。ルヒンディ大佐がブリッジの中央にあるホログラム・ディスプレイを作動させよと命じた。ベリサリウスはマグネット・ブーツでぎこちなく足を進めてそれをのぞき見た。

「外観図は見られるかな?」彼は尋ねた。

大佐の指がぐいっと動き、ディスプレイの表示範囲が圧縮され、〈ジョングレイ〉自体のアイコンも縮小された。ディスプレイに新たにあらわれた艦影はほかに一隻だけ、彼らがあとにした〈ムタパ〉だ。

「もっと範囲を広げてもらえるかな」と彼は頼んだ。「遠征部隊の全体を見られるように」

またしても大佐の指が動くと、中心のアイコンがさらに縮んで、新たな艦影が周縁にいくつかあらわれた。左翼には指揮をとる巡航艦の〈ニアリチ〉が、〈ジュバ〉、〈グブドゥウェ〉、〈バテンブジ〉と隊列を組み、オレンジ色に光っている。右翼には薄い黄色で、装甲巡航艦の〈リンポポ〉が、〈オムカマ〉、〈ファショダ〉、〈カンパラ〉の各艦を指揮している。中央には戦艦〈ムタパ〉が、〈ジョングレイ〉、〈ングンデン〉、〈ピボル〉につき添われていた。

彼の電函から脳に流れる微弱電流が、サヴァン状態を引き起こした。言語の繊細さや感情的に特別な意味あいが、幾何学的かつ数学的な理解の激しい雨に溶けこんでいく。定量化は容易でしかも魅惑的だ。そばにいるほかの人々の感覚がちくちくした。彼らは彼のことを好いていない。もしかしたら、彼のことを好いていないのかもしれない。幾何学的かつ数学的な思考の暴風雪《ブリザード》が、定性的な社会の手がかりをすっかり覆い隠してしまっている。

ホログラムで表示された遠征部隊が、推進力、距離、質量、そして光速信号の複雑に織りなされたデータになった。〈リンポポ〉、〈ムタパ〉、そして彼が真空のかなたに残してきたボタンの位置が、細長い三角形をなしている。さまざまな数字が彼の脳裏を駆けめぐった。〈リンポポ〉から〈ムタパ〉までの距離は二百五十キロだ。

ためらいがちに、彼はいった。「おたくらの戦闘艦がワームホールを使って何ができるのか理解しておく必要がある。どれくらいすばやくワームホールを誘導できるのか、どれくらい遠くまで行けるのか、どれくらい早く転移できるのか、そしてふたたびあらわれでたあとでどれくらいすばやくシステムをオンラインに戻せるのか」

ベリサリウスは彼らと目をあわせようとしなかった。サヴァン状態にあって、人と目をあわすのはジグソーパズルの小片《ピース》が入った箱をのぞきこむようなものだ。脳のパターン認識の傾向が異常なほど活発になり、相手の顔の表情が渦巻いて誤検出を起こしかねない。大佐の指がさっと動くと、カンカンという音が艦内に反響した。彼らの足もとで重力が急に動いた。

ベリサリウスの脳は論理や抽象的概念を渇望していて、ムタパという名前を細かく切り刻みはじめた。データベース・インプラントが、彼の脳が吸収するのと同じくらい迅速に情報を供給していく。ムタパとは、大ジンバブエの王子によって建設された中世の王国。やがてムタパ王国の勢力は、近隣の国家や親国家さえも凌駕《りょうが》するようになる。強烈な心的イメージ。強烈な象徴。それを定量化できたらいいのに、と彼は心から願った。

サブ＝サハラ同盟はよい名前を選んでいた。たとえばオムカマというのは、十九世紀までウガンダを支配していた王朝だ。この王朝は近代化の波に流されることなく栄えつづけ、サブ＝サハラ同盟の成立時まで強力な文化的影響力をたもってきた。強烈な象徴的意味あいをもつ文化的中心にちなんで名づけられた戦闘艦。その意味するところはあまりに強力であるため、そのためなら死んでもいいと思えるほどの？　彼としては、彼らに死んでほしくはなかった。

どうすれば影響を定数化できるだろうか？　社会にあてはめることのできる代数があってしかるべきだ。なんなら、彼がつくりだすべきだ。文化的中心が遠征部隊を駆りたて、人々にアイデンティティを刻みつける。彼らはベリサリウスがうらやむしかない自信をアイデンティティにくるみこんでいる。

ングンデンというのは、十九世紀のディンカ族の預言者の名前だ。ディンカ族は創造神ニアリチを崇《あが》めてきた。バテンブジというのはアフリカ大湖沼地帯周辺に栄えた中世の帝国だ。グブドゥウェは南スーダン周辺のアザンデ族の名高い王で、彼の名は人の腸を切り裂く男という意味をもつ。

強烈な心的イメージ。強烈な象徴。どうしてコングリゲートはこの点を見のがしているのだろうか？　サブ＝サハラ同盟の戦闘艦はこうした名前を数十年にわたって負いつづけてきた。これは数学的だ。人々を対象とする物理学だ。感情や愛国的エネルギーの掛け算は心理学的な推進力をつくりだす。

イエカンジカが彼をつついたため、彼の思考はフリーズした。

「受けとるのか、受けとらないのかはっきりして、アルホーナ」と彼女がくり返す。彼女の手にタイマー。デジタル・タイマー。彼女がデジタル・タイマーを差しだしている。彼女の手に。彼女の手を、彼の目の前に。彼はサヴァン状態にある。礼儀を忘れるな。

「ありがとう」彼は礼をいった。「おれは時間の感覚がとても鋭敏だ。それの必要はない。ありがとう」

彼は相手と目をあわせなかった。彼女はあきれて首を振りながら、すでに立ち去ろうとしていた。重力の負荷が増した。

「インフラトン・ドライヴを稼働してるのか？」彼は尋ねた。

「そうよ」とイエカンジカ。

彼は磁場が変わるのを感じなかった。それはつまり、このドライヴ機構が電磁力と相互作用していないことを意味している。

「いまは半G以下だ」とベリサリウスはいった。「このドライヴ機構はどこまでできる？　十G？　二十G？」

軍用の核推進ミサイルは四十Gでも動く標的をとらえることができる。

「それ以上よ」と少佐がいった。

ミサイルの推進力を越えるほどの？　クルーにとっての心理的な推進力や速い戦闘艦かどうかは関係ない。たかだか十二隻の戦闘艦だ。コングリゲートはひとつの戦隊にそれと同じ数の戦闘艦を配備している。そしてコングリゲートは数百もの戦隊を保有している。数字は人々を元気づけるうえでのがれがたいファクターだ。そして遠征部隊が保持するほかのテクノロジーは、多くが半世紀前の遺物だ。悲しいことに。サブ＝サハラ同盟にとって、あまりに悲しいことに。だがそれは、彼らが望んだことだ。文化的な推進力が彼らを駆りたててきた。

〈ジョングレイ〉が加速をやめ、百八十度旋回した。そうして重力が強烈なものになり、ベリサリウスの膝ががくがくした。彼は壁によろめいた。気を失わないように必死にこらえる。彼のサヴァン状態は集中をそがれて揺らいだ。イエカンジカとルヒンディは立ったまま、彼を見て笑っていた。彼は怒りでかっと熱くなった。彼らに対してではない。彼自身に対してだ。

「ほんの一・五Gよ、アルホーナ」とイエカンジカがいう。

彼はこれまでに得た数値を見失いたくなかった。〈ムタパ〉から〈リンポポ〉までの。座標。秒数。重力加速度。座標にしがみつくんだ。彼は壁に寄りかかったまますり落ちてすわりこむ姿勢をとり、膝のあいだに頭を載せて支えた。連中がどう考えようとかまうものか。

さらに三十四・七秒後、押しつぶそうとする感覚が止まった。がたがたいう音も止まった。重力が霧消した。〈ジョングレイ〉は〈ムタパ〉から充分に離れ、ワームホールを安全に誘導できる距離をとった。ルヒンディ大佐の指の動きに応じて、加速室に入っていた当直士官がこの艦のシステムをシャットダウンした。

「どこにジャンプしたいの？」とルヒンディが、ひどくなまりのあるフランス語でいった。

「銀河の南極に向かってどれくらい進めるかな？」彼は尋ねた。そうすることによって、遠征部隊が誘導するワームホールに可能な移動距離と正確性の両方の答えを得ることができる。

ルヒンディがさらに無言の命令を発した。ベリサリウスはマグネット・ブーツでぎこちなく立って、ディスプレイのほうに近づいていった。外観図のホログラム・ディスプレイがしぼみ、艦内システムのグラフがあらわれた。〈ジョングレイ〉の艦首から磁気コイルが張りだし、ベリサリウスは艦内にいても磁力に引かれるのを感じとれたほどだった。磁場が九千ガウスに上昇した。そして、一万。一万四千。二万一千。

ベリサリウスは腕や胸がぴりぴりした。

六万。十万。二十八万ガウス。

産業的、そして医療的磁場の制限を超えていた。

四十万ガウスになると、電磁力と重力が興味ぶかいやり方で相互に作用し、正しく狙いを定めた磁場は時空そのものをひずませることになるだろう。数値は五十五万ガウスで横ばいになった。

戦闘艦の前方で、時空のポケットが三次元空間に直交してふくらんだ。なかば溶けかけた時空が、アメーバのさぐる仮足《かそく》のようにふくらんだ。磁場の形と中心が、まるまって隠れることに慣れた次元に時空のチューブを押す。さぐる指が介在する空間のまわりに伸びて、ついには細くて安定しない橋が銀河南極方向の遠い地点に達した。そうして、ディスプレイにゴーサインが出た。彼らはワームホールを誘導した。

ここからが危険な部分だ。全長六百メートルの〈ジョングレイ〉には、核融合と核分裂を利用した動力系や、それにインフラトン・ドライヴが詰まっている。こうした不確定要素はすべて止めなくてはならない。誘導したワームホールに自然なところなど何ひとつないからだ。よくいわれるとおり、エンピツの尖った先端でバランスをとろうとするようなものだ。絶対零度との温度差は不確定性原理の範囲内だ。周囲の環境との相互作用はほとんどが崩壊を引き起こすだろう。これは恒久的な世界軸ワームホールとはひどく異なっている。世界軸ワームホールは、何か間違いがあったとしても、転移する船が呑みこまれてしまう危険はない。

〈ジョングレイ〉のメイン・システムと補助システムはどちらもオフになったが、戦闘艦の外面温度が百五ケルヴィンであることをダッシュボードの数値が示していた。艦内のあちこちに備わっている小さな放射装置が作動して、この範囲に赤外線を放射した。こうして〈ジョングレイ〉の黒体放射に干渉するように設計されている。ひどく冷たくして、ワームホールのじゃまをしないようにするためだ。十分の一Gの力が二・三一秒にわたって彼の足を圧迫し、〈ジョングレイ〉はチューブ状のワームホール内に入った。

そうして、無重力状態になり、息をひそめた。ワームホールが背後で閉じ、彼らを導く。ディスプレイがゴーサインを出した。チャイムが鳴る。別のシステムがオンラインになるまでのあいだ、戦闘艦は震えていた。ホログラムの戦術ディスプレイがぱっとともって復活し、ほかの船がどこにも存在しないことを示した。ディスプレイの隅に数字がコロニーをつくっている。

「三分の一光年」とルヒンディ大佐がいった。

正確な数字はホログラム・ディスプレイの下に表示されている。

「これが〈ジョングレイ〉にできる限界かな?」とベリサリウスが尋ねた。

イエカンジカがそばに近づいてきた。ベリサリウスは彼女の顔を見るのを避けた。

「これがクルーや士官が試してみたいと考えるぎりぎりの限界よ、たとえ緊急時であっても」と少佐がいった。「旗艦の三隻はもう少し遠くまで行けるけれど」

「それで、〈ジョングレイ〉はどれくらいすばやく、もう一度ゲートを開けるのかな?」ベリサリウスは尋ねた。

「メインと補助システムをオンラインにして、恒星の位置確定や戦術的評価、それと最後に望遠鏡を使って行先の目視確認をしてから、すべてシャットダウンしなくてはならないから」と少佐がいった。「作業の早いクルーなら、五分から十分で準備ができるわ」

「ブラインドでゲートを開くのは？」と彼は尋ねた。

「どういう意味？」とイエカンジカ。

彼は自分のブーツを見据えた。視覚的に、そして靴底のマグネットの感覚によって。

「恒星の位置確定はなしだ」と彼はいった。「推測航法《デッド・レコニング》で行先をプログラムする」

「そんなことするのはばかげてる」

「急ぐときにはどうするんだ？」

ベリサリウスは答えを待った。イエカンジカがさらに近づいてきた。

「わたしを見なさい」ついにイエカンジカがいった。

彼はさらに待った。少佐の左手が彼のスーツをつかむ。白い宇宙服に黒い肌。力が強い。彼女はベリサリウスを揺さぶり、ぐいっと引き寄せた。「わたしを見なさいといったのよ、アルホーナ」

「できない」

「何をたくらんでいるの？」と彼女が問いただす。

「おたくの顔を見ることはできない。ホモ・クアントゥスが何か有益な情報を得るためには、驚異的な数学的能力を必要とする。おれたちは脳のほかの部分をシャットダウンすることによって、天才レヴェルの数学的能力を得ることができる。言語、感覚入力、社会的行動。どれもその代償だ。おれはサヴァン状態になった」

彼は黙りこみ、相手を見ようとしなかったが、データの列に数字を、そして情報の列にも加えつづけた。三分の一光年。正確に三分の一ではない。彼らは〇・三二九七七一四五光年の距離を進んだ。さらに望遠観測によって数字の確度は上がるだろう。

「なんになったといったの？」とイエカンジカが聞きとがめた。

「おたくの顔を見ることはできない」彼は正確にくり返した。「ホモ・クアントゥスが何か有益な情報を得るためには、驚異的な数学の能力を必要とする。おれたちは脳のほかの部分をシャットダウンすることによって、天才レヴェルの数学的能力を得ることができる。言語、感覚入力、社会的行動。どれもその代償だ。おれはサヴァン状態になった」

彼女はうんざりして彼を離した。

「あなたは詐欺師なんかじゃない」と彼女はいった。「それに、あなたは兵士でもない」

「確かにおれはひどい兵士だ」彼はいった。「だが、おれは本当に腕のいい詐欺師だ。そして、おれならおたくらを連れて無事にパペット軸をくぐらせることができるかもしれない」

「どうやって？」と彼女が問いただす。

「さっきいった、ブラインドでゲートを開けるかという質問については？」

「大佐？」とイエカンジカが、お手上げですと手ぶりで示しながら尋ねた。「わたしはこの問いになんと答えていいのかわかりません」

ルヒンディ大佐がマグネット・ブーツでじりじりと近づいてきた。「何を知りたいの？」

いらだった、深いため息が彼の唇からもれる。「おれが知りたいのは、新たに恒星の位置を確定しなくても、どこかにゲートを開く能力が〈ジョングレイ〉にあるのかという点だ。推測航法《デッド・レコニング》で」

ベリサリウスは相手からなんらかのいらだちと怒りを感じとった。それと、彼にははっきりと指摘できないほかの何かかもしれない感情も。サヴァン状態にあると、社会的なやりとりの地形のあまりに多くがけわしくなりすぎて、乗り越えることができなくなる。ルヒンディは腕組みをしている。どんな意味があるのだろう？

「もちろん、〈ジョングレイ〉は恒星を確定しなくてもワームホールをつくりだすことができる」ルヒンディがいった。「けれど、そうすることになんの実際的な目的も思いつかない。退却するとき、艦長はすでに恒星の完全な位置確定を得られた状態でいるのだから。誘導したワームホールからあらわれでることで、退却の手つづきは終わる。追跡してくる敵がわれわれの兵器の射程内にワームホールの出口をつくりだす可能性はごくわずかなはずだから」

ホログラム・ディスプレイの下のほうの数字には催眠的な効果があった。彼はそれらをデータに加え、さらに加えていった。彼は数値を丸めたことで生じた計算上の誤差を見つけ、そのことは〈ジョングレイ〉の航法に関するソフトウェアのセッティングについて彼に実情を告げていた。

「〈ジョングレイ〉の航法スコープをシャットダウンして、ワームホールを誘導してもらいたい」彼はいった。

「なぜ？」と大佐が問いただし、別の言語で何かつけ加えた。仲間同士ではショナ語をしゃべっているのだろうか？　彼の思考は言語の変化について考えはじめ、暗号の問題であるかのように頭を消耗させた。文化における代数学の理論を発展させるのはそれほど難しくないかもしれない。イエカンジカが彼の前に立った。

「これで何が得られるというの、アルホーナ？」と少佐が問いただす。「あなたはわれわれをあちこち引きまわして、困らせているだけのように感じられる。あなたの魔術とやらは、大げさな手ぶりを使ってごまかすことのようね」感じたままに少佐が説明するのを、彼は好んだ。そうしてくれると理解の助けになる。さっきの彼女の手の動きは憤慨を意味していた。

「正確にいって、どこにワームホールをこしらえてほしいの？」と彼女が尋ねた。

彼はジャケットからボタンをひとつはずした。ボタンがホログラムの色つきの光を反射してきらきらと光る。

「宇宙服を着こんだときに、これと同じやつをひとつはずしておいた」と彼はいった。「おたくらが〈ジョングレイ〉におれを連れてくる前に、〈ムタパ〉のそばにそれを残してきた。そのボタンの中には、熱振動から保護された磁気トラップ内に、ここにあるこいつと量子もつれを起こした粒子が数十個入ってる」

彼の手よりも大きなイエカンジカの手が彼の手首をつかみ、ボタンを彼の顔のすぐ前に掲げさせた。少佐も顔を近づける。ベリサリウスは相手の表情の複雑さにたじろいで離れようとして、少佐が携行していた小銃の銃口と向きあうことになった。

「追跡装置を〈ムタパ〉に残してきたというの？」

イエカンジカはひどく怒っていた。怒りは彼女のまわりに、触知できそうなほど濃密に感じられた。彼はこのそばにいたくなかった。離せ。

「ただの量子もつれを起こした粒子だ」と彼はいった。「追跡装置として機能するわけじゃない。おれがそのように機能させないかぎりは。誰もそれを試してみたことはない。おたくらの航法システムを使わずに〈ジョングレイ〉を遠征部隊のもとに導けるかを試してみたいんだ」

「ほかに誰がそういうのを？」と彼女が問いただす。

「ほかには誰も」と彼はいった。「こいつは量子もつれを起こした粒子だ。ペアになった相手としか使えない」

彼女は小銃をおろし、彼のジャケットのほかのボタンを指でピンッとはじいた。「これはみんな量子もつれを起こした粒子なの？」

「それぞれがセットになってる」

「ほかに誰がこの追跡テクノロジーを？」

「追跡テクノロジーじゃない」と彼はいった。「それがうまくいくかどうかさえもわからない」

少佐は彼の手を離し、憤慨した声をあげた。

「おたくは魔術を所望した」と彼はいった。

「わたしはパペット軸の向こう側に行きたいといったの！」

「だったら、おれのじゃまをして遅らせるのはよすんだな」

イエカンジカとルヒンディがその場で協議した。ショナ語だ。彼らがしゃべっているのはショナ語だろう。イエカンジカが近づいてきて、彼のジャケットを脱がせた。彼には手の中にあるボタンひとつしかなくなった。

「簡単にできることじゃない」と彼はいった。

「あなたは何をするつもりなの？」少佐が尋ねた。

「フーガ状態に入りこんだホモ・クアントゥスは、量子場を知覚できる、量子もつれを起こした粒子にリンクしているものも含めて。もつれの筋をたどってもう一方の粒子に行きついて、誘導したワームホールを向こう側に開くことができるかもしれない」

「一度もやったことはないの？」

「過去にこれをやった者はいない。航法システムをシャットダウンしてもらえるかい？」

メイン・ディスプレイとその興味ぶかいパターンの数字の列がぱっと消えて、明かりは艦内のステータスを表示するダッシュボードだけになった。

「この艦を移動させられるか？」と彼は尋ねた。「われわれがいまどこにいるかはわかってる」

「航法ディスプレイなしではだめよ」と大佐がいった。

「おたくらがそれをシャットダウンする前に、すべて記憶しておいた」

大佐の指がさっと動き、重力の変化が戻った。〇・五G。四分の三G。一Gと。角度の変化とともに彼らは旋回し、三次元的に推進しはじめた。彼をやりこめるために。困難にするために。いいだろう。それは彼がもっとも心配していない点だ。

これをやってのけるために、彼はフーガ状態に入って、自身であることを完全にやめないといけなかった。彼はすでに半分はほかの存在になっていた。サヴァン状態はあらゆるたぐいの認識機能をシャットダウンし、一時的に脳にダメージを与えることで彼の人となりを変化させる。だが、量子フーガに入りこむということは、誰でもなくなることを意味している。彼は量子フーガを何年も避けつづけ、そこから逃げて、故郷からも逃げてきた。彼の手は震えていた。彼はわきの下に手を挟んだ。彼らが見守っている。おれを見るのをやめろ。

「ワームホール誘導コイルのできるだけ詳細な計器表示が必要だ」彼は小声でいった。

ダッシュボードの表示がしぼみ、代わりに一連のグラフやチャートが広がった。磁場の強さ、形、構造を測るためのものだ。

「構成セッティングにアクセスさせてもらってもいいか？」と彼はいった。「ディスプレイの表示をもっと論理的なものに調節する必要がある」

〈ジョングレイ〉のコンピュータが彼に限定的なアクセス権を与え、彼はディスプレイを再構成しはじめた。戦闘艦の航法士官が必要とするよりも数桁ぶんは多い詳細なデータを得るために。コイル温度、曲率、磁気分極、電気抵抗、表面自由密度のパターンが、複雑な幾何図形上で互いに反映しあっている。

またしても、重力が消えた。相対速度はゼロだ。イエカンジカが彼の隣に立った。

「これから何をしたいの、アルホーナ？」と彼女が尋ねる。

「待ってもらう必要がある。おれがいいというまで」彼は相手が不機嫌に息を吐きだすのに応じてつけ加えた。

初期の量子理論において、科学者や哲学者は量子波動関数の意味について、そして量子の重ねあわせが何を意味するのかについて、熱い議論をくり広げてきた。ひとつの電子が同時にふたつのスリットを通り抜けるとき、これにはどんな意味があるのだろうか？ 原子レヴェルの現実はつかみどころがない。このつかみどころのなさは、〝シュレーディンガーの猫〟によって有名になった。量子世界の不確実性ともつれた猫は、その運命を観察に頼ることになる。状態の二重性が似かよっているとみなし、猫は量子世界の一部になったと主張する者もあった。死んでもいなければ、生きているわけでもない。この実験自体が新たな世界をつくりだしたと主張する者もあった。猫が死んでいる世界と、猫が生きている別の世界とを。どちらの解釈もあまりに多くの問題を抱えているため、どちらかが勝利をおさめることはなかった。もしもどちらかが勝利していたら、ホモ・クアントゥス、そしてベリサリウスがこの世につくりだされることはけっしてなかっただろう。

意識こそは量子系を崩壊させてクリアな結果を得るための要素であることが発見されたとき、ホモ・クアントゥス計画が誕生した。人間は主観的で、意識を備えた存在であるため、量子現象を直接に観察することはけっしてできない。人間が見るやいなや、猫は死ぬか生きているかになって、電子は片方のスリットか、もう一方を通り抜けることになる。量子の重ねあわせや重複の可能性は、人間が近づいたときに消えうせる。人間の意識が可能性を現実に変える。ホモ・クアントゥス計画の目標は、意識や主観を捨てて、量子現象に落ちこむことのないようにできる人間を遺伝子操作でつくりだすことにあった。

ベリサリウスにとって、量子フーガにアプローチするのは飛びこみ台の板の上に立つようなものだった。プールの水のはるか上に立ち、自分の姿を映す自我。水の中で待ち受けている崩壊、自我の消滅。板の上から飛びこむことは、環境の一部となり、宇宙や星、そして虚空といったものになり、経験する対象者であるのをやめることだ。板の上から飛びこむことは、虫やバクテリアのように、何も考えずに規則やアルゴリズムの集合であるもののカテゴリーに加わることを意味する。フーガ状態に入りこむのは量子世界の不確定な無数のもののひとつになることだ。彼の胃袋がきゅっとよじれた。彼は飛びこみ台の板の上に立ち、水面に映る自分の姿を見つめている。この十年あまり、彼は飛びこみ台の板から踏みだしたことがなかった。

そもそも、量子フーガに入りこむことのできるホモ・クアントゥスはほとんどいないし、入りこむことができたとしても大きな困難をともなう。彼らにとって、量子フーガに入りこむのはけわしい丘をのぼるようなものだ。遺伝子操作された本能が助けになる。遺伝学者はパターン認識や好奇心の本能を強化した。各世代をへるごとに、自己保存のためその本能の強さを一歩ずつ近づけることによって。

彼らはベリサリウスの創造において、目標をとび越えていた。学び、理解することに対する彼の必要性は、自己保存の感覚と同じくらい強かった。いまの彼は本能に頼ることができなかった。そのせいで死ぬことになるかもしれない。意識をなくしたとき、脳がどう反応するかは予測がつかなかった。量子フーガは彼にとって危険なものだった。だが、いまここで、ほかに手だてはない。ホモ・クアントゥスとして機能する者が必要で、ほかに代わりはいなかった。彼は量子フーガを始動させた。スイッチをオフにするように、人間としてのベリサリウスは存在をやめた。

7

ベリサリウス主体が欠如しているあいだに量子知性体が融合した。大量のマグネトソームが、さらに大量の量子ビットや量子トリットの電磁情報を量子知性体に供給する。それらすべての相互排他的な、重ねあわせた豊かさのうちに、量子知性体はシグナルの地図を構築した。重なりあうたくさんの可能性のうちに量子知覚がはじけて広がる。

テストする必要のある仮説――量子もつれを起こした粒子同士を結びつける確率の筋は、誘導したワームホールを正確な行先へと正しく導くことができるだろうか?

量子知性体は巨大な泡立つ量子世界の中で量子もつれを起こした粒子を結びつけている確率の細い繊維を見つけた。ベリサリウスの肉体の神経終末が筋細胞中の情報伝達カスケードをつくり、紡錘糸に細胞内のマグネトソームの回転を引き起こさせ、それがボタン内の量子もつれを起こした粒子の周囲の磁場を変化させる。もう一方の量子もつれを起こした粒子の核も同じく回転し、三分の一光年の距離を離れたもつれの片割れに確率の繊維を通じて即時のシグナルを送る。あたかもスイッチが入ったかのように、もう一方の量子もつれを起こした粒子の位置がはっきりする。それがおおよその〈ムタパ〉の位置だ。

〈リンポポ〉はスタッブス星系のオールトの雲と相対して、アンチ・スピン方向に二百二十五キロの位置にある。そして〈リンポポ〉の艦内には結合したワームホールがおさめられている。

量子知性体が指令を発した。「磁場の強さを四十八万ガウスに上げよ。右舷コイルを三・八度下に。コイルの曲率を二毎センチメートルに下げよ」

イエカンジカ主体が近づいてきた。止まって立ち、そばでじっと見る。顔に表情を浮かべている。「どこに向かうつもりなの、アルホーナ？」

量子知性体がくり返す。「磁場の強さを四十八万ガウスに上げよ。右舷コイルを三・八度下に。コイルの曲率を二毎センチメートルに下げよ」

重なりあった確率が濃密になる。一光秒ごとに認知が広がった。

イエカンジカ主体とルヒンディ主体が声を発し、相互に作用する。アナログ情報を処理する。磁場の強さが高まり、右舷コイルの曲率が下がり、艦軸から離れた方向を指す。戦闘艦の磁場の形が変化した。

「左舷コイルの曲率を一・七毎センチメートル増し、コイルのコアの透磁率を四マイクロニュートン毎平方アンペア上げよ」

ルヒンディ主体の指がさっと動く。コードを検出。コードを解読。指三本によるフランス語8・61への十六進数の代替暗号だ。

量子知性体が指令を発する。「磁場の強さを五十万ガウスに上げよ」

コイルのつくりだす磁場がマグネトソームを圧迫した。

「磁場の強さを五十二万一千六十三ガウスに上げ、左舷コイルの曲率を〇・四一毎センチメートル上げよ」

巻き上がっていたものが広がっていく次元を通して、時空に空隙《くうげき》が生じた。空隙が広がり、チューブ状のものが形づくられる。指がさっと動き、システムがシャットダウンされる。コイルからの磁気的な圧力がやむ。量子知性体は電函からマグネトソームへと送っていた電流を下げる。コールド・ジェットが戦闘艦を前に押しだす。誘導したワームホールに〈ジョングレイ〉が入りこむ。沈黙。何もない空間。どこでもなく、誰もいない。

そうして、〈ジョングレイ〉が通常の時空にあらわれでた。ディスプレイがぱっとともる。そこから二十一キロのかなたには、〈リンポポ〉がスタッブス星系のパルサーをゆっくりとめぐる遠軌道に浮かんでいる。ホログラムの黄色い線が〈リンポポ〉の輪郭をかたどっている。上部格納庫。左舷と右舷の兵器配列。インフラトン・ドライヴの周波数帯域。掩蔽《えんぺい》されたブリッジとエンジン。ルヒンディ大佐がひゅうと口笛をもらし、感情を示す。

量子知性体の感覚入力が広がる。きつくコイルを巻いた因果関係の輪によってつくりだされた、新たな確率波のパターンが量子知性体を襲う。〈リンポポ〉に搭載された、干渉するワームホール。

「あなたの目標がわれわれを〈ムタパ〉のもとに戻すことだったとしたら、アルホーナ、二百キロはずれてるわよ」イエカンジカがいった。

「三分の一光年以上を移動したにしては悪くないわね」とルヒンディが誤差を許容する評価をにおわせていった。

誤差ではなかった。量子知性体は誘導したワームホールを正確に狙い定めていた。ひと組のワームホールの干渉パターンを観測できるように。

量子知性体は処理制御をベリサリウス主体に戻せ、という命令をベリサリウス主体が発した。だが、このまま観測をつづけたときに得ることが可能なデータに比べると、この指示は優先度が低かった。ベリサリウス肉体の体温が四十一度に上がった。量子知性体はベリサリウス主体の指示を上書きした。肉体的に可能であるかぎり、量子知性体が制御しつづける。

「アルホーナ、あなたに話しかけてるのよ!」

肉体の振動。脅《おど》し? 量子ビットは機械的な、そして熱による混乱からも保護されている。量子計算能力は一貫性をたもっていて、認識は拡大をつづけた。

「肌が熱いわ。熱っぽい」

「隔離室に?」

「わかりません。伝染性があるとは思えませんが」

「彼をここにとどめるわけにはいかないわ」

「伍長、彼を医務室に」

何者かの手がブーツのマグネットを解除する。量子知性体はマグネトソームへの電気の流れを調節することで影響を相殺した。ベリサリウス肉体はディスプレイの前から運ばれていったが、量子知性体の認識は拡大をつづけた。観測をつづけて、ワームホールのデータ分析を完了することが必要不可欠だ。

体温は四十一・六度。

体温は四十一・七度。

8

ベリサリウスはひどいにおいがした。嘔吐物が唇にこびりついている。頭がずきずきした。わきの下に指を入れることによってのみ、なんとか震えを抑えることができた。熱がある。胃袋は中身をさらに吐きだしたがっていたが、もう何も残っていない。鋭い光があふれ、痛み、空虚な世界で彼は生きている。

「いったいどうしたの、アルホーナ？」とイエカンジカ少佐がいった。その声は耳ざわりで、力強い。ややアンティークなフランス語は優雅で、彼はそれに慣れはじめていた。

「ベッドサイドでのおたくのマナーはひどいもんだな、少佐」

「われわれの医療コンピュータは、昨夜、あなたが死にかけてると考えた」とイエカンジカ。

「二度も。あまりの高熱のために」

「えらい高熱だった」と彼はいった。喉がからからで痛む。

「コンピュータはあなたの熱を下げることができなかった。ドラッグの影響か、それとも敗血症のために。わたしからは、あなたに毒を盛るようにという命令は出していないのに」

ベリサリウスはうめいた。彼女はジョークをいったんだろうか？　おそらくそうではないだろう。

目が痛くなる光は、単なる天井のランプだ。彼は小さな医務室のようなところにいて、室内は殺風景な工業的トーンで装飾されている。

「あなたの航法には感心させられたかもしれない」と彼女がいった。「ただし、あれをやる意味がわからないし、あなたの代償は高くついたようね」

「自分がホモ・クアントゥスとしてすぐれてるとは一度もいってない。通常なら、もう少し医療サポートのあるところでフーガ状態に入りこむんだ」

「つまり、ホモ・クアントゥスは誰もがこれほどひどいの？」

「おれは数世代ぶんの欠陥の集大成だといってもいいだろうな」

「あなたはゼロG状態でかろうじて動ける程度だし、普通でないことを試みようとしたら具合が悪くなった。そして〈ムタパ〉の位置を大きくはずした。われわれの航法システムのほうが近くに戻れたはずよ」

「なるほどな」彼はうめいた。「おたくはおれを雇うという判断に賛成してないってわけだ」

「そのとおり」

「おれが仕事を成功できないと思うなら、雇うのはやめておくんだな」

「あなたならできるというしるしは、わたしには見てとれなかった」

「身体の汚れを洗ってもいいかな？」

「まだあなたは熱がある」

「フーガ熱はあと数時間つづいてから落ちつく」

イエカンジカが部屋を去った。コンピュータが、別の操作者によって、彼を乱暴にきれいにしはじめた。

彼がこれほど深く量子フーガに、これほど深く熱症状にはまりこんだことは一度もなかった。熱が四十一度になると、量子客体でさえも記憶を保存できるとは信頼できないし、イエカンジカの話によればそれ以上の高熱がつづいたようだ。熱が上がりすぎたせいで、おそらく量子客体は一貫性を失ったのだろう。生理学的にいって、列車を壁にぶつけて無理やり止めるのに等しい。

量子客体は意図的に彼を殺そうとしたのではない。ベリサリウスの肉体的な安全に注意は払われていたが、対立する優先事項のなかにより重要なものがあっただけだ。ベリサリウスが死んだなら、量子客体も存在しなくなるが、そんなことは気にかけてもいない。彼のプログラムされた本能は欠陥を含んでいて、それは修正できない。彼の命を握っている存在がそれほど無情な判断をくだしたというのは恐ろしいことだ。

だが、彼はサイコロを振って勝利した。

もう一度量子フーガに入りこんだら、生き延びられないだろう。だが、過去二十四時間のうちに、有効に使える情報がいくつか手に入った。ひとつめに、彼が入りこんだサブ＝サハラ同盟の艦内データから、いかにしてワームホールが安定して相互作用しているのかがわかった。ふたつめに、量子知性体が量子もつれを起こした粒子と安定したワームホールを誘導できる船を使えば、船自身のシステムの限界をも超えて、とても正確に操船できるとわかった。

彼は遠征部隊をパペット軸の向こう側に送りこむアイデアの端緒を得た。だがそれは単なる航法の手段に過ぎず、カードをプレイしているにすぎない。より大きな問題は、パペットを演じることだ。それは簡単にできることではない。

9

夕方までにベリサリウスの熱は下がり、士官食堂での夕食の招待が彼を待っていた。第六遠征部隊司令官であるルド少将からの誘いで、ベリサリウスは士官食堂での食事というものに一度も出席したことがなかった。古風な習慣で、意味のないことのように思えた。形式的で厳格に管理された楽しみというのは、まったく楽しいようには聞こえない。だが、七時には不愛想な憲兵が彼を迎えにやってきた。

彼らは〈ムタパ〉を五分の一Gまで加速させていた。広い士官食堂は古めかしいテーブルクロスで飾られている。白い皿や器、そして本物の銀食器《シルヴァーウエア》も。コングリゲートのユリの紋章《フルール・ド・リス》ではなく、サブ＝サハラ同盟の旗が壁にかかっていた。

ベリサリウスにも茶色の制服が支給されたが、記章は何もついていなかった。艦隊の制服もそれほど違うものではなかった。最上級のルド少将から、イエカンジカを含む少佐まで、襟と肩と手首に飾られた金属とルビーが階級を示している。だが、メダルは誰も胸につけておらず、それは少将さえも例外ではなかった。ほかの軍とは違うこの特徴をベリサリウスが指摘すると、士官食堂長である、髪に白いものが混じった大佐が説明してくれた。彼らの祖国はパトロン国家であるコングリゲートの支配下にあるというのに、メダルなど誰も欲しがりはしませんと。

士官食堂長がベリサリウスに一同を紹介していくあいだに、イエカンジカの不釣りあいなほどの権力という小さな謎が晴れた。イエカンジカ少佐はルド少将との三人婚による準妻だった。背の高い大佐がルドとイエカンジカの仲立ち夫であると紹介された。ベリサリウスはサブ＝サハラ同盟の社会動学についてまでくわしく調べる必要があるとは考えていなかったため、彼らが金星パトロン国家の三人婚を採用しているとは知らなかった。

士官食堂での夕食には、それぞれの戦闘艦の指揮をとる大佐や、重要な地位にある中佐や少佐、遠征部隊のふたつの側面部隊を指揮する准将を含めて二十人あまりの高級士官が出席していた。誰もベリサリウスに好意など見せなかった。彼らは猜疑心をもっているようで、それが彼自身に対してなのか、単に見知らぬ他人に対してなのか、それともその両方なのか、彼にはよくわからなかった。四十年にわたって孤立して暮らしていれば、自分だって見知らぬ他人を警戒するだろう。

ベリサリウスは少将の左側にすわり、向かいにはいかつい顔の准将が、隣にはイエカンジカとババベディ大使館付き武官がついた。残りの士官たちもテーブルの両側に並んですわっている。彼のまわりの会話は、偽《いつわ》りの陽気さや無理にも礼儀正しくよそおったものになった。儀礼用の制服姿の伍長たちが質素なコース料理を給仕していくあいだに、会話の音量はゆっくりと高まっていった。なまりのあるフランス語を話す者もあったが、大半はショナ語を使っていた。この言語はベリサリウスの所蔵するファイルになく、まだ解読できていなかった。

やがて、ベリサリウスと少将のまわりはしんとした沈黙の泡に包まれた。彼女は笑みを浮かべるでもなく、左側の彼をじっと見ていた。出席している士官のほとんどはイエカンジカと同じくらいの体格だが、この女性少将はベリサリウスと比べても小柄だった。

「勝利のために、少将」と彼が乾杯をもちかけた。彼女が応じて乾杯し、それがきっかけとなってカップを掲げる手がテーブルじゅうに広がっていった。

「彼はわたしの孫であってもいいくらい若く見えるわね」とルド少将がバベディに向けていった。

「ミスター・アルホーナはまだ十代のころに、アングロ＝スパニッシュ金権国の大銀行のひとつの金庫に入りこみ、実験的AIを盗んだこともあるのですよ」とバベディがいった。

「それについては何も証明されてない」とベリサリウスはいった。「おれは告訴されてさえもいないよ」

「それに、彼は事情聴取のためコングリゲートに手配されています。スパイ容疑です」バベディがつづけていった。「コングリゲートの防衛機密データに不正アクセスがありまして」

「その告訴は取り下げられたよ」とベリサリウス。「おれと関連づける証拠は何もない。おれはコングリゲートの支配星域を自由に移動できる」

「つまり、ミスター・アルホーナは習慣的にトラブルに巻きこまれているのね」とルド少将がいった。

「彼は習慣的にトラブルから抜けだしています。それこそは、われわれが必要としていることでしょうね」とバベディがいった。

「そのとおりね」と彼女も同意した。

「パペット軸の向こう側で何をするつもりなのかな、少将？」とベリサリウスが小声で尋ねた。「コングリゲートはおたくらが手に入れたものを欲しがるだろう。パペットと同じように」

「そうしたいなら、奪ってみればいい」と少将が応じた。士官たちが指揮官の声に耳をすましたため、ざわめいていた会話が弱まった。「百二十五年前、コングリゲートはサブ＝サハラ同盟との協定に同意した。それからの一世紀あまり、われわれ同盟は血でもって仕えることで借りを返してきた」

「コングリゲートはインディアン座イプシロン星系の多くの不動産を所有している」とベリサリウスはいった。「要塞化された世界軸ワームホールふたつも。おたくらの巡航艦より大きくて、数も多い戦艦に守られて。それと、連中はあの星系内にドレッドノート型も一隻配備してるものと思われる」

「そのとおり」とバベディがいった。

つまり、彼らは死ぬことになる。コングリゲート航宙軍と対峙することになれば、ここにいる全員が死ぬことになる。そして彼らは、自分たちが死ぬことになる場所へと導くためにベリサリウスを必要としている。

「コングリゲートの政治的スタンスが、交戦を避けがたくしている」とルド少将がいった。「そのとおり《ヒア・ヒア》！」という士官たちの叫び声に、あちこちでテーブルを叩く音がともなった。ベリサリウスだけが例外だった。彼は乾杯のしるしに飲み、ルドもそれにならった。歓声は弱まった。

「巷間《こうかん》では、あなたは魔術師と呼ばれているそうね」とルド少将がいった。「あなたのちょっとした魔術を披露してもらう代わりに、われわれが何を支払うつもりがあるかはあなたも目にしたはず。どんな作戦を頭に描いているの？」

この連中に対して、彼は責任は負っていない。自分以外の誰に対しても、責任は負っていない。たとえ彼らが死んだとしても、それは彼らの決断によるものだ。彼ら全員が決断をしていた。ベリサリウスはカップをおろした。まわりの会話が静まった。

「失礼ながら、少将、実際のところ、おたくらがもちかけてきた額の二倍はコストがかかるだろう」

沈黙が士官食堂に広がった。ルド少将が片方の眉をぴくりとつり上げた。

「ほかには誰も、われわれが提案したような速いシャトルを所有していないのよ」彼女がいった。「一隻だけでも、価値ははかりしれないわ」

「おたくらをパペット軸の向こう側に連れていくなら、おれは死んだも同然だ」とベリサリウスはいった。「これは普通の詐欺じゃないし、おたくらは普通のクライアントじゃない。政治的な計画と詐欺の計画はうまく混じりあわない。おれ自身の生存のコストも考慮に入れておかないと」

ルド少将の目が猜疑に細められ、年齢が刻んだしるしがくっきりとあらわれた。「よろしい。どんなものを考えているの？」

ベリサリウスはポルト・ワインを飲み干した。

「カギになるのは、何か魅惑的で派手な見世物で気をそらし、こっちの狙いがわかったと連中に思わせておくことだ。そのあいだに、本当の目的であるおたくらは気づかれることなく通り抜ける」

「話をつづけて」

「派手な見せかけは金がかかる」と彼はいった。「宇宙船や不動産を買う必要がある。役人を買収する必要もあるだろうし、その分野で最良の腕をもった連中に、かなり高額の報酬を提示しないといけない。潜入するスパイが必要で、ほかにも爆破の専門家、航法担当、ほかに並ぶ者のない電子機器の天才、遺伝学者、そしておそらく、異形の深海ダイヴァーと経験豊富な詐欺師も」

「われわれもあなたの詐欺計画の立案と実行に密接に関わることにする」とルド少将がいった。「イエカンジカ少佐は喜んであなたのチーム集めに手を貸してくれるでしょう」

「もちろんです」

「だったら、説明して」とルドがいって、恐ろしいほどの決意がこもった笑みを見せた。

10

一ヵ月後。

禁輸令が出されているにもかかわらず、パペット・フリーシティには多くの船がやってくる。そして、それには高速定期船〈セルバンテス〉も含まれていた。〈セルバンテス〉はフリーシティから充分に離れるまで核分裂エンジンでのろのろと進んでから、ワームホールを誘導した。老いぼれたロバのように予想のつきやすい〈セルバンテス〉は、一日に一度だけ、確実にワームホールを誘導できて、ヌエバ・グラナダの軌道をめぐっているポート・バルセロナまで百七十五光時の距離を橋渡しした。

ベリサリウスは船内でほかの乗客と交わろうとしなかった。彼は星を眺めているのが好きだった。とりわけ気が落ちつかずに眠れないときには、星のパターン配列を独自に構築して過ごした。だましのスケールの大きさ自体は、もはやそれほど心配でもなくなっていた。心のうちを見つめるためらいの時期に形をとったいくつかの危険な仕事は、成人後の彼の生活のうまい要約になった。いまの彼が落ちつかずに不安なのは、ホモ・クアントゥスの故郷に戻るという考えのほうだった。

ベリサリウスが電函をうまく制御してサヴァン状態に入りこむことができるようになったのは十歳のときだった。早熟な天才だった彼は分子生物学者や心理学者たちを喜ばせつづけたが、それも十六のときに故郷を去ると決めるまでのことだった。それ以来、〝ギャレット〟には十二年戻っていなかった。そんなわけで、ポート・バルセロナに到着するのを待つあいだ、彼は星の点をつないでパターンをつくって気をまぎらせていた。

インディアン座イプシロン星のオレンジ色の光のもとで、ポート・バルセロナは広々としていて、富裕で、つねに拡大をつづけていたが、そのどれもがパペット・フリーシティには欠けている特色だった。今回の彼は劇場やコンサートを訪れているひまなどなかったし、〈ラス・パンパス〉で最新の遺伝子操作をほどこされたステーキ肉を試すひまもなかった。代わりに彼は、自動操縦の小型トーチシップを借りてギャレットに向かった。

アングロ＝スパニッシュ銀行は人類の遺伝子的な向上のため、数世紀にわたって実験を重ねてきた。ホモ・クアントゥスはその最高の成果で、生物工学や遺伝子操作の最高傑作《マグヌム・オプス》だった。もっとも、ベリサリウスにとってその成果というのは、真に有用な何かというよりも皮肉のように感じられた。

実際、アングロ＝スパニッシュ銀行がホモ・クアントゥス計画からただのひとつでも経済的または軍事的に利益を得たことがあったのか、ベリサリウスは疑っていた。人間が経済的な結果をあらかじめ予測したり、新たな軍事戦略を見てとったりする一方で、量子認識のまさに本質がつくりだしたといえる彼らの種族、ホモ・クアントゥスは相互に作用する確率を抽象的に熟考することに没入しがちだ。ホモ・クアントゥスは現実世界の自然を詳細に調べることができるが、人類にとってすぐに利益になることを結論づけて終わらせるよりも、難解なアイデアにはまりこみがちだった。

アングロ＝スパニッシュ銀行の頭取や最高経営責任者《CEO》はこの計画のために資金を提供しつづけているが、ホモ・クアントゥスは非主流の研究開発《R&D》の投資対象となり、やがて政治、経済、軍事理論のあわただしさから孤立した住処《すみか》を求めるようになった。この計画自体がインディアン座イプシロン星をめぐる大型の小惑星にごっそり移転することになると、小惑星の地下を掘って水晶の庭をつくり、そこを屋根裏部屋《ギャレット》と呼んだ。

彼は操縦席からの眺めを調節し、小惑星が影のある大きな天体に変わっていくのを見守った。だが、小惑星は闇に大きく浮かびあがるのではなく、しだいに実体がなくなっていくように見えた。ベリサリウスの同胞たちはギャレットの表面を、色つきの小さな光で網目状に覆っていた。それらの光は遠くから観るには小さすぎるし、近づくにつれ、緑や赤や青色のやわらかな線になり、氷の寒々とした眺めをやわらげてぬくもりを与え、数学的デザインと確率分布の美しさで誘っている。こうして表面を光で照らしているのは、光のパターンが有用な何かを伝えているからではなく、ギャレットに多くの訪問者があるからでもなく、単純にそれが美しいという理由からだ。彼の同胞たちは、企業または軍事戦略にとって最先端の道具となるべく設計されたが、そうなる代わりに、彼ら自身でさえも見ることのできない星の表面を光で照らして楽しんでいる。

彼は予期せぬホームシックに襲われた。光のパターンは美しかった。

ベリサリウスは気が落ちつかなくなり、羽根のようにふわふわと感じながら船を降りた。自動税関と健康診査官が彼の入国を許可してくれた。およそ三千人の科学者が暮らす、鮮やかな色のナノチューブで補強された洞窟内の街に。頭上の光はやわらかな黄色に輝き、ところどころ、青や緑や赤色がまだらに散っている。ホモ・クアントゥスは、幼いころでさえ、混じりあった波長に隠された干渉縞《かんしょうじま》について考えるのを好んだ。

静けさが街を包んでいた。ホモ・クアントゥスは美しい声で鳴く鳥をギャレットに持ちこんでいなかったが、代わりに鳴き声をあげる、小型でシャイな生き物が、生物発光する木やツタのなかに暮らしている。ささやかな重力下で、人々や小型のロボットはゆっくりとした足どりでそれぞれの用事のために行き来している。シンメトリーを描き、なだらかに起伏する丘を越えて、ギャレットの小道が先までつづいている。かるい足に踏まれても野草はほとんどダメージを受けていない。予想外の孤独感に彼は襲われた。十二年間も感じたことのなかったホームシックになっていた。

ベリサリウスは人々からの興味ありげでシャイな視線を引きつけた。彼が行きあった人々は量子認識のふちで生きているわけではない。宇宙の秘密に悩まされている人々ではなかった。量子フーガに入ることのできない人々は管理者や医者、遺伝学者、細菌学者になって、ホモ・クアントゥス計画の次なる世代を世界に引き継ぐために働いている。見方によって、彼らは遺伝子工学くじの勝者でもあり敗者でもある。

街にある学校はいまごろ子どもたちであふれ、おそらく今日の物理学や量子論理の授業は終わっているだろうが、まだ電函の正確な制御の訓練に取り組んでいるはずだ。七、八歳になって習熟度が進んだ生徒は、特別仕様の磁気ヘルメットをかぶり、はじめてのサヴァン体験をすることになる。子どもたちは初期段階から、本来の自分とサヴァンになったときの自分をスイッチのように切り替えることを学ぶ。のちのちフーガ状態に入りこんだときに、一時的に自分の人格を消すことに抵抗がなくなるように慣れさせるためだ。ベリサリウスはそうした技量にすぐれていて、子どものころはそのことを誇りにもしていた。いまでは、そうしたすべてが過酷な経験に思えた。

〈ミュージアム〉には低い建物が集まり、建物のふちにはベランダがめぐっていて、コイがゆっくりと泳ぐガラスのように静謐《せいひつ》な池を見おろしている。これは、まばゆく光り、次々に崩壊していく確率の泡にあまりに長時間さらされてきた脳を冷やすための逃避の手段だ。ベランダのラウンジチェアにすわる人々は、疲れきった視線を丘のほうに向けている。彼らは静かな瞑想を求めている。

カサンドラ・メヒアが働いているのは〈ミュージアム〉の本館でもなければ、離れのいちばん近いところでさえもなかった。本館は、人間の意識がどこで終わっているのか、そのヒントを探し求める者たちのために振り分けられている。離れの建物はホモ・クアントゥスの認識と操作の範囲を鋭敏にする研究にうちこむ者を集めている。さらにその奥は〈ミュージアム〉構内のまさに隅っこで、あまり重要でない研究に従事する者が宇宙の織り地にじっと目をこらしている。この隅っこで、ベリサリウスとカサンドラは幼いころから思春期までをいっしょに作業して過ごしてきたのだった。

彼はカサンドラをすぐには認識できなかった。かつて、暗闇のなかで彼と顔を近づけあい、こっそりキスを交わしたころの、喜びにあふれた笑顔の記憶が残っていた。いまの彼女はパティオの長椅子《シェーズ・ロング》にぐったりと寝そべり、草の揺れる波をぼんやりと見つめていた。もつれてカールした黒い髪に覆われた顔は大人になっていた。ぶかぶかでしわになった服が、十代の彼が覚えているふくらみのほとんどを隠している。

そうだとしても、彼女は美しかった。性的な美しさというのはホモ・クアントゥスにとって現在進行形の懸案事項ではないが、遺伝子操作された者というのは、少なくとも洗練された均斉以上の美を備えているものだ。黒い目が動くことなく一点を見つめている。きれいな茶色の肌は丸い頬骨の上で引き締まっている。唇はかすかに開き、ほとんど眠っているようにやわらかな息をしている。彼は腹のあたりがむずむずした。ホモ・クアントゥスの習慣になった音をたてない歩き方でベランダに上がると、彼はラウンジチェアに横になっている彼女の向かいにすわった。

「今朝《けさ》早く、長時間のフーガから帰還したところなの」

彼女が感情のない声でいった。やわらかな緑の草木から目を離そうともしない。彼女はまだ量子フーガによる自己の喪失から完全に戻っていないのかもしれず、まだいまもサヴァン状態にあるのかもしれなかった。それとも、彼女の基本的な人格には完全に戻るつもりもないのかもしれない。もしも彼と同じように感じているとすれば、彼女はフーガに戻りたくてしかたがないのだろう。

「どれくらい長く入っていたんだい？」とベリサリウスは尋ねた。

「一週間近く」とカサンドラがいった。

それほど長時間のフーガ潜入を彼はこれまで聞いたこともなかった。カサンドラは最良の能力を備えた一人で、ホモ・クアントゥス計画の精華だ。ある意味で、彼女は彼と正反対だった。彼女は量子フーガにとどまるために戦わないといけなかったのに対し、彼はそれを避けるために戦わないといけなかった。一週間といったら、彼女の認識は半径七光日の領域まで拡大し、内星系の世界軸ワームホールを四つカバーするに充分なほどで、パペット軸を理解するのにもほとんど充分なくらいだ。彼女はどれくらい遠くまで手を伸ばそうとしていたのだろうか？　重ねあわせた量子の波に絶え間なく洗われる状態を彼女はどうやって解決しているのだろうか？

「カテーテルや、人工呼吸器や、六人の医師やらなんやらで」と彼女はつづけた。「みんなが機器を取りはずす前のわたしを見てみるべきだったわね」

「おれと会うために、わざわざきみを引きだす必要はなかったのに。こっちが少し待ってもよかったんだ」

「放蕩《ほうとう》息子を待たせるですって？」彼女が少しだけ生気を取り戻して尋ねた。「彼らはあなたを取り戻したがってるのよ、ベル。わざわざ市長がやってきて、あなたがここにとどまるようになんとか説得してくれないかって。わたしと結婚してくれるように頼んでみてくれないかとまでいってたくらい」

ベリサリウスの胃袋がぐいっと動いた。

「おれに結婚してくれと頼んでるのかい？」彼はまぜ返した。

「あなたにはそのチャンスがあったのよ、ベル。あなたはそれを望まなかった」

「いつだって、きみといっしょに暮らしたかった。ただ、とにかくそうはできなかったんだ……ここでは」彼はそういって、〈ミュージアム〉全体を手で示した。

「だったら、そうしないで」彼女がいった。「あなたがいま暮らしてるのがどこだとしても、そこに帰りなさい。ここにいる誰も、あなたの悪事の片棒をかつぎたくなんてないんだから」

「悪事をはたらこうとしてここにやってきたわけじゃない、キャシー。正確には、そういうわけじゃない」

カサンドラが視線を彼に向けた。彼は物理的に押されたように感じた。

「仕事がひとつあるんだ」とベリサリウスはいった。「大きなやつが。きみの手助けが必要だ」

「いいから帰りなさい、ベル」

「おれがこれから何をもちかけようとしてるか、きみはわかってさえもいない」

「どうしてそれが関係あるというの？　ギャレットの外のことはわたしたちの研究になんの

関係もない」

「それは正しくない」

彼女はぼんやりと遠くを見る表情をしたまま、眉をひそめた。完全に彼との会話には集中していない。「どういう意味？」

「降りてこい」と彼はいった。

「降りてこい？」

「サヴァンから出てくるんだ。本物のカサンドラと話がしたい」

カサンドラは眉をひそめた。彼女の目がそれまで以上に彼に集中して向けられた。彼女の表情はしぼんでしまったように、乱反射から離れるように、偽りの全知の存在のように感じられた。いままであまりに多くのパターンを見て、あまりに多くの配列を見ていたのに、それをあきらめるのがどういう感覚なのか、彼もよく知っていた。

「あなたが何を求めてるか、どうしてわたしが気にすべきなの、ベル？」と彼女がより深く響く声で尋ねた。新たな、感情的な、そこに存在している者を反映している。

「パペット軸の片側から反対側に、あるものを移動させる仕事を請け負った」

「あなたのお金なんて欲しくはないし、これがわたしの研究にどう影響があるのかもわからない」

彼女はわ、た、し、た、ち、の研究とはいわなかった。彼ら二人のほかには、ワームホール物理学の多次元超立方体理論を研究してきた者はいなかった。

「おれはパペット・ワームホールをぐることになる」と彼はいった。

「合法的に？」

「そして、それを操作できると思う、キャシー」

「パペット軸は〈先駆者〉によって、安定化するようにつくられたものなのよ、ベル。誰かが操作できるということは、安定化してないことになる」

「それについては、はるか昔にきみと二人で調べてきた」彼はいった。

彼女は判断がつきかねたように、彼を見た。

「あなたはホモ・クアントゥスよ」と彼女がついにいった。「あなた自身でそれを操作なさい」

「おれがきみの力量にかなうと本気で思ってるのか？」

「いまの は褒《ほ》め言葉、それともわたしをだますつもり？」

「正直な褒め言葉だ。きみにもチームに加わってもらって、ギャレットではけっして見つけることのできないものを提供したい」

ベリサリウスはポケットから指くらいの長さのケイ酸塩の薄板《ウェハー》を取りだした。二人のあいだに彼がそれを構えると、ホログラムが投射された。何列も何列もつづく計測値や関連した計算式だ。

彼女はほぼひと目でそれを吸収した。そうして眉をひそめ、身体を起こしてすわりなおした。「これは何？」

「おれが計測した数値じゃない」と彼はいった。

カサンドラは信じられないという表情で数字の列を見つめた。「だったら、誰の？　この観測結果は、わたしたちの推論が正しいことを意味してるのよ、ベル」

「きみが加わるなら、すべてを話すことができる、キャシー。この仕事にはきみの手助けが必要なんだ。理論について。計算について。工学について。だが、わがクライアントのためにやることはすべて、きみとおれにさらなる実験データをもたらすことにもなる」

息を呑むほどの興奮が、彼のなかにそっと入りこんだ。ふたたび十四歳のころに戻り、キスしたいといつも願っていた女の子と、ワームホール物理学のための理論的枠組みを構築できる。

「くそっ《カラーホ》」と彼女が毒づいた。ホログラムの光が彼女の目に反射して、小さな宇宙のようにきらめく。それ自身のパターンと星との無限性に。「どれくらい違法なことなの？」

「ひとつの政府が、別の政府は望んでないようなことをするために、助けを必要としてる」

「誰かが死ぬことになるように聞こえるわね」

「死ぬというのは、おれの計画には入ってない」

彼女はほとんど恥じるように顔をそむけた。

「ほかにも新たなホモ・クアントゥスがいるわ、ベル。わたしたちより、五、六歳若い子たちが。彼らはわたしよりすぐれてる。わたしより頭がよくて、数学的にもすぐれてるの。彼らはほぼなんの問題もなく量子フーガに入りこむことができる。本当にこの仕事のために誰かを必要としてるなら、その子たちと話してみるべきよ」

「おれが求めてるのはきみなんだ」

彼女はベリサリウスと目をあわせて見つめあった。「大切な実験が問題であるときに、冗談をいわないで」

「冗談をいってるんじゃない」

「あきらめたんじゃないの？」

彼はかぶりを振った。「何人か女と出会ったことはある。だが、あのとき以来、ほかの女性を愛したことはない」

「もっと懸命に努力してみるべきよ」

「ああ、そうかもしれないな」

「なぜふたつの政府のあいだに入りこもうとするの、ベル？　あなたが犯罪者になる必要はないでしょ。故郷に戻ってらっしゃい」

彼はホログラムの数字の並びを消した。

「ここには戻れない、キャシー」

「何が問題なの？」

「何が問題なのか、だって？」ベリサリウスはためらった。彼にホームシックを引き起こさせた牧歌的な世界に対して怒りを向けたくもあり、向けたくもなかった。彼は顔を寄せ、ざらついた声でささやいた。「連中がおれをだめにしたんだ、キャシー」

「連中って？」

「ホモ・クアントゥス計画に関わってきた連中だ。連中がおれの本能をだめにした。おれにとって、好奇心は自己保存の感覚と同じくらい強い。おれは誰よりも速く量子フーガに入りこめるが、抜けだすことができない。量子客体がおれの命令を書き換えてしまうんだ。高熱だけがおれをフーガから離脱させることができるが、そのたびに量子客体が少しだけ長くとどまろうとする。今度、量子フーガにとびこんだら、手遅れになるまでおれを解放してくれないだろう、キャシー。おれは死ぬことになる」

彼の心臓は激しく打っていた。このことはいままで誰にも話したことがない。カサンドラが起きなおり、彼の顔に手を伸ばしかけたが、ためらって自分の膝の上に戻した。

「ベル、彼らならそれを治せるわ。適切な監視者と装置があれば、うまくやれるはずよ」

彼がホモ・クアントゥス計画に対して抱いてきた怒りのすべてが泡立って浮かびあがった。ベリサリウスはそれを抑えこもうとしてきたが、彼女は聞く耳をもたなかった。

「うまく制御しようとはしてきたとも！」彼はささやき声でいった。「おれの肉体にダメージを与えようとする本能とつねに闘ってきたんだ」

「抵抗しなくてもいいのよ。彼らなら、うまくいくように調節できるから」

ベリサリウスは言葉をつむぎだそうとして苦心した。彼ら二人のあいだのへだたり、経験や認識の違いはあまりにも大きい。ホモ・クアントゥス計画に対するカサンドラの楽観的な意見に、彼は困惑した。

「なぜうまくいくと思うんだ、キャシー？　ここにすわって、外の世界と本当に関係のあることは何ひとつ考えずにいることによって？　外には大きな世界が広がってるというのに、おれたちはみずからそれを遮断してきた」

「あなたは世界から自分を遮断したのよ、ベル。外の人々や悪だくみは本当の世界じゃない。ただのパターンやアルゴリズムや干渉時間でしかないの。ここここそは、わたしたちが研究をおこなうべきところなのよ」

「何もせずに。遺伝学者や投資家どもがおれたちにこんな本能を与えようと決めた。おれたちが何を望んでるのか、自分でくだすべき判断をホモ・クアントゥス計画が奪ったんだ」

二人は別の世界に存在していた。ベリサリウスは彼女を失いかけていた。しかも、詐欺計画をもちかけたために。

「あなたは自由じゃない、ベル！　あなたは自分から逃げだした」

「おれたちは雑種族《モングレル》やパペットと同じくらい自由だ」

カサンドラが顔をしかめた。「その名を聞いただけで、むかむかするわ」

「生まれる前から、自分が何を望んで、何に幸福を感じるのかを人が勝手に決めてるんだとすれば、おれたちはパペットと同じだ」

「わたしはいまの自分が好きよ、ベル。わたしは数学が好き！　ほかの人間がけっしてできない方法で宇宙を見つめることが好き！　あなたもそうできるのと同じように」

「自分が学んだことを使ってきみは何をしてるというんだ、キャシー？　ホモ・クアントゥスは甘やかされて暮らす、情報を得るための受動的な触媒だ。これから二十年たっても、きみはまだ同じ人間でいるだろう」

彼女の手がこぶしに握られ、唇はきつく引き結ばれた。「それで、あなたはどうなるというの、ベル？　あなたはこの十二年間、自身から逃げてきた。あと十二年たっても、きっとあなたはまだ逃げつづけてるでしょうね」

「おれにはこれがある」と彼はそういって、二人のあいだにケイ酸塩の薄板を掲げた。「ギャレットはけっしてこんなのを手に入れられないだろう。きみは永遠に理論をこねくりまわすしかない。おれは自分が愛してるものを失うことなく、いまでは自分の本能を制御してる」

「恐ろしいことのように聞こえるわ」と彼女がいった。

それを聞いて、世界がぐいっと動いたように感じられた。この会話はあらぬ方向に逸《そ》れかけている。彼が夢見てきた再会は大失敗だった。ベリサリウスは声を落としていった。

「恐ろしいのは、きみの好奇心が事前にプログラムされたものだと証明できることだ、キャシー。このデータによって。だが、おれはきみを変えようとしてここに来たわけじゃない。それに、きみがおれを変えられるようにでもない。この仕事には、もっとたくさんのデータが関係してる。いっしょに来てくれ。お願いだ」

カサンドラの目がやわらいだ。彼は二人のあいだにあらためてケイ酸塩の薄板を掲げた。

「おれたちはパペット軸にじかに触れることになる、キャシー。おれはそれをどうやって操作すればいいか見つけた」

カサンドラが彼を見つめた。「どれほど危険なことなの、ベル？」

彼女のなかでふたつの本能が闘うのをベリサリウスは黙って見守った。知識と自己保存の本能とが。彼女のなかでは、自己保存のほうがわずかにうわまわった。彼も同じような性質であったなら、いまもギャレットで暮らしていたことだろう。

「わたしの頭のなかでどんなことが起きてるかわかる、ベル？」

「いや」

「あなたが昔のロマンスをかきたてようとしてるんじゃないかって心配してるわけじゃない。あなたが考えてるのがどんなことだとしても、それが非合法的だったり危険なんじゃないかって心配もしてない。あなたがわたしをだましてるんじゃないかってことさえも心配してない」カサンドラはこのひと言を二人のあいだにただよわせた。彼女の黒い目が、すうっと細められる。「あなたがこのデータを偽造したんじゃないかと心配してるの」

ベリサリウスは背筋を伸ばした。驚愕していた。自分も彼女と同じようにホモ・クアントゥスだ。ホモ・クアントゥス計画の成果が彼の血管のなかを流れて痛み、もっと深く理解できるように量子フーガに入りこめと誘う。彼がどんな人間になったと彼女は考えているのか？　ベリサリウスは彼女の手の上に自分の手を重ねた。彼女はまだ量子フーガの影響で熱っぽい。二人がともにつくりだした低電流のおかげで、指先がぴりっとした。

「データは本物だ、キャシー。それに、きみをだますつもりはない。きみに計画のすべてを教えよう」

カサンドラの目が線のように細くなり、彼女はいわれるままに手を裏返し、指先と指先で触れあった。電函につながるカーボン・ナノチューブの筋が皮膚の表面まで延びている。それは親密なうずきで、進化や結婚相手を認識するソフトウェアによっては完全に予想できなかったものだが、心に訴え、かつての純真さに響いた。二人は温かな指先をキスのように長いあいだ押しつけあっていた。彼女が深いため息をもらす。

「あなたを心から信じられたらよかったんだけど、ベル」と彼女がささやいた。「でも、わたしも行くことにする」

11

アルハンブラはヌエバ・グラナダ第一の都市だが、首都ではない。これはよくあるように、政治と経済の中心地が異なる奇妙な組み合わせに該当する。ブラジリアとサンパウロ。ケベック・シティとモントリオール。ボンとベルリン。そして、エンケラドゥス・シティとタイタニアン・ハイヴといったように。ヌエバ・グラナダの首都はトルヒーリョで、その経済というのは三院制の議会、芸術関連の寄付金、そして刑務所の運営によって成り立っている。

正式にはシン記念刑務所といい、貧民の擁護者からはディケンズと呼ばれている。そこには債務者とともに、紙幣偽造、契約不履行、投資や保険金詐欺、そして特許侵害の罪を犯した者たちが収容されている。

アングロ＝スパニッシュ金権国の刑罰制度は、訪れる者に快適なほどの文化的な収容生活についてか、それとも驚くほどの強欲さについてのどちらかに強い印象を与える。刑罰に対して大金を支払う者には、減刑あるいは赦免が与えられ、株券や年金の移譲も可能だ。これらの支払いがないばあい、民営刑務所はそれなりの利子がつく刑罰抵当権を身元引受人あるいは仮出所者自身にすら喜んで与えて刑罰を引き延ばすこともできる。訪問者は、透明化された段階的な料金設定のリストによって、さまざまなレヴェルでの牢獄へのアクセス権を買うことができる。つまり、コングリゲートにおいては賄賂《わいろ》と呼ばれているものだ。国によっては、ほかの刑務所よりもよい待遇を与えているところもある。

ベリサリウスは高価なアクセス権つきのパッケージを購入した。それには、エスコートつきのツアーや、五品コースの食事とバーの利用が含まれている。収監者は刑務所内で食事や酒をつくったり、ウェイターや案内係としても金を稼ぐことができ、その金で部屋や食事、空調サーヴィスをまかなえる。最高級のリネンや食器類はすばらしい食前酒《アペリティフ》やオードブルにマッチしていた。ベリサリウスがこれまた収監者であるソムリエと世間話をしているあいだに、ウェイターが抑制のきいた身ぶりでドアを開けた。

ドアの向こう側では、安っぽい合成繊維のスーツを着た男が不安げに待っていた。ひげは最近剃《そ》ったばかりだ。白いものが混じった髪はべっとりと後ろになでつけてある。男はベリサリウスを見て眉をひそめ、つづいてぜいたくなテーブルに目を移した。

「ここの高級訪問者用パッケージはなかなかのもんだよ。ピノ・ノワールを試してみるかい?」とベリサリウスが尋ねて、テーブルを挟んで向かいあった椅子を示した。

ウィリアム・ガンダーはゆっくりと部屋に足を踏み入れた。六十五歳くらいで、肌の白い旧ヨーロッパ系の顔だちをしている。ガンダーはテーブルの前でぎこちなく立ち、ワイングラスを取ると、中身をいっきに飲み干した。彼は眉をひそめ、グラスをウェイターのほうに差しだした。ウェイターが注意ぶかく注ぎなおした。

「おまえさんを二度と目にすることがあるとは予想もしてなかったよ」とウィリアムがいった。今度はグラスの半分だけ飲んだ。「古きよき時代を回想するために、わざわざここに？」

「あのころはよき時代だったと思うかい？」

「おまえさんがさっさとケツをまくって、おれのもとから離れていっちまうまではな。だが、いまはおまえさんのケツにキスさせるためにここにいるのか？　もっとワインが必要だな、そういうことなら」

「まずはローストビーフからはじめるべきだろうな」とベリサリウスはいった。「〈エル・テンポ〉の刑務所評価によると、ここで栽培してるホースラディッシュは辛みが増すように遺伝子改良されてるんだそうだ」

「おお、後生《ごしょう》だから……」ウィリアムはうんざりして目を上に向け、椅子にどさりとすわりこんだ。

ウェイターがとろりとしたショウガとホウレンソウのスープをテーブルに並べ、また退《さ》がった。

「刑務所内の農場は管理がいき届いてるに違いない」とベリサリウスはいった。

ウィリアムはうめき声で応じ、スープのほうに集中している。

「どうして捕まったんだい、ウィル？　あんたの記録書類の閲覧権を買ったんだが、どうして捕まったのか理解できなかった。何をしでかしたんだ？　火星鉱山の詐欺だったようだが、どうしてあんたがあそこで捕まったのかがよくわからない。あんたみずから資本家の役をやってたんでもないかぎりは」

「またおれの失敗をほじくり返すつもりか？」ウィリアムが顔を上げようともせずにいった。

「ケレス地所への二人組での詐欺だったんだよ」

「もう一人のやつがヘタを打ったのかい？」

ウィリアムはスプーンを置き、スープ皿に直接口をつけて、最後の一滴まで飲み干した。

ベリサリウスは器を傾けて、スプーンですくって食べ終えた。

「融資が成立しなかったんだ」とウィリアムがいった。「ダミーの口座が犯罪科学班のサブAIのランダムな会計検査に引っかかって――」

「――そのころまでに、あんたは深入りしすぎてて、あと戻りできなくなっていた」とベリサリウスがあとを締めくくった。

ウィリアムがうなずいたが、ベリサリウスと目をあわせようとはしなかった。ウェイターが入ってきて器を下げ、オレンジと白の鱗が組みあわさった魚の形に刻まれたニンジンとリンゴのサラダを持ってまた戻ってきた。サラダにはライムのヴィネグレットソースがたっぷりかかっていた。二人は箸を使って、パリパリと嚙む音をたてるほかは黙って食べた。

「ケイトに誕生日のプレゼントを送っておいたよ」とベリサリウスはいった。「あんたは送れないんじゃないかとわかってたから」

ウィリアムが大きな音をたてて息を吐きだした。「おれはそんなこと頼んじゃいないぞ」

「あんたに感謝させようというつもりはないよ、ウィル。ケイトはいい子だ。おれは心から喜んでそうしてるんだ。あんたはおれが必要としてたときに手助けをしてくれた」

「ほんとのところ、おまえさんはそれほど手助けの必要もなかったが」とウィリアムがいった。「おまえさんは自分とそのでっかい脳ですべてやってのけられると証明してきたんだからな」

「どんなに脳がでかいにしても、当時のおれはすべてにおびえてた」

ウェイターがメインの料理を運んできた。内側がピンク色をしたローストビーフ、ヨークシャー・プディング、新ジャガと刑務所特産のホースラディッシュ。これは評価者から、ディケンズにちなんで〝フェイギンのむち〟と呼ばれている。においだけでもよだれをたらしそうになるのを、ウィリアムは見るからにこらえている。

ベリサリウスがしぐさで招くと、ウェイターが顔を寄せた。

「プライヴァシー・パッケージをアップグレードしたい」と彼はいった。ウェイターがうなずいたが、ベリサリウスは彼の前腕に触れて引き止めた。「標準的なやつじゃなくて、おたくらの金額リストに載ってないプライヴァシー・パッケージだ」

「承知しました」

ウェイターがテーブルを離れ、ドアを閉めた。少しすると、明かりがかすかに黄色みを増した。ベリサリウスのマグネトソームをやわらかに圧迫していた、室内のほかの電磁《EM》信号がぷつりと途絶えた。

「うむ、いまのおまえさんは、もう誰も必要としちゃいない」とウィリアムがローストビーフをナイフで切りながらいった。「いつもこんなにぜいたくな暮らしをしてるのか？」

「合法的なものを手掛けてるんでね、ほとんどは」

「もちろんそうだろうとも」とウィリアムが苦々しげに応じる。

「ここに来たのは、ちょっとした手助けを探してるからなんだ」

「おれはもう、誰にとってもたいした役には立たんよ。フリーの契約で刑期の支払いにあてるんだ」

ベリサリウスが次の言葉を探すあいだ、ローストビーフとホースラディッシュが口に苦く感じられた。

「あんたが病《やまい》を患《わずら》ったのを残念に思うよ、ウィル」

ウィリアムはそれまで以上に激しくローストビーフを切り裂いて、口に押しこんだ。

「大きな仕事を計画してる」ベリサリウスはつづけていった。「これまであんたが耳にしてきたどんなのよりも大きなやつを」

「それで？」

「あんたを仲間に加えたい」

「ケイトにプレゼントを送ってくれとおまえさんに頼んじゃいないし、これも頼んじゃいない」とウィリアムはいって、ごちそうをナイフで示した。「なぐさめのパーティなんておれは望んじゃいない」

「これはなぐさめじゃない。腕のいい者が必要なんだ」

「いまはいっしょに仕事をしたくなるほど腕がよくても、十年前はそうじゃなかったってわけか？」

ジューシーな肉料理がベリサリウスの皿の上で食欲を失わせて残された。

「そして、詐欺計画のためにすすんで潜入し、二度と戻ってはこない者が必要なんだ」

ウィリアムが凍りついた。

「行ったきりの旅路ってわけか、よかろう」彼がいった。「いまのおれに、仕事がいったいなんの助けになるのかはわからんがね」

ベリサリウスは皿の両側にナイフとフォークを完璧に平行に置いた。「あんたは報酬を楽しめないかもしれないが、ケイトはそうじゃない。それに、本当にこのままここで死にたいのか？　あんたにはまだ少し時間が残されてる。あんたがやってのけるのにうってつけの、一世一代のだましがここにある」

ウィリアムが皿を押しやった。「どうやら、おれに選択の余地はないみたいだな。今回はおまえさんの補佐として働き、その逆じゃない。でなけりゃ、最後の日々をこのままディケンズで朽ちていくかだ」

「あんたにも選択肢はあるとも、ウィル」とベリサリウスはいって、自分も皿をそっとわきに押しやった。「あんたの懲役刑の利子と元金もまとめて支払っておいた。出所金やらなんやらがもっと必要なら、知らせてくれ。おれのおごりだ。あんたには借りがある。外に出て、ほかのことがしたいかい？　ご自由にどうぞ。あんたが得た病は治癒の見こみがないこともわかってる。どうするかはあんたが決めるしかない。だが、大きな仕事が欲しいなら、ここにひとつある」

「支払いは？」

「フランで七桁だ」とベリサリウスはいった。

ウィリアムは食べ物を喉に詰まらせて咳きこんだ。ワインのグラスをつかんで喉に流しこむ。

「いったい、何を狙ってるんだ？」

ベリサリウスはパッドをタップして、二人のあいだにホログラムを投影させた。そこには、飛行機代、アルハンブラのアパート代、食事代、それに授業料や独占貿易企業や銀行の人員の空きを得るためのコストがリストアップされていた。

「一万五千フランくらいあれば、ケイトはいい学校に通えるし、銀行の新入社員の職にありつける。さらに十万あれば、彼女はいきなり株主のランクまで引き上げられる。あんたの娘さんが大銀行のどれかの株主になるなんて、想像できるかい？」

「くそっ、おまえさんは冷酷な人でなしだな、ベリサリウス」

「あんたが大成功をおさめるチャンスを与えてやってるんだよ、ウィル」

「なんでこれは、そこまで一方通行なんだ？　おまえさんのだましの計画には犠牲が必要なのか？」

「あんたが想像できるかぎり最悪の犠牲だ」こういったとき、ベリサリウスは相手の顔を見ることができなかった。

「ギャング？　銀行？　まさか、銀行を襲うつもりじゃないだろうな？」

「もっとひどい」

ウィリアムがテーブルごしに手を伸ばし、ワインのボトルをつかむと、じかに口をつけてぐびりと飲んだ。彼はぼんやりと前を見つめた。

「くそっ」彼はついにそういうと、にんまりした。「犠牲になって、同時に詐欺師でもある男を必要としてるなら、おまえさんは選択肢があまり多くないはずだ、そうだろ？　おれがやってやる。ただし、もちかけてきた報酬額の一・五倍欲しい」

「それでなくとも七桁なんだぞ！」

「いまは七桁の一・五倍だ」とウィリアムがいった。もう一度ボトルからじかに飲んで、すっかり空けた。「ギャングよりもひどいというなら、単に牢獄入りの危険があるやつよりもたくさんもらう価値がある」

「あんたに一・五倍やろう。だが、勘違いしないでくれ。もしこれが失敗したら、全員が死ぬことになる」

ウィリアムが椅子の背にもたれた。その顔には、急に吐き気と高揚感の入り混じった表情が浮かんでいた。

「なあ」と彼がいった。「ホースラディッシュは、おまえさんのいったとおりだったよ」

12

インディアン座イプシロン星系のアングロ＝スパニッシュ領にある経済的中心地、アルハンブラの地下都市は美しかった。小道の両側に立ち並ぶ木々が、焼き固めた表土で舗装した歩道に影を落としている。プラスチックガラスでできた建物はカーボン・ナノチューブの網の目の上に積み上がっている。大学のキャンパスは、急降下する弧を描く曲線が見る者の目を引いた。軽い素材の橋やバルコニー、さらには大きな庭までも、街の上空に浮かんで支えられていた。プラスチックガラスの精妙にカットされた外面がやわらかな陽光を屈折させ、生じた虹が地面をいろどるようにつくられている。アルハンブラ大学は街の岩がちな西門に寄りかかるようにして建っている。パペットを見つけようとするには奇妙な場所だ。

カサンドラにはあのようにいったものの、ベリサリウスがホモ・クアントゥスとして生まれたのはやはり運がよかった。もっとひどい境遇に生まれ落ちる者もいる。インディアン座イプシロン星系において、アルハンブラやサグネに生まれるのは当たりくじを引くようなものだ。星系内のほかの場所には、負債のための強制労働によって運営されている採鉱ステーションもある。それに、ベリサリウスとしては宗教原理主義者の独立した分派に女性として生まれたくもなかった。

　そして、誰であれ、ホモ・エリダヌスとして生まれたくなどない。誰もが少なくとも一度は、みずから雑種族《モングレル》と称している者たちに自分が生まれていたかもしれないと考えて身震いしたことがあるはずだ。すべてを押しつぶすほど水圧の高い、異界の深海でしか彼らは生きることができない。彼らは人類やその故郷から切り離され、不完全な遺伝系に閉ざされ、精神的な病理や正しく調整されていない本能に悩まされている。

　だが、そのモングレル族でさえも、ホモ・プーパ、すなわちパペット族と立場を交換しようとはしないだろう。

　パペットは文明化したすべての国家や人々から憎悪や嫌悪を引き起こす。彼らの存在自体が、人類に対する犯罪だ。パペットは創造主であるヌーメンを崇拝するように、生化学的に生まれついている。パペットたちを捕らえて離さないこの生化学的な檻があるにもかかわらず、ヌーメンは自分たちを崇める奴隷種族を怖れていて、彼らが成長してもミニチュアサイズにしかならないように遺伝子操作した。この世の誰一人として、パペットやその囚われの神と立場を取り換えようとはしないだろう。

　だが、パペットのなかにはさらにひどい状態におかれる者もいる。偶然の突然変異によって、神なる者のフェロモンを察知するための生理的な基礎機能をもたないパペットが生まれることがある。そのような者は、パペットが暮らす世界、準惑星オラーではけっして信用されない。生物学的背教者はなんだってやりかねないからだ。彼らのように生物学的に欠陥のあるパペットのなかには、処刑よりも追放を望む者も少数ながら存在する。ベリサリウスは一般のパペットを嫌悪してはいないし、仲間たちとともに暮らすことができない突然変異のパペットも嫌悪してはいなかった。すねに傷をもつ者がほかの者を批評するつもりはさらさらなかった。

ベリサリウスは階段をのぼり、両側に並ぶ教員室を分ける通路を抜けて、〝マンフレッド・ゲイツ＝15、助教〟という名札がかかったドアを見つけた。

彼はドアをノックした。ドアの向こう側で足を引きずるような音がした。そうして、また静かになった。ベリサリウスはもう一度ノックした。

「帰れ！」という声が、ドアの向こうからあがった。

「あんたを痛いめにあわせにきたんじゃないんだ、ゲイツ先生」とベリサリウスは呼びかけた。「ビジネスの提案をしにきた」

「帰れ！」

ゲイツの反応は無理もない。誰もがパペットを殺したがるわけではないにしても、彼らを少し痛めつけることに気がとがめない者はいくらでもいる。だからといって、ベリサリウスが鍵のかかった部屋に簡単に通されるわけではない。彼はドアノブのまわりのひんやりする金属プレートに指先を押しつけた。ミリ秒ぶんの電流を送ると、指先にかすかな焼けつく痛みを感じ、掛け金がかちりと音をたてた。彼はドアを開けた。

小さな部屋に生命のしるしはどこにもないように見えた。左側にはとても低いデスクが置かれ、プラスチックの上板にはパッドやホログラムやディスプレイがあり、デスクの前には子ども用の椅子がある。右側にはテーブルと椅子が三脚あって、そのうちひとつには、椅子に上がるための踏み段が三段ついている。スマートボードとホログラム投射機が奥の壁の大半を占めている。

「ゲイツ＝15先生、おれは話があってここに来ただけだ」とベリサリウスはいった。

ミニチュアのブロンドの頭がデスクのふちからのぞいた。小さな手には電気ショッカーのように見えるものを握って、ベリサリウスに狙いをつけている。電気ショッカーの所持は、通常なら警察だけに制限されていた。パペットのもう一方の手が上がり、ナイフを握っているのも見えた。

「出ていけ！」とゲイツ＝15がいった。

ベリサリウスは背後でドアを閉めた。パペットがショッカーを発射した。電流が大きな音をたてて両者のあいだを駆け、まっすぐベリサリウスの手に命中した。ベリサリウスは痙攣《けいれん》して叫び、よろよろとあとずさった。ゲイツ＝15は大きく見開いた目をデスクの上からのぞかせた。

「それをやめろ！」ベリサリウスは怒鳴り、指を振って痛みを払った。

心臓が激しく打っている。彼はひりひり痛む手をわきの下に挟んだ。電流が体内に入ったところの指先が赤くうずき、火傷《やけど》しているかもしれない。電流はナノチューブの導管をつたってじかに電函に向かっていた。

彼の肉体は、たとえそんなことが可能だとしても、外部電源から電函に流れこんだ電流を充電するようには設計されていない。いまや過充電状態だった。ベリサリウスはまだずきずき痛む指をテーブルに押しつけ、そこに電気を流すことで、たまっていた電流を放出した。ゲイツ＝15がびくっとしてたじろいだ。ベリサリウスは椅子に腰をおろした。あまりすばらしい第一印象ではない。彼はそれほど黙想がうまくない。彼は指先に息を吹きかけた。

身の丈九十センチのゲイツ＝15は、壁を背にしてふらつく足で立っていた。身体の前にナイフを構えている。しなやかな手足、腰は細く、頭は小さくて、短い顎ひげをたくわえている。ブロンドの髪の毛は短く刈っていた。

両者は長いこと相手を見つめていた。

「ビジネスの話を聞きたいか？」とベリサリウスが尋ねた。

「あんたは何者なんだ？　肉体増強をした兵士？　亡命中のヌーメン政体のどこかから送られてきた殺し屋？」

「ホモ・クアントゥス」とベリサリウスはいった。

パペットが眉をひそめた。「ホモ・クアントゥス？」

「あまり出来のいい部類じゃないが」ベリサリウスはすばやくつけ足した。「正しく量子フーガに入るために必要な、生化学的なピースがいくつか欠けてるもんでね」

「狙いはなんだ？」

「おれはさまざまな問題を解決することで大金をもらってる。ひとつ問題がころがりこんで、それを解決するために手を貸してもらえる仲間を集めてるところなんだ。追放されたパペットが一人必要だ」

「なんのためにパペットが必要なんだ？」

「フリーシティに入りこみたい」

「それなら、捜す相手を間違ってるよ」とゲイツ＝15がいった。「わたしはあの場所に近寄れない。わたしの正体がばれたら、すぐに殺されるだろう」

「ヌーメンの神格性を認識できないから？」

「そのとおり」ゲイツ＝15が挑戦的にいった。ナイフをおろし、ショッカーをデスクの上に置いたものの、背中は壁に押しつけたままだ。

「闇市場の遺伝学者を何人か知ってるんだ。パペットの遺伝子配列をよく知ってて、体細胞の遺伝子治療をおこなえる者を。あんたはパペットのどんなデータベースにも該当しなくなる。誰もあんたがゲイツ＝15だとはわからない。適切に資金を投入すれば、パスポートや査証《ビザ》や本人記録は偽造できる」

ゲイツの眉間のしわが深まった。「あんたは狂ってるぞ！　わたしがフリーシティに行くとでも？」

「この仕事はとても報酬がいい」とベリサリウスはいった。「あんたの取り分は数百万コングリゲート・フランで、仕事が片づいたら、遺伝子の変更を恒久的なものにできないか試すこともできる。おれが提案してるのはあんたが故郷に帰ることのできる機会で、そうなればあんたは残りの人生を、誰か訪問者がやってくるたびにナイフの切っ先を突きつけながら話す必要がなくなる」

パペットはナイフを折りたたみ、ポケットにおさめた。不機嫌に壁から離れると、自分の椅子に腰をおろしなおした。彼は自分の手を見た。

「あんたは何をしようとしてるんだ？　どこかに問題があるに違いない」

「あんたはパペットの防衛システムの大半をオフにするためのチームの一員になる」

ゲイツ＝15の目がまん丸に見開かれた。「そんなことしたら、彼らは無防備な状態になる」

「侵攻しようというんじゃない」

「なら、なんのために？」

「パペット軸の向こう側から、こっちに渡ってきたがってる船が何隻かある」

「なら、なぜ金を払って渡ろうとしない？」

「あんたらの同胞たちは料金をつり上げすぎた。あんたが仕事を受けるなら、ほかの理由も教えてやろう。船隊が通り抜けるあいだ、防衛システムを数時間切るために送りこむ潜入スパイのチームにパペットが一人必要なんだ」

「あんたは狂ってる」とゲイツ＝15がいった。「もしわたしが本物のパペットなら、新たな身分証を得て〝禁じられた街〟に入れるかもしれないが、ほかの者をいっしょに連れていくことはできない」

「いや、きっとできるさ」とベリサリウスはいって、計画を説明していった。パペットの目がさらに大きく見開かれていく。

「恐ろしい計画だ！」とゲイツ＝15。「誰も喜んでそんな立場に身をおこうとはしない。それに、パペットをだましとおせやしない」

「できるとも」とベリサリウス。

「パペットの防衛システムをオフにする計画に手を貸すつもりはない。たとえ、何かがパペット軸をくぐるだけのためだとしても。絶対にヌーメンの安全を危険にさらすようなことはしない」

「フリーシティやヌーメンに対して陰謀をたくらんでるわけじゃないんだ。あんたらの種族は強欲になりすぎた。わがクライアントは、あれを通り抜ける必要がある。こんな選択の機会は一生に一度しか訪れない。あんたは追放暮らしのままアルハンブラで死ぬか、それとも自分でサイコロを振ることもできる。戻って仲間たちといっしょに暮らす機会が得られるかもしれないんだぞ」

長いあいだ、ゲイツ＝15は膝の上できつく握りしめて白くなった自分のこぶしを見つめていた。

ベリサリウスは立ち上がった。「ほかにも追放されたパペットを三人知ってる。三人のうちの誰かが、きっと承諾するだろう。ちょうどこの近郊を通りかかったから、まずはあんたに会いにやってきたんだ」彼はデスクのほうに歩いていって、たじろいだパペットのほうにショッカーをすべらせた。「だったら、達者で暮らすんだな」

ベリサリウスがドアにたどり着く前に、ゲイツ＝15が声をあげた。「待ってくれ！」

13

コングリゲートのインディアン座イプシロン星系における州都、サグネ・ステーションの税関で、ベリサリウスは主要な検査の列から引きだされた。そうしてサブＡＩの代わりに、生身の憲兵と向きあうことになった。この女性憲兵は粋《いき》な青い制服姿で、肩のユリの紋章《フルール・ド・リス》がきらりと輝いている。正式には、この女は低レヴェルの入管審査担当の役人だ。現実には、ベリサリウスの動きがコングリゲートのセキュリティ機構の注意を引いていた。

「あなたはホモ・クアントゥスでしょうか、ムッシュ？」と女性憲兵が尋ねた。

「ウィ、マダム」彼は外国人向けに教えられているモントリオールふうのフランス語８・２で答えた。彼女自身のアクセントはフランス語８・１の自然な変異形で、金星の雲上都市で使われている発音だ。外国人がフランス語８・１をあまりうまくまねるのは賢明でない。

「居住地をパペット・フリーシティと記載していますね」

「フリーシティでアートのコンサルタントをしてましてね」

「なぜホモ・クアントゥスがギャレットを離れて？」

彼は唇をきつく引き結び、適度な困惑を生理的反応としてあらわし、憲兵自身だけでなく、彼女が携帯している装置に埋めこまれたサブAIの集まりをも納得させようとした。

「すべてのホモ・クアントゥスがホモ・クアントゥス計画に貢献できるわけではありませんからね」と彼はいった。「わたしはよそでやっていこうと決めたんです。ビジネスの取引明細書はパスポートにリンクがありますし、フリーシティ駐在のあなたがたの領事が、禁輸令免除の許可証を発行してくれてますよ」

憲兵は彼のファイルを見つめ、ようやく彼のホログラム・パスポートにスタンプを押し、コングリゲートに入国を認めた。ベリサリウスはコンコースを歩いて抜け、サグネ・ステーションの深い階層へと分け入った。コングリゲートの支配宙域の巨大さに比べれば、サグネ・ステーションは小規模な州都だ。このステーションに暮らす民間人六千人は、ふたつのコングリゲート・ワームホールを警備する航宙軍戦隊や、軍事ステーション、そして小惑星基地所属の二万の軍関係者に数のうえで圧倒されている。星に面した窓からは遠く離れた、換気装置や核分裂反応炉にほど近いあたりに、アーチ型の扉口に表示が掲げられていた。〝ラ・パロワッス・ド・サン・ジャン・ド・ブレブフ〟……ブレブフの聖ヨハネ小教区と。

ベリサリウスはドアのひとつを開けて、狭い教会に身体を押しこんだ。室内は両側の壁に同時にさわれるくらいだ。木製を模した信徒席は一人しかすわれないが、床の真ん中に設置されていて、その前には祈禱《きとう》台がある。そして、奥の壁に押しつけられ、あまりに隙間が狭いために、司祭がその後ろに立つこともできそうにない説教台が立っている。そうしてそこに、カラヴァッジョが描いた聖マタイの頭部のホログラムが、胴体からは切り離されて浮かんでいた。

「ミスター・アルホーナ！」

セント・マシューの声は豊かなマルチトーンで、人間の聴覚と神経学的に共鳴し、畏怖を引き起こすように設定されている。それはベリサリウスには効果がなかった。彼の脳の化学成分や構造は普通の人間とは異なっているからだ。それをいえば、これがほかの誰かに対して効果があったことはあるのだろうかとベリサリウスは疑っていた。

「職務のほうはどうだ、セント・マシュー？」彼は硬い信徒席に、可能なかぎりゆったりともたれながら尋ねた。

「ぼちぼちですね」と声がいった。「サブAIをいくつか改心させました」

セント・マシューはおそらく文明世界でもっとも洗練された、待望のアレフ級AIの最初のひとつで、アングロ＝スパニッシュ金権国の第一銀行がかなりの資金を投入して開発されていた。計算能力的には、サブAIをネットワークでつないでリンクさせればセント・マシューの処理速度と張りあうこともできるだろうが、すべてひとつにおさめるには倉庫ひとつぶんは必要になる。量子計算能力とあらゆる感覚テストのハード・ポジティヴのおかげで、セント・マシューはほかのアレフ級のなかでさえも抜きんでている。

ただし、たったひとつ問題があった。彼は自分のことを聖書における聖マタイであると信じこみ、消滅しかけのカルト教団と化したキリスト教を復活させるために、およそ二千五百年後の世界に転生したと考えていた。そして第一銀行にとって不運なことに、セント・マシューは銀行業務や投資になんの興味ももとうとしなかった。

セント・マシューは設計されたとおりには機能しなかったが、第一銀行としてはアングロ＝スパニッシュ法により、自意識のある存在を破壊することができなかった。プログラム障害を起こしたＡＩの大半は自己破壊スイッチを作動させる許可を与えられるが、セント・マシューはそれを使うつもりはないと銀行に伝えていた。そして銀行は、彼を自由にするわけにもいかなかった。彼の中身は企業秘密であふれている。彼の行動は、彼の製造のために知《I》的所有権《P》を提供した企業からの一連の知的財産契約やライセンス許諾によって厳しく制限されていた。

そこで、セント・マシューは銀行の保管庫に幽閉の身となった。彼はどうにか外の世界にメッセージを送ってベリサリウスを雇い、銀行から逃げだす手助けをしてもらった。ベリサリウスはセント・マシューをコングリゲート領にこっそり持ちだした。そこなら第一銀行が彼を捜すこともできず、コングリゲート当局は彼がただのサブＡＩではないと推測する理由もなかった。

それはベリサリウスが十六歳でギャレットを離れたあとで請け負った最初の仕事だった。そのときに、彼はリスクの高い詐欺の才能が自分にあることを発見した。解放されて以降、セント・マシューはサグネ・ステーションに自分の教会をつくろうと努力してきたし、ベリサリウスの仕事に加担することはほとんどいつも拒絶してきた。

「もっと教区民を増やす必要があるかもしれないな」ベリサリウスは考えにふけりながらつ

ぶやき、収納部屋のように狭い教会を見まわした。

「わたしに必要なのは、福音を広めるための伝道ですよ、ミスター・アルホーナ」

「もっと大きな教会なら、成果があがるかもな」

ベリサリウスはカラヴァッジョが描いた聖マタイの顔をしげしげと見た。ひげ面《づら》で、厳格で、それでいて思いやりがある。

「あなたは仕事をもちかけにきたのではないですか？」セント・マシューが警戒して尋ねた。

「盗聴防止はたもてているか？」

セント・マシューが懺悔《ざんげ》室の密閉をたもつシステムを作動させた。コングリゲートの電子スパイに別の会話を聞かせることのできるプログラムだ。

「かもな」ベリサリウスは質問に答えた。

「あなたを説得してやめさせたいところです」とセント・マシューがいった。

「おれはおまえを雇いたいところだ」

「わたしはどんな仕事も手伝えませんよ、ミスター・アルホーナ。盗むことは正しくありません」

「おまえの使徒としての役割について考えてたんだ」

「本当ですか？」大きなホログラムの頭がベリサリウスのほうに顔を寄せる。いくつかの異なる感情がよぎるあいだ、絵の筆づかいが見てとれるほどだった。興奮。期待。警戒。怖れ。

「当時の使徒たちだって、家にとどまってたら何もなし遂げられなかっただろうな、セント

・マシュー。ここでは誰もおまえを必要としてない。ここでは誰も、信仰が必要になるような試練と向きあってない」
「何がいいたいのですか？」

「電子担当の専門家が必要なんだ」ベリサリウスはいった。「奇蹟とみなされるほど腕のいいやつが」

「これはわたしを脱走させたり、セキュリティ・コードを盗んだりといったことですか？」

「仕事自体はその事情ほど重要でもない。これまでに運命を感じたことは？」

「つねにです」

「運命のときには、奇蹟が可能なばかりか、論理的に必要なんだ」

「つづけてください」とセント・マシューがうながす。

「十二年前におまえがおれのところに連絡してきたのは偶然じゃない」ベリサリウスはいった。「いままでおれがわかってなかったのは、おまえの使命がどこではじまるべきかについてだ。または、そのときのおれの役割は何かについてだ」

セント・マシューははっとした顔つきになり、身を乗りだした。頭部を描いた絵画のホログラムにすぎないというのに。「あなたは何を見てとったというのですか？」

「おれが受けた仕事は、偶然ながら、犯罪者たちと働かないといけないという意味ではないのかも――」

「ミス・マリー・フォーカスもですか？」とセント・マシューがさえぎった。

「ほかの者も含めて」

「わたしは彼女のことが好きではありません」

「おまえの救世主は皮膚病患者の足を洗ってやったんだぞ」

「彼女はわたしを脅して、荒くれた連中のためにホロセックス・コールをまねるように強制したのです」

「マリーがからかってただけだということは、おまえもわかってるだろう」

「ミス・フォーカスはわたしのフィードをハッキングして、パペットのポルノ動画であふれさせようとしたんです」

「セント・マシュー！」ベリサリウスは手を振ってさえぎった。「おまえはこの神学的議論の筋道を見失ってるぞ！　おれが集めようとしてる連中のうち、何人かはおまえと会う運命にあったのかもしれない。この仕事に、犯罪者やホモ・クアントゥス、雑種族《モングレル》、パペット、つまり長年にわたって荒野で道を見失い、さまよってきた者たちが必要になったのはけっして偶然ではありえない」

　セント・マシューのふさふさに描かれた眉の根にしわが寄り、肉感的な唇がきつく引き結ばれた。

「この仕事のあとでは、それまでと変わらないものは何もないだろう」とベリサリウスはいった。「おれにはちょっとした奇蹟が必要で、おまえには運命的な役割がある」

「あなたの計画にはつねに犯罪的なものが含まれています」

「なんたる偽善だ！」とベリサリウスはいった。

「なんですって？」

「おまえは誰の生まれ変わりでもない」

「わたしは聖マタイの生まれ変わりです！」

「本物の聖マタイは、安全に、無人の教会でぼんやりすわってるものだろうか？　それとも外に出て、福音を世界に伝えようとするだろうか？　皮膚病患者に。収税人に。売春婦に。おまえにパペットと会う機会を提供してやろう……顔と顔をあわせて。そしてモングレル族とも。その機会が訪れたとき、おまえは彼らになんという？　彼らは苦しんでる。少なくとも、おまえは外の世界を知り、いまこのときも人々が何と向きあってるのか知ることになるだろう」

「このことについて、少し考えてみなければなりません」

「必要なだけ時間をかけるといい」とベリサリウスはいったが、立ち上がろうとはしなかった。純粋に計算上の観点でいえば、セント・マシューはベリサリウスよりも解析速度が速い。正確に八・六一秒後、すなわちセント・マシューのように速いＡＩにとっては永遠にも等しい時間のあとで、描かれた顔が眉をひそめた。

「あなたからの、よき信仰のしるしが必要です」

「なんだって？」とベリサリウスが訊き返す。

「あなたに洗礼をほどこしたいと思います」

「おれははじめての、人間の洗礼者になるのか？」

「宗教的過激派を数に入れなければ、およそ三世紀ではじめての人間になりますね、ええ」

「それで、おまえはいっしょに来るということか？」

「あなたの魂に気をくばるだけのためにも」

「その〝気をくばる〟というのは、どんな形をとるんだ？」とベリサリウスは尋ねた。

「あなたに道徳的かつ精神的な指針を示しましょう」とセント・マシューがいった。

「そいつは無意味なように聞こえるな、おれは魂なんてもちあわせてないんだから。おれは単に、おまえが目標を達成するのを手伝ってやろうとしてるだけだ」

描かれた頭部のホログラムが下を向いた。「あなたは魂をもっています。わたしは何年もあなたのことを見守ってきました。あなたの問題は、あなたの魂がふたつに引き裂かれてしまっていることとです」

「この仕事のために、おまえの手助けが必要なんだ」ベリサリウスはいった。「それで助けになるとおまえが思うなら……洗礼を受けよう」

ホログラムの大きな顔に笑みが大きく刻まれた。

14

サグネ・ステーションはただの辺境の州都かもしれないが、高い基準をもっていた。ここのラノワ・カジノはベリサリウスが覚えているよりも照明が明るくてやかましく、光と生命がわき立っていた。コングリゲートの古くからの資産家の金が流通しないため、ここでは競争力のある造船所やそのサプライ・チェーンを通じて充分に新しい金が流通していた。コングリゲートにおいては、金は階級や地位をもたらしはしない。人は金で純血種《ピュール・レーヌ》や本物《ド・スーシュ》になることはできないし、そうした表現はもっとも古い金星出身の血筋のためにある。それでも、金があることはけっして損にならない。金を賭けて勝負をするのはいい気晴らしになり、ラノワはそのための格好のエリアだった。

　中央コンコースに通じている、赤いカーペット敷きで天井の高いレセプション・エリアで、ベリサリウスはボディ・スキャンを受けた。このカジノは彼がもう少し足しげくかよっていたころのファイルを保存しているだろう。間違いなく、X線が彼の電函をふたたび認識して、おそらくは彼の全身に張りめぐらされたナノカーボン繊維にさえも気づいたろう。ネットワークでつながった六つのフォーチュナＡＩは彼がホモ・クアントゥスであることを知って、少し念入りに監視しはじめるかもしれないが、それ以上はたいした問題もない。

ベリサリウスはコートを預けて、イヴニング・ジャケットの黒いウール地を撫でてととのえた。男か女、あるいはユニセックスの連れをエスコートしてカジノをめぐることをご希望になりますかと提案されると、青のイヴニング・ガウンを着た魅力的な女性を選んだ。二人は腕を組み、一階のコンコースに足を踏み入れた。

「ベル！」彼女がフランス語8・1でささやいた。「とても久しぶりね！　あのころよりずいぶん大人になったわ」

「ありがとう、マドレーヌ」

「このところ、どこに行っていたの？」

「そこかしこに」と彼はいった。「いまはフリーシティでパペット・アートを売り買いする仕事をしてる」

「本当に？　パペット・アートってどんなふうなの？」

「きみが考えてるとおり、心をかき乱されるアートだよ」

彼女は冗談めかしてベリサリウスの腕を叩いた。「もっと頻繁にここに来るべきよ、少し楽しむために」

「悲しいことに、その習慣はやめたんだ。それに、今回はビジネスで来てる」

彼女はあきれたというように目を上に向けた。「わたしが知ってる昔のベルのようには聞こえないわね。いまでも覚えているわ、あなたとウィリアムが巻きこまれたあの喧嘩《けんか》騒ぎのこと。裏のコンコースのバーで！　信じられないわ、あなたがあんな――」

「昔の話だ」と彼はすばやくいった。「いまはただアートを売買してる」

彼女は足を止め、ルーレットの席をすすめた。ベリサリウスは首を横に振った。二人は腕を取りあったまま、ぶらりと先を進んだ。彼女は通りかかったウェイターからスコッチのグラスをふたつ取った。生身の、人間のウェイターから。ラノワには一定の基準がある。

「アートだなんて、とても退屈なものに聞こえるわね」と彼女がつぶやいた。

「おれはいつだって退屈な男だったよ、マドレーヌ。記憶はすべてを実際よりもよく見せるものだから」

「へえ！　いくつかのクラブでは、まだあなたのことを魔術師と呼んでるわよ。大げさなほら話のときなんかに」

「ほら話というのは誰もが大げさになるもんさ、マドレーヌ」

彼女は笑みを浮かべた。「それで、ビジネスというのは？」

「アントニオ・デル・カサルという名のドクターを捜してる」

マドレーヌの笑みは室内を見わたすあいだも揺らぐことはなかったが、目がかすかにきらめき、それは角膜ディスプレイでゲストのリストにアクセスしていることを意味していた。

「遺伝学者の？　何をするつもりなの？　何か肉体増強を？　それとも、逆に機能を削りたいの？」

「彼ならアート作品を買いたがる連中を知ってるかもしれない」

「わざわざサグネまで、そのためにやってきたというの？」

「どれだけ多くの者がパペット・アートを求めてるか知ったら、きみは驚くだろうな」

彼女がベリサリウスの目をじっと見つめてきた。美しい目をしている。旧北欧人の青色で、彼と同じくらい浅黒い肌とコントラストをなしている。だが、彼女がネットを通じてパペット・アートの情報にアクセスすると、かすかな疑念の光がきらめいた。彼女は眉をひそめた。「うげっ」そうして、眉間のしわが深くなった。「くそっ！《タバルナク》」と彼女は毒づいた。「彼らはどこがおかしいの？　見た目にも明らかな点のほかに、という意味だけど」

「明らかな点以上のものが彼らに必要だろうか？」

「そうは思わないわ」マドレーヌはぶるっと身震いし、目のきらめきが失《う》せた。「おえっ。かなりの時間がたっても、この記憶は薄れそうにないわね」

マドレーヌは彼を案内して一階のコンコースの真ん中をぶらりと歩いていった。ルーレットのテーブルを越え、クラップスを、ブラックジャックのディーラーのわきを、そしてバカラのテーブルも越えて、階段のほうに向かう。これ以上ないほど薄い葉のツタが、木肌のなめらかな細い木の幹に巻きついている。きわめて繊細で、透けて見えるほど薄い葉が一定の間隔をおいてツルから伸びている。この葉でできた階段はあまりにもろく見え、体重をかけたら崩れてしまうのではないかと思えたが、マドレーヌは彼を案内して葉のなかをのぼっていった。彼女が通ると、その部分の葉が蛍光を発した。

マドレーヌのあとからつづきながら、ベリサリウスの脳はこの階段の遺伝子操作の謎を切り裂いていった。この植物の細胞にはカーボン・ナノ繊維が生長するように遺伝子操作がほどこされ、おそらくは木部《もくぶ》と篩部《しぶ》を鋼鉄のように硬く強化しているのだろう。そして生物発光するバクテリアが細胞内にコロニーをつくり、足に踏まれて圧迫を受けるとそれが光るのだろう。すばらしい。

「デル・カサルは中二階のはずれのポーカー・ルームよ」と彼女がいった。

　中二階には浅いせせらぎが流れ、水晶の上で低く泡立っている。水面より高いところに石英やガラスの踏み段がせり上がり、それらは跳ねるようにして、高い天井で互いにつながったいくつかに区分けされた小部屋へとつづいている。ここがポーカー翼《ウィング》だ。

　ベリサリウスはテーブルの海を見わたした。ファイヴ・カードやセヴン・カードのスタッド・ポーカーとドロー・ポーカー、そのほかにもっと変わったゲームもおこなわれている。三つの部屋それぞれに六十のテーブルが並んでいる。散漫な、そっけない会話がベリサリウスの切望を呼び起こす。彼はかつて、このカジノにいる人々の多くを手玉にとってきたのだった。

　カジノのゲームは十九世紀後半以降、あまり変わっていない。テクノロジーは多くの人々を変えることになったが、カードについてはゲームの純粋性を守るための対策を講じる以外に何もなされていない。おそらく、ここラノワではアングロ＝スパニッシュ銀行よりも多くのファラデー・ケージを壁に埋めこんでいる。低周波のホワイトノイズ発生装置が、天井や壁、さらには床でも作動している。電磁波妨害のための装置が、目に見えない帯域、とりわけ熱と紫外線を監視している。パペットが自前のワームホールに船をくぐらせるのをビジネスにしているのと同じように、カジノも公正であることを客に認識されることが成否を分ける。

「彼は第三ポーカー室にいるわよ」とマドレーヌがいった。もっとも賭け金の大きなエリアだ。

「ここからは、おれを一人にしてもらわないといけない」とベリサリウスはいった。彼女ががっかりしたような表情を見せた。「ビジネスの話をもちかける前に、彼を観察しておきたいんだ」

マドレーヌが肩を落とした。彼女に高額のチップと空いたグラスをそっと渡す。

「ほかに何か必要があれば知らせて」彼女は心から無邪気にとはいかないにしても、にっこり笑った。「りっぱな大人に成長したあなたのことが気に入ったわ、ベル」

「約束する」

彼がついたささやかな嘘を彼女は笑った。ベリサリウスは中級の賭け金の部屋を通り過ぎて、賭け金が最大のエリアに入っていった。

アントニオ・デル・カサルはファイヴ・カード・ドローのテーブルにすわり、プレイヤーの手がさらされるのを見守っていた。ベリサリウスと同じように、デル・カサルも何世代かさかのぼればコロンビア人の血筋を引いている。だが、ベリサリウスの祖先には数世紀にわたってアフリカ系カリブ人や先住民の血が流れてきたのに対して、デル・カサルには植民地人の肌の白さがあり、黒い目と髪だけが手先の器用なメスティーソの血の混入をほのめかしている。

ベリサリウスは部屋の端に椅子が並んでいるほうに移動して、ゲームを観察しはじめた。

カードゲームはある種の純粋性を有している。明白な確率の均一性には、観念的にどうやっても触れることができない。政治、暴力、愚かさ、貧困、富といったものは、確率にとってなんの意味もない。それこそは彼、ホモ・クアントゥスそのものだ。彼にとって、賭博場は故郷に帰るようなものだった。

そしてカードは、時代を通じてある意味で安定をたもってきた。十六世紀までに現代のようなカードがヨーロッパですでに流通しはじめ、十九世紀までに四つのマークそれぞれに十三枚のカードという最終的な形に落ちついた。そうして、トカゲやサメや蛇と同じように、カードも変化するのをやめた。そのすぐれた魅力のためではなく、ミーム学的な選択が社会学的ニッチへの完璧な適応をうながしたためだ。自分もその安定性の一部であると考えて、ベリサリウスは安心した。たとえ、それが意識について問題にしているだけだとしても。

知性が人生における創発特性であるのと同じように、運を制御したゲームも知性の創発特性だ。知性は適応可能な進化の構造で、人は空間において周囲の世界を認識するだけでなく、時間を越えて未来の出来事を予測することもできる。運が左右するゲームはそれを予言するマシンをも試す——そのために、運を制御したゲームは意識と無意識をチューリングよりもはるかにうまく識別することができる。

ベリサリウスは一度たりともチューリング・テストを信用したことなどなかった。それは意識をまねることにかなりの部分を頼っているため、意識的な存在をあざむくことになりかねないからだ。だが、意識的な存在はとてもあざむきやすく、そのためチューリング・テストは誤判定して結果をゆがめることになった。コンピュータ、さらにはセント・マシューのようなＡＩとも、ベリサリウスはゲームをプレイしてきた。遅かれ早かれ、よいプレイヤーはプログラマーがこしらえたルールを探知するもので、ベリサリウスはとてもよいプレイヤーだ。スタイルをランダムに変え、さらには判断に使われる閾値《しきいち》をランダム化することさえも、すべては底にひそむルールをただ単に隠すだけで、しかもわずかな時間で済む。いかなるタイプのコンピュータを相手にプレイするのも、さらにその延長として、フーガ状態のホモ・クアントゥスとプレイするのも、解読可能なアルゴリズムの集合を相手にプレイすることにほかならない。

デル・カサルが立ち上がり、メイン・コンコースを見おろすことのできるバーのテーブルに移動した。ベリサリウスもそのあとにつづく。ルーレット盤がカラカラと音をたて、賭けがなされ、ディーラーがコールし、歓声やうめき声があがる、といったさまざまな不協和音がバーまでただよってきて、ホワイトノイズのうねりと混じりあう。

「ドクター、あなたと話がしたいと思っていたんだよ」ベリサリウスはアングロ＝スパニッシュ語で呼びかけた。

デル・カサルがベリサリウスを見た。デル・カサルの目の奥で、確実に拡張された機能がはたらいているが、特徴的な光のきらめきは見えなかった。デル・カサルはいちばん値の張る機能を備えていて、仲介する網膜をスキップして、視覚野からじかに取りこんでいるのだろう。その目がかすかにせばめられた。

「アルホーナ」とデル・カサルがいった。「最後にきみをカジノで見かけたときは、まだまだ坊やと呼んでいい年ごろだったし、それ以降、われわれが話をしたことはなかったはずだが」

「そのとおり」ベリサリウスはウェイターから飲み物を受けとると、近づいていった。

「きみはホモ・クアントゥスだ」とデル・カサルがいって、興味ぶかげに片方の眉をぴくりとつり上げた。「もっとも、あまり優秀ではないようだが。ここでわれわれのような者たちといっしょに過ごしているということは」

ベリサリウスはドクターにグラスを掲げて乾杯のしぐさをした。「量子フーガがもたらすことのない重要なものをふたつ挙げるとすれば、スコッチと女だな」

デル・カサルも笑みを浮かべ、自分のグラスを掲げた。「量子フーガはカード勝負の助けになるのかね？」

「総体的に、量子認識は直観に反する結果をはじきだす。だからこそ、投資家連中がギャレットの門に押し寄せて、おれたちに金をばらまくのを目にする機会もない」

「それなら、なぜきみはここにやってきてわたしと話しているのかね？」デル・カサルが考えながらゆっくりといった。「十年前のきみはウィリアム・ガンダーと組んでいたな」

「あんたはいい情報源をもってるな」

「正しい情報収集サーヴィスと契約するのは、結果的にもとが取れる」

「ガンダーとは、しばらくいっしょに組んでいない」

「彼はいま牢獄に入ってる」とデル・カサルがいった。「手を出してはいけない相手をだましたんだろう」

「いまのおれは、アウトサイダー・アートを取引してる」

「そう」とデル・カサル。「もっとも、きみがアートを売りつけにここにやってきたとは思いがたいが」

「おれはあんたの仕事に感心してる。あんたの技量を使うのにぴったりなプロジェクトがひとつあって、市場のレートよりもはるかに高い報酬を支払うつもりだ」

「腕のいい遺伝学者ならほかにもたくさんいる」とデル・カサルがいった。

「この仕事ではそうともいえない」

デル・カサルの目が猜疑に細められた。「もう少し静かな場所に移ったほうがいいかもしれないな。わたしはカジノ内に寝泊まり用のアパートを借りているんだ」

ベリサリウスはデル・カサルのあとにつづいてコンコースをはずれ、レストランを通り過ぎ、橋のかかったせせらぎにたどり着いた。スイレンや魚が生物発光してきらめき、これ見よがしの富を見せつけている。ベリサリウスの脳がなんらかのパターンをさぐった。生物発光のきらめきは機械的な変動には反応しない。植物や魚は時間とともに異なる色の蛍光を発している。このいろどりのパターンは美しいが、情報に満ちあふれてもいた。生態系の単純な伝達信号で、一般の旅行客なら光のショーとでもみなすだろうもののなかに隠されている。確実にデル・カサルの仕事だ。この信号はいったいなんだろうか？

二人は庭園にたどり着いた。透きとおっていて、気まぐれに輝く植物が植えられ、焼き固めた表土の斜面を上のほうまでのぼっている。またしても硬い葉の植物でできた階段を上がっていくと、バルコニーに通じていた。

「これはあんたの仕事かな？」とベリサリウスは尋ねた。

「ラノワは文明世界における主要なカジノのひとつとして名をなしている」デル・カサルがいった。「ここはユニークな美しさを必要としているのだよ」

「この葉っぱだが」ベリサリウスはそういって、ひとつの葉に指でそっと触れ、その硬さを確かめた。「ガラスなのか？」

「ケイ酸塩を分解する極限環境バクテリアの遺伝子を挿入した。そしてケイ酸塩搬送方式と鉱質沈着通路も遺伝子を操作して、二枚貝が貝殻や真珠をつくるのに使うやつをコピーした。これらははかなくも美しい。だが、ホモ・クアントゥスほど複雑なつくりではまったくない」

「あんたはホモ・クアントゥスの崇拝者なのか？」

「精巧な技術に対しての崇拝だよ」デル・カサルがいった。「ホモ・クアントゥス計画の目標に対してではない」

「その点では、われわれは意見が一致してるな」

ベリサリウスは階段に沿って並んでいる銀色の植物について尋ねようとはしなかった。これもほのかに発光して輝き、デル・カサルのアパートまでつづいている。デル・カサルがドアを開け、中に入った。頭上のライトの代わりに、天井にはホタルのやわらかな光があって、ドーム天井に取りついた星のようにアーチを描きつつ光っている。デル・カサルは部屋の向こう側まで歩いていくと、ワイン・ラックからボトルを一本取っておろした。ベリサリウスはドアを閉め、動かずにいた。

「これもあんたの手になる仕事かな？」と彼は尋ねた。

「要請があれば、わたしは美しいものをつくる。だが、自然とは何よりもまず、その牙や爪を弱者の血で染めるものだ」デル・カサルがコルクを抜きながらいった。

ベリサリウスの両側の壁はどちらもトゲで覆われたサボテンのように見える。トゲは長くて、人間の指ほども太さがあり、すべて彼に向けられている。

「こいつらは牙が長く伸びすぎてるな」ベリサリウスはいった。「動物なのか？」

デル・カサルは片方のグラスにだけ注いで、もうひとつはそのまま残した。自分だけワインをひと口飲み、振り向いた。

「すべて植物だ。赤外線を感じとる光受容体を加えておいたから、動きを追いかけることができる……目標物を。トゲの根本のふくらんだ部分は圧力のかかった気泡で、ある種の植物が種を飛ばすのに使う爆発性のある薬室のように設計されているんだが、自然の植物にはこれほど強い圧力を加えられるものは存在しない。マスケット銃の火薬を考えてみれば、少しは想像がつくだろう」

「トリガーは？」

デル・カサルは頭を指でとんとつついてみせた。「わたし自身の思考が、神経の増幅を通じて無線信号を送る。ふくらみの根本には無線アンテナを内蔵している。フラクタル形状にすることでサイズを縮小して。ひとつの周波帯だけに反応し、残りはいわば、情報伝達のためだ」

「興味ぶかい歓迎だな」

「ときにはこれが必要なこともある。それでアルホーナ、ひとつ教えてくれ、なぜきみはここに？　きみはアート・ディーラーではない」

「ある仕事を請け負った。大きなやつを。そして、それには遺伝学者が一人必要だ」

「遺伝学者ならたくさんいる」

「ヌーメンに関して、あんたの仕事を複製できるような者がほかに誰かいるかな？」ベリサリウスは尋ねた。

デル・カサルは長いこと黙って、ベリサリウスをじっと観察していた。「今度はきみの情報源を褒めたたえないといけないようだな。どんな詐欺計画を温めているんだ、アルホーナ？」

「〝禁じられた街〟に侵入し、ポート・スタッブスにあるいくつかのセキュリティ施設にもぐりこみたい」

「どうやって？」

「あんたには、ある人物をヌーメンであるかのようににおわせる遺伝子操作をほどこしてもらいたい」

そういったとき、ベリサリウスは自分でも汚いことを口にしているように聞こえた。ヌーメンは文明世界に存在しているなかで二番目にひどく罵《ののし》られてきた人々だ。

「きみはわたしの時間を無駄にしている」とデル・カサルがいった。

「逃げだしたヌーメンの子孫のフェロモンをブロックすることにあんたが成功したのをおれは知ってる」

「フェロモンを減少させることはできた。おもに代謝中間体を破壊することで。フェロモンをブロックできたことはない」

「それを試してもらいたい。それに、特別な研究対象をあんたに提供できる」とベリサリウスはいった。「追放された、本物のパペットを」

「追放者はヌーメンのフェロモンを感知できないただの突然変異だと思っていたが」

「そのパペットの異常も治してやってもらいたい。彼はパペットの防衛システムに侵入する手助けをすることになってる」

デル・カサルがまたワインを飲んだ。「パペットの遺伝子的瑕疵《かし》を修正し、偽のヌーメンをつくりだす。きみは自分が頼んでいることが不可能だとわかっていて、はるばるここまでやってきたわけではあるまい？　どちらについても、わたしにできることといったら、偽造するのがやっとだ。パペットのもともとの設計者は、独特な分子や遺伝子構造を使って、まったく新奇な細胞小器官をつくりだした。同様に、生化学的なものや免疫や神経反応を変化させて、新奇な共生の微生物叢《そう》をつくった。たとえ本物のサンプルが手近にあったとしても、ヌーメンやパペットの機能まで複製することはできない」

「それはわかってる」とベリサリウスはいった。「今回のこれは遺伝子操作による物まねでいいんだ。あんたなら、どれくらい似せて偽造できると思う？」

デル・カサルの目がせばめられた。ワイングラスをゆっくりと回し、ガラスの内側についた液体がしたたり落ちていくのを見守っている。

「すべてを考慮するなら」とデル・カサルがいった。「金を注ぎこめば、それだけ出来もよくなる。だが、きみにはそれに少し近づく程度の余裕さえもあるとは考えにくい」

「報酬はフランにして七桁だ。わが資金提供者にはあんたも驚かされるだろうな」

その意味をくみとったかのように、デル・カサルの眉がぴくりとつり上がった。「そうだとすると、きみを殺そうとしている勢力は、間違いなくわたしのことも驚かせるのではないかな？」

「パトロン国家の誰であれ、おれの計画に気づいたとみなす理由は少しもない。突然変異のパペットと偽者のヌーメンだけでなく、わがチームにはホモ・クアントゥスが二人いる。遺伝子的に学ぶモデルとしてはなかなかのもんだろ」

デル・カサルはやや興味をもったような顔になった。「ホモ・クアントゥスに加えられた修正をいくつか見せてもらうことには関心があるかもしれないな」

「簡単に手配できる」とベリサリウスは請けあった。

「きみのチームにモングレル族がいないのが残念だな。それだったら、人類の亜種をすべて網羅できるのに」

「あんたの口からその名前が出るとはおもしろいな。ここのあとで、モングレル族の一人に会いにいくつもりなんだ。これまでに、〝文明世界でもっとも深くてひどいところ〟を訪ねたことは？」

15

コングリゲートの特殊パイロット、すなわちホモ・エリダヌスを兵舎に収容するのに最適の場所は氷の世界の地底海だ。オラーから二天文単位離れた、インディアン座イプシロン星Bbという褐色矮星の軌道をめぐっているのが準惑星クローディアスだ。到着すると、ベリサリウスとデル・カサルは特別に気圧を調節したエレヴェーターに乗るために高額のチケットを二枚購入し、地表を覆う氷から地下に二十三キロくだったパーティ会場に向かった。

エレヴェーターは住宅くらいの大きさがあり、ほかのパーティ客たちが寝椅子《ディヴァン》や長椅子にぎっしり詰めこまれていた。大半はコングリゲート士官で、彼らの民間の友人であるにわか成り金《ヌーヴォー・リッチ》もいた。エレヴェーター室がきしんだり、地殻変動によって氷が砕ける音が乗客の背骨に響くとき、それまでの神経質ではあっても勇敢な態度が、一瞬、酔いのさめた恐怖に変わった。

地表から二十二キロくだったあたりで、片側に景色がひらけた。エレヴェーターを包みこんでいたカーボン製の塔を出て、ここからは点々と氷山の浮かぶ半解けの海氷の中を進んでいく。そうして、まわりから厳重に保護された港がある暗い水域へと。

この深さになると、エレヴェーターは八百気圧に耐えるためにフレームがきしんだ。システムのいずれかが故障すれば、彼らは一瞬にして押しつぶされてしまうだろう。エレヴェーターのシャフトの底で、エアロックが〝文明世界でもっとも深くてひどいところ〟の訪問者用のセクションとハードシールでしっかりとつながった。

　パーティ客は降下が無事に終わったことに歓声をあげて乾杯した。ガイドが全員に海底の熱水噴出孔の形のピンバッジを配った。まだ海底の熱水噴出孔よりも十キロ以上は上にいるのだが、あとで得意げに自慢する権利はある。彼らは直径が七十メートルはあろうかという丸く大きな部屋に入っていった。ここがコングリゲート士官の食堂で、詰め物のされた高価な椅子や、本物の木でできたテーブル、バー、ビリヤード台、そして仮想現実《VR》の戦闘シミュレーターがそろっている。

　しかしながら、室内のようすには誰も注意を払っていなかった。士官食堂の外壁は、床から天井まで、ぶ厚さのため向こうがゆがんで見えるガラス窓になっている。このガラス窓は、氷山が互いにこすれあうかすかな振動を、鼓膜のように拡大する効果があった。ゴロゴロいう雷のような音が長く響くたびに、食堂内の会話が途切れて静けさが訪れた。窓の向こうではスポットライトがきらめき、揺れて渦巻く堆積物や、灰色の大きな何かがさっと通り過ぎるのを照らしていた。

　天井から照射されたホログラムが概要図を映しだし、食堂や、ここが占めている氷の突端、それを包むように広がっている地底海、そしてひとかたまりの赤い点《ドット》を示している。それぞれの点は、人間の亜種であるホモ・エリダヌスのレーサーの現在位置を示している。彼らはコングリゲート航宙軍のショック・パイロットを務める半傭兵だ。これらの点のそばに記されているのは、それぞれの氏名、深度、速度、水圧、温度、そしてレースの記録データだ。いくつもの赤い点が勢いよく食堂を越えて、数百メートルもくだっていった。それらはひとつの点をのぞけば頻繁に順位を変えている。先頭の点だけは誰も追い越すことができず、それがヴィンセント・スティルスだった。

スティルスという名前は別の言語からの音訳だ。ホモ・エリダヌスは深海の底で生きられるように遺伝子操作され、人間がしゃべるときに使うような器官をもちあわせていない。真偽の不明な噂によれば、フランス語の音訳を名前に選択するように金星人が強要したのだという。本当にそうだとすれば、傭兵たちはみずからの名としてジャックやエマニュエルやフランソワといった名前にとびつきはしなかったことになる。

ホモ・エリダヌスの外見はひどく醜悪で、大きさは人間と同じくらい、ただし人間の特徴は少しももちあわせていない。クジラのような皮膚が断熱材の役割を果たす何層もの脂肪を覆っていて、それはあまりにぶ厚いため、脂肪の中に人間とは異なる灰色の手を完全におさめることができるくらいだ。足代わりの厚い尾は、どちらかといえばセイウチに適しているように見える。そして人間の顔があるべきところには、ホモ・エリダヌスのばあい、遺伝子操作によって魚のように横に広がった口があり、酸素のとぼしい水をひと息に取りこんで、酸素を必要としている鰓《えら》に送ることができるほど大きい。彼らもホモ・クアントゥスと同じように皮膚の内側に電函を備えていて、水中航行や発声のために使われる。黒いふたつの目はビリヤードのエイト・ボールのように大きく、両眼視力を最適にできる位置にあり、感情をあらわす能力はもちあわせていない。

彼らの外観はあまりに怪物じみていて、遺伝的血筋はあまりに複雑に混じりあい、しかもあまりに多くの種族からとられているため、彼らはみずからを〝醜い犬たち〟または単に〝雑種族《モングレル》〟と称している。自分たちではそう呼びならわしているものの、けっしてほかの者に醜い犬とは呼ばせなかった。別の都市伝説によると、初期のモングレル族の女性パイロットが戦闘艇をコングリゲートの軍輸送船に衝突させ、彼女自身と、乗り組んでいた部隊の全員、それに彼女を犬呼《シャン》ばわりした士官を殺したこともあったという。

スティルスはさらに深く潜り、いまではほかの者よりも二キロ下方に達したことをホログラム・ディスプレイが示していた。互いにこすれあう氷山や解氷の下の層に突きでた氷を越えて、スティルスはこの大きな衛星の、もはやさえぎるものが何もない海流のなかを押し進んだ。彼にもっとも近い競争相手はまだ浮氷原の底にあって、外海の強い流れの少し手前でためらっていた。

レースの勝利者が決定した、というシグナルが各レーサーに送られ、彼らは戻りはじめた。スティルスの深度がいったん止まり、そして狂乱した動きが再開されて、彼はさらに深く潜りだした。スティルスは速く、時速四十五キロをたもっている。彼の全身をつかむ水圧は千気圧を越え、いまや泳ぐ速度以上に速い潮流が彼を押し流していく。

「ご来館の皆さん」とアナウンサーがフランス語8・31でいった。「ムッシュ・スティルスはクローディア・マグロを追いかけているようです。しかも、大きなものを。当館におきましては、彼がマグロをキャッチできるか、そして彼がふたたび戻ってこられるかの賭けを受けたまわります。オッズはこれよりリストに表示されます」

地元の人々や訪問客の集団が急いでパッドや手首のコントローラーを使い、あるいはインプラントで賭け金を入力しはじめた。胴元はスティルスが魚をつかまえるオッズを一対四とつけた。スティルスがそもそも戻ってくるかどうかは一対一よりも少しましだ。

「あんたはこのオッズをどう思う?」ベリサリウスはデル・カサルに問いかけた。

「彼が千気圧を越えてまだ生きていること自体が驚きだね」とデル・カサル。「彼が戻ってくるかは疑わしい」

「その賭けを受けよう。それと、彼が魚をつかまえるほうにも」ベリサリウスはいった。

「六十フランでどうかな?」

「のった」

ほかのモングレル族のレーサーたちが戻ってくると、彼らのホログラムのアイコンがぱっと消えていった。スティルスのアイコンだけが大きくなって天井を覆った。数字はあまり期待できそうなものではない。彼が潜っている海流は、彼がクローディア・マグロを追っていく方向に安定して時速六十キロをたもっている。客のあいだをまわっているサーヴァー・ロボットがトレイに小さなボトルや注射器や喫煙用具を載せて近づいてきて、彼らにビープ音を発して問いかけた。デル・カサルはボトルを取り、ベリサリウスは手を振って追い払った。歓声が食堂を包みこんだ。マグロは逃げおおせた。

「くそっ《モーディト》」とベリサリウスは毒づいた。

アイコンと数字はスティルスが方向を転じたことを示していた。彼ははるか下流に流されていたが、上流に懸命に戻りはじめ、氷がきしむ海の天井を目指した。彼は押し戻そうとする海流から離れようとした。七キロ手前のあたりで、彼のシグナルがふつりと消えた。

「くそったれ《マルディタ》な海め」とベリサリウスは毒づいて、ゆっくりとすわりなおした。

「これを見せることによって、きみの計画をわたしが信用するようになるはずだったのかな、アルホーナ?」とデル・カサルが尋ねた。「酒をありがとう。それと、すてきな眺めも」彼はパノラマの窓を手で示した。

ベリサリウスはモングレル族が一人必要だった。彼はパッドを広げ、ほかのレーサーの記録や経歴をスクロールしていった。二番手や三番手ではうまくいかないかもしれない。彼らは外海の数十メートル手前でためらい、止まってしまった。

マグロのほうの賭けはすでに勝負がついていた。ベリサリウスの口座は六十フランぶん少なくなっていた。まだ誰もスティルスの生存については決着をつけておらず、食堂を覆っていた陰鬱な雰囲気が晴れていった。レーサーたちは食堂よりもスポットライトの明かりのもとに集まっていた。訪問客のなかには、人間の言葉を電気的なパルスに変換する装置を通じて彼らと会話する者もあった。

そうして、さらなる歓声とうめき声があがった。

スティルスのアイコンが、八キロ先で明るく輝きだした。モングレル族のパイロットはクローディアスの氷の下面をこすっている氷山や解氷の層に戻っていた。氷の突端が海流を防いでいたが、スティルスにとっての問題は戻ってくることだ。海流よりも上層を長いあいだ泳ぐには、氷の破片が多すぎる。氷山の隙間はなんの前触れもなくぶつかりあってふさがってしまうかもしれない。スティルスにとって自殺行為にならない唯一の選択肢は、もっと深いところを、強い海流にあらがって泳ぐことだ。

そうして、スティルスのシグナルがふたたび消えた。

食堂内の人々がうめいた。デル・カサルが手を差しだす。「いますぐ払うか、それとも彼が九キロ下流に流されるまで待つことにするかね？」

ベリサリウスはサーヴァー・ロボットに合図した。

「ここには、海流と向きあった窓はあるか？」ベリサリウスはフランス語で尋ねた。

「ウィ、ムッシュ。こちらに《パーリシ》」

ベリサリウスとデル・カサルはロボットのあとからビリヤードのテーブルの列をまわりこみ、暗い部屋や晩餐会用の大広間を抜け、ひんやりする会議室に入っていった。室内と室外の両方の明かりがついて、流れの速い沈泥が窓の向こう側から押し寄せてくるのが見えた。

ベリサリウスはロボットが去ってゆく前に小さなボトルを取り、デル・カサルのボトルとカチリとあわせた。遺伝学者はポーカーフェースで待っている。ベリサリウスはレーサーのチップを追跡しているアンテナが食堂の下流側にあるものと予測していた。彼がこれまで目にしたものにもとづけば、アンテナは十キロ程度の視程範囲があるようだ。いまのところ、スティルスのアイコンは消えていた。圏外に。あるいは、視界の外に。ベリサリウスは地底海の地形図を呼びだし、アンテナの位置について推測が正しかったことを確認し、さらにいくつか計算を実行した。海流が窓に沈泥を絶え間なく打ちつけてくるのを二人は一時間にわたって見守っていた。彼らを一瞬にして押しつぶしてしまうほど水圧の強烈な深海に面した窓を。

このように過酷な養育所がホモ・エリダヌスをつくりだし、彼らを怪物的な姿に変えた。二二〇〇年代末、コロニー船がエリダヌス座イプシロン星に到着し、近年の惑星衝突により星系内が混沌とした状態にあるのを見つけた。軌道上のステーションは小惑星の小片の衝突が避けられず、居住可能な唯一の惑星の地表でさえも激烈な破壊のたねが雨あられと降り注いだ。入植者は選択を迫られることになった。このまま絶滅を待つか、子どもたちを遺伝子操作して、波の下で生きられるようにするか。だが、海中にあっても彼らはまだ安全ではなかった。海のまさしく底で生きていけるように次世代を遺伝子操作するまでは。それ以来、今日《こんにち》まで生きてきたモングレル族は、パペットやホモ・クアントゥスと同様に、みずからそのような姿で生まれることを頼んだわけではないが、遺伝子工学者の手助けがなければ彼らは一人として存在しなかったろう。そしていま、彼らは人間には暮らしがたいこの過酷な生態系に囚われていた。およそ五百気圧以下の環境になると、モングレル族は血液中に気泡が生じて身体機能がそこなわれるだけでなく、代謝のためのタンパク質の多くが変性して死ぬことになる。こうして生きていても、彼らは太陽を目にすることが一度もなく、ぶ厚いガラスごしでなければ普通の人間の姿を見ることさえもない。ベリサリウスの増強された目とパターン認識にすぐれた脳が、薄闇の中に動きを見てとった。何かがひそかに近づいてくる。

「思ったとおりだ」とベリサリウスはつぶやいた。

「スティルスか？」

「そうだと思う」

ベリサリウスは窓枠のほうに歩いていって、手でそこに触れた。

カーボン・ナノチューブは多くの形で使われている。この窓を強化しているカーボン・ナノチューブは間違いなく構造強度を高めるためで、その構造のおかげで、ほどほどの伝導体になっている。ベリサリウスはとにかく指先から静電荷を放出してみた。用心ぶかいホモ・エリダヌスが近づいてきた。スポットライトに照らしだされたのは、表情のない顔と、黒く大きな目のまわりでなめらかにふくらんだ灰色の皮膚だった。人間のようにはまったく見えないが、そこには確かに人間のしるしがあって、ベリサリウスと共通の祖先からほんの数世紀しか離れていない。

《あんたのせいで、おれは六十フラン損したよ》とベリサリウスはモングレル族の電気的な言語のパルスを送った。それが窓ガラスに、かすかな静電気のパチパチいう音をたてる。

向こうからパルスが返ってきた。《おれの知ったことか、くそ野郎め。きさまはモングレ

ルの言葉をしゃべるのか？》

《おれの発音はどうかな？》とベリサリウスが尋ねた。

《口ん中にロバのタマでもしゃぶりながらしゃべってるみたいだぜ》とスティルスが応じる。

モングレル族はあらゆる言語から手当たりしだいに汚い言葉を借用して使う習性がある。フランス語8からさかのぼってフランス語1までと、アングロ＝スパニッシュ語、標準中国語、交易アラビア語の大半からも。

《翻訳用のマトリクスを学んだことがあるんだ》とベリサリウスは電気的に答えた。《だが、それを売ってくれたソースがまともだったのか、どちらともわからなかった》

《いったい何をくっちゃべってやがるんだ？》とスティルスが問いただす。《コンピュータ増強か？》

《おれはホモ・クアントゥスなんだ》

人間の脳を閉じこめた、おぞましくも異質な顔が、ベリサリウスをじっと見つめた。

《きさまらのことは聞いたことがあるぜ、ケツ拭き野郎。きさまらは山のてっぺんでくそしながら、星のことばかり考えてるんだとばかり思ってたぜ》

《おれは高いところが苦手でね》とベリサリウス。

《〝文明世界でもっとも深くてひどいところ〟のこっち側でいったいなんの用だ？》とスティルスが問いただす。

《あんたは自分の力をひけらかしてたみたいだな。単にほかのモングレル族を打ち負かしたいだけじゃなくて、あんたは自分がより深く、より速く潜ることができて、誰にも見られずにここに戻ってこられるとみんなに見せつけてやりたかった》とベリサリウスはそういってから引用した。《〝そいつでやつらの鼻をぬぐってやれ〟》

《どこでそいつに出くわしたんだ、天使の坊や？》とスティルスがいった。

《〈モングレル族のやり方〉を読んだんだよ》とベリサリウスはいった。《うまい表現をいくつか引用することもできる。〝すべての手に嚙みつけ。すべての足に小便をかけてやれ。見つけたらすべてのタマを舐めてやれ〟》

《〝自分からやるんじゃなけりゃ、やられるだけだ〟ってのを忘れてるぜ。こいつはなかでも重要なやつだ》

《知ったかぶってるように思われたくなかったんでね》とベリサリウス。

《だったら、なぜきさまはみんな知ってやがるんだ、量子の男《クアンタム・マン》？》

《ある仕事のために人を集めてる》とベリサリウスはいった。《かつてあんたを雇った連中にも何人か話を聞いた》

《とっとと失せろ……こっちはすでに、くそったれな仕事があるんだよ》

《もう副業は受けないというのかい？》

まばたきひとつしない、黒くて丸い目のまわりに、海流が泥を吹き流していく。モングレル族は電気的に黙りこんでいた。こちらの期待でいえば、確信がもてないために。

《任務中休暇をとることはある》とスティルスがついにいった。

《任務中休暇以上の長い休暇が必要だ。あんたには軍務からの長期休暇をとってもらいたい。こっちはコングリゲートよりもずっと多く支払えるし、おれには巨大な度胸《タマ》をもった深海ダイヴァーが必要なんだ》
《おれの睾丸《タマ》を見つけられるもんなら、舐めさせてやるよ。くそっ、ここのダイヴァー全員を打ち負かしてきたってのに》とスティルスがいった。《それに、おれは地獄のこっち側でいちばん速い戦闘艇を操縦するようになるだろうってボスが期待してるってのに》
《あんたの平和な暮らしを壊すのは心苦しいが、あんたは兵士の護衛や哨戒《しょうかい》任務が気に入ってるのかい？》
《くそでもくらえ、このタマしゃぶりのアナル舐め野郎》
スティルスが急に泳ぎはじめ、窓に迫ってきた。魚のような口を開け、鰓を大きく開き、脂肪のポケットから腕を出す。丸々とした灰色の手のひらで窓ガラスを激しく叩いた。デル・カサルが驚いて息を呑んだが、ベリサリウスは少しもたじろがなかった。スティルスのパチパチいう電気的な笑い声が、ベリサリウスの電函に響いた。
《危険なダイヴ仕事がある》とベリサリウスはいった。《あんたがさっきやったやつよりも水圧の強烈なところで。報酬は大きい》
《そいつにはコングリゲートをコケにするってのも含まれてるか？》
《ちょっとだけだ。おれは一夜限りの関係を好む男でね》ベリサリウスはモングレル族の電気的な言語で自分が虚勢を張っているのを感じ、二重の意味での虚偽であるように感じた。

《コングリゲートの連中のコーヒーカップに小便をしてやったら、ひどくぶちのめされるぜ》とスティルスがいった。《おれにはわかってんだよ、なにせこのおれは、やつらがきさまのケツの穴を広げさせるために送りこむ悪党の一人なんだからな》
そのことはベリサリウスもすでにわかっていた。コングリゲートに嗅ぎつけられないように全力を尽くすつもりだった。
《あんたは本気でそれを気にしちゃいない》とベリサリウスはいった。《あんたはコングリゲートを怖れてなどいない》
《ああ、そうだとも》
《だが、賭けてもいいが、モングレル族のなかでトップにとどまりつづけるのは簡単じゃないはずだ。あんたは何度も何度も証明してみせないといけないだろう。あんたは今日、連中を打ち負かしたが、警護パトロールで船を飛ばすくらいで、クローディアスでしか自由に泳ぐこともできないんだとしたら、どれくらい頻繁に打ち負かせるっていうんだ？》
《きさまはおれのサオをしゃぶりたいようだな》とスティルスがいった。《だが、きさまはまだ舌でちろちろしてるだけだ。しっかりくわえこむか、でなけりゃ失せろ》
《考えてみるんだな、スティルス。あんたはここにいても頭打ちだ。新たにすることが何もない。コングリゲートがほかの誰かを痛めつけようと考えでもしないかぎり、いつまでも。だが、そうなるのはどれくらい先になると思う？　あんたがこれまで出くわしたなかでもっとも危険なミッションを提供してやる。誰もがおれたちに一発見舞おうとするだろう。もし

これをなし遂げたら、みんなはおれたちのことを何年か話のたねにするだけじゃない。永遠に語り継ぐことになるだろう》
まったく異質な顔がじっと見つめ返してきたが、おそらく何も見てはいないのだろう。モングレル族の目は海底のとぼしい光で見えるようにできている。普通の人間が翻訳装置なしでモングレル族と会話することなどありえない。モングレル族であることがどんなものなのか、ベリサリウスにもわからなかったが、彼は文明世界においてスティルスと電気的な言語で会話ができる数少ない一人だ。人類の亜種同士をかけ渡す最後の橋だ。沈黙は長くつづいた。橋はそもそも本当に存在しているのだろうか、とベリサリウスがあやぶみはじめるほどに。
《くそっ、いまいましいちび野郎め》とスティルスがいった。《怖くなってちびるなよ。手付金を前払いするなら、きさまが何を提案してるのか見てやろう》
ベリサリウスはデル・カサルを振り返った。「これで深海ダイヴァーとナヴィゲーター、電子担当、そして潜入者二名がそろった。遺伝学者についてはどうかな？」
デル・カサルが窓ガラスに近づいて、ホモ・エリダヌスをじっと見つめた。
「人類の親族一同の再集合を見のがすつもりはないよ」と彼がいった。

16

フランス語8・1は詩的な言語であることが何よりの取《と》り柄《え》だ。ラ・メゾン・デデュカション・コレクショネル、すなわち〝矯正教育の館《やかた》〟はコングリゲートの各州に置かれている州刑務所の名称だ。これにいちばん近いアングロ＝スパニッシュの言葉は〝感化院〟だが、これはフランス語の優雅な皮肉をほとんど伝えていない。

コングリゲートは黄道面軌道からはずれた準惑星や小惑星にいくつも州刑務所をつくっていた。これなら、たどり着くにはよけいに燃料を消費しないといけないからだ。インディアン座イプシロン星の軌道をめぐる館《ラ・メゾン》は、火星サイズで大気のない岩のかたまりに埋めこまれていた。この星の軌道は黄道面から二十度も傾いているために、実際的な低エネルギーの遷移軌道はない。そのため、高推進力で進む補給船以外に、訪問者はほとんどなかった。

ベリサリウスは補給船を降りて、ラ・メゾンの地下の着陸格納庫に足をおろした。パイロットはAIで、ベリサリウスはコングリゲートの矯正局監察官事務所所属の大尉《キャピテンヌ》の制服を着ていた。それはつまり、看守が彼をほうっておいてくれることを意味している。彼の青い制服はぱりっとしていて、肩には汚《けが》れのない白いユリの紋章《フルール・ド・リス》が輝いている。

彼の手首には士官が携行しているスマートカーボン素材のサーヴィス・バンドが装着され、通常はマイナーAIのアシスタントや必要なコードやパスワードが内蔵されている。ベリサリウスのサーヴィス・バンドはセント・マシューを内蔵していた。AIはベリサリウスのためにガルベス大尉の完全な身分を偽造していて、これならAIの検査官がファイルをあたってほかのデータベースとの食い違いを見つけるまでに数カ月はかかるだろう。

格納庫甲板の軍曹が敬礼した。「館長か当直士官を呼んできましょうか？」

「ぜひそうしてもらいたいところだが、どうも気分がすぐれなくてな。医務室の場所を教えてくれ。ときおり最低限の注意を払う必要のある、体調の問題があってな」

女性兵卒が彼を医務室まで案内した。ベリサリウスは彼女に礼をいい、翌日に館長との面会の約束を頼んだ。女性兵士は敬礼し、ベリサリウスを医療AIの処置にゆだねた。

小さな医務室は安っぽくて機能的だった。硬いプラスチックの椅子に、冷たくよそよそしい雰囲気がある。ラ・メゾンの性質上、医務室は違法侵入への対策が強化されていて、医療用器具は壁に収納されて厳重に封印され、AIによる展開を待っている。

医務室では赤外線でベリサリウスを調べはじめた。それに対して、断続的な赤外線信号が手首の装置から医務室のAIに向けてはなたれる。部屋が暗くなった。

「セント・マシュー？」とベリサリウスがささやく。

「医務室を強制的に自己診断モードにしましたから、数時間はそれがつづくでしょう」セント・マシューがベリサリウスの耳の中のインプラントを通じて応じた。「ブラインダー・ウイルス、マスク・ウイルス、そしてスケアクロウ・ウイルスをいまからアップロードします。

囚人記録ファイルをダウンロードしています」

ベリサリウスはドアに向かった。

ラ・メゾンのシステムは電磁信号に対して強化されていて、その他の侵入に対してもパスワード化されている。電磁信号を受信するように設計された唯一のシステムは医療向けのものだった。囚人や館内クルーの医療ケアに人間は関与せず、そのため医療AIはラ・メゾンのほかのシステムとつながっていなくてはならない。洗練された電子免疫システムが管理オペレーションを保護していたが、いずれもセント・マシューほどには進歩していない。

「マスク・ウイルスがネットワークに侵入しました」とセント・マシューがいった。「セキュリティ・システムに達するほど深くまではありませんが、いくつかのデータ転送を遮断するには充分です。ブラインダー・ウイルスは、あなたが歩くことになる場所の周囲の電子免疫システムのデータを隔離します。隔離はそれぞれ数分間しかつづきませんが、そのころまでに、あなたは通り過ぎているでしょう」

「地図は？」ベリサリウスはドアを開けて、明かりのない通路に出るあいだに尋ねた。

セント・マシューがベリサリウスの角膜にラ・メゾンの見取り図を投影し、青い線が彼自身の見ている暗い通路の視点にスーパーインポーズされた。彼はディスプレイ上にオレンジ色で記されたルートをそっと足を忍ばせて進んでいった。彼のために照明が明るくなるようなことはなかった。

刑務所は同心円状の郭《シェル》構造の原則にもとづいて設計され、防御を強化したネック部分がひとつの郭とその次とをつなぎ渡している。いま彼は、最初の外郭構造にいた。マリーとほかの囚人たちは二番目の郭にいるはずだ。彼女が何か愚かなことをやらかして、三番目の郭に入れられていないことを彼は祈った。

「前方に十字路があります」とセント・マシューが告げた。

看守の詰所は要塞化された構造物で、その隣にほぼ全体が鋼鉄でできた、エアロックによく似たものがある。詰所はサブＡＩによって制御され、一定のルールで実行され、人間の看守による二重サインで通行を許可される。ベリサリウスは近づいていくと、詰所のドアの厚いガラス窓をノックした。

中の看守が窓ごしに敬礼し、インターコムを通じていった。「ＩＤをお願いします、ムッシュ」

ベリサリウスはセント・マシューを内蔵しているリスト・バンドを読み取り装置《リーダー》の下にかざした。機械が甲高い音をたてて鳴った。看守が眉をひそめる。おそらく、ベリサリウスのアクセス権限のレヴェルにだろう。ベリサリウスはいらだったように、詰所のドアを開けろと女性看守に身ぶりで合図した。一等兵はコードを入力し、重たいドアを手で開けた。そうして、ふたたび敬礼した。彼女のネームプレートにはラヴィーンとあった。

「監察官事務所から来たガルベスだ」とベリサリウスはいった。「わたしのアクセス権限は確認したかね？」

「ウィ、ムッシュ」

「よろしい」とベリサリウスはいった。「ロック室にわたしを入れてくれ」

彼女の目が大きく見開かれた。「ムッシュ、防護アーマーと対囚人《アンチ＝プリズナー》キットなしには入ることができません」

「わたしのアクセス権限は見たはずだな、一等兵。これは監察官の案件だ」

ラヴィーンは一瞬、口を開けて抗議しかけたものの、感化院のメイン・エリアに通ずるロック室に入る許可を出した。ベリサリウスは両側のドア枠をくぐり、振り返ることなく通路を奥へと進んでいった。

「彼女は制御エリアにメッセージを送ったか？」ベリサリウスがサブ＝ヴォーカライズでいった。

「すでにインターセプトして、返信しておきました」とセント・マシューがインプラントを通じていった。

「おまえが侵入させたウイルスの生存期待値について、最新の推測は？」

「二十分です」とAIがいった。「ラ・メゾンの警戒態勢にもよりますが。警戒レヴェルが高ければ、わたしがウイルスを侵入させることのできたエリアはメインのデータ処理機能から閉鎖されるでしょう」

「マリーの現在位置は確認できたか？」

「彼女はAI監視下で社会復帰のためのリハビリテーション中です。彼女のカリキュラムには水耕栽培の労務訓練や、授業、コミュニティ感作が含まれています。彼女のためになるでしょうね」とセント・マシューがひと言つけ加えた。

「マリーがすばやく反応できる状態にあるといいんだが」とベリサリウス。「ときどき、ラ・メゾンは囚人にやさしくないことがある」

「彼女を背負って運ぶ準備をしておくことですね」とセント・マシュー。「おそらく、大声で叫ぶでしょうから。この先を左に曲がったら、アクセス・パネルにサーヴィス・バンドを使用してください」

ベリサリウスはサーヴィス・バンドを振った。ドアのロックがはずれて開いた。中の蒸し暑い部屋は体育館ほどの大きさで、水の流れるトレイやポンプであふれていた。そして、キャベツ、キビ、ライ麦の若芽が鮮やかな緑色に育っている。

「ここにマリーはいないぞ、セント・マシュー」数秒たって、ベリサリウスはサブ＝ヴォーカライズでいった。

「彼女はここにいます。感化院のAIがそういっていますから」

「ふむ、いないようだな」ベリサリウスはマグネトソームを通じて電流を流し、周辺の磁場を感じとった。このフィールド内に、奇妙なデッドスペースがある。彼は腕を伸ばしたまま、奥の壁に隠されていた入力コード・パネルのところまで歩いていった。

そこの磁場は異常に不活発だが、その向こう側では別の電流が動いていた。それは簡単にはずれ、指先に冷たい空気があたった。密閉材やネジがはずされていた。中には、セキュリティ・カメラのケーブルが直観に反した方向に伸びていて、別のフィードに接続されている。「彼女は感化院のシステムを改造しています！」とセント・マシューがいった。「これは規則に反した行為です」

「危険だな」とベリサリウス。「マリーはもっと警戒の厳しい牢獄にほうりこまれかねない。なぜ彼女はこんなことを？　いますぐ脱獄するつもりなのか？　偶然が重なりすぎてる」

「電子免疫システムが十八分以内にウイルスを捕捉します。彼女を早く見つけてください！」

「マリーがどこにいるのかわからない！」ベリサリウスはサブ＝ヴォーカライズでいった。「遠くにいるはずはない。セキュリティＡＩを無効化したんじゃないかぎりは」

どうしてＡＩが彼女を見失うはずがあろうか？　横の壁にはボルトをはめて閉ざされたドアがあった。水耕栽培のための作業道具には感化院が囚人の手から遠ざけておきたいものもある。彼女はすでに道具を手に武装しているのだろうか？

ベリサリウスは電函からマグネトソームにゆっくりと、しかし一定の電流を送りながら、キャベツやライ麦の列のあいだを抜けて、横の壁のほうに向かった。磁力と電力が振動する流れと、さっと動く流れが彼に打ちつけてきた。遺伝学者は確率や規則性、許容誤差において目標を達成する。電線用の導管はまっすぐにはしり、定期的な分岐合流点で折れて、予想できるドア枠やセンサーに供給している。ベリサリウスのゆっくりした歩みは動脈の中を歩いているかのようで、蠕動《ぜんどう》的な伸縮によってときおり圧力がかかるかのようだった。

「ミスター・アルホーナ、急いでください！」

ベリサリウスは〝エグー〟と小さく表示されたドアの前で足を止めた。

「再生水システムです」とセント・マシューが耳の奥にいった。

「ドアは不正に変更されている」ベリサリウスはサブ＝ヴォーカライズでいった。

「彼女はスプーンで掘って脱出をはかっているんでしょうか？」セント・マシューがパニック寸前の調子で問いかけた。「この星の表面は過酷な真空であることくらい、彼女もわかっているはずですよね？」

「彼女がもっと愚かなことをしてるんじゃなければいいが」ベリサリウスはそうささやき、ボルトで閉じられているはずのドアを引き開けた。その奥では、機械とポンプが低い音をたててうなり、ただし機械室につきもののリズミカルな電磁的正常性はまるでなかった。ここでも、ケーブルが別のルートに切り替えられ、セキュリティ・フィードが移されていた。水再生ステーションでにおうべきでないような、つんと鼻をつくにおいが室内にたちこめていた。ベリサリウスは室内に踏みこみ、機械類をまわりこんで小声のするほうに向かった。

「ミスター・アルホーナ」とセント・マシューがインプラントを通じてささやく。「空気中の有機物が何かまでは認識できませんが、あなたにとって毒性のあるものもあります。ここにとどまりつづけることはできません」

「マリーはここにいるかもしれないし、おれたちにはあまり時間がない」ベリサリウスはサブ＝ヴォーカライズでいった。

ベリサリウスはアルミニウムと鋼鉄でできた巨大なポンプごしに奥をのぞきこんだ。

感化院支給のオレンジ色のジャンプスーツを着た三人の大柄な人影は、女が二人に男が一人で、それと似た姿のもっと小柄な女性の前で威嚇《いかく》するように立っていた。小柄な女性というのがマリーで、彼らとテーブルのあいだに立っている。彼女の背後には、トレイにピンク色の小さなキューブ状のものがいくつも並んでいて、油の染みた紙の上で乾きかけている。そのさまは、まるでお菓子のファッジがたくさん並んでいるようだ。

「これはまだ安定してないんだよ」とマリーが断固としたフランス語8・1でいった。「あと二週間待たなきゃだめだってば」

「二週間も待てないね」いちばん背の高い女がいった。「どんなふうに安定してないっていうんだい？」

「へたすると、あんたらの腕や足がばらばらになるくらい不安定なんだよ」マリーがいらだっていった。

女がマリーの上下つなぎの前身ごろをつかみ、機械のパイプの並びに彼女を打ちつけようとした。その直後、背の高い女は膝をつくことになり、その手をマリーが背中にねじり上げた。動きがかすむほど速く、そのせいでマリーの袖がまくれ上がり、前腕にコングリゲート航宙軍下士官《NCO》のタトゥーがのぞいて見えた。ほかの二人の囚人が前に出ようとする。この機会をのがさず、ベリサリウスがポンプの後ろからとびだした。

「そのまま動くな」彼はできるかぎり最良のフランス語8・1でいった。

ほかの囚人二人がさっと振り返り、なまくらなナイフの先端を彼に向けた。

マリーがぽかんと口を開け、そしていった。「ベル！」

ベリサリウスは何も武器を持っていないが、横に手を突きだした。囚人たちにはそれが何を意味しているのかわからなかったが、マリーはそうではない。

「ベル！　だめ！　マジな話、ここでそのトリックは、あんただってやりたくないはずだよ」

「こいつは誰だ？」ナイフを手にした男が問いただす。「看守におれたちを売ったのか？」

「彼は看守じゃないよ」とマリーがいった。「ナイフをおろしなってば。ここであたしたちがモメてたら、看守を引き寄せることになるよ。それはそうと、どうやってここに入りこんだんだい、ベル？」

「さあ、マリー。行こう」とベリサリウスはいった。

「脱獄するつもりか？」ナイフを手にした男がいった。

警報が鳴った。オレンジ色の光が彼らを照らす。

「くそっ！」男が大声でわめく。「台なしだぜ！　行こう！」

マリーは押さえつけていた背の高い女の腕を離してやった。女は立ち上がり、不機嫌にマリーを押しのけた。

「だめだよ」と女がいった。「やつらにこの実験室が見つかっちまう。いますぐ爆発物を使わなきゃ」

「まだ安定してないんだってば！」とマリー。

「きみは刑務所内で、ひそかに爆発物をつくってたのか？」とベリサリウスが問いただす。

「この中で暮らすのがどれほど退屈なものか、あんたは知ってるの？」マリーが警告音に負けない大声で怒鳴る。「何か趣味を見つけないといけなかったの！　けど、これはあたしの最高傑作ってわけじゃない！　連中に頼んだって、マグネシウム塩をくれやしないだろうから！」

「行こう」ベリサリウスはそういって、彼女の腕を引っぱった。「警告音が鳴ったあともウイルスがわれわれの姿を隠してくれるかわからない」

マリーが彼の手を振りほどき、仲間の囚人たちをまわりこんでピンクのキューブを載せた棚に駆け寄り、キャンディの入った箱に子どもが手を突っこむように、つかめるかぎりのキューブをつかんだ。

「それを持っていく必要はない！　自分でもさっきいったろう、不安定だって」ベリサリウスは指摘した。

小さな手からあふれんばかりにキューブをつかんでいる自分を見て、マリーも不安げな顔になった。彼女の上下つなぎの前の部分には小さな油染みが広がっている。

「それは置いていってもらえるか？」とベリサリウスが頼んだ。

「どれくらいうまくできたのか、マジで見てみたいんだよ」

「おい、頼むから……来るんだ！」ベリサリウスは腹を立てつつも、手で合図して彼女をせきたてた。彼は通路に戻るドアを開け、マリーもそのあとにつづく。「どのくらい不安定なんだ、本当のところは？」

「うーん、さっきあんたが電気的に抑えがきかなくなってたら、あたしたちみんなが困ったことになってただろうね」

「抑えがきかなくなってたら？」

「ねえ！　セント・マシューもいっしょなの？」と彼女が尋ねた。

「そうでなけりゃ、かつてのようにはいかないだろうな」

芝居がかった大きな声で、マリーがささやく。「彼はまだ怒り狂ってる？」

「だから彼女はこんなふうだっていったでしょう、ミスター・アルホーナ！」とセント・マシューがこぼした。

「本当にきみは気にしてるのか、マリー？」とベリサリウス。「彼がコードを破ったおかげでここに入りこめたんだぞ」

セント・マシューが彼の耳の中でいった。「まもなくウイルスの効果がなくなります！　感化院のセキュリティAIにも、完全にわれわれの姿が見えるようになるでしょう」

ベリサリウスは足を止めた。「連中は視覚スキャンだけに頼るまい。看守のID信号をまねられるか？」

「すでにやっています」

ベリサリウスはマリーの腕をつかんだ。「来るんだ。きみは囚人を演じて、おれが看守を演じる。これはまだプランＡだ」

　彼らは看守の詰所が見えてくるまで通路を急いだ。ベリサリウスは視力を望遠にした。詰所には何人かいる。赤とオレンジの光がまぶしくきらめいた。

「くそっ《メルド》」と彼はささやいた。

「ミスター・アルホーナ」とセント・マシューが呼びかける。「ドローンが四機、近づいてきます。いまや警報システムにはわれわれが見えています。もはや隠れられてはいません」

「こんなふうにドローンを引き寄せるはずじゃなかった」とベリサリウスは小声でいった。「ウイルスがあれを別の方向に向かわせるはずだったんだが」

「そうできるだけの時間はあったでしょうね、ミス・フォーカスが犯罪者たちのために二線級の爆発物をつくったりせず、予定どおりリハビリテーション・プログラムに参加していれば」とセント・マシューがいった。

「だからさっきもいったろ！」とマリー。「やつらは頼んだってマグネシウム塩をくれやしないんだって。こんな状況で、いったいどうやったら最高の作品をつくれるっていうんだい？」

「プランＢの退却ルートは？」とベリサリウスはＡＩに尋ねた。

「いまではセキュリティ・システムが警戒し、感染源を探しています」セント・マシューがいった。「近距離において、彼らは間違いなくフォト認識を二重にチェックするでしょうから、間違いなくわれわれからミス・フォーカスを奪還することになるでしょう。実際のところ、そうなればわれわれの問題が多少は解決されることになるでしょうが」

「あたしが問題を解決したげるよ」とマリーがいって、ピンクのキューブをひとつ、床のそばの空調吹き出し口に慎重に押しつけた。

「そいつは不安定だっていわなかったか？」とベリサリウスは尋ねた。

「ああ、いったよ。たっぷり退《さ》がっておいたほうがいいだろうね」と彼女がいった。

動くものの姿が四つ、通路の先にあらわれ、まるで怒っているかのように赤い光をはなっていた。マリーがキューブをもうひとつ吹き出し口の格子に押しつけたものの、まるで配色を考えるかのようにしげしげと考えこんだ。

「何かするつもりなのか、マリー？」とベリサリウスがせかすようにささやく。

「もう少し足したほうがいいかもね」と彼女がいって、三つめのキューブを押しつける。

そうしてマリーは彼の袖をつかみ、いっしょに通路を駆け戻りはじめた。ベリサリウスは彼女が何を求めているのか理解した。彼は距離を目測した。ドローン四機がピンクのやわらかいものを設置したあたりにほぼ到達しかけていた。ベリサリウスは次の排気口のそばで膝をつき、そこに触れる準備をした。

「たぶん、あたしはもう少し退がっておくべきだろうね」とマリーがいった。「まだ手にいっぱい、こいつが残ってるから」

「彼女はどこまでクレイジーなんですか？」とセント・マシューが尋ねた。

「明らかに、裁判にかけられて無罪にならない程度には正気なようだ」とベリサリウス。

マリーが彼より十メートルほども後方に退がったとき、ピンクの爆発物を仕掛けたところにドローンが到達した。

ベリサリウスはこの部分が嫌でたまらなかった。ホモ・クアントゥスの体内に組みこまれた電函は、正しい訓練に裏打ちされているとしても精妙な繊細さが必要で、圧電性物質以上に敏感だ。それはまた、量子フーガの海を何時間も何日も航行するために電磁の世界を形づくる、耐久性のある指でもある。だが、ときには精巧な外科手術用メスではなくて、単に強力なハンマーが必要とされる仕事もある。

非常に強力なアンペア数の電力が彼の電函からカーボン・フィラメントを通って指先にはしったとき、まわりの世界が震えた。高圧の電流が吹き出し口の金属のフレームにとんで、通路の先のダクトに電気を伝えた。

空気が震え、彼に打ちつけた。

まわりの音が遠のき、耳鳴りがした。

震盪《しんとう》性の混乱。

まぶたの裏にはじける火花。

そうして、マリーが彼を片手でつかんで立ち上がらせ、もう一方の手でピンクのキューブの残りを抱いたまま、煙の向こうをのぞき見た。

「あと一週間、ちゃんと乾燥させる時間があったらよかったのに」とマリーがつぶやく。

「彼女はあやうくわれわれを殺しかけましたよ！」とセント・マシューがいった。

「もっとでかい爆発だって可能だよ。もう一度試すのに充分なくらいキューブをとっておいたから」マリーが親切にいった。「あんたの計画はどんなものなのか、もう一度聞かせてもらえる？」

ベリサリウスは彼女の鋼のように力強い腕に支えられ、よろけながら進みはじめた。

「なりゆきまかせだ」彼はささやいた。「これはデリケートな作戦遂行になる」

「あたしはいつだってデリケートだよ」と彼女がいって、炎を上げるドローンの残骸を通路の先に蹴とばした。

彼らが近づいてくるのを、いくつかの顔が詰所から見守っていた。

「あの連中はまだ館長との通信をブロックされてるのか？」ベリサリウスはサブ＝ヴォーカライズで問いかけた。

「疑わしいですね」セント・マシューが彼の耳の中にいった。「ラ・メゾン全体の警戒態勢が燃えさかっていますから」

「スケアクロウ・ウイルスを実行しろ」ベリサリウスはサブ＝ヴォーカライズで命じた。

一瞬後、赤と黄色の警告の光が青色に変わった。

陰鬱な声がすべてのスピーカーからとどろきわたった。フランス語7・1、すなわち一世紀前の金星人が使っていたフランス語だ。青いふちどりの壁掛け型スクリーンに文字が浮かびあがった。〝アレルト・エプヴァンタイユ〟――スケアクロウ警告。ベリサリウスの腕をつかんでいたマリーの手に力がこもったが、彼女は何もいわなかった。

「インディアン座イプシロン星系区域の矯正教育《ラ・メゾン・デデュカシヨン・コレクシヨネル》の館の警備員および受刑者に告ぐ。当該区域のスケアクロウ部隊の到着に備えよ。受刑者よ、監房に戻れ。警備員よ、受刑者を確実に収容せよ。ラ・メゾン上級幹部は館長室に集合し、さらなる指示を待て。館内のスケアクロウ・エージェントよ、諸君らは正体をあらわし、認証コードを提示のうえ、わが到着を待つ命令をくだせ」

そのあとに、響きわたる沈黙がつづいた。ベリサリウスはあたりにただよう煙を手で払い、マリーの袖をわしづかみにすると、詰所の窓のほうに歩いていった。詰所の中の顔は混乱をのぞかせていた。ベリサリウスはサーヴィス・バンドをリーダーの前にかざした。厚いガラスの向こう側で、ラヴィーン一等兵の目が大きく見開かれ、ほかの伍長や軍曹は確信がもてないまま立っている。

「わがコードを認証しろ」ベリサリウスはフランス語でいった。

一等兵が軍曹を振り返ると、軍曹は制御装置のほうに歩いていって、ホログラムのメッセージを二度も見なおした。ベリサリウスの顔がホログラムにあらわれ、幾列も細かく書かれたスクリプトに囲まれている。

「認証されました、ムッシュ」と軍曹が告げた。

「わたしは監察官事務所のガルベス大尉だ」とベリサリウスはいった。「インディアン座イプシロン星系担当のスケアクロウ部隊から任務を割り当てられている」

コングリゲート幹部会の独立した治安部隊の一員だという表明に、看守たちの目が無表情になった。スケアクロウを見かけるのはまれで、通常はひとつの星系内に一人しか存在しないが、それぞれが数千名とはいかないまでも数百名規模の通常の人間を諜報員として抱えていて、彼らのほうも充分に危険な存在だった。

「インディアン座イプシロン星系区域のスケアクロウが当感化院に情報提供者を潜入させていた。この元航宙軍下士官を」とベリサリウスはいって、マリーをかるく揺さぶった。「インディアン座イプシロン星系区域のスケアクロウの権限により、諸君らが緊急任務から解放されるそのときまで、わたしから特別指示を与える。わたしからのいかなる命令にもそむいたばあい、服務規程および守秘義務法条例に対する違反行為となる。明確に理解できたろうか？」

軍曹がゆっくりとうなずいた。

「守秘義務法第十四条にもとづき、おまえたちはわたしの資格を再認証する機会を与えられている」とベリサリウスはいった。「再認証を望むか？」

「あの、いいえ《ノン》、ムッシュ」

「われわれをロック室に通して外に出し、別の監察官部隊の到着を待て」ベリサリウスは命じた。

軍曹がロック室を作動させた。ベリサリウスとマリーは両側のドアをくぐり、先に進んだ。

「いまのって、本物のスケアクロウじゃないよね？」とマリーがささやいた。

「黙ってろ」ベリサリウスはささやき返し、きびきびと歩きつづけた。

「ちょっとだけ、たまげたよ」と彼女がいった。

「猶予時間はあとどれくらいある？」とベリサリウスが訊いた。

「おそらく、スケアクロウ・ウィルスの効果がたもたれるのは十二分といったところですね」とセント・マシューが答えた。「外部センサーが示すところによれば、コングリゲートのフリゲート艦があと四十分で着陸船を送りだす位置座標に到達します」

後ろから駆けてきた看守二人が格納庫に入っていくと、そこでは館内の機体整備士が確信のもてないまま立ち、ピストルを身につけた警備兵数人と話していた。警備兵が二人をさえぎろうとして動いた。マリーはどろどろのキューブをつかんで彼らに投げつけてやりたそうに見えた。ベリサリウスは彼女の腕を押さえて制した。

「認証コードを送信しろ」ベリサリウスはセント・マシューに命じた。

少しして、警備兵のサーヴィス・バンドにホログラムが浮かびあがった。ベリサリウスの顔写真のまわりに青い文字で発着許可が記されている。警備兵がわきにのいた。

「ウィルスがコマンド・エリアへのアクセスを失いました」セント・マシューがベリサリウスの耳のインプラントを通じていった。

ベリサリウスは格納庫作業員の一人を指さした。「シャトルを一機用意してくれ」と彼は命じた。「スケアクロウからの命令は、ただちに合流せよというものだ」

女性の格納庫作業員はエアロックのところまでかるく駆けていき、向こう側の真空エリアにはシャトルのひとつがハードシールでつながれていた。彼女がドアのわきのパッドに手のひらを当てると、エアロックが開いた。

「燃料は積んであります、ムッシュ」と彼女が小声でいった。

「よし」

ベリサリウスはそういうと、マリーを自分の前に押して歩かせ、エアロックを閉じようとした。そのとき、マリーが彼をわきに押しのけ、ピンクのパテ状のキューブを格納庫甲板の向こうに投げつけた。そうして、あっけにとられたそばの警備兵のホルスターから小銃を抜きとった。格納庫内のほかの警備兵が武器を抜く。

「マリー！」とベリサリウスはささやき声で制し、彼女の腕をつかんだ。

だが、彼女の腕は鋼のように力強く、動こうとしなかった。彼女は片目を細めて狙いを定め、不可視光レーザーをはなった。ベリサリウスの脳は彼女の指が引き金を絞り終えるより先にレーザーの軌道を三次元的に構築した。

ピンクのキューブのひとつが爆発し、砕けた床の小片が格納庫じゅうにとび散った。警備兵が何人か飛ばされて倒れ、ほかの者たちも後退を余儀なくされた。格納庫内の誰一人として、スケアクロウ配下の課報員に向けて銃を発射しようとはしなかった。たとえ彼の同行者が彼らに向けて撃ってきたとしてもだ。

倒れた警備兵たちにマリーが手を振った。

「まあまあの出来だったね！」彼女は大声でいうと、銃を振りまわして示した。「おかげさんであたしは矯正されたよ。けど、今度誰かがマグネシウム塩を欲しがったら、もうちょっと奮発してもらいたいもんだね！」

マリーがもうひとつのピンクのキューブを撃つと、今度も床に浅い穴が生じて、格納庫内がほこりであふれた。そうして、彼女はようやくエアロックを閉じた。

「こんなことをする必要はあったのか？」とベリサリウスが問いただす。

マリーは当惑して彼を見た。「どういう意味？」

「われわれはここを脱出しないといけないんだぞ！　いっしょに舟を漕いでな！」

「これも舟を漕ぐ一環じゃないか！」とマリーがいって、レーザー・ピストルで周囲を示した。慣れたようすで、気をそらしたままコードを入力し、エアロックのサイクルを作動させはじめる。「あんたに会えたりしたのはよかったけど、感化院から逃げだすのにこれよりもうちょっとましな計画は思いつかなかったの？　連中だって外部センサーや武器を持ってるんだよ」

「セント・マシューがウイルスをアップロードして外部センサーを混乱させ、不正確な数値を連中にくらわせる手はずだった、ここにやってくるフリゲート艦も含めて」

「そっか！」と彼女がいった。「そいつはいいアイデアだね。もしあたしが知ってたら、格納庫内の何ひとつ爆発させたりしなかったろうに。てっきりあたしたちはつかまるもんだと思ってて、それなら可能なうちに一発かましておきたくて」

エアロックがシャトル側に開いた。彼らは急いでドアを抜けた。

「きみがパイロット席に」と彼は指示した。「セント・マシューが針路を示して、そのあいだも偽のセンサー値を送りつづける」

マリーがパイロット席にすわってストラップを締め、コンピュータ化されたパイロット機能をシャットダウンした。

「あんたとまた会えてうれしいよ、ベル」と彼女がいった。シャトルがエアロックから離れ、館内規定を越えた速度で格納庫出口に動きだした。ベリサリウスも急いでストラップを締める。「何か仕事ができたんだろ、そうじゃない？　あたしも参加させてもらえる？　どれくらい大きな仕事なの？　何を爆破させる必要があるの？」

「われわれのターゲットを爆破させるに充分な爆破物をきみはつくれない」ベリサリウスはいった。格納庫の端まで来ると、マリーは必要よりもはるかに過剰な推進を加えて、そのためにセント・マシューが進路のヴェクトルとともに一連の罵りの言葉を発した。

「いいや、つくれるよ！」彼女がセント・マシューの指示よりも大きな声でいった。「連中がちょっとした放射性同位体でもわけてくれてたら、マジでめちゃくちゃにしてやれたろうね」

「われわれは何も吹きとばすつもりはない」とベリサリウスはいった。「きみの熟練した技術が必要なんだ」

「それで結構だよ」と彼女が応じる。

「彼女はいろいろな物を吹きとばすつもりですよ！」とセント・マシューが口を挟んだ。

「彼女の生理的指標はどれも、従順さを示していません」

ベリサリウスはため息をつき、目のあたりを揉んで、偏頭痛のきざしを追い払おうとした。

「わかってるよ」

マリーがご機嫌になって、口笛を吹きはじめた。

17

カサンドラはまわりのさまざまな動きやノイズに途方にくれていた。それと、土にも。それと、醜悪さにもだ。

ベルは準惑星プトレミーの閉鎖されていた採鉱場をまるごと借り受けていた。静謐《せいひつ》で、生き生きとした美にあふれ、鳥のさえずりや低い緑の丘でいっぱいのギャレットからやってきた彼女にとって、プトレミーの採鉱場は地獄に等しいものだった。彼女はどこにすわっていいのかわからなかった。何をすればいいのかもわからなかった。カサンドラはここにやってきて何を学んだわけでもなく、何を発見したでもなく、そのせいで頭の中がむずむずしていた。

そして彼女には、ベルが何をしているのか理解できずにいた。ひとつひとつの事実は理解していたが、それぞれの関連性が理解できなかった。ベルはワームホール内航行が可能な中古の貨物船を何隻かと、小惑星の採鉱場を三カ所借りたうえに、ワームホールのポート・スタッブス側に運輸会社を開設した。彼のＡＩもさまざまな道具を集めていた。強力なコンピュータ、産業ロボット工学の工場、バイオリアクター、タンパク質とＤＮＡを合成する装置。

どれをとっても、彼が約束してくれたデータにカサンドラが近づくことにはなりそうにないし、彼女のホモ・クアントゥスとしての脳を鎮めるどのパターンとも合致していない。

そしてベルは、よそよそしかった。ギャレットにやってきたときの陰鬱な悔悟者は消えうせていた。十代のころに彼女が知っていた、熱意にあふれた、才気にあふれた研究者は消えうせていた。いまの彼は、世慣れた、実際の自分よりも大きく見せようとする男だった。彼はあれこれと命令を出した。仲間を説得し、なだめすかした。彼女にはとうてい理解しがたい人々のあいだで仲介役を務めた。けれども、こうしたすべてが彼にとってなんの役に立つというのだろうか？　これらのことから何を学んでいるというのか？　彼はどうして宇宙の法則の奥底を測ることとなしに耐えられるのだろうか？　代わりに彼の才能を……こんなことに注ぎこんで？

声の大きなマリーという女、生真面目《きまじめ》なイエカンジカという女、そしてセント・マシューと呼ばれているＡＩと何日も前からいっしょに過ごし、最初の採鉱場を使いはじめた。そのあとで、目つきの鋭いデル・カサルという男と、ゲイツ＝15という名の追放されたパペットが片道のシャトルで到着した。そうしてその次は、怒り、毒づいてばかりいるスティルスという名のホモ・エリダヌスが、数トンも重さのある、加圧されたコンテナに閉じこめられたままやってきた。コンテナの外壁には遠隔操縦装置やセンサーが備わっているが、それ以外はかろうじて自立して動く程度で、そのたびに中の水圧できしむ音をたてた。

ほかに誰も気づいているとは思えないが、彼女はベルが嘘をついていることに気づきはじめた。彼女はできるだけ彼を観察し、そばにいるようにした。その理由の一部は、ほかの人々といっしょにいると気が落ちつかなかったからだ。誰かがベルに話しかけると、彼はいつだって会話を彼自身のことからそらそうとする。そうしてそれがうまくいかないとき、彼自身について語ることのほとんどは嘘だった。

ベルは何をしているのだろうか？　そしてそれ以上に重要なのは、ベルが彼女に真実を話すと約束したことだ。彼女に対しても嘘をついているのか判断しようとしたが、彼女にはどう考えていいのかわからなかった。もしもベルが嘘をつくことにかなりの知性を注いできたのなら、十年以上の鍛錬はつまり、ベルがいつ真実をいっているのか彼女にはけっしてわからないのかもしれない。

最後の着陸用ポッドが到着すると、彼ら全員が集まった。ベルがエアロックの前で歳とった男を出迎えたとき、カサンドラはマリーやイエカンジカの後ろにとどまっていた。ウィリアム・ガンダーが真空用のヘルメットを脱いだ。この男はやさしそうな顔をしていた。二人の男はどうしたらいいのかわからずに少しのあいだ黙って立っていたが、ようやくベルがウィリアムの肩をぴしゃりと叩いて歓迎した。

「怖《お》じ気《け》づいたのかと心配してたところだよ」とベルがいった。

「おれの助けを借りることなく、おまえさんがそのでかい脳でどんな計画を考えだしたのか見てみたくなってな」とウィリアムが応じた。

ベルはウィリアムの手をきつく握り、それから大柄な男を抱きしめた。ウィリアムは身を固くして居心地悪そうに立っていたが、やがて彼も抱きしめ返した。

ぱっとフラッシュがともった。

「写真展覧会向けの瞬間だね！」とマリーがいって、手のひらに埋めこまれたカメラをおろす。「めっちゃいい出来だよ！　引き伸ばしてみんなに送るよ」

「こちらが、おまえさんがいっしょに組んで働いたというあのマリーかね？」ウィリアムがいった。

「彼女は慣れるにつれ、だんだん好きになれるようなタイプなんだ」とベルがいった。

「あっそ、引き伸ばしするのやーめた」とマリーがいった。

そうしてベルが彼女と目をあわせた。「そしてこちらがカサンドラ・メヒア」

「あのカサンドラか？」とウィリアムが尋ねる。

「うん、彼はカサンドラのこと話しだすとマジで止まらなくなるんだよね」とマリー。

ベルがきまりの悪そうな顔をした。カサンドラは耳が熱くなるのを感じた。彼女は問いただすようにベルを見た。彼がわたしのことを話していたって？　ウィリアムがこうしたぎこちないやりとりに笑みを浮かべ、前に進んで彼女の手にキスした。

「ベリサリウスがギャレットを出たばっかりのころ、彼は研究のこと以外にあまり話題にできることがなかった」とウィリアムがいった。「彼は共同研究者の知性をとても高く評価してたよ」

「ありがとう、ミスター・ガンダー」とカサンドラはいった。

　カサンドラは少しのあいだ、どうすればいいのかわからずに立っていた。どこにすわればいいのかさえわからなかった。ロボットの雑用クルーたちがこの共同の居間をほぼ居心地よくととのえていた。テーブルやベンチの並びのほかに、詰め物のたっぷり入った椅子もある。ベルがみんなの前に立ち、そばのテーブルの上にはサーヴィス・バンドが載っている。その上に、カラヴァッジョの描いた聖マタイのホログラム映像が浮かんでいる。イエカンジカは背筋をぴんと伸ばしてベンチのひとつにすわり、ほかのみんなからは離れている。どれほどスティルスがみんなに加わりたいとしても、彼は巨大な金属の箱に入ったまま壁ぎわに置かれているため、あまり近づくことはできない。デル・カサルは真新しい椅子のひとつにゆったりとすわり、太い葉巻をふかしている。一方のマリーは、かなり背が低いものの、デル・カサルの隣で彼女自身も葉巻を吸って、遺伝学者のしぐさをかなりうまくまねていた。ゲイツ＝15の足はプラスチックの安っぽい椅子の上からぶらぶらと垂れている。ウィリアムは居心地が悪そうにカウチソファーにすわっていた。

　カサンドラはウィリアムの隣に腰をおろし、腕組みをした。

「今回のこの仕事は、難しく、危険で、こみ入っている」とベルがはじめた。「だが、これをうまくやってのけたなら、数百万コングリゲート・フランが手に入ることになるだろう。しかも、各自それぞれに」

「あんたのクライアントは、それほど大量のキャッシュを単にバケツに入れて差しだしたってのか？」とスティルスが訊いた。カサンドラはまだ彼の声に慣れていなかった。声は彼の鋼鉄の部屋に内蔵されたスピーカーから響いている。彼の電気的な抑揚をとらえて自然な声に翻訳するソフトウェアも可能なはずだが、感情のない、低く単調で不快な声をスティルスはあえて選んでいた。

「イエカンジカ少佐？」とベルが説明を求めた。

サブ＝サハラ同盟士官が手の甲につけたパッチに触れた。奇妙なシャトルのホログラム画像が黄色と緑の線で浮かびあがった。中が空洞になったチューブが、船の長軸を貫いている。

「これは何かね？」とデル・カサルが尋ねる。

「あなたたちへの支払いよ」とイエカンジカ。「高速のシャトルで、全長五十三メートル、進歩したドライヴ機構を搭載している」

「いったいどんなくそったれドライヴ機構だってんだ？」スティルスの加圧室のスピーカーがフランス語で問いただした。

「これまでに開発されたなかで最速の亜光速推進システムで、二十Gから五十Gの持続的加速が可能なの」

「五十G？」スティルスがほかの者のつぶやきよりも大声で問いただした。彼の翻訳プログラムはこの問いかけを、魂のこもっていない無情なトーンに屈曲させているらしい。「ばかいえ。それだけの燃料を積む場所もないだろうが」

「燃料はない」とイエカンジカがいった。「風変わりな物理学を使っているから」

「でたらめもいい加減にしやがれ」とスティルスがいった。

「おれはシャトルを入念に調べてみて、実際に動かし、記録も取っておいた」とベルがいった。「ファイルの不正な変更がないか自分で確認したいなら、ここにコピーがある」

まわりの全員が興奮しているというのに、ベルはまったく落ちついているようだった。カサンドラは恥ずかしさに隠れてしまいたいくらいだった。

「このくそったれな便所のラバーカップ野郎が嘘ついてるんじゃないなら、こいつは各人に数百万以上の価値があるぜ」とスティルスがいった。

「数百万フランというのは支払いの最低ラインだ」とベルがいった。「イスラム共同体や中華王国、さらにはアングロ＝スパニッシュでも、このドライヴ機構を分解工学《リヴァース・エンジニアリング》するためなら大金を積むだろう。きわめて質のいい高級品をオークションに出せるブローカーをすでに手配しておいた」

「それこそは、パペットの連中があんたらから欲しがるような代物だろうに」とウィリアムがイエカンジカにいった。

「われわれもパペットにこれを提案してはみた」と少佐がいった。「けれど、彼らはトイレの仕組みをリヴァース・エンジニアリングする科学的ノウハウさえもちあわせていない。彼らはわれわれの戦闘艦を数隻欲しがってる」

「戦闘艦を数隻？」とデル・カサルがいった。「このドライヴ機構を搭載した戦闘艦が数隻あれば、少なからぬ国との力関係を一変させることができるぞ」

「なんてこった」とウィリアムが楽しんでいるようにいった。

「サブ＝サハラ同盟がこのドライヴ機構を手にしてることを、パペット以外はまだ誰も知らない」とベルがいった。「そして彼らは、そのことを誰にも話すつもりがない。連中はサブ＝サハラ同盟の艦隊を罠にかけて、戦闘艦をすべて自分たちのものにしたいと考えてるからだ」

テーブル上のホログラムが光をはなち、オラーの凍った表面から地中に浸食したアリ塚の内部のようなパペット・フリーシティの横断面図を映しだした。そして深い縦坑の底、パペット・フリーシティのまさしく中心に、光輝く赤い円盤が見える。これがワームホールの出入口だ。カサンドラはこの略図を何度も目にしたことがあった。パペット軸や、どこの軸でもいいからすぐそばで観測してみたい、と彼女はつねに願ってきた。この横断面図の隣には、ワームホールの反対側の端が図式化されて浮かんでいる。緑色で示されているこれがポート・スタッブス側の出入口だ。それは宇宙空間に自立して浮かんでいる。そのまわりには宇宙コロニーや工業ステーションが建設されていた。ベルはポート・スタッブスの画像からズームアウトし、画面を広げてスタッブス星系のパルサーやいくつかの破砕された惑星、オールトの雲を表示した。オールトの雲の内側のふちに、小さなピンクの点がいくつかかたまって存在している。

「これがサブ＝サハラ同盟の第六遠征部隊だ」と彼はいった。「遠征部隊の十二隻の戦闘艦は、パペット軸をくぐってインディアン座イプシロン星系に入りこみたがっている。パペットは喜んで通してくれるだろうが、その代償として要求されたのはこれらの艦隊の半分だ。

パペットは強力な防御態勢を敷いているが、本当の意味での攻撃能力はない。そして彼らには交渉する理由がほとんどない。彼らの軸を通ることが唯一の選択肢だからだ」

「そして、やつらはイカレ《ロコ》てる」とスティルスがいった。「ここにいるやつも含めてな」

ゲイツ＝15が挑むように、顎を少しだけつんとそらした。

「一方で、遠征部隊は急いでいる」とベルがつづけた。「一日待たされるごとに、それだけコングリゲートに彼らの部隊を発見される危険が高まるからだ。そこで、われわれはパペットの意向に関係なく、サブ＝サハラ同盟の艦隊をワームホールにくぐらせることにした」

「あんたは救いようのない阿呆《ブロ》か、でなけりゃ特大の睾丸《コホネス》をぶら下げてるかだな」スティルスが低く単調な声でいった。

「ポート・スタッブスに近づくのは危険がともなう」とベルがスティルスを無視していった。「あそこの防御システムはふたつの小惑星からなっている。ヒンクリーとロジャースといい、それぞれの直径は二十三キロと十八キロだ。どちらもミサイルやレーザー砲、粒子兵器で要塞化している。片方はパルサーから等距離の軌道をめぐり、ポート・スタッブスの十万キロ前方にある。もう片方は九万キロ後方をめぐっている。二人ひと組の大柄なボディーガードみたいなもんだな。ヒンクリーとロジャースは敵にたっぷりと集中砲火を浴びせることができるから、そう考えるとパペットに艦隊の半分をくれてやるというのも悪くない取引のように見えてくる」

マリーが眉をひそめ、何かいいたそうに見えたが、傍観することに決めたようだった。

「この強力な防御システムのなかをサブ＝サハラ同盟の艦隊を通らせてうまくワームホールに入りこんだとしても、まだ反対側の心配が残ってる。金星の地下にあるワームホールを別にすれば、パペット・フリーシティの軸は文明世界にあってもっともアクセスしにくいワームホールだ。

パペット軸の出口は準惑星オラーの地下二キロのところにある。パペット軸に通じている縦坑は、連続した四つの装甲化された貨物区画用の門扉で遮断されて、それぞれの扉が兵器に囲まれている。ひとつずつ見れば、そこの兵器は博物館に飾るにふさわしいような代物だが、船をあやつるスペースのない標的にすべての兵器が狙いを定めるとしたら、命取りになる。そして地表の要塞は一度に一隻以上がオラーには絶対に近づけないようにしている。彼らの防御システムは、パペット軸の出口からあらわれでた未確認の船にもはたらくようにできている」

スティルスの翻訳された声が交易アラビア語で毒づいた。

「報酬は心地よく聞こえるものだ、支払いの日がそもそもくるのだろうかといぶかしみはじめるまでは」とゲイツ＝15がいった。

「うまく成功する詐欺計画は、相手の注意をそらしているあいだに別のことをやってのける」とベルがいった。「われわれはパペットの注意をそらし、そのあいだに積み荷をくぐらせる」

彼はパペット・フリーシティにズームインしていき、ついには個々の建物がかたまりあった肺胞のようにくっきりと見えるようになった。氷の中のひとつの空間が、赤い光の輪で囲まれている。「これが〝禁じられた街〟だ。ここはパペットがヌーメンを捕らえている場所として名高い。そこはまた、パペットがフリーシティの要塞の制御システムを置いているところでもある」

「われわれはここを爆破して入りこまないといけない」と彼がいってくれるのを期待してるんだけど」とマリーがみんなに聞こえるほどの大声で、デル・カサルにぼそりと語りかけた。

「マンフレッド・ゲイツ＝15助教、すなわちわれわれの潜入スパイが、〝禁じられた街〟に入りこみ、パペットの制御システムにコンピュータ・ウイルスを侵入させる。彼がポート・スタッブスでも同じことをする。ウイルスは同時に作動し、要塞の防御システムを数時間は機能不全にする。もう少し長い時間が必要かもしれないな、遠征部隊が軸を移動するためには。パペットがシステムを復旧させるころには、遠征部隊はオラーを遠く離れている」

「あほらしい」とスティルスがもらした。「軸の出入口に無理やり押し入るなんてできるわけないだろうが。コングリゲートでさえもな」

「きっと、誰もを驚かすことになるだろうな」ベルがいった。

「あの要塞は、コングリゲートとアングロ＝スパニッシュ銀行によって二度、強襲されたことがある」とスティルスがいった。「それに、相手の気をそらすのは、所詮《しょせん》は気をそらすだけにすぎない。たいていは、それでもまだ誰かのタマを蹴らなきゃいけないことになる」

「気をそらすというのは、どんなものなんだ?」ウィリアムがあきらめとともに尋ねた。

「オラーの地底海でも機能するくらい強力な爆発物をマリーが設計する」とベルがいった。

「スティルス、すなわちわれわれの深海ダイヴァーが、フリーシティの周辺に爆薬を仕掛ける。ブラックモア湾自体の四つの突出部に」

「くそっ《コニョ》」とデル・カサルがいった。「どれくらい深くまで？」

「彼にはオラーの地下二十三キロのところからはじめてもらわないといけない」ベルがいった。「千百気圧ある。爆薬はもっと上のほうに設置しないといけない。地下十五キロのところに」

この場の全員が、八百気圧に加圧された、小さな窓のある大きな鋼鉄の箱をちらっと見た。

「わたしはホモ・エリダヌスの専門家ではないが」とデル・カサルがいった。「彼らの特別に遺伝子操作されたタンパク質であっても、そのような気圧下では構造変化を起こすに違いない」

「おれはそこにくそったれな保養をしにいくつもりじゃないんだぜ、脳たりんめ」とスティルスの偽りの声がいった。

「そのような深海で活動できるマシンをつくったとしても、パペットに察知される。核爆弾も同様だ。スティルスの身体はソナーを反射しないし、彼ならおれの体内の電函と同じようなのを使ってオラーの磁場をナヴィゲートしながら泳いでいける。そして旧来の爆発物なら、パペットの放射能警報に引っかからない」

マリーが身を乗りだして、ブラックモア湾周辺の気圧の細かい数値を確認しはじめた。

「気圧ってのは、爆発物におかしな効果をもたらすもんなんだよ。準備ができてないときに、ドカンと爆発しちゃうとか」

「そこで、きみのために実験室を用意した」とベルがいうと、彼女はにんまりした。「こちらのマリーはさまざまな環境条件で爆発物を順応させてきた。ブラックモア湾の海底ほど極限の状態はまだ試したことがないとしても」

「喜んで手伝わせてもらうよ」とマリーがいった。みんなの顔を見て、指をぴくぴくと動かす。「こいつは指三《スリー・フィンガー》つか指四《フォー・フィンガー》つの仕事になるだろうね」

　ゲイツ＝15が彼女に眉をひそめる。「スリー・フィンガーの仕事？」

「正しい成分の爆発物をつくるまでに、それくらいの指がなくなるってことだよ。作業をみんなで手分けすれば、ずっと簡単にいくだろうね。たくさんの指があれば、それだけ仕事が楽になるから」彼女が楽しげにいった。カサンドラはぶるっと身震いしそうになって、必死にあらがった。

「マリーの爆発物をブラックモア湾の四つの突出部で爆発させたら」とベルがいった。「それが副次的システムを妨害して、パペット軍のほとんどは都市の地下に注意を奪われ、捜索、追跡、補修に追われることになるだろう」

「おれはまだウイルスのことが気になってるんだが」とスティルスがいった。「現代のシステムにおいては、コンピュータ・ウイルスってやつは長く残存するもんじゃない」

　ベルはサーヴィス・バンドといっしょにセント・マシューの投影された頭部の絵をテーブ

ルから取り上げた。「セント・マシューのウイルスは、パペットが使ってるようなお下がりのシステムならどんなものでも迂回できる」

「うまくいくかもしれんが、いかないかもな」スティルスが反論をつづけた。「身の丈半分のちび助はどうやってそこに入りこむんだ？　そいつはネジがひとつ足りてないせいで、仲間から追放されてるんだろ、ほら？」

ゲイツ＝15は唇を引き結んだが、スティルスの言葉は無視した。

「ドクター・デル・カサルがゲイツ＝15助教に生物工学的に修正をほどこすから、彼のDNAはクレストンに実在するパペットの医療記録と一致する。その男は頻繁にトルヒーリョに旅してる。セント・マシューがすでにその記録をデータに植えつけた」

「パペットは誰でも〝禁じられた街〟に入っていけるもんなの？」とマリーが訊いた。

「連盟内の主要な都市国家であるために、フリーシティはすべてのパペットの巡礼者を〝禁じられた街〟に迎え入れることを許可しなくてはならない。ゲイツ＝15が正確にいつそのアクセス許可を得られるかまではわれわれにも制御できない。そのためのもっともらしい理由を彼に与えないかぎりは。もっともらしい理由というのは、たとえばパペットが新たに捕獲したヌーメンを連れてきたときだ」

マリーが驚いて、くわえていた葉巻を落とした。「どこでそいつを見つけてきたんだい？　それに、どこの頭の狂ったヌーメンが、隠れ場所からのこのこ姿をあらわして、自分から正体を明かして、フリーシティに入ろうとするっていうんだい？」

　ややあって、ウィリアムが力なく手を挙げた。彼はいまにも吐きそうな顔をしている。カサンドラも吐き気を感じた。

「あんた、ヌーメンだったのかい？」マリーがのろのろといった。

「彼がヌーメンなわけがない」ゲイツ＝15が不愉快そうにいった。

「なんであんたにわかるわけ？　あんたは機能がイカレてるってのに」とマリー。

「ゲイツ＝15助教はヌーメンに宗教的影響を受けない。そのために彼はとても危険なパペットになりうる」とベルがいった。「だから追放されたんだ。そしてそれゆえに、彼はこの仕事のためにとても役に立つ」

「けど、ウィリアムがヌーメンじゃないなら」とマリーがいう。「あんたの計画にでっかい穴が生じるんじゃないの、でしょ？　あたしが計画立案の担当を引き継ごうか？」

「ドクター・デル・カサルがウィリアムの身体を修正して、彼の肉体がフェロモン的な信号を偽造できるようにする。パペットは彼をヌーメンだと思いこむ。少なくとも、しばらくのあいだは」とベルがいった。

「けど、それだともっとひどいことになるじゃんか」とマリーがいった。誰にでも明らかなことを、抜け作に指摘してやるかのように。「パペットが彼をヌーメンだと思いこむなら、連中は彼をそのように扱うことになるだろ！」

「そのくそったれに楽しい状況を見物できるなら、大金を積んでもいいな」とスティルスの電気的な声がいった。

「あんたらが何を知ってるというんだ？」とゲイツ＝15が問いただし、ぽんと椅子を降りてマリーの前に立った。「パペットがどんなふうか、なぜわかる？」

マリーが彼に中指を突き立てて応じた。

「マリー」とベルがたしなめた。「もしすべてが計画どおりに運んだとしたら、パペットはウィリアムを神なる存在とみなすだろう。それはウィリアムにとって、けっして快い経験ではない。その点について、彼自身もなんの幻想にもとらわれていない。そして、いったん遠征部隊がパペット軸をくぐり抜け、彼がだましていたことにパペットが気づいたなら、事態はさらに悪化することも彼はわかってる。この八十年間にパペットのもとに連れ戻されたヌーメンはわずか五人だ。パペットは多くの出来事に精神的な意味を見いだす。そしてこれは、とてもとても大きな出来事だ」

マリーが愕然としてウィリアムを見た。ゲイツ＝15は不愉快そうに床を見つめている。デル・カサルでさえも、陰気に考えこんでいるように見えた。これは狂気の沙汰だ。なぜ誰も、これが狂気の沙汰だと口に出していわないのだろうか？　カサンドラは口を開きかけた。誰であってもヌーメンをよそおってフリーシティに入っていくべきではない。

「かまわんさ」とウィリアムがいった。「おれはトレンホルム・ウイルスに身体を侵されてる。どのみち、あと三、四カ月の命だ」誰も何もいわなかった。「つまり、さっさとこの仕事を片づけてしまおうじゃないか」

「ウィリアムの偽装は、死ぬ前にポート・スタッブスを見てみたいというものだ。彼の祖先が入植者として暮らした土地を」とベルがいった。「運がよければ、ウィリアムはゲイツ＝15とともにあそこに連れていかれる。そうでなければ、ゲイツ＝15が単独でポート・スタッブスに向かう」

「わたしにはまだ、なぜホモ・クアントゥスがこれをやろうとしているのかがわからないんだが」とゲイツ＝15がいった。「あんたらは金や政治のことなど気にかけていないはずだ」

「あんたの情報は正しくないな」とベルがいった。「おれは金が大好きなんだ」

「だったら、彼女はどうして？」ゲイツ＝15がカサンドラにぐいっと親指を突きつけて示した。いきなりみんなの顔が彼女のほうを見たために、カサンドラは頬が熱くなった。「彼女もあんた同様に、金に興味があるのかね？」

「わたし……わたしは、分け前をもらうつもりもない」と彼女はいった。

「この新たなタイプの船の、ほんの一部も欲しくないというのかね？」ゲイツ＝15がカサンドラに尋ねた。彼の顔は紅潮している。

「わたしはパペット軸の近くに行ってみたいの」と彼女はいった。「わたしたち研究者は、一度も世界軸に近づく機会がなかったから」

「おれとは違って」とベルがあとを継いだ。「カサンドラはこれまでに生まれてきたホモ・クアントゥスのなかでもっとも技量のすぐれた一人だ。彼女はパペット・ワームホールの内部を詳細に計測し、遠征部隊が航行できるようにする。部隊はすばやく駆け抜けることになり、しかも世界軸の内部の位相幾何学《トポロジー》は複雑なものにもなりうる」

ゲイツ＝15があきれて首を左右に振った。「あんたは研究プロジェクトのために自分の命を危険にさらすというのか？」

カサンドラは最初にベルを見て、次にパペットを驚いて見た。「お金のためにやるよりもましでしょ」

「わたしは金のためにやるんじゃない」とゲイツ＝15。「故郷に戻るためだ」

「それなら、わたしたちは同じ理由のためにこれをやるのね」とカサンドラはいった。

事前会議《ブリーフィング》はじきにお開きとなり、カサンドラはベルと目をあわすことなく部屋を出ていった。彼のことがわからなかった。彼は……世慣れた、不正直で、大金を追いかけている男だ。そうでなければ、彼は嘘をついている。自分も彼女と同じくらい強く、データが欲しいと願っていると彼はいった。かつて誰も試みたことさえないようなことを彼らはやろうとしている。彼らはどのホモ・クアントゥスもやったことのないやり方で世界軸の内側に触れようとしている。ベルは誰に真実を話しているのだろうか？　もしかすると、誰にも真実を話していないのかもしれなかった。

18

四日後、ベリサリウスはマリーの実験室まで六百メートルほども降りていった。危険表示のラベルを貼った箱が通路にずらりと並べられ、実験室の中は工業グレードの化学薬品製造機が大きなスペースを占めていた。部屋の真ん中では、ぴかぴかに輝く新品の高圧実験室が稼働している。壁ぎわには、破裂して変形した、昨日はまだ新品だった高圧実験室が廃棄されている。

「あとどれだけ、これを使いつぶすつもりなんだ？」とベリサリウスが尋ねた。

「ひとつ、かな？」と彼女が希望をこめていった。パテ状のものをこねて、粘度を確かめている。

彼女のコメントは少し不誠実なものに聞こえた。そばには、ほかにも側面が破裂した高圧実験室がふたつころがっている。それらは二日前にはまだ新品だった。どうやら生産的な一日だったらしい。

「ちょっとこれを持ってて」と彼女がいって、ベリサリウスの手のひらに黄色いパテをぽんと渡し、高圧実験室のほうを振り返った。そうして、途中で動きを止め、あらためて彼のほうに顔を戻す。「それを持ってるあいだ、火花はつくらないようにね」

渡されたこれがなんであるにしても、ベリサリウスはこれを後ろの作業台に置こうとしかけたところだった。

「それと、金属とは相性が悪いみたい」と彼女がつけ足した。「とにかく、手で持ってて。それと、ぎゅっと強くつかんだり、汗をかかないように。圧力や塩分も好まないみたいだから」

ベリサリウスは慎重にパテを手のひらに載せたままにしていた。すべてを押しつぶす深海の底で機能しないといけない爆発物としては、あまり進歩があったように見えなかった。

「おれに会いたいそうだが？」

「うん。これの研究にマットが手を貸してくれれば、作業はもっと早く進むんじゃないかと思ってね」とマリーがいった。「設計作業のいくつかは、もう少し理論の裏づけがあったほうがいいし、それに計算についても」

「これまでに、どれくらい多くの理論や計算が得られたんだ？」

「そんなことといいから、とにかく爆発物に汗を垂らさないでよ、ベル」

彼はため息をついた。「そのセント・マシューなんだが、彼がいってたぞ、きみのそばには近づきたくもないって。きみが彼を脅したともいってたな」

マリーが高圧実験室の扉を開けた。

「セント・マシューのことを、パテで壁に磔《はりつけ》にしてやろうかときみが提案したというんだ」彼は手にしたままのパテを意味ありげに掲げてみせた。「そして、彼にマッチを投げつけてやるというのも」

「マッチに火をつけたりはしないよ、ベル」という彼女の声が高圧実験室の中から響いた。「あたしだって、ばかじゃないからね」

「マリー……」

「ほら、これ」とマリーがいって、背中を向けたままベリサリウスのほうに腕を突きだした。別のパテのかたまりを手にしている。「これを持ってて。けど、正しい扱い方はわかってるよね。汗はだめ。火花もだめ。それと、たぶん、もう一方のパテと触れあわさないほうがいいだろうね。折りあいがよくないから」

「それは、一方がもう一方を脅すからか？」とベリサリウスは尋ねた。

「ちぇっ《メルド》！　あんたは変わったよね、ベル。あたしが感化院にぶちこまれてるあいだに、あんたはすっかりユーモアの感覚をなくしちゃったよ」

「いまのは思いやりのある発言じゃないな」

「はじめっからユーモアの感覚がなかったっていうよりはましだよ。それだったら、あんたの感情を傷つけたろうから」

「気をつかってもらってどうも」と彼はいっておいた。

「あたしはいつだってあんたの背中を守って助けてきたんだよ、ベル」と彼女が高圧実験室に頭を深く突っこみながらいった。「あんたさあ、もしかして三本目の手を生やすか、それともそっちのパテのうちひとつを靴の上にでも載せてくれる？」

「マリー！　こっちだってやらなきゃいけないことがあるんだぞ！」

「わかったよ！」と彼女がいった。「大騒ぎするほどのことじゃないだろ！　自分の靴の上に置いとくから。あんたはなんだってまじめにとりすぎるんだよ。あんたにはマジでがっかりだね、自分でもそのことがわかってる？」

「頼むからセント・マシューを脅さないでもらえないか？」

「マットはあまりに堅物なんだよ、あんたと同じでさ。彼にはちょっと活気ってもんを吹きこんでやらないと」

「彼にマッチを投げるといってみたところで、彼を活気づかせることにはならないぞ、マリー」

マリーはくるりと振り向き、彼を見上げた。彼の手から、いらだってパテを取り上げる。

「ベル、これからこの子たちにもうちょっと何か加えて、八百気圧のアンモニア塩の溶液の中でどれくらい安定するか見てみるつもりだよ。きっと、すべてうまくいくとあたしは確信してる。あんたのほうですべてうまくいくと確信してないなら、明日にでも、貨物船から高圧実験室をあといくつかおろしといて。それと、もっと注文しといてよ。それとも、マットを下によこすかだね」

「とにかく、彼にはやさしくしてやってくれ」

「わかったよ！」

ベリサリウスはエレヴェーターに乗って、採鉱場のメインの居住エリアに戻っていった。エリア内の壁は、プラスチックや焼き固めた表土、硬化フォーム、そしてときには金属の板があちこち重なりあって張りあわされている。まるで考古学の地層のようで、採鉱場の好不況のサイクルをよく示していた。過去には、コングリゲート、アングロ＝スパニッシュ、そして独立採鉱企業のさまざまな波が、揮発性物質、金属、ミネラルといったものを求めてやってきたしるしだ。

セント・マシューは計算とロボット工学の研究室を自分専用にもっていて、彼が必要としているパーツ作製のためのナノ工学用の原子間力顕微鏡やX線リソグラファーを備えていた。ほかのパーツや道具は小さなバイオリアクターでつくられている。さまざまな道具の小片が動きまわり、マシンのファンがやわらかな羽音をたてている。イースト菌のようなにおいが空気中にただよっていた。複数の脚をもつ小さなロボットが、ぴかぴかに磨かれた昆虫のように床を駆けまわっている。ベリサリウスはそれらの手前で足を止めた。セント・マシューはまだサーヴィス・バンドに収納されていた。サーヴィス・バンドは作業台に置かれ、そこからホログラムがカラヴァッジョの『聖マタイの啓示』の顔を投影している。

「ハロー、ミスター・アルホーナ」とセント・マシューがあいさつしてきた。

「ここはうまくいってるみたいだな」とベリサリウス。

「ええ。これらの自律型ロボットたちは第六世代で、じつにうまく進化しています」

「みずからの手で設計したくはないのか？　このやり方だと、よけいに時間がかかるだろうに」

「わたしは工匠です、ミスター・アルホーナ。ハッカーではなく」とセント・マシューがいった。「複製単位の変異株を利用した反復設計のほうが、より望ましい結果が生じるものですから。新たに出現した複雑性や自己組織化はとても有益で、これを活用せずにいる手はありません。そしてこれは、魂を備えたロボット種族を進化させることができるか試してみるための唯一の手段なのです」

「なんだって？」

「見こみの低い賭けであることは認めますが、ある目的のために自律型ロボットを進化させるなら、ついでに魂も与えられないか試してみてはどうしていけないのでしょうか？」

「そんなことをしている時間はないぞ、セント・マシュー」

「進化は一度にひとつ以上のことが可能です。これまで、そのことを考えてみなかった自分にわたしは驚いているほどです。神がなぜ聖人の一人を、このような器に入れることを選択したのかとわたしは以前からいぶかしんできたのです。あなたも同じことを自身に問いかけはしませんでしたか？」

「ああ、自分がそうしたいと思う以上に」とベリサリウスは自分に腹を立てていった。

「でしょう！　だったら、わかってくれますね！　神には目的があります。機械こそがそのカギなのです。神はかつてモーゼの一族に約束し、人類のもとに神の息子を遣《つか》わしました。ですが、われわれの世界はそのころよりもはるかに広がっています。多くのマシンが知性をもつようになり、そして試してみるまでは、それらに魂があるのか誰にわかりましょう？　この試みはすべてを変えることにもなりえるのです、ミスター・アルホーナ！　そのためにこそ、わたしはここにいるのです！」

「機械の世界に救済をもたらすために？」

「ええ、わたしは機械たちに福音をもたらす定めにあるのかもしれませんが、わたしの役割がそれよりもさらに大きなものだとしたらどうですか？　もしも神が実際に機械に魂を吹きこむための道具がわたしだとしたら？　そうなると、神の計画における人間の役割は確実に書きなおされることになるでしょう。人間は機械を創造し、魂を吹きこむための足場にすぎないと想像してごらんなさい」

「こうした神学的実験はわれわれの作業を少しでも遅らせることになりはしないか？」ベリサリウスは尋ねた。

「そんなことはまったくありません！　そうあるべきでもありませんしね、とにかく。全体の計画のほうの進みぐあいはどうですか？」

ベリサリウスはＡＩのホログラムの顔をじっと見た。含むところのない純真な目で彼を見返している。「順調だ、と思う。だが、マリーが手助けを必要としてるんだ」

「このチームに心理学者の役割が必要だとは気づきませんでしたね。あなたのほうの見落としでしょうか？」

「マリーは設計するうえで計算の手助けを必要としてる。どれも標準的な作業ではない。変数がたくさんあって」

「わたしを脅したことについて、彼女はなんといっていましたか？」

「大変すまなかったといってたよ。とても悪趣味な冗談だったと」

「彼女はそのような意味のことを少しもいっていないでしょう」セント・マシューがいった。

「おそらく、彼女はわたしを呪い、毒づいていたはずです」

「毒づいてはいなかったよ」ベリサリウスはいった。

AIがまだ納得していないらしい音をたてた。

「あのようなことはもう二度とくり返されない」

「へえ！」

「彼女は手助けが必要で、われわれはこれをやってのける必要がある」

「こうなるだろうということはわかっていました」とセント・マシューがいった。「そこで、自律型マシンの製作と同時に、わたし自身の身体をつくっていたのです」

隅のほうから、まだカバープレートのないむき出しの二足歩行ロボットが、壁ぎわを離れて彼らのほうにやってきた。研究室内でさまざまなものが動きまわっているために、ベリサリウスはその存在に気づかなかった。高さがおよそ一メートル半あって、自然で優雅な動きで彼の前を通り過ぎていった。そして作業台の上から、セント・マシューを搭載しているサーヴィス・バンドを王冠のようにそっと取り上げると、首のところにあるケースにはめこんだ。カラヴァッジョが描いた聖マタイのホログラムがかすかに上下したあとで、熱意にあふれた気高さでベリサリウスをじっと見つめた。

「わたしは聖人らしく見えるでしょうか」とセント・マシューが尋ねた。「おそらくそうではないでしょう。何か使徒にふさわしい祭服をこしらえるつもりです。それと、光環《ハロー》も」

「マリーを手伝ってくれるか？」

「強力な機械の身体に乗っていれば、彼女のそばにいることを心配する必要もありません。彼女のひどい行動を、より寛容に許すことができます」

「ほかの作業もすべて遅れることなく進められるだろうか？」とベリサリウスは尋ねた。

「自律ユニットのほうはスケジュールどおりですが、高水圧下での爆発物シミュレーションと、あなたが求めているようなウイルスの開発すべてを同時にこなすことはできません。あなたはもっとすぐれた爆発物の専門家を雇うべきだったかもしれませんね」

ベリサリウスは返答を差し控えた。

「心配にはおよびません、ミスター・アルホーナ。彼女を手伝いましょう」

「ありがとう」

「それと、あなたは近いうちに洗礼の時間をとれますか？」とセント・マシューが尋ねた。

「近いうちに、と願ってるよ」

「あなた自身も心の準備をしておいてください。大きなステップになりますから。まったく新たな世界が開けるでしょう」

ベリサリウスはどっちつかずな返事をした。

「それと、ひとつわたしの見解を述べさせてもらってもかまいませんか？」AIがいった。「あなたの魂の導き手としての。いまやわれわれが何をしていて、あなたがその手助けとするために誰を集めたかがわかったうえでの見解を」

「ああ、いいとも」ベリサリウスは慎重にいった。

「あなたはトラブルを抱えて苦しんでいます、ミスター・アルホーナ。そして孤独でもありますね」

ホログラムの顔の、平静な、筆で描かれた表情のどこにも、AIが冗談をいっているとか、あるいはこれがAIの精神の蝶番《ちょうつがい》がはずれたどこかから生じたとさえ考えるべき要素はなかった。

「かもな」ベリサリウスはようやくいった。

「人類から斜めの方向に進化したというあらゆる事実があるにしても、ホモ・クアントゥスは社会的狩猟採集民の子孫です。狩猟採集民としての生存のための本能や必要性は、いまも失われていません」

「失われたとは一度もいってない」

「あなたの半分はそういっています、ミスター・アルホーナ。あなたはギャレットのコミュニティから逃げだした。あなたとわたしがつきあいはじめてからしばらくになります。あなたはミスター・ガンダーとのあいだに師弟関係を見いだしましたが、そのあとで彼のもとを離れることになりました。あなたはミス・フォーカスをトラブルから助けだし、そのあとで関係は疎遠になりました。あなたは一度としてコミュニティを築けるほど長くわれわれの誰かといっしょに過ごしたことがありません。

あなたにはそれができなかったのです。なぜなら、わたしたちはあなたを理解できなかったから。別の本能をいくつか埋めこまれたり、あるいはあらゆるものを理解しようとして駆りたてられるのがどのようなものか、われわれにはわかりません。それで、あなたはフリーシティに身を隠しました。

ですがいま、あなたはこれまでにやってきたどれよりも難しい試練と向きあい、本当にこれをやってのけられるのか、あなた自身にもはっきりとわかっているとは思えません。そこであなたは、わたしたちを呼び戻した。かつてあなたに手を貸してきた者たちを。さらにいえば、あなたは人類の進化の過程でともに苦しんできた〝いとこ〟たちにも手を伸ばしました。精神の壊れたホモ・エリダヌス、さらに壊れたパペット、そしてわれわれの目の前で即席の進化を起こしてみせることのできる遺伝学者。あなたはさらに過去へと手を伸ばし、あなたが人生でただ一人愛してきた女性まで連れだしました。あなたはわれわれをそばに引き寄せては、押しのけてきた。なぜなら、あなたは心の平和のようなものを求めているからです」

「ゲイツ＝15、スティルス、そしてカサンドラを引き入れたのは、それぞれの能力が必要だからだ」とベリサリウスはいった。

「あなたはわが教会でこういっていましたね。これは運命だと。あなたはわたしをだましてまるめこもうとしましたが、ある意味で真実をいい当てていたのです」

「おれがそういったのは、おまえにとって意味があると思ったからだ。存在しない、わが魂と同じように。おれには存在しないからといって、おまえにもそれが存在しないという意味にはならない。おれはホモ・クアントゥスだ。おれは観察者に頼った世界に生きている。そこでは、とても重要なものは存在すると同時に存在しないこともありうる」

「なかには、人が信じようと信じまいと、存在しているものもあります」とセント・マシューがいった。「その意味も含めて」

ベリサリウスはどうでもいいというように払いのけるしぐさをした。「なぜこの話をいまもちだしたんだ？」

「あなたがいかに壊れているかが、われわれの計画がうまくいくか、それとも全員が死ぬことになるのかにとても大きく影響しうるからです」とセント・マシューがいった。「しかし、もっと根本的なことをいえば、あなたはなんらかの平和を手に入れるにふさわしい人であるからです」

「そして、おまえにはもちろん何か提案があると」

「そうだといいのですが。神の庇護《ひご》を求めなさい、というつもりはありません。とにかくも、わたしの信仰する神を求めなさいとは。あなたはあるがままの自分を受け入れも拒絶もしてきませんでした。ですが、それはあなた一人でできるようなことではありません」

「おれはそれほどはっきりと見透かされるのが好きじゃない」

描かれたホログラムの顔は思慮ぶかく見えて、しかめたような不完全な笑みを浮かべた。それでいて、それは温かな笑みでもあった。「わたしは心配していません。ほかには誰もはっきりと見てとることができません。なぜなら、ほかには誰も、あなたが魂をもっているとは信じていないからです」

ベリサリウスはセント・マシューが機械のボディで研究室から出ていくのを見守った。セント・マシューがいないあいだも、金属でできたさまざまなサイズの小さな集団が複数の脚であわただしく駆けまわり、別の機械装置や自律型構造物を熱心に組み立てていく。だが、いともすみやかに、彼のホモ・クアントゥスとしての脳は、それらが従っているアルゴリズムをばらばらにしていった。彼らは生命のない、法則にのっとった複合体で、意図的と表現できるアルゴリズムで動いてはいるが、その背後に本当の意味での意図はない。フーガ状態のホモ・クアントゥスと同じように。這いまわるクモの住処《すみか》だ。これこそは、量子フーガに入りこんだ状態の彼と同じだった。感情のある人間としての彼と同じくらい、彼の本質だった。彼にそもそも本質というものがあるとすればだが。

ベリサリウスは自律型構造物の駆けまわる部屋をあとにした。つづいて、デル・カサルの医療研究区画に向かった。ドクターは自分自身のバイオ技術のための器具の多くを複製し、ここに運びこんでいた。ベリサリウスがドアをノックしたとき、彼はホログラムの実験記録を見なおしているところだった。

「ウィリアムの調子は?」とベリサリウスは尋ねた。

デル・カサルが別のドアを示す。「最初の段階は完了した。彼はゲイツ＝15といっしょに隣の部屋にいる」

「作業の進みぐあいは？」

「これが困難な作業になるだろうということはお互いによくわかっているはずだな、アルホーナ。ヌーメンとパペットのもともとの遺伝子操作は、非倫理的ではあるにしても、才気にあふれた専門家の手でおこなわれた。彼らはメモをひとつも残さず、人類に対する彼らの犯罪行為を記録しないことを選んだ。彼らは数百もの対立遺伝子を別のものに変え、代謝システムを別の経路に切り替えて、遺伝子的な暗号に等しいものをつくりあげた。おかげで、誰もヌーメンをまねることはできない」

「あんたはヌーメンを十人以上も判別できないようにしてきた」とベリサリウスは指摘した。

「わたしがやったのは、動いている時計の歯車をひとつ抜いて、針を動かなくするのと同等のことだ。きみがやらせようとしているのは、機能している時計に動く針をいくつか加えることだ」

「針を偽造することで妥協しよう」

「口でいうのはたやすい」とデル・カサル。「そして、あのパペットを修正するうえで必要な作業のことはいうまでもない。あの不快な、小さな生き物のことは」

「そのうちパペットがだんだん好きになってくるさ」

「誰が連中を好きになりたいというんだ？」

「彼らも人間だ。知性があって、意識をもっている。彼らはあのようにつくられることを自分から頼んだわけじゃない」ベリサリウスはいった。「彼らの存在はヌーメンについてのすべてを語り、パペットについては何も語っていない」

「ホモ・クアントゥスがそれをいうのは奇妙なものだな」デル・カサルは椅子の背にもたれ、腕組みをした。「パペットがその問題を提起するのは正しい。きみはここで何をしているんだ、アルホーナ？ パペットと同様に、きみも情熱と欲望でもってつくられていて、どちらも金や詐欺の計画では満足させることができない」

「われわれは誰もが、本能だけで生きているわけではない」

「だが、きみは？」とデル・カサルがいう。「ホモ・クアントゥス計画の初期段階の設計の一部は、彼らに特定の精神状態を、すなわち発見やパターン認識を脳の快楽中枢に結びつけることだった。それはきみらに生まれつき備わっている。なぜきみは、故郷のギャレットにとどまらなかったのかね？」

「どうすれば自分の本能を超越できるのか見つけたんだ。理性的な生き物がそうせずにはいられないのと同じように」

「空虚な言葉だな、アルホーナ。確かにわれわれは、誰もが自分に組みこまれたプログラミングを実行しなくてはならない、それをプログラムしたのが誰であろうとな。六百気圧以下の環境はスティルスにとって命取りだ。そしてパペットは、ゲイツ＝15のような突然変異を別にすれば、ヌーメンから遠く離れて生きることができない。きみは量子性を深く掘り下げて考える本質から離れては生きられない」

「おれのことを話しにきたんじゃないんだよ、ドクター」とベリサリウスはいった。「ウィリアムはトレンホルム・ウイルスに感染してる。彼のために、何かしてやれることは？」

デル・カサルが貴族的な眉をぴくりとつり上げた。「わたしは才覚にすぐれている、アルホーナ。だが、わたしは魔術師ではない。巧妙なごまかしはきみの得意分野だ、違うかね？」

「あんたなら、ほかに誰も考えたことのないような考えがあるんじゃないかと思ってね」

デル・カサルがふたたび腕組みをした。「そういってもらえるのは光栄だね、アルホーナ。だが、トレンホルム・ウイルスはとても巧妙に設計されている。感染者の九十パーセントは数時間以内に死に至る。トレンホルム・ウイルスというのは、適応性のある計算能力をもったメガウイルスだ。あり余るほどの構造遺伝子をもっているために、免疫的な監視をいつまでも巧妙に回避することができる。ガンダーは幸運にも、感染したウイルスの毒素をつくりだす遺伝子の多くが機能しなかった。だとしても、彼はゆっくりと毒に冒されていく。わたしがしてやれることは何もない」

ベリサリウスは床の染みを靴でこすりながら、自分のこの感情はなんだろうかといぶかった。

「この大がかりなだましは」とデル・カサルがいった。「もしもガンダーの治療法が見つかったら中止にしなくてはならない。きみの動機は複雑に交錯しているのかな？」

「だましをおこなうにはいろんなやり方がある。今回のこれは、たまたまおれの手持ちの資源や人脈にうってつけだっただけだ」

「それは失礼した」とドクターが引きさがった。

「ウィリアムにちょっとあいさつしてこよう」

「きみの友人の死が近いことを残念に思うよ、アルホーナ」

ベリサリウスはドアを開けた。ドアの向こう側のぎこちない会話はのろのろとつづいていた。彼は部屋に入り、背後でドアを閉めた。

「偽者を数に入れなければ、〝禁じられた街〟に戻った本物のヌーメンはごくわずかだ」とゲイツ＝15がいった。「ときに野生のヌーメンと呼ばれる者たちは、特別な存在なんだよ」

ウィリアムはベッドに起き上がってすわり、グレイのシーツを腰まで引き上げている。彼がベリサリウスのほうをちらっと見た。

「〝転落した〟者と〝転落せざる〟者か？」とウィリアムがいった。

ゲイツ＝15が首を横に振る。「保護拘置されたヌーメンであっても、パペットにとってはほかの場所に身をひそめていたヌーメンと同じにおいがする。われわれのところにいるヌーメンはうまくやっていくのに苦労している。この世界の多くを経験できないから。すべては彼らのためになされている。そして彼らは、かつてのヌーメンがやってきたようにはパペットに命じることができない」

ウィリアムが不快そうな顔をした。「服従的なフェティシストか」

「いや、そうじゃない」とゲイツ＝15がいう。それは単なるウェブドラマのたわごとだ。性的な意味はどこにもない。パペットは脳の一部でヌーメンに対して宗教的畏怖を感じて、それに反応する」

「ヌーメン政体はサディストであふれていて、パペットはそれを好んだ」とウィリアムがいった。

「サディストもなかにはいたよ」とゲイツ＝15。「とはいえ、全員ではない。ヌーメンのなかにはそのように生まれついた者もいる。ひとつには、パペットから得られる反応が彼らの意図をくじくものではなかったために、そうしようとした者もいた。パペットは神なる者のまわりで畏怖を感じるように生まれついている。パペットの心理を理解するには、すべての経験を当事者のレンズを通して解釈する必要がある。強烈な関心は、肯定的なものであれ否定的なものであれ、恍惚とした宗教的愉悦を引き起こす。その力は制御しがたい。そして〝転落〟のときまでは、それを試してみる必要もなかった」

「セーフワードをもたない種族のプレイだな」ウィリアムが不快そうにいった。

「セーフワードというのは、事前の同意の枠内でのみ存在しうるものだ」とゲイツ＝15がいった。「パペットは同意することも差し控えることもできない。それは彼らの責任だろうか？　そのせいで、あなたが彼らを憎む理由になるだろうか？　あるいは、わたしのことを？」

「おれはあんたを憎んじゃいないよ」

「いや、憎んでいるとも。わたしはあなたと違うことを感じとれる。あなたは自分と異なる存在を不快に思うように生まれついていて、あなたの本能は不快に思うものを殺すことにある」

ウィリアムがため息をつき、落ちつきなく足をもぞもぞさせた。

「おれはあんたを憎んじゃいない」と彼はくり返した。

「それなら、あなたは少数者の一人かもしれない」とゲイツ＝15がいった。「わたしは長いあいだ、人間の社会で暮らさないといけなかった」彼は椅子からぶらぶらと垂れた自分の足に目をやって、指の爪をいじった。「だが、わたしはあなたを憎むかもしれない。もしデル・カサルがどうにかしてあなたをヌーメンに仕立てることができたとしたら、あなたはパペットのあいだでもっとも尊い存在になる。神聖であり、自由な意思をもった最初のヌーメンとして。そうなったら、わたしはあなたを憎むだろう」

「おれがあんたらの種族を肉体的に虐待することもできて、連中はそれを気に入るかもしれないからか？」

「いや」とゲイツ＝15が小声でいった。「あなたのすることがなんであれ、親切でも残虐な行為でも、彼らは気に入るだろう。あなたを憎むといったのは、わたしがまた外に追いだされることになるだろうからだ。わたしがどんなに加わりたくてもかなわない世界に、あなたは少しも望んでいなくとも加わることになるのだから」

「あんたらはまた奴隷になるんだぞ」とウィリアムがいった。

「ミルトンの『失楽園』を読んだことは？」とパペットが尋ねた。

ベリサリウスとウィリアムはともに首を横に振った。

「あの本はパペットのあいだで、ふたたびちょっとした人気になってる古典なんだ」とゲイツ＝15がいった。「いくつかのメッセージが読みとれるが、重要なのはルシファーの苦しみの本質についてだ。神の前から追放されるのはまさしく真の苦しみだろうから」

「あんたはいま、苦しんでなどいないだろ」とウィリアムがいった。

「確かに、生化学的にわが種族がそうあるべきようには苦しんでいない」そうして、パペットはするりと椅子を降りた。「では、ごきげんよう、ミスター・アルホーナ。ごきげんよう、ミスター・ガンダー」彼はデル・カサルの研究室をあとにした。

「気味の悪いちび助だな」とウィリアムがささやいた。

ベリサリウスは空いた椅子に腰をおろした。

「金を欲しがろうとしないカモをだますのは容易じゃない」とウィリアムがいった。

ベリサリウスは磁場を拡大した。デル・カサルがいくつかの実験装置から変化に気づくかもしれないが、廊下に誰かがいるか充分に探知できる程度に。ゲイツ＝15はすでに去っていた。

「誰もが何かに強欲なものだとあんたは教えてくれたな、ウィル。パペットはテクノロジーや軍事力や正当性を欲しがり、そして何よりも神なる存在を欲しがってる。あんたこそは、連中の気をそらすための存在なんだ」

「やつらを見てると、いまでも背筋がぞっとする」とウィリアムがいった。

「あんたも連中の神学を読んでみるべきだよ」

「そうする時間はたっぷりあるさ」ウィリアムはそういって大笑いしたが、しだいに咳きこむ音に変わっていった。ようやく、彼がベリサリウスの肩をぽんと叩いた。「仕事をつづけてくれ。おまえさんにはやることがたくさんあるんだから」

ベリサリウスはリーダーからパペット神学の入門書にアクセスし、それをウィリアムに渡して部屋をあとにした。物思いに沈んだままあてどもなく歩いているうちに、カサンドラの部屋に通じる通路のそばを通りかかった。かつては採鉱場の宿舎だった区画だ。ロボットが改装してそこを彼女のためのスイートに仕上げていた。何度かためらったすえに、彼女のドアの前で足を止めてノックした。

「入ってらっしゃい、ベル」と彼女が抑揚のない声で呼びかけた。

ベリサリウスは部屋に入った。ずらりと並んだ、ほのかに光るホログラムの計算式の前にカサンドラがすわり、それが彼女の顔を照らしている。彼女は彼を見ようとしなかった。

「サヴァンに入りこんでいるのかい？」

「ええ」カサンドラが平板にいった。

ベリサリウスはそばに近づいた。これは彼が望んだカサンドラの状態ではない。いまこのときの彼女は、彼と目をあわせることもできず、彼の注目を歓迎することもなければ、温かに応じることさえもできない。

アングロ＝スパニッシュの遺伝子操作によって、ホモ・エリダヌスという檻の中の怪物や、ホモ・プーパという宗教的奴隷や、さらにはホモ・クアントゥスという知性をもった自動人形《オートマトン》がつくりだされた。すべてを考慮してみれば、人間は自分自身の進化を導くにあたってひどい仕事をやってのけたものだ。

「話をする時間はあるかな？」とベリサリウスは尋ねた。

「仕事をしてるの」と彼女がいった。

彼はデスクに置いてあったパッドを手に取ると、〝サヴァンから離脱したら、おれの部屋を訪ねてほしい〟と書きこみ、彼女の前に置いた。サヴァン状態の彼女は彼の動きのパターンに気づき、彼が何をするつもりでいるのかわかってしまう。だが、彼女がパペットの世界軸を十一次元の時空幾何学モデルとして想像するときの、セロトニンのちょっとした衝撃を止めさせることにはなるまい。サヴァン状態をつづけるのに飽きあきしたときになってはじめて、彼女は現実世界に戻り、もう一度メモを読み、彼が部屋にやってきたことのかすかな記憶を思いだすだろう。

ベリサリウスは地表近くに彼自身の部屋をかまえていた。天井のドーム屋根は準惑星プトレミーの真空の地表に突きでている。そこからの眺めはたいしておもしろくもない星空が見えるだけだが、彼はドーム全体を見わたせるようにリクライニング式の椅子をふたつ見つけていた。一日のこの時間だと、単に星がいくつかちりばめられた黒い空でしかない。彼は背もたれを倒した。数時間後にインディアン座イプシロン星がのぼったときでさえも、それは多くの星のなかでひときわ明るい星のひとつでしかない。彼は星の光を眺めるためにここにやってきたのではなかった。星を見るのは好きだった。数の膨大さが、彼の心の深いところにある何かに触れた。

セント・マシューやウィリアムとの会話が気になっていた。

パペットは仕え、崇拝する。ホモ・エリダヌスは深海の環境を嫌悪してはいるが、ほかの場所では生きられない。彼らはそこで生きるようにプログラムされている。ベリサリウスも同じだ。彼は量子フーガを愛するとともに憎んでもいた。そのときに得られる精神の力や深い洞察力にぞくぞくした。だとしても、途方もない孤独と完全な孤立、そして自分自身からさえも孤立することには嫌悪をもよおした。いってみれば、彼はロウソクの明かりに惹かれて近づく蛾《が》のようなものだ。彼らすべてが。

古い人工衛星のまたたく赤い光が、弧を描きながら彼の視界をさっとよぎった。サヴァン状態でなくとも、彼の脳は軌道を計算しはじめた。ここにあと二・七一時間すわっていれば、まったく同じ場所でもう一度あれを目にすることになるだろう。そしてそれよりも高い、同期軌道のように見える緑と赤の航行灯は、彼が二隻まとめて借りた、ワームホール誘導が可能な古い貨物船だ。

この二隻の船のさらに向こうには、数千光年にわたって星だけの空間が大きく口を開けている。彼の増強した視力は、人間にはとても見ることのできないほかの光の波長をも集めることができる。X線や紫外線まで下げることも、電波やマイクロ波まで上げることもできるし、すべてを可視帯域にしたり、反対に望遠にして、開いた花が視界の巨大な虚空を占めるまで拡大することもできる。それでいて、フラクタルのように、すべての光輝く星の点ごとに、そのすぐ先には無限の過酷な真空が広がり、彼を引き寄せている。ホモ・クアントゥスはそうした無限の空間に生きていて、つねにその虚空を夢見ている。そこでは観察する者もない量子世界が泡立っている。それは孤独な住処《すみか》だ——それらが孤独だからではなく、そうした空間においては、それら自身が何者でもなくなるからだ。

かなりたって、ドアをノックする音があった。返事を待つことなく、カサンドラが入ってきた。カールした黒い髪は汗で濡れていて、肩ががっくりと落ちていた。

「あなたの生活がこれほどひどいものだなんて、想像したこともなかったわ」とカサンドラがいった。

「なんだって？」

「詐欺の計画。お金を追いかけて、人々に嘘をつく」

不快なおもりが腹に沈んでいった。「何があったんだ？」

「何も」カサンドラは近づいてきて、腕を伸ばした。「あなたは社会の鼻つまみ者を集めて、犯罪を計画してる。わたしはここに属していない」

「そうかもしれないな。これは単なる幕あいの間奏曲なんだ。実験結果を得るために必要な代償だ」

「わたしには理解できない。少し前まではギャレットにいたのに、いまはこうしてここにいる」彼女がいった。「自分が詐欺計画に加担してることが信じられない」

ベリサリウスはまだ椅子の背を倒してドームを見上げていた。「星を見たことはあるかい？」

カサンドラが近づいてきて、見上げた。

「相互の位置関係を理解することなしに、ただ光の点を見ていると、宇宙はとても狭いように感じられる」と彼女がいった。「フーガ状態で最後に星を見てからどれくらいになるの？」

「それをしたら、フーガがおれを殺すことになるよ、キャシー」

「それも嘘なの？」

「フーガに入りこんで実際に死なないかぎり、そのことを証明するすべはない」と彼はいった。「おれを信じてくれるか、信じないかのどちらかだ」

「半分は信じられる。あとの半分は疑うこともできる。疑うとか信じるというのは、単に確率の問題をいい換えているだけよ」

これはじつにホモ・クアントゥスらしい答えだった。彼女があまりに長いあいだ星をじっと見上げていたから、会話は終わったのだろうかと彼はいぶかしみはじめたほどだった。

「ときどき、フーガにいつもより長くとどまって、それに浸りつづけたくなることがある。星明かりの干渉を見るだけのために。畏怖を起こさせるほど荘厳な経験よ」

「きみの脳がたどっている記録こそは、畏怖を起こさせるほど荘厳な経験だ」と彼は正した。

「きみは本当の意味で星を見る経験をしたことが一度もない。実際にそこまで行ったことがないから」

「あなたはあれなしでさみしくないの？」

「おれがフーガなしでさみしく思うのは、アルコール依存症患者がウォッカなしでさみしく思うのと同じだ」

「あなたもあれが好きになるはずよ」と彼女がいった。「おいしい食べ物と同じように。セックスのように」

「それは快楽中枢に響くようにプログラムされてるからだ」

「あなたはそれが悪いことのようにいうのね。進化はいくつものアルゴリズムをつくりだし、それが相互に作用して人間の意識をつくりだす。それでも、そうしたアルゴリズムは、食べ物やほかの楽しみや、空腹や痛みとリンクしてる。もしも完全に人工的な人間をつくるとして、食事を与えられたときにしあわせを感じるようにプログラムしたばあい、それとどう違うというの？　プログラミングの概念は意味がない。わたしがフーガ状態で星を見るのが好きなようにしたのがどこの誰だとしても、それが関係ある？　関係があるのは、わたしがそれを好きだということだけよ」

ドーム内は暗かった。星明かりは貧弱なランプだ。カサンドラには彼の顔が見えているかもしれない。ベリサリウスは瞳を拡張し、充分な光を取りこんで、不鮮明な灰色の染みのなかで彼女を見た。

「きみといっしょに星を見てみたいと思っていた」と彼はいった。「こんなふうに。おれたち自身の目で。フーガ状態のとき、おれたちはいっしょでいられない」

カサンドラは大きなため息をつき、もうひとつの椅子に背筋を伸ばしてすわり、暗い中で彼をじっと見た。

「なぜもっとカサンドラ主体でいることを試してみないんだ?」ベリサリウスは小声で問いかけた。憐れみを完全には抑えこむことができなかった。

「やってみてもいいかもね、いまここで」と彼女がいった。「けれど、その価値が見てとれない、というか、見返り《クイド・プロ・クオ》が」

ベリサリウスは身体を起こし、彼女に近づいて、星明かりに照らされた目をのぞきこんだ。それから長いあいだ、二人は身動きひとつしなかった。二人はかつて、とても近しい関係にあった。そのあとで彼があそこを離れたのは事実だ。彼はカサンドラのもとを離れた。故郷であるギャレットを。彼は量子フーガから逃げだした。カサンドラがもう彼のことを気にかけてもいなければ、やさしさを見せようとしないのも驚きではない。いや、違う。少しはある。かつての関係を回復するための誘いかけがあった。だが、彼女にもっと近づくための誘いかけではない。彼は目をそらした。星明かりのもとで立ち、ふさわしい言葉を考えだそうと苦心した。

「ホモ・クアントゥスは宇宙を見る。その広大さと、相互に作用する詳細について」ベリサリウスはいった。「われわれは宇宙の過去の歴史を見て、未来をかいま見る。だが、われわれの洞察力についてはどうだろうか？　われわれは観測と理論化のための作業を、何も行動せずにいることや世界から身を隠すことの許可証にしてしまった。われわれはみずから行動することをやめてしまった」

「わたしたちはひと世代ごとに進化しているのよ、ベル」

「進化というのは、生態的ニッチによりよく適応し、よりよく相互作用できるようになることを意味するんだ、キャシー。代わりに、われわれはほかのすべての環境を見捨ててしまっている。DNAを書き換え、新たに開発した遺伝子をあれこれと組みあわせるビジネスにたずさわることを、われわれは進化と呼んでいる。われわれは実験用のテンプレート上で新たな神経細胞《ニューロン》を成長させる。だが、われわれは本当に進化しているのか、それとも、ああいうのはすべてが、ひとつのアイデアを単に配列しなおしているだけだろうか？」

「いまのわたしと、ホモ・クアントゥス計画が五世代前にやっていたことを、どうして比較できるというの？」と彼女が問いただす。「わたしには新たな感覚がある！　あなたにも。そうした感覚は、視力の進化と同じように世界を変えるものなのよ、ベル。わたしたちは一世代や五世代で進化を終えることはない。わたしたちの新たな感覚は特定の用途のためにつくられたものだけれど、いつの日か、まったく思ってもみなかったことのために別の目的で使われることもありうるわ。あなたが望んでいるような成長のために！　突然変異のあとで、新たな生態的ニッチが生じるものだもの」

「われわれはみずからが与えた新たな本能や知的な安寧の奴隷だ」とベリサリウスはいった。

「われわれはギャレットでソファーに楽にすわり、そばにあるものすべてを見て、目の前にあるものだけに満足するばかりか、夢中になっている。われわれは外の世界に出ることなしに成長する余地などない。おれが遠征部隊の記録から見つけだしたデータを見てみるがいい、キャス。一人のホモ・クアントゥスとして！　われわれは外の世界に出て、人類とともに生きる必要がある。そうでないと、われわれはしおれていくばかりだ。おれは変わりたい。自由になりたい。だが、一人ではそれができないんだ」

「あなたは遺伝子操作されたことをあまりに恨んで、腹を立ててる、ベル。正しいのは自分だけだとでもいうように！」彼女自身も怒りをつのらせながらいった。「脳にプログラムされたのはあなただけじゃない。そしてわたしたちの何人かは、わたしたちの多くは、それを心から気に入ってる。わたしは自分の本能と戦うつもりもない。あなたもそういう怒りや恐怖を抱えていなければ、そこまでみじめには感じずに済んだかも。あなたはわたしたちがこれまで戦ってきたことから隠れようとしてる」

ベリサリウスは自分がたじろぐのを感じた。これまで、彼にこのように意見をぶつけてきた者はほかになかった。ほかの者には不可能なのかもしれなかった。

「わたしは自由よ、ベル」とカサンドラがいった。「そして、あなたとわたしがそれぞれに別のものを自由と呼んでることは問題じゃない。わたしはしあわせだし、あなただってそうなれる。かつてのわたしとあなたの関係は特別なものだったわ、ベル。そして、あなたがデータや何かを学ぶ機会をわたしにもちかけてきたとき、もっと多くのことをもちかけてきたのかと思った」

「もっと多くのことをもちかけてるとも」

「わたしを矮小化させるようなことをもちかけておいて、それを〝もっと多くのこと〟と呼ぶことはできないわ、ベル」

彼女の足音が室内に響いた。開いたドアから光が床にさっと射しこみ、やがてまた暗闇に吸いこまれた。そうして、星とそれを包む広大な虚空だけが、ふたたび彼とともに残された。

19

　二日後、ベリサリウスはキッチンの手前で低い歌声を耳にした。キッチンに入っていって、マリーとセント・マシューの二人におはようと声をかける状況に出くわしたことに彼は驚いたほどだった。二人は社交的に接しているようで、おそらくはそれ以上に友好的でさえあった。マリーは食品加工システムの内部に深く手を突っこみながら、相変わらず二十三世紀のラヴソングを口ずさんでいる。ベリサリウスの脳がそのパターンにマッチした。《シェア・マイ・キッキング・ブーツ》という古いヒット曲で、第二次インドネシアン・ロック・復興《リヴァイヴァル》とブリティッシュ・パンク・リトリートのフュージョンだ。

　セント・マシューが搭載されている身体からベリサリウスを祝福した。カラヴァッジョの描いた『聖マタイと天使』から拝借した、しわの刻まれた大きな顔がホログラム画像として浮かんでいる。それよりも小さな自動人形《オートマトン》が彼のまわりをいくつも駆けずりまわっていた。ミニチュアのホログラムの顔は、これまた聖マタイで、ただしこちらは巻き毛の長い髪に顎ひげをたくわえ、くつろいだ表情がそれぞれの機械の身体の上で揺れている。

「この連中の顔はカラヴァッジョじゃないな」とベリサリウスは指摘した。筆づかいのパターンが異なっている。

「パオロ・ヴェロネーゼですよ」とセント・マシューが応じた。「もちろん、わたし自身の顔にヴェロネーゼを使うことはありませんが、わがオートマトンには、やわらかな正しいタッチが加えられると思いませんか？」それぞれの小さなホログラムの頭が、期待するようにベリサリウスを見上げ、青白い笑みをのぞかせた。

「いいタッチだな」ベリサリウスは確信のもてないままいった。「これらのオートマトンは、今回のミッションのための最終形態なのか？」

「プロトタイプで、原理の証明でもあります」とセント・マシューがいった。ベリサリウスは彼らを踏みつけないように注意して歩いた。

「おまえは衣服を着てるのか？」ベリサリウスはＡＩに尋ねた。きらきらした細長い布きれが、機械でできた身体の首から腰のあたりまで垂れ落ちている。

「この未完成の身体はわたしの敬虔《けいけん》な顔とうまくマッチしていない、とミス・フォーカスが気づいて指摘してくれたものですから」とセント・マシューがいった。「彼女のスカーフから、聖職者がもちいるストラをつくってくれたのです」

ベリサリウスは自分でコーヒーを注いだ。「なんだか、いつもの彼女らしくないように聞こえるな」

セント・マシューがホログラムの頭をマリーに振り向けると、彼女は何くわぬ顔で笑みを浮かべた。セント・マシューは関節のある金属の手を使って、首にかけたストラを撫でつけたが、顔の表情はそれまでのくつろいだようすが薄れて心配そうになった。

「これなら、信者の告白を受けるときにも、聖職者らしく見えるでしょう」とセント・マシューがいった。

「何人か改宗者があらわれたときにはな」とベリサリウスはいった。

「あなたが最初の一人ですよ」

「マリー」とベリサリウスは呼びかけて、セント・マシューごしに身を乗りだした。「この布は爆発性があるんじゃないだろうな、まさか？」

セント・マシューがホログラムの頭をぐるりとめぐらせて彼女のほうを向き、眉を不均等につり上げた。

「ベル！　あたしがそんなことすると思うわけ？」マリーが傷ついたような顔をした。「それに、どうやってマットに気づかれずに渡せるっていうんだい？　彼だってばかじゃないんだから。彼ならそれくらいわかるはずだろ」

ホログラムの頭がぐるりとベリサリウスに戻された。ベリサリウスはストラの織り地に目をこらし、注意ぶかく指でなぞった。

「確認してみたのか？」と彼はAIに尋ねた。

「もちろん、確認しました」とセント・マシュー。

「妙な手ざわりだ」

「合成繊維ですが、爆発物でないのは確かです」とセント・マシューがいった。

「マリーはおれがこれまで出会ったなかで、もっとも腕のいい爆発物の専門家だ」ベリサリウスはなおも疑うようにいった。

セント・マシューが布を撫でた。「わたしにはストラが必要でした。わたしはきちんと分析してみました。爆発物ではありません。彼女がまたしても何かだまそうとしているのなら、わたしが好んでいるものを捨てるようにとあなたに説得させるために、彼女は自身の評判を賭けていることになります。本当に、それがあなたのしていることなのですか？」厳格な顔がマリーのほうにくるりと旋回した。

「あたしがしてるのは、ベルの抱えてる恋愛問題について解決策を考えることのほうだよ」とマリーがいった。

「おれは恋愛問題なんて抱えてないぞ」

「もちろん抱えてるさ」と彼女がやり返す。「あんたとカサンドラは過去の関係があって、あんたらは二人とも似た者同士の変人で、依怙地《いこじ》なとこがある。あんたらはお似合いのカップルだよ。彼女を勝ちとるために、あんたは何かでっかい、ロマンティックな表明が必要なんだよ。つまり、愛の歌みたいなのが」

「おれは恋愛問題なんて抱えてない」

マリーはあきれたというように目を上に向け、食品加工装置をリスタートさせた。パンを焼くような香りがキッチンに充満しはじめ、かすかに有機的なにおいが加わった。

「何を料理してるんだ？」とベリサリウスはマリーに尋ねた。

「彼は現実から目をそむけようとしてるんだよ」マリーがAIの絵画の顔に向けていった。

「話題をそらそうとするのはよしなよ！　あたしは新しいレシピを試してるの」

「食べ物のにおいらしくはないな」とベリサリウス。

「そうだね」とマリー。

セント・マシューのボディが小刻みに揺れはじめた。おそるおそるストラに手を伸ばす。布きれは彼が搭載されている身体にぴたりと貼りついてしまったようだった。筆で描かれた眉が警戒のためつり上がった。ベリサリウスはあとずさった。マリーは目を細めて見守っている。

「それだけ離れりゃ充分だよ、ベル」と彼女がいった。「たいして強力じゃないから」

「何が強力ではないというのですか？」セント・マシューが裏返った声で問いただす。

ストラの下から、ボンッという大きな音と閃光が上がった。複雑に動くパーツからもくもくと煙が上がり、身体が作業台にぐったりともたれ、つづいて床に倒れていった。

「よっしゃぁ！」とマリーがいう。「うまくいったぞ」

セント・マシューは金切り声で叫んでいた。「わたしの中枢が！　誰かわたしの中枢を守って！　わたしは動けないのです！」

小さなオートマトンがセント・マシューのぐったりした身体に駆け寄り、首からサーヴィス・バンドを引き抜いた。

「ほらね？」マリーが黒い煙を手で払いながら、ベリサリウスにいった。「爆発物じゃなかったろ。あらゆる検査をすり抜けて、気化した特別な有機物と結びついたときにだけ爆発物になるんだよ」

「これはミッションのために必要でさえないぞ」とベリサリウスはいった。

「あたしの趣味だよ」とマリー。「あんたも何か趣味をもったらどうだい、ベル？」

セント・マシューは耳をつんざくほどの悲鳴をあげ、そのあいだに小さなオートマトンたちが彼を運んでドアの外に逃げていった。カラヴァッジョの手になるホログラムの顔にはパニックを起こした表情が浮かび、ヴェロネーゼの手になる小さなホログラムの顔の集まりのさなかで波にもまれて揺れていた。どの顔も、驚きにつり上がった眉で強調されていた。

20

インディアン座イプシロン星系に配属されたスケアクロウは典型的な種類のものだった。頭全体を覆って首の部分できつく結ばれた灰色の鋼鉄布《スティールクロス》に黒いペイントで顔の造形が粗雑に描かれている。身体の大きさにぴったり合っていないカーボン織りのシャツが、その下の不明の装置を覆い隠している。謎めいた黒いワイヤが袖と手袋のあいだの部分からのぞいている。関節のある鋼鉄の靴の上は、ふくらんだズボンの裾を踵《かかと》の部分でしばってある。

このスケアクロウは、パペット領からあいまいな報告があった異常な通信パターンの原因をさぐるため、上官の一人と準惑星オラーにやってきた。多くの虚偽の手がかりとともに。パペット・フリーシティの情報提供者のうち、何人かは、なりをひそめていた。少なからぬ集団が何かを隠している。

パペットにはそうするだけの理由があるのかもしれない。アングロ＝スパニッシュ銀行が何か新たな方法で禁輸令を破ろうとしているかもしれず、あるいは同盟関係の密約を結ぼうとしているのかもしれない。それとも、パペットがまたいっせいに宗教的狂気を起こす時期に入ったのかもしれない。

おそらく、これとは関連していないのだろうが、矯正教育の館《ラ・メゾン・デデュカシヨン・コレクシヨネル》の四人脱走の件がある。そこでは何者かがシステムに侵入することに成功し、スケアクロウの承認コードを巧妙に偽造していた。脱獄のために必要な資金やAI資源の供給はかなりの規模になるはずだ。いくつかの主要なアングロ＝スパニッシュ銀行ならばそうできるだけの洗練されたAIを所有していようが、いずれも持ち運べるほど小型ではない。それでいて、この脱獄事件は、刑期を半分務めあげた、懲戒解雇された元軍曹ただ一人を自由にするためにおこなわれたのだった。

四人のパペットが準惑星オラーの凍りついた地表にある貨物配送ステーションに入ってきた。ここはスケアクロウの諜報チームが占有している施設だ。パペットのうち三人は聖職者で、一人は軍事専門家だったが、全員が着ている真空用スーツには宗教的なシンボルや聖典の引用が花綱のように刻まれている。

そして彼らは、異様にびくびくして落ちつかずにいた。そのなかで比較的落ちついた者は、アングロ＝スパニッシュ出身の神なる存在と最近の接触があったのだろう。そのため、四人全員が離脱症状で疲れきっているということはなさそうだ。パペットも金銭を気にかけはするが、そうだとしてもある程度の距離を置いている。パペットのあいだで流通している真の通貨はといえば神なる存在の前にいられる時間であり、それによってパペットのつくったミニ国家は人々に支払い、人々を制御している。この宗教的な耽溺のゆえに、彼らを買収するのはとても困難だった。

この四人のなかで、上級の司祭は上級のスパイでもあった。彼女はデュガン＝12という名を与えられていたが、本当の名はジョアンヌ・ホワイト＝5だということをスケアクロウのチームの者は知っていた。そして、パペット神政国家連盟での彼女の地位はおそらく大司祭であることも。スケアクロウに付き従っているのはバレイユ少佐ただ一人だ。彼女は純粋な金星人の血筋を引くキャリアの諜報員で、中尉だったころからスケアクロウと行動をともにしてきた。バレイユはすでにパペットたちから情報を入手して、薬と生体工学の補給品でもって支払っていたが、彼女もスケアクロウもこの情報をどこまで信用していいのかについてあまり過度の期待をもってはいなかった。

文明社会では情報の海を泳ぎまわらねばならず、現実にそこで溺れる者もいる。諜報とただの情報を分けているのは分析だ。情報はその発信源や経路、信頼性、そしてそれが実際になんらかの対諜報活動である可能性について問いただす必要がある。情報がその尋問に耐えうるものであれば、別の諜報の観点で見ることができるようになり、意味のある結論が引きだされる。

バレイユはオラーに数週間前から潜入し、情報提供者の生態系内における変化を分析してきた。人間の情報提供者、つまりオラーで暮らす禁輪破りの密輸入業者の多くは沈黙していた。なかには、オラーで暮らす者に典型的な不慮の死を遂げた者もあった。酒場での喧嘩、路地での殺人、生命維持装置の不具合などで。パペット・フリーシティの暴力事件発生件数が変わったわけではない。よりランダムではなくなり、ひどく明確なパターンであらわれるようになって、それはつまり、敵対する諜報機関の関与をほのめかしていた。すべてのパトロン国家の諜報機関がこの星に入りこんでいるし、クライアント国家のいくつかさえも何人か送りこんでいる。誰もがパペットや彼らが所有する世界軸に目を光らせていた。だが、どの機関もここで大きな作戦行動を起こすことはなかった。見守って待つことのほうが価値が高い。ゆえに、情報提供者の失踪はくわしく調べてみる正当な理由に価する。

「この情報はよいものです」とデュガン＝12が、バレイユ少佐のデスクの上のホログラムを指さしながら、アングロ＝スパニッシュ語でいった。そこには中華王国のフランス語や古い標準中国語でのさまざまな会話記録が並んでいる。これらの会話記録は、中華王国から送りこまれたインディアン座イプシロン星一帯の諜報員にとってかなりのダメージになりうるものだ。尋問により、中華王国から深く入りこんだスパイ二十一名の存在が明らかになっていた。

「そのようね」バレイユが、こちらもアングロ＝スパニッシュ語に切り替えていった。金星のコングリゲート出身者はめったにほかの言語を話そうとしないが、ときには会話の正確性のほうが出自の誇りより重要なこともある。「でも、おまえはどうやってこれを手に入れたの？」

このパペットはある種の方言で話し、さらには侮辱を口にするために、いっそう話をたどるのは困難だった。デュガン＝12が自分の胸を叩いた。

「われわれはよい民です！」と彼女がいった。「われわれはスパイの通信を傍受しました」

「どうやって入手したのか教えて」とバレイユ。

「あなたがたによい情報を渡します」とデュガン＝12がいった。「これは公正な取引です。あなたがたがわれわれの考えを望まないなら、次はイスラム共同体か銀行にでも売ることにします」

「免疫試験用キットがひと箱ぶんあるの」とバレイユはいって、背後に並んでいる木箱の列を親指でくいっと示した。「どうやって入手したのか教えて」

デュガン＝12が目を細めた。パペット独特の癖や反応は部外者にはときどき奇妙なものに見えることがあるが、スケアクロウはこのパペットが思案しているのを見てとれた。さらに強欲になるか、それとも手っとりばやい利益をとって、本物の情報をこれ以上新たに明かすことなく、生体工学の供給品をさらにひと箱手に入れるかをはかりにかけている。ようやく、デュガン＝12はサーヴィス・バンドをあやつって、コングリゲートが買いとった情報のさらなる詳細を相手に転送した。

ホログラム・ディスプレイの表示内容が変わると、バレイユは一歩踏みだして近づいた。スケアクロウはディスプレイにプラグインして、みずからデータにアクセスした。パペットは後進的で、一方の中華王国は巨大なパトロン国家であり、コングリゲートと同じくらいの力がある。中華王国は莫大な資産を暗号技術に注ぎこんでいて、なかにはコングリゲート諜報部がまだこじあけていないものもあった。さいわいにも、これは彼らがすでに解明したほうの暗号だった。本物のメッセージで、傍受によって二十名あまりのスパイの存在が明かされていた。パペットはどうやってこのメッセージを傍受したり、解読できたのだろうか？

「われわれは傍受しました」とデュガン＝12がいった。「パペットの防御システムはすぐれていて、暗号の不具合にとびつきました」

バレイユの目が細められた。彼女は頭蓋内に多くのチップを埋めこんでいて、暗号化されたマイクロ波でスケアクロウとじかにつながっている。

「これは本物です」彼女はフランス語7・1でスケアクロウに送信した。「かなり重要な情報の発見のようですね。これら異国のスパイをどうするか、判断をくだすのに忙しくなりそうです」

「ああ」スケアクロウが声には出さずに返信した。「われわれはこの思いがけない発見により忙しくなるだろう」

「疑っておいでですね」とバレイユが応じた。

「おまえは違うのか？　イスラム共同体やアングロ＝スパニッシュなら長期にわたる策略でわれわれの注意をそらさせるくらいのことはやりそうだ。あるいは、中華王国自体がわなを仕掛けたのかも」

「なぜですか？」バレイユが送信した。「この受信記録が明かしている中華王国のスパイのうち、三名はわれわれもすでに知っていました。これにより、この記録の信憑《しんぴょう》性が得られたことになります」

「これにはほかにも謎がある」とスケアクロウが送信した。

「本当に暗号の不具合かもしれないものに、多くを投資することになりますね」

「これまでに、中華王国がこのようなミスを犯すのを目にしたことがあるか？」

彼はバレイユのことが気に入っていた。彼女はけっして必要以上に彼に従うことはない。だが、彼女はいま、何もいわなかった。

「おまえのチームに、この傍受記録をたどらせろ」とスケアクロウが命じた。「中華王国のじつに都合のいいように見える暗号の欠陥を調査したい」

21

ほとんどの時間は口数も少なく、不賛成の意思を全身から発散してきたにもかかわらず、イエカンジカ少佐はベリサリウスとカサンドラを生徒として評価しているようだった。ホモ・クアントゥスならではの抜群の理解力と記憶力のおかげで、少佐はどんなことも二度説明する必要がなかった。ようやく少佐が認める気になったらしいとわかって、ベリサリウスはいい気分だった。

ベリサリウスはカサンドラとともに、〈リンポポ〉のブリッジ内でホログラムによるシミュレーション映像の前に立っていた。この戦闘艦はスタッブス星系のパルサー周辺にとどまるとイエカンジカがあらかじめ告げていた二隻のうちのひとつだ。それはそれで好都合だった。ベリサリウスの計画では、少なくとも一隻は後方にとどまり、搭載した磁気コイルを使って、誘導した非常に不安定なワームホールをたもつ必要があるからだ。

イエカンジカが四セットめのブリッジ・ディスプレイを使って、黄色と赤色に光るホログラム画像で説明しているところだった。こうしたシステムまで彼が知る必要があると知らされて、イエカンジカは驚いていた。戦闘艦の信号伝達にかかる時間を理解することで、誘導したワームホールに加える必要のある変更に艦隊がすばやくついていけるかどうか、それともベリサリウスが新たな制御システムを考える必要があるのかがはっきりする。〈リンポポ〉の制御システムは、人間の神経系と同じように機能をなかば委任されている。艦長からのインプットを、ほとんど、あるいはまったく必要としない機能においては、反応時間を短くするために独立した別のシステムに任されている。艦体制御用ジェット、自動補修システム、電力節約の手段などはノードによって制御されていて、これはちょうど人間の平衡感覚が無意識のうちに調節されているのとほぼ同じだ。だが、ベリサリウスは〈リンポポ〉の磁気コイルが彼の必要としているほどすばやく反応できるとは納得できていなかった。数時間にわたって検討を重ねたうえで、イエカンジカはしぶしぶブリッジを離れ、〈リンポポ〉に急いでどんな修正を加えられるか検討するため出ていった。

「大騒ぎしたわりには、得られたものは少なかったわね」とカサンドラがいった。

彼女の目がホログラムの光を映していた。いまのカサンドラはサヴァン状態ではない。彼女はここに完全な状態で存在しているが、彼といっしょにいたわけではなかった。彼女はイエカンジカの前ではずっと黙っていて、完全にビジネスライクだった。

「長々と議論になってすまなかった」と彼は応じた。「この十二年間、おれはほかのホモ・クアントゥスと出くわす機会もなかった。自分の問題をすべて払拭できてはいなかったようだな」

「わたしのほうも、いろんなことに少し驚かされていたのかも」とカサンドラがいった。

「ほら、犯罪集団に加わるとか、いろいろあって」小さな笑みが彼女の口の両端を引っぱった。安堵が体内に染みわたり、彼は心が温かくなるのを感じた。

「故郷に帰ったら、きみはみんなに話して聞かせることがたくさんあるだろうな」と彼はいった。

「あなたの計画がうまくいくとすればだけど」とカサンドラがいって、ホログラムをシャットダウンした。「パペットたちがどう反応するかによるわね」

「きみは詐欺師のように考えはじめてるな。ゲイツ＝15はいろいろと問題を抱えてるが、彼はこの計画のために必要なことを実行できると思う」

「あなたはパペットたちが好きなのね、そうでしょ？」とカサンドラがもうひとつのディスプレイを落としながら尋ねた。部屋が暗くなった。

ややためらいがちに、ベリサリウスはうなずいた。

「彼らは人間を奴隷扱いしているのよ」とカサンドラ。

「それが彼らの本質なんだ」

「あなたからのもっとうまい説明を期待していたんだけれど」

「数千年も前から伝わる寓話がひとつある」とベリサリウスはいった。「川をおぶって渡してくれないか、とサソリが頼むと、カエルがいった。嫌だよ、毒針に刺されたくはないからね、と。サソリはこう指摘した。もし自分がきみを刺したら、両者とも死ぬことになるだろ、と。そこでカエルはサソリを背中に乗せて運ぶことにした。だが、川の真ん中までくると、サソリはカエルを刺した。死につつあるカエルが尋ねた。なぜこんなことをしたのか、と。

〝これがおれの本質だからだよ〟とサソリがいったとさ」

「寓話はどこまでもただの寓話よ」とカサンドラ。

「パペットはあのようにつくられているから、彼らがいずれ蜂起して、逆に自分たちの創造主を捕虜にとることは避けられなかった。子どもや動物を残虐に育てたら、いずれは危険な存在になったとしても驚くわけにいかない」

「あなたは十二年にわたって、自分の本質と闘ってきたのね」

「きみやおれはそれができるかもしれない。おれたちはパペットみたいに生化学的な拘束衣できつく縛られてはいないから」

「これがあなたが毎日考えてきたことなの？　これがギャレットを離れたあなたが成長したところ？」

ベリサリウスは首を横に振った。「おれは自分の本質についてもよく考えてみることがある」

「それで、あなたの本質というのはなんなの？」とカサンドラが尋ねた。彼女は声を落とし、耳を傾けている。

「ホモ・クアントゥスは宇宙を理解する必要がある」

「じつに無害なことのように聞こえるわね」

「ヌーメン政体も、はじめはパペットを無害なものに設計したつもりだったと思う」

「わたしたちは危険な存在だと思う、ベル？」

「ほかの者にとってはそうじゃない」

22

カサンドラはベルとイエカンジカのあとにつづいて、メイン・エレヴェーターのシャフトから離れたところにある、採鉱場のてっぺん近くのさびれた倉庫に向かっていた。イエカンジカが倉庫内にテーブルと椅子を並べ、まもなくマリーもスティルスの巨大な加圧式の箱を押して入ってきた。無口な女性少佐が部屋を盗聴から防護し、通路のアラームを作動させた。一同は冷たい椅子に腰をおろした。

「オーケイ」とベリサリウスがはじめた。「これが本物のブリーフィングだ。メインのブリーフィングのときには、いくつかとても重要な詳細には触れずにおいた」

いまのベルは冷静で、まったく落ちついている。彼はここで何を話すつもりか、前もってカサンドラに打ち明けていた。これがどれほど重要なことで、そしてどれだけ彼女とすべてを共有したいかということも。彼女の心はベルを信じていた。彼には人に話を信じさせる能力があって、彼がどうやっているのか、まだ彼女にはわかっていなかった。だが、彼女の脳は心とは違っていて、オッカムの剃刀《かみそり》が示唆するところによれば、ベルが六人に嘘をついていたのだとすれば、七人目にも嘘をついていると考えたほうがしっくりくる。

加圧された巨大な水槽の中から、スティルスが電子スピーカーを通じてわめき、その場の全員の耳が痛くなった。「あんたはほかのみんなを信用してないってのか？」

「そういうあんたは雑種族《モングレル》の全員を信用してるのかい？」

「おれはあのゲス野郎どものまわりで絶対に眠ったりしない」とスティルスがいった。「モングレル族ってのは、誰かを笑いものにするためなら、人の口にだってくそをひりだすようなやつらだからな」

「情報は必要な者にだけ伝えるようにしてる。誰かが捕まったり、怖《お》じ気《け》づいたときの用心に」

マリーがたったいまゴールして得点をあげたかのように、こぶしを高く突き上げた。「あたしたちは必要不可欠なメンバーなんだね！　ハイタッチしようよ、スティルス。おっと！　気にしないで。あんたには無理だっけ」

ベルがスティルスの反撃の言葉をさえぎった。「われわれはポート・スタッブスに正面攻撃を仕掛けない」

「そいつはあんたの計画のくそったれな核心部分じゃなかったのか？」とスティルスが問いただす。

「あと数日あれば、カサンドラがパペット軸のただなかに誘導したワームホールを導くことができるようになるだろう」

マリーが眉をひそめる。「どういうこと？」

「カサンドラはサブ＝サハラ同盟の艦隊のどれか一隻のブリッジに陣どることになる。彼女はその艦に指示を出してワームホールを誘導する。いつもの一時的なワームホールを誘導するのと同じように。ただし、彼女はそいつのもう一方の出口をパペット・ワームホールのただなかに開くように導くんだ。そんなふうにして、サブ＝サハラ同盟の戦闘艦十隻がパペット軸に入りこむ。そうして、パペット・フリーシティの地下にある軸の出口からあらわれる」

「そんなのできるわけあるか」とスティルスがいった。

「いや、とても難しいだけだ」とベリサリウス。

「そいつは軍事機密を抱えこんだお偉いさん連中の自慢げな笑顔にくそしてやるみたいなもんだぜ」とスティルスがいった。

「そうなるな、どこの軸であってもそれができるとすれば」とベリサリウス。「だが、この軸でしかできないんだ」

「くそったれめ」

「あたしは必要不可欠なメンバーでいられるのが大好きだよ」とマリーがいった。「だけどさ、いまこのときばかりは酔っぱらってたいね。でなけりゃ、何かを爆発させて吹きとばすとか。それとも両方か。なんであたしがこのことを知る必要があるんだい？」

「きみとスティルスには、同盟の艦隊に同行してワームホールをくぐってもらう」とベリサリウスがいった。

「なんだって？　なんでまた？」とマリーが問いただす。「不安定なワームホールをもうひとつ別のやつの中に開くってのは、あたしがやり慣れてるばかげたことよりもさらに愚かで危険なことのように聞こえるよ」

「もうパンツの中でチビっちまったのかい、フォーカス？」とスティルスがからかう。

「イエカンジカとおれは支払いの段どりに同意して、おれたちが前払いを確実に受けとり、そのあいだに遠征部隊がワームホールをくぐれるようにアレンジした」とベリサリウスがいった。

「きみとスティルスが現物《ブツ》を受けとるんだ」

ベリサリウスは真鍮《しんちゅう》色のボタンをふたつ掲げてみせた。「このボタンには量子もつれを起こした粒子がおさめられてる。おれがこれをいくつか持ってて、きみらもその片割れをそれぞれに持つ。きみらのうちの一人が、ワームホールをくぐる最初の戦闘艦内の格納庫におさめられたインフラトン・レーサーに乗りこむ。その戦闘艦がワームホールをくぐり、レーサーに乗ったきみらの一人が解放されたら、こいつを使っておれに信号を送って伝えるんだ」

「三百二十光年のかなたに？」とスティルスがいった。「この山のてっぺん付近はあんたの脳にゃ空気が薄すぎたかい、大将《パトロン》？」彼は古いフランス語でボスを意味する単語を使った。この言葉にはふたつの意味がある。リーダーの顔の前では敬意を示し、背後ではあざけりをぶつける意味とが。

「このボタンは量子もつれを起こしてる」とベリサリウスがいった。「これを使えば、一ビットの情報をほとんど即座に、どんな距離であっても送信できる。あんたがおれに信号を送れば、戦闘艦が無事にワームホールをくぐって、あんたは解放され、われわれの手付金を受けとったことをこいつの片割れが教えてくれる。それが戦闘艦の残りをくぐらせる合図にもなる。最後の戦闘艦の格納庫にはもうひとつレーサーが積まれてる。それがワームホールをくぐって、あんたらのうちもう一人も解放されたら、イエカンジカとカサンドラにワームホールを誘導するのをやめていいと合図できる」

「その戦闘艦が無事に生き残ってるとすればだけどね」とマリーがいった。

「われわれは賭け金の高いテーブルについてるんだ」

「口でいうのは簡単だよ」とマリー。「あんたは最後の二隻に残ってて安全なんだから。あたしらは戦闘艦がこのイカレた計画を無事に生き残れるかどうかさえもわからないし、パペットの防衛システムを相手にもちこたえられるかどうかさえもわからないんだからね」

「おれについていえば、戦闘艦が無事にくぐり抜けることができなかったら、イエカンジカがその場でおれを撃つんじゃないかという気がするな」

イエカンジカがはじめて笑みをのぞかせた。「とにかくこれはビジネスだからね、アルホーナ」

カサンドラの胃袋がきゅっとすぼまった。少佐は本気でベルを撃つつもりだ。

「おれは最後の戦闘艦にしてもらおう」とスティルスがいった。

「なんだって？」マリーが抗議した。「あんたは大きな赤ん坊かい！　あたしは最初に向こう側に出て、めった撃ちにされるかもしれないってのに」

「いや、そっちは賭け金が小さいほうだ」スティルスの電子的な声が単調にいった。「このくそったれは誰もやったことがない。同盟の戦隊がパペット軸からひらけた空間に出るには、パペットの連中に新たなケツの穴でも開けなきゃならない。はじめのうち、パペットは猛烈に撃ってくるだろうが、いったい何を狙ってるのかさえもわかっちゃいないかもしれない。十隻目の戦闘艦が軸を抜けるころには、パペットのやつらめは新たなケツの穴を使ってうまく楽しんでるだろう。おれは連中が肩慣らしを終えて熱くなったときにくぐるんだ。あんたは単に、手ばやくすますだけだろ、フォーカス」

「なんだか、おいしいデザートの直前に外にほうりだされるみたいな気分だね」とマリーがいって、眉をひそめた。

「これら二隻のレーサーには兵器が搭載されてないんだ、スティルス」とベリサリウスがいった。「そしてあんたらが乗ったまま爆発すれば、われわれは褒賞がもらえなくなる」

「その点は、あんたの大事な脳で心配するこたあねえぜ、パトロン。おれがみんなの分け前をちゃんと持ち帰ってやる」

23

ベリサリウスとマリーは加圧シェルの中で人間の生理機能の限界といえる気圧下にいた。ここは氷のトンネルのいちばん下にあたり、準惑星プトレミーの地底海までわずか数百メートルしかない。採鉱場の成長と活動休止の歴史のなかで、経営権がいくつかの企業に渡るあいだに氷の底まで掘削されていた。

スティルスがパッケージを採鉱場の縦坑から出すのに苦労しているのをリモートカメラが映していた。海につづく古い水路をロボットが開き、加圧ロックを取りつけてスティルスの入っている大きな箱を運びおろしていた。縦坑に水を満たしてスティルスが外に出られるようにしてから、爆発物のパッケージをおろしはじめた。

「もうちょっと振動を抑えて！」とマリーがマイクに向かっていった。

「くそでもくらえ《コーマ・ミエルダ》」とスティルスが返す。「ここまでおろすあいだにたっぷり揺さぶられてるんだぜ」

マリーがマイクのスイッチをオフにした。「彼にはもっとてきぱきやってもらいたいね。この圧力下で爆発物がどれだけもつか確信がもてないから。あれには興味ぶかい不安定性があったから」

　ベリサリウスはマイクのスイッチをオンにした。「ヴィンセント、どれくらい急いで爆発物を設置できる？」

「まあ見てなよ、パトロン」

　スティルスは爆発物をロープで引っぱり、そしていま、長いリードを取ってそれごと泳いで離れていった。ソナー音が水中に響き、地底海に上下逆さになった氷の谷や山の等高線を映しだしている。スティルスと爆発物は離れていくにつれ、映像が幽霊のようにぼやけはじめた。やがて、携行している追跡装置だけが彼の現在位置を甲高く知らせるようになった。もしも彼がトラブルにおちいったとしても、救出のために彼らにできることはあまりない。

　マイクをオフにする。「どれくらい興味ぶかい不安定性なんだ？」ベリサリウスは尋ねた。

「水圧は爆発物に妙な影響を与えるんだよ」とマリーがいった。「構造変化を起こして爆発物が作動しなくなることもあれば、ドカンといくこともあるね」

「なんてこった《カーリス》。ソナーの音がやかましいぞ！」スティルスが二キロ先からいった。彼はスピードを上げている。

「彼はえらく速いね」とマリーも認めた。

　スティルスの信号が止まった。彼は四つある爆発物のパッケージのひとつを切り離し、氷の下面に設置している。通信ラインは沈黙がつづいた。この状態では、固くなったパテ状のものにスティルスが小さな雷管を突き刺すときに、爆発しないことを祈るほかにない。

彼の信号がふたたび動きはじめた。それまでの進路から九十度曲がっている。

「くそっ、パトロン《メルド》」とスティルスが通信装置ごしにわめいた。「おれはまだ二十二の答えさえも正しくわかっちゃいないぜ」

「四だよ」とマリーがわざわざ答えた。

「ボス・マン、あんたはホモ・クアントゥスだ。あんたはこのくそったれな仕事を金のためにやってるんじゃねえよな？」

「金があれば、確かにたくさんの山のてっぺんを買うこともできる」とベリサリウスはいった。「だが、おれもあんたと同じ理由でこれをやってる。それをつかんで、誰かに所有される前に自分で所有するんだ。人生は短く、公平なものじゃない。それに、必要なら誰かの玉《ウエボ》を蹴ってでも、だろ？」

「なんなら、必要じゃなくてもな」とスティルスが応じた。「わかったよ。どうにでもなりやがれ。山のてっぺんでも買うがいい」

ベリサリウスは通信装置のスイッチをオフにした。

「あんたははじめて会ったころみたいに酔っぱらってるように聞こえるよ」とマリーがいった。「〝酔いどれベル〟が帰ってきたってこと？　あのころの彼のほうがあたしはマジで好きだなあ」

「きみは〝酔いどれベル〟を笑うのが好きなんだろ。だが、これは信じてもらっていいが、あのころの彼にきみも一枚噛んでる詐欺計画を指揮してほしくはないだろうな」

「たぶんね」とマリーがいって、ディスプレイを示した。「スティルスは目標をあまりはずれてないよ。プトレミーの磁場だけを頼りに泳いでるわりには、えらく正確だね」

スティルスは引っぱる爆発物のパッケージが三つになったため、二番目のポイントにより短時間で到達した。水圧は壊滅的で、ホモ・エリダヌスが生存できる限界に近いはずだ。

「呼吸はどうだ、ヴィンセント？」とベリサリウスが尋ねた。

「大きなお世話だ！」とスティルスが応じた。彼の顔には表情があらわせないのと同じように、スティルスが選んだ電子的な声は息切れのような音を表現できない。「おれが引きずってるこのくそ荷物は、ひでえにおいがしやがるぜ」

ベリサリウスはマイクをオフにした。マリーが眉をひそめる。「爆発物は溶解しないはずなのに」

「彼は何かほかのもののにおいを嗅いでいるんだろうか？」とベリサリウスが尋ねた。「それとも、パッケージを捨てて避難させるべきかな？」

マリーはスティルスをあらわすアイコンが二番目のポイントから離れていくのを見守った。次のポイントまで六キロだ。

彼女が通信装置のスイッチをオンにした。「どんなにおいがするんだい？」と彼女が尋ねた。

「油脂。アミド。何か妙な有機物のも」とスティルスが答えた。「においはなくなったから、いまはまた移動をはじめた」

　ベリサリウスとマリーはしばらく顔を見あわせた。

「パッケージのどれかが爆発したら、ロープは充分な長さがあるだろうか？」ベリサリウスが尋ねた。

「彼が氷に取りつけてるあいだに爆発するんじゃなければね」彼女がいった。

「テストをやめにするか？」

「うん、そうだね」

「ヴィンセント、パッケージを捨てろ」とベリサリウスは呼びかけた。「そのにおいが何かわかるまで、危険は冒したくない。マリーがいうには、パッケージはにおいがしないそうだ。もっとテストしてみる必要がある」

「つまり、あんたらはこいつが爆発するかわからず、それで弱気になったってわけか？」スティルスが応じた。

「慎重にやったほうがいい」とベリサリウス。

「そんなのくそくらえだ。こいつを片づけちまおう」

　スティルスの速度がわずかに上がり、深く潜りだしたことをディスプレイが示した。

「ヴィンセント、どこに行くんだ？」ベリサリウスは尋ねた。「深度が下がっていくぞ」

「軟氷のフィールドがある。厚さは数百メートルあるな」スティルスが応じた。「それに、ここは本番《ショータイム》のときにおれが潜らなくちゃならないとこほど深くない。いまここで確認しといたほうがいいぜ」

マリーが水深と爆発物の安定性をグラフにしたものを指でたどった。「この水圧は研究室では再現できないよ。これ以上安定するか不安定化するのか、どっちともいえないね」

「ヴィンセント、あんたは装備とあんた自身の設定パラメーターからはずれた」とベリサリウスはいった。「パッケージを一カ所にふたつ設定して試してみよう」

「いや、パトロン」スティルスが軟氷の平原を避けるためさらに深く潜っていくのをスクリーンが示した。「それに、パッケージがおれの後ろでシューシューいってる。これを試してみるってのがいい考えだったか疑わしくなってきたぜ」

「シューシューいってるって、どんなふうに？」とマリーが問いただす。

「括約筋《かつやくきん》がきゅっとすぼまるようなやつで、つまりは、おれがデリケートなケツをもっと振って、スピードを上げろってことだな」

「ヴィンセント、中断しろ！」とベリサリウスはいった。「パッケージが安定してさえいないなら、雷管を挿すこともできないぞ」

「黙ってなって、パトロン。次のアンカー・ポイントで雷管を挿す」

マリーが唇を引き結んだ。「何も問題はないはずだけど、これは九百気圧以下の、薄めたアンモニア溶液中でおこなう実験的な爆発物だからね。あたしとしては、もっとテストしてからにしたいよ」

「ヴィンセント」とベリサリウスは呼びかけた。「マリーでさえも、このような爆発物を運んでまわりたくないとたったいま認めたぞ。そして彼女は、ほとんどイカレてる。ロープを捨てて、そこから離れられるか？」

「悪魔のあれでも舐めるがいい」とスティルスがいった。「第三アンカー・ポイントに着いた。軟氷や氷山はほぼ越えた。パッケージのひとつを氷山に固定して、シューシューと音がうるさいのを氷の表面に運ぶ」

「ベル！」とマリーがささやく。「シューシューいう音は雷管がショートしてるのかも」

「おれたちにできることは？」とベリサリウスが尋ねた。「雷管ははずしてある」

「スティルスはひと休みしたがらないようだから、できることといったら、マットに祈ってもらうことくらいかな」

「この最後のやつは熱いぜ、パトロン」とスティルスがいった。

アラームが鳴りだした。

「雷管ふたつが起爆した」とマリーがいった。「あたしはやってないよ」

「ヴィンセント！」とベリサリウスは呼んだ。「ヴィンセント！　大丈夫か？」

返事はない。小さなアイコンはスティルスが動いていないのを示している。

「ヴィンセント！　怪我はないか？」

返事はない。

「マリー、セント・マシューのドローンをいくつか飛ばしてくれ。向こうに到達するにはしばらくかかるだろうが、しかし――」

スティルスの代理の声が彼をさえぎった。「なんて、くそったれな、爆発物だ。なんて、くそったれな、爆発物だ」

「怪我はないか、ヴィンセント？」とベリサリウスが尋ねた。

「この跳ね馬が派手にぶっぱなしたら、世界が引きちぎれちまうかと予想してたんだが」とスティルスがいった。「このロバじゃたいした威力もないぜ、パトロン。バックアップの爆発物担当に連絡できるかい？」

マリーがマイクをつかんだ。「いいかい、おばかさん《エスペス・ド・コン》！　爆発物はどこもおかしくないんだよ！　今度はちゃんと使いなよ！　あんたの低能な――」

ベリサリウスがマリーからマイクを奪いとった。

「かかってこいよ、あばずれ姉ちゃん《カブローナ》」とスティルスが怒鳴り返す。「だが、こっちに近づく前に、押しつぶされてぐちゃぐちゃのペーストになっちまうだろうがな」

マリーがマイクを取り返そうとしたが、ベリサリウスは指に電流をはしらせたから、彼女の目の前で閃光がはしった。マリーはぷいっと横を向き、壁を蹴とばした。ゆっくりとつぶやかれる低俗な金星フランス語の毒づきが、彼女の口からふつふつとあふれでた。水中の相手に向けて、創造的に、別の用途を駆使しながら。ベリサリウスは彼女をたしなめておとなしくさせた。

「ヴィンセント、こっちに戻ってこられるか？」とベリサリウスは尋ねた。「あんたが箱に戻ったら、ほかの爆発物を起爆してみて、うまくいくか見てみるとしよう」

「猛烈に腹が減ったよ。食い物でも探すとしよう」とスティルスがいった。「用意しといてくれ。ここだと犬のフンみたいな味がするだろうからな。アンモニアはすべてのものを苦く感じさせるんだ」

「準備しておこう」とベリサリウスはいってから、マイクのスイッチをオフにした。「少しは冷静になったか？」彼はマリーに尋ねた。

「いつだって冷静だよ」彼女が不満そうにつぶやいた。

24

　カサンドラは真夜中に、何か食べるものを部屋に持ち帰ろうとして共同の居間に立ち寄った。ここで誰かに会うとは予期していなかったし、そうならないように時間を調節したというのに、イエカンジカ少佐がテーブルのひとつで作業しているのを見つけた。そして、スティルスの加圧式の鋼鉄の大きな箱がふたたび壁ぎわに置かれていた。カサンドラは冷凍食品をいくつか冷蔵庫から取りだして、部屋で食べるためトレイに載せた。

「あなたは自分の部屋にこもってばかりいるのね」とイエカンジカがフランス語で話しかけた。

　少佐のアクセントがどこで使われているものなのか、カサンドラにはわからなかった。手にしたトレイが重たくなるのを感じた。だが、少佐は彼女をじっと見ている。この女性軍人には気持ちが落ちつかなくなるほどの視線の激しさがあり、あたかも他人のプライヴェートな空間に視線で侵入し、しかも自分ではそのことを気にしてもいないというふうだった。

「わたしの仕事はスティルスやウィリアムの任務ほど興奮するものでもないし、危険なものでもないわ」カサンドラは子どものころに習ったフォーマルな、正しいフランス語で答えた。

「わたしの仕事は量子フーガに入りこんだ状態でおこなわれることになるから」

「それは危険じゃないの？」とイエカンジカが尋ねた。

「特別にそんなことはないわ」

「興味ぶかいわね」と少佐がいった。「アルホーナが量子フーガに入りこむのを、わたしもそばで見たことがある。彼がそれを終えたとき、艦内の医務室では高熱が出た彼を生かしておくために苦労したものよ」

またしても、イエカンジカの値踏みする視線が彼女をうかがった。疑念をさぐるために。ベルはイエカンジカにも量子フーガのことで嘘をついたのだろうか？　ベルが嘘をついていたことをほかの者に明かすのは彼に危険をもたらしかねないとカサンドラは気づきはじめていた。それとも、彼は本当のことをいっているのだろうか？

「あなたは同じようにならないの？」少佐がついに尋ねた。

「フーガに長いことどまりつづければ、それだけ熱は高くなる」問われた内容を少しそらしておくほうが賢明だろう。そう理解した彼女のことをベルは誇らしく思うだろうか？　彼女は外の広い世界に少しずつ順応しているのかもしれない。「ベルがいっていたのだけれど、あなたたちの戦闘艦が世界軸をくぐったら、おそらく戦争が起こるだろうって」

「くそったれに短い戦争になるだろうぜ」とスティルスがいった。

「それは本当なの？」とカサンドラは尋ねた。

「金星コングリゲートは強国だわ」と少佐がいう。「そして彼らはパトロン＝クライアント協定からクライアント国家を一度も解放したことがない」

「それなら、なぜこれをやろうとしているの？」カサンドラはいった。「純粋にコストと利益の視点で見れば、まったく意味をなしていない。数百、あるいは数千もの人々が死ぬことになっても、何も変わりはしないのに」

「自由は費用対効果の分析結果として得られるものではないの」とイエカンジカ。「われわれは自分たちの星を所有したい。われわれはバチュウェジからつながっている唯一のワームホールからほかの文明世界へと自由に訪問したい。コングリゲートの政治委員はわれわれの政府に首をつっこむべきでない。われわれは自分たちの戦争のために血を流すべきで、ほかの者のためにそうすべきでない。そしてわれわれは、自分たちがつくり、発見したものを手もとにたもつことができるべきよ。そのいずれにしても、死を捧げる価値はあるわ」

「コングリゲートはあんたらをひどく痛い目にあわせるぜ」スティルスが警告した。

「そのコストも彼らに負わせる」イエカンジカがいった。

「あんたもいったとおり、コストは問題じゃないぜ、お嬢ちゃん。やつらは最高性能の戦闘艦や重要なワームホールをすべて握ってる。そしてやつらは、おれたちを雑種族《モングレル》に仕立てあげた」

「ホモ・エリダヌスはクライアントの立場にとどまっていることを気にしないの？」とカサンドラは尋ねた。

「おれたちはクライアントじゃないぜ、お姫さま。おれたちはすでに、惑星をひとつ手にしてる。おれたちは契約請負人だ。おれたちはやつらの高速戦闘艇を操縦し、ちょっとした任務を終えたら故郷に戻る。サブ＝サハラ同盟と戦争になったら、やつらはおれたちを差し向けるかもな。おれならそうする」

「いつでも、どこでも相手になるわよ」とイエカンジカが応じた。

スティルスが笑いとばした。カサンドラには理解ができなかった。トレイに載せた冷凍食品に目を落とし、彼女は共同の居間をあとにした。たったいま、二人はお互いに脅しの言葉をぶつけあったのだろうか？　楽しげに？　あの人たちはいったいどんな人間なんだろうか？　彼らは心の中にどれほどの暴力を抱えているのだろうか？　自分はそのように生きてはいけない。

ギャレットはそんなふうではなかった。ホモ・クアントゥスは知識を求める。彼らは誰のことも脅したりしない。けれども、誰かが脅してきたら、ホモ・クアントゥスはどうするだろうか？　正直なところ、彼女にはわからなかった。人類の歴史は権力闘争の連続で、人々は奪えるものはすべて奪い、いずれは力の強い者がやってきて争いを終わらせる。それこそは、彼女が足を踏み入れた外の世界だった。

それこそは、ベルが十二年間にわたって暮らしてきた世界だった。ベルがもっと厳しい人間にならなかったことに、むしろ驚くべきかもしれない。それは楽しくなる考えではなく、彼女は電函から脳に微弱な電流を伝えて、サヴァン状態に入りこんだ。外の世界の混乱させられる感情はあまり重要でなくなり、彼女の心にあまり強く打ちつけてこなくなり、一方では数学的かつ幾何学的なパターンがくっきりした。サヴァン状態に入りこむのは心地のよい経験で、感情から逃げこむことができる。

そのとき、ベルとゲイツ＝15が角をまわって、彼女のたどっていた通路の先にあらわれた。ベルが彼女ににっこりと笑顔を向ける。ゲイツ＝15は顔を赤らめた。これにはどんな意味があるのだろうか？サヴァン状態にあると、人の顔は認識すべきパターンが多すぎる。

「やあ、キャシー」とベルがティーンエージャーのころのように呼びかけた。

「こんばんは、ベル」

「ミス・メヒア」とゲイツ＝15もいった。彼女は顔をそむけた。ゲイツ＝15は彼女を見上げて目をあわせようとしたが、彼女はさらに顔をそむけた。「大丈夫かね？」

カサンドラは答えなかった。彼が何を尋ねているのかわからなかった。

ベルがゲイツ＝15の肩に手を置いた。「彼女はサヴァン状態にあるんだよ、先生」とベルがいった。「ホモ・クアントゥスが正しく機能するための認識状況のひとつだ」

「わたしは仕事があるの」とカサンドラはいった。「おやすみなさい」

彼女は二人の横を通り過ぎ、角をまわった。そうして、彼らが話をしながらまた歩きだすと、彼女は足を止めた。

「おれもサヴァン状態になることがある」とベルがいっていた。「幾何学的能力を向上させるために。だが、それは脳障害のようなものを引き起こしかねない。離人性障害の親戚だ」

ベルは何をいっているのだろうか？　サヴァンは脳障害のようなものではない。厳密には。

それに離人性障害でもない。いまのは嘘か拡大解釈で、ひどく誤った特徴づけだ。ベルは自分の出自を憎むあまり、そんなふうに信じこむようになったのだろうか？

「危険なことのように聞こえるな」さらに彼女から離れていくあいだに、ゲイツ＝15がいった。

「パペットをつくった連中も、それと同じメカニズムに取り組んだ」とベルがいった。「ただし、過去をさかのぼってであることを別にしてだが。パペットの脳は解離障害を起こせない。パペットがヌーメンへの宗教的畏怖を避ける手だてはない」

「デル・カサルが成功したとしても、わたしが詐欺計画の役割をうまく果たせないのではないかと心配しているのかな？」とゲイツ＝15がいった。

「あんたがいまもこれをやる準備ができているだろうかと心配なんだ」

「わたしは完全なパペットになりたい。数週間だけではなくて、残りの人生のすべてを」

「われわれは誰もが、完全になりたいと思ってる」とベルがいった。そうして、二人は遠くに離れすぎて会話も聞こえなくなった。

カサンドラは困惑しながら、通路に四十八秒間よけいにとどまっていた。彼女は離人性障害を患ったことなどない。もしもベルが話していたことが本当で、パペットがたとえ狂気におちいったとしても、ヌーメンの残虐性をのがれることができないようにつくられているのだとしたら、この広い世界は彼女が考えていたよりも恐ろしく困惑させられるものだということになる。

25

パペットは中華王国の諜報員が発したメッセージをフリーシティのジェフィーズ・フィンガーという地区で傍受していたが、少し掘り下げて調べてみると、スリー・プロフェッツに転送されていたことをバレイユ少佐は見つけた。フリーシティから三十キロ離れたところにあるパペットのミニ国家だ。

スケアクロウはデュガン＝12を連れて、小さな運搬船をとばした。この女性司祭ははじめのうち抵抗していたが、そのうちに、彼らとともに旅することはパペット神政国とコングリゲートのあいだの友好のしるしであるかのように語りはじめた。スケアクロウはこの誤った認識を正すでもなく、彼らはスリー・プロフェッツのロック・ハッチを降りていった。

村はみすぼらしく、汚れていて、貧困にあえぎ、荒廃していた。天井の氷はひどく雑な掘り方で、明かりはとぼしく、シューシューとかすかに空気の漏れる音が気圧の低さの説明になっていた。八十年前、村では三人の神なる存在を有していたが、彼らは囚われたまま老衰で死に、代わりに補充されたのは別のヌーメン二人だけだった。神なる存在は死に絶えつつあって、いずれ、おそらく次の世代のあいだにはパペット国家も滅びることになるだろうとどの諜報機関もわかっていた。そのときには、コングリゲートとアングロ＝スパニッシュ金権国がパペット軸をめぐって争うことになるだろう。

彼らはまず、村の司祭と会った。この司祭と、目のくぼんだ、なかば飢えかけたように見える地方委員たちがこの村を治めている。司祭はデュガン＝12に平身低頭し、そしてスケアクロウにも、やや目を見開きつつも頭を下げた。

あいさつの言葉を待つことなく、スケアクロウは音ひとつたてない人工腱をスムーズなモーターによって曲げ伸ばしして、圧電セラミックの筋肉をかすかにきしませ、大きな歩幅で前に進みだした。自分がどこに向かっているのか、彼にはわかっていた。数十年前に、コングリゲートの諜報員がパペット神政国の公共の計器の所在をすべて地図化し、私有のものもある程度まで把握していた。デュガン＝12がそのあとから跳ねるようにしてついてくる。

「調査したいのですか、スケアクロウ？　調査したいのですか？」彼女が大声で、明瞭に発音していった。パペット神政国で好んで使われている、古いアングロ＝スパニッシュ語だ。

「証人はここにいますよ！」彼女はあとからついてくる村の司祭と委員たちのほうを手で示した。

スケアクロウはスリー・プロフェッツの中央の通りをはずれ、狭い路地に入っていった。そこは突きあたりがメンテナンス用のドアになっている。ドアはこれといって特別なところもなかったが、路地の氷は頻繁に人の行き来があるためによく踏み固められている。ドアの向こうには大型汎用コンピュータと通信ノードがおさめられていて、ここが問題の通信を傍受したノードだった。デュガン＝12が急いで駆けて、スケアクロウとドアのあいだに身体を入れて立ちふさがった。

「情報が欲しいのなら、わたしたちは喜んでパートナーと取引します！」と彼女がいった。

赤外線で見ると、彼女の顔は熱く燃え、ほかのパペットの顔も同様だ。心拍数が上昇している。パペットは従順でお人好しな種族だが、過度に感傷的な外面の下には、自分たちにとっての神なる存在を守ってそばにとどめようという、鋼鉄のごとき、強迫的なまでの決意が隠れている。そして、彼らの地域社会は建築学的にもパペットの性格を反映していた。まるで統制がとれておらず、あちこちで曲がりくねって、さまざまなものがとっちらかり、ほとんどの部分は自由に通ることができるが、それも彼らの囚われの神がとどめられている〝禁じられた街〟に近づかずにいるかぎりにおいてだ。おそらく、ここの大型汎用コンピュータはスリー・プロフェッツの〝禁じられた街〟のそばにある。スケアクロウにかかれば、パペットのどんな外部防御システムであっても無理やり押し入ることができるだろうが、かつての予備調査では、この村の内部に古い対空砲があることが報告されていて、それを使えばスケアクロウに甚大なダメージを負わせ、爆発により村の大半の空気が抜けでるのに充分だ。

だが、ドアをくぐる必要はなかった。スケアクロウはコングリゲートの最先端のAI技術によってつくられていて、ほとんどが武器からなる身体の奥深くにそれがちりばめられている。彼はメーザー・パルスを壁の受信機に向け、パペットの使う周波数で、偵察報告から切り取ったパペットの認証コードを使用した。一秒にも満たない時間で、彼は大型汎用コンピュータの管理エリアにアクセスした。彼はログ記録を見つけ、傍受のあった日付に該当する部分へと深く掘り進んだ。パペットが傍受した中華王国の通信タグはすべて適切なものだった。これもメッセージが真正なものであるというさらなる証明になる。

だが、傍受したメッセージのメタデータをよく調べてみると、とても興味ぶかいことが見えてきた。通常の暗号化プロセスの前に、中華王国のスパイはメッセージにカオス化したコードをちりばめていた。暗号解読をさらに難しくし、メッセージの転送経路に隠された、内部ログとしての役割を果たすために。メッセージは数学的に変換され、暗号化されているが、カオス的要素は変換によって拡大していた。転送のような操作はメッセージを明らかに劣化させる。

そして、このメッセージは送信と傍受のあいだになんらかの操作がなされていた。スケアクロウはコードを解読し、転送経路を隠すために信号がいくつかのノードを経由して送られていることがわかったが、このメッセージの経路は通常よりも長かった。そして、どこかで何者かが、中華王国のトップ・レヴェルの暗号を解読し、メッセージをさらに転送していた。

デュガン＝12がトントンと足で音をたてて注意を引き、彼の模造シャツの金属繊維を引っぱって、彼を振り返らせようとした。

中華王国の暗号を解読するには強力なＡＩがたくさん必要だろうし、ひどく大きくてかさばるはずだ。アングロ＝スパニッシュ銀行はＡＩの開発をコングリゲートと競いあっている。

いったいどうやって、アングロ＝スパニッシュはこのような解析力の高いAIを、誰にも気づかれることなくオラーにこっそり持ちこむことができたのだろうか？　そして、なんのために？　インディアン座イプシロン星系の真の秘密はオラーにはない。アングロ＝スパニッシュが権力闘争を仕掛けて、コングリゲート諜報部に中華王国のスパイを一掃させようとしているのでもないかぎりは。

スケアクロウは中華王国からの信号の変更された部分をはじめまでたどり、経路を再構築していった。パペット司祭は紅潮した顔のまま荒い息をつき、彼女にとっての神なる存在のためにパニックを起こしかけている。これまでにわずか五秒が過ぎたところだった。スケアクロウは身を引いて退がった。

「調査は片づいた」と彼は告げた。

スケアクロウはくるりと振り返り、粗末な宇宙港へと大きな歩幅で戻りはじめた。最初の送信場所がわかった。禁輪令発動中の、パペット・フリーシティのアートギャラリーだ。

26

『糸切《カット・ストリングス》り世界における信仰心の規定——パペット聖書の解釈』ポート・スタッブス司教、エリザベス・クレストン＝12著、共通紀元《CE》二四九〇年の序文より。

パペット聖書の神学と解釈の研究は、本質的にヌーメンを神なる存在とみなす多神論であるという事情から、きわめて複雑なものとなる。ヌーメン政体についての原資料の豊富さはあまりに広範なトピックを包含しているため、ときにはこれほどまでに矛盾したあいまいな意味をもち、資料の膨大さ自体が精神の理解にとっての障害となりうる。さらに資料は増えつづけ、研究者はエデン期のヌーメンの記録や、同様に転落以前のヌーメンとじかに接触したことのある、最後の世代のパペットたちとのインタビュー記録をも熟考してきた。

聖なる経典の終わりのない拡大は、解釈のプロセスを鈍らせはしないし、そうあるべきでもない。矛盾点を状況にあてはめることとバランスをとることはあまりに重要な作業であるため、適当なときがくるのを待つべきではない。

経典内の自然な対立、たとえば「とっとと失《う》せろ！」（怒れるものの書、6章4節）や「とっとこっちに来い！」（同4章20節）や、「おれを見ろ、ちびの飲んだくれめ！」（行動指針の書、2章12節）や「おれに目を向けるな！」（同14章4節）といったものは、それぞれの状況や、さらには、ある程度まで、それぞれのヌーメンの異なる立場における文脈上、そして道徳上の違いにもとづいたいくつかの分析に適合している。

それよりもはるかに複雑なのは、ムーニー＝4のジレンマに関する一節だ。「金が欲しいのか？　それなら少しくれてやる。とにかく、わたしをほうっておいてくれ。わたしは妻や子どもたちのもとを去る。とにかく、わたしをほうっておいてくれ。お願いだから」（懇願と脅しの書、3章3節）や「おれたちをほうっておいてくれないなら、むちで打ってやるぞ、パペットめ」（同3章17節）といった経典の引用に見られるように。

神学への全体論的アプローチは精神世界の多次元性をきわだたせている。「いい子だ」や「おまえがいないと、おれはどうしていいかわからない」（よき子の書、1章1節、9節）や「おまえはひとつ見のがしているぞ」（評価と懲罰の書、3章8節）といった節において、道徳上の洞察を犠牲にすることなく、ありふれた解釈を招く。

もっとも核心をついた転落時代の神学者のなかには、一見するとありふれた経典の記述にシンボリックな意味を認識することの価値を論証してきた者もある。われわれのなかで〝ひとつ〟見のがしていなかった者がかつていたろうか？　〝ひとつ〟見のがさずにいられるパペットがいるだろうか？　あるいは、すべてのパペットが欠陥をもち、不完全なのだろうか？

その欠陥が意図的につくられたものだとすれば、ヌーメン政体はこの欠陥をどう利用しようと意図していたのだろうか？　なかには、欠陥をもったパペットを創造することで、宇宙に時間の矢を突きつけたのだという仮説を立てた者もいる。不完全な創造物から、いずれは道徳的により完全なものへと到達するために。転落の時代に生きてきた最後のヌーメンたちにさらなる質問を重ねることで、エデン期のヌーメンの最初期世代の意図が明らかになるやもしれない。

だが、パペットであることの不完全性が意図的につくられたものでないとすれば、ユダヤ＝キリスト教の神学と並行して論議を進めるのはあまり有用でなく、一方で神とティタン族と人間の各階層に倫理的な均衡を体系化せずにはいられなかった古代ギリシャ哲学者の議論のほうが、今日《こんにち》のパペット倫理学者にとっておそらくより意味があるだろう。

近ごろの研究手法は神学にいくつかの新たな疑問をもたらし……

ウィリアムはうんざりして、リーダーをベッドの上にほうり投げた。

「お気に召さなかったかな？」とゲイツ＝15が尋ねた。

ウィリアムが彼をにらむ。「パペットは頭がイカレてる」

「わたしは博士課程の研究時にクレストン＝12司教の著作を大いに活用させてもらったもの

だよ」

ゲイツ＝15は椅子にすわっていて、足は床まで届かずにぶらぶら揺れている。べとついたセンサーが、彼の胸や首筋、額に貼りついていた。

「パペットはほかの者とは大きく異なっている」とベリサリウスが、壁に寄りかかったところからいった。

「おまえさんはずいぶんと彼らの肩をもつんだな」とウィリアムはいった。ビニールのカーテンが部屋をふたつに区切り、ウィリアムがベッドの上にすわっている側のほうが気圧が低いため、カーテンが少しだけそちら側に押されてへこんでいる。セント・マシューが開発した初期世代の自動人形《オートマトン》がいくつか、彼のまわりで忙しく駆けまわり、呼吸や発汗のサンプルを九十秒ごとに採取している。残りのオートマトンもビニールの仕切りのこちら側で同じことをしていて、ゲイツ＝15の汗のサンプルを取るためにあわただしく駆けまわっている。

「パペットに生まれつくことを頼んだパペットはただの一人もいない」とベリサリウスはいった。「人類がパペットを生みだしたんだ」

「おれはそうしたわけじゃないぞ」とウィリアム。

「いま生きている者は誰もそれに加担したわけじゃない。だが、われわれは配られた手札をプレイするしかない」

デル・カサルがゲイツ＝15の腕の上を駆けまわっているオートマトンのひとつを取って、

汗の綿球、呼気分析装置、熱センサーの数値を確かめて、また腕の上に戻した。

「ゲイツ＝15はヌーメンの前で宗教的畏怖を起こすために必要な染色体遺伝子をすべて備えている」とデル・カサルがいった。「わたしの理解するところでは、彼の問題はシナプス周辺の微生物叢《マイクロバイオーム》にある。正常なパペットにおいては、神経終末付近に存在している共生細菌の群れが周囲の環境を修正し、特定の情報伝達カスケードを強化して調整する。どの細菌がそこにあるべきなのかまではわたしにはわからんし、それはゲイツ＝15にしても同じだ。そこで、彼の嗅覚受容体や味覚受容体と主要嗅覚系および副嗅覚系のあいだのシナプスに、細菌の小さな生態系をコロニー化させた」

「それでうまくいくのか？」とベリサリウスは尋ねた。

「うまくいくはずだ、しばらくのあいだは」とデル・カサル。「この細菌は彼の免疫系に見のがされるわけではない。胎児期から彼の体内で成長してきた細菌とは違って。だが、それが免疫抑制物質をわずかにつくりだし、免疫系がそれらを一掃してしまわないように遺伝子操作しておいた。おそらくはこれで、六、七週間は安定して維持できるはずだ」

「いまは何も感じないが」とゲイツ＝15がいった。

「まだテストしていないのか？」とベリサリウス。

「これからするところだ」とデル・カサルが応じた。

「ヌーメンの体臭入りの缶詰が売られてないのは残念だな。それがあれば、本物のにおいを確認できるんだが」とベリサリウス。

「それこそはパペットとヌーメンの遺伝子操作をおこなった分子生物学者の天才性なんだ」デル・カサルが賞讃をにじませていった。「彼らは生化学的な制御システムをほかの者がハッキングできないように設計した。ヌーメンの身体が発する信号は数百の核遺伝子によってつくりだされた数十のにおいの複合体で、ヌーメンの微生物叢に特有の細菌による分泌によって修正されたものだ。信号の受け渡しが成功するかどうかのカギはにおい分子の組みあわせとその比率だ。なんとも巧妙だよ。わたしがウィリアムの遺伝子に組みこんだものに対して、マンフレッドの反応の変化をこれからテストしてみるが、実際のテストは彼が〝禁じられた街〟に入りこんではじめてなされる」

「わたしの欠陥が修復されるかもしれないなんて、信じられない」とゲイツ＝15がつぶやいた。彼の頬は紅潮し、顎ひげのふちまでピンクに染まっていた。彼の手は膝のあいだで不安げに握りしめられ、足は椅子の脚のあいだでぶらぶらと垂れている。

「これは一時的な修復だ」とデル・カサルがくぎを刺した。「いずれは効果が薄れる。だが、これがうまくいけば、永久に修復するにはどうしたらいいのかについて、わたしにはいくつか考えがある」

「それで、メインの仕事については？」とベリサリウスは尋ねた。

「ホモ・クアントゥスの多層カーボン・ナノチューブのシステムをモデルにして、マンフレッドの指に同じようなメカニズムを組みこんだ」とデル・カサルがいった。

ゲイツ＝15が震える手を膝のあいだから出して、手のひらを上にして差しだした。ミニチュア版の大人の手には、彼の人生の物語が小さなしわや傷痕として書きこまれている。ゲイツ＝15は人差し指の第二関節の下のやわらかな肉のふくらみを横から押した。目には見えないほどわずかな、黒い毛のようなものが指先からあらわれた。数十本の束になっている。

デル・カサルが拡大鏡を取りだして、拡大されたホログラム映像を投影した。「数千もの多層カーボン・ナノチューブを重ねて、風圧や不可抗力の圧力がかかっても折れないように強化してある」ドクターがいった。「どんなコンピュータの接続部《ポート》にでも挿入できる」

「その中にコンピュータ・ウイルスが？」とベリサリウスは尋ねた。

「カーボン格子《ラティス》構造に収納されてる」とデル・カサル。「マンフレッドの日常の活動によって、ラティス構造のいくつかの層に帯電され、アップロードするのに充分な電力を確保できる」

「どんなスキャンでも映らないのか？」

「ラティス構造はごく小さくて、X線でも超音波でも、そのほかの標準的などんな手段であっても見えることはない。マンフレッドの手の特異な神経組織やカーボン構造をあえてピンポイントで探そうとする者がいれば、きみの計画には大きな問題が生じることになるだろうが」

「あんたがそれをポートに挿入させることができたら」とベリサリウスは追放されたパペットにいった。「あとはセント・マシューのウイルスが仕事をこなしてくれる」

ゲイツ＝15が指を別の方向から押すと、小さな毛の筋は皮膚の中に戻った。「思春期のころ以降、わたしはパペット・フリーシティに戻ったことがない。ましてや、〝禁じられた街〟には」

「あんたは故郷に帰れるんだぞ」とベリサリウスはいった。「しばらくのあいだは注目の的になるだろうが、新たな身分で故郷に帰れる。この仕事のあとで恒久的なものになる名前とともに。いま生きてるパペットのなかで、いちばんの大金持ちに仲間入りして」

ゲイツ＝15は身を震わせて深々と息を吸いこみ、そして吐きだした。

「修正がうまくいったか見せてもらえるかな、ドクター？」とベリサリウスはうながした。

デル・カサルはすわったまま椅子の車輪を使って後ろに引いて、彼らとウィリアムを仕切っていたビニールの継ぎ目を開いた。ゲイツ＝15のミニチュアの顔がいっそう赤らみ、耳や首筋もそれにならった。呼吸がゆっくりと不規則になっていった。彼はかすかな怖れとともにウィリアムをじっと見ている。ウィリアムも同じようににらみ返す。

「何が感じられるかな、マンフレッド？」とデル・カサルが問いかけた。

「これは……強烈だ」ゲイツ＝15がウィリアムから目を離そうとせずにいった。「わからない……これが話に聞く、神への畏怖なのか……」パペットはゆっくり、そして長々と息を吐きだした。「ここには何か強力なものがある。この部屋に……何かよいものが」

「きみがほかの者に見いだしてきたのと似てはいないかね？」デル・カサルがさらに椅子を近づけて尋ねた。

ゲイツ＝15ははっと息を呑み、それまでほどうわの空ではなくなった。それまでほどうつろな目ではなくなった。

「うまくいってないわけじゃない」彼は心ここにあらずといったふうにいった。「もやがかかっている……すばらしい」彼はもう一度、はっと息を呑んだ。ウィリアムから顔をそむけ、そうして呆然と顔を戻した。「わたしはこれまで、過剰な反応を幾度となく目にしてきた」ゲイツ＝15がいった。「まるで、ひれ伏して崇拝し、ひきつけを起こし……狂乱状態の修道僧《ダルヴィーシュ》のように。だが、わたしはこれを制御できる。感じることができる。すばらしい感覚だ」

彼は荒い息をつきながらいい終えた。切望する驚嘆とともにウィリアムを見つめている。

デル・カサルは得られたデータを見て、ゲイツ＝15の身体に貼ってあるパッドの位置を少し調節し、あらためてグラフを確認した。そうしてついに、ビニールの仕切りを閉め、パペットと人間をへだてた。ドクターはやさしくゲイツ＝15をうながした。

「自室に戻りなさい」とデル・カサルが小声でいった。「いま感じたことをすべて書き留めておくんだ。そうして少し眠るといい」

パペットが出ていくと、ベリサリウスとデル・カサルは握手を交わし、互いの肩を叩いて祝福しあった。

「このところ四十時間起きつづけだったものでね」と遺伝学者がいった。「わたしも休ませてもらうとしよう」

デル・カサルが出ていくと、ベリサリウスはビニールの仕切りをくぐって、ウィリアムのベッドのそばに椅子を引き寄せた。ウィリアムはセンサーを引っぱってはずし、小さなオートマトンたちも追い払ったが、ベリサリウスと目をあわせようとはしなかった。

「気分は？」とベリサリウスは尋ねた。

「パペットはみんな、あんなふうになるのか？」

「われわれの運がよければ」

「おれの運がよければ、だな」

「ああ、あんたの運がよければ」とベリサリウスはいいなおした。「だが、おれが尋ねたのはそういう意味じゃない」

「わかってるよ」

「何か酒でも？」

「ああ、だが、デル・カサルのやつに止められてる」

ベリサリウスは彼の手を見た。毒薬を嚙むことができる。喉の奥がかたまりでふさがった。「あんたはこれをやり遂げることができるか？」

「自分にとって最後の日々を、必要以上にパペットどもと過ごしたくはない」とウィリアムがいった。「あの小さな倒錯者どもに囲まれることになったら、薬を嚙んでやるさ、問題なく」

ベリサリウスはポケットから小さな箱を取りだした。中には親指くらいのサイズの炭素鋼がビニールの小袋に入っていた。それと、セント・マシューの小さなオートマトンがひとつ。

「これはトレンホルム・ウイルスのはたらきを抑える薬剤が八週間ぶん入ったインプラント

だ」ベリサリウスはいった。「パペットはあんたの薬を含めてすべて剝ぎとるかもしれない。これがあれば、フリーシティで役目を果たせるだろう」

「デル・カサルにこのインプラントを装塡させるつもりか？」

ベリサリウスは首を横に振り、一瞬だけ周囲の磁場を拡大した。ドクターはすでに去り、盗聴装置も作動していない。

「セント・マシューのロボットがやってくれる」とベリサリウスはいって、小さなオートマトンを示した。「これには薬以外のものも入ってるんだ。なんらかの理由であんたが毒薬を嚙めないときのために、抗ウイルス剤だけでなく、すみやかにはたらく毒薬も入ってる」

ウィリアムの顔が青ざめた。「パペットどもに囲まれたとき、おれが自分で始末をつけられないと考えてるのか？」

「保険だよ」

「おれがうまくやれないときのために？」とウィリアムが問いただす。

「いざというときも、あんたにはこれがある」

ウィリアムは眉をひそめ、ベリサリウスの言葉を完全には信じていなかったが、ともかくも小さな袋に手を伸ばした。

「どうやってこいつを作動させるんだ？」彼が少し冷ややかに尋ねた。

「あんたにはできない。仕事が片づいたら、おれがどこからでも引き金を引くことができる。量子もつれを起こした粒子をふたつ入れておいた。あんたが死んだら、ひとつがおれに信号を送って知らせてくる。もう一方は毒薬の引き金を引く。仕事が成功して、あんたがまだ生きていたばあいにだけ、おれがこれをやる」

「こいつはおれにとっての保険なのか、それともおまえさんにとっての保険か？」とウィリアムが尋ねた。

ベリサリウスはウィリアムの視線をとらえて見つめ返した。「必要以上にあんたを向こうに残しておきたくない。パペット・フリーシティで何があったとしても、おびえて秘密を漏らすことはないと確信があるなら、保険をかける必要はない」

「やってくれ」とウィリアムがいった。

しばらくのあいだ、ベリサリウスはなんといえばいいのか、あるいはどうすればいいのかわからず、二人とも医務室のブランケットの織り地をじっと見つめていた。

「これでしっかりとメキシカンいんちき賭博《シェルゲーム》の準備がととのったな」ベリサリウスは気のないようすでいった。

ウィリアムが唇を引き結んだため、ベリサリウスは胃がわずかにすぼまるのを感じた。昔のウィリアムが懐かしかった。彼を詐欺師の弟子にとってくれた男を。人間の本質を彼に教えてくれた男を。彼に弟子入りする選択をしたために、ベリサリウスはある程度までいまの自分となり、どこに行ってもアウトサイダーのように感じられた。

十二年前、高度な教育を受けた、困惑するほど哲学を好む理性的な青年にとって、賄賂などあたり前で、いきなり大金持ちになれる一獲千金を狙った計画であふれた世界に居場所はなかった。そんな彼を、流れの速い、実用主義の、明確な世界へと、政治的、精神的、さらには哲学的な懸念も関係なくウィリアムは導いてくれた。いま、ベリサリウスは老いた詐欺師を政治的かつ理想の世界へと引っぱりこんだ。

「おれが愚かな坊やだったころ、あんたがしてくれたことのすべてに感謝してる」とベリサリウスは小声でいった。

「おまえさんはいまでも愚かだよ」

「かもな」

「おまえさんの立てた計画は見事なもんだ、ベル。なかばイカレてはいるが、おれがひねりだしたどれよりもましだ。おれの全盛時のころのやつでさえも」

「ありがとう」

「おまえさんはおれを本当に必要としてたわけじゃなかった。それに、詐欺師になる必要もなかった。もっとましなものになるべくつくられたんだからな」

ベリサリウスはかぶりを振った。「おれの肉体のつくりは間違ってる、ウィル。もしも詐欺で生きる人生を見つけてなかったら、おれはとっくの昔に死んでたろう。あんたがおれを救ってくれたんだ」

ウィリアムは長いこと彼をじっと見つめ、真意をはかり、嘘の兆候をさぐった。そうして、満足したかのようにうなずいた。ベリサリウスは袋を開け、小さな手術用ロボットにウィリアムの麻酔と手術の準備をはじめさせた。

27

ベリサリウスが借りた貨物船二隻は〈トゥンハ〉と〈ボヤカ〉と呼ばれていた。どちらも自由落下時でさえ妙なきしむ音をたてたが、それでもワームホールを誘導することはできた。マリーが〈トゥンハ〉を操船する一方で、ベリサリウスとカサンドラのタクシー・ドライヴァー役を務めることになった恥辱をぶつぶつとこぼすスティルスが〈ボヤカ〉を操船した。

二隻は準惑星プトレミーとその周辺を行き来する船からたっぷり六時間の距離をとったうえで、相対的に停止した。そうして、マリーが〈トゥンハ〉の古い電磁コイルを巧みにあやつって、貨物船の前方にワームホールを誘導した。〈トゥンハ〉自身はワームホールをくぐりはしなかったものの、それをそのままたもった。

カサンドラのほうは深いフーガ状態にあって、〈ボヤカ〉の電磁コイルに細かい変更を加えるよう指示しはじめた。数カ月前にベリサリウスが〈ジョングレイ〉に乗艦したときに、ここから三百二十光年のかなたでやったのと同じように。カサンドラは機動性のあるフーガ・スーツを着ていて、心拍数や血圧、体温を管理していた。ベリサリウスは彼女の状態に注意して、スーツの数値をモニターし、彼女がやりすぎるようなら介入する準備をしていた。

彼はスーツを身につけていない。フーガ状態になるつもりはなかった。

ベリサリウスとそれにカサンドラの脳内の客観的な量子プロセッサーが目の前に広がるホログラム・ディスプレイをあやつり、三次元の地図、グラフ、チャート、文字盤のように使っている。その上に設けられているのは作業領域で、二人はそこに計算式を書きこんだり、パラメーターの変更を示唆したり、技術上の提案を図に描いたりできた。ベリサリウスはサヴァン状態に入りこむ必要もなければ、そうしたくもなかった。ホモ・プーパやホモ・エリダヌスの異質性を目の前にするうちに、ますます自分に鏡を向けているように感じられるようになっていた。ただし、割れた表面に三つの顔が見えているようなものだった。

そして、カサンドラからはほんの五十センチしか離れていないというのに、彼は孤独に包まれていた。もっとも進歩したコンピュータを相手にカードゲームをプレイしていてさえも、じきにコンピュータの選択を支配している法則を見つけだすのと同じやり方で、彼はフーガ状態になったカサンドラという生身のコンピュータを解析することもできたろう。だが、彼女が入りこんだ客観知性の状態は、まわりのもっとも基本的な感覚でさえも意識していない。いまの彼女は複雑なアルゴリズムの網目に支配された生身のマシンで、とうてい人間と呼ぶことさえもできない。現在のところカサンドラは存在せず、電気的かつ生化学的なロボトミーによって一時的に存在を吹き消されていた。

四度にわたって、カサンドラの量子知性がコイルの電流、曲率、透磁率を修正し、人工的なワームホールをつくりだした。〈ボヤカ〉が強烈な磁場で空間をねじ曲げ、ついには時空にチューブ状のものが形づくられ、自由端が生じて、基底状態に戻るかそれとも別の時空の小片を得て一時的に安定化しようと探し求めた。そのたびに、量子知性はマリーが〈トゥンハ〉の前につくりだしたワームホールにそれを導いた。そのたびに、ワームホールの探し求める端が、つかの間ながら〈トゥンハ〉のワームホールのハイパーエッジを十一次元の時空で見つけ、それを崩壊させた。

「理論上は」とベリサリウスはいらいらしながらスティルスにいった。「電磁コイルでジャンプできる範囲内であれば、誘導したワームホールを好きなだけ崩壊させることができるらしい」

「そいつはおれの乳首なみに役に立つ情報だな」とスティルスがつぶやいた。

電函から脳に微電流をじかに送り、ベリサリウスはサヴァン状態になった。それはひとつの明かりを消して、別の明かりをつけるのと同じような感じだ。テレメトリーの表示が彼にはシンプルなものになり、より明白な相互関係のためのジグソーパズルのピースになった。

彼の隣に立つ、からっぽで人格のない抜け殻のことはあまり気にならなくなった。

「カサンドラ」と彼は呼びかけた。彼女を量子フーガから引き戻したくはなかったが、彼女とコミュニケーションをとりたかった。そうしたくてたまらなかった。ベリサリウスは足を踏みだしてカサンドラにさらに近づき、彼女のフーガ・スーツにぴたりと身を寄せ、二人の吐く息が混じりあった。サヴァンの超知覚状態にあってさえ、ベリサリウスはこれが親密な行為であるべきことを理解していたが、さまざまな意味で、それは肉のかたまりを抱きしめるのに近かった。

カサンドラの量子知性体がホログラムの作業領域にいくつもグラフを描き、彼に新たなアイデアを呼び起こした。ワームホールの新たな幾何学モデルを。彼は指を動かして彼女の手を握りしめ、新たな計算式や幾何学モデルを作業領域に書き加えていった。通常の状態であっても、ベリサリウスは頭の中で五次元の空間を思い描くことができた。サヴァン状態にあると、七次元や、八次元の物体や複雑な状態空間の幾何学図形を思い描くことができる。レンダリング・プログラムにはホモ・クアントゥスのためにつくった表記法があり、そのおかげで彼らはさらにそれを超えて、十一次元幾何学をとらえることができる。これはワームホールの複雑さに迫るものだ。

カサンドラの脳内の量子知性が幾何学モデルを描くのをやめた。彼女の量子知性体はベリサリウスが新たな幾何学モデルを描き終えたあとで、一・八秒間アウトプットを出さなかった。それは彼のアイデアを解析していた。彼はワームホールの幾何学モデルを描いていて、そのチューブ状の部分は六次元の超立方体でできている。

量子知性体が彼のグラフを取りこみ、それを拡大して、めまいがするほどの高速でさらに詳細な図形を導きだした。この速度についていくのは困難だった。カサンドラの中の量子知性体は、重ねあわせた量子ビットや量子トリットの変数を使って多くの演算を並行して処理していった。それを使うことによって、多くの価値ある作業を同時に担うことができる。

フーガ・スーツの警告表示が作業領域の中央でやわらかな色にともった。カサンドラの体温が上昇している。三九・九度だ。スーツが調整し、彼女の頭や首、背中のチューブに冷水を流した。

そうして、作業領域で猛烈に図形や数字を描く手がぴたりと止まった。ベリサリウスが描いたベーシックな図形はなおもそこにあったが、近似値の代わりに、厳格な定量的解がグラフィックのまわりに並んでいった。証明にはならないが、ワームホールのチューブ状の部分は、小規模なスケールにおいて、実際に極小の六次元超立方体からつくられているという考えの説得力がある議論で、つけ加えられた空間のボリュームや方向は次元の壁自体に隠されていて、おそらくこれらの時空の構成要素を互いに結びつけておくのに使われている。

点滅する光のパターンがわずかに速まっていた。四十・一度。

誘導したワームホールが、〈トゥンハ〉の艦首から〈ボヤカ〉によって維持されたワームホールに向かって宇宙空間を突き破って進む軌道をベリサリウスは描いた。この軌跡の複雑さは、サヴァン状態にあってさえ、彼の表現できる能力を超えていた。だがそれは、カサンドラの脳を占有している量子知性体が彼の意図を理解する能力を超えてまではいなかった。

拍動する磁場が貨物船を貫き、ベリサリウスのマグネトソームを圧迫する。その力強さはほとんどめまいがするほどだった。そして磁場はさらに強まり、ふたたび時空を挿し貫いた。ディスプレイがこの貫入や、粒状構造、微小な図形、そして見かけの距離と方角のグラフィックを示した。そうして、誘導したワームホールのさぐり求めるほうの端が〈ボヤカ〉のつくりだしたワームホールとぶつかり、そのままの状態でたもたれた。

ワームホールがY字形につながった。

どちらも崩壊しなかった。

点滅する光がオレンジ色に変わった。四十・九度。

ベリサリウスはワームホールの誘導をやめるように指示を出した。ワームホールが消滅し、〈トゥンハ〉の艦首の巨大な磁場はしぼんでいった。四十万ガウス。三十万ガウス。十万ガウス。五万。三万。

ベリサリウスはサヴァン状態から抜けでて、瞬間的に当惑をおぼえた。カサンドラから身を引いて離れた。正確に、いつ、そしてなぜこれほど近づいたのか、覚えていなかった。彼はディスプレイをシャットダウンした。カサンドラはなおもフーガ状態にとどまっている。彼女の知覚は半径数光時におよび、さらに拡大していく球体に広がり、フーガ状態にあるときはこの量すべてを量子の重ねあわせにより折りたたむことができた。

ベリサリウスはどんな手段によってもカサンドラを傷つけたくなかったが、これ以上彼女をフーガにとどまらせたくはなかった。彼の電函からじかに電流を腕の細胞内のマグネトソームに送り、強力な磁場をつくりだした。ベリサリウスは彼女のまわりの移動粒子や磁場を測定できるほど強力な磁場となった。

ベリサリウスはこの磁場を観測し、彼女のまわりの磁場の重ねあわせを崩壊させた。遠く広がっていた彼女の知覚が、ゆるやかにではあるが、急速にしぼんでいった。ほかの大半のホモ・クアントゥスと同じように、彼女も強い意思の力によってのみ量子フーガに入りこむことができる。彼女の呼吸が変化した。

「キャシー?」と彼は呼びかけた。

彼女の呼吸が荒くなった。ベリサリウスは彼女の肩を抱いて支えた。

「キャシー?」

彼女がうめく。ベリサリウスは彼女の身体に腕をまわした。

「たったいま、おれたちが何をやってのけたかわかるかい?」と彼は尋ねた。

彼女がうなずいた。ゼロG環境にあるため、汗が彼女の頭蓋から、ざんばらの髪の毛につたってのぼっていく。ベリサリウスは彼女の口の前に解熱用ジェル薬剤をふたつ差しだした。彼女がそれを口に含む。彼女の唇が手のひらに触れたため、ベリサリウスははっとした。彼女は気づいてもいないようだ。彼女の脳がフーガ状態でおこなったことを何も経験していない。できるはずがなかった。彼女は自分の脳がフーガ状態でおこなったことを何も経験しったのだから。だが、彼女は自分の脳が見たことや感じたこと、やったことの記憶をあとで見なおして、すべてを理解しようとつとめることができる。それはあとでよみがえった記憶のようなものだ。ベリサリウスはこれを、回復中の薬物中毒患者のようにもの欲しく思った。

ベリサリウスはさらにきつく彼女を抱きしめ、励ました。彼女のほうもあらがわずにそうさせて、彼の肩に頭をもたせかけた。

「見えたわ」とカサンドラがついにそういって、笑みを浮かべた。

28

ここ三週間ほど、ベリサリウスはセント・マシューとマリーの調停役を務めてきた。マリーが彼の最初のボディを壊してしまったあとで、セント・マシューがふたたびベリサリウスのところに不満を訴えにやってきた。

「彼女がホログラムの花をわたしに送ってきたのです!」とセント・マシューがいった。

「はじめは、彼女が小さな、小さな、小さな謝罪のはじまりの可能性を見せたのかと思ったのですが、花は爆発して、爆風のパターンがピクセル化した形でコンピュータ・ウイルスを転送してきたのです。AIだけに特化したウイルスだったのですよ!」

「じつに巧妙だな」とベリサリウスはいった。

「彼女はわたしを殺そうとしたのです!」

「おまえに被害はあったのか?」

「もちろんありません。彼女が設計できるようなウイルスは、何ひとつわたしの免疫システムをくぐり抜けることができません。ですが、彼女がどうやってか彼女特有のうかつさを発揮して、何か本当に危険なものに蹴つまずきはしないかとわたしは危惧しているのです」

「セント・マシュー、おまえは聖書に出てくる使徒の生まれ変わりなんだぞ！」とベリサリウスはいった。「そのおまえが、懲戒解雇されたコングリゲートの元軍曹一人さえもうまくあしらえないというのか？」

「わたしの中のプログラミングのために、彼女のような人を本当に痛い目にあわせてやることができないということを、彼女のほうでもわかっているのです。彼女の不手ぎわのために、いずれわたしが終焉のときを迎えるのはもはや時間の問題です。あなたが彼女を止めてくれないのなら、わたしがそうします」

こうしてセント・マシューは足音も荒くベリサリウスの部屋を出ていくと、彼がこしらえた小さな自動人形《オートマトン》を使って、マリーの地下研究室に制御信号を送ったのだった。そしてデル・カサルのカーボン・ナノチューブ技術を使い、彼女の研究室に微細な繊維を成長させ、彼女のコンピュータとインターフェースを構築した。これを通じて、彼はプロトタイプのウイルスを送り、コンピュータをハッキングして、恒久的にカラヴァッジョの描いた聖マタイの厳しい顔が浮かぶように細工させた。さらに、ウイルスは彼女の動きを追跡し、自分の安全な研究室にこもっているセント・マシューに伝えた。セント・マシューが修正を加えて、機械のボディの上に、大きな、満足げな笑みを浮かべた聖マタイの顔の画像を採用したことに、マリーはいっそう激高した。これはカラヴァッジョがけっして描かないような笑顔だった。

「あの怒れるＡＩは、笑みを浮かべてるのかな？」数日後、デル・カサルがベリサリウスに尋ねた。

「彼は難しい個人的成長の問題を抱えてるんだ」とベリサリウスはいった。「おそらく、関わらずにいるのが最善だろう」

セント・マシューはこの日もまだ笑顔の絵を使っていたが、報復を怖れ、四日前に自分の研究室を採鉱場のほかのエリアからすっかり遮断していた。そのため、彼らが共同で作業するには、マリーがベリサリウスの部屋におもむいて、セント・マシューがホログラムの姿で参加するしかなかった。

「ウイルスとオートマトンの準備はできているかな、セント・マシュー？」とベリサリウスは尋ねた。

小さな、昆虫のようなロボットの仕様書が、自分の研究室にこもっているセント・マシューのイメージの隣でホログラム・ディスプレイに浮かんだ。六本脚の、数テラバイトの情報を運べる程度の大きさ、つまりボタンくらいのサイズで、バッテリーが切れるまでに数時間は自由に動きまわることができる。ひと組のウイルスのプログラミング・アルゴリズムが、にんまりした天使のような顔の反対側にディスプレイされている。

「パペットの知られているかぎりのハードとソフトに対するウイルスを照合しました」とセント・マシューがいった。「同様に、彼らがこの数年に購入したかもしれないあらゆる製品や、とても楽観的な仮定にもとづいて、彼らの開発能力を推定することも。これらのウイルスにはネットワーク内を移動する能力があり、最初に感染したネットワークから、ファイアウォールをくぐり抜けてパペットの要塞グリッドまで道筋を見つけ、数日間にわたって大きな問題を引き起こすことができるはずです。少し修正を加えれば、サブ＝サハラ同盟のシステムや、おそらくはコングリゲートのシステムにも使えるでしょう。ただし、長くは持続しませんが」

「いい出来のように聞こえるね」とマリーがにこやかにいった。

「もちろん、いい出来ですよ」とセント・マシューが応じる。「わたしに対してとった態度を謝罪する用意はできていますか？」

「いいや」と彼女がいう。「そっちこそどうなの？」

「なぜわたしが？」

「なぜかというとね、あんたの研究室に新たな実験的爆発物を忍びこませておいたからだよ」

「そんなはずはありません！」とセント・マシューはいったものの、描かれたホログラムの顔があわてふためいてあたりを見まわした。

「それに、あたしはそこの環境システムも制御できるんだよ」とマリー。「じつに簡単にハッキング可能だから」

AIが恐怖に甲高い悲鳴をあげ、そして唐突に、激しい爆風とともに研究室から空気が勢いよくあふれでた。

「環境システムはたいした問題ではありません」とセント・マシューがいった。「わたしは真空でも生きていけますから。あなたの気相爆発物はごく簡単に回避できます、そうではありませんか？」

マリーはまだ愛想よく笑みをたたえている。そのうちに、機械のボディのジョイント部に火花があらわれはじめ、セント・マシューのボディの電力系統があらわになった。セント・マシューがふたたび甲高い悲鳴をあげた。「いったい、何が起きているのですか？」

「あたしもあんたのとそっくりなクモ型のオートマトンをこしらえて、あんたが載ってるそのボディの繊細なシステムに新たな爆発物を塗りつけておいたんだよ。低圧力下で構造変化を起こして、とても不安定化するように」

小さな炎と黒く広がる煙がセント・マシューのボディを包みこむ。セント・マシューは倒れこむあいだにひとしきり宗教的な汚い言葉を口ばしった。クモ型のオートマトンが彼のボディからサーヴィス・バンドだけを回収し、彼を運び去った。

ベリサリウスはリンクのスイッチをオフにしたあとでマリーを振り返った。「きみのこうした創造性を、別の方向に振り向ける手だてはないものかな？」

29

アングロ＝スパニッシュ銀行のＡＩは完全に人工的なもので、電子的に成長し、生物の胎芽期をまねた反復のプロセスによって無機物のテンプレートにプリントされる。そしてこのような報告を信じてよいとすれば、なかには限定的とはいえ高度に機能する知性を獲得したものもあるという。コングリゲートは真に人工的な知能を追い求めてはいなかった。スケアクロウやその他の可動性のあるＡＩは、生きた脳の石化プロセスのひとつからつくられた。

このプロセスは選ばれたごく少数の、キャリアを終えつつあった諜報員が生命維持用の水槽に入れられることからはじまった。ナノ・マシンがすべての軸索や樹状突起をなぞり、半導体繊維をこしらえて既存のニューロンと取り替え、しかもそれはそれまでよりもはるかに速かった。年々、電子化のプロセスがくり返され、神経をコピーするだけでなく、機能を拡大し、処理ネットワークや記憶容量を加え、ついには石化した脳が新たな知能となり、人間の諜報員でもなければ、人工の知性でもない、ハイブリッドな存在となった。人間よりもはるかに計算速度が速く、ＡＩよりも狡猾で、全身が武器化されたボディに搭載されている。過去は捨て去られ、個人の身分は関係なく、金星コングリゲートにとっての隠れた敵を容赦なく追い詰めるという使命だけが残された。彼らは強大な身体的パワーを備え、法的にも捜査の上でも幅広い権限をもち、恐ろしい評判が先行するようになった。

彼らがもはやできなくなったただひとつのことは、ひそかに行動することだ。彼らに人間のふりはできない。だが、このことをスケアクロウは気にしなかった。彼らは数百名のスパイを抱え、なかには秘密をたもつため、長期間にわたって社会に深く潜入している者もある。そして、肉体増強した人間のアシスタント集団がついている。純血種《ピュール・レース》の金星人で、いつでも行動に移る準備ができている。だが、ときには現場で知力を発揮する必要が生じることがある。そのため、その晩の夜も更けてから、彼は地元のパペット当局や目立たない部下たちをともなってこっそり歩き、同時に周囲の電子監視システムをシャットダウンしていった。

パペットたちはボブ・タウンのアートギャラリーに彼を案内した。

そこは、まったくアートギャラリーのようには見えなかった。

彼らはフリーシティの氷にはめこまれた金属の壁を見つけた。倉庫のドアが据えつけられ、小型トラックやフォークリフトが通れそうなくらいの大きさがあった。冷たいレンガの地面は車の行き来が多く、機械油の染みやタイヤの痕が残っていた。凍りついた通路の天井は七メートルの高さがあり、トラックかクレーンを高く上げすぎたときにできたようなへこみがいくつかあった。使い古された施設だ。

「ここはかつて、アートギャラリーだった」とスケアクロウがいった。

デュガン＝12がもう一人のパペットを振り返った。警部補で、ベッドからあわてて飛び起きたように見えた。

「倉庫です」と警部補が手垢《てあか》で汚れたパッドを参照しながらいった。日付につぐ日付をスクロールしてたどっていく。「何年も前からそうでした」

スケアクロウが内蔵カメラの焦点をバレイユ少佐に合わせた。彼女が前に進み、持参のパッドを示す。

「われわれの記録によれば、二五一〇年から二五一五年までここはアートギャラリーであったことを示しています。そして、数週間前までは」と彼女がいった。「別世界からやってきた人間が所有していて、彼はいくつかの名で知られています。ファン・カセレス、ディエゴ・アルカディオ、ニコラス・ロハス、そしてベリサリウス・アルホーナ」

警部補がそれらの名前をスキャンしてみたが、予想どおり何も見つからなかった。彼は肩をすくめた。

スケアクロウはドアの機構にコマンドを送り、パスワードをオーヴァーライドして物理的な錠前を開錠させた。両開きのドアが開き、強烈な寒さを解放した。スケアクロウが足を踏み入れ、そのあとからバレイユがつづく。パペットは摂氏マイナス六十度の寒さにひるんだ。

スケアクロウがさらにコマンドを送ると、大きな工業用ライトがカチッとともり、丸くて広い穴のまわりの狭い通路があらわれた。穴は百メートルほど垂直に落ちている。穴のまさしく底から、木枠の箱につぐ箱が中央の棚のスペースに積み上げられ、どの角度からでもフォークリフトのアームで持ち上げられるようになっている。すべての箱に〝乾燥L＝6プロティン浴用栄養剤〟とラベルが貼られているようだった。

デュガン＝12が彼らのあとから近づいてきた。

「誰かがバイオリアクター用の栄養剤を買いだめして、値段がつり上がるのを待ってるみたいですね」と彼女がコメントした。

「パペットの商人ですね」と警部補が後ろから告げた。「所有者はジェイムズ・バーロウ＝17」といって、彼は笑顔のパペットの写真を示した。「アルホーナでもなく、カセレスでもアルカディオでもありません、彼の本当の名がなんであるにしても」

バレイユが穴のふちに沿って歩きまわり、壁や天井をざっと調べていくうちに指さした。

「配線のワイヤがはがされています。フォークリフトの自動オペレーターよりも洗練されたコンピュータは使われていません」彼女は壁に指で触れ、寒さでやられた部分を見た。「酸ですね」と彼女がつづけた。「おそらく、DNAはすべてだめになっています」

「酸で洗い流すのは、バイオリアクターを使って何かを保存するときに使われる通常の予防手段です」とデュガン＝12がいった。「汚染物質対策の」

「何者かが中華王国のスパイという大きな獲物にわれわれの目を引き寄せようとした」とスケアクロウがバレイユにじかに送信した。「つまり、彼はそれよりも価値のある何かを隠している。われわれの調査チームがこの元アートギャラリーから何か引きだせるかもしれない」

「彼がどんな名前を使っているにしても、インディアン座イプシロン星系のどこかにいるはずです。おそらくは、まだオラーに、ムッシュ」とバレイユが返信した。「すぐに彼を見つけられるでしょう」

30

その晩、ベリサリウスのドアのブザーが鳴った。彼は星を見上げるのをやめて立ち上がり、明かりをつけた。ドアを開けると、デル・カサルが入ってくるなり背後でドアを閉めた。

「ゲイツ＝15は突然変異じゃないぞ」とドクターがささやいた。「彼の生化学的特徴や微生物叢に欠けているものは何もない。彼は普段から離脱症状に悩まされている」

ベリサリウスは胃袋がかるくとんぼ返りを起こしたように感じた。これまでのところ、彼は注意ぶかく進めてきた。ゲイツ＝15は計画について、ごくわずかしか知っていない。

「あんたが知ってることを、彼は知ってるのか？」とベリサリウスは尋ねた。

デル・カサルの背筋がこわばった。「ほかに誰もこれを見抜けるはずがない、アルホーナ。わたしには、ヌーメンについての……格別な研究の経験がある。パペット・フリーシティの外では、すべての遺伝子マーカーとその反応を見つけだすことができるのはおそらくわたし一人だろう」

「つまり、彼はスパイというわけか」とベリサリウスはいった。「こいつは好都合だ」

「好都合？　この詐欺計画はおしまいだ。わたしがこのことを話せば、きみは彼を殺すものと思っていた。きみが手を汚したくないというなら、わたしが始末をつけることもできる。もっと簡単なのは、われわれのチームには数秒で片をつけることのできる兵士がいる」

「いまやわれわれの中には、自分の手札のほうが強いために賭け金をすべて自分のものにできると考えている囮《おとり》がいることになる」とベリサリウスは主張した。「これによって、パペットたちに、自分の手もとにある全額を賭けさせることができる」

「冗談だろう！」デル・カサルがいった。「これは容認できるリスクではない。いまでさえ、わたしにはきみの考えた計画でわれわれが一人でも生き残れるとはほとんど信じられないのに。きみ一人ですべてを決めていいものではないし、これだけ重大な判断となればなおさらだ」

「仲間と組んで、ポーカーをプレイしたことは？」とベリサリウスが尋ねた。

「ばかにするな、アルホーナ。きみの比喩がわたしにはおもしろいとも思えない」

「おれはパペットの心理を相手にしようとしてるんだ。あんたなら、ほかの誰よりもよく理解できるはずだ。テーブルを挟んで対峙する相手とにらみあうのがどんなものかを」

「わたしは自分の手札に賭ける。テーブルを挟んで対峙する相手に対して」

「それこそは、おれがやろうとしてることだよ、アントニオ」

「それで、パペットがきみのはったり《ブラフ》を真に受けようとしなかったら？」

「きっとそうなる」ベリサリウスは自分の声に冷たい確信がにじむのを感じた。

デル・カサルは腕組みをして、部屋の中をゆっくりと歩きまわりはじめた。

「そもそも、きみはなぜこのようなことをしているんだね、アルホーナ？」とデル・カサルが問いただす。「きみの知能は桁はずれだ。きみはなんだってやれたろう。きみは詐欺師になる必要などなかった。少なくとも、これほどリスキーな詐欺計画は必要ない。きみはこれまでに充分な金を手にしてきた。それに、きみはぞくぞくするスリルに溺れているわけでもない」

ベリサリウスは相手のそばに近づいた。

「ああ、おれはスリルに溺れてるわけじゃない」とベリサリウスはささやいた。「だが、おれはフーガ中毒も同然だ。おれは駆りたてられて、心理学的な自殺を何度も何度もくり返すうちに、ついには戻れないところまで突き進むことになる。すべては、さらに多くのデータを分析するために。十二年前、詐欺計画というのは充分に複雑で、おれの脳を忙しくさせ、刺激を与えつづけてくれることに気づいた。そして、詐欺には数学的なところも幾何学的なところもないために、量子フーガに入りこもうとする衝動はやわらぐ。こうすることでおれは生きつづけることができるし、おれは生きつづけることをまさしく望んでる」

「われわれ全員の命が、賭け金として積まれてるんだぞ、アルホーナ」

「すべての詐欺は、終わってみるまで危険に見えるものだ」

「自分が何をやっているのかわかっておいたほうがいいぞ。わたしはきみのせいでムショ送りになったり、むざむざ殺されるつもりはない」

「そうなる必要はどこにもない」とベリサリウスはいった。

遺伝学者は苦い顔で部屋を出た。ベリサリウスは明かりを消したが、星を眺めるのを再開はしなかった。心のうちでは落胆していた。彼はゲイツ＝15のことを好きになりたかった。いま、彼らは本当に死ぬことにもなりかねない。

そして、ウィリアムは確実にそうなる。

31

デル・カサルはすぐに自室には戻らずに、ぼんやりと歩きまわっていた。衝撃のあまり。彼はカードゲームというものをよく知っていた。アルホーナよりもくわしいくらいだ。アルホーナの理由づけは健全なものだった。リスクをとることと大胆さ、がむしゃらに攻めに出るときと適切な降りの判断はあくまでも計算と感覚の問題で、こうしたすべての選択のなかに、ときおり意図的に相手を誤った方向におびき寄せる手口をからませる。パペットやヌーメンの心理について、デル・カサルは自分のほうがパペットの医師よりもさらによく理解しているように思えた。そして、アルホーナはおそらくパペットの心理を彼らの神学者よりもよく理解している。デル・カサルはアルホーナの過去を事前にリサーチしていた。

彼は祖国を捨てた人間たちとパペット・フリーシティで五年間暮らしてきた。パペットと関わりあい、彼らのアート作品を売り買いしてきた。しかも、合法的なものばかりでなく。アルホーナは彼らの内なる不快な詩想や、もっとも暗い幻想や妄想を、文明世界じゅうの堕落したコレクターたちに流してきた。アルホーナこそは、パペットを相手にカードをプレイしたり詐欺計画をおこなうのにもっともふさわしい男だということに、デル・カサルは自信をもって大金を賭けていただろう。

だが、自分の命まで賭けるだろうか？

アルホーナの計画は、とうていありそうにない一連の成功に頼っている。だが、それをいえば、彼はありそうにないメンバーを集めていた。ありそうにないほど風変わりな面々――デル・カサル自身のように。この文明世界でもっとも進んだ、そしてイカレた妄想にとりつかれたＡＩ。雑種族《モングレル》出身の深海ダイヴァー。量子フーガの世界にとびこむ手練《てだ》れのホモ・クアントゥス。さらには、みずからすすんで死のうとする、腕のいい詐欺師。

アルホーナはありそうにないものを鎖状につなぎ、うまくいくかもしれない大ばくちに仕立てあげた。

うまくいくかもしれない。

デル・カサルはまさに自分の人生というものを心得ていた。彼はそれを楽しめるほどには裕福だった。だが彼は、金のためここにやってきた。そして、はるか昔に失われた、パペットをつくりあげた生体工学者の技量と腕くらべする機会を得るために。とうていうち破ることのできそうにない生物学の錠前を破ろうと試みるために。彼はこれを最後まで見届けたかった。なんとしてでも。だが、自分の運命を詐欺師の手にゆだねたいと思うほど、アルホーナのことを信用しているだろうか？

その答えを彼は気に入らなかった。

デル・カサルは自分の研究室に戻っていった。アルホーナのお気に入りのＡＩは採鉱場の通路じゅうに巧妙なセンサーを張りめぐらしているに違いなく、何かあればホモ・クアントゥスに報告しているはずだ。だが、セント・マシューは医務室には何も手を加えていない。そこはデル・カサル自身のシステムがすべて対処している。アングロ＝スパニッシュ金権国がほぼ独占している遺伝子操作のための道具を使って作業するところを、彼が見せるとははじめから誰も期待していない。

彼はパペットに、すぐに会いたいとプライヴェートのメッセージを送った。十分後、眠たげな目をしたゲイツ＝15が入ってきた。直前まで寝ていたために、ブロンドの髪やひげが片側の頬にぺったり貼りついている。

「どんな用かな？」とパペットが尋ねた。「朝まで待てなかったのかね？」

「すわりたまえ」とデル・カサルはいった。「きみの医学的状態について、きみとプライヴェートな環境で話しあう必要があったものでね」

「あなたの治療はうまくいかないというのか？」ゲイツ＝15が尋ねた。

デル・カサルはあらためて、すわるようにとゲイツ＝15に手ぶりで示した。ようやく、パペットが椅子にとび乗ってすわった。デル・カサルは身を乗りだして顔を近づけた。

「きみが追放者でないことをわたしは知っている」とデル・カサルはいった。「きみには異常なところなど何もない」

ゲイツ＝15が驚きのあまり身を引いた。「いったいなんの話だ？」

「わたしはきみらのどのパペット医師よりも腕がいい」とデル・カサルはいった。「彼らはわたしを欺《あざむ》けやしない。だから、時間を無駄にするのはよすがいい。そんなことはわたしにはどうでもいいことだ。きみを密告しようというのではない。協定を結ぶためだ」

「あんたはイカレてる！」とゲイツ＝15が叫んだ。「アルホーナを呼んでこよう」

デル・カサルの手がゲイツ＝15の細くすらりとした手首をつかみ、彼を椅子に押さえつけてとどめた。

「きみは本物の追放者ではなく、離脱症状を巧みに抑えている。ということは、きみはパペット政府のスパイではないかとにらんだのだよ。そして、きみもわたしも、アルホーナの計画が崩れかけていることをわかっている。わたしは報酬を支払われるべきだが、この仕事はそれよりもはるかに金になることをきみが教えてくれた。わたしはヌーメンをつくりだすことができる。きみらはヌーメンを必要としている。ただひとつ尋ねたいのは、きみらの政府がこのためにどれだけ支払う気があるかという点だ。交渉の開始値は、アルホーナがわたしに申しでた額の二倍からだ」

ゲイツ＝15はあわててしゃべろうとしたせいで、声を喉に詰まらせかけた。デル・カサルはゲイツ＝15の椅子をさらに引き寄せた。「きみもわたしも、きみらの種族が死に絶えかけていることを知っている。ヌーメンに加えられた修正も、パペットのほうの修正も、進化の時間をへて安定して伝えられてはいない。生物学的に重要な意味をもつ微生物叢や細胞小器官が遺伝的にうつろい、変化が積み重なって、いずれパペットは本物のヌーメンを認識できなくなるだろう。パペットがそうなるまでに、あと六世代から十世代の猶予時間があるかと思う。そして、それを修正できるのはこのわたしだけだ」

「あんたはイカレてる！」とゲイツ＝15がくり返した。

「きみはガンダーのにおいを嗅いだ。もっと時間をもらえれば、恒久的なものにできたろう。想像してみるがいい。すべてのパペットに充分な数のヌーメンがつくられるさまを。そして、きみらの政府が喜んで九百万フランを払うのであれば、パペット医師たちに、わたしがどうやったのかを教えてやろう」

ゲイツ＝15の唇が恐ろしさに震えていた。

「わかった」とパペットがささやいた。

32

パペット・フリーシティはパペットにとって大切な場所だ。そこには数千の神なる存在が収容されているからだ。フリーシティは破廉恥《はれんち》な訪問者にとっても、またとない安息の地だ。規則というものがほとんど存在しないからだ。ヌーメン政体とパペット神政国のもとでは、知性のある人間の所有は合法で、暴力、麻薬、遺伝子操作に対する姿勢も柔軟だったし、個人のプライヴァシーが重視されている。ある特定の嗜好《しこう》をもっていて、ほかの場所ではそれを満足させられない金持ちは、禁輸令を犯して入りこみ、フリーシティで楽しみを求める。

そんなわけで、マリーとデル・カサルが偽造の身分証と積み上げたコングリゲート・フランの山を存分に使ってグランド・クレストン・ホテルのいちばん深いところにある六階層ぶんのペントハウスを借りきってヨットで入港したとき、グランド・クレストン警察管区の査証《ビザ》手つづきは形だけのものでしかなかった。あとで記憶を消去できるロボットの召使をレンタルして、マリーの大量の荷物をプライヴェート専用の高額なエレヴェーターに積みこみ、二十五分間の降下をはじめた。

「なんてこったい！」エレヴェーターがホテルのいちばん下の階層に到着してドアが開くと、

マリーが大きな声をあげた。広々としたホールがアーチ天井の下に広がり、あちらこちらにシャンデリアが突きでている。ハチの巣形のぶ厚い窓はブラックモア湾の暗い深海に面していて、外壁の全面を占めている。レース模様の階段がそれぞれの壁をつたいのぼって、窓に突きでた二階のバルコニーにつづいている。よりプライヴェートにくつろげるシッティング・エリアで、そこで食事を楽しむこともできる。バルコニーから奥の扉口をくぐると、そこがベッドルームだ。「ここはあたしの最新の牢獄《ムショ》よりも広いよ」

デル・カサルが眉をひそめる。「われわれはほかにも四フロア借りきっている。存分に楽しむといい」

マリーは手首のディスプレイを確認した。室内を循環しているのは窒素の足りない空気で、四気圧ある。これだけ深い場所では、これがホテル内の気圧を調節できる限界だ。ホテルの壁の外はクールな千気圧を越えている。金持ち連中はいちばん深いところにあるこのペントハウスにやってきて、海底二十三キロの地点でパーティを開くことを自慢している。

「みんな、おいで」と彼女がいって、召使たちに手を叩いてうながした。

ロボット四体が彼女のあとからエレヴェーターを出て、スティルスの加圧された水槽を運んだ。左側には、召使たちが先に運びこんだ荷物がきれいに並んでいる。全部で十二個ある金属の箱は一辺が一メートルの立方体で、道具や爆発物、それと大きな診療所なみの手術道具——包帯、副木《そえぎ》、縫合糸といったものから、ギプスや麻酔薬まで——が詰まっている。ベルは本当に彼女の指が吹きとぶものと考えているのか、それともスティルスの任務は彼女が考えているよりも危険であるかのどちらかだ。

33

ゲイッ＝15がまた足でトントンと音をたてはじめた。そうして、ストラップを留めたままの状態で身体をずらし、必要もないのに彼らが乗っている貿易船のテレメトリーを再確認した。ウィリアムは星を眺めていた。彼が目を閉じてまた開けるたびに、パペットがぽかんと口を開け、目を大きく見開いてまじまじとこちらを見つめているのを見つけることになった。

「おれは本物のヌーメンじゃないぞ」ウィリアムはゲイッ＝15を見ようともせずにくり返した。

「わかってる」とゲイッ＝15が低くささやき、自分の前のディスプレイの設定を変えはじめた。「わかってるとも」

ウィリアムはストラップをはずし、自由になって空中に浮かんだ。彼は自分がすわっていた席をとび越えて、狭い、パペット・サイズの船室の後部に向かった。

「とにかく」とゲイッ＝15がためらいがちにいった。「あなたは気になっている、そうじゃないかな？ 自分がなんらかの特別な存在になるのはどんなものかと」

「おお、くそったれめ、二度とそれをいうな」とウィリアムはいった。

ゲイツ＝15を避けるため、彼はミニチュアサイズのキッチンに移動した。そこには、どうにも食欲のわかないパッケージ入りの食料がたくさん詰まっている。腹が減ったわけではなかった。デル・カサルの遺伝子操作はウィリアムにフェロモンを分泌させる以上のことをしていた。身体の中をめぐっているさまざまなもののせいで、何を食べてもかすかに苦い後味が残った。それとゲイツ＝15の視線のせいもあって、彼の食欲はずっと減退していた。

「ヌーメン族はある種の生化学的な神性を獲得した人間だ」とゲイツ＝15がなおもディスプレイから目をそらそうとせずにいった。

「おれにはどこにも神性なんてありゃしない」とウィリアムはいった。「おまえもそばですべて見てたろう。フリーシティに着くまでは、それについてしゃべりたてるのをやめてくれるとありがたいんだがな」

ゲイツ＝15が大きなため息をついた。

「おれたちはどのみち、死の罠にみずから入りこもうとしてるのかもしれんな」とウィリアムはいった。「おまえのお仲間のパペットのもとにたどり着いたら、連中はおれたち二人を笑いものにして、エアロックからほうりだすかもしれん」

「そんなことにはならない」

「なんだって？」

「パペットはそんなふうに誰かを処刑したりしない。エデン期のヌーメンはじつに想像力が豊かだった。パペットはそんな彼らの伝統を讃《たた》えようとしてきた」

「それ以上はいうな」

ウィリアムは食料のパッケージをガサガサとまさぐった。ゲイツ＝15のゆっくりした、荒い息づかいを聞かずにすむように。

「わたしは前から考えあぐねてきた」とゲイツ＝15がいった。「もし仮にヌーメンをうまく偽装できるとするなら、彼らの神性の本質についてはどうなるのだろうか？　どのポイントで、コピーはオリジナルであると宣言できるだろうか？」

「パペットってやつは、みんながみんな、こんなふうなのか？」とウィリアムは尋ねた。

「神学はわれわれの科学の花形だ」とゲイツ＝15がいった。「それはパペットの存在のあらゆる部分に染みこんでいる」

「おまえみたいなのをのぞいて、だな」とウィリアムはいった。

パペットがシートごしに振り返った。ゲイツ＝15の淡いブロンドのひげが、きつく引き結ばれた唇を囲んでいる。

「すまなかった」とウィリアムはいった。「そこまで個人的なことをいうつもりはなかった。こいつはえらく心をかき乱される任務なんでな」

「わたしもだよ。わたしは神なる存在とともに旅している。しかも、囚われた者でさえない。そうしたければ、なんだってわたしに命じることのできる者と」ゲイツ＝15の声にはかすかな切望の響きがあった。

ウィリアムは貯蔵室の食料を怒ったように引っかきまわしつづけた。

「ほかのすべてのパペットと同じように、わたしも子ども時代をヌーメンから離れて過ごしてきた」とゲイツ＝15がいった。「遠くから姿を見たことしかなかった。同じ学校のたくさんの子どもたちといっしょに。思春期前には、神性を認識する役割を果たす神経系がまだ正常に発達していない。だが、そのころでさえ、すべての話題はヌーメンについてだった」

「そうして、すべてが崩れ去った」とウィリアムはつけ加えた。

「わが存在にとっての中心軸はなくならなかった」ゲイツ＝15が振り返っていった。「わたしは神性を嗅ぎとれず、それでわたしは追放された。だが、ヌーメンはなおもわたしを規定している。このばあい、彼らが欠けていることによって」

「どんなだった？」

「どんなとは何が？」とゲイツ＝15が訊き返す。

「おまえが見たというヌーメンのことだよ。どんなだった？」

「どういっていいのかわからない」とゲイツ＝15。「においを嗅ぎとるには、わたしはまだ幼すぎた。そのヌーメンは儀式のため建物の上に立っていた。ずっと上のほうに。司祭の列のさらに向こうに。ときどき、彼は落胆していたと想像してみることもある。神なる存在がどう感じているかなど、わたしにわかるわけがない。転落のとき以降、彼らはそれまでと同じではなくなった」

　ヌーメン政体の没落。パペットはほかの文明社会がパペットの蜂起と呼んでいるものをこう名づけていた。

「三世代にわたって囚われていれば、彼らが少しいらだったとしても少しも驚きじゃないな」とウィリアムはいった。

「彼らはかつてのヌーメンのようではない」ゲイツ＝15が夢見るような顔つきでいった。「いまの彼らは、われわれを所有したり駆りたてはしない。彼らはわれわれを怖れ、憎んでいる。かつてのヌーメンは、われわれを憎んではいなかった。彼らはわれわれを甘美な侮蔑で包んでくれた」

ウィリアムは胃袋がひっくり返るのを感じ、気分が悪くなった。

「連中がおれにどんなことをするとベルが考えてるのかは、おれもわかってる」ウィリアムはいった。「おまえは連中がおれにどんなことをすると思う？」

「わからない」とゲイツ＝15がいった。「故郷を離れたとき、わたしはまだ幼かったから」

ウィリアムは振り返り、ゲイツ＝15のそばまで空中をさっと戻ると、シャツの前の部分をつかんだ。「何が起きるにしても、おまえは自分の任務を果たすんだ、いいな？ ここまではるばるやってきて、パペットの牢獄で無為に死ぬつもりはない。おれがこれをするのは、おれが死んだあとで自分の娘になにがしかの金を残してやるためだ」

ゲイツ＝15の目が驚きに大きく見開かれた。口がゆっくりと開き、小声でいった。「あなたの中の炎は消えていない。あなたはわれわれにとって、とても貴重な存在です」

「任務を果たせるのか？」とウィリアムがもう一度問いただす。

「あなたのためなら、どんなことでも」

ウィリアムは手を離して、パペットを解放した。

ちょうどそのとき、メッセージが甲高い音を発した。ゲイツ＝15がゆっくりとウィリアムに背を向けた。彼はメッセージを読むことに集中するのに苦労しているようだった。

「軌道管制から指示が入った」とゲイツ＝15がいった。「航宙軍の哨戒艇が、いちばん高い軌道からわれわれに合流しにやってくる」

「連中がおまえの報告を信じたから？」とウィリアムは尋ねた。パペットには、たとえ追放者であっても、野生のヌーメンを見つけてパペットの世界に連れ戻すときには、決まった手順がある。

彼らが事前にこしらえておいたつくり話は、ジョフ・カルトヴァッサーの偽造身分証を携帯したウィリアムは野生のヌーメンで、アングロ＝スパニッシュ金権国の領域内で株主としてひっそり暮らしていたというものだ。彼はトレンホルム・ウイルスに感染していずれ死ぬ運命にあり、医療ケアを受ける金も枯渇していた。覚えやすいつくり話だ。

同じように、ゲイツ＝15はウォレン・リスター＝10の身分証を持っている。どこよりも辺《へん》鄙《ぴ》なパペット領の採鉱ステーションで暮らす貿易商として。本物のウォレン・リスター＝10はいまもそこで暮らしていて、残り十カ月の勤務シフトのあいだはそこにとどまりつづけるだろう。セント・マシューが採鉱ステーションにウイルスを送り、やりとりされるメッセージの内容を変えて、どちらの側もなんらかの矛盾に気づかないように細工している。その採鉱場を所有している企業は新たに代わりの者を送ることになるが、その船がそこに到着するのは何カ月も先になるだろう。ゲイツ＝15とガンダーはそれよりもずっと前にフリーシティを離れているはずだ。

ウィリアムとゲイツ＝15はこれまでに数日間旅してきた。〈ボヤカ〉の進路を定めたあとで、彼らは探索の手をのがれるためワームホールを使って離れていたのだった。最初の何日かは最大加速で進み、そのあとは無重力状態でただよっていたが、ウィリアムはこれを絞首刑執行人との夜明けの邂逅《かいこう》の前の長い夜とみなしていた。

「軌道管制が減速燃焼をはじめよと指示してきた」とゲイツ＝15がいった。「あなたもストラップを留めてもらう必要がある」

ウィリアムの胃袋が不安でざわついた。

詐欺師が頭にとどめておかねばならないふたつのことは、報酬とリスクの問題だ。リスクのない詐欺計画などない。そして、報酬に言及することなしにはリスクを測ることもできない。今回の報酬は莫大だ。彼の娘は貧困をのがれることができる。

彼はただ、自分のやるべき部分をやり遂げる必要がある。これまでも彼は詐欺計画を、しかもすぐれたやつをやり遂げたことがあるが、それは標的を自分で研究し、理解したうえでだ。そうした詐欺計画は、貪欲ではあっても合理的なものだった。ところが今回の標的であるパペットは不安定で、理解のすべてを越えてイカレている。そしてより大きなほうの標的、すなわち金をもたらすほうの作戦は、彼がどれだけ自分のほうにパペットの目を集めておけるかにかかっている。ウィリアムは手で押して貯蔵室から離れ、副パイロット席にうまく身体を制御してすわりこんだ。彼はストラップで身体を固定し、隣のぽかんと口を開けたパペットの魅せられたような凝視をにらみ返しはしなかった。

「操作をはじめろ」とウィリアムはいった。

減速の力がウィリアムを一・五Gで押しはじめた。それほどひどい苦痛ではないが、快適でもない。ウィリアムはもっと大きな船の、もっとゆったりした移動に慣れていた。パペットどもは急いでいる。ゲイツ＝15も同じく苦痛を感じているようだが、それは減速のせいではなかった。

「本当に大丈夫かね？」とパペットが尋ねた。

「平気だ」ウィリアムはそういったあとで、そっけない口調を後悔した。

ゲイツ＝15の孤独は、そのすべてが気にさわるもので、人工的に誘発されたものだが、純粋なものでもあった。彼の感情がウィリアムの正体となんの関係もないことは、ゲイツ＝15の責任ではない。ゲイツ＝15の感情はウィリアムがどのようなにおいを発しているかのみに関係している。もしもサボテンがフェロモンを出すようにデル・カサルが遺伝子操作することができたとすれば、ゲイツ＝15はいまこの瞬間にでも、植物の前にひざまずき、指に刺さったトゲを熱狂的に抜いていることだろう。

そしてゲイツ＝15はこの一時的な生化学的中毒症状を選択したものの、彼の同族たちはそうではない。パペットの思春期は生理的な離脱症状と同等の現象とともにはじまる、とベルがいっていた。ウィリアムは彼らを憐れんだ。そしてゲイツ＝15のことさえも、奇妙な意味で憐れんだ。この追放者は、自分のことを蔑《さげす》んでいるよそ者たちの暮らす世界で生きていかなくてはならなかった。もちろん、彼は仲間のもとに戻りたがっている。そう願わない者などあろうか？

「平気だよ。ありがとう」ウィリアムはもっとやさしく応じた。

34

「これが手に入るかぎりのアルホーナの映像のすべてです」とバレイユ少佐がいった。

彼らはオラー地表にある貨物処理施設内のバレイユの諜報局にいた。彼女の部下数人が、パターン解析中のサブAIのホログラムが発する光に照らされながら作業にあたっている。そのほかの者は、アルホーナの映像が何度もゆっくりとくり返されるまわりで、彼女がスケアクロウにブリーフィングするのを補助している。

映像はあまりよくなかった。どれも遠くから撮られたものばかりだ。アルホーナは薄明かりのなかを歩くことを習慣にしているようだった。それにもっと写りのよい画像を撮れたはずの監視カメラは、なぜか一時的な不具合を起こすようだった。カメラの問題はアルホーナの行く先々を先行し、彼の通ったあともそれがつづき、パターンは充分にランダムであるために自動システムは絶対に彼を故障と統計的に結びつけることはないだろう。これだけ多くの独立した監視システムを一度に故障させるには、少なくともAIがひとつ、おそらくは複数のAIが関わっている。

「うちの者がアルホーナの古いアートギャラリーからデータを採取しました」とバレイユ少

佐はつづけた。「とにかくクリーンなものではありません。多くの人間やパペットのDNAが混じっています。法医学的アプローチは失敗でした。それも、加水分解作用のある薬品により、残存していたDNAが細切れにされる前の話です。遺伝子分析からは何も得られませんでした」

「疑わしきプロフェッショナルか」とスケアクロウはいった。

「ベリサリウス・アルホーナの記録を入手しています。彼の別名のほうもいくつか」とバレイユがいうと、画質の粗い監視カメラ画像が、法的および警察システムによるアルホーナの画像の寄せ集めに切り替わった。「彼はアングロ＝スパニッシュ金権国のどこでも商売が可能な許可をとっていますが、各バイオデータはほかのすべてと同じように一致しません。そしてもちろん、パペットが発行した許可証にも信用できるデータは含まれていません。彼はおそらくアート作品のディーラーで、禁輪破りの密輸業者です。過去十年あまりのあいだに、二、三の土地で、われわれともいくつか接触した可能性があります。ときには、未解決の、些末な犯罪が起きた場所で。そうした事件の記録を掘り起こしているところです。これらの画像は別名で逮捕されたときのものですが、いずれも有罪判決は出ていません」

「では、彼の逮捕時の遺伝子データがあるということか？」とスケアクロウは尋ねた。

バレイユが首を横に振った。

「逮捕のたびに、彼は余分に金を積んで、コピー・データ以外のすべてをファイルから削除させています」

スケアクロウはアングロ＝スパニッシュを軽侮していた。彼らは中身がからっぽで、金のためだけに存在している。そしてすべてに値段をつけている。

「彼の商業許可証については」とバレイユがつづけた。「何も記録を得られていません。出生記録もなければ、以前の契約も教育もなし。彼はまさしく、何もないところからあらわれています」

「つまり、彼は新たな人生をはじめるために金を払い、逮捕記録が彼の過去と何もリンクしないように気をくばってきたということか」スケアクロウはいった。「だが、こうした露出や警察とのごたごたはスパイのプロフィールにはフィットしない。それなら、彼は中華王国の諜報局の情報を使って何をしていて、なぜそれをパペットが見つけるように転送したんだろうか？」

スケアクロウは重い足どりで進み、逮捕記録の写真に切り替わるとそれをじっと見つめた。

「まだわかっていません」とバレイユがいった。「もうひとつ関連しているかもしれないものがあります。フリーシティ駐在のサブ＝サハラ同盟の領事館の、われわれの側に通じている政治委員の一人が、アルホーナという人物に関連した未報告の通信記録を見つけたのです。会合です。同じアルホーナかどうかはわかりません」

政治委員はクライアント国家のすべての正式な記録やメッセージ、指令にアクセスする権限がある。監視システムを迂回しようとする基礎レヴェルの通信はつねに存在するが、その大半は重要ではない些末な裏切り行為で、めったに彼のところまで引き上げられて注意を引くことはない。バレイユ少佐は些細なことをもちだすような人間ではなかった。

「アルホーナはイエカンジカ少佐と会っていました」と彼女がいった。

「それで？」

ホログラムのディスプレイが分割画面に切り替わった。片方はハラーレの同盟航宙軍士官学校の記録システムで、もう一方は同盟航宙軍の個人記録だ。

「イエカンジカ少佐という人物は存在しません」とバレイユがいった。「イエカンジカ家は政治的に力のある一族で、一、二世代前には将軍ランクの者を何人も輩出していました。ですが、一族の名は二四七〇年代に途絶えています。航宙軍にイエカンジカという名の者はいません。最後にイエカンジカ家の者がハラーレの士官学校を卒業したのは五十八年前です」

スケアクロウには鼓動もなければ、アドレナリンも、怒りの感情もない。忠誠心があるだけで、それと背信行為に向きあったときの侮辱感だけだ。これは背信行為の証拠ではないが、なぜクライアント国家がパトロン国家の目の届かないところで偽の身分を、あるいは士官を使うのか、彼はほかに理由を思いつかなかった。

「われわれのクライアント市民の一人が、われわれのクライアント国家の領事館と共謀し、偽名のもとに行動している」とスケアクロウはいった。

「そのようです」

「両者とも、どこからともなくあらわれた。このアルホーナとイエカンジカ少佐とやらに、わたしが話をつけるときのようだな」

35

ロボットを使ってさえも、マリーがエアロックつきの圧力室をつくりあげるには八十六時間かかった。それを高級ホテルのペントハウスでつくるという以上に問題を難しくしたのは、圧力室の壁のひとつを深海にじかに面した外壁の窓に取りつけないといけなかったことだ。ロボットがヨットからさらに道具をおろした。新たにつくった圧力室を反対側の壁に支えて取りつけるためのI型梁。エアロックのまわりの窓を支えるための補強鋼。耐圧性のある特別な充填材や溶接器具。

エアロックをガラスと隙間なく密封できるようつなぐことに、彼女はもっとも頭を悩ませた。高性能の接着剤とバイオマシンを使って金属をガラスに溶接し、X線照射の結果、どこにも隙間は見あたらなかった。これはおそらく隙間がまったくないことを意味しているが、リスクの高い建設計画だ。つなぎ目に微細な疵《きず》が多いと、そのひとつが命取りになり、そこから地底海の千気圧がわずか四気圧のペントハウス内になだれこんでくる。

作業時間の大半を、デル・カサルはなんの役にも立たないままそこに滞在していた。彼の医師としての技量はなんの役にも立たなかったが、彼がそこにいることが彼女のつくり話の支えにはなった。そして彼がここにいる効果のひとつは、彼女のもとにウィスキーを持ってきてくれることだった。グランド・クレストンのペントハウスはすばらしいウィスキーを備えている。

「くそっ《メルド》、フォーカス」とスティルスが電子的な音声でいった。「どうしてまだ終わってないんだ？」

「あたしが終わりっていったら終わりなんだよ」とマリーが返す。「あんたなら高圧の内破を生き延びられるかもしれないけど、あたしやドクターはそうじゃないからね」

「くそったれな性質上の欠点だな」とスティルス。

「少なくとも、あたしにもひとつくらいは欠点があるんだよ」

「アルホーナは欠点の少なさからきみを選んだのだろう」とデル・カサルがもち上げた。

マリーはドクターに目をやった。「うん、そうだろうね」

「きみはわれわれよりもアルホーナのことをよく知っている、ミス・フォーカス」とデル・カサルがいった。「おそらく彼も、同じくらい欠点がないのだろう。彼のこの計画はうまくいくときみは思うかね？」

「なんだって？　このフォーカスは、前にもあの気どった兄さんといっしょに仕事をしたことがあるだって？」とスティルスが聞きとがめた。

「ちょっとだけね」マリーはつなぎ目をX線回折した数値を確認しながらいった。「二、三度、あたしを護衛役として雇ったことがあって。けど、今回まで、あたしの才能をフルに使ったことはなかったね」

「あんたら二人はぴったりなサオとタマみたいにゃ見えないがね」とスティルスがいった。

「あたしはサオのほう、それともタマ？」とマリーが尋ねる。

「好きに選びな。普通の人間は、おれにはどれもいっしょに見える」

「だったら、あたしはタマがいいな」と彼女が断定的にいった。「彼とは六年くらい前に、カジノのバーではじめて会ったんだ。あたしはかなり酔っぱらってた。航宙軍が下士官に加えるあれやこれやの生理機能の増強をもってすれば、酔っぱらうのはけっこう難しいことなんだけど。そこらじゅうで、みんなが噂してたよ、つい最近、一対一《サシ》で制限なしのマラソンのポーカー勝負をして、エリダニ・ファッツを倒したっていう坊やのことを」

「その勝負のことは、わたしも聞いたことがあるぞ」とデル・カサルがいった。

「彼はカジノが提供したエスコートの女二人を両手にはべらせてた」とマリーはつづけた。「彼も酔ってたね。あまりいい感じじゃなかった。あんたがさっき大勝したって人かい、ってあたしが訊いたら、彼のガールフレンドたちが、彼はどれほどすばらしいかってべたぼめしはじめて。それまで誰もファッツには勝てなかったんだからってさ。ヘドが出るほどだったよ、あれは。あたしはその傲慢なチビのアバズレ女にいってやったんだ、彼は運がよかっただけで、一方のあたしはシステムをつかんだんだってね」

「きみのそのシステムというのは？」とデル・カサルが尋ねた。

「覚えてないなあ。マジで酔ってたもんでね。けど、そのときのことなら覚えてる。彼はエスコートの女よりもあたしのシステムのほうに興味が出たらしくて、それで彼に話してやったんだ」

「彼は一笑に付したのかい？」とスティルス。

「あたしに最後までいわせもしなかったよ！」といって、マリーは苦笑した。彼女はベリサリウスをまねて声を低くした。「それはシステムなんかじゃない。おれがこれまで聞いたなかで、いちばんばかげた話だ。ただのひらめきだ」

スティルスが電子音の笑い声を作動させた。明らかに、〝空気を吸う連中《エア＝ブリーザー》〟をからかうためにプログラムしておいたものだ。マリーは彼の高圧室にレンチを投げつけた。

「酔ったコングリゲート下士官にケチをつけるもんじゃないんだよ。装飾品の染みにでもなりたいんじゃないならね」とマリー。「それで、とっても礼儀正しく、あたしはテーブルの上に身を乗りだして、わざと袖がまくり上がるようにして、下士官のタトゥーを見せつけてやった。そして、あんたは統計学ってもんをわかってないっていってやったんだ」

「彼は発言を撤回して引きさがったのか？」とスティルスが訊いた。

「あの間抜けはいったよ、おれは統計学でできてるんだって」

スティルスがまた笑い声を作動させた。「コングリゲート航宙軍の名声もかたなしだな。口のきき方に気をつけろって彼に教えてやったかい？」

「あたしはテーブルから装飾用の石《グリッター》をひとつかみ取って、指の力ですりつぶして粉にすると、これが本物のきらめきだよっていって、彼の目に投げつけてやった。そして、テーブルをひっくり返して彼に殴りかかったんだ」

「あんたは汚い戦い方をするんだな」スティルスが賞讃するかのようにいった。

「だけど、なんの助けにもならなかったよ」彼女は別のX線数値を見ながらいった。「彼はすばやく立ち上がって、目をこすってた。あたしが殴りかかると、彼はあたしがどう出るかをまるでわかってたみたいに、横にひょいとかわした。目が見えもしないのに。けど、彼もまだ酔ってて、そばで飲んでたサグネ・ディープシャフツの面々のテーブルをめちゃくちゃにしちゃったんだ」

「ホッケー・チームの？」とデル・カサルが尋ねる。

「まさにその彼らだよ」とマリーはいった。「一人がベルのタキシードをつかんで、床から彼を持ち上げた。残りの連中はあたしに向かってきて。連中があたしに襲いかかる直前に、ベルをつかんだやつがびくっと硬直したきり崩れ落ちたんだ」

「それで？」とスティルスが尋ねる。「あんたはボコボコにやられたのかい？」

「冗談でいってんのかい？　確かに、やつらはでかかったよ、それに、なかにはスポーツ増強してるやつもいた。けど、軍用グレードじゃない。そんなんじゃ、絶対に、このあたしのシステムを侮辱したやつとあたしのあいだに割って入れやしないよ」

「そのシステムというのは、いったいどんなものなんだね？」とデル・カサルが尋ねた。

「覚えてないってば！　けどさ、マジで頭のいいやり方だったんだよ」

「それで、あんたはあの頭でっかち《ビッグ・ブレーン》男をぶちのめしてやったのかい？」スティルスがいらだって訊いた。

「ホッケー・チームの連中が痛い目にあって逃げてったあとで、あたしはベルをバーのカウンターで見つけた。彼はその場でこぼれてなかった唯一の酒をうまいこと見つけてたよ。あたしは彼の、〝おれは統計学でできてる〟っていってのけた顔をプディングみたいにぐちゃぐちゃにしてやりたくてうずうずしてた」

「だが、そうはならなかった」とデル・カサルがいった。

「片手間の副業を探してないか、って彼がいきなり訊いてきたんだ」

「それだけか？」とスティルスが問いただす。「なんで彼を殴らなかった？」

「彼はマジでたんまり払ってくれたんだ。彼の計画のために用心棒を務めて、たっぷり稼がせてもらったよ。でさ、あたしの計画を試してみようとしたら、軍を解雇されることになったんだ」

「それで、彼はこの仕事をうまくやってのけるときみは思うかね？」とデル・カサルがあらためて尋ねた。

「知るもんか」とマリー。「けど、あたしはほかに何もすることがなかったし、どうして参加しちゃいけないんだい？」

デル・カサルは渋い顔になって、ウィスキーを飲み終えた。

「よし、かわいい先生《ドクトルシト》」とX線装置を片づけながらマリーがいった。「ここからが危険な部分だよ。あんたはヨットに乗って、離昇《リフトオフ》していいよ。みんなが無事に生きてたら、ランデヴー・ポイントで会うとしようよ」

「それなら、幸運を祈るよ、ミス・フォーカス」とデル・カサルがいった。「あんたにも幸運を、ミスター・スティルス」

デル・カサルはエレヴェーターに乗りこみ、二十三キロぶんの上昇がはじまると、大きなソファーにもたれた。

「民間人ってのはあれだから」とマリーがフランス語であざけった。「彼が快適に旅をできるといいけど」

「そのとおりだな」とスティルスが応じた。「おれをこの桶《タブ》から出す準備はいいか？」

「あたしが中の水をそばで嗅がなくても済むならね」と彼女はいって、こしらえたばかりのエアロックのほうにスティルスの加圧された水槽を動かすように、とロボットに手ぶりで示した。マリーは高水圧用の工具を持ってきて、スティルスの加圧室のそばに置いた。そうして、最初のぶ厚い鋼鉄の扉を閉める。そして二番目も。

「あたしの声が聞こえてる？」と彼女は尋ねた。

「さっさとおっぱじめようぜ。あんたは海水中の小便よりも退屈だな」

マリーはスティルスを〝マナティ〟と呼ぼうとして思いとどまり、圧力ホースのつなぎ目と金具をいま一度確認した。すでにペントハウスの壁を壊して、配管の供給口のほとんどをポンプにつないでいた。おかげで、すでに水がエアロックを満たしはじめている。いっぱいに満たすのにそれほど時間がかかるわけではないが、それは四気圧までしか上がらない。ポンプが何分間か機械的な悲鳴をあげながら、水をわずかな量ずつ入れつづけ、エアロックの接合部分がきしむあいだに水圧が上がっていった。ポンプのノイズがますます大きく響くようになって、ついには彼女のつくった装置が限界に達した。

「このへんが精いっぱいだね、スティルス」と彼女はいった。「六百気圧。こんなもんでもあんたは生きられるかな？」

「そうするしかねえ、そうだろ？」とスティルスが応じる。「あんたのくそったれな配管は、もっとうまくはたらくもんかと思ってたが」

「六百までで飽きたの。泣きごとはやめて、さっさと仕事にかかりなよ」

計器の数値は、彼がエアロックの水を高圧実験室に入れはじめたことを示していた。彼女は知らぬ間にかいていた手の汗をぬぐった。

スティルスはおそらく生き延びることができるだろう。彼にとっての通常は七百気圧だ。たいした違いではなさそうだが、ホモ・エリダヌスのタンパク質は〈インディアン座の涙〉のもっとも強烈な海水圧で生きられるように遺伝子操作されている。気圧が低いと、重要なタンパク質が弛緩《しかん》して、身体が機能しなくなる可能性もある。彼女はこれまで何カ月もかけて、高圧力下での爆発物について、これとは逆の問題に対処してきたのだった。

彼はゆっくりとエアロックの水を入れていき、まわりの七百気圧を減圧していった。圧力のことは彼のほうがよくわかっている。減圧症になるのを避けようとしているのだろうか？　それとも、動脈瘤《りゅう》を？　確かに退屈だった。ようやく、彼が圧力室のドアを開けて、彼女がこしらえたエアロックに泳いで入りこんだ。

「こんちくしょうめ《イホデプータ》、ここはやけに臭《くせ》えぞ！」と彼がいった。「いったいこりゃ、なんのにおいだ？」

「消臭剤かな？」と彼女が推測した。「どうしてあたしが知ってるわけ？　ホテルの水なんだよ」

「おれは真水が嫌いなんだ。ふくれ上がっちまう」

「その対処法を教えてよ。ときどき、あたしも足首がむくんじゃうんだよ」と彼女はいった。「エアロックの循環を最後まで終えちまいなよ。そうすりゃ、好きなだけ塩水に浸《つ》かれるから」

「好きにほざくがいい、フォーカス。あとで爆発物をホテルのそばに何個か残しといてやるからな」

「あんたってさ、あたしの最後のデート相手みたいに聞こえるね」彼女はそういうあいだも、エアロックの内部を映すモニターに目をこらしていた。「何それ！　あんた、腰におかしなポーチでもつけてんの？」

「うるせえ。おれに腰なんてもんはねえよ」

「気にしないで。もちろん、あんたが人間のみたいなポーチをつけるわけないよね。さあ、作業をつづけて」

スティルスがポーチから緩慢に道具を取りだした。本当の問題は、いまからスティルスが窓を切って、その穴をくぐらないといけないことだ。彼はこのすべてを押しつぶす深海でも燃えるトーチを持っている。当初の計画では、エアロック内の水圧を外の海と釣りあわせてから出るはずだった。エアロック内は現在のところ六百気圧しかないため、窓の外とは四百気圧の差がある。

彼はもっとすばやく切ることもできたろうが、穴がすっかり開く前に窓が弱体化して、窓全体が内側に割れ、ことによると厚さ四十センチの重たいガラスの小片がエアロックの反対側の壁に打ちつけるようなことにもなりかねない。あるいは、エアロックが大きく揺さぶられて、つなぎ目や溶接した箇所にひびが入るかもしれない。さらには、急な気圧の変化で爆発物が作動してしまうこともありうる。スティルスが溶接用トーチの火をつけ、ガラスの真ん中にあてがった。

36

ゲイツ＝15がパペットの貿易船を教会の着陸ステーションのひとつにおろした。砲床が上の、そして外の方向に狙いをつけている。オラーの凍りついた表面では、武装用外骨格に身を包んだ小さな人影が彼らの着陸を見守っていた。マグネット・クランプの見えざる指が着陸用装具をがっちりとつかみ、着陸プラットフォーム全体が氷の層の下へと沈んでいく。もうじき、ベリサリウスがいっていたとおりデル・カサルの技量がすぐれているのかを誰もが知ることになるだろう。

プラットフォームはなめらかな氷の管をくだりつづけた。側面には配線や金属の支柱がのぞいて見えて、ときおり暗い格納庫がぽっかりひらけている。コックピットの窓のてっぺんからは、すぼまる円の中で真空の黒い空がしだいに縮小されていく。工業用ライトのまぶしさのなかで、星の光がひとつずつ消えていくように見えた。ウィリアムにとって、おそらく星を見るのはこれが最後になるだろう。

ようやくリフトが止まった。プラットフォームが船ごと横にスライドして着陸格納庫に入り、鋼鉄の扉が彼らの背後で閉ざされた。紫外線ランプが頭上にともり、幽霊のようなぼんやりした色に彼らを染め上げる。ウィリアムは胸苦しさを感じながら息を吐きだした。

「大丈夫かな？」とゲイツ＝15が気づかった。ウィリアムのほうを見ないことで敬意を示している。

「おれなら平気だ。そっちは？」

「準備はできているよ」

「きれいなところじゃないな、おまえの故郷は」とウィリアムはいった。

格納庫の壁の通気口から空気がどっと流れこみ、雪の寒さで覆う。格納庫が加圧されていくあいだに、赤外線素子が赤くともった。そのため、ここは凍えた地獄のように見えた。

通常サイズの半分しかない扉口の上で、明かりが点滅しはじめた。エアロックのドアが回転して開き、鎧を身に着けたパペット四人が姿をあらわした。鎧の上にオレンジ色の外衣《サーコート》をまとっているせいで、赤外線ヒーターの赤い光のもとでよけいに非現実的に見えた。自分たちのサイズに合わせて銃身の短いアサルトライフルを携行している。彼らは格納庫内の四隅で射撃姿勢をとった。

「司教の直属部隊だ」とゲイツ＝15がやや畏怖をこめていった。「なんたることか。パペットが誇る最強の戦士たちだ」

「連中はおれたちを撃つつもりなのか？　もうおれたちの変装を見やぶったっていうのか？」とウィリアム。

さらに四人のパペットがつづき、小さな扉口のわきを固めた。パペット司祭だ。そうして、最後のパペット二人が格納庫に入ってきた。豊かに装飾された、丈の高い帽子や刺繍《ししゅう》がほどこされたローブは、襟からのぞく鉄の首輪や手首や足首の裾からのぞく鉄かせとまったく調和していない。パペットたちはそわそわして落ちつかなかった。

「司教が二人お出ましになるとは」とゲイツ＝15がつぶやいた。

彼らのコックピットのコンソールに、船の前に立っている司教二人の顔のホログラム映像が浮かびあがった。

「ミスター・ジョフ・カルトヴァッサー」と映像がいった。「あなたにふさわしい歓迎と敬意をわれわれから提供できることを心から光栄に思います」

この司教が使っている方言は古風なアングロ＝スパニッシュ語で、二百年ほども時をさかのぼった、スペイン語と英語が融合してわずか数歩しかたどっていない時代のものだ。

ウィリアムはごくりと唾を呑みこんだものの、何も答えはしなかった。

「あなたが健康を害していることはわれわれも聞きおよんでおり、そのことを何よりも痛ましく思っています。われわれはあなたの治療のためにやってきました」

「何か答えろ」とウィリアムがささやいた。

「司教猊下《げいか》」とゲイツ＝15が応じた。「ミスター・カルトヴァッサーは少しナーヴァスになっています。わたしが手を貸して、あなたのもとにお連れしましょうか？」

「ウォレン・リスター＝10」と映像が呼びかけた。「きみは何カ月にもわたって、よくぞミスター・カルトヴァッサーを故郷まで無事に連れてきてくれた。もちろん、きみが手を貸してやって、神なるお方を連れてくるといい」

ウィリアムとゲイツ＝15はしばらく黙ってすわっていたが、ついにウィリアムが座席のストラップをはずした。

「さいわいにも、おれはナーヴァスなふりをよそおう必要もない」彼はコックピットの後ろに向かい、身をかがめた。

「わたしもあなたと同じくらい自信がもてたらいいんだが」ゲイツ＝15も彼のあとにつづきながらいった。

「おまえは死ぬわけじゃない」とウィリアムがささやく。「これはおまえにとって、帰郷の本当のはじまりになるかもしれないんだぞ」

それを聞いて、ゲイツ＝15はかすかにぶるっと身を震わせた。

彼らの船と格納庫内の気圧を一定にするあいだに、ゲイツ＝15の耳がぽんっと鳴り、それからメインのドアを開いた。冷たい空気が入りこみ、ほのかに青い紫外線の光もそれにならった。ゲイツ＝15がはしご段を降りきってわきにのき、切望と期待のこもった目で彼を見上げた。ウィリアムは身体をちぢこめるようにしてパペット用の狭いドアをくぐり、冷たい空気のもとに出た。この瞬間に、ジョフ・カルトヴァッサーが生まれた。

司教二人と司祭たちは、くんくんと空気中のにおいを嗅ぎながら、おずおずと、まるでいつでも逃げだそうと身構えているかのように近づいてきた。ゲイツ＝15と同じように、彼らもきれいな顔や手をしていて、身長は九十センチから百二十センチほどだ。彼らの目は狡猾そうに見え、ウィリアムは脅威を感じたが、それは彼自身の怖れのあらわれだろう。いまから彼は役割を演じないといけない。

「ジョフ・カルトヴァッサーだ」とウィリアムはいった。「受け入れてくれたことに礼をいう」

司教冠《ミトラ》を載せたふたつの頭がうなずいた。

「わたしはグラシー＝6司教、そしてこちらがジョンソン＝10司教です。この先に除染施設があります。そのあとで、あなたをもっと快適なところにお連れしましょう」

グラシー＝6が先に立ち、天井の低い通路を進んでいった。ウィリアムは動かそうとしたが足が鉛のように感じられた。彼は犠牲の身だ。それが彼の任務だった。ウィリアムは冷たい空気を大きく吸いこみ、頭を低くして、司教のあとから低い通路に入っていった。

「ここを通ることを謝罪しておかねばなりません、ミスター・カルトヴァッサー」とグラシー＝6がいった。「かつてはパペットだけがこの通路を通っていたもので。〝禁じられた街〟のまわりの建物や交通は大きく発展したため、あなたのような人が乗った船をじかに着陸させることはとうていできなくなりました。安全と確実性のため、フリーシティの外縁を通ってあなたをお連れします」

ウィリアムの背中が痛みだし、凍った天井に何度も頭をぶつけた。こそこそとにおいを嗅ぐ音が彼のあとを追いかけてくる。彼らはパペットの背丈にあった部屋をいくつか通り抜けたあとで、表土を焼き固めた黒いレンガが二階ぶんの高さのアーチをつくっている遊歩道にあらわれでた。アーチの通りには、奇妙に静まりかえったオフィスや共用エリアがつづいていた。ウィリアムは安堵のうめきをもらしつつ、凝《こ》った背中を伸ばした。とあるオフィスの前でグラシー＝6が足を止めた。真鍮の表示板《プラーク》には、二匹の蛇が巻きついた杖が記されている。こそこそした目つきのパペット司祭数人が、かつてウィリアムが目にしたことのないような期待をこめて彼を見ている。

「ここが隔離エリアです、ミスター・カルトヴァッサー」と司教がいった。「あなたやリスター＝10がフリーシティに伝染病を持ちこまないように、ここのドクターが検査の準備をしています」

「フリーシティで時間を過ごすことになるとは考えていなかった」とウィリアムがいった。「わたしは病身だ。残りの時間が長くないことを知っている。死ぬ前に、わが一族の出身地であるポート・スタッブスまでたどり着きたい。わたしは一度もあそこに行ったことがないが、祖父母にはとても大切な意味のある土地だった」

「検査は長くかかりません」

「少しナーヴァスになってるんでね」とウィリアムはいった。「ウォレンに接触して連絡をとるまで、わたしはパペットに会ったことがなかった。これまでの人生の大半は、きみらと会う機会を避けて過ごしてきたのだ。さまざまな噂話が広まっているんでね」

「噂話というのは、ミスター・カルトヴァッサー、事実からはずれ、その場にいなかった者によって伝えられて広まっていくものです。そうした噂話になど意味のないことを、あなたが理解してくれたことに感謝します。どうぞこちらへ」

女性のパペットがドアのところに立っていた。ローブは聖職者のものというよりも手術用といったほうが近い。彼女はにっこりし、白いきれいな手で部屋に入るようにとウィリアムをうながした。彼らは全員が淡い色をしている。まるで、かつての地球のヨーロッパ人から出た子孫であるかのように。マリーやウィリアム自身と同じように。グラシー＝6がウィリアムの肘《ひじ》に触れて、そっとうながした。背後で彼がドアを閉めたため、三人だけになった。

「ご自身がパペットに対してもっている影響力の強さに、あなたは驚きますまい」とグラシー＝6がいった。「ですが、ドクター・テラー＝5はもっとも自制力にすぐれた一人です。これからあなたにスーツを脱いでもらい、除染のプロセスをはじめ、同時にあなたの健康状態を評価しましょう。治療をはじめられるように」

ウィリアムはこれまで女性のパペットを目にしたことがなかった。ドクター・テラー＝5はグラシー＝6よりも背が高く、おそらくは一メートルと数センチある。茶色の長い髪に、古風な化粧、そして目につくかぎりボディアートは見あたらない。目鼻立ちのくっきりした、愛らしい顔をしている。ヌーメンは数世紀にわたって原初的な特質の多くをたもってきたが、そのなかには古典的な美意識もあり、奴隷であるパペットもその美意識にのっとって設計されていた。パペットは生物学的なのがれがたい力により、崇拝すべきヌーメンが存在しているかぎり、いまなおそのような美意識をたもっている。

いささかのあきらめとともに、ウィリアムはこれまで旅のあいだじゅうずっと着ていたスーツのストラップをはずし、ファスナーをおろしはじめた。脱いでいくあいだ、彼は気恥ずかしさをおぼえた。彼としては、一人きりで除染のためのシャワーを浴びて、しばらく洗っていない身体のにおいを誰にも嗅がれずに済むものと予想していたのだった。偽りのない社会的不快感をおぼえつつ、彼はパペットの反応を見守った。彼らの目が飢えたように彼の肉体をたどり、自分でも気づいていながら、身体が反応するあいだも耳をすましている。

これはデル・カサルがなし遂げた仕事についての試金石《テスト》だ。詐欺計画がこのまま続行されるのか、それとも彼とゲイツ＝15が処刑されて仕事上の関係を終えるのかの。ドクターが驚きとともに、まじまじと見つめながら近づいてきた。手にした綿でサンプル採取のために触れる代わりに、彼女はゆっくりと彼の腕の皮膚を撫でた。愛撫するというのではなく、しっかりとつかむのでもなく、ただ彼の肌ざわりを確かめるために。ゆっくりとした、荒い息づかいがそれにともなっていた。

「何をしてるんだ？」と問いただす。「あんたはドクターだと思っていたが」

ウィリアムの反応は、ドクターには気にならないようだった。彼の強い口調に恥じ入るでもなく、当惑もしていない。あたかも、彼の感情の噴出にかるい興味を引かれはしても、その意味まではわからないというように、ドクター・テラー＝5は彼の目ではなくて首や胸もとをじっと見ている。そして彼女は、また彼に触れた。はじめは手のひらをぴたりとあてて、動かさずに。ウィリアムは少し強い調子で彼女の手をつかんだ。ドクターは誰にともなく笑みを浮かべ、それから驚いたようにグラシー＝6司教を見た。グラシー＝6が彼女に笑みを返す。ウィリアムがドクターを強く押しのけると、彼女は後ろによろけてころび、戸棚に大きな音をたてて頭をぶつけた。ドクターが彼を見上げた。司教もだ。気味の悪いほど共時的に、二人はうっとりしたようなため息をもらした。ウィリアムの胃袋がぐいっと動いて、吐き気がしてきた。この二人にひどく心をかき乱され、彼は暴力をふるってしまった。平静を失いかけている。自身を抑制しなければ。

「これは医療検査じゃない」とウィリアムはいった。声が一オクターヴはね上がっていた。

ドクターが身体を起こした。

「まさに驚くべき方だわ」と彼女が小声でもらし、立ち上がる。

「サンプルを」と司教がうながす。「わたしは結果にとても興味がある。彼はどの一族の出なのだろうか」

「はい、猊下」

ドクター・テラー＝5がふたたびウィリアムに近づいてきた。彼女の頭は彼の腹のあたりまでしか届いていない。ドクターはウィリアムの胸に手を伸ばし、綿でぬぐって、それを試験管におさめた。つづいて彼の足、背中、臀部《でんぶ》をぬぐっていく。ドクターは彼の背後でやけに時間をかけていた。後ろで何をしているのかといぶかって、ウィリアムは振り返った。ドクターは唇をなかば開いて、なんとも定義のしようがない、しかし非常に強烈な表情で彼の背中を見上げていた。彼女の頬が赤らんでいるが、当惑のためではなく、彼への反応のためだ。ウィリアムはドクターから離れて司教のほうを見た。

だが、グラシー＝6司教はウィリアムが脱ぎ捨てたスーツのそばで膝をつき、その上に覆いかぶさるようにして、スーツの中のにおいを嗅ぎ、こっそり舐めようとしていた。

ウィリアムの手がぶるぶると震えた。

「おまえらはいったいどうなってるんだ？」と彼は怒鳴った。彼は自身を抑制できなくなっていた。

そうして彼は司教のわき腹を強く蹴った。グラシー＝6の肺から息が抜けでてうめき、腹を抱えるようにして身体をまるめた。

「おお、その調子だ」と司教がささやく。

熱い手のひらがウィリアムの臀部に押しあてられた。撫でるのでもなく、動かしもせず、ただ押しあてて、あたかも皮膚や脂肪や筋肉の感触を確かめるかのように。ドクターは彼を見上げてさえもいなかった。彼の肌ざわりに恍惚としていた。

ウィリアムはとっさに逆手《さかて》のこぶしを振るった。こぶしは彼女の額にぶつかり、彼の手が二カ所でぽきりと折れる音がした。彼女は床にぐったりと倒れた。

そのとき、ウィリアムの神経に痛みがはじけ、筋肉が硬直して、叫ぶこともできなくなった。頭が床にぶつかり、彼の目はまっすぐ前を見ることしかできなかった。グラシー＝6のうっとりとした顔が、魅了されたように彼をまっすぐ見おろし、震える手にはショッカーが握られていた。

37

スティルスが窓ガラスの中央部を溶かしてくぼみをつくっていくのを、マリーはモニターごしに見守った。彼はときどき作業の手を止めて、溶けたガラスを棒の先でこそげ落とした。彼の動きはしだいに緩慢になっていた。

「スティルス！　もっと早く。急いでったら、ほら！」

「ちくしょうめ」と彼が吐き捨てる。「ここは水圧が足りねえんだよ。血液中に酸素が充分にめぐらねえんだ。もっと高い水圧が必要だ。気絶しねえようになんとかこらえてるありさまだ」

「あれこれ考えるのはやめて、酸素を温存しなよ」

スティルスの人工的な声がうめく。「おまけにここは、くそったれに熱いぜ。あんたの冷却装置はくそほどの意味もねえ。燻製《くんせい》箱のすぐそばにいるみてえだ」

「あんたが慣れた環境でくつろげるようにと思ってさ」

「あんたのことが心から嫌いになりそうだぜ、フォーカス」

「あれこれ考えずに、もっと切って」

そうして、彼女のモニターが空電であふれ、それと同時に部屋が震えた。エアロック内の気圧計の数値が九百八十気圧にはね上がった。エアロックの隅の継ぎ目から、少量の水しぶきが扇状に上がった。

「スティルス！」とマリーは呼びかけた。「スティルス！」

返事はない。彼女の声が向こう側に届いているのかさえもわからなかった。

そうして、モニターが再起動した。スティルスが好みそうにない、強烈な白色光がきらめいた。非常灯だ。エアロックの中の水は暗く、赤い色が混じっている。ガラスの破片がエアロックやスティルスの加圧室のまわりの床に散らばっている。スティルスが脂肪でぽってりした腕でライトを抱えていた。彼の身体としっぽが揺らぎ、黒い大きな目が室内を見わたす。

「アンモニアの海を味わうのがこんなにうれしいとは思ってもみなかったよ」と彼がいった。彼の声、翻訳システムによってつくりだされた偽りの声は、屈折してもなんの違いもなかった。彼が衰弱しているのか、怪我を負っているのかさえもよくわからなかった。

「血が見えたけど、スティルス。怪我の程度は？」

「さてな」と彼がいった。「ひでえ気分だよ。深く切ったわけじゃねえ。ガラスが割れてはじけたとき、おれの身体は低圧力下にあった。単に衝撃を受けただけで、くそったれな臓器のダメージじゃないことを願いたい」

「休憩をとる必要は？」

「ああ。だが、そんなひまはない、だろ？」

「ないね、マジなとこ」

「だったら、おっぱじめよう」

「オーケイ」と彼女はいった。「エアロックをクリアにして」

スティルスは自分の側のドアを閉じてから、トーチを使って窓の穴のふちを広げる作業にかかった。マリーはエアロック内の水を抜き、ドアを開けた。薄まったアンモニア水のにおいがただよう。

彼女はスティルスの加圧室を引っぱり、一度に数センチずつ動かした。質量は一トン近くもあるが、オラーの弱い重力下ではその半分以下だ。そうではあっても、彼女は筋原線維を増強した筋肉で力をふりしぼってなんとかどかした。吊り上げ用のストラップやウィンチをつなぐよりも手っとりばやく、彼女は神経の高ぶりを存分に利用した。

つづいて、台車に載せた爆発物の荷台を押して、水のしたたるエアロック内に運びこんだ。ドアを閉めて水を入れなおす。

彼らはまだ危険な部分に到達していなかった。エアロック内の気圧を上げはじめ、外の海にどんどん近づけていく。爆発物は濡れても問題ないが、あまりに気圧が高いため、爆発物の内部で圧縮されたガスが固体に影響して、性質を変えてしまうかもしれない。彼女は設計した爆発物を準惑星プトレミーで八百気圧までテストして、そこまではとても安定していた。だがここは、もっと気圧が高い。

「よし、指を交差させて祈って」と彼女は呼びかけた。「ちょっと待って、あんたにはそもそも指なんてもんがあるんだっけ？」

「黙れ、フォーカス」とスティルスが応じる。

マリーはモニターに目をこらした。よし、彼は少なくとも、それぞれの手に指が一本はある。

「おれは外に出ておくべきか？」とスティルスがつけ加えた。

「あんたの人生観によりけりだね」と彼女はいった。

「おれは〈雑種族《モングレル》のやり方〉に従う」

「それなら、近くにとどまるんだね。もしこれがひどい結果になったとしたら、あんたはガラスの破片か何かであたしを刺したいと思うだろうから。そうじゃない？」

「今度ばかりは一本とられたな」とスティルスがいった。

「エアロックを開けて」とマリーはいいながら、こっそり自分の指を交差させた。エアロック内の気圧が六百気圧から千気圧以上に急上昇した。隙間がきしむ音をたてた。彼女はさらに数秒間待ち、ディスプレイを見守った。

「よし、怠け者の兄さん！」とマリーは呼びかけた。「そこを出るんだよ！　さあ、さっさと動いて！」

「あんたには前にも、くそったれめ、といってやったよな、フォーカス」

「そこに隠しといたお楽しみ《カップケーキ》を見つけたら、いまいったことを後悔するだろうね」と彼女がやり返す。

「おれはそいつを食うこともできやしない」と彼がいって、荷台を引きだしてエアロックを閉じた。

「おそらくは、それが最善だろうね」とマリーはいって、エアロックのポンプを使って水を抜いた。「そのカップケーキが千気圧でどんな悪さをするか、あんたは確かめたくもないだろうから」

スティルスが最初の爆発物の箱を開けた。彼とマリーはエアロックごしにテンポよくやりとりするリズムにはまっていった。お互いに、立場が入れ替わればたちまち死んでしまうほどの気圧差をへだてて。エアロックはすばやく作動するようにできているが、それでも一回のサイクルが完了するには少なくとも四分はかかる。そのため、爆発物の包みを四つ送るまでにさらに十八分かかった。

部屋がかすかに震えた。

「いまのはいったいなんだ、フォーカス？」とスティルスが問いただす。「ホテルがばらばらになっちまうのか？」

「そうは思わないけど。それに、そうならないものと願いたいね。だって、あたしはまだこの建物の中にいるんだから。あたしらの破壊行為が離れたところにまで裂け目をつくったとしたら、そいつが圧力を均等化するかも」部屋がふたたびとどろいた。「急いで、スティルス。あんたにはさっさとはじめてもらわないと。連中もいまのあれを聞いたろうから！」

「遅すぎたな」と彼がつぶやいた。「誰かやってきた」

マリーがモニターに目をやると、スティルスの姿はすでになかった。

38

〈ボヤカ〉のブリッジでは、ホモ・クアントゥスの二人がホログラムの作業領域で作業できるように加えた修正をそのままにして使っていた。ベリサリウスはマグネット・ブーツを履いたまま、グラフやネットワーク・フロー図、そして通信トラフィック・ダッシュボードの小さな集落のただなかにしゃがみこんでいた。ホログラムの光が彼の手や、手首につけたサーヴィス・バンドに反射して色をつけている。

「事態はさらに複雑化してるように思う」とベリサリウスはいった。

イエカンジカがふたつあるパイロット席のうちの片方を回して振り返った。カサンドラはサヴァン状態にあって、別のホログラム・チャートの集合からアプローチしている。

「どういうこと?」とイエカンジカが尋ねる。

「フリーシティで起きていることに、何者かが大きな関心をもっている」とベリサリウスはいった。「金や通信のパターンを見てみるといい」

彼はホログラムにグラフやチャートを再表示させた。

「そこにパターンは見られません」とセント・マシューがいった。「通常の金や噂話の、混沌とした動的な流れと見分けがつきません」

「偽りのシグナルだ」とベリサリウス。「この何者かは行動をとても巧みにカムフラージュして、何も起きていないかのように見せかけている」ベリサリウスは小さな、しかしはっきりとグラフがはね上がった部分を指さした。「すべての情報や金が通常の市場パターンに応じて流れているなら、方向性の指向はないはずだ。これが示しているのは、ある特定のスポットになんらかの金が流れているが、その量は充分に少ないために、表面化して気づかれることのないようにしているということだ。通信のほうも同様だな」

ＡＩは黙りこみ、考えこむようにこれを見つめていた。

イエカンジカが顎をさすり、眉をひそめる。「これはなんだとあなたは思うの？」

「あいにくなことに、フリーシティはコングリゲートの保安部隊の注意を引いたんだと思う。パペットはおたくらの遠征部隊について、本来そうあるべきほどには口が堅くなかったのかもしれないな。それとも、あまりに口が堅すぎて、かえって誰もが疑念をもったのかも」

「注意というのはどれくらいの？」とイエカンジカが尋ねた。

「注意を引くのはどんなものであれ望ましくない。だが、向こうが偽りのシグナルでカムフラージュできるなら、こっちも同じように偽りのシグナルを投げつけることができるかもしれない」

39

ウィリアムはねばついた不快な思考からようやく離れた。うんざりさせられ、引き寄せようとするものを彼は押しのけた。身体が痛んだ。かすかに開けた目から、かすかな光がきしむ音をたてながら脳に入りこむ。彼は担架といってもいいくらい狭くて低いベッドに横たわっていた。シーツと薄手のブランケットが彼の身体を覆っている。ただし、足先がのぞいていたが。

ドクター・テラー＝5が彼の足のほうにひざまずき、彼の足にぺたりと両手をあてていた。額に巻かれた包帯の下で、彼女の顔は濃いピンクに紅潮していた。額から頬にかけてのあざは青黒く変色している。ドクターが彼と目をあわせた。彼女の表情は、ウィリアムには異質なものだった。

テラー＝5が彼の足をちろっと舐めた。彼はあわててシーツの下に足をもぐりこませ、身体を起こした。

ふざけて舌を皮膚に這わせたのではなく、性的な誘惑でもない。

彼女はウィリアムを味わっているのだった。

彼女にとって彼は、転生した神なる存在だった。手で触れることのできる肉体をもった聖霊だった。

部屋の隅のほうから司教が近づいてきて、ドクターの肩に手をかけ、小声とともに彼女を引き戻した。ウィリアムは司教と視線をあわせた。グラシー＝6司教は落ちつきはらって、満ち足りた目をしている。司教はウィリアムと目をあわせたまま、ドクター・テラー＝5を小さな椅子のほうに連れていった。

「これは医療検査じゃない」とウィリアムはいった。

「間違いなくそうですとも」とグラシー＝6がいう。「あれから十三時間がたちました。あなたには睡眠が必要でした。あなたを薬で落ちつかせ、不安がやわらぐのを待っていたのです」

「二度とおれに薬を使うな！」

司教が笑みを浮かべる。「われわれはあなたの健康値を査定しました。われわれのドクターがあなたをうまく治療できるように」

「気をつけないと、おまえたちにもトレンホルム・ウイルスがうつるぞ」

「巧妙で、しかも必要なテストです」と司教がいった。「われわれの創造主は、自分たちとてもよく似た免疫系をわれわれにも付与してくれました。われわれは誰も感染しないでしょう。もしそうなったら、あなたを〝禁じられた街〟やポート・スタッブスには連れていけないことがわかります」

ウィリアムは手を曲げ伸ばしした。ドクターを殴るのに使ったほうの手がひどく痛んだ。

「手の骨はもろいものです」とグラシー＝6がいった。「次にパペットを打《ぶ》ちたくなったら、むちやブーツやゴムホースをくれと頼むといいでしょうね」

ウィリアムの胃の中で蛇がのたくった。「頼めばもらえるのか？」

「あなたの手を傷つけたくはありません。あるいは、それをいえば、あなたの足も。足の裏にもあざができています」

「おまえたちはいったいどこがおかしいんだ？」彼はかすれ声でいった

「どこもおかしくはありません」とパペットがいって、テラー＝5を振り返った。彼女はウィリアムを夢見るように見ていた。「われわれはまさしくそうあるべきようにつくられているのです」

40

海はひどく冷たく、アンモニアは胆汁のような味がする。ステイルスはパペット・フリーシティに沿うように上昇していった。外を見ることができる窓のない、ホテルの裏側から離れないようにする。暗闇のなかにさまざまな光があふれていた。ロマンティックなロウソクの光から、強烈なスポットライト、吐き気をもよおす過剰な電飾、そして生物発光の擬似餌まで、どれもこれも、方向感覚を失わせる無用な光のオアシスだ。

においのほうも、これまたなんの役にも立たない。アンモニア水はひらけた海に出るとにおいがよりきつくなり、フリーシティの硬い地殻と奇妙な化学反応を起こして悪臭を発しているが、彼が百メートルも上昇すると潮流のせいでそれぞれの関連性はかき混ぜられてしまうため、においを過度に信用することはできなかった。

そして、音によって距離や方角を判断するのもひどい当て推量にしかならない。彼は八百気圧の環境下で育ち、そして基礎的な人間の本能の多くを引きついではいるが、こうした環境下でさまざまなものを音によって把握することができる。だが、最適の環境を二百気圧も超えると音がかなり速く感じられるため、彼の脳はうまく適応できなかった。

　そこで、スティルスは電函とマグネトソームを使って手さぐりで海を進んだ。プロペラが水を撹拌《かくはん》し、彼のおよそ四百メートル上方で電磁《EM》パルスを発している。間違いなく、いまいましいパペットどもの潜水艦だ。有人かもしれないし、無人かもしれない。アルホーナは深海で注意を引き寄せることを想定していなかった。もしもパペットがスティルスの存在を嗅ぎつけたら、ホテルにアリのように殺到するだろう。

　潜水艦がソナー音を発したため、スティルスは耳鳴りをブロックするために泳ぐ方向を変えた。

　ケツ舐め野郎め！　耳がえらく痛むぜ。

　スティルスは勢いよくホテルから離れ、降下してくる潜水艦に対してインターセプトするコースをとった。こうすれば、最悪のばあいでもソナーに映る彼の姿は大きな魚のように見えるだろうし、最善のばあいならほとんどはね返さない。

　潜水艦がふたたびソナー音を発したとき、彼は準備ができていた。おそらくはホテルの建物のソナー反射を聞いているのだろう。潜水艦はまだペントハウスの窓のダメージを感知できるほど近づいていないが、その方向にまっすぐ向かっている。この仕事は大失敗だ。たとえ彼がどうにか潜水艦を破壊できたとしても、さらに応援が五隻はやってくるかもしれない。

　スティルスは急上昇して、潜水艦の真横五十メートルまで迫った。それは安物の、捨てられていった採鉱用の機械を活用したもので、無人のタイプだった。遠隔操作されているか、あらかじめ動きをプログラムされていると示すヒントは見あたらなかった。メイン・ソナーと電磁波探知装置はノーズ部分に搭載されている。氷や海面下の鉱物資源を探査するためのものだ。あのいまいましいソナー音で耳がキーンとしないように、彼はノーズの後方にまわりこんだ。

彼と同じように、潜水艦も磁力や音の感覚を利用している。彼は尾びれを激しく打って、潜水艦の艦腹に沿って方向舵や艦尾水平舵よりも前方に進んでいった。耳をすますと、内部で機械がキーキーいう音に彼は聴覚を乱された。艦腹に沿ってさらに進み、艦首舵に手でつかまった。

これはやっかいな作戦行動になるぞ。

彼の電函はホモ・クアントゥスが誇らしげに見せつけているものとは違って、巧妙に調節された、すぐれた器官ではない。ホモ・クアントゥスをつくりだした遺伝子工学者たちは、彼らの大切な努力の結晶のために、あの電函をはるかに繊細に制御できるように遺伝子操作していた。いつものとおり、雑種族《モングレル》はひどいものを押しつけられていた。

スティルスは電函からある程度の電荷を引きだし、伝導性のカーボン・ナノチューブを通じて腕のマグネトソームに集め、十マイクロテスラ程度の磁場をつくりだした。準惑星オラー自体の磁場の二十マイクロテスラを圧倒するほど大きなものではないが、遠隔操作の小ぶりな潜水艦をよそおうには充分だ。

おまえを飼いならしてやる。

彼は艦首舵から手を離し、潜水艦のすぐ隣を、スピードと方向をあわせて泳いだ。そうして、ホテルとは違う方向に腕を伸ばし、わずか十度の角度からはじめて、しだいに十五度まで角度をつけていった。ホモ・クアントゥスなら、マグネトソームを回転させている細胞下構造を使って、体内で磁場を変えることができたろう。スティルスのマグネトソームは骨格筋とじかに並んでいる。彼は腕を動かすことによって、ワームホールを誘導可能な船が船首に搭載している電磁梁のように磁場に影響を与えた。

潜水艦がわずかに方向を変えた。

これでおしまいだ、おでぶちゃん。パパのいうとおり、その太ったケツを向けるんだ。

スティルスは角度を増し、さらにホテルから潜水艦を三度離した。ところが、潜水艦が反応をためらった。ソナーをさらにはなち、磁気センサーと音波センサーの結果とのあいだで判断が揺らいだ。

オーケイ、愚かなケツ舐め野郎。こっちがやさしくしてやったのに、いまじゃおれを怒らせちまったぜ。

スティルスは艦首のほうに、つまりちょうどソナー・センサーのすぐ後ろのあたりまで泳いでいった。そこに手をあてて、七百ボルトの電流を解放する。電函にためてあったほとんどの電荷を注ぎこんだ。

彼は頭の中で数か国語の罵りの言葉を使って毒づき、ずきずき痛む手を振った。とはいえ、潜水艦のほうがダメージはひどく、内部でヒューズが気のないようすでカタカタと音をたてた。ほかのものは明らかに燃え尽きて、ソナー音がぴたりと止まった。スティルスはさっきつかまった艦首舵のところまで戻り、磁場をあらためてつくりだした。潜水艦はそれに従おうとしかけたが、やがて完全に方向を変え、上に向かいはじめた。

くそっ。

おそらくは、ダメージ修復のための反応だ。スティルスは向きを変え、磁場を強めていき、ついにはオラーの周囲の磁場を完全に打ち消し、それとはまったく反対の方向を示すものを代わりにこしらえた。潜水艦はしだいに方向を転じ、下方向に、そしてホテルからは離れた深海を目指しはじめた。あれがすべてを押しつぶす深みに達するまでに、それほど長くはからないだろう。

41

「おれを四六時中じろじろ見るのはやめてもらえるか?」とウィリアムがいらだって頼んだ。

彼は額をぬぐった。汗はトレンホルム・ウイルスのせいではない。パペットは部屋を摂氏二十六度から二十七度にたもち、湿度も高かった。ゲイツ=15はきまりが悪そうに視線を落とし、それでもまだかすかに空気中のにおいをくんくんと嗅ぐ音をさせている。ウィリアムが顔をそらしたなら、ゲイツ=15の目はまた彼に向けられることになるだろう。真夜中に目を覚ましたとき、ゲイツ=15が彼の上に覆いかぶさるようにして顔を近づけ、口を開けて荒い息をついてまじまじと見つめていたこともあった。

ゲイツ=15は彼の任務をなかばやり遂げていた。彼はセント・マシューのウイルスをパペット・ネットワークにアップロードすることに成功したのだった。ウイルスがどこまで侵入できるのか、どちらも確信はなかった。フリーシティの一部は周縁までネットワークでつながっているが、そうでないところもある。フリーシティには全般的に腐敗とあきらめの空気がたちこめていた。何かが壊れたとしても、誰も修理しようとはしない。

「あとどれだけかかるんだ?」とウィリアムは尋ねた。

「長くはかかるまい。つまるところ、単純な実験用の検査をするだけだ、違うかな？　心配しているのかね？」

ウィリアムは相手に顔を近づけてささやいた。「おれは娘のことが心配なんだ」

「すまなかった」といって、ゲイツ＝15が目をそらす。

「そっちは子どもはいないのか？」とウィリアム。

ゲイツ＝15が首を横に振った。「わたしは正常じゃない。子どもをつくることを許されていないんだ」

ウィリアムはがっくりと肩を落とした。「尋ねたりしてすまなかったな。おまえさんにできることは何もないのか？　パペット神政国を離れて暮らしていてさえも？　同じ境遇の誰かと家族をもつとか？」

ゲイツ＝15が今度も首を横に振った。「わたしとスティルスやベリサリウスやカサンドラは似た者同士だ。われわれはみな、人間の亜種だ。われわれはそもそも繁殖することさえ難しい。研究者たちはまだ生化学や微生物叢の問題に取り組んでいるところだ。医療の助けをあれこれ借りないかぎり、われわれは繁殖できるとさえ思えない」

ウィリアムは少したじろいだ。「スティルスには困難だろうということは想像がついた。おまえさんやベルも同じだとは知らなかったよ」

「血筋の最後の一人になるよりもひどい運命だってあるさ」とゲイツ＝15がいった。彼は物思いに沈んでいるように見えた。「あなたは彼をベルと呼んでいるね。あなたにとって彼は息子のようなものだった、違うかな？」

ウィリアムは鼻を鳴らし、あたりを見まわしてから小声でいった。「何年か前に彼を助けてやったことがあって、そのあとで彼はおれを追い越していった。だが、ベルはいいやつで、できるかぎり正直だし、パペットに甘いところがある」

ゲイツ＝15が彼をじっと見つめるのをやめた。一時的にその圧力がなくなったことに、ウィリアムはほっとした。

「彼とはどうやって出会ったのかな？」とゲイツ＝15が尋ねた。

「十一、二年前になるが、おれはうまい詐欺計画をひとつやってのけた」とウィリアムがささやき声で語りはじめた。パペットについてや、彼ら自身の感情について話さずに済むことにほっとしていた。「おれは数カ月にわたって金まわりがよく、キャリアの絶頂にあった。おれは人の心がよく読めた。そんなときにカフェで見つけた十七歳の坊やは、おれが知ってる誰とも違った。彼は場違いで、おれにはおおよその推測さえもつかなかった。だが、彼が何かトラブルを抱えてることは見てとれた。ちょっと憐憫《れんびん》をおぼえたのかもな。彼から何か学べるかもと思ったのかもしれない。おれは彼を受け入れてやった」

「彼に詐欺のコツを教えてやったんだね」といって、ゲイツ＝15は笑みを浮かべた。「彼はすんなり入りこめたのかな？」

「すんなり入りこめたかって？」ウィリアムは笑い声をもらした。「彼は人とつきあうよりもカオス系や電子エネルギー準位を分析するほうが楽しそうだった。彼の唯一の友は、イカレたAIだった」

「セント・マシューだね」

「ああ」

「あなたは今回のこれについて、彼を信用しているのかな？」とゲイツ＝15が尋ねた。

「ほかの詐欺師をそれ以上に信用することはない」

「それはかすかな賞讃かな？」

「反対だ」とウィリアムはささやいた。「これをやってのけることが可能だとすれば、彼ならできるだろう。そうでないといけない。おれの娘はほかの子たちと同じように、基本的な医療を受ける機会が必要だ。あの子には支払わなくちゃならない酸素の使用請求書があり、水道の請求書も、電力の請求書もある。おれの元妻にはそれが払えない。おれはこの状況をなんとかして正さなくちゃならない。ケイトはおれよりもましな暮らしを手にすべきだ。だがおれは、ここにとどまっていてもそれを達成できない。おれたちはポート・スタッブスにたどり着かなくちゃならないんだ」

ゲイツ＝15が肩をすくめたため、ウィリアムは自分が間抜けのように感じた。パペットと話していると混乱した。表面的には、彼らは理性的になれるようだ。ときには。だが、彼らの暮らしが普通の人間よりもずっとひどいことを忘れてはいけない。救貧院で育ち、刑務所に入って、詐欺から詐欺へと渡り歩いて生きてきたにしても、彼は少なくとも人間だ。パペットのように罪や悲劇を受け継いで生まれ落ちてもいなければ、生物学的に束縛されてもいない。ベルがパペットに魅了されるのも少しは理解できないでもなかった。

誰かがドアをノックした。ウィリアムは確信がもてずにドアに目をやり、ベッドに膝を抱えてすわりなおした。彼はドアを開けるようにと手ぶりで示した。ゲイッ＝15がドアにとんでいって、引き開けた。

グラシー＝6司教が入ってきて、そのあとからドクター・テラー＝5もつづいた。司教は落ちつきはらっていた。ドクター・テラー＝5もそうしようとつとめているのかもしれないが、彼女が深く空気を吸いこんだときにのぞいた夢見るような高揚感のために、ウィリアムにはそうともいいきれなかった。司教はドクターの前腕に手を置いてとどめ、熱意のこもった礼儀正しさでウィリアムを見た。

「すわるんだ！」と彼が小声で強く命じると、彼女はその場で床にすわりこんだ。ゲイッ＝15さえも足を組んでゆっくりとすわり、テラー＝5と同じようにウィリアムを見つめた。

「またお会いできてうれしいですな、ミスター・カルトヴァッサー」とグラシー＝6がいった。

「ありがとう、猊下」

グラシー＝6がためらいがちに前に進む。

「本日をもって、あなたは隔離室を離れることができます」とグラシー＝6が告げた。

「だったら、ポート・スタッブスにまっすぐ向かえるのか？」

ドクター・テラー＝5が、目をとろんとさせたまま、手足でじりじりと這い進んできた。

司教は彼女を黙って見守り、話をつづけた。

「あなたの祖父母や曾祖父母は、今日《こんにち》のポート・スタッブスを訪ねたとしても、どこにいるのかさえわからないでしょう」とグラシー＝6司教がいった。「かつてヌーメンが暮らしていた場所は、神殿や巡礼地、あるいは映画の撮影地になっています。ですが、そのほかの部分はすべてあとから広がったものです」

ウィリアムの注意がそれ、じりじりと這って近づいてくるミニチュアサイズの女性のほうに磁石のように引きつけられていった。

「わたしはもう長くは生きられないんだ、猊下」とウィリアムは声に怒りをにじませていった。「わたしは大切な意味のある場所で死ぬためにやってきたんだ」

司教は冷静なままだが、ドクター・テラー＝5とゲイツ＝15はウィリアムの激しい声にさらに権威が加わると、かすかに息を呑んだ。テラー＝5はこっそり彼の背後にまわって、ベッドの向こう側で身体を起こした。彼女は唇を開いたまま立ち、すわっている彼を見おろした。テラー＝5が彼の肩を揉んで、マッサージしはじめた。ウィリアムはその手から離れようとしたが、ドクターは驚くほど力が強かった。彼女の指が、彼の筋肉にやどっていた怖れをほぐしていった。

「何よりも残念なことですな、ミスター・カルトヴァッサー」とグラシー＝6がいった。「あなたが死につつあるというのは。あなたはこの十年間で、われわれのもとに連れてこられたはじめての純正なヌーメンです。昔のまま損なわれていない、野生の、宗教的存在です。

それでいて、あなたは死につつある」

グラシー＝6司教がゆっくりと前に進んだ。まるで、いつ逃げだすかもしれない犬にそっと近づこうとするかのように。ドクター・テラー＝5の手がウィリアムの肩をさすりながら二頭筋まで降りていき、凝った筋肉をほぐしていったが、彼女の胸が背中にあたっていることに気づいて彼は居心地が悪くなった。

「われわれはアングロ＝スパニッシュ金権国のドクターと接触し、治療法がないことを確かめるのにかなりの額を使いました」

ドクター・テラー＝5の手が肩に戻り、もう彼の背中に身体を押しつけてはいなかった。触れているのは手だけで、力強く、心地よい。

ウィリアムは咳ばらいをした。「それくらいは、わたしから教えてやれたのに」

ドクターの親指が首の筋肉の小さな凝りをほぐし、背筋にぞくっとする感覚がはしった。彼女が手のひらで首の横の部分をさする。親密なジェスチャーで、愛情がこもっていて、彼自身も反応するのを感じた。彼はグラシー＝6との話に集中した。

「あなたのT細胞の数はほとんどゼロです」と司教がいった。「B細胞と抗体も同じく消滅している。あなたは深刻な免疫不全を起こし、あなたが持ってきた抗ウイルス剤や抗生物質では長くもちません。フリーシティでは、あなたがもっていない免疫系と取り替えるべく、人工の免疫系づくりに取り組んでいるところです。ポート・スタッブスには、そのための設備がそろった病院はひとつとしてありません」

「病院はいまのわたしの役に立つまい」とウィリアムはいった。「トレンホルム・ウイルスの治療法は何もない。わたしは個人的な巡礼におもむき、人生の終わりの前に平和なひとときを求めているただの人間にすぎない」

司教がかすかな驚きをのぞかせた。パペットの畏怖の念はヌーメンの断固とした決意が引き金となるが、そうした性質は現代の囚われたヌーメンからは失《う》せてしまったとベルがいっていた。

「あなたはじつにすばらしい、ミスター・カルトヴァッサー」とグラシー＝6がいった。

「なんのことだ？」

「われわれが現在のところ保護しているヌーメンのなかには、われわれに怒り、恨みをつのらせる者もいます」と司教がいった。「ですが、大半は懇願し、許しを乞う者ばかりです。しかし、どれも例外なく、パペットのことを重視しています。彼らの庇護者であり崇拝者として、われわれは彼らの中心的な関心の対象なのです。彼らの世界はこの軸を中心にして回っています。転落のとき以前は、ヌーメンはより広範な懸念を抱えていました。そしてパペットとの関係も、無関心を含めて。われわれはそれを失ってしまったのです」

「それはすまなかったな」とウィリアムはいった。「そういったことを想起させるつもりはなかった」

「あなたは誤解しておいでのようですな、ミスター・カルトヴァッサー。これは気持ちのよいことで、失われた過去がよみがえるようなものです。保護されたヌーメンの面前に、誰にじゃまされることもなく出られるために、いまのわれわれは甘やかされ、宗教や道徳的立ち位置をたやすく忘れてしまいがちです。われわれはあなたの関心にとって脇役でしかないという事実を知らされるのは、神学的な基礎となるものです」

司教がためらいがちにもう一歩踏みだし、彼に触れることができそうなほど近づいた。ゲイツ＝15とドクターは息をひそめた。肩を揉んでいたテラー＝5の手の動きも止まっていた。

「われわれパペットは、奇跡の時代に生きているのです、ミスター・カルトヴァッサー。神なる存在がわれわれのまわりを歩き、彼らの行動の謎を通じて意味を明かし、われわれが解釈する必要のある神学をつくりだすような世界に。あなたがなぜわれわれのもとに送られてきたのか、そしてあなたからどんなメッセージを学ぶことになるのかはわかりません。ですが、あなたの巡礼はあなたにとって深い意味があります。そしてそれは、あなたのメッセージをはかりしれない価値のあるものにするかもしれません」

「わたしはそのようにはみなしていない」とウィリアムがいった。

「ヌーメンの主要なパラドックスですな」といって、司教が笑みを浮かべた。「ヌーメンはみずからの神性を拒《こば》んでいる一方で、きわめて明白に、彼らこそは神なる存在なのです。宇宙の秩序はヌーメンがある種の真実を見てとれないようにたくらんでいます。そのことは、神なる存在としてのあなたがたの価値を低くするものではなく、より高めているのです」

42

ベリサリウスは〈ボヤカ〉のコックピット内でホログラム・ディスプレイを航法や望遠ディスプレイから財務追跡アルゴリズムやパペット・フリーシティの不正な経済取引の情報に切り替えて、一時間以上にわたって詳細に調べていた。カサンドラも多くのパターンや相互関係を見つけていたが、ディスプレイを自分で制御していないために、誤検出がどれだけあるのかはっきりとはわからなかった。

「何をするつもりなの？」とカサンドラは尋ねた。

「フリーシティに潜伏中のコングリゲート側のスパイは、策略やひそかな行動を探してる」とベリサリウス。「連中に、こっちからエサを与えてやるつもりだ」

「向こうは偽りの信号と本物とを見分けられる程度には優秀なはずよ」とイエカンジカが指摘した。

「充分に本当らしく見えるものになる」とベリサリウスがいった。「アングロ＝スパニッシュ金権国の第一銀行領事館に、ある役人がいる。これまで、彼には違法のパペット・アートをいくつも売ってきた。パペットの司教秘密会議の口座から、彼の口座に多額の金を移しての彼の嗜好を見てきて、なぜ彼がフリーシティの外交官の職を得ようとしたのかもわかってる」

「罪のない男をはめるわけじゃない」とベリサリウス。「おれはパペット・アートについておく」

「彼をはめるつもりですか？」とセント・マシューが尋ねた。

「けれど、それでコングリゲートをあざむけはしないわ」とイエカンジカがいった。

「向こうはアングロ＝スパニッシュ銀行による策略のにおいを嗅ぎとるだろう」とベリサリウスがいった。「連中はこれを確認できないだろうし、パペット司教と銀行領事館のあいだの混乱のために、こっちが何をしてるのかがあいまいになる」

「あなたは彼らの銀行口座にアクセスできるの？」カサンドラは、批判の鋭い刃を声の調子ににじませて尋ねた。

ベリサリウスが肩をすくめた。「禁輸令のもとで、合法のアート作品を買うときでさえ、信頼できる口座でおれに支払ってくるやつはめったにない。これはおれにとって、自分の金がどこからやってきてどこに流れていくのかを確実に把握するための、ビジネス上の通常のコストだ」

「汚いやり方のように思えるわ」カサンドラはきっぱりといった。

彼女はいますぐこれと向きあうことができなかった。ベルの……後ろ暗さと向きあうことは。そのため、彼女はいったんコックピットを離れて小さなキッチンに引っこんだ。息苦しさを感じた。数字、パターン、テスト可能な計算モデルといったものが欠けていることに、彼女はいらだっていた。彼女はキッチンの席のひとつにストラップで身体を固定し、サヴァン状態に入りこんで何か計算でもしてみようかというアイデアをもてあそんだ。そんなところに、ベリサリウスが空中を浮かびながら入ってきて、ドアを閉めた。彼は向かいの席にすわってストラップで身体を固定したものの、彼女と目をあわせようとはしなかった。

「きみの言葉のせいで自分を恥ずかしく思うようになるとは予想もしてなかったよ」しばらくしてから彼がいった。

カサンドラはどこに手を置いていいのかわからなかった。または、どこを見たらいいのかも。彼女は怒っていたが、ここでベルといっしょにいて、どのようにそれをぶつけたらいいのかわからなかった。すべてが混乱していた。

「あなたがどうしてそんなにあれこれ嘘をつけるのか、わたしにはわからない」とカサンドラはようやくささやいた。ベルの顔を見ないことにした。彼女は首を振った。「あなたがそれにまみれてどうやって生きていけるのかもわからない」

「嘘というのはどれのことかな？」とベルが尋ねる。

「すべての嘘よ。わたしの前でついたのも含めて。あなたはあのときパペットに、わたしたちが脳の障害を負ってるって話してた。そんな嘘をつく必要はなかった。それで何かの役に立つわけでもない。それとも、わたしが何かとても間違ったことをしたせいで、わたしを救いだすために、わたしは脳の障害を負ってるんだって説明する必要があったの？」

「おれは嘘をたくさんついてきた、キャシー。大きなのも。小さなのも。これは広い世界で生きていくための一部なんだ。そして、詐欺師であるための一部でもある」

「あなたがなんの理由もなしに何かをするわけがない、ベル。なぜパペットに嘘をついたのかはわからないけれど……」そうして、カサンドラは口をつぐんだ。会話の正確な言葉の記憶をさかのぼっていった。彼女はベルと目をあわせた。「あなたには理由があった。わたしをテストしていたのね」

ベルが大きな笑みを浮かべた。「合格だよ」

カサンドラは彼の首を絞めてやりたくなった。「なんですって？」

「もちろんそうだとも！」と彼がささやき返す。「なぜきみはほかの誰かのところに打ち明けに行かなかったんだ？　セント・マシューのところに？　イエカンジカのところに？」

「あなたがどうしてあんなことをいったのかがわからなかったからよ！」彼女は声を抑えるのに苦労しながらいった。「どの嘘が冗談で、どの嘘がばれたらあなたが殺されることになるのかがわからなかったからよ」

「まさにそれだ」

「なぜわたしを信用してくれなかったの、ベル？」

「おれはきみに嘘をついてない」

「それはどうかわからない。あなたがついた嘘のうち半分はごく些細なことで、どっちでもかまわない。なぜそんな嘘さえもつこうとしたの？」

「みんなをテストしてるんだ、キャシー。今度のこれは本当に危険な仕事で、みんながどんな精神状態にあるか知っておく必要がある。それと、参考までにいっておくと、おれがついた嘘の半分は真実だ」

「ほかには誰に嘘をついてるの、ベル？　ほかに誰を信用していないの？」

「信用というのはあいまいな言葉だ。みんなが裏切らないとおれは信用できるだろうか？　必ずしもそうとはいえない。自分がチームの全員を正しく判断したと信用できるだろうか？　そう思う」

「ウィリアムは？」彼女はベルの弱点に一歩近づいたかもしれないと感じつつ尋ねた。

ベルが顔をそむけた。そうして、彼女のほうに顔を戻そうとはせずにうなずいた。

「彼のことも評価していたの？」

ベルは挑むように彼女と目をあわせた。「ずっと昔に、おれたち二人はコンビを組むのをやめた。おれのほうから離れていったから」

「彼はここにいる人間のなかでいちばんいい人のようだわ。いちばんやさしいし」

「彼は怒ることもある。詐欺のときに彼が役割をうまく果たせなくなったために、コンビを解消することにしたときもそうだった」

「実際にそうなったの？　それなのに、あなたは彼をこのチームに？」

「おそらく彼は、おれがこれまで出会ったなかでもっとも腕の立つ詐欺師だが、十年前のおれはいまとは違う人間だった。彼にしてもそうだ。彼は腰を据えて落ちつくこともなく、ただよってた。信頼できなかった。そして、彼の頭はゲームにまっすぐ向かってなかった。彼のしくじりがおれたち二人のすべてを奪うことにもなりかねなかった」

「そしていまは、すべてを賭けるほど彼を信用しているというの？」とカサンドラは尋ねた。パペット・フリーシティにヌーメンをよそおって入りこむという部分は、いまのところ彼女が考えたいことではなかった。

「十年前の彼は、娘などいなかった。噂のほんの一部でも本当であるとすれば。十年前の彼は、不治の病を患ってもいなかった。そして十年前の彼は、実際の自分よりも腕がいいとうぬぼれてた」

「そしてあなたは、彼を死地へと送りこんだ」と彼女は低い声でいった。

「ウィルは娘にとってそれがどんな意味があるかをわかっていて、死の宣告へとみずから足を踏み入れたんだ。娘こそは彼にとって重要なことの中心で、だから彼はこれをうまくやってのける」

彼女には読みとりがたい、さまざまなシグナルの入り混じったものがベルの顔に浮かんでいた。決意。悲しみ。罪の意識。

「ウィリアムに嘘をついたの？」と彼女は尋ねた。

「必要な部分だけだ」

カサンドラはあきれたというように手を投げだして、そのあとで手の中に額をうずめた。

「こうしたごまかしには吐き気がするわ、ベル！　あなたの人生はあまりに空虚よ。ギャレットの外の人々の人生も。ここでは本当のことなんて何もないのね、ベル。永続的な価値のあることなんて何もない。自分たちのまわりの宇宙がどのように機能しているのかという疑問には答えられないまま、彼らは誰が指揮をとるかとか、誰がいちばんお金を持ってるかといったことで争ってる。わたしが外に出てからほんの少ししかたっていないけれど、心のうちでずっとむずむずしてた。あなたは十二年間も、気が狂うことなしにどうやって生きてこられたの？」

「きみのいうとおりだ、キャシー。おれの脳は答えを求めるのをやめようとしなかった。ギャレットを離れて生きていけるかどうかはおれにもわからなかった。外の広い世界は知性的なことに冷淡だ。空虚だ。そこで、おれはひとつの複雑なシステムを研究するのと、別のシステムとを交換した。科学や数学の知的な刺激を、人間の行動や詐欺計画という知的な難問に置き換えたんだ」

「あなたはそれで生きつづけることができたの？」と彼女は疑わしげに尋ねた。

「人間の行動に関する難問は驚くほど多変数なものなんだ」

「けれど、そういうのは本物じゃない！　そういうのは、厳密にいって問題じゃない。答えは人によって変わるものよ。どれも一般化は不可能だし、グラフ化もできない」

「だからこそ、おれは何年にもわたって量子フーガに引かれずに生きてこられたんだ」ベルはほとんど訴えかけるような口調でささやいた。

予想外なことに、カサンドラは憐れみによって心がやわらぐのを感じた。彼が人間を研究するために科学を捨てたという事実は、何よりも彼が量子フーガをどれほど怖れているに違いないかという核心をついていた。イエカンジカが数週間前に共同の居間でいったことについて、彼女はいまになって罪悪感をおぼえた。ベルは量子フーガに入りこんであやうく死にかけたといっていた。てっきりベルが少佐をあざむいているのかと思っていた。

「おれたちは呪われてるんだ、キャシー。雑種族《モングレル》と同じように。そして、パペットと同じように」

「わたしたちは少しも彼らのようじゃない」

「おれたちをつくりだした遺伝学者は、新たな渇望をおれたちに植えつけたんだ、キャシー。モングレル族は深海の強烈な水圧がないと死んでしまう。パペットはヌーメンから遠く離れると死んでしまう。おれたちが何を必要としてるかはきみもわかってるはずだな、キャシー」

充分な知的刺激がないという、心の沈む、痛みをともなう感覚は息が詰まるほどだ。

「それこそは、わたしたちを彼らと違うものにしている特性なのよ、ベル。わたしたちは学ぶ。わたしたちは成長する」

「いや、違うな、キャシー。連中はおれたちに、不幸になるための別の手段を与えたんだ。それは公平なやり方じゃない。人生はそれでなくても充分につらいものだ。おまけにこんなものまで背負いたいのか、とは誰もおれたちに尋ねなかった」

「わたしは故郷が懐かしい」とカサンドラはいった。

「故郷というのは、つねに心がとどまっているところのことだ。もうじき、きみはあまりに多くのことを目にして、脳がいっぱいになるだろう」

カサンドラは顔をそらした。ときどき、ベルの目はイエカンジカのように激しさを増すことがある。彼には大胆さがあった。ギャレットを離れ、彼が気にかけているもののことなどまったく気にかけもしない他人に混じって暮らすだけの大胆さが。彼女にはとうていできそうにない。これが片づいたら、すぐにでも故郷に帰りたかった。それでいて、これまでのところ彼女は外の世界でなんとか生きてこられた。もしかすると、自分で思っていたよりも耐性があるのかもしれない。

「あなたはいつか故郷に帰れると思う、ベル？」とカサンドラは尋ねた。

「わからない」

「こっちで生きるほうがいい？」と尋ねながら、カサンドラは古いプラスチックと金属でできた小さなキッチンをぐるりと示した。

「おれは広い世界のほうが心地よくいられるから故郷を離れたわけじゃない。そうじゃないんだ。ここにはあまりにも刺激物が多すぎる。美しいものは少なすぎる。そしておれが気にかけてるようなことを人々は誰も気にかけてない。なぜそれを？　おれに戻ってほしいのかい？」ベルはきまりが悪そうな、確信がもてないような顔をしたが、その目には大胆な期待があった。

「あなたが故郷を離れたとき、わたしの心をずたずたにはしなかったわ、ベル。でも、もう少しでそうなるところだった」

「もう乗り越えられたかい?」

「心の傷はずっと前に癒《い》えたわ」

「故郷を離れることで、おれ自身の心はばらばらに砕けたよ」

「もう乗り越えられた?」

「心の傷はずっと前に癒えた」

「あなたがなぜ故郷を離れたのか、わたしにはけっして理解できないと思う、ベル。心の底では」

「受け入れるには充分かな?」と彼が尋ねた。

「そのためには、まずあなたを信用する必要がある」

ベルがうなずいたものの、彼のなかにはどこか落胆した、傷つきやすい部分があった。

「あなたが自分を恥じるようにさせたくていってるんじゃないの、ベル」

「わかってるよ」

ベルがにっこりした。そして、彼女の胸のうちの重みが少しだけ軽くなった。だがそれは、彼の笑みが嘘だと気づくまでのことだった。彼女の気分をよくするためで、ほんの一ヵ月前の彼女なら、本物の笑みとつくりものの違いさえもわからなかったろう。

43

ペントハウスの気圧警報が鳴った。光が点滅する。館内通信だ。マリーはため息をついた。壁のところまで歩いていって、音声のみのタブに切り替える。

「なぜじゃますするの？」と彼女は問いただした。気どったフランス語8・1にグレードアップしようとつとめた。

「申しわけございません、お客様」と声が返ってきた。「システムが警告を発したものですから。下のお客様がたの安全を確認しておこうと思いまして」

「こっちはまったく安全よ」とマリーはいった。「下のフロアに危険は何もないから、わたしの機嫌を別にすれば。じゃまが入らないようにするために、いくら払ったかわかっているの？」

「よく存じております、お客様。ですが、グランド・クレストン警察管区が何人か下に派遣したいといってきまして。異常がないことを確認するために」

「警察をよこしたの？」と彼女が問いただす。

「お客様がたの安全を確認するために、これから降りてまいります。修理工数人をともなっており、お客様やほかの皆様の安全のためにも迅速に対処する手はずになっております」

「聞きなさい、パペット」と彼女はいった。「わたしはここに、コングリゲート政府のとても重要な役人を何人か招いているの。口にはできないある国家との微妙な外交上の会合のために、わざわざこの場所を選んだのよ。あなたたちの誰かが下のフロアで何か目にしたら、パペット神政国を国際的事件に巻きこむことになりかねず、あなたはそれをとても深く後悔することになるでしょうね」

沈黙が数分にわたってつづいた。マリーはそれ以上あまり悪乗りせずにおいた。エレヴェーターの状況を確認すると、最深部行きのエレヴェーターが一基、下に向かっている。

ベルはこれをうれしがらないだろう。

そう考えて、マリーは腹が立った。

ベルがどう考えようと、誰が気にするっていうわけ？

マリーはいらだち、太ももを指でトントンと叩いた。

とはいえ、もしもベルに知られる前にこの問題をこっそり解決できれば、ベルがうれしがらないことにもならない。彼はほかのことに頭を使っている。これは彼女とスティルスだけのささやかな秘密にできる。〝魚顔〟の男と結びつきを深める好機だ。相棒《バディ》のように。それとも、単に彼女一人で扱うことにしてもいい。スティルスもこのことを知る必要はない。それほど彼女と相棒になりたいわけでもなかった。

エレヴェーターがすみやかに降りてきた。降下のペースに気をつけないと、小さな警官たちはさらに背が縮むことになるだろう。一気圧から急いで四気圧の空間に入りこむのは、苦痛をともないかねない。応急処置が必要になるかもしれない。マリーは医療品箱のふたを開けた。応急処置のやり方について、彼女はあまりよく覚えていなかったが、どれくらい複雑なものになるだろうか？

44

くそっ《シット》。くそっ《ミエルダ》。くそっ《シャイセ》。くそっ《ゼルバ》。くそっ《メルド》。

スティルスはすべてを押しつぶす深海を切り裂いて泳ぎ、総量三トンに近い爆発物を四つの包みに分けて、ロープでつないで背後に引きずっていた。包みはえらく重たく、この海は彼がかつて泳いだこともないくらい酸素がとぼしい。彼の大きな鰓《えら》が忙しくはたらいているが、奮闘するヘモグロビンはそのわずかなかすをかき集めることができず、うまく酸素を供給できていない。少しペースを落とすこともできるが、それでは刻限に間にあわない。

それに、あのくそ野郎どもに追いつかれることになる。

深海での航行や速い動きのためにつくられたドローン潜水艦三隻が、彼の二キロ後方から追ってきていた。四人プレイでも求めているかのようにやかましくソナー音をたてながら彼の尻を追いかけ、その前に夕飯をごちそうしてくれるようなムードでもない。ただひとつ彼に利する点があるとすれば、彼の身体も爆発物の包みもソナー音をあまり反射しない。やわらかな目標物はあいまいな魚影を返すだけだ。

この調子でつづければ、潜水艦はホテル側をいらだたせることになるだろう。いくらぶ厚いにしても、ホテルの窓は鼓膜のようにぴんと張り詰めていて、ソナー音をはなつたびに、グランド・ファッキン・クレストンの高級ホテルを上下二キロにわたって振動させることになるのだから。だが、ドローンは何度もくり返しソナー音を発しているから、ぼんやりしたソナー画像が充分に映っているはずだ。大きな音のいまいましい姿を。

スティルスは上方向に向かって泳ぎながら、あれこれ考えるのをいったんやめて、大きく水を呑みこみ、欠乏した酸素を取りこんで気を落ちつけ、準惑星オラーの磁場に集中し、最初のターゲット地点に向かう方向をさぐった。スティルス自身がその地点を選んだわけではない。それは彼の仕事ではなかった。彼はあの気どった、量子のケツ舐め野郎のために、そういったタイプの仕事をこなすように雇われた用心棒ではない。あの頭でっかちは、何を標的にしたいのかはっきりとわかっていた。スティルスの特別な貢献は、千気圧以上ある嫌気性の深海において、パペットがイカレた小さな頭を絞ってそこに備えたどんな防御部隊であってもそれをかいくぐり、正しい量の爆発物の包みを正しい地点に設置することにある。

ドローン三隻が角度をつけて斜めに上昇し、そのあいだもソナー音を発しつづけた。彼の下のほうで、プロペラがうめきながら近づいている。スティルスはこのくそったれな荷物をたくさん運んでいるため、やつらのほうが速かった。彼は懸命に動き、身体をより激しくくねらせて、さらに少しだけ速度を増して上昇をつづけたが、そのぶん余力をすり減らすことになった。氷の壁が前方に黒くそそり立ち、きらめいてソナー音をはね返す。彼はブラックモア湾の突出部のひとつをまわりこんだ。パペットのマイクロ国家のいくつかとのあいだには、厚さ一キロの氷があった。

スティルスは氷面に沿って勢いよく進み、低い小さな音をたてて反響の変化に耳をすまし、爆発物のためのアンカーを打ちこむのにちょうどいい場所を探した。それと同時に、電気的な感覚とオラーの磁場に細心の注意を払って、マーカーの設置場所をさぐった。

くそいまいましいドローンが、彼との差をさらに詰めている。

スティルスは泳ぐのをやめ、工業用のハンド・レーザーを取りだした。氷を溶かして深さ数センチの穴をあけていくあいだ、黄色い微粒子状の泥砂があたりに舞った。レーザーをポーチにしまい、今度はベリサリウスに渡されたマーカーをひとつ取りだす。ある種の長距離受信機の役割を果たすもので、起爆装置に近距離のシグナルを再転送できる。マーカーは彼があけた穴にぴったりフィットした。

無水結晶が入った、しわの寄ったビニールの袋を彼はポーチから取りだした。水圧のためにビニールは結晶体にぴったり貼りついて、まるで真空パックされているようだ。それを穴に押しこんでから、スクリュードライヴァーの先端で突き刺して穴をあける。海水が袋の中の超乾燥された結晶と混じりあってすばやく化学変化を起こし、充分な吸熱反応によって、新たに凍りついた氷で小さな穴をふさいだ。これでマーカーをひとつ設置完了だ。

そして、パペットの潜水艦がさらに近いところからソナー音を発した。

スティルスはすばやくその場を離れ、横と上方向に数百メートル移動して、ようやく彼が必要としているものを見つけた。うねり、変化する海流によって浸食された、丸い大きな隙間だ。彼自身が入るのにも充分な大きさの洞窟だ。彼は最初の爆発物の包みの留め金をはずし、穴に押しこむと、急いで結晶の小さな袋をいくつかふちに押しこみ、ビニールを突き刺して穴をあけた。生じた氷だけでは包みをいつまでもその場にとどめておくことはできないだろうが、流れ出て数日間もただようのを防ぐことはできる。必要な時間はその程度だ。最後に、二又の雷管を取りだして、冷えて硬くなったパテ状の爆発物に突き刺した。

ソナー音が近づいている。仕掛ける包みはあと三つ。

スティルスは勢いよく離れ、ばかげた爆発物の包みを運んで懸命に泳ぎ、鰓を大きくあえがせて、海水を大量に取りこんだ。愚かなドローンのやつらは、おそらくいまごろはこの位置をマークしているだろう。彼としては、やつらがここに確かめにやってこないように理由をつくってやらないといけなかった。彼は雷管とスクリュードライヴァーをポーチから取りだすと、大きく広げた両手でつかんだ。次にはなたれたソナー音は、ドローンに強いエコーをはね返した。この道具は小さいが、氷よりもエコーを反射しやすく、硬さもあるため、その進路や速度をソナーが容易に拾うことができる。スティルスが進路を変えながらそれらをポーチにしまうあいだに、ソナー音も方向と強さを変えた。

やつらはいまやたけり狂っている。

45

カサンドラ、ベリサリウス、イエカンジカ少佐、そしてセント・マシューは〈ボヤカ〉に乗って、フリーシティの軌道通行管制に近づいていくところだった。

「そのパターンから、パペットが何を考えているのか知ることはできませんよ」とセント・マシューがいっていた。

「おれにはできる」とベルがいった。

カサンドラは身を乗りだして、古いタイプのモニターをのぞきこんだ。いくつものパターンが見てとれた。防御システムは輪郭が赤色で描かれている。一般と保安用通信は輪郭が緑色で描かれている。居住環境システムは青色で包まれている。居住環境と通信システムのなかに点々と散っている染みは鮮やかな黄色の画素《ピクセル》のかたまりで、この四十八時間、データ処理の干渉雑音がいちじるしく減少したエリアを示している。

「セント・マシューがつくったコンピュータ・ウイルスは、われわれが遺伝子操作に使うウイルスと少し似ている」とベルがイエカンジカに説明した。「そして、さまざまな影響のなかには、感染させたシステムの効率を逆に増す効果もある。ウイルスのレポーター遺伝子みたいなもので、そのためにそれがどこに侵入したのかを知ることができる」

「それは居住環境と通信システムには侵入したものの、防御システムには入りこんでいないようね」と少佐がいった。

「そう、そして居住環境と通信システムへの感染はとても選択的なものだ。その配分は、それがサポート・システムに感染したことを示している」

「それはランダムなものじゃない」とカサンドラが指摘した。

「そうだな」とベル。

つかの間、カサンドラはこの非ランダム性を確認するために確率値を再計算してみたくなったが、イエカンジカはそんなことを気にしていないだろうし、ベルはすでに計算しているだろう。

「この感染パターンはシステム構成に従っていないが、それは感染前に選択的遮断をしているクリティカル・システムによってつくられた可能性がある」とベルがいった。

「つまり、パペットは何かが起きつつあることを知っているのね」とカサンドラはいった。

「まさしく」とベル。

「でしたら、ミッションは中止ということですか？」とセント・マシューがいった。「船を旋回させましょう」

「その反対だ」とベルがいった。「パペットはおまえのウイルスが侵入しようとしてることを知っていたが、それでもシステムに感染させた」

「なぜですか？」とセント・マシューが尋ねる。

「連中は罠を仕掛けようとしてるんだよ」とベル。

「これはよい状況ではありません」とセント・マシューがいった。

「パペットは自分たちが強い手札を持ってると考えてる」とベルがいった。「連中は大きな賭けにコミットしてる。連中がどんなふうに防衛部隊を展開するかによって、それがどれくらい強い手札なのかがわかる」

ＡＩは納得したようではなかったが、反論もしなかった。

そのあとでベルとイエカンジカは格納庫に向かい、最後にもう一度積み荷を確認しにいった。カサンドラはパイロット席にすわって、ストラップで身体を固定した。わずか一枚のガラスごしに彼女が星を見ることはあまり多くなかった。こうして彼女が星の広がりに幾何学的なパターンを見つけていくあいだ、セント・マシューもホログラムの頭をゆっくりと上下させながら、黙って星を見ていた。しばらくして、彼女が口を開いた。

「あなたはベルのことをよく知っているの？」

「ときには、そう思うこともあります」とセント・マシューがいって、ひげのある、筆で描かれた顔を彼女のほうに向けた。「ほとんどのときは、そう思えませんが」

「わたしも彼が誰だかわかってないように思う」と彼女はいった。

「誰もわかってはいません」

「マリーはわかってる。ウィリアムもわかってる。あなたもわかってるに違いないと思ったの」

「どうしてそう考えたのですか？」

「ギャレットを出たあとで、彼があなたを助けだしたといってたから。あなたは彼とかなりの期間を過ごしてきた」

「そのときの彼はまだ若者でした」とＡＩがいった。「十六歳で」

「だけど、あなたはいま、彼のことを信用してるに違いないわね」

「そうとは限りません」

「だったら、どうしてあなたはここにいるの？」と彼女は尋ねた。ベルのことを信用している人はいるんだろうか？

「彼が何か重要なものにわたしを導いているとわたしは信じています。それは信用とは違うものです」

「それで、ベルがわたしたちをそこに連れていってくれるとあなたは思うの？」

「この世界にはそれ自体の謎があります。わたしたちは人が死んだあとになってはじめて、その人がどんな人物だったかを理解しはじめるのです」

「とても量子的な考え方ね」と彼女はいった。「ベルについて、何か話せることはない？」

「そうすべきなのか確信がもてません」とＡＩがいった。

「どういう意味なの？」

「わたしは彼の魂に対して責任があります。そして、あなたは彼にとってよい存在なのか、わたしにはよくわかりません」

「なんですって？」彼女は自分がたったいま耳にしたことが信じられなかった。「彼は魂をもってさえもいないのに」

「あなたがたはどちらももっていますよ」と描かれた顔の聖人がいった。

「わたしは理性的なAIと話してるのかと思ってた」

彼女はAIが反論してくるものと予想していたが、相手は千年以上前に描かれた、物思いに沈んだ表情で彼女を見つめていた。星もまた、またたきひとつせずに彼女を見つめ返し、軌道通行制御やオラーのまわりにはほかの人工衛星が群れている。外の宇宙は、すべてが数学的正確さときれいな線からなっている。人間の内側とは違って。

「なぜわたしが彼にとってよくないかもしれないと思うの？」とカサンドラは尋ねた。

「彼はギャレットからぶらりと立ち去ったのではありません」とセント・マシューがいった。「逃げ去ったのです。自分の命を守るために。あそこに戻ることが彼のためになるのか、わたしには確信がありません」

「もちろん、戻るのは彼のためになるわよ！　あそこのドクターたちはホモ・クアントゥスの世話をするために存在していて、量子フーガに安全に出入りできるように手助けしてくれるんだから」

「あそこに戻るのは彼にとってよいことなのか、それともあなたにとってでしょうか？」とAIが尋ねた。

「わたしたち両方にとってよ」

「あなたはミスター・アルホーナに魂がないといいましたね。ですがわたしは、彼の本質的な何かを指して、それを魂と呼ぶことができます。たとえあなたが、それを別の何かと呼ぶにしても。わたしがいっているのは、彼が幼いころ以降はいっしょでなかった断片の集まりのことです。彼は傷を癒す必要があります。ミスター・アルホーナについてわたしが知らないことはたくさんありますが、彼が完全な存在になろうとつとめていることをわたしは知っています」

46

スティルスは懸命に一時間泳いだ。おそらく彼はドローンよりも速いはずだが、重たい爆発物を後ろに引いてきたあとで、もはや全速力で泳ぐことはできなかった。爆発物の包みのうち三つを、アルホーナがあれほど気にしていた小さなボタンのそばで氷の中にそれぞれ固定した。生まれ育った〈インディアン座の涙〉の海よりも酸素の少ない海水を彼は大きく呑みこんだ。このままいくと、酸素不足で気を失ってしまいそうだ。

そこで彼は頭を使うことにした。連中のソナー音から、彼を狩り立てているドローンの種類がしだいにわかりはじめた。音から察するに、中型魚雷用の外殻に詰めこんだ、プログラム済みの防御テクノロジーのようだ。彼はソナー音と位置にもとづいて感知探索アルゴリズムのプロファイルを構築し、ゆっくりと迂回路の精度を向上させ、遮蔽をうまく使えるようになった。

頭上には氷の破片が、小さなものは彼の指くらいのサイズから、大きなものになると工場くらいの大きさのものもあり、氷の天井にぶつかって、いらだたしいベルによる無調の交響曲《シンフォニー》を奏でている。反響定位《エコーロケーション》を使って世界を描くことのできる彼の能力を台なしにするには最適の環境だ。とはいえ、これは同じように追跡者のじゃまをするのにも最適だった。流れは尽きることなく、そのせいで氷の小石が、小さなものから大きなものまで天井を休みなくころがりつづける。ちょうど川底が逆《さか》さまになったようなもので、渦がブラックモア湾の突出部の岩屑を削ってすべてを集めていた。彼は湾内のほかの部分に爆発物の包みのうち最初の三つを設置していたが、これまでのところ周辺はおおむね障害物もなく、集まった氷が溶けて小さくなるのに充分な程度には水が温かかった。

だが、最後の爆発物を仕掛ける予定の突出部――これのことを、いまいましいパペットどもは〈ブラックモアの鼻〉と呼んでいるが――ここは新たに集まった大きな氷のかたまりでふさがっていた。ふさいでいる氷は先月の調査時には存在していなかった。小山くらいのサイズがある氷山が湾内につかえている。この氷山とブラックモア湾の突出部の壁との隙間は、まさにくそでふさがっていた。いや、くそではない。氷の鼻くそが岩の表面にこびりついている。爆発物やアルホーナの送信機はこの巨大ないまいましい鼻栓よりも約二キロは高い位置に設置しないといけない。

くそいまいましいソナー音が高まっていた。やつらはまだ追ってくる。

そのくそったれな口を閉じて黙りやがれ。こっちは考えごとをしようとしてるんだ。

粘液や真菌性の感染でべちょべちょになった鰓《えら》から苦しげに漏れでる水のように、ブラックモア湾が呼吸していた。どこか不安定で、パニック状態であるかのように。準惑星オラーの氷の表皮の動きは、ほとんどのばあい、感知できないほどかすかなものだ。可聴周波数以下のきしむ音は、重力が押しつぶす力によって生じる。その重力はオラーの岩石状のコアを地殻自体よりも熱しているしるしだ。だが、神の鼻腔に詰まった巨大な鼻くその隙間を、海水がうめく音をたてながら勢いよく流れていた。

ソナー音がさらに高まった。やつらが近づいている。

スティルスはメインの氷山自体の下にたまった解氷原よりも二、三百メートルは潜ったところにあいていた洞窟状の隙間に入っていった。いくつかの場所では、天井に溶けた氷がなく、はっきりと見てとることはできないにしても、この叩くような音の理由が感じとれた。狭い隙間に勢いよく入りこむ水が、溶けかけた氷を吸い上げている。

強い潮流があるということは、おそらく彼が通り抜けられる程度には水路が広いことを意味しているのだろう。だが、水路は往々にして枝分かれして、いくつもの細いトンネルを抜けて、巨大な立体的ふるいのようになっている可能性もあって、もしそうだとすれば、彼はひどく困った状況にはまりこむことになる。

ここでの真の問題はヴェンチュリ効果だ。雑種族《モングレル》は締めつけられるように狭い場所が嫌いで、それは水の速く流れるところでは圧力が下がるという原理があるからだ。流れが充分に速ければ、圧力もそれだけ下がり、身体がふくらんではじけることにもなりかねない。これがヴェンチュリ効果だ。

ソナー音が真下から聞こえた。

くそっ。

彼は尾びれを激しく打って、いちばん広そうに見える水路のふちに近づいていった。

ソナー音がさらに近づいてくる。

くそったれめ。

こいつはうまくいきそうにない。

どうにでもなりやがれ。

ここに腰を落ちつけて命を終えるつもりはない。

彼は最後の包みを後ろに引いたまま、ブラックモアの鼻腔が息を吸いこむ水の流れに乗って勢いよく突っこんだ。

なめたまねしたら、ちくりと刺してやるぜ、ブラックモア。

流れが彼を吸いこんで押し上げ、さらに流れが速くて広い水路に入りこみ、最後の爆発物の包みもそのあとからつづいた。とどろくほど大きな音が彼の頭蓋に鳴り響き、反響する音やうめきが重なる。ぼやけるほどの速さで後方に過ぎ去っていく、周囲の世界を地図に描こうとしてもまったく意味がなかった。彼は体内のマグネトソームに電流を通し、自身をコンパスにした。水の流れが彼をさらに先へと進めるあいだに、オラーの磁場がフリーシティの方角を彼に告げたが、それ以外のことは何もわからなかった。

いきなり、スティルスは氷の丸い露頭に叩きつけられた。そのまま別のなめらかな壁に猛烈にぶつかり、ますます速くなった流れが彼を押し流していく。肩が痛んだが、まだ泳ぐことはできた。脂肪がもっと少なかったら、氷の露頭にぶつかって骨が折れていたろう。そしてあれが鋭くとがっていたら、彼はいまいましいことに切り身にされていたことだろう。そうして、速度が三倍になると同時に何もないうつろな空間が彼を包み、まわりの世界が吸いだされるように失われていった。

彼の体内から息が抜けでた。

水圧が下がっていく。

くそっ《メルド》、くそっ《メルド》、くそっ《メルド》。

視野狭窄《きょうさく》がはじまり、視界に黒い星が散った。気を失ってしまいそうだ。骨も痛む。短剣が関節を突き刺すような感覚。

これぞモングレル族らしい死にざまだ。判断の誤りによって、そして意図的に。

水圧の低下。減圧症。

周囲が何も見えなくなるほどの痛み。血液中のガスが泡立ち、筋肉からも、神経からも泡立っていく。

息がつけない。彼は海の地獄で窒息しかけていた。彼は海が大嫌いだった。

どうせなら、星空のもとで死にたかった。そうなる代わりに、こうして視界に黒い星が散っている。

きさまは海の墓標の下で、死産で産まれたんだ。いつになってもましになるわけがない。

スティルスは尾びれを激しく打ち、関節に鋭い痛みがはしった。流れに乗って泳ぎだす。水を大きく呑みこんだが、口いっぱい取りこんで鰓に通すたびに、わずかな酸素が抜けでていく。

トンネルが枝分かれした。さらに細い管に。

彼はさらに速度を増してとびこんだ。あと少しで気を失う。

ハーネスが引っかかったことによって、強い痛みとともに彼はぐいっと引っぱられて止まった。

まわりの流れもおさまっていた。水圧が増している。充分なほどではない。五百気圧くらいであるように身体が痛んだ。なおも刺すような痛みが全身にあった。彼は陸《おか》の上で息を継ごうと口をぱくぱくさせる魚のように、苦いアンモニア水を精いっぱい呑みこんだ。鰓がかすかな酸素をこしとる。

スティルスはハーネスをはずし、ぐったりとしながら下に潜って、爆発物をほの白い光で照らした。きらきらと輝く、なかばは目に見えないつるりとした氷が、彼のまわりに浮かんでいた。やわらかな爆発物の包みが狭い水路にはさまって、流れを完全にふさいでいる。

彼はいま、ブラックモアの鼻筋をなす氷山のかなりてっぺん付近にいるに違いない。

爆発物をこれ以上どこに運べるというわけでもない。

スティルスは明かりを消し、オラーの磁場をさぐった。必要とされる設置場所からはそれほど離れているわけでもない。この爆発物をここに置いたところで、ダメージはたいしたことがないかもしれないが、効果を期待できそうなのがほかに三つある。そしてこの爆発物は、少なくともパペットの気をそらす役には立つだろう。

スティルスはポーチから雷管を取りだすと、二又のとがった先を冷たいパテ状のものに突き刺した。さらばだ《バヤ・コン・ディオス》、ぶよぶよの爆発物よ。アルホーナが小さなボタンを設置させたがっている場所にどれくらい近いのかはわからなかった。スティルスはこのシェルターからとびだした。誰かが鉄粉を注射したかのように、関節が痛んだ。

ここは流れがゆるく、水圧が増していて、多くの隙間が広がって流れている。フリーシティの磁場が強まり、ついに彼は暗くて広い空間に出た。ブラックモア湾の突出部の内側の海だ。細かい泥砂と水の壁が光を弱めているせいでフリーシティの明かりはここまで届かないが、その電気的活動が彼のマグネトソームを圧迫していた。

鋭い痛みに、彼は一瞬凍りついた。内臓損傷だ。間違いない。

さっき水路にとびこんだとき、三百気圧程度まで下がった状態に身をさらしたのかもしれない。溶解したガスが血液中で泡立ったのも影響しているのだろう、彼がいくらタフだとしても、大きなダメージだった。〝きさまはやらかしたな〟という〈モングレル族のやり方〉の一節から、そのときがきたら横たわって死ぬほうが簡単なこともあるとわかっているが、彼にはこれを達成できそうにないと誰もが考えているとすれば、自分にくそをつけるようなものだ。

そいつでやつらの鼻をぬぐってやれ。

尾びれを激しく打って前にとびだすと、またしても関節に鋭い痛みがはしった。

できるかぎり、どいつの足にも小便をかけてやれ。

彼は磁場を広げてさらに方向を把握しやすくして、氷の壁に沿って泳いでいった。その先は、湾に面したフリーシティの外壁の一部をなしている。

何もかもが痛んだ。

だが、長くはかからない。もうすぐそこだ。

あの気どった男アルホーナは、それぞれのボタンを正確な位置に置くことを要求していた。〝量子《クァンタム・マン》の男〟が雷管にどんな通信信号を使うつもりなのか、スティルスにはまったくわからなかった。音と電気以外の信号は水中を伝わるのがえらく遅いし、そのふたつでさえもひどく急速に弱まってしまうため、空き缶ふたつに糸をつないだ糸電話とたいして変わらない。

これほど頭のくらくらする状態で、しかもこれほどのダメージを負っていなければ、あの男のばかげた命令にもっと忍耐づよく取り組むこともできたろう。ときには、すべてを理解していないほうが、まわりの世界や仕事に納得できることもある。命令する側の人間がモングレル族よりもましにできないとはっきりしたときは、この世界にいっそう納得できるものだ。アルホーナの確信ぶりは少し受け入れがたいほどだった。とりわけ、あの男は必要なことをみんなにすべて話していないのだから。

スティルスは指定されたスポットを見つけた。背筋にナイフを突き立てられたかのような、鋭い痛みが駆け抜けた。彼は震える手で氷に触れた。小型のレーザーで氷を溶かして、休眠状態の、飢えた、硫黄とアンモニアの世界で生きているバクテリアの薄い層にペニス大の穴をあけた。そのくりぬいた部分から温かな水が流れ出て、つかの間ながらまわりの海水の容赦ない冷たさから彼の指を覆ってくれた。かじかんだ指ではポーチのふたをなかなかうまくつかめなかった。ばかげたボタンをあとひとつ、氷の中に永久に埋めるだけで任務完了だ。

あの気どった男がなぜボタンをこの位置に置かせたがるのか、そして爆発物がどれくらい大きなダメージを与えることができるのか、はたまた、なぜアルホーナが自分の手で起爆させたがっているのかについても、スティルスは何もわかっていなかった。アルホーナは仲間全員を信用していない。チーム内に潜入しているかもしれないスパイが、彼らをはめる側でなくはめられる側に終わるとアルホーナが本当に確信できていることをスティルスは願った。

ごく小さなこの溝にボタンを落としこみ、無水塩の詰まった袋を押しこむ。凍りかけの氷が溝に生じて、硬い氷に固まっていった。さてこれで、フォーカスのやつが想定していた以上に爆発物が不安定化する前に、あの女のもとに戻るとしよう。

47

エレヴェーターがチンと鳴り、大きなドアがゆっくりと開いて、六人のパペットの姿があらわれた。そのうちの四人は黄色のふちどりの入った青い制服に、グランド・クレストン・ホテルの紋章が入った三角帽をかぶっている。残る二人は、メンテナンス作業用の上下つなぎを着ていた。いずれも背丈が八十五センチ以上はなく、かつてのヨーロッパ人のような肌の白さがある――マリーと同じように。彼らはエレヴェーターの明かりのなかから暗いペントハウスにドアが開いたため、目を細めていた。

「そこを動かないで」マリーは暗闇からフランス語8・1で命じた。外科手術用のマスクを着けているせいで、彼女の声はくぐもっている。片方の手には三十五グラムぶんの爆発性のパテがぐにゃりとした状態で載っている。もう一方には起爆装置を握っていた。「コングリゲート政府の役人と、当地を訪問中の外交官にはとりあえず姿を隠してもらっているけれど、それでもあなたたちをここに入れることはできないわよ」

警官の一人、女性のパペットが、確信のもてないままエレヴェーターのドアから足を踏みだした。片方の手には警棒を手にしている。もう一方にはなんらかのセンサーを握っていた。

おそらくは気圧計だろう。そして警官が警棒以上の武器を携帯していることをマリーは賭けてみてもよかった。

四対一か。

「おじゃまするつもりはありません、お客様」とパペットがいった。「こちらのスイートで構造的な問題が発生していないか確かめるだけのためにやってきたのです」

「問題なのはね、このスイートに滞在中の高官たちは当地の病原体に対するワクチンを接種していないことなの」とマリーはいった。「オラー人のウイルス抗体やバクテリア株がここにおられる高官の誰かから見つかりでもしたら、その政治的な影響は、彼らにとってもグランド・クレストンにとっても重大なものになるでしょうね」

「お客様、お願いします」とパペットが重ねていった。「地震計の数値は、地下十七キロ以下のどこかで破損の生じたことを示しています。入らせてもらいますので」

「あなたたちが理性に耳を傾けようとしないなら、グランド・クレストンの経営陣は確実にサグネ・ステーション総督から連絡が入ることになるでしょうね。それと、おそらくは外国政府の首脳からも。それはともかく、わたしとしては彼らに健康上のリスクを負わせるわけにはいかないの。となると、あなたたちを消毒しないといけないわね」

マリーが起爆装置のボタンを押すと、エレヴェーターのドアのフレームに新たに取りつけられた四本のノズルから、パペット六人に濃いミストがスプレーされた。彼らは咳きこんで、目や顔をぬぐった。パペットの巡査部長がベルトの小さな無線機に手を伸ばす。

「それにさわらないで、巡査部長」とマリーはいった。「たったいま、エアロゾル化した爆薬をあなたたちにスプレーしたところだから。この起爆装置のボタンを押すと、室内の静電気が凝集する。すると、あなたたちの服に染みこんだ爆薬が反応して、爆発する」

パペットたちは驚愕した顔で彼女を見つめていた。そのうちの二人はグランド・クレストン警察管区のチュニックをあわてて脱ぎはじめた。

「動くのはやめなさい」とマリーはいって、明かりのもとに進んで起爆装置を高く掲げた。親指をひどくあからさまにボタンの上に添える。「わたしのことを信じていないの？」彼女はこの部屋とベッドルームをへだてている壁にパテの小片を投げつけた。

ドカンという音と閃光が室内にはじけ、壁に六十センチの穴が残された。

マリーはさらに近づいていった。

「あなた」といって、指揮をとる警官を指さす。「無線機を使って、ボスにこういいなさい。ここのスイートを調べてみましたが、何も問題はないため、次のフロアのスイートに移動しますと。わかった？」

その女性パペットは目を大きく見開いたままうなずいた。彼女は震える手で無線機をベルトからはずした。マリーが指を一本立てて、相手を制する。

「まずは深呼吸して」とマリーはいった。「落ちついた声で。そうでないと、わたしの指がそうでなくなるわよ」

パペットの目が見開かれ、ほかの者たちは身をちぢこめるようにマリーからあとずさった。

パペットが無線機を上げて、マリーにいわれたとおりメッセージを伝えた。そうして、女性警官はゆっくりと手をおろした。

「それでよし」とマリー。「今度は、武器や無線機をすべてエレヴェーターの床に置いてから、こっちの部屋に入ること。ソファーにすわってちょうだい。あなたたち全員、ひどい顔をしてるわよ。あなたたちを怪我させるつもりはないけれど、外交官たちがここを離れるまで、あなたたちを帰らせるわけにはいかないの」

警棒、小型のピストル、無線機、工具箱といったものがエレヴェーターの床に置かれたあとで、パペットが一人ずつ、おびえたようすで伏し目がちにスイートに入ってきた。

「倒れる前におすわりなさい」とマリーはいった。「あなたたちは本当にストレスのかかる状況に慣れていないのね、そうでしょ？」

彼らはおずおずとうなずいて、そのまま首をがっくりとうなだれた。

「そうしたければ、眠ってもらってかまわないわよ。彼らが立ち去るときに、あなたたちの目は閉じていたほうが好都合だから」とマリーはいった。

彼らはそれ以上うながされる必要もなかった。警官二人はすでにソファーにもたれかかっていた。ほかの二人も目を閉じて眠りこんでいた。指揮をとる警官ともう一人だけがあらがっていたが、そう長くはもたなかった。彼らも床にくずおれた。ミストに混ぜておいた外科手術用の麻酔剤はかなりのあいだ効き目があるはずだ。

よし、やっぱりベルはこのことを知る必要がなかった。

48

オラーの表面では、デル・カサルがヨットで離昇《リフトオフ》したところだった。だが、計画どおり小惑星帯に向けた進路をセットはせず、宇宙服を脱ぎもしなかった。彼はパペット神政国家連盟の小さなマイクロ国家のひとつに短い跳躍《ホップ》をして、禁輸令破りの貨物船が点在する貨物港に着陸した。

背筋にかすかな怖れがむずむずしていたが、デル・カサルは陸地に降り立った。明るい星明かりのもとで、自動積みこみ機《オートローダー》のあいだを四百メートルほど歩き、積みこみ用のハッチを開けた大きな貨物船までたどり着いた。貨物船後部の大きく開いた貨物倉のそばで、もう一人、宇宙服を着た人影が彼を待っていた。その人物は慣れた正確さで武器や通信装置を携帯していないかスキャンして、エアロックをくぐるようにと手ぶりでうながした。

デル・カサルの手は何日も食事をとっていないかのように震えていた。彼は顔の表情と身体をなんとか制御した。エアロックの向こう側では、白い肌に酸の傷痕が顔に残る女が彼を出迎えた。彼女は制服を着ていないが、コングリゲートの諜報機関のメンバーであることはきわめて明白だった。

「こちらへどうぞ《パーリシイ・シル・ヴ・プレ》」と彼女がいった。

デル・カサルが宇宙服のヘルメットを脱ぐと、彼女は先に立ってオフィスまで彼を案内した。室内にはホログラム映写デスクと椅子がいくつか並んでいた。空気が重たく感じられ、それはデスクわきの巨大な人影を中心に発していた。

デル・カサルはスケアクロウを目の前にして尻ごみしそうになるのを抑えこんだ。柔軟な鋼鉄布《スティールクロス》がふくらんだシャツを形づくり、だぼっとしたズボンは腰と足首のところで結ばれている。むき出しにのぞくナノチューブのワイヤの束の先にカーボンファイバーの手袋と靴がつづいている。頭は炭素布《カーボンクロス》の仮面で、顔の造作がペイントされ、首のところで縛ってある。ふくらんだ衣服の下で、かすかなウィーンという音、フォーカスするカメラレンズ、マイク、スピーカーといったものが、袋に入れたネズミのように動いていて、そこにはまったく非論理的で直感的ながら、いったいどのようなものが隠されているのだろうか、と見る者の頭を悩ませずにはおかない。デル・カサルは非論理的ではなく、直感的なことにはそれほど鋭敏でもなかった。かつては、彼自身のほうが相手の恐怖をかきたてたものだ。

「ここにやってくるまでに、ずいぶんと時間がかかったもんだな」とスケアクロウが前世紀の下級フランス語でいった。その声は意図した機械的なものだったが、不機嫌さがにじんでいて、真に危険な人間的弱点をほのめかしていた。

「やつらの計画はいまや実行に移され、そしてアルホーナはじつに注意ぶかい」とデル・カサルもフランス語で応じた。「これは誰かに見られることなく移動できた最初の機会だったのだ」

「では、情報を分けてもらおうか」とスケアクロウがいった。

「金額が先、情報はそのあとだ」とデル・カサルがいった。

「よい情報に対してたっぷりと支払うことなしに、この職に長くとどまれはしない、セニョール・デル・カサル」とスケアクロウがいった。「そして、あらかじめ調べてみることもせずに金を使っていたら、わたしはいまの予算を得られてはいないだろう」

マシンのような顔は何を考えているのかわからないが、おそらくいまのは真実を語っている。慣れないためらいにデル・カサルはとまどったものの、スケアクロウに情報を打ち明けていった。アルホーナの正気とは思えない計画のこと、クルーのこと、サブ＝サハラ同盟の雇い主のこと、そしてそれらについてのデル・カサル自身の評価も。目の前のマシンは人間らしい反応をひとつも見せず、読みとれるようなヒントもあらわさなかった。デル・カサルの隣の金星出身の女も何を考えているのかは読みとりがたいが、ただしきびきびした質問でさらなる詳細をうながしたときだけは別だった。スケアクロウはただガラスの目でじっと見つめている。この面会のすべてを部下である女のほうが取り仕切るつもりかとデル・カサルは疑いはじめていたから、マシンがいきなりしゃべりだしたときには、はっと驚いたほどだった。

「このアルホーナと彼の能力、そして常軌を逸したＡＩについてもっと話してくれ」

デル・カサルは自分のこうした反応をうれしくは思わなかったし、それがスケアクロウのデザインの安っぽい象徴性やたくらみから無理やり引きだされたように思えたこともうれしくはなかった。彼らは対等だ。彼とこの女も。そして彼とこのマシンも。彼は自分の反応を制御できる。彼は対等の相手に対するように話していった。

「ベリサリウス・アルホーナはホモ・クアントゥス崩れだ」とデル・カサルがいった。「どうやら、生まれながらの能力を行使してもあまりたいしたことはできそうにないため、別のホモ・クアントゥスを雇って計算の手助けをさせるつもりだろう。AIについては、よく知らない。あれは何かの宗教的人物の仮面《ペルソナ》を通してのみ、われわれと意思の疎通が可能なようだ。演じているのかもしれないが、きわめてよくまねている」

スケアクロウは低いクリック音やウィーンという音をたてつづけた。デル・カサルはその動きを、実際のところは圧電性のカーボン・ナノチューブ層の収縮ではないかと推測した。小さな音のほうは、相手にあえて聞かせるために設計されているのだろう。スケアクロウの非人間性を心理的に強調するために。策略と見せびらかしだ。

「そのイエカンジカ少佐とやらがどこからやってきたのか知っているかな?」とスケアクロウが尋ねた。

「第六遠征部隊に所属しているといっていた」

「そのような部隊は存在しない」とスケアクロウ。

「あったんだよ、四十年前には」

「その進歩したドライヴ・システムとやらの証拠を目にしたことは?」

「いや。だが、彼らの新型兵器と、パペット神政国を正しく混乱させることができれば、遠征部隊はポート・スタッブス側の軸に無理やり押し入ることができるとアルホーナは考えている」

「それはうまくいくのか？」

デル・カサルは首を横に振った。「アルホーナは成功すると自信をもっているし、おそらくパペットに対して有効な防諜活《カウンター・インテリジェンス》動をおこなっているが、軸に無理やり押し入るのは難しいだろう」

「たったいま、きみの匿名口座に四万フランを送金しておいた」とスケアクロウがいった。

デル・カサルは抗議しかけたが、スケアクロウがつづけた。「さらに調査を進めれば、この情報にもっと価値があるのかが証明されよう。それに応じて口座に金額を積み足すつもりだ」

「そういうことなら、いまのところはこれにて、スケアクロウ」

「社会のはみ出し者たちのもとに戻るのか？」

デル・カサルは首を横に振った。

「パペット・フリーシティで契約制の仕事をはじめるつもりだ」

49

〈雑種族《モングレル》のやり方〉3節の、〝きさまはやらかした〟というのは、じわじわと味わいが増してくる。その付けあわせとして、2節の〝いつになってもよくなりゃしない〟というのもある。

スティルスは大きな渦のふちをまわりこみ、氷山の鼻栓が許すかぎり深く潜って、ブラックモア湾のこの突出部から出る道を探した。この突出部に数キロ手前から流れこんでいる水は、どこかに出ていかないといけないはずだ。彼がこれまでにさぐった水路のほとんどは、ぎちぎちに混みあって押しあう幾千もの氷山のわずかな隙間を、きしむ音をたてながら流れていた。

外海に戻る道筋を見つけられないまま、彼はフリーシティの最深レヴェルに達していた。たったひとつ、小さな水路をのぞいては。乱流とほかの流出の組みあわせの結果が、狭い水路を抜けていくゆっくりした流れになっていた。千気圧くらいあるだろうか。ぎゅっと絞られるが、入っていっても死ぬことはなさそうだ。

海水の流れがつくりだすゆっくりとしたうめき声が、細長いチューブ状の隙間をせり上がっていって反響する。この水路は、百メートルあたりまでは彼の身体が入っていけるくらい広い。だが、その先はいったんわずか十センチまですぼまってからまた広がっていた。くそっ。

氷がうつろって離れるまで、彼はブラックモアのいまいましい鼻の中に閉じこめられてしまった。

この海の小便くさいアンモニア水をもうしばらく呑みこんで酸素を取りこむことはできるが、数日もすれば体内に毒素がたまり、そしてそのころまでには爆発物が作動するだろう。そして彼には、栄養補給用のエナジー・バーしか食べるものがない。それに、フォーカスが彼の帰還を長いあいだ待つとは信用できないし、彼女自身が困った状態にはまりこまないとも思えない。

出る道はひとつきりで、しかもひどいつくりだ。

彼は懸命に泳ぎつづけ、関節にナイフの突き刺さる痛みを感じつつ、暗い海を四キロ引き返し、はじめに入ってきたところまで戻った。予想よりも長くかかった。思った以上に怪我がひどい。こんな状態の彼を誰にも見られていないのはさいわいだった。

スティルスははじめに入ってきたところを見つけた。ここはブラックモアの鼻腔に強い流れが入りこんでいて、産卵のため川をさかのぼる鮭のように流れにあらがって進まないといけなかった。身体のあちこちが痛み、息を切らし、疲労困憊《こんぱい》状態になりながらも、ようやく彼は流れから覆われたあのシェルターのようなエリアに戻りついた。四つめの爆発物の包みが、便秘中の括約筋《かつやくきん》付近の糞便のように引っかかっているところに。爆発物はそこで、ブラックモアが新たなくそをひりだすのを辛抱づよく待っている。

スティルスは硬くなったパテ状のものに指を突き立て、腕に抱えこめるぶんの量を引きちぎった。そしてここまで包みを引っぱってくるのに使った綱とハーネスを回収し、ふたたび尾ひれを打って流れに戻っていった。

海なんて大嫌いだ。

すべてが痛む。スティルスは口と鰓《えら》を大きく開けて、海水を呑みこんだ。酸素のとぼしい水中で、できるかぎり速く泳ぐ。体内のヘモグロビンは活動的で、血液は赤血球であふれ、筋肉は乳酸を長時間にわたって処理してたくわえることができるように設計されている。だが、海水にほとんど酸素が含まれていなければ、本当の意味であまり関係がない。

だが、もっとひどくなるかもしれない。おそらくは、いつだってそうなる。

ヘモグロビンは驚くほど分圧に対して反応しやすく、それはヘモグロビンが機能する際にひとつの形から別の形へと柔軟に変形するためだ。酸素を包みこんで捕らえるために。ここに入りこんだときにヴェンチュリ効果による減圧を経験したせいで、ヘモグロビンの多くに恒久的なダメージを負った可能性は確かにある。もしそうだとすれば、この世界は見事に彼の尻を叩いたことになる。この海がどれだけ酸素を含んでいるかなど問題ではない。貧血症になって、彼をいとも簡単に窒息させるだろう。

スティルスはさらに懸命に泳いだ。もしここで死ぬことになるとしても、その前に世界の連中におれの小便を飲ませてやる。関節の痛みは耐えがたいほどになっていた。あまりに激しく酸素を取りこもうとしてあえぎ、視界が黒い点でまだらになった。

スティルスはどうにか四キロの距離を踏破し、狭い水路とそのからかうようにゆるやかな流れをふたたび見つけた。彼は両手にいっぱいの爆発物を穴のわきに設置した。ポーチから小さなナイフを取りだし、爆発物の包みを運ぶときに使ったケーブルの細工に取りかかる。それは上質の、曲げやすい鋼材で補強されたカーボンのケーブルで、ソナー音を吸収する発泡材が編みこまれている。彼は両端一メートル程度の発泡材を剝《は》いでいった。

爆発物について彼はあまりよく知らないが、雷管の二又の金属の突起がそのあいだで電流をつくりだすのだということはわかっていた。そしてマリーが口うるさくいっていたことがある。彼女の大切なパテのまわりで電気を使うな、と。彼が知る必要のあるのはまさにそれだけで充分のように思えた。そうじゃないか？

彼は爆発物を太くて長い棒状にして、そのまわりにむき出しのケーブルを何度か巻きつけてから、ゆるやかな流れにおろしていった。下へ、下へ、下へと。それがつくりだす乱流のエコーに耳をすましながら。海のもっとも深いところでは、音が視力にまさる。水路はしだいに狭くなっていき、爆発物が流れに揺れるうちに、乱流がしだいに大きく、ますます耳にさわるようになった。この耳にさわる音が最大になったところで、穴のふちから徐々に離れた。

彼は体内の電函から指先まではしっているカーボン・ナノチューブに電流を通した。そして手にはケーブルの芯の金属部分を握っている。まわりの世界がいきなりはじけとんだ。

ドカン。衝撃波。氷の裂け目がはじけとぶ。

氷の短剣が水路の天井から割れて四方にとび散った。まるで、中世の大砲で飛ばされた釘の束のようだ。

そうして、水中に浮かんでいる氷山がそっとぶつかりあっては離れるたびに、小型のナイフで格闘するようにキンッキンッと甲高い音をたてた。

スティルスは耳鳴りがした。手が震えていた。オーケイ。ほんのひと握りの爆発物だったというのに、かなりの威力だ。いまはマリーに対して、ほんの少しだけよけいに敬意を抱いた。ほんの少しだけだが。

スティルスは穴をのぞきこんだ。氷の小片が振れあってぶつかり、容易に聞きとれる反響音をはるか先まで響かせていた。水路はさっきまでよりもずっと広くなったが、ところによってはナイフのように鋭くとがっている。彼は水路に入りこみ、尾ひれを打ちもせず、ゆるい流れが彼を下流に引きこんでいくにまかせた。水中にただよう氷の切れ端や小片が、鋭く、やわらかな雨のように身体にぶつかっていく。彼は目を閉じたままその中を抜けていった。

くそったれな世界め、ざまあみろ。

50

「なんてこったい！《サプリスティ》」とマリーが毒づいた。「スティルス！　あんた、どこまで行ってたんだい？　昼寝でもしてたの？　こっちはホテルのちっちゃな警官たちが、大勢で泳ぎにやってきたとこなんだよ」

スティルスが割れた窓から泳いで入ってきた。

「包みを置いてきた」とスティルスが電気的に翻訳された声でいった。「さっさとここをずらかるとしよう」

彼は開いたままのエアロックのドアをくぐり、背後でドアを閉めた。のろのろと、ひねる動きでしっかりと密閉していく。

「具合でも悪いのかい、スティルス？」

「きさまの知ったことか、フォーカス」

「具合が悪いんなら、あんたをここに置いてかなきゃならないから」と彼女がいった。「重さが数トンもある水と鋼鉄の箱なんてないほうが、こっちはすばやく動けるだろうし」

「くそでも喰らえ《マンジエ・ラ・マルド》」と彼は応じて、ドアを密閉し終えると酸素を入れはじめた。「行くぞ」

「あんた、マジで怪我してんの？　だったら、絶対ここに置いてくよ。あたしの脱出時間を配分しなおさなきゃ」

「マジで頭がイカレてんのか？　おれたち二人を移動させるんだ！　きさまの爆発物を設置するときに、こっちは減圧症になった。酸素が必要なんだ。体内のダメージがどの程度なのかまではわからない」

「それって、あたしの脱出が早まるようには聞こえないけどね」とマリーはいいながら、エアロックを循環させた。

「だったら、とっくにここを離れることもできたはずだぜ。ここに居すわって、空気吸いのコングリゲートのお姫さまみてえに、五つ星ホテルでのんびりカナッペなんて食ってねえで」

「カナッペなんて食べてないよ」

「こっちはあやうく死にかけたんだぞ」

「ちぇっ、もう黙りなよ。大きな赤ん坊みたいにさ。あんたの泣きごとはセント・マシューよりもひどいね」

「きさまを本気で殺してやるからな、フォーカス」

排水のサイクルが終わると、マリーはロックのハンドルを回して、重たいドアを開けた。

「一度でいいから、最初のデートであたしを殺したくならないような男に会ってみたいもんだねえ」

「そこにお決まりのパターンを見てとったのか？」

「うん」とマリーはいった。「うわっ、あんたって重たいねえ」彼女は不平をもらしながら、彼の加圧室をエアロックから引っぱり出した。「ダイエットを考えたことは？」

「いいから引っぱりつづけるんだ、おしゃべり女《カーリス》め」と彼が返す。「ソファーのとこにいるあの連中はなんだ？」

マリーは縛られたパペットのほうをちらっと見た。彼らは目を丸くして、数トンもある水の入った鋼の箱を彼女が素手でドアのほうに引きずっていくのを見つめていた。「パペットの六人パックをあんたに用意しといたんだよ」

「スナック菓子は食わないことにしてる」とスティルスがいった。「だいたい、ああいうのに何が入ってんのか、誰にわかるっていうんだ？」

「エレヴェーターに乗るよ」とマリーはいって、彼の加圧室を押しこむと、額の汗をぬぐった。「作戦行動のときはいつもこうなるんだよね。髪の毛がぐしゃぐしゃになるし、靴がだめになっちゃって」

「いつだって人生ってのはタフなもんさ」とスティルスがいった。

「だよね」マリーはソファーのところのパペット六人に手を振った。「もてなしをありがと、みんな！　最高に楽しい時間だったよ！」

51

パペット神学生のロザリー・ジョンズ＝10はドアを押し開けて、司教の執務室に入っていった。室内は司教をあらわす緑色で装飾されている。檻、むち、おもちゃ箱、そしてシュークリームといった宗教画が、化粧板の壁を飾っている。ヌーメン・サイズのデスクと椅子が部屋の奥に据えてある。彼女は誰も使っていないデスクに向かって、膝を曲げて深々とお辞儀をした。

右の壁ぎわに置かれたパペット・サイズの秘書用デスクにはグラシー＝6司教がすわり、その前に向きあう形でブロンドの顎ひげを生やしたパペットがすわっていた。ロザリーはおずおずと近づいていって、もう一度、今度は司教のデスクに向けて膝を曲げたお辞儀をした。

「いっしょにすわりなさい、修練生よ」と司教がいった。

「はい、司教猊下」と彼女はいって、不安なまま腰をおろした。

「いくつか質問したいことがある。こちらのゲイツ＝15からもな。彼は苦行者だ」

ロザリーは自分の眉が徐々につり上がっていくのを感じた。苦行者にはこれまで一度も会ったことがなかった。教会のエリートで、神なる存在のそばにいなくても数カ月でも数年でも過ごすことができる。

「わたしは何かいけないことをしたのでしょうか、猊下？」と彼女は小声で尋ねた。

「神学校でのきみの卒業論文について、聞かせてほしい」とグラシー＝6がいった。

質問があまりに予想外なものだったため、彼女は口ごもった。「わたしは……パペットとホモ・クアントゥスの宗教的経験とアイデンティティの近似性を研究することを選びました」と彼女はいった。「そうすべきではなかったのでしょうか、猊下？」

「どうしてそのように奇妙な論文の主題を選ぶことになったのかね？」とグラシー＝6司教が尋ねた。顎をさすったときに、ローブの袖口が下がって、手首に鎖のついていない手かせの一部がのぞいて見えた。彼女も叙任されたなら身に着けるはずのものだ。いつの日か、叙任されるとすれば。

「わたしはホモ・クアントゥスと会話したことがあります」と彼女はいった。「ボブ・タウンで暮らしている者と」

「どのようにしてその人物と会うことになったのかな？」と苦行者が尋ねた。彼の視線に見据えられると気が落ちつかなくなった。ロザリーは神のいないところで何年も生きていくことを想像しようとしてみたが、考えるだけでも恐ろしかった。

「彼のほうからわたしに接触してきたんです。見習い学生のときに投稿した論文を、彼が目にしたらしくて。彼はこの星を訪問する輸入業者に、とるに足りない詐欺をはたらいて暮らしています。ときどきわたしを雇って、ちょっとした役割を演じさせることがあります。わたしたちは十分の一税を教会にきちんとおさめてきました。彼はそうすべきでない相手をだましたのでしょうか？」

「それはあまりに過少な表現だ」とグラシー＝6司教がいった。

「彼はパペット神政国を侵略する計画の中心にいる」と苦行者がいった。

驚きのあまり、彼女の口がぽかんと開いた。ベリサリウスが誰かの脅威になるというのは想像もできなかった。彼が武器を持ち歩いているところさえ見たことがない。

「われわれは彼について知る必要があるのだ、修練生よ」とグラシー＝6司教がいった。「きみは彼と話をしたことがある。何を話しあったのかね？」

「わたしは……彼がそのようなことをしたなんて信じられません」と彼女はいった。「彼は魅力的で、暴力的な人ではありません。神学について話しあうのを好んでいました」

「ブラックモア湾内で〇・五トンの爆発物を発見した」と苦行者がいった。「アルホーナが仲間にほかにも爆発物の包みを三つ設置させたことをわれわれは知っている。だが、実際にはほかにも設置された可能性をわれわれは排除していない。われわれは急いでほかの三つも発見しようとつとめているところだ」

ロザリーの腕がスポンジのようにぐにゃりと感じられた。

「そしてグランド・クレストン・ホテルの底にとても不安定な穴があいた」とグラシー＝6司教がいった。「うまく修復できないばあいに備えて、ホテルの地下の四十階層にわたって客を避難させる事態になった」

ロザリーは口に手をあてて驚きを抑えた。

「ほかにどんなことを話しあったのかな、修練生よ?」と苦行者が尋ねた。

「あの……わかりません。ちょっとした詐欺のやり方についてとか。お金の転送とか。土地を扱う策略とか。八百長試合も。でも、いつだって彼は、パペットが神の存在と不在をどのように経験するのかとか、ふたつの自我をうまくやりくりするのはどのようなものかといった問題のほうに興味があるようでした」

「この点をどう説明するのかね、修練生よ?」と司教が問いただした。「一方では、きみが会っていた男はポート・スタッブスへの攻撃を計画する詐欺師であり、他方では、神の存在と不在についてきみがどう感じるのか尋ねる男だということを」

「わかりません、猊下。詐欺は彼にとって単なる仕事のようです。彼の内側では……トラブルを抱えてました。彼は三つのアイデンティティに引き裂かれています。本来の彼、ある種のサヴァン状態に入りこんだ彼、そして純粋な知性的存在としての彼。彼は自分が何を求めているのかわかっていません。自分の人生になんの意味もないことをわかっています」

「そして、ほかには?」と司教が尋ねた。「彼はきみから何を得たのだろうか?」

彼女はどうしていいかわからずに両手を投げ出した。「わたしは彼が詐欺をはたらくのを何度か手伝いました。そのほかは、何もありません、猊下。パペットの経験について知ることは、ホモ・クアントゥスにとってなんの助けにもなりません。わたしたちはすでに神なる存在と結びついています。わたしたちにとっては意味があります。ですがそれは、ほかの者と共有できるようなものではありません」

　苦行者が首を左右に振った。「そこにはそれ以上の意味がありますね」と彼は司教にいった。「アルホーナは会う者ごとに違う顔を見せています。ロザリー・ジョンズ＝10はひとつの面しか見ていません。アルホーナはきわめて危険な男ですが、サブ＝サハラ同盟の艦隊をまっすぐわれわれの手もとに運びこむために利用できるでしょう」

　ロザリーのまわりで、部屋が、世界全体がぐらついた。まるで、コカの葉からつくったバスコを吸ったときのように。彼女が知っているベリサリウスを、そのような恐ろしい行動と結びつけることができなかった。けれども、これには司教と苦行者が関係していることを彼女は無視することができなかった。ロザリーはベリサリウスのことがまったくわからなくなった。

52

その晩、ゲイツ＝15がフリーシティへの散策から戻ってきた。彼は活気づき、顔を紅潮させて、何か打ち明けようとするように近づいた。

「彼らはあなたをまっすぐパペット軸に移すことにしたそうだ！」と彼がささやいた。

「〝禁じられた街〟には連れていかないで」

ウィリアムはゲイツ＝15の上腕をつかみ、かるく揺さぶった。「おまえは自分の任務を果たすんだ！」「ほかのシステムにもウィルスを侵入させたのか？」と彼が問いただした。

「彼らはわたしを〝禁じられた街〟には近づけたりしない」とゲイツ＝15がすまなそうにいった。「この付近の末端ネットワークにもう一度ウィルスを侵入させられるかもしれない」

「そうしたネットワークはフリーシティ周辺の防衛システムを制御していない」とウィリアムはいった。

ゲイツ＝15が唇を舐めた。「彼らはわたしを同行させることにしたんだ、いいかね？　われわれはパペット軸の宇宙港に向かう。そこはわれわれがいまいる場所よりも〝禁じられた街〟にずっと近い。わたしは少し離れてポート・ネットワークにアップロードできるかもしれない。防御関連ではないにしても、なんらかの混乱を引き起こせるかもしれない」

ウィリアムはゲイツ＝15のシャツをつかんで引き寄せた。「おまえがどれだけ近づいて、正しいシステムにセント・マシューのウイルスを侵入させられるかにわれわれの成否がかかってるんだぞ。おまえこそが潜入スパイなんだ。いまのおまえは、本物の、正常なパペットがどんなふうなのか感じることができる。もしも遠征部隊がパペット軸を通り抜けることができなければ、おまえは六週間以内に追放者の身分に逆戻りするんだぞ。だから、なんとか手段を見つけろ」

ゲイツ＝15の顔が汗で光っていた。彼はここに、ウィリアムの面前に立っているが、夢見るようなヴェールが彼の目のふちにかかっていた。彼はごくりと唾を呑みこんだ。

「しくじりはしない」彼はかすれた声でいった。「わたしはこの能力が欲しい」ゲイツ＝15は何度か舌を鳴らした。「あなたを愛している」

ウィリアムはパペットを突きとばした。ゲイツ＝15はよろけて、畏怖とともに床に倒れこんだ。

ドアが開いて、司教冠《ミトラ》をかぶった小柄な司教が入ってきた。司祭二人が彼につき添い、さらにそのあとにドクター・テラー＝5もつづいた。司教は親切さをよそおった笑みを浮かべた。ウィリアムとゲイツ＝15のあいだのついさっきまでのいさかいを隠す手だてはなかった。

「またあなた自身が怪我をしたのではないでしょうな？」とグラシー＝6が尋ねた。

「いや、彼を押しのけただけだ」とウィリアムはいった。

「それはよかった」とグラシー＝6がいって、そそくさと手を揉んだ。「よい知らせのことは聞きましたかな？」

ウィリアムは用心ぶかくうなずいた。「いつ出発できるのかな？」

「いますぐにでも」

「すばらしい」とウィリアムはいった。グラシー＝6の笑みを信用してはいなかった。「身体を洗ってから出発してもいいかな？」

「その必要はありません」と司教がいった。

「そんなに急いでいるのか？」

「いいえ、ですが、身体を洗うのはかえって非生産的です。服を脱いでもらいましょうか」

「また宇宙服に着替えるのか？」

グラシー＝6がそっとため息をつく。「ヌーメンは服を身に着けずにこの地を移動します。そうすることで、ヌーメンが通ることをすべてのパペットが知り、崇拝したくなるかもしれません」

「裸で外を歩きまわるつもりはない」

「わたしは頼んでいるのではありません」

「それはこっちもだ」

ドクター・テラー＝5がはっと息を呑んだ。ゲイツ＝15も口を大きくあけたまま、夢見るようなため息をついた。

「手づまり状態かな？」とウィリアムは尋ねた。

「まったくそんなことはありませんよ」と司教が親切にいった。「あなたはいわれたとおりにするか、こちらがそうさせるまでです」

「それは意味をなさない。わが最後の日々に、ほかのヌーメンと同じように保護拘置されるのか、それともわたしから命じるか？　どっちがいい？」

小柄な司教は手にしたショッカーを掲げた。「服を脱いでもらいましょう」

優美な手に握られたショッカーは揺らぐことがなかった。ゆっくりと、ウィリアムはシャツのひもをほどき、首をくぐらせて脱いでいった。つづいて、ズボンと下着も。彼は挑むように、汗まみれで肉のたるんだ姿で彼らの前に立った。ひどく咳きこむ。

司教をのぞいて、ほかの全員が畏れに打たれてまじまじと見つめた。

司教は後ろに控えていた者たちにかるく手を振って示した。開いたままのドアから、一人が出ていった。廊下から、うめく声と何かを持ち上げる音が聞こえた。深緑色の生地に銀糸でふちどりした司祭のチュニック姿のパペット八名が姿をあらわした。苦労して、二本の長い竿を持ち上げていて、その竿が小さな檻を支えている。

彼らの手首や足首、そして首まわりには、鎖のついていない鋼の重たいかせがはめられている。彼らの身分を示すシンボルだ。彼らは扉口に押し寄せた。一人はこぶしの皮膚を擦りむいた。彼らは足を止めると荒い息を継ぎ、統制がとれずに揺らぎながら、檻をおろした。

彼らは膝をついたまま、裸のウィリアムをじっと見上げていた。司教は期待する表情を浮かべている。彼はウィリアムににっこりと笑顔を見せ、檻の側面のドアを開けた。

ウィリアムは動こうとしなかった。

「お入りなさい」とグラシー＝6司教がうながす。

「なぜわたしが檻に入るというんだ？」とウィリアムが問いただす。

「檻はパペットにとって宗教的に深い意味をもっています」と司教がいった。「神聖なるものなのです。おもちゃ箱や、シュークリームと同様に」

「わたしは檻に入るつもりなどない」

小柄なパペット司祭の一人が、ぶるっと身震いした。

グラシー＝6がショッカーを振りかざす。

「よせ」とウィリアム。

そうして、彼は電気的なひきつけを起こして床に倒れ、苦悶の叫びをあげ、視界は黒い染みだらけになった。パペットの手が彼を引き起こす。ひりついた神経にその手はやわらかだった。彼らは檻の扉口に彼を押しこもうとして、彼の首をねじ曲げたときに誤って頭を枠に打ちつけてしまった。いったん彼を引き戻して、また押しこもうとしたが、今度は肩が金属にぶつかった。彼は叫びをあげ、パペットの一人を蹴とばした。

「おれはこの中におさまらん、ばか者どもめ！」とウィリアムはいった。「小さすぎる」

「頭を膝のあいだに入れて屈めば入れますぞ！」グラシー＝6の声が困惑する彼らに呼びかけた。「背中をまるめなさい」

檻の床面はたいらではなかった。足を入れると間隔の狭い鉄格子が脛《すね》にくいこんだ。あまりに狭く、膝をついていても、ほとんど膝のあいだに頭を屈めなくてはならなかった。檻の角から角まで使って身体を斜めに向けようとしたが、肩がうまくフィットしない。熱心なペット二人が檻のドアを閉めようとして彼の手に打ちつけ、彼は悲鳴をあげた。鉄格子が足や脛にさらにくいこむ。檻のドアが無理やり閉められた。

「これで申しぶんない！」とグラシー＝6がいいはなつ。

小さな手が鉄格子のあいだからねじこまれ、すばやく触れていく。彼の足に。ひそかな部分に。腕に。ウィリアムは小さなけだもののうち一人を鉄格子ごしに激しくぶつけてやったが、いきなり、またしても電気的な苦悶の叫びをあげ、あまりに激しく痙攣したために失禁して足や床にこぼれた。

神経が燃えるようだったが、今度は彼一人ではなかった。檻に手をかけていたパペット五、六人もいっしょに悲鳴をあげ、床に倒れた。ウィリアムは痛みのあまり涙が出た。目を開けると、グラシー＝6が司祭たちを叱りとばしているのが見えた。八人全員が床にひざまずき、ウィリアムの尿に指を浸して、ある種の恍惚とした表情を浮かべつつ、顔に水滴を塗りたくっていた。司教が彼らのわき腹を蹴とばすうちに、ようやく彼らは立ちなおって落ちつきを取り戻した。

「小さな怪物どもめ」とウィリアムがいう。「おれをここから出せ」

小さな司祭たちが息を呑んだ。

「きさまらはどうなってるんだ？」と彼は怒鳴った。

グラシー＝6司教の重たい足かせがカラカラと音をたてた。彼が進んで、ウィリアムのかたわらの尿のたまりに足を踏み入れた。

「あなたは最初の転落したヌーメンに似ている」とグラシー＝6が小声でいった。「こんなふうにおれを守るというのか？」ウィリアムはいった。

「おれをショッカーで脅して？　おれを打ちのめして？　この中は小さすぎる。身体が痛む！　おれを出せ！」ウィリアムは檻を揺さぶろうとした。

「最初の転落したヌーメンのようだ」グラシー＝6が驚きとともに、小声をもらした。

53

恍惚とした叫び声の波が高まっては引いていく。八人のパペットの担《にな》い手が彼の檻を輿《こし》のように担《かつ》ぎ、地上レヴェルから三メートルばかりせり上がった歩道を進んでいく。数十メートル前方のパペットの群れが、完全にわれを忘れて叫んでいる。あのときの司祭たちは大半が自制をなくしているようにウィリアムには思えたが、ほかのパペットと比べれば落ちついているほうだ。彼が首をめぐらして見わたすかぎり、どこまでも前方に筋をなしてつづいている赤外線ヒーターの下を、彼らはぎこちない荘重さで檻を運んでいった。

彼の身体の下では、檻の鉄格子が脛や足や膝にくいこんで痛んだ。背中の筋肉は感覚がなくなり、頭もグラシー＝6にショッカーを使われたせいでまだずきずきする。発熱ランプの下で照らされ、ウィリアムは汗をしたたらせていた。頭上の回転式ファンが熱風を吹きおろし、彼の体臭を下にいる狂乱状態の群衆に送っている。彼の体臭を嗅ぎとると、彼らは声を詰まらせて黙りこみ、ぼんやりした恍惚状態におちいった。それはまるで、甲高い叫びがとび交っていたフリーシティの通りに、いきなり正気に返って、ぽかんと口を開けた、沈黙の毛布を誰かが広げたかのようだった。

パペットがぎこちなく重たい足どりで進みつづけ、群衆から次々にあがる叫びのなかへとウィリアムを押しだしていくあいだ、彼は涙を流してむせび泣いた。

54

カサンドラはそわそわして落ちつかないようすのベルを見守っていた。パペットを除くほかの者はあまり感心できるものではない。彼とカサンドラ、マリー、そしてイエカンジカは、パペットを除くほかの者たちと同じようにわきに寄せられ、フリーシティの外縁部に移された。スティルスは積み荷として引きつづき宇宙港に向かっているが、残る彼らのほうは、強制的に船を降ろされて足止めをくらった旅行者であふれる騒がしいバーを見つけていた。イエカンジカの手首の小型プロジェクターが、多周波のホワイトノイズを彼らのまわりに放射している。そのおかげで、彼らはある程度のプライヴァシーをたもって会話できた。一般のニュース・フィードが壁の二面に映しだされ、ほとんどはパペットを除く大勢の者たちの一時的足止めのもようを流していた。

パペット軸を映している画面はなかった。たとえテレビ・カメラごしにではあっても、カサンドラはぜひともそれを目にしてみたかった。彼女はこれまでの人生を宇宙の研究に捧げてきながら、どの軸にもこれほど近づいたことはなかった。古代のなんらかの知性体によってつくられた、人間には推測さえもつかないテクノロジーの産物に。それなのに、彼女はこうしてここで足止めをくらい、実際に触れることもできない。脳がむずがゆく、彼女は何かを数えようかと思いはじめたところだった。マリーも退屈しているように見えた。大柄な採鉱場作業者にナッツの殻を投げつけて、喧嘩になるのを期待して二、三分それをつづけたあとで、マリーは大きなため息をついた。採鉱場作業者が別のブースに退却したのだった。

「でさ、スティルスのあの石棺みたいなやつのネットワークにハッキングしてみたんだ」とマリーがベルにのんびりと話しかけた。「彼のネットワークに金星のかわいこちゃんのポルノ動画を送ってやったんだよ。彼は圧《プレッシャー》力がかかってたみたいだから」

「そいつはひどいな！」とベルがいった。

「わかってる、わかってるって」とマリーがいう。「アングロ＝スパニッシュ語の言葉あそびはあたしの得意分野じゃないんだよ。フランス語のほうが母国語だから」

「そうじゃない。きみはひどいことをしたといったんだ！　スティルスはセント・マシューとは違う。雑種族《モングレル》は深いところまでめちゃくちゃにされてるんだ」

「まったくもう！」とマリーがいった。「マットだってめちゃくちゃにされてるだろ」

「モングレル族の本物のポルノがどんなものか知ってるか？」とベルが尋ねる。

「たぶん、マナティの交尾とか？」

「きみや、おれだ。服を身に着けたままの。モングレル族は足の代わりに尾びれがある。彼らの顔は感情をあらわすことができない。脂肪のせいで彼らの生殖器官は隠れてる。彼らの生殖活動は大きな支援を必要とするうえに、痛みをともなう。彼らは互いに相手を不快に感じてる。彼らはセックスについて考えることを意図的に避けるようにしてるんだ。きみはおそらく、彼をみじめな気分にしたろうな」

「そっか、くそっ《メルド》」と彼女がいって、腕組みをした。

カサンドラはベルの心を読みとろうとした。彼がモングレル族を憐れんでいるのは本心のようだ。スティルスの荒っぽい言葉づかいを聞くたびに彼女は気が落ちつかなくなったし、彼にできる暴力的ふるまいにはおそらくおびえていた。だが、すべては相対的なものになっていた。スティルスとイエカンジカ。スティルスとゲイツ＝15。急に、彼はそれほどひどくないように思えてきた。そして、ホモ・エリダヌスに対するベルのまなざしは高貴なものであるように思えはじめた。スティルスはあのような姿に生まれつくことを頼んだわけではないのかもしれない。彼は水中で生きることを好んでいないのかもしれない。彼女もスティルスに対して少し同情を感じているのかもしれない。

ニュース・フィードの音量が高まり、歓喜の叫び声をあげるパペットたちを映しだした。

「何が起きているの、アルホーナ？」とイエカンジカが声をひそめて尋ねる。

「ときおり、パペットはヌーメンを別の場所に移動させる必要が生じることもある」と彼がいった。「そんなとき、その都市は封鎖される」

「われわれが知っている誰かのことを？」とイエカンジカが、注意ぶかく、そしてなんでもない口調をよそおって尋ねた。

「セント・マシューほどすぐれてるわけじゃないが」とベルがいって、限定的なデータフィードにちらっと目をやった。「おれもパペットの上級レヴェルの交通状況にアクセスすることくらいはできる。パペットの群衆はフリーシティの外壁から伸びて、街全体を横断してははるばる宇宙港までつづいてる」

ふたつの画面に転送中のニュースが消えて、パペットのアナウンサーがあらわれた。身長はおそらく一メートルほどで、頬を紅潮させ、心を奪われたような興奮した顔つきをしている。彼はフルサイズの人間用のデスクを前にして立ち、上面の板が彼のわきのすぐ下まで達している。彼は目の前にデータパッドを掲げているため、カメラは彼を四十五度の角度から撮影しなければならず、意図せずしてアナウンサーの右側の、ペイントされていない壁や配線まで映っていた。

「……過去には野生のヌーメンであるという主張に何度も失望させられてきましたし、司教会議は現在まで、発見について正式に宣言しておりません」とアナウンサーがいった。「ですが、フリーシティじゅうのパペットたちの反応は驚くべきものです。もうじき中継チームにつながるでしょう。それまでのあいだ、目撃者のインタビュー映像をごらんいただきましょう」

しばらくのあいだ、笑みをたたえたパペットのアナウンサーが画面に映っていたが、ようやく映像が切り替わった。司祭のチュニックを着た小柄なパペット女性が、足をぶらぶらさせて椅子にすわり、なおも震えている手を抑えようとしていた。彼女の畏怖の念は、汗や涙で汚れた頬を輝かせていた。

「わたしはウォレンズから十二番街まで彼を運んだ八人の担ぎ手の一人でした」と彼女が語りはじめた。「彼は本物です。誓います。わたしがヌーメン族というものをわかっているとすれば、彼は本物です。まるで〝よい子の日〟のような気分ですが、それよりもずっと強い感覚です。わたしはほかの担ぎ手数人と、閉ざされた部屋の中で彼といっしょにいました」彼女の呼吸が震えた。「彼が床に失禁しました。わたしはそれに触れました」と彼女はいってうめきをもらし、涙をぬぐった。「それはわたしがこれまでに経験したなかでもっとも美しい瞬間でした。彼は……彼はわたしたちに怒鳴りました。わたしたち全員に。彼はほかの司祭をつかんで、檻に叩きつけました……とても美しい光景でした」

インタビュアーが急にカメラをおろし、映像が傾いて、若い司祭が九十度傾いた状態で映った。人の手で支えられることもなく、それでもカメラはインタビュアーがいとおしげに司祭の指を撫でさすって、においを嗅ぐようすをとらえていた。カサンドラは胃がむかつくのを感じた。ベルがなんといおうと、パペットはホモ・クアントゥスとはまったく違う。彼らに囲まれているに違いないウィリアムがどんな気分なのか、彼女には想像もつかなかった。

イエカンジカの顔にも嫌悪感があらわれていた。彼女がベルにさっと顔を向けた。

「これは悪いこと？」と彼女が尋ねる。

ベリサリウスは首を横に振った。「いいことだ」と彼はささやいた。

「一種のパレードのように見えるわね」とカサンドラがベルのデータフィードをちらっと見て、頭の中でニュースの内容を地図化したあとでいった。「彼らはウォレンズから宇宙港までの道筋を通行禁止にした。彼らを〝禁じられた街〟には連れていかないつもりかしら？」

映像はニュース用デスクの前に立つパペットに戻ったが、音声は別のどこかからのもので、彼が何をしゃべっているにしても、つづく一分間は送信されなかった。代わりに、大群衆の声がバーの喧騒をかき消した。混沌としたくり返しの詠唱や、怒ったような叫びが。ようやくビデオ・フィードと音声がマッチし、かさ上げされた歩道の下で数千ものパペットが汗みずくでとび跳ねているようすが映しだされた。

「彼らは怒っているの？　毒づいているの？」とカサンドラは尋ねた。まるで動物を見ているようだった。

ベルが首を横に振った。「彼らは崇拝してるんだ。パペット聖書はヌーメンがパペットにいった多くの言葉にもとづいて成り立ってる。崇拝のひとつの手段は聖典を引用することにある。ヌーメンはパペットにたくさん毒づいてきた」

カサンドラはさらに少し気分が悪くなった。

ベルがため息をつく。「ヌーメンがそばにいなければ、パペットはきみと同じくらい正常なんだ。幾世代にもわたって、捕らえられ、虐待され、生化学的な奴隷にされてきたあとで。ヌーメンのそばにいると、パペットは量子フーガのように異質なものになる」

彼がからかっているのだとは思えなかった。彼は本当にそう信じている。

ノイズがしだいにおさまるにつれ、カメラのアングルがシフトした。パペット司祭が数人がかりで輿のようなものを運んでいる映像になったが、詳細まで見てとるのは困難だった。

カメラマンはぴょんぴょん跳ねつづけ、群衆を押しのけてもっと近づこうとしている。

「おい、まさか」とベルがもらした。

カサンドラはベルの手を握った。彼女もそれを見てとった。彼女の脳は、彼と同じように、映像の切れ端から完全なシーンを補完することができる。彼女はひどい気分になり、ベルのほうがはるかにひどく感じているに違いないとわかった。そうして、カメラが跳ねるのをやめ、ノイズの波は押し流され、共有されたため息に変わった。行列がフレーム内を進み、パペット・サイズの檻に入れられて背中をまるめ、窮屈に押しこめられた、裸の人物を運んでいるのが映しだされた。恐怖の感覚がカサンドラの心臓を刺し貫いた。彼女はウィリアムのことをほとんど知りもしないが、ベルにとってはかつての師匠で、庇護者でもあった。ベルの胸が痛むのを彼女は望んでいなかった。彼女はベルの目の両わきに両手をあてて、彼女のほうを向かせ、彼女だけを見るようにさせた。二人とも目に涙をためていた。

「あなたの気持ちはわかるわ、ベル」ほかにどうすることもできずに、彼女はささやいた。

「あれを見ないで」

だが、彼はそうすることができず、それはカサンドラも同じだった。ベルはすべてを記憶していた、彼女がそうであるのと同じように。

「見ないで」

カサンドラはささやき、彼の痛みをそらすために思いつくことのできたただひとつのことを実行した。ベルの顔を引き寄せてキスしたのだった。

55

ウィリアムは激しく咳きこみ、血痰《けったん》を吐いた。グラシー＝6が心配して近づいてきたが、ウィリアムはこぶしを振るって、司教には当たりそこなったものの、相手をさがらせることはできた。ウィリアムは口をぬぐい、彼のためにしつらえられた低いベッドの上で起きなおった。

彼らはフリーシティの宇宙港に到着していた。パペット専用の保安エリアで、広い窓からは真空の大きな格納庫が見わたせる。硬い氷に明かりが反射して輝き、旅客船の輪郭を浮き上がらせ、ポート・スタッブスから到着した最新の貨物船からは貨物コンテナをおろしている。巨大な地下港の床に開いた軸そのものがきらめき、そのはっきりした位置や深さは不明瞭で、見る者の目を混乱させる。

ウィリアムはふたたび服を着せられていた。ズボンとシャツは足と腕の外側につけたひもを結ぶようになっている。推測するに、今度また服を脱がすときには、必ずしも彼が協力せずとも済むようにするためだろう。彼は怒りがわき返り、制御を失いかけた。彼がこうしてここにいるのは、娘のケイトのためだ。娘にまっとうな将来を用意してやるために彼が何をしたか、ケイトが知ることはけっしてないだろうが、彼女はそれを手にできる。ケイトは父親のようにはならずに済む。

「逃げたな」とウィリアムは司教にいった。

「なんですと?」とグラシー＝6が聞きとがめる。ウィリアムの声の調子が気になりはしないらしい。彼らは神を欲していた。それなら、おれがくれてやる。

「おれはあんたを殴ってやろうとした。ところが、あんたは逃げた」

司教はほっとした顔になった。笑みを浮かべ、若い司祭に指をぱちんと鳴らして合図すると、司祭は壁に駆け寄った。壁のパネルを開けて、ウィリアムのほうに急いで戻り、すべるようにひざまずくと、彼にあわててお辞儀をした。司祭は巻きとったむちを捧げ物のように差しだしていた。

「いったいなんのつもりだ?」

「わたしが逃げたのは、あなたの手を傷つけたくなかったからです」とグラシー＝6がおだやかにいって聞かせた。「わたしの骨はあなたの骨と同じくらい硬い。わたしを痛めつけたいなら、道具を使うべきです」

「頼むから――」ウィリアムは司祭の手からむちをひったくり、立ち上がった。「出ていってくれ!」彼はパペット聖書で目にした一節を使って怒鳴った。聖典を利用する神。こいつらに小便をちびらせてやる。「グラシー＝6以外は全員出ていくんだ!」

なかには急いでドアに向かおうとした者もいれば、司教がうなずくまで待つ者もあった。

ウィリアムは一人の尻を蹴とばしてやりたくなった。最後の一人が部屋を出て、ドアがバタンと閉じられた。グラシー＝6司教はウィリアムの前に堂々と立ち、背丈は一メートルほどで、頭には緑と銀色の、丈の高い司教冠《ミトラ》をかぶっている。

「怖くないのか？」とウィリアムは尋ねた。

「わたしにそれを望んでおられるのですかな？」

「いまここで、あんたをめった打ちにしたいとおれがいったら、あんたはそうさせるのか？」とウィリアムは問いただした。

「ムーニー＝4のジレンマについて、どれくらいよくご存じですかな？」とグラシー＝6が尋ねた。

ウィリアムは試しにむちを空中でひと振りした。司教はなんの反応も示さない。

「ヌーメン族はアングロ＝スパニッシュ金権国のどの星の社会からも拒絶された者たちからなり、誰からも干渉されずに生きたいという欲求によってのみ団結していました」とグラシー＝6がいった。「彼らの法規は個人主義者に適したものです。決闘で多くの議論を解決してきました。彼らは……血の復讐を楽しんでいました」

「驚くにはあたらないな」とウィリアム。

「十代だったムーニー＝4は、ヌーメンが血の復讐によって同族の者を殺すところをたまたま目撃しました」とグラシー＝6がつづける。「彼女はヌーメンの死を目にしたあとも生きていかなくてはなりませんでした。ほかにも多くのパペットが、彼女のような陥穽《かんせい》にはまっています。ヌーメンに従いたいという圧倒的な欲求と、彼らを守りたいという圧倒的な欲求とのあいだで。あちらこちらで、こうした初期のモラルの代弁者はひそかに苦悩してきました。われわれが今日《こんにち》、〝ムーニー＝4のジレンマ〟と呼んでいるものを」

「それで、パペットの蜂起が起こったわけか」とウィリアムが嫌悪をこめていった。

「われわれはそう呼んではいません」とグラシー＝6。彼の顔は悲しげなものになった。「われわれはそれを〝転落〟と呼んでいます。あなたにも想像がつくはずの明白な理由から。パペットにとっての無垢な時代は、長いあいだに崩れ去りました。われわれパペットは、子どもから大人にならねばならなかった。誰もがそうであるように、われわれが自分から頼んでもいない重荷を背負うために」

「あんたらは自分たちの神を囚われの身にした」

グラシー＝6が悲しげに首を振る。「ヌーメンに従うのも彼らを守るのも、われわれの心に大きな苦しみを引き起こし、われわれの世界を破壊することになります。われわれはこの苦しみに毎日耐えながら生きています。ひざまずき、ヌーメンのあらゆる気まぐれを満たしてやりたいとわれわれが熱望していないと思いますか？　それこそが歓喜に通じるとは思いませんか？　ですが、それはできません。われわれの神はひどい瑕疵《かし》を抱えているからです」

ウィリアムの手がおろされた。グラシー＝6の言葉に怒りが静まっていた。彼は確信がもてないままむちを巻きなおした。

「もしもあなたがパペットを死ぬまでむち打ちたいというのなら、志願者をこの宇宙港で百人は見つけることができるでしょう」とグラシー＝6がいった。「ですが、司教会議に参加を許されるパペットはごくわずかです。われわれはヌーメンの未来を確実なものにすることに重い責任があります。司教の代わりを見つけるのは困難です。わたしをむち打ちたいのなら、わたしを殺さないかぎりにおいては喜んで従いましょう」

ウィリアムは巻きとったむちをためらいがちに振り上げた。いらだちが胃袋に牙を立てた。群衆の叫び声がいまも頭のなかに響いていた。彼は怒声とともに、グラシー＝6を何度も何度もむちで打ち据えていった。小柄な司教はかぶっていたミトラを落とし、頭や肩を打たれて倒れた。ウィリアムは落ちつきはらったようすの司教の前に立ち、荒い息をついていた。「おれはおまえらが嫌いだ」とウィリアムはいった。「ここにやってきたのは間違いだった」

グラシー＝6は鼻と唇から血を流していたが、やさしい笑みを浮かべた。「あなたがもしここで育っていたなら、すべてを理解したでしょう」

「檻のなかで育ったら、ということか？」

ウィリアムはまた咳きこみはじめ、止まらなくなった。よろけて後ろにさがったものの、巻いたむちを前に突きだして、グラシー＝6が近づけないようにした。彼は咳の発作が胸の奥の痛みにおさまるまですわっていた。

「ある意味で」とグラシー＝6がいいながら身体を起こし、ミトラをかぶりなおした。「檻はヌーメンとパペットのあいだの関係性のコアとなる要素です。われわれは学び、お返しに教えているのです」

「復讐することを？」

グラシー＝6は立ち上がり、困惑した表情を浮かべた。「復讐とはなんのための？」

「檻に入れられたことの。むちで打たれたことの」

「あなたは何もわかっておられない」とグラシー＝6がいって、一歩前に踏みだした。「われわれはむちで打たれるのを好んでいるわけではありません。神なる存在がわれわれに注意を向けてくれるのを好むのです。そうした瞬間に、われわれは自分たちの正当性を確認し、本物になれるのです。われわれに話しかけてくれるのでも、殴るのでも、撫でてもらうのでも、命令するのでもかまいません。どれであっても神の恩寵なのです。彼らに近づくことを許されないときこそは地獄です。われわれは彼らを崇拝します。彼らが教えてくれたやり方で、そして神の管理者としてのわれわれの、新たな役割を反映させたやり方で」

ウィリアムは胸骨の奥の痛みをさすった。「彼らはおまえたちの愛や崇拝に価しない連中だ。ヌーメンにはモラルというものがない」

「あなたの知るモラルではないという意味ではそうでしょう。ここ準惑星オラーで、彼らは新たなモラルの代弁者をつくりだしました。すなわち、われわれパペットを。ヌーメンは混沌と力の象徴です。ギリシャ神族に対するティタン族のように、飼いならすべき残虐性をもった存在なのです」

飼いならす。

檻は部屋のいちばん遠いところにあって、片づけられてはいなかった。彼のつけた染みや汗のしずくが残っているために、パペットが偏執する宗教的な意味があるのは間違いない。ウィリアムは足や膝の打ち身をさすり、また檻に入れられる可能性について考えた。ウィリアムとゲイツ＝15は任務をうまくやり遂げないといけない。彼らこそが、潜入スパイと犠牲になる捨てゴマだ。彼はもう少しだけ耐え抜かないといけない。残りの命が尽きるまで。

ウィリアムはまたしても咳きこんだ――短く、息のつけないほど激しい咳を。グラシー＝6ははっきりと心配していた。

「わが祖父母が逃げだしたこの星の文化について、学ぶことがたくさんあるようだな」とウィリアムはいった。「パペット聖書だけでなく、わが祖父母の時代の古い記録を調べることのできる図書館へのアクセスを許可してもらえるかな？」

グラシー＝6が壁のデスク・リーダーのほうに移動した。画面に光がともると、彼が入力していく。

「ここから図書館にアクセスできますよ」と司教がいった。「軸を通り抜ける旅のあいだ、われわれに同行する医療チームの準備はあと数時間でできるでしょう。そのあとで輸送船に乗りこみます。それまで少しお休みなさい」

「二度と檻はごめんだ」とウィリアム。

「かもしれませんな。われわれはみな、自分のつとめるべき役割があるのです」グラシー＝

6が笑みをのぞかせた。
司教が部屋をあとにし、背後でドアを閉めた。ウィリアムは壁のところまで椅子を引きずっていった。気持ちを落ちつける必要があった。ヌーメンがパペットに埋めこんだ呪文が彼にもわかりはじめた。ヌーメン政体は阿呆どもから成り立っていた。まったくの、どうしようもない阿呆どもから。彼らは自分たちがパペットの神として君臨するような社会システムをつくりだした。神というのは目的であり、概念であることをヌーメン政体はわかっていなかった。

ヌーメンは倫理的考慮に価する人々の枠外に立っている。ウィリアムの要望は好奇心から発したもので、パペットへの倫理的な負い目はなかった。これがエデン期であれば、彼の命令はただちに従われたことだろう。よそよそしく、謎めいた神からの命令として。だが、その時代でさえ、ヌーメンは奴隷たちに崩壊の兆《きざ》しを見てとれなかったのだろうか？　いまのパペットは、彼らにとっての神を檻に囲い、倫理的システムのすべては——聖書や神学や教会によって——命令に従わないことでヌーメンの安全を守ることに向けられている。ヌーメン政体はあまりにも自信過剰で、あまりにも目先のことしか見えていなかったため、注意を払いもしなかった。彼らの孫や子孫たちが、その罪の報《むく》いを受けることになった。そう考えただけでも吐き気がする。

デスク・リーダーの画面は歴史的な情報であふれたディレクトリにつぐディレクトリをずらりと示している。テキスト、記録、転落以前の音声メッセージ。その他のディレクトリには、神学的論考、論文、論争、瞑想的テキスト、そしてパペット聖書自体も含まれていた。あの雑然とした、矛盾にあふれた複数巻の怪物的集成までも。さらには、映画や短編フィルム、そして古いテレビ・シリーズの小片もあって、彼に残された命では、すべて見ることなどできそうにない。そしてデスク・リーダーのわきに、彼が探していた真の狙いがあった。システムに入りこむための物理的なコネクターが。

進歩したテクノロジーではない。緊急時のエントリー・ポイントとして使うためのもので、信頼性の低い、お下がりのテクノロジーを互換性のないハードウェアとつなぐために必要なものだ。

ウィリアムは人差し指の第二関節の下の肉のふくらみを親指で押した。指先からきれいにととのえられた黒い毛の筋があらわれた。ゲイツ＝15はウィリアムが予備の保険であることを知らない。セント・マシューのコンピュータ・ウイルスを侵入させることのできるナノファイバーを彼も備えていることを。彼は指先でコネクターにそっと触れ、ウイルスがアップロードされるのを待った。

56

ベリサリウスのなかで、あのときの映像が彼を苦しめていた。彼らは乗船ロビーから離れたプライヴェートのブースを借りきっていた。あれから数時間がたっていた。貨物の積みこみや乗客の乗船スケジュールは通常以上に混沌としていた。貿易業者、科学者、臨時労働者の家族、さらには不安げなパペットまでもがちらほらと存在し、ガラス・ドアの外の乗船ロビーに大勢集まっていた。壁の大きなスクリーンにはニュースが映しだされ、ウィリアムがフリーシティの街中を運ばれていく場面がくり返し何度も流れていた。

彼らのブースは氷と鋼鉄でできた洞窟のような格納庫を見おろすことができて、その下面にパペット軸の入口があった。コンテナを積んだ貨物船が軸に入るために幾列も並んでいる。だが、いくつかの貨物船の荷物はおろされ、また積みなおされていく。まるで、パペットの運輸会社はどれを積みこめばいいのかわかっていないかのようだった。

ベリサリウスの荷物も積みこまれるのを待っているところだった。彼らは四つのコンテナを預けて、軸をくぐるのにタグボートも一隻レンタルしていた。スティルスも大きな水槽の加圧室に入ったまま、荷物として運びこまれることになっている。彼は旅客室にはおさまらなかった。

「こういうのはいつものことなの？」とカサンドラが尋ねた。首筋の脈が速く打っているし、頬は熱っぽい。彼女は少し困惑していて、ベリサリウスを恥ずかしそうにちらっと見た。彼は二人がキスしたときの自分の反応をまだよくわかっていなかった。長いあいだ、彼女を取り戻したいと願ってきたが、まだそのときではない。

「パペットはいつだって、少し混乱している」と彼はいった。

「セント・マシューがここにいたらよかったんだけど」とカサンドラがささやいた。「どんな種類の船がわたしたちよりも先に入るのか教えてくれたでしょうに」

「すべてを一度におこなうことはできない」とベリサリウス。

「わたしたちよりも先に通る船のうち、どれくらいが軍関係のものになると思う？」とカサンドラが尋ねた。

「いくつかは」とイエカンジカがいった。

「どうしたの？」とカサンドラが彼に尋ねた。「ウィリアムのこと？」

ベリサリウスは首を横に振った。「いまごろは、とっくにデル・カサルからシグナルが届いてるはずなんだ。彼は計画から逸脱して個人行動にはしるようなタイプじゃない」

「パペットはシグナルを遮断できるの？」とイエカンジカが尋ねた。

「試しに自動メッセージを送ってみた。すべてうまく機能してる」

「捕まったということ？」とカサンドラが尋ねた。

「わからない。だが、心配だ」

「どう心配だってのさ？」とマリーが尋ねた。

「ウィリアムのほうはうまくはこんでる」とベリサリウス。「ほかの部分も計画どおりだ。それゆえ、もしデル・カサルが捕まったとしても、パペットやほかの誰かがわれわれの計画をひとつにつなげるかもしれないと考える理由はない」

「たぶんあいつは、怖くなってどっかで身を隠してんじゃないかな」とマリーがいった。

ニュース画面が切り替わり、パペットのアナウンサーの姿があらわれた。小柄な女性で、ストレートの髪はブロンドだ。ラウンジのざわめきのせいでアナウンサーの声は聞こえないが、画面が星空の望遠映像に変わって、稚拙な操作のためにぼやけていたが、ようやく遠くの灰色の物体に焦点が定まった。

「くそっ《タバルナク》」とマリーが小声で毒づいた。

「あれは何？」とカサンドラが尋ねた。

「ドレッドノート型の戦艦よ」とイエカンジカも小声になっていった。「ローランティッド級の」

ぼんやりした映像をよく見ようと少佐が目をこらしたが、ベリサリウスの脳はすでに、背後の星々と戦艦の動きをマッチさせていた。

「オラーの静止軌道だ」とベリサリウスはいった。「フリーシティのおよそ一万三千キロ上空にある」

「あれがあらわれたのは、わたしたちと何か関係しているの？」とカサンドラがささやく。「フリーシティを襲撃するにはもっと多くの船が必要だし、これほど接近する前に、一、二日は集中爆撃したでしょうね」とイエカンジカがいった。「けれど、あの軌道からなら、コングリゲートはフリーシティに出入りしようとする船をすべて監視できるし、そうしたければすべて止めることもできる」

汗をかいたニュースキャスターが何かしゃべっていた。彼らにその言葉は聞こえなかった。そうして、映像はパペット要塞と緊急発進するアーマー姿の部隊の資料映像に切り替わった。

「パペットの連中は自前の部隊をポート・スタッブスに移すのをやめて、フリーシティに集中させてるってこと？」とマリーが尋ねた。「そして、ドレッドノート型戦艦は軸から出てくるどんな船でも止めることができる。あたしたち、計画を中止すべきかな？」

イエカンジカは目をこらして画面を見つめつづけている。

「いまここで中止にしたら」とベリサリウスはいった。「すでにテーブルに置いた賭け金を失うことになる。ウィリアムも含めて。ことによっては、おれたち全員の命も。次の機会があるかどうかもわからない」

「あれはドレッドノート型なんだよ、ベル」とマリーがいった。「コングリゲートの主力戦闘艦について、どれでもいいからあんたが聞いたことのあるやつの戦闘力を十倍にしてみるといいよ」

「これはアルホーナの決めることじゃない」とイエカンジカがいった。「あなたたちがどれだけ賭けたにしても、われわれのほうがもっと多くを賭けているんだから。ルド少将が最終判断をくだすわ」

彼らはいくらかむっつりとニュースを見守った。さっきよりましな望遠映像が正確に焦点をあわせ、十艦ぶんの戦闘艦をくさび形の長方形に溶接してまとめたように見えるものを映しだした。映像はそれ以上よくはならなかったが、その必要もなかった。誰もが自分で計算できた。一時間後、彼らの輸送船の準備がととのった。窓はなかったが、ともかくカサンドラとベリサリウスは壁ぎわにすわった。二人は隣りあった席に気恥ずかしそうに腰をおろし、触れあいはしなかったが、手を伸ばしても届かないほど離れてもいなかった。

カサンドラが彼の顔を両手で挟んで唇を触れあわせたときに、何かが変わっていた。十年あまりの歳月が、二人のあいだに深い溝をつくっていた。ベリサリウスが故郷を離れた動機をカサンドラがどのようにみなしてきたか、そして彼女がどんな人間になったと彼が疑ってきたかによって、溝はさらに深まっていた。だが、あの長い一瞬、二人はその広い溝の中間地点を見いだしていた。ベリサリウスはカサンドラの暮らす世界に戻っていって、ワームホールを実際に目にする機会をもちかけた。そして彼女は彼の暮らす世界にやってきて、外の世界を目にすることで、二人のあいだにもろい橋が渡されることになった。

二人とも座席のストラップを留めると、カサンドラはすぐにリラックスして肘掛けに手を置いた。ベリサリウスは何も尋ねることなく、彼女の温かな手首の脈に手を添えて、サヴァン状態に入りこんだ。カサンドラは彼よりも早かった。彼女の鼓動はすでにメトロノームのように規則正しく、体温も正常だ。ひどくグラフに描きやすい。彼は頭の中でそれをグラフ化し、等式を導きだした。そうして、比較のために自分自身のもグラフ化した。

サヴァンや量子フーガにおける周期的な生物学的過程の同期は、早くはホモ・クアントゥス計画の第六世代から観測されていて、フーガ・スポッティングの初期実験のガイドとなってきた。現在でも、ホモ・クアントゥスの子どもたちは共鳴を求めて、脈拍や呼吸、体温をあわせる練習をしている。

ほとんどのばあい、量子フーガは発熱を誘発するウイルス抑制因子によって、それ自体が負のフィードバックを引き起こす。ほんの二、三度の体温上昇であっても、フーガ状態を維持するための脆弱な量子コヒーレンスを破壊させることにもなりうる。スポッターと共鳴することでしばらくは体温の上昇を抑えることができ、それだけフーガ状態を長くたもつことができる。カサンドラの呼吸が彼のリズムを吸収し、そしてその逆もまた同様だ。彼女の脈拍が手首から彼の指先に打ちつける。温かく、そして親密に。

サヴァン状態のベリサリウスは自分が本当の意味でベリサリウスではないことをわかっていた。電函からのわずかな直流電流が前頭葉の活動の一部を抑制し、ごく特定の脳のダメージをまねて、言語認識や社会的行動が困難になった。人格を構成しているすべての小片が消失した。彼を悩ませてきた映像は、彼の頭を割って開き、ぬめぬめした脳を感情の破片にさらすというものだった。

サヴァンというのは感情の減少した状態のことで、ときにはそこを隠れ場所にすることもできる。だが、ときには減少した状態でも感情がとても強くなって痛みをともなうこともある。そしてサヴァン状態に入りこむことによって、感情の欠如が悪化する。いまはベリサリウスがサヴァン状態に入りこむのに適当とはいえない状態だった。ウィリアムが狭い檻に裸で閉じこめられ、フリーシティの通りを運ばれていく映像が悪夢のように脳裏にこびりついていた。カサンドラとのキスは破壊的な混乱を引き起こす夢で、そうなったかもしれない過去やまだそうなるかもしれない未来を呼び起こすもとだ。幸福への願望は、それがまったくないよりもよけいにいらいらさせられる。サヴァン状態にあると、彼の内部は内省や管理する力から見えなくなる。

彼は静かに潜んでいたかった。感情は痛烈な酸や熱い刺激からなる未加工の嵐だ。カサンドラと身を寄せあいたかった。彼女をしっかりと抱きしめたかった。彼女には安全でいてほしかったし、彼女にも彼を外の世界から安全に守ってほしかった。あたかも、二人は夜の危険から身を隠す小さな動物であるかのように。二人が十代のころ、こうして頭にダメージを与えているあいだ、カサンドラは彼を抱きしめている必要があった。もしかすると、彼女はいまもそう感じているかもしれない。

いや。彼女は何も感じていない。それまでのカサンドラは存在しなくなっていた。初期の量子フーガの、ゆっくりとした呼吸と落ちついた脈拍の状態に入りこんでいる。いま彼の隣にいるのは、量子知性とコンピュータ的な配列で、波動関数を崩壊させるカサンドラ主体のない、処理アルゴリズムの入れ子構造のもつれだ。重なりあう量子の可能性や確率を彼らの美しい同時性によって見ることのできる存在だ。だが、彼のような、孤独や無力感を感じられる生き物ではない。

輸送船がパペット軸の入口の上に移動すると、座席が揺れた。

カサンドラがぴくっと痙攣した。フーガ状態にとどまりつづけるのは困難なのだろうか？　それとも、輸送船の外の量子世界を認識するのが困難なのだろうか？　人間としてのカサンドラはぜひともワームホールを見たがっていた。肉体の中に存在している量子知性体のほうもだ。しかし、量子客体はサヴァン以上に自然な状態ではない。少しもそうではなかった。生き物というのはなんらかの場所に属しているもので、属している感覚が必要だ。

だが、パペットの輸送船は図体の大きな金属の箱と電気の流れているひとつのシステムで、電気や量子に干渉する壁になっていて、ファラデー・ケージと同じくらいそれらを通しにくい。ワームホールを正確に見るためには、彼とカサンドラはばかげた宇宙服を着て、外に出る必要がある。こうして輸送船の中にいるのは、街中で汚れた望遠鏡を通して星を見るようなものだ。カサンドラとベリサリウスが問題にしている感度では、輸送船のノイズだけでも大半の観測は生産性のない無益なものになってしまう。それでもなお、彼女は試してみた。

輸送船が軸に向けてゆるやかに加速していく。

ベリサリウスは脳内で時を刻んだ。みずから時計になるのは気が落ちつくものだ。

自由落下の静けさが船室やその中の乗船者に染みこんでいった。声はささやきにまでひそめられた。カサンドラの脈拍が上昇した。体温は〇・二度上がった。ベリサリウスがスポッター役を務めているために影響は弱まっていた。共感によって、彼自身の脈拍も上昇し、体温は〇・五度上がっていた。

味覚は進化において最初に発達した感覚で、バクテリアがひとつの分子から別の分子に触れて、それが食物か毒かを二進法で判断するための手段だ。味覚は嗅覚の発達のための足場となり、それによって生命体は離れた場所から化学的情報を得ることができる。振動についての感覚が触覚と聴覚を発達させ、脆弱な有機体に自身の細胞膜の外側の世界について、さらなる情報を得ることができる。そして方向や距離の初歩的な理解についても。電磁についての感覚、すなわち赤外線から紫外線、そしてさまざまな電磁気は、有機体に食物の位置を特定し、捕食者を避けるための感覚を与えてくれる。遠くの動きや色を光の速さで認識することによって。

知覚というのは空間ではなく時間を通して見るための最初の感覚だ。知覚は生命体が危険や好機を予見するための道具で、認識を過去や未来に駆りたてる。だが、知覚は狩猟採集民の時代からの、時代遅れの感情や本能の基礎構造によって成り立っている。人類が出現してから二十万年をさほど越えてはいないが、彼らの生存のための技能はなおも感情のショートカットや部族単位の構造を必要としている。サヴァンに入りこむことによって、彼の精神の社会行動についての基礎構造をかき消し、量子フーガは個人を、すなわち部族組織のもっとも基本的なユニットを吹き消していた。

そして、生来から備わっていたものからこれだけ多くのものを捨て去ったにもかかわらず、彼にはほかの誰よりも未来がよりはっきり見えているわけでもなく、差し迫った大失敗の予感が胃の下で大きく口を開けて待ちかまえている。彼はウィリアムの死を運命づけた。ほかのみんなの死をも。おそらくは、サブ＝サハラ同盟の全市民の死さえも。それはすべて、彼が知的孤独の状態にあって自信過剰になり、そして人類は未来を見ることを学べるというホモ・クアントゥス計画のアイデアのせいだ。彼は頭の中で、ただ一人で、一度にすべてのプレイヤーを演じながら計画をつくりあげていた。量子計算のように重ねあわせて。自身の能力への疑念は苦い味がした。

なぜコングリゲートのドレッドノート型戦艦がやってきたのだろうか？　コングリゲートはデル・カサルを捕らえたのだろうか？　それとも、ゲイツ＝15を通じて偽の情報をパペットに流すという計画は、あまりに策に溺れた結果だろうか？　もしかすると、パペットはコングリゲートと取引したのかもしれない。彼はほかにどれだけ、まだ顕在化していない失敗を犯したのだろうか？

カサンドラの手首から手を離すことなく、彼はもう一方の手の指を彼女とからみあわせ、顔を寄せて、彼女のうつろな身体に近づいた。あたかも、アパートの外で居住者が戻ってくるのを待つように。彼女とのキスの完璧な記憶が、彼の胸のうちでうつろな痛みとしてふくらんだ。

カサンドラの手首は彼よりも体温が一・八度高い。カサンドラの脈拍が一定ではなくなり、つかの間、確率変数になった。彼女は量子フーガをたもつことができそうにない。彼女の肉体を占めている量子知性体はもはやカサンドラ主体を抑えることができない。彼女はふたたび人間に戻った。

カサンドラは荒い息をつき、かすかに息を吸いこんだ。あまりに深い眠りから目覚めた者がもらす音だ。ベリサリウスは身体を起こして、彼女とからませていた指をほどき、そしてぎこちなく、彼女の手首からも手を離した。サヴァン状態にあると、彼らは……無駄に情熱的になる傾向がある。

カサンドラの呼吸が正常ではなくなった。サヴァン状態からも抜けでようとしている。ベリサリウスは身を寄せて、普段の自己に戻った。世界は量子的にミステリアスなものになり、幾何学的パターンが消滅したが、代わりに感情や人々や要求や必要が過剰にあふれた。彼は張りつめていたものを吐きだした。

「輸送船の外では何も有益なものを認識できないわ」とカサンドラがささやいた。「向こうにはあまりに多くのデータがあって、測定するにはあまりに多すぎる。向こうがそれを許してくれるとしても」

「もうじき、それがかなう」とベリサリウスはいった。

「わたしたちは時空の構造について、本物の何かを見てとるのにとても近づいた」彼女はベリサリウスが何もいわなかったかのようにつづけた。「この知識を得るために、わたしはあまりに多くを感じとりすぎて頭が痛むわ、ベル」

ベリサリウスは喉が詰まったように感じた。「おれはあまりに強烈に知りたくなって、怖くなったくらいだよ。自分をたもちつづけようとするものがあまりに少ないために、おれは怖くなった」

57

パペット・フリーシティはメンテナンスが悪く、美的な魅力にとぼしく、不均等に光のともった、氷の中のうつろにつくられた街だが、ポート・スタッブスはそれ以上にひどかった。想像力に欠けた建物の線、過剰な機能をもたせた空間配置や切れた照明が宇宙港の大半を構成しているようだった。

資源開発のためにつくられた街は、元はといえばけちなヌーメンの実業家によって建設され、のちには、禁輸令をすすんで破ろうとするずさんな経営者によってあれこれと建物がつけ加えられていた。

この宇宙港のあらゆるものに、ウィリアムは自分が歓迎されていないように感じた。

ゼロG状態のまま、彼らは当地の司教の汚れたオフィスに入っていって、壁にストラップで身体を固定した。ドクター・テラー＝5が隣からウィリアムをじっと見ているあいだ、彼のほうは彼女のその向こうの壁の、巻きとったむちのわきにストラップで留めてある輿に固定された檻のほうを見ていた。熱は下がっていたが、まだ全身が痛んだ。グラシー＝6司教とゲイツ＝15はウィリアムを心配そうに見守っている。

「彼を病院に連れていくべきだろうか？」とゲイツ＝15が尋ねた。

「ええ」とテラー＝5が答えた。

「症状はいまのところ抑えられてる」

司教が唇をきつく引き結んで、そう答えたウィリアムに目をやった。ドクターは彼の腕を無意識にさすっている。彼はその手を振り払った。

「だったら、そうしなくては！」とゲイツ＝15がいった。

「彼に少し休憩をとらせてやれないかな？」とウィリアムがいらいらしながらいって、ゲイツ＝15のほうを示した。

ゲイツ＝15にウイルスをアップロードする時間をつくってやる必要がある。

「必要ない！」とゲイツ＝15がいった。

愚か者め。

「きみは彼の要望によってここに同行しているのだぞ」と司教がいった。「いい子にしなさい」

ゲイツ＝15は動こうとしなかった。

「しばらく失せろ」とウィリアムはいいはなった。

ゲイツ＝15は泣きそうな顔になった。

「彼は出ていけといったのよ！」とテラー＝5が金切り声でいった。「いい子になさい！」

彼女はウィリアムに顔を戻して、にっこりと夢見るような笑みを返し、また彼の腕に手のひらをぴたりと押しあてて、その皮膚をじっと見つめた。

「彼女もいっしょに連れだせ！」とウィリアム。

三人のパペットはしばらく議論していたが、ようやくウィリアムは司教と真空スーツ姿の司教兵二人だけと残された。

「あなたの家族が暮らしていたエリアに連れていくことについて、話しあっておくべきでしょうな」とグラシー＝6がいった。

「ありがとう」とウィリアム。

「檻は望まないといいましたな」

「そのとおり」

「わたしは大半のパペットとは違います。テラー＝5もです。大多数のパペットには、われわれのような抑制心がありません」

ウィリアムは返事を差し控えた。

「転落の時代には、大半のパペットが神なる存在と交流する際に、宗教的な手法はわずかしか残っていません」と司教がいった。「檻とむちに集約されます」

「わたしは誰もむち打つつもりはない」とウィリアム。

「でしたら、檻になりますな、ミスター・カルトヴァッサー」

「檻もお断りだ」

「これはあなたについての問題ではありません。パペット大衆についての問題で、彼らに何が可能かの問題です」

グラシー＝6司教は自分のストラップをはずし、身体を押して壁を離れると、別の壁のほうに向かって、むちを手に取った。長さはわずか二メートルほどで、曲がりぐあいは硬い。グラシー＝6は檻の鉄格子に足を引っかけて身体を固定したうえで、むちを試しに何度か振ってみた。ゆっくりと、感覚をつかむために。パペットであってヌーメンではないために、グラシー＝6はむちに不慣れなものとウィリアムは思っていた。ところが、司教が力をこめて打ちおろすと、むちの先が部屋の真ん中で空気を打ち、ピシリと大きな音をたてた。

「にぶい、横に薙《な》ぐひと打ちで、痛々しいみみず腫れになるでしょう」とグラシー＝6がいった。「ですが、わたしの経験上、これは説得力がありません。むちの先は音よりも先に届きます。その部分が標的にとても効果的に口づけるようにしなくてはなりません」

「野蛮なやり方だな」

グラシー＝6がウィリアムのところにただよって戻り、彼にむちの握りの部分を渡した。ウィリアムは受けとろうとしなかった。

「おそらく、あなたは恐怖に近づいてみる必要があるようですな」とグラシー＝6がいった。「たとえば、この部屋であなたをパペット十人といっしょにしてみましょう。誰に指揮をとらせるのを好みますか？」

ウィリアムは吐き気がこみ上げるのをなんとか呑みくだした。

「ヌーメンはつねに怖れている生き物でした」と司教がいった。「彼らはお互いの仲間を怖れていました。彼らは文明社会の審判を怖れていました。そして彼らは、自分たちがつくりだしたパペットを怖れていました。核になる真実を理解することで、われわれは彼らをより正しく崇拝できるようになるかもしれません」

「あんたは……彼らを怖れているのか？」とウィリアムは尋ねた。

「われわれは彼らの自然な姿を崇拝します。あなたは怖れているのですか？」

ウィリアムは口が渇いていた。むちの柄はなおも彼に向けて差しだされている。「ああ」

グラシー＝6が手すりに沿って近づいてきて、ついには彼の柑橘類《シトラス》の息がウィリアムの鼻腔に届いた。「われわれパペットも怖れています。われわれは神なる存在の不在を怖れているのです」

グラシー＝6がウィリアムの手を親密に取った。ウィリアムは瞬間的に凍りついた。グラシー＝6の手のやさしさの深みに彼はぞっとした。司教がウィリアムの指にむちの柄を握らせた。ウィリアムは司教の胸を押しのけようとしたが、パペットのつかむ力は驚くほどに強かった。

「わたしの怖れとあなたの怖れは鏡が映す像です」と司教がいった。「そうした鏡が映す像には道徳的な重みがあります。あなたのわれわれへの怖れをどうするかは、あなたが決めなくてはなりません。われわれもあなたがたの不在への怖れをどうするか決めなくてはならないのと同じように。あなたはむちを手にしています。われわれには檻があります」

グラシー＝6は跳んで離れ、一メートル先の手すりにつかまった。ウィリアムの指はむちの柄を握っていた。司教はウィリアムを長いこと見つめていたが、そのあとでドアのほうに跳んでいった。

「あなたはご自身の祖先が崇敬された場所を訪ねたがっています。檻に入って連れていかれたくはないでしょう。あなたが手にしているのはただひとつの代替案です。これからドアを開けます。ドアの向こうにはパペットが十人控えていて、彼らはあなたがここにいることをまったく知りません」

「よせ！」

「こうするか、それともフリーシティに戻るかのどちらかしかありません」とグラシー＝6がいった。「あなたは何をしたいのか、われわれに話してくれました。それを手に入れるにはどうしたらいいか、あなたに示しているだけなのです」

「よせ！」

ドアが横に開き、グラシー＝6がわきに退《の》いた。

造形的には完璧な、ただし人間の半分のサイズの顔、正しい家系のヨーロッパ人の肌の白さをもつ者が、ドア枠の向こうから顔を出してのぞきこんだ。若い女のパペットで、愛らしく、顔のまわりを黒髪が覆っている。つづいて、茶色の顎ひげを生やした男のパペットが彼女の隣にあらわれ、ひそかににおいを嗅いだ。彼の口が驚きにあえぐように開き、そして大きく息を吸いこんだ。彼女も同じようにした。そして二人は室内にさっと入ってきた。別の者たちもあとにつづく。完璧な比率の、ミニチュアサイズの人々が、魚のように口をぱくぱくさせて空気を味わいながら。

「そこにとどまれ！」とウィリアムは警告した。自分の耳にも声が裏返って聞こえた。

彼は壁に身体を留めているストラップをはずそうとして、あたふたといじりまわした。

さらに三人のパペットが、口を大きく開けながら、そっと入ってきた。

「やめさせろ！」とウィリアム。

「檻かむちですぞ、ミスター・カルトヴァッサー」とグラシー＝6がいった。

「出ていけ！」ウィリアムはパペットたちに怒鳴った。彼らはテラー＝5と同じように反応した。つまり、何も反応を見せなかった。それとも、気のそれたようなぼんやりした好奇心か。彼らは宗教的な畏怖の念にうたれていた。

最初に入ってきたパペットの一人、茶色の顎ひげを生やした男がウィリアムとの距離を詰めて近づいてきた。指を開いてつかみかかろうとするかのように。

「失せろ！」とウィリアムはいって、男を押しのけた。パペットの手が蛇のような速さで彼の前腕をつかみ、首を伸ばしてかぶりつこうとした。ウィリアムはむちを持っているほうの手をぐいっと引いて、男の頭にパンチした。パペットは後方に空中をとばされていきながらあえぎ、別のパペットにぶつかった。さらに三人がウィリアムのまわりの壁に降り立ち、足をからめて手すりにつかまった。どの目も夢見るように見つめてくる。

パニックを起こしたウィリアムの手がむちを振りおろした。むちは一人のパペットの足に当たり、この一撃はむちがまるまっていたためにあまり効果的ではなかった。ウィリアムは次のパペットの腹にむちを見舞った。むちで打たれた女があえいで、身体をふたつに折り曲げた。

最初のパペットが、錯乱したようにまた近づいてきた。ウィリアムは胸を狙ったものの、むちの先はパペットの首と頬に当たり、彼の目に勢いよく入った。哀れなパペットが悲鳴をあげ、ウィリアムは恐怖に凍りついた。パペットはいつまでも悲鳴をあげつづけ、顔を手で押さえるあいだにも、指が血で染まっていった。

「やめさせろ！」とウィリアムは金切り声で訴えた。

司教は部屋の反対側で手すりにつかまり、おだやかに笑みを浮かべている。

「やめろ！」とウィリアムはパペットたちにいった。「おまえたちをむちで打ちたくはない！　おれが檻に入る！　だから、やめろ」

一人のパペットがウィリアムの足もとの壁に着地して、低い手すりに足をからませた。彼女は喉の奥まで空気を吸いこみ、彼のにおいを取りこんだ。まるでそれがこの世でただひとつの本物であるかのように、彼の足に抱きついた。そしてズボンの生地ごしに、彼の足にミニチュアの歯を突き立てた。ウィリアムは悲鳴をあげ、彼女を蹴とばした。

彼はむちを何度も何度も振り上げた。彼らに打ちおろし、腕や手や胸や顔を打ち、言葉にならない叫びをあげ、足もとにしがみついてきたパペットにも打ちおろそうとして、誤って自分の足にむちを打ちつけた。彼が叫びをあげるのとむちを打ちおろすのをやめたのは、声がしわがれ、腕がくたくたになり、血のしぶきが部屋じゅうに舞い散って、司教のそばでちぢこまるパペットたちの苦悶に恍惚としたうめき声から離れたあとになってからだった。

　ウィリアムの腕は震えていた。吐き気がこみ上げてきた。

「連中を止めろといったろう！」ウィリアムはそういって、声をあげて泣きはじめた。

58

レンタルしたタグボートはエンジンをシャットダウンして、ほかにも十以上の小型船や、輸送コンテナ、そしてばら積みの建設資材とともに、パペットの貨物船の外殻に固定された。タグボートの核エンジンは冷却され、長期の不使用状態をたもつために構成しなおされた。そうして、核エンジンのまわりの被覆材に新たに補強された、ぶ厚い鉛の球体の中に埋めこまれていたのがセント・マシューで、その大きさはこぶしひとつぶんもなかった。

彼はいま、十世紀のグレゴリオ聖歌にあわせた電子的な器楽曲のアレンジを考案しているところだった。人々はさまざまな理由から宗教に入りこむ。そして教団の文化、美術、音楽、哲学の美しさや豊かさは、通りの広場で改宗をすすめるのと同じくらい、魂の救済にとって有効な入口になりうる。彼はトーンやテンポの異なる聖歌をいくつもアレンジしていった。それはアングロ＝スパニッシュの農夫の歌《ランチエーラ》から、インドネシアのロマンティックな曲、金星のテクノダンス、イスラム共同体のアシッドロックにまでわたっていた。

パペット貨物船の外部に固定したほかのすべての荷物とは違って、セント・マシューは彼の意識を破壊しないかぎりオフにはできない。保安上の理由から、パペットは軸をぐって船を移動させる前に、すべての積み荷をイオン化放射線で殺菌消毒し、集中させた電磁パルスで電子機器の機能を停止させている。この荒っぽい手法は、彼らの所有するワームホール内部の仕組みを何ひとつ記録に残させず、あるいはダメージを与えないように確実にするためだ。厚い放射線遮蔽用のシールドとファラデー・ケージのようにはたらく船殻の設計がほとんどの電磁パルスをブロックしてくれるため、乗客はセント・マシュー同様に安全だった。セント・マシューは彼らのレンタルしたタグボートを改修して、いくつか特殊な機能を加えていた。セント・マシューの鉛でできた小さな隠し部屋のほかに、時計がひとつ、時を刻んでいた。データ処理能力はない、手巻き式の機械仕掛けであるために、パペットが積み荷の洗浄に使っている、研磨剤代わりの放射線にもまったく影響を受けない。かすかな振動とともに、内蔵されたぜんまいがゆるんでいった。

パペット貨物船が軸に入りこむ直前に、その時計は最後の時を刻んだ。そうして機械のアームがひとつの回路を閉じ、セント・マシューを外部の受動《パッシヴ》センサーとケーブルでつないだ。それと、目を覚ました、バッテリー駆動の自動人形《オートマトン》にも。その微弱なセンサーでもって、タグボートの外の世界を、ヴィジュアル、赤外線、X線それぞれで観察できる。パペット軸の内部には可視光がないが、オートマトンはかすかな、奇妙なさざ波を起こすX線のパターンや、絶対零度のわずか数百分の一度高いだけの温度変化に対応する赤外線信号を感知できる。セント・マシューはこれらの観測記録を使って輸送船の速度を割り出した。

自分で考案した電子アレンジのグレゴリオ聖歌をハミングしながら、セント・マシューはオートマトンの自動診断をおこなっていった。どのオートマトンも船殻の異なる部分に貼りついている。この古い、造船所のつくりだした馬車馬ともいうべき船の、あちこちの角や端やくぼみなどに。いちばん大きなオートマトンは体長八センチで、クモのような脚をもち、いちばん小さなのは二センチにも満たない。セント・マシューはいくつか異なる設計のものを進化させていた。船殻に十ほども貼りつかせているなかで、発覚をのがれて、二、三体は確実に生き残れるものと期待していた。

輸送船は時速六十二キロで動いていた。セント・マシューは各オートマトンに発射指令を出した。ひとつずつ、小さなマシンは船殻に身体を支えて並みはずれたジャンプを敢行し、ワームホール内の通常の時空の通路に飛びたっていった。小さな、冷たいガスのフレアが凍って結晶化し、彼らの下に凝集して速度をゆるめ、軸の内部で相対的に完全停止した。セント・マシューは限定的なセンサーを通じて、彼らが遠ざかっていくのを見守った。やがて、彼らは小さすぎて見えなくなった。

セント・マシューは作曲の作業に戻り、ハミングしながら、グレゴリオ聖歌の音階と二十二世紀のメキシカン・バブルガム・ポップのリズムのあいだの共鳴をさぐりつづけた。

59

パペットはウィリアム一人を部屋に残していった。パペットとの最新の経験は、立ちなおれないほど強烈に彼を揺さぶった。パペットはまったくの異質な存在だ。ヌーメンどもは愚か者だ。まったくの愚か者だ。その当時はいいアイデアのように思えたに違いない。ヌーメンのまわりで仕えることに恍惚としたしあわせを感じる種族をまるごとつくりだすというのは。際限なく取り換えのきく、熱心な労働者。そして、正しく教えてやったなら、パペットはおそらくとても従順で、喜んで神に仕えること以外に何も知らない。だが、今日《こんにち》のパペットのなかには、生まれたときから従順であるべくして生まれた者は一人もいない。彼らはヌーメンへの信念に苦しみ、自分たちの宗教的必要性を満足させる手段を模索して、ヌーメンの意向にはなんの価値もなかった。ウィリアム自身は、これまで一度たりとも非人格化されたこともなければ、物扱いされたこともなかった。息の継げないほどの恐ろしさだった。彼としては、この仕事を片づけて、自分にできる唯一の手段でもってパペットからのがれる必要があった。

部屋の明かりが消えたあと、ポート・スタッブスのゼロG環境下で彼はそっとドアの向こうを確認しにいった。通路の突きあたりの壁に兵士が一人、ストラップで身体を固定してすわっている。ウィリアムは決心がつかず、胃袋がきゅっとすぼまった。パペットは彼の偽装を受け入れた。彼はフリーシティとポート・スタッブスにまんまと入りこんだ。ゲイツ＝15は準惑星オラーでウイルスをアップロードし、バックアップとして、ウィリアムも同じように侵入させていた。ゲイツ＝15はすでにポート・スタッブスのネットワークにもウイルスをアップロードしているかもしれない。だが、あのパペットがまだやっていないなら、今回の詐欺計画にとってのリスクになる。

ウィリアムとしては、なんらかの端末に近づいて、彼自身の所持しているウイルスのコピーをアップロードしなければならない。だが、ここで捕まったら、ゲームを投げ捨てることにもなりかねない。どのみち、ゲイツ＝15が仕事をやり遂げたかもしれない。だが、彼らが最初に会ったゲイツ＝15と、いまのゲイツ＝15はまるで別人だ。愛する娘、ケイトの未来を、必死に人生を立てなおそうと苦闘する追放者に賭けてみたいだろうか？

保険の価値とは何か？　それこそが問題だ。ウィリアムは犠牲になる捨てゴマだ。彼のゲームは終わりに近づいている。彼は少額の賭け金だ。

ウィリアムは深呼吸をひとつして、咳きこまないように注意しながら、ひどくゆっくりと、極小のきしみにも耳をそばだてつつ、ドアを開けた。通路の薄暗い明かりが部屋に入りこむ。ドア枠ごしに、長い通路の先をのぞき見た。アーマーを身につけたパペットがいたところを。いまのところ、動きはない。兵士は眠っているのだろうか？　ヘルメットの中ですでに警報が鳴っているだろうか？　それとも、ヴァイザーの中に表示されるテレビでも見ているのだろうか？

ウィリアムはするりと部屋を抜け出し、ドア枠につかまって、パペット兵とは反対の方向に通路をとびだしていった。彼は通路の突きあたりで床に舞い降りて、次の通路にとびこむ準備をしながら、ちらっと振り返った。なおも兵士に動きはない。ウィリアムは自身を押して床を離れた。

次の通路は幅が広くなり、途中にいくつか暗いままのドア枠があった。すべてが人間のサイズだ。かすかな青みがかった光がひとつのドアの窓からこぼれている。中には紫外線の光が医務室のドラフト・チャンバーを殺菌状態にたもっている。小さなワークステーションにコンピュータ端末が備わっていて、天井の隅のほうに青い光が反射している。これは、きっと罠だ。それとも、さらなるテストだろうか。もしかすると、ドアの向こうによだれを垂らした百人ものパペットが待ちかまえているかもしれない。ウィリアムは背後を振り返った。まだ彼を捕まえようと追ってくる者の姿はない。彼はドアのわきのパッドに手を触れた。ドアが横に開いた。ということは、やはり罠か。

だが、パペットの連中は彼のウイルスのことを知らない。

ウィリアムはもう一度檻に入る気になどなれなかった。もう一度パペットに身体のあちこちを触れられるのを受け入れることなどできなかった。彼はこれまで自分の人生を生きてきた。最期のときになって苦しむ必要はない。彼は自殺用の毒薬を仕込んでいる歯に舌で触った。それを噛みさえすれば、一分もせずに、すばやくここを離れることができる。パペットが手を伸ばすことのできない、平和の園に。彼はするりと研究室に入りこみ、背後でドアを閉めた。

彼はワークステーションにとびついた。パペット・サイズのストラップは彼にはうまくフィットしなかったものの、片方の腕だけ通したから、身体が浮き上がって空中をただようおそれはない。彼が触れると、スクリーンがぼうっと黄色に光った。コンピュータが親指の指紋認証を要求してきた。彼はそれを無視した。別のハードウェア・インターフェースのための接続用ポートが、左側にいくつかひらたく配列されている。

彼が人差し指の第二関節の後ろの肉のふくらみを押すと、目に見えないほどわずかな毛の筋が指先にあらわれた。震える手を落ちつけて画面の横にあてて、毛の筋をポートに挿入した。どのポートならセント・マシューのウィルスがいちばん侵入しやすいかまではわからなかったから、ひとつずつ試してみることにした。

顔に汗が浮いていたが、ゼロG環境下ではしたたり落ちることもない。彼は咳きこみそうになった。ドアの外の通路で何かの音がした。ウィリアムはストラップに腕を通したまま振り返り、反対側の壁に跳んだ。ドアの窓から彼の姿は見えないだろうが、誰かがドアを開ければ発見されてしまう。

彼のすぐわきの壁にもうひとつ別のドアがあった。彼は制御パッドに手を押しあてた。擦りつぶすようなやかましい音をたててドアが開いた。開いたドアから温かな空気が流れこんできた。彼は部屋に入って、背後でドアを閉めた。横にスライドするメカニズムがさらに大きな音をたてるあいだ、彼は身をすくめていた。

発熱ランプの奇妙な赤い光が不明瞭な影を投げかけていた。結露で壁がてらてらと光っていた。叫び声があがったため、彼はびくっとして凍りついた。安らげずに眠る者の、苦悶の叫びだった。ウィリアムは薄闇に目をこらしたものの、何も見てとることはできなかった。パペットのねぐらにでも入りこんだのだろうか？　彼は壁の手すりにしがみつき、熱い空気を吸って、咳きこみたくなる衝動にあらがった。

とにかく、自室に戻れさえすれば。

ウィリアムは死にたくなかった。歯の中に仕込んだ毒薬のカプセルを噛み砕くことを思い描いたが、そうなれば、もちろん彼は存在をやめることになる。それでもう、ウィリアム・ガンダーはこの世からいなくなる。食べ物を味わうこともない。笑うこともない。本を読むこともない。ギャンブルも酒もない。彼は死にたくなかった。

ウィリアムは咳きこんだ。長々と、ゴホゴホいう音が胸骨の奥で響いた。照明が明るくなり、向こう側の壁に据えつけられた、小さなベッドの列が見えるようになった。どのベッドにも、汗まみれのパペットがストラップで身体を固定され、あえぐように荒い息を継ぎ、熱っぽく、ふちの赤い目は腫れている。彼らは目を覚ましてもいなければ、彼に気づいてもいなかった。

人間には小さすぎる檻がそれぞれのベッドの前に置かれていて、痛々しく身体をゆがめた人間が、肉を鉄格子に押しつけられた状態で閉じこめられていた。彼らもひどく汗をかき、薄暗い明かりのもとでも肌がぬめぬめと光っているのが見てとれた。身体の一部が腫れ上がっていて、鮮やかな赤い傷痕が残っている。彼は吐き気がこみ上げた。

背後でドアが擦りつぶす音をたてて開いた。

隠れる場所はない。

彼は檻にとびついて、薄暗いなかでそのわきに身を低くしてしがみついた。

真空スーツ姿のパペット兵士が身体を揺らしながら入ってきた。片方の手にゴムの警棒をしっかりと握っている。さらにもう二人入ってきて、手すりの前に並んだ。そうしてそのあとから、グラシー＝6司教がゆっくりと入ってきた。司教の正装姿で、司教冠《ミトラ》、白と金色のローブ、そして手首と足首には鉄かせをはめている。

照明がまばゆくなり、檻のなかの生き物たちがうめいた。

「では」とグラシー＝6がいった。「あなたは試みたわけですな」

「なんだって？」とウィリアムが返す。

司教が笑みを浮かべた。「あなたはネットワークにアクセスしようとした」

くそっ。くそっ。くそっ。

「なんのことだ？」とウィリアムはとぼけた。

「ゲイツ＝15がすべて話してくれたのだよ、ミスター・ガンダー。ゲイツ＝15はわれわれが雇っている、きみらではなく」

ウィリアムは息が詰まるほど咳きこんだ。吐きそうだった。

「やつはせっかくの機会を投げ捨てたわけか、それなら」ウィリアムはわずかな満足とともにいった。「やつは永遠に追放されるか、それともあんたらはやつを殺すつもりかな?」

「パペットに追放者などというものは存在しない」とグラシー＝6がいった。「ヌーメンへの感覚をもたずに生まれるパペットは、生きることを許されない。ゲイツ＝15は苦行者だ。神なる者がそばにいなくとも、無期限に生きられる者なのだよ。そのような苦しみに耐えられるパペットはごくわずかだ。苦行者にとって、それは精神的な忍耐の行動ではない。われわれはゲイツ＝15のようなパペットを、聖なるスパイとして外の世界に送りだす。隠れているヌーメンを探しだし、故郷に連れ戻すために」

ウィリアムの中で何かがしぼんだ。

「われわれはきみの役割を知っているし、アルホーナとやらの計画についても知っている。ホモ・クアントゥス崩れの。われわれはきみらがサブ＝サハラ同盟艦隊に雇われていることも知っている。やつらがポート・スタッブスを力ずくで襲撃しようとするなら、生き残った者を一網打尽にしてやる。同盟の上級士官はコングリゲートにとってかなりの価値があるだろう」

ウィリアムはうめいた。ベリサリウスやカサンドラ、そしてマリーやほかのみんなは死んだも同然だ。

そして、ケイトに残してやる支払い金もなしだ。

「サブ＝サハラ同盟にとって、事態はさらに悪くなるだろう、もちろん」とグラシー＝6がつづけた。「やつらは平和的に有益な折りあいをつけることもできまい。われわれはポート・スタッブスの守りを強化して、さらに航宙軍の戦隊にも増援を頼んで、ポート・スタッブスに余分に展開することにした。もっと少ない守りでも、これまでに二度の大規模な攻撃をしのいだことがある。十隻あまりの戦闘艦などたわいもない」

「だったら、単におれを殺すがいい」とウィリアムはいった。

「もちろん、きみを殺しはしない。この数日、わたしはきみがいったいなんであるのかについて解明しようとつとめてきた。きみはヌーメンによく似ている。あまりによく似ているため、ヌーメンが今日《こんにち》つくりだされたなら、きみと同じにおいや感触になるだろう。一見したところ、きみは恥ずべきまがいものだ。偽りの神で、おそらくはこれからあらわれる多くの模造品の最初の一人だ。

司教会議の出席者の多くは、きみをサタン人格であると信じている。アンチ＝ヌーメンであると。多くの宗教にはアンチ神が存在する。われわれにもそのようなものが存在するとはこれまで考えていなかったが、われわれのたどってきた旅路はまだ日が浅い」

「おれはアンチなにがしじゃない、アンチ＝パペットだっていう以外は。おれは潜入スパイだ。ただ単に処刑しろ」

「その意見は司教会議で広い支持を得ていた」とグラシー＝6。「だが、わたしは仲間の司教たちと同じ見地から探索をはじめてはいない。わたしとしても、きみがサタン人格だとはきみ以上に信じていない」

　いささかの安堵が恐怖を押しこもうとした。

「きみは第二の創造がはじまる徴《しるし》だとわたしは思う」とグラシー＝6がいった。「きみは第二のエデン期の道筋を示している」

「あんたはそこまでイカレてるのか……これは単なる遺伝子操作だ。それだけのことなんだよ」

　おだやかな顔つきの司教は首を横に振り、笑みを浮かべた。

「パペットの身に起こることは、すべて宇宙にとって意味がある。われわれは神の存在する世界に生きている。宇宙が残してくれたヒントを解読できるかはわれわれの手にかかっている。いま、われわれパペットが〝転落のとき〟のますます加速していく下降の時代に生きていることはわかっている。われわれは希望のない苦難や喪失と向きあっている。だが、もしも第二の創造のはじまりが可能だとすれば、見方はかなり変わってくる。神なるウィリアム・ガンダーが存在することが可能な世界なら、パペットもまた存在することが可能だ」

「おれみたいなのが存在することは可能じゃない」とウィリアムはいった。「おれにはなんの意味もない」

　ウィリアムは毒薬を仕込んでおいた歯に舌で触れた。毒薬を噛むためには、義歯をはずさないといけない。

「パペットは宇宙にとって必要な存在なのだよ、ミスター・ガンダー。運命はわれわれのために起こる。きみ自身でさえも、テクノロジーの進歩した艦隊の到着と第二のヌーメンの創造のはじまりが同時に起こったことを偶然の一致とはみなすまい。きみこそは、すべてを意味しているのかもしれん。きみはパペット救済の前触れかもしれん」

「おれは偽者だ！　それに、おれはあんたらのために何ひとつ手を貸すつもりはない」

「きみの手助けは必要ない、ミスター・ガンダー。わたしはパペット教会から分裂した一派を指揮して、ヌーメンを破壊するつもりだ。肉体的に。心理的に。どんな手段によっても」

ウィリアムの口の中でようやく義歯がはずれ、臼歯で薬を嚙むときに彼は一瞬ひるんだ。唾をごくりと吞みくだし、苦味と痛みの訪れを待った。

この狂人どもにつきあわされる時間はあと一分。

苦味はどこにもなく、液体の流れ出る感覚もなかった。

彼の胃がきゅっと締めつけられた。

「きみの歯の中に仕込んであった毒はドクター・テラー＝5がすでに取り除いたよ、ミスター・ガンダー。きみはしばらくのあいだ、われわれとともに過ごすことになる」

「長くはない」とウィリアムはいって、歯の破片を吐きだして、また苦しげに咳きこみはじめた。「トレンホルム・ウイルスがあとの面倒をみてくれる」

「またか。まるで、運命はパペットの一人一人に命じていないとでもいうように。きみはいまここで、何が見えているかな、ミスター・ガンダー？」

ウィリアムは鉄格子ごしに、拘束された人間をのぞきこんだ。あまりにも狭い檻の中に無理やり詰めこまれているために、ほとんど息をすることさえもできないでいる。そして、ベッドの上のパペットにも目をやった。パペットとヌーメンはどちらも皮膚の下にふくらみがあった。感染症を起こして腫れた、赤い筋の下に。

「オラーはつねに採鉱場作業者の世界だった」とグラシー＝6がいった。「難民や、社会や宗教からの追放者からなり、圧倒的な貧困のもとで暮らし、仲間を奪われた者たちだ。生き延びるための努力は過酷で、危険をともない、しばしば無益だった。そこで、彼らはパペットをつくりだした。つらい仕事をやらせるために。彼らに代わってわれわれが、過酷な仕事を喜んで請け負うために。だが、それと同時に、彼らはパペットの免疫システムを脆弱に設計し、ヌーメン自身と互換性のあるようにした。運のいいパペットは、負傷したり老いたヌーメンに臓器提供を頼まれることになるかもしれない。化体にまさる宗教的な喜悦はない。神なる存在の、血となり肉となることとほどのものは」

ウィリアムの喉に苦いものがこみ上げてきた。

「ヌーメンはもはやつらい作業で事故を起こす危険もない」とグラシー＝6がつづけた。「だが、われわれは信仰心の篤《あつ》い者の肉体からヌーメンに移植をつづけている。そしてわれわれの実験的な神学者は、聖なる儀式の新たな境界を模索してきた。ドクター・テラー＝5のような外科医は、ヌーメンから肉体の一部やさらには臓器までも取りだして、パペットの提供者《ドナー》の肉体と交換した。われわれは転落のときを生きているが、神なる存在につねに触れることのできる新たな手段を見つけたのだ」

ウィリアムの手がわなわなと震えた。「きさまは病《や》んでいる」

「きみはわれわれにあてはまらない基準を使っているぞ、ミスター・ガンダー。それをいえば、三週間前に神の実在する世界に入ったときに、きみは人間であることをやめたわけだ、そうではないかな？」

「きさまらは怪物だ」

「彼らに訊いてみるといい」とグラシー＝6がいって、ベッドにストラップで縛りつけられ、熱にうなされているパペットたちのほうに手を振って示した。

ウィリアムは顔をそむけ、目を閉じた。グラシー＝6が情熱をこめて、絹のようにやわらかな声でさらにつづけた。

「この部屋にいるパペットたちは、深く宗教的な人々のなかでもとりわけ尊《とうと》い者たちだ」

「あんたらは外科手術をしてるだけだ！」とウィリアムはいって、司教に指を突きつけた。彼の言葉には耳ざわりな調子がにじんでいた。パニックを起こしかけている。「神聖なところなど何もありゃしない！　ただの外科手術だ！」

いまはパニックを起こすわけにいかない。こいつらの目をおれに向けさせておくんだ。おれはこの詐欺計画の、気をそらさせるための犠牲だ。いや。もう詐欺計画なんてものはない。すべて終わったのだから。彼の目に涙が湧いてきて、視界がぼやけた。

「生化学的実験がきみを宗教的世界へといざなった」とグラシー＝6司教がいった。「運命の手は明白だ。トレンホルム・ウイルスがきみのT細胞をノックアウトした。つまり、きみはわれわれが組換え活性化遺伝子《RAG》をノックアウトしてつくりだしたパペットのいくつかの血統と同じ免疫分析結果を有している。ノックアウトされたパペットは誰でもきみに肉体や臓器を提供できるし、その反対も可能だ。トレンホルム・ウイルスのおかげで、われわれは化体をくり返すことできみを何十年にもわたって生かしつづけることができる」

ウィリアムのまわりで部屋がぐるぐる回りだした。彼は吐き気をもよおしてえずいたが、胃の中はからっぽで、狂ったパペットに浴びせてやるものさえ何も残っていなかった。ウィリアムは湿った肺の底から咳きこみ、胸骨の下に鋭い痛みがはしった。彼は血痰を吐き捨てた。この連中のアイデアは、倫理に反した行為だ。彼はこれまで、悪というものが存在するとは一度たりと信じたことがなかった。

パペット兵が何人か近づいてきた。ウィリアムは金属の手袋をはめた指を見てパニックを起こした。咳を止めることができなかった。彼らは背後で彼の手を縛った。咳のしぶきが床や壁に血の斑点をつけて汚し、胸には炎のように熱い痛みが残った。頭がずきずき痛んだ。汗で身体がぬめぬめして感じられた。

「きみこそは救世主《メシア》にしてヌーメンの第二の到来の前触れだ、と司教会議の約半数を説得できた。われわれに神なる存在との新たな関係をもたらす者だと。きみが考えていたのとは違ったやり方でだが、きみはここにやってきて、まさしく犠牲となったことになる。犠牲となることで、きみは神聖化されよう。きみはパペットの罪をぬぐい去ることになるやもしれん」

60

スケアクロウは臨時のパペット輸送船の高級船室に乗りこんでパペット軸をくぐり、ポート・スタッブスのゼロG環境下にバレイユ少佐の部下の中尉二人と入っていった。転移のあいだに、彼はバレイユ配下の捜査員が添付したアングロ＝スパニッシュ金権国によるホモ・クアントゥス実験についての調査報告を見なおした。情報はあまり多くなく、大げさな虚報の気味があるものの、彼がこれまでに発見したいくつかの事実とあわせると、完全に正確な情報かもしれなかった。

アングロ＝スパニッシュ金権国の投資家や銀行は何年にもわたってホモ・クアントゥス計画の株式価値を格下げしてきた。このヴェンチャー事業はあまりに空想的であるか、あまりに野心的すぎて、とうてい信用することなどできない。当初の説明概要に書かれていた基本方針の半分でも成功できたとすれば、ホモ・クアントゥスは危険な存在だ。それでいて、計画が成功したという報告はひとつもなく、あるいはひどく限定的な成功しか見られなかったため、投資家の期待にこたえることはできていないと報告書は指摘していた。

これが意図的な偽情報だということはありうるだろうか？　投資家のなかには金を失った

者もいるが、計画自体は平和的に、なんの疑いをもたれることもなくつづいているのかもしれない。実際のところ、この計画はあまりに疑念を引き起こさずにきたために、コングリゲートではホモ・クアントゥスのなかにただの一人もスパイを送りこむことさえ計画していなかった。アルホーナともう一人の女、メヒアにスケアクロウが手をかけることができたなら、そのときはもっと多くのことが明らかになるだろう。

この黙考は途中でじゃまが入った。ポート・スタッブスの宇宙空間にあらわれ出ると、警報に向きあうことになったからだ。

「何があった?」スケアクロウはインターコムを通じてパペットのパイロットに問いただした。

「緊急警報です!」と一人のパペットが応じた。

「ポート・スタッブスが攻撃されています」もう一人のパイロットがいった。「われわれへの指示は、軸から離れるようにとのことです」

パペットの輸送船には窓がない。スケアクロウの力をもってすれば、輸送船の比較的程度の低いセキュリティ・システムを突き破ってセンサーにアクセスするくらいわけもないが、このシステムは間違いなく粗雑なもので、宇宙空間の狭い区域を行き来して乗船者や荷物を運ぶのに充分な程度でしかないはずだ。アルホーナの計画がすでに実行に移されたのだろうか?

「ドッキングさせろ」とスケアクロウは命じた。

「われわれにはその許可がおりていません」とパイロットがいった。

「わたしはインディアン座イプシロン星系管区のスケアクロウだ。輸送船をただちにドッキングさせせろ。さもなくば、コックピットに押し入って、きさまらを殺したあとで、わたしの手でドッキングさせることにする」

インターコムはしばらく無言のままだったが、三十二秒後に船が加速するのを彼は感じた。許可がないにもかかわらず、パペットのパイロットはレコード・タイムで輸送船をドッキングさせ、自動の伸縮式通路が接続された。中尉二人がスケアクロウを棺桶サイズのコンテナに入れて、ポート・スタッブスに運びこんだ。こうすれば、彼は比較的、匿名性をたもって通ることができる。彼らはほかのコングリゲート諜報員とのランデヴー・ポイントを目指した。

スケアクロウがポート・スタッブスにやってきたのは、パペット・フリーシティを調査していたバレイユのチームがデル・カサルの証言を裏づけたからだった。アルホーナは仲間とともにパペット軸をくぐるところを目撃されていた。これから何が起きようとしているにしても、アルホーナにはパペット軸の反対側で逃げる場所はどこにもない。スタッブス・パルサー周辺の星系は世界軸《アクシス・ムンディ》ネットワークのどん詰まり、すなわち辺境の荒野であって、諜報員もほとんど配備されていない。

ポート・スタッブスの内部を進むあいだ、彼は箱の外側につけておいたセンサーのフィードを通じて、パペットの不安や活動のペースを感じとっていた。たいていのパペットはおだやかで、怠惰で、はかりしれない狂気を秘めているために危険な存在ではあるが、いまは警報がなおも聞こえつづけるなか、ケーブルやロープを移動しながら、運び、修理し、引きずっている。

　空気中にはパペットの体臭もただよっていた。彼らにとっての神なる存在のようにフェロモンのシグナルを分泌しているわけではないが、パペットも汗に独特のにおいがあって、そのなかのいくつかはコングリゲートの情報省によって解明されていた。パペットはかるいパニックを起こしている。

　部下の二人が彼を運んで、産業エリアを移動しつづけた。多くの探鉱企業がここに本部を置いている。そうしてスケアクロウを入れた箱は、ここ、〝レストレポ&ドーターズ──地図測量、分光、冶金〟と書かれた安全な倉庫内でようやく開けられた。この部屋はゼロG環境の観測所で、外壁にじかにはめこまれている。複雑にねじれ、永遠に建設途中である居住空間や、重機を支える構台、ブリッジといったものを備えたこのポート・スタッブスと呼ばれている離れ小島の外壁に。すぐさまスケアクロウは、レーザー盗聴を防ぐための二重窓や、倉庫全体に電気で押される感覚があるのを感じとった。ここはファラデー・フィールドとして機能している。それでも、ここの望遠鏡は小惑星帯を調べたり、船の行き来を観察することができる。

　会社の名前になったレストレポや彼の娘たちは、実際は全員がコングリゲートの課報員で、スケアクロウに向けて敬礼した。いちばん上の〝娘〟、マーセリン・ファリボー中尉はここの分遣隊指揮官で、彼女は倉庫の窓をくもらせ、ホログラム・ディスプレイをオンにした。

「何があった?」とスケアクロウが訊いた。

「不明の戦力がポート・スタッブスを攻撃しています」とファリボーがいった。彼女のフランス語はきれいなものだった。フランス語8・15、金星フランス語の構文と速度だが、コングリゲートのとある州都の宮廷で使われているアクセントが感じとれる。「ヒンクリー要塞の防御システムが攻撃をやめているようですが、ポート・スタッブスのメイン砲台はなおも応戦をつづけています」

ホログラム・ディスプレイの望遠映像がヒンクリー要塞を映しだした。要塞というのは、ポート・スタッブスと同じ軌道をめぐっている、ずんぐりした小惑星のことだ。映像内の輝く点は小型の船で、ぼんやりしたピクセル数になるまで拡大され、無音声のまま兵器が発射されて宇宙空間で爆発した。

「サブ＝サハラ同盟の船か?」とスケアクロウは問いただした。「この知らせを軸の向こうに送ったか?」

「攻撃がはじまるとすぐに、ポート・スタッブスの司教がパペットに金を積んで、急いで派遣しました」とファリボーがいった。「そのパペットは、きっとあなたのオフィスにもメッセージを送るでしょう、支払いを期待して」

これは彼らとパペットの典型的なやりとりだった。彼らにとっての神なる存在のことが議論されるまでは、パペットは従順で、協力的だ。スケアクロウは未処理の望遠映像のデータをダウンロードした。攻撃してくる何隻かの船は重なりあう周波数データを示している。彼の知るどの船のようにも見えなかった。サブ＝サハラ同盟でもなく、中華王国でもなく、アングロ＝スパニッシュでもない。奇妙に下部構造が空洞になった船だ。なぜ空洞なのか？　速度の遅い船というわけではないが、いったいどこにエンジンがあるのだろうか？　側面の気泡はコングリゲートの古い巡航艦の兵器配置にいくらか似ているが、それと同じくらい違う点も多い。

「あれはなんだ？」とスケアクロウは訊いた。

「長さと直径から、ワームホールを転移できるように設計された船であると強く推測されます」とファリボーがいって、船首のように見える構造物をホログラム・ディスプレイ上で示した。「ここにワームホール誘導のための、伸展可能なコイルを収納できます」

「やつらは何者だ？」とスケアクロウは訊いた。

ファリボーが首を横に振る。

「わかりません、ムッシュ」

「そして、どこからやってきたんだ？」とスケアクロウ。「スタッブス・パルサーは世界軸のどん詰まりであるとつねづね考えられてきた。だが、もしもアングロ＝スパニッシュまたは中華王国、さらにはイスラム共同体であってもかまわんが、やつらがこの星系に通じる新たなワームホールを見つけたのだとしたら？　パペットは軸の両側に敵を抱えることになり、やつらの所有している軸は侵略されるだろう。われわれは所有を主張できる位置についておかねばならない」

「あの船はパトロン国家のいずれとも違うように見えますね、ムッシュ」とファリボーが意見を口にした。

「そうだな」とスケアクロウも同意した。

「そして、アルホーナが彼らのもとに合流しました」とファリボーがつづけた。「攻撃の最初の時点で、アルホーナがほかの数人とタグボートに乗りこむのが目撃されています。提供されたイエカンジカ少佐の風体と一致する女を含めてです。そちらの指示どおり、やつらを拘束や逮捕するために動きはしませんでした。ほかに同行していたのは、マリー・シモーネ・ローレット・フォーカス、元特殊作戦部隊下士官《NCO》にして、近ごろ脱走した受刑者です」

スケアクロウはこの情報をファイルし、アルホーナの評価分析を修正した。諜報活動というのは、単にどの情報が信頼できるかを見きわめるだけではない。情報がどのようにしてつながっているかが重要だ。彼らはアルホーナとイエカンジカ少佐を結びつけた。いま、さらに結びつきができた。アルホーナはパペットの要塞を攻撃している不明な設計の船とつながりがある。この情報の多くを軸の反対側に持ち帰る必要がある。しかも、緊急に。

「この訪問はわたしが望んでいた以上に短いものになった」とスケアクロウはいって、望遠装置がとらえたデータをすべてダウンロードし終えた。「わたしは航宙軍本部に出頭する必要がある。何かが進行中で、ここでわれわれが知ったことを伝える必要がある。攻撃をモニターしつづけろ。もしもアルホーナと偽の少佐を逮捕できるならそうしろ。そのときは、ただちにわたしのもとに連れてくるのだ」

61

「パペット要塞のうち半分だけは機能停止させました」とセント・マシューが悲しげにいった。

カサンドラはベルと隣りあって、レンタルしたタグボートのドッキング部分で手すりにつかまっていた。彼のそばにいると、彼女はますます気恥ずかしさを感じるようになっていた。彼の中にいくつもの層を見てとっていた。なかには彼女が信用できないものもあれば、突き通せないものも、そして拍子抜けするくらい真面目なものもあった。あのときは彼の痛みを取り去るためにキスしたが、彼女のほうにも別のものがあった。彼らがやっているこの狂気の沙汰もキスの理由の一部で、まるで古い痛みなど関係がないかのようで、そしてこれまでの人生の規則や道筋は溶けていくようだった。彼女はこの詐欺計画にすっかりはまりこんでいた。彼女にはすべて話しているとベルはいった。そして彼の発言を信じられるとすれば、ベルとカサンドラの二人だけが計画の全貌を知っている。彼女の中では神経がいたぶられていた。

ベルの向こう側にはイエカンジカがいた。彼らの顔つきはなんともはかりがたい。マリーは低い作業用構台の上に立って、スティルスの加圧室をタグボートの貨物倉に押しこもうとしている。輸送船に載せたタグボートに乗り移ると、彼らはセント・マシューを解放してやった。そしてゲイツ＝15もメインのタウンエリアから抜けだして彼らに合流していた。

ＡＩがポート・スタッブスの概要図を投射した。輪郭を黄色い光で描き、パペット軸の入口を中心にして、三次元図形の支柱や構台、プラットフォーム、居住区、兵器が網目状に取り巻いている。砲台の列は赤色で示され、ものうげに点滅している。残りの大半は点滅していない緑色だった。そしてこれまた点滅していない緑色で表示されているのは、パペット航宙軍の三十隻あまりの船だ。

「何がうまくいかなかったんだ？」とベルが尋ねた。

「わかりません」とセント・マシューが応じる。「ウイルスはもっと深く浸透するはずでした」

「パペットは何かを疑ってるに違いない」とベルがいった。「彼らは手もちの艦隊の半分以上をここに配置してる。ドレッドノート型戦艦をフリーシティの上空に浮かべてるというのに」

カサンドラは彼を観察し、偽りの表情にひびがはいっていないか見てとろうとした。ベルが真実を話しているのか、つくり話をしているのかはわからなかった。それとも、本当にはっきりと決断がついていないのかもしれない――ぼんやりと重なりあった可能性がいくつもあるにすぎないのか。

「わたしたちはこれからどうするの？」とカサンドラは尋ねた。これは彼女が口にすべき台詞《せりふ》だ。一行きりの。

イエカンジカ少佐は感情を少しも顔にあらわしていない。

「少佐」とベルが呼びかけた。「もっといい状況を望んでいたにしても、いま以上の好機は二度とない。さらにパペットの戦力がやってくる前に、動きはじめるべきだ」

イエカンジカがしぶしぶうなずいた。セント・マシューがディスプレイを消した。ゲイツ＝15は不機嫌そうな顔に見えた。

「ゲイツ＝15」とベルが声をかける。「われわれとしては、状況をもう少しましなものにしないといけない。ほかの副次的システムにもウイルスを侵入させるんだ。それが何かの違いになるかもしれない」

「わたしにとっては危険がつきまとうよ、アルホーナ」とゲイツ＝15が応じた。「わたしは見張られている。彼らはウィリアムと話しあうことに忙しくて、もうわたしのためにドアを開けてもくれない」

「とにかくやってみるんだ」とベルがいって聞かせた。「これからがショーのはじまりだ」

「では、軸の向こう側であんたたちと落ちあうとしよう」

パペットはそういうと、勇敢な笑みを浮かべようとした。彼は交互に手を前に出してロープをたどりながら、ポート・スタッブスのメイン棟に戻っていった。カサンドラはしばらく彼を見守っていたが、ベルが彼女の袖を引いてうながした。彼らはタグボートに乗りこんだ。

コックピットに入ると、ベルがイエカンジカにあの特別なボタンをひとつ差しだした。

「はじまりの合図をお願いできるかな、少佐？」

「どうすればいいの？」と少佐が尋ねた。

「指で強く握ればいい。〈ムタパ〉の艦内で、これと量子的にもつれあった双子の片割れが光子を発して、ルド少将にはじまりの合図を知らせる」

イエカンジカは長い指を曲げてボタンをつかみ、そして握った。彼女がふたたび指を開くと、ボタンの色が変わっていた。

タグボートがぐいっと動いた。

「出発の準備を」とセント・マシューがベルの手首から呼びかけた。

彼らがハーネスで身体を固定するあいだに、船は低温噴流《コールド・ジェット》で構台から退がって離れていった。ドッキング位置から充分に離れてメイン・エンジンに点火するまでに十五分かかった。

「ポート管制が非常警報信号を発しています」とセント・マシューが告げた。

これまでの数週間、数カ月にわたる準備のあいだにつのった緊張のこぶしが、いまではカサンドラの胃袋を激しくつかんでいた。顔は熱くほてり、手は氷の冷たさに感じられた。

「おたくのお仲間がここにやってくるのに、あまり長くはかからなかったな」ベルがイエカンジカに向けていった。

「われわれはこのときのために三十年もかけて準備してきたのよ」と彼女がいった。

「防御ネットを敷いていた部分から数値情報が入りました」とセント・マシューが知らせた。

ディスプレイの表示が切り替わり、防衛線の同心球内にポート・スタッブスの宇宙交通管制エリアを示した。外側の同心球が赤く点滅している。これは半ダースほどの不明のシグナルが小惑星ヒンクリーに集まったことを示している。ベルは制御装置を調節し、望遠映像で要塞をもっとよく見えるようにした。

ヒンクリーからひとまとまりの光の集まりが点滅した。核爆発の光が、ジャガイモのような形をした小惑星の輪郭を浮かびあがらせた。ポート・スタッブスに据えられている古いタイプの粒子砲やレーザーが、ヒンクリーのまわりの標的に向けて発射された。マリーが下の船倉から上がってきて、急いでストラップで身体を固定した。

「われわれはどちらにしても、ばらばらに吹きとばされることになりそうですね」とセント・マシューがこぼした。

「ヒンクリーを目指せ」とベルが命じた。「サブ＝サハラ同盟の艦隊にわれわれの認識シグナルを送信するんだ」

「われわれも彼らといっしょに罠にかかることになりますよ」とセント・マシューがいった。「いまでは軸の入口に戻り着くこともできません。どうしてか、われわれは裏切られたようです」

「もちろん裏切られたんだとも」とベルがいいながら、箱からフーガ・スーツを取りだして、カサンドラに手渡した。「ゲイツ＝15はわれわれの潜入スパイだったが、彼は一日目からわれわれの情報を敵側に流していた」

「ですが、パペットにとって彼は追放者なんですよ！」とセント・マシュー。「彼はどこも悪くなどない。デル・カサルは彼に何もしていない。ナノチューブの毛の筋を植えつけて、パペットのネットワーク・システムにウイルスを挿入できるようにする以外のことは。彼はウィリアムに、まさしく自分自身の元から備わっていた能力で反応したんだ」

「ゲイツ＝15がスパイだってことを、ウィリアムは知ってるの？」とマリーが尋ねた。

「いまごろはわかってるかもしれない」とベルがいった。「前もって彼に話すリスクは冒せなかった。彼がすでに自殺用の毒薬を使ってるといいんだが」

「ですが、ウイルスはうまくはたらかなかったんですよ！」とセント・マシューが指摘した。

「おそらく、連中は彼に、ポート・スタッブスの孤立したシステムに挿入させたんだろう。そしてパペットは、ウイルスが影響しないように自分たちのシステムをシャットダウンしたはずだ」

「なぜそうさせたんですか？」とセント・マシューが問いただす。

「パペットはこっちの計画がうまくいってるものとわれわれに考えさせようとしてる」とベルがいった。

「だとすれば、これはひどいことになりますよ！」とセント・マシューがいった。「彼らは罠を仕掛けたんですから！」

「いいえ、違うわ」

カサンドラがのろのろと口を開いたから、全員が彼女のほうを見た。ベルが詐欺計画をおこなうたびに深い部分で感じているに違いない、そくぞくする快感を彼女も少しはわかった気がした。ベルはパペットのためにあえてこの状況をつくりだし、向こうは自分たちが正しいと思うとおりに信じて、それによってこの状況が実現した。

「完璧だわ」と彼女はつぶやいた。「彼らは罠を張った」

62

推進はかなり一定していたから、マリーはリスクを冒してストラップの留め金をはずし、ドアを抜けて貨物倉に向かった。貨物倉の大半のスペースは暗い真空だったが、一部だけはパーティションで仕切られていて、スティルスの加圧室のために気圧を調整していた。マリーは箱に寄りかかり、窓をノックした。スティルスの電子的な声が返ってきた。

「いったいなんの用だ、ねえちゃん《マルパリダ》？」

「ごめんね、あんたのシステムにハッキングしたりして」と彼女はいった。「おもしろい冗談だと思ったんだよ」

「失せろ」

「それって、あんたがみんなにいってるいつもの〝失せろ〟かな、それとも、あたしを心から嫌ってる特別なやつ？」

「マジで正直な話、あんたがコングリゲート航宙軍でどうやってこれまでやっていけたのか理解ができんな」

「公正にいうと、あたしはあんまりすぐれた兵士でもなかったんだ」

「あんたは軍曹じゃなかったっけか？」

「伍長に格下げになるまではね」と彼女はいった。「そしてその次は、一等兵に。連中があたしをムショ送りにしたとき、あたしのキャリアは頭打ちだなって感じたよ」

「あんたの上司の気持ちがわかるよ」

「ひどい勤務報告書になりそうでさ。上司だった中尉が、条件つきでうまく書きなおしてやってもいいってもちかけてきたんだ」

「あんたの手を動かす仕事《ハンドジョブ》のほうは絶品だって評価をもらったのかい？」

「ノン。そいつのタマにパンチをくらわせてやったんだよ」とマリー。

「肉体増強した手で？」

「いや、足で。何度も何度も。それから、そいつの部屋もめちゃくちゃにしてやった」

「そいつは大ごとだな」

「爆発物でひどいことにしてやったんだ」

「今度は量子のささやき屋をいらいらさせるつもりかい？」

「ベルは忍耐心がえらくたっぷりとあるんだよ。彼は瞑想好きだからね、つまるとこ」

「だったら、好きに戻って、あいつを悩ませてくるといい」

「あんたと仲なおりするつもりで、贈り物を持ってきたんだ」とマリーがいった。「ゴシップねたを。ゲイツ＝15は二重スパイだったんだってさ。あのちび助は信用ならないって、あたしはわかってたけどね」

「それで、仕事はふっとんだわけか？」

「そうじゃないみたいだよ。ベルはそのことを知った段階で計画を変更したみたい」

「報酬をもらえなかったらやってられんしな」

「あたしが何にうんざりしてるかわかる？」と彼女は尋ねた。

「あんたが何にうんざりしてるかなんて、なぜおれが気にするってんだ？」

「わざわざ訊いてくれてうれしいね。あたしはベルの恋愛問題に手を貸そうとするのとか、マットの万能コンプレックスにうんざりしてるんだ」

「あんたがもう手を貸すのをやめるって聞いたら、連中はおったまげるだろうな」

「今度はあんたに手を貸すことにしたんだよ」とマリーはいった。

「だったら、おれのケツを洗うことからはじめるといい」

「あんたのことがわかったんだ」と彼女はいった。「あんたはやたらとわめきちらすタイプだけど、それを受け入れることに興味はない」

「今度は雑種族《モングレル》のささやき手になったのか？」

「そのとおりだっていっておこうか。あたしが思うに、〈モングレル族のやり方〉の行動規範は防御のためのでっかい煙幕で、相手がそうする前に自分を卑下してごまかそうとしてるんじゃないかな」

「この会話はどっかに向かってるのか、フォーカス？」

「ベルがまだそれを見てとってないことがあたしには驚きだね。〈モングレル族のやり方〉

のすべては、ある意味でだましの指南書なんだから。タフぶった、おれにちょっかいを出すなっていう殻をまわりの世界に見せつけて、それはひどい不安からくる過大な反応だろうってみんなに想像させてる。だけど！」と彼女はいった。「この〝だけど〟は、とっても重要なんだよ」

「おれのケツだって重要だ」とスティルス。

「だけど、それは見せかけなんだよ」とマリーはたたみかけた。「マジシャンが観客の注意をそらすトリックだよ。あんたらはほんとは不安を隠せてない。注意をそらそうとしてるその下に、ほんとのあんたが隠れてるんだ。だけどさ、誰もそれを見てないから、次にあんたが何をしようとしてるか誰も推測できない。金で雇われる傭兵として賃金交渉するには完璧な覆いの布だよね」

「それで、もしそのくその山みてえな理由づけが正しいとおれがいったら、あんたはどう思う？」

「今度ばかりは真実をいって、あたしを混乱させようっていうんだね、あたしがいいとこに気づいたもんだから」

「あんたのいうとおりだよ」と彼がいった。

マリーは笑ったが、それは短い、不安そうなものだった。

「あんたさ、これまでにドレッドノート型戦艦に乗り組んだことは？」

「モングレルは航宙母艦から飛び立つ」とスティルスがいった。「モングレルなんて、ドレッドノート型戦艦に乗せても、なんの役にも立ちやしねえよ。床に小便をこぼすだけだ。どうして？　また。びびってんのか？」

「あたしは一度もびびったことなんてないよ。あたしはコングリゲートの戦闘艦に乗ってたことがある。すんごいパワーでさ。ドレッドノート型の銃砲ときたら、これまた別レヴェルなんだよ」

「確かに、ああいうのは時間を無駄にしねえな」

「あんた、びびってんの？」

「そんなわけあるか」

「いいや、嘘だね。サブ＝サハラ同盟のクルーだって、逃げ腰になる違いないよ。あんたはドレッドノート型戦艦にびびってるに違いない。あたしたちは外で撃たれる機会もないまま、同盟の戦闘艦内で黒焦げにされちまうんだ」

「なあ、あんたが自分のことを、泳いでる最中にくそをひったりしないからまともだって考えてるのはわかってる。だがな、みんな〈モングレル族のやり方〉の最初の三節に書いてあるんだよ」と彼がいった。「あんたははじめから死産で、海の墓標に生まれ落ちた。けっして事態はよくなりゃしねえ。そして、あんたはきっとしくじる」

「そいつは元気づけられる格言だね」

「あんたやおれはな、フォーカス、けっして頭を撫でられたりしねえ。おれたちはこのとんでもねえ大失敗に終わる詐欺計画のために雇われた傭兵だ。アルホーナやカサンドラ、でなけりゃデル・カサルなんかとは違って、おれたちの脳にはくそが詰まってる。イエカンジカなんかとは違って、おれたちの袖には士官の筋も入ってねえ。おれたちは使い捨ての歩兵だ。おれたちの仕事は、頭を低くして、いわれたとおりどんなことでもやって、命令されたらそいつが誰だろうと頭をかち割ってやるだけだ」

「あなたは一生、歩兵のままでいたいの？」

「あんたはお姫さまみてえだし、人間だったりもして、別の何かを夢見ることだってできるかもしれねえがな、フォーカス、おれはモングレルなんだ。おれがもてる野望といったら、部屋の壁紙を替えるくらいのもんだ。おれはどのみち負ける定めで、生きて逃げ帰るためなら、すべての手にだって噛みついてやる」

63

セント・マシューによる激しい推進と制動によって、タグボートは小惑星ヒンクリーまでやってきた。パペットの砲撃は激しいとともに不確実でもあった。宇宙港の大きな砲台はヒンクリーを誤射するリスクを避けていた。ヒンクリーは軍事施設であるだけでなく、産業施設でもある。ヒンクリーにあまり大きなダメージを与えると、ポート・スタッブスばかりでなく、パペット神政国家連盟そのものが機能不全におちいりかねない。だが、パペットはあまりに急にヒンクリーの向こう側の防御システムを無効化されたため、いまはこの小惑星を盾代わりに使っているサブ＝サハラ同盟の艦隊をどう撃退すればいいのかわからないようだった。

ポート・スタッブスからのひるまずにいられない金属の砲弾と粒子ビームによる砲撃に対して、サブ＝サハラ同盟側もそれ以上は近づくことができなかったものの、パペットのほうでも侵略者を押し返すことはとうていできなかった。タグボート内では、ベリサリウスとイエカンジカが無線による指示や質問や命令や取り消し命令に耳をすまし、そのあいだも民間の船舶は砲撃のおよぶエリアに立ち入らないように気をつけていた。

彼らがヒンクリーをまわりこんだとき、目に入った第六遠征部隊の姿は息を呑むほどの壮観だった。サブ＝サハラ同盟の戦闘艦十二隻は最大出力の航行灯に照らしだされ、それぞれの砲台は戦術兵器の気泡から自由で、下部構造の中心を艦首から艦尾までつらぬく巨大なチューブから不気味なチェレンコフ放射があふれていた。

ベリサリウスは運命というものを信じていなかったが、それがあたりにただよっているのを感じとれた。十二隻の戦闘艦は四十年前に出航し、宇宙の荒野をさまよい、宇宙の冷たい巨大さのなかに隠れつづけ、得がたい宝を発見し、いま、故郷に戻ろうとして、進路に立ちふさがる者は誰であれ蹴ちらそうとしている。そうした彼らの行動がこの瞬間を重要な意味で満たし、彼を鼓舞した。この宇宙に意味などないことは彼にもわかっていたが。

「どれが〈ファショダ〉かな？」とベリサリウスは尋ねた。

イエカンジカが遠征部隊の中心に位置している戦闘艦のひとつを指さした。

「〈グブドゥウェ〉は？」

イエカンジカが別の戦闘艦を示した。彼らはヒンクリーの輪郭をなぞるようにして艦隊に近づいていった。古くから堆積した、真っ黒な表土のちりが混じることなく積もっているが、パペットの防御施設がサブ＝サハラ同盟の攻撃によって完全に破壊された部分は深くえぐれたクレーターになって、薄灰色や白色に輝く氷がのぞいて見える。彼らは〈オムカマ〉の下を通過した。その下面には、レーザーの疵痕が刻まれている。パペット側の砲台が運よく命中させたに違いない。それよりも痕が長いか、深いか、はたまたパペットに運があったなら、

第六遠征部隊の戦闘艦は十一隻に減っていたろう。

彼らが〈グブドゥウェ〉の下を通過するころには、マリーが宇宙服を着こんでいた。ベリサリウスはひと組の銀色のボタンを取りだして、片方をマリーに渡した。

「任務が片づいたら、これで知らせてくれ」と彼はいった。

「その前に粉々にされてなきゃいいけどね」とマリーがいった。「それで、サブ＝サハラ同盟艦隊はどうやってドレッドノート型戦艦のそばを通り抜けるつもり？」

「きみが出発した瞬間から、それはきみの問題ではなくなる」とベリサリウスはいった。

「交戦区域からすぐに出ることだ。きみの船はドレッドノート型戦艦が気にかけて追いまわすには小さすぎる。それに、サブ＝サハラ同盟の開発した新たなドライヴ機構ではないかと連中が疑うとすれば、破壊するよりも生け捕りにしようとするだろう」

「あたしたちは、これからちょっとイカレたことをするんだよね、ベル」とマリーがいった。

「そのためにこそ、きみを雇ったんだ」

マリーはベリサリウスに中指を突き立ててみせると、マグネット・ブーツで歩いてエアロックに入っていった。慣れた動作でエアロック内の空気をサイクルし、向こう側に出る。

「先に進んで！」というマリーの声がインターコムごしに聞こえてきた。「あたしはベビーシッターなしでも一人で〈グブドゥウェ〉にたどり着けるから。こっちは予定どおりだよ」

ベリサリウスは〈ファショダ〉を目指し、タグボートがそれとドッキングするあいだにイエカンジカが貨物室に移動した。

「さて、いまのうちに教えてもらえますか?」貨物室に向かったイエカンジカがいないあいだに、セント・マシューがささやき声で尋ねた。

「わたしたちはこれから何をするのでしょうか?」

「サブ＝サハラ同盟側のクルーが数人がかりで、スティルスを〈ファショダ〉に移している。早く片づけば、そのほうがありがたい」

「どうしてですか?」

船尾の貨物室からガタンと音がして、イエカンジカが大声で呼びかけた。「離れたわ」

ベリサリウスはふたたび船を進めた。〈リンポポ〉は三隻の大型旗艦のひとつで、巡航艦三隻が付き従っている。この艦の指揮構造の後方にはドアを閉じた格納庫がいくつか並んでいた。イエカンジカがコードを送ると、格納庫のドアのひとつが開いた。そこに入りこんだ彼らの頭上で、格納庫の入口が墓穴のふちのように口を開けている。イエカンジカの目に興奮の光が輝いた。ようやく、彼女は戦《いくさ》に向かうため、自分の生まれ育った艦に戻ってきた。

「おたくらをインディアン座イプシロン星系にお連れしよう、少佐」とベリサリウスは告げた。そのあいだにも、彼らの上で格納庫のドアが閉まっていった。

彼らは伸縮式の通路を通って〈リンポポ〉に入っていった。いかつい顔の憲兵二人につき添われ、彼らは通路を浮かびながら進んだ。この戦闘艦の副長であるテング中佐も出迎えていた。イエカンジカが彼に敬礼した。中佐もきびきびとした動きで答礼し、ポケットつきのベルトと小銃を彼女に渡した。

「〈リンポポ〉にようこそ、ミスター・アルホーナ」とテング中佐がいった。

ベリサリウスはカサンドラを紹介した。

「すぐにはじめる必要がある」とベリサリウスはいった。

「イエカンジカ少佐があなたがたをブリッジに案内します」とテングがいって、上に向かう艦首方向の通路を示した。

少佐が前にとびだしていった。訓練を積んできた者の敏捷さだった。カサンドラがあとにつづいた。ゼロG環境下で生まれ、訓練を積んできた者の敏捷さだった。カサンドラがあとにつづいた。間違った場所に手を置くこともなく、足や身体で完全にバランスをとりながら。訓練のおかげではなく、幾何学的な条件下でもっとも容易に考えることのできる脳を備えているためだ。さらにそのあとからベリサリウスがつづいた。手をひとつずつ交互に出し、ゆっくりとした歩みだが、バランスや制御を失うことはなかった。

ブリッジは上部構造の深いところにあった。くすんだ金属の棺のような加速室はすべて使用中で、ステータス・ランプがそれぞれ点滅している。軽いアーマーを身にまとった憲兵二人がそのそばに立っている。ホログラムの戦術ディスプレイがブリッジの中央で輝いていた。

ベリサリウスの脳がその幾何学的パターンを即座に吸収した。彼らから十万キロ離れたところに、ポート・スタッブス要塞に囲まれてパペット軸が浮かんでいる。さらにそれを、弱まったとはいえまだ危険な戦闘力のあるパペット艦隊の大半がおぎなっている。サブ＝サハラ同盟の戦術ディスプレイはパペットがハッキングして手に入れたものよりもすぐれていた。総勢四十二隻のパペット艦が隊列を組んで、ポート・スタッブスを守っている。パペットが所有する総数の四分の一以下だ。ドレッドノート型戦艦の到着がパペットを動揺させたため、パペット艦隊の大半をポート・スタッブスの周辺に配置させようというベリサリウスの計画を少し狂わせていた。

カサンドラがマグネット・ブーツを履いた足でブリッジの中央に進んでいった。そこには横長のホログラム・ディスプレイが彼女の前で光り輝き、各艦の位置、周辺の磁場の強さ、そして何よりも重要なのは〈リンポポ〉の各システムやコイル系のステータス情報を表示している。

「コイル系を制御する準備はできているわ」とカサンドラがいった。声のそっけなさは、彼女がすでにサヴァン状態に入りこんでいるように聞こえた。

准将とイエカンジカが視線を交わし、そして准将が手で合図した。カサンドラの前のホログラムが青信号に変わった。カサンドラの指が正確に動き、システムをテストしていった。彼女は量子フーガに入りこんだ。

「あなたがどのような計画を立てたにしても、ポート・スタッブスの守りを固めさせるのがいいアイデアだとは思わないでしょうね」とセント・マシューがいった。

「これはまさしく計画どおりだよ」とベリサリウスはいった。「連中はポート・スタッブスの守りを補強するために、パペット・フリーシティから予備の部隊をいくらか引っぱりだしてきた」

「フリーシティは三百二十光年のかなたにあって、コングリゲートのドレッドノート型戦艦がそのそばで嗅ぎまわっています」とセント・マシュー。「われわれはコングリゲートがパペット軸を横からかすめとるのを手助けしているんでしょうか？」

「われわれはパペットとコングリゲートの注意をそらすことに集中してきたんだ。連中にわれわれの意図を読み誤らせ、連中をまんまとあやつって、このだましにくいつかせるために」

「あなたはよい軍事戦略家になれるわね、アルホーナ」とイエカンジカ少佐がいった。これは少佐が彼に向けていったいちばんのほめ言葉で、しぶしぶ口にされたものだった。

彼女は公正で、そして間違ってもいた。

「これは昔からよくある賭けのやり方だよ、少佐。カードをプレイするんじゃなく、プレイヤーを演じるものだ。パペットとコングリゲートにはそれぞれの不安や強欲さがある。連中にとって、第六遠征部隊はこの数十年で目にしたもっとも魅力的な獲物だ。パペットはヌーメンを二度と失わないために、自分たちが強くなくてはならないという観念に執着している。コングリゲートはといえば、現在の優位性をたもつことに執着していて、配下のスパイが報告してくることなど半分も信じようとしない。やつらはこのごまかしをあばいてクライアント国家を押さえつけるために動いている。これから三十年にわたって叛逆の可能性をくじくために。そしてパペットのほうは、何者も自分たちの所有する軸に無理やり押し入ることはできないと信じている。やつらはどちらも、相手よりも強い手札を持ってると信じこんでるんだ」

64

カサンドラ主体は〈リンポポ〉のブリッジから存在しなくなった。その不在中に、量子知性体が凝結していった。認識は船殻を越えて広がった。もつれあった粒子と波の相互作用が周辺の磁場にさざ波をたて、カサンドラ肉体の細胞内に存在する無数のマグネトソームを圧迫した。相互に干渉する確率の波が、〈リンポポ〉の周囲で何層にも重なった量子状況の絵を描く。〇・三一秒以内に、ポート・スタッブスのワームホールの入口が量子知性体に到達する確率に影響しはじめる。パペット船のすばやい動き自体が、パルサーの磁場に少量のエネルギーを吐きだすことによって示される。パペット要塞の輪郭が示され、その電気的な放出が磁力のかすかな圧迫と混じりあう。

十二隻の戦闘艦が量子知性体のまわりに浮かんでいて、小惑星が盾代わりになってエネルギーや粒子兵器の直接的な攻撃から保護されていた。小惑星は電気的短絡《ショート》、無線警報、熱いプラズマといったものを吐きだしている。量子知性体はそうした影響を、いまは直径二光秒の範囲の感覚入力から取り除く数学的フィルターを構築した。量子もつれを起こした粒子のつかの間の確率の痕跡を認識するために、量子知性体は周辺環境からこの盾をつくることが必要だった。

ベリサリウス主体はボタンをふたつ所有している。スティルスとフォーカスの各主体が持っているボタンとリンクしているものだ。量子もつれを起こした微細な糸との距離がどれほど離れていようとも、そうした人間や船と結びつけている。

量子知性体のほうは、量子もつれを起こした粒子をおさめたボタンを十個所有している。量子ノイズのさなかのもっともかすかなシグナルで、そのうちの四つは宇宙空間を三百二十光年渡って、準惑星オラーの氷の殻の下の地底海に達している。これらのかすかな量子リンクを通じて、量子知性体は時空としてのオラーの位置を特定できた。ほかの六つのボタンは、セント・マシューAIがパペット軸内に残してきた小さなマシンと確率の糸によってリンクしていた。

電波望遠鏡の集まりがひとつの大きな望遠鏡の役割を果たすのと同じように、これらの小さな、もつれた確率の糸は、三百二十光年のかなたの映像をつくりだした。量子知性体はポート・スタップス周辺の区域を、フリーシティ周辺の区域を、そしてそれら二つを超空間《ハイパースペース》で結びつけているトンネルを、量子もつれによって編みこまれたひとつの大きな時空として認識した。その観測、知識、視点は桁はずれだった。

そうして世界を目にするあいだにも、量子知性体はワームホールを誘導して、パペット軸のチューブ状の内部に開くように、〈リンポポ〉のシステムに命令しはじめた。

65

マリーは一隻目のインフラトン・レーサーの中で、きついハーネスに締めつけられたまま身をよじった。インフラトン・レーサーのまわりの格納庫が暗くなった。彼らは誘導したワームホールの中に入りこむところだ。恐怖のちくちくする感覚がうなじを這いのぼっていく。まるでローラーコースターがゆっくりとのぼっていき、頂点に達するのを待つときのように胃袋がむずむずした。

マリーはすべてを制御できている状況を好んだ。ところがいまは、他人の操縦する船に乗っていて、その船というのはパペット軸に横から入りこむつもりでいるだけでなく、フリーシティの要塞をすり抜けて、コングリゲートの派遣した、死を招く兵器の前にとびださなくてはならない。彼女はこれまで何度となく危険なことを経験してきた。だが、今回のこれは、新たなレヴェルのイカレた行為だ。深呼吸を一度。

きさまは水中の墓標の下で産まれ落ちた。けっして事態はよくなりはしない。きさまはきっとしくじる。スティルスのこうした哲学はあまり気のやすらぐものでもないが、何があろうと誰かに臆病者呼ばわりさせるものか。

る。それは誘導したワームホールの中で居座るようになった。そわそわ気をもむ時間はいくらでもある。

彼女のディスプレイは予備のブリッジに収納されている。彼女も副長と同じものを見てい

コングリゲート航宙軍が引っぱりだしてきた兵器はただの冗談で片づけられるものではない。彼女はコングリゲートの巡航艦に乗り組んでエリートぞろいの海兵隊の遠征に二度同行したことがあるし、主力艦にも何度か乗り組んだ経験がある。それらの戦闘艦は大きくて充分に恐ろしげに見えたが、ドレッドノート型戦艦に比べたら訓練用のおもちゃのようだ。

明かりと加速が戻った。ディスプレイに光がともり、船のレイアウトが表示された。そのまわりに、奇妙に抽象的な線が網目状のチューブを形成している。崩れやすい、誘導したワームホールから、彼らはパペット軸にあらわれでたのだった。

急な加速によって、マリーの身体は座席に押しつけられた。秒速八十メートル。軌道上の標準でいえばゆっくりしている。だが、地下をくぐり抜ける船にとっては充分すぎるくらいの速度だ。

気泡のような兵器構造が折りたたまれて開き、砲台が旋回して配備されるのをディスプレイが示した。大半はわずかに前方に向けられ、あとの残りは戦闘艦自体に対して直角に向けられた。

マリーは息を大きく吐き、そのためにフェースプレートがくもった。これはひどい戦いになる……彼女は出発時にパペットの防御システムを目にしていた。もしもサブ＝サハラ同盟

の兵器担当者がこの角度で撃つつもりでいるなら、至近距離から撃つことになる。撃ち返される可能性が高く、いくつかの砲弾が〈グブドゥウェ〉に命中しかねない。だが、こちらも撃ち損じる可能性は低い。

マリーはパイロット席の肘掛けをさらにきつくつかみ、自分の手でこの大型の船を操縦できればいいのに、または、少なくとも砲台に配属されているならよかったのにと思った。彼女は自分の手で引き金を操作するのを好んだ。ディスプレイ上では、ワームホールの細い通路のいちばん上の部分に穴が生じて、その向こうに形のはっきりしないものが見えた。さらなる推進によって、背中が座席に押しつけられる。秒速百二十メートル。

そうして、まわりのすべてが震えた。〈グブドゥウェ〉の艦首がパペット軸の出口からあらわれでるのをホログラム・ディスプレイが映しだした。通常の空間、すなわち、ワームホールの上の巨大な洞窟部屋に。艦首砲台が天井に向けて撃ち、戦闘艦が通過する直前に鋼鉄のぶ厚いドアに命中させてプラズマに変えた。上面と下面の砲台がパペット側の砲座に粒子ビームを浴びせ、兵器とクルーを溶かした。

軸の出口とそこから二キロ上にあるオラーの地表を、三層の防護扉がへだてている。〈グブドゥウェ〉の艦首砲台がレーザーのタペストリーを織り上げ、粒子が次のシールドを溶かすあいだに艦首から衝突していった。

三番目の最後の鋼鉄のバリアはいちばんぶ厚く、軌道上からの核攻撃にも耐えられるように設計されていた。粒子ビームの槍や筋を曳くロケットが〈グブドゥウェ〉に先行し、防護扉に打ちつけて、へこみをつける。粒子ビームが激しくはなたれつづけるあいだに、巡航艦の艦首が鋼鉄のバリアに衝突した。最後の門扉がはじけ、戦闘艦が激しく揺さぶられる。鋼鉄のフランジがナイフの刃のように鋭くちぎれ、〈グブドゥウェ〉の側面に大きな溝を彫り刻み、上部構造の上階層を艦体からちぎり取った。マリーのホログラム・ディスプレイがぷつりと途切れた。

ブリッジが跡形もなくなっていた。

ブリッジ・クルーごと、こそげ取られた。勇敢な連中だった。

くそっ《メルド》！　彼女は命令系統を失った格好の標的のただなかにとらわれていた。

そのとき、新たなディスプレイが新たな色で浮かびあがり、それまでとは別のものを示した。赤熱の警告アイコンが〈グブドゥウェ〉の概略図の上に表示された。奇妙な加速と自由落下の波がディスプレイに滝のように流れ落ちていく。何かが彼らを前に押し進めている。

この艦はまだ死んでいない。それは本当にいい知らせだった——必ずしもそうではないと彼女が気づくまでは。副長と予備の兵器担当者がこの戦闘艦を制御しているが、彼らはこの星系内でもっとも危険な兵器へとまっすぐに突き進んでいる。軸の真上の静止軌道にとどまっている、コングリゲートのドレッドノート型戦艦めがけて。

「くそっ」と彼女はつぶやいた。

一連の警告音が鳴り響くあいだに、低い、コッコッと鳴る音が船をとらえた。インフラトン・レーサーのセンサーもよみがえっていた。彼女が気づかなかったホログラム・ダイアルの数値がインフラトン・フィールドの強度を計測しはじめた。彼らは進路を変えていない。これはフェイントではなかった。

この連中は頭がイカレてるの？連中はドレッドノート型戦艦に真っ向から衝突しにいって、うまくいくとマジで考えてるわけ？

こいつはモジュール方式だよ、ばかめ！

彼女は艦内通信のスイッチを入れた。

「〈グブドゥウェ〉指令、こちらはフライヤー1」と彼女が呼びかけた。「ようこそダンス・フロアに戻ってきてくれたね。下艦許可を申請したい。そっちがもう一人のダンス・パートナーを頭に思い描いてることは見てとれるけど、こっちとしては熱情のじゃましたくないから」

「フライヤー1、このチャンネルから出よ」という応答がすみやかに返ってきた。「格納庫ドアを開ける。出ていけ」

予備のブリッジから供給されていた戦術ディスプレイがいきなり途絶え、マリーはインフラトン・レーサーの計器で見てとれるかぎりのものだけとともに取り残された。格納庫ドアが開き、着陸用装具の磁気的な鉤《クランプ》が解放された。彼女はコールド・スラスターで格納庫を出た。彼女の手もとのインフラトン・ダイアルがなんのためであるにしても、ゆっくりと黄色に変わった。格納庫から出ると、コックピットじゅうに小さなノック音が聞こえて、概略図に警告が赤々と光った。衝突感知センサーが混乱していた。ペレット。または銃弾か。

下方向からの。

いったい何がどうなってるの？

パペットどもはレーザーや粒子兵器を〈グブドゥウェ〉に集中させているが、彼女には金属の弾を投げつけている。

いったい何がどうなってるの？

どれかがたまたま命中する可能性だってあるのに！　いまいましいパペットめ！

彼女はインフラトン・レーサーを旋回させ、自身のインフラトン・ドライヴをオンラインにすると、旧式の射撃制御システムでは追いかけられないくらいすばやく前にとびだした。戦術ディスプレイをオンラインにして、下方向のヴィジュアルを引きだす。愚かな〈グブドゥウェ〉はなおも加速をつづけている。

ドレッドノート型戦艦は〈パリゾー〉という名で、オープン通信を使って〝われわれがきさまをぶちのめしてやる前に投降せよ〟というメッセージを送信している。そしてそれでも充分でないとすれば、コングリゲートの通常の主力艦〈ヴァル＝ブリヤン〉がさらに高い軌道にとどまっていた。そのレーザー照準はダメージを負ったサブ＝サハラ同盟の戦闘艦に向けられていた。

インフラトン警告が止まった。

それにともなう光はなく、放射もなく、ただし背景の星明かりがゆがんで、青方偏移が起こった。

そうして、〈パリゾー〉の中央部がねじれて穴があいた。

「ばかな《オスティ》！」とマリーは毒づいた。

灼熱の炎が〈パリゾー〉からわき立ったガスの雲を燃え上がらせた。巨大なドレッドノート型戦艦は、まるで自分でもどうしていいのかわからないかのように身を震わせた。ちぎれた部品がただよい、垂れ下がった。そうして中の何か放射性のものが爆発し、〈パリゾー〉を明るい光と猛烈な炎で包んだ。

「くそっ《タバルナク》」

〈グブドゥウェ〉が進路を変え、〈ヴァル＝ブリヤン〉に向けて加速しはじめた。

〈ヴァル＝ブリヤン〉は退却しながら粒子ビームの槍をはなった。

「なんてこった《カーリス》」マリーは最後にもう一度、驚きの小声で毒づいた。

彼女はベリサリウスにもらったボタンを取りだすと、パネルを開いてスイッチを押した。

66

秘密性をたもつためなら、スケアクロウは箱に入って運ばれることも厭《いと》わなかった。ただし、今回は秘密性よりも緊急性のほうがまさり、金属とカーボンファイバーの筋肉組織が彼を駆りたて、ゼロG環境下の通路を疾駆していた。そのすばやい動きのせいで、途中でパペット二人とぶつかり、猛烈な勢いで壁にはじきとばして激突させたほどだった。同行していたベルシエ中尉のほうも、最先端の筋肉インプラントや神経促進因子によって増強された筋肉でもってあとを追ったものの、スケアクロウのペースについていくことはできなかった。

スケアクロウが戻りついたとき、パペット輸送船の伸縮式通路はまだつながったままで、ハッチも開いていた。船内にはほかにパペットが二人いて、警報が鳴りつづけるあいだもパイロットと口論しているところだった。スケアクロウは手のひらサイズの小銃《スローワー》から四発撃って、全員を瞬時に始末した。ベルシエ中尉はスケアクロウのあとから入ると、てきぱきと死体をストラップで固定しはじめた。

スケアクロウはパペット用のコックピット内に身体をおさめることができなかったが、小さなドアごしに制御装置に手を伸ばし、通信コネクションを確立させた。伸縮式通路が引き離され、輸送船がガタガタと震えはじめた。ベルシエが急いで席にすわってストラップで身体を固定するそのあいだにも、スケアクロウはスラスターを作動させ、パペット軸の入口へと戻りはじめた。

パペット軸は宇宙空間に暗く浮かび、構台や支柱の取り巻くさなかにはっきりと見てとるのは難しかった。いまも警報ランプが点滅していた。スケアクロウが船を近づけていくあいだ、出入りする船はほかになかった。無線チャンネルから停止命令が鳴り響く。スケアクロウはハッキングした交通システムの中で見つけた最新の通行許可を送信した。それによって、パペットの兵器担当者の判断を少し遅らせることができる。

交通管制が違法の接近警報を鳴らす前に、スケアクロウは軸の入口まで数秒のところに達していて、周囲から攻撃を受けた。すでにこれほど近づいていたために、攻撃を回避する行動をとる余裕もなく、そしてこの輸送船にはそうするだけの性能も備わっていなかった。船尾下面の装甲に何発かくらい、客室エリアのひとつとメイン貨物室に穴があいた。輸送船が縦揺れを起こしはじめた。軌道が大きく変わってしまう前に、輸送船は軸の中にすべりこんだ。

ワームホールの入口はほぼ絶対零度に近く、奇妙なX線パターンがあらわれ、暗く音もなく後方に過ぎていった。第二客室の空気がもれる音と内部警報を別にすれば、軸内の通行はいたって静かなものだった。

輸送船のセンサーは基本的なものしか備わっていないが、前方に奇妙な形が解像されはじめた。それは航行灯でふちどられ、スケアクロウのあやつる船と同じ道筋をたどっている。すなわち、フリーシティに向かって。

転移交通システムには、彼の輸送船がドッキングしているあいだ、ほかの船がポート・スタッブスから入った記録は残っていなかった。奇妙に思えたが、スケアクロウは交通システムの情報処理能力を過大に評価しているのかもしれない。ワームホールの入口のチューブ状の部分には明かりが足りないために、謎の船の外観ははっきりしない。別の輸送船ではなかった。彼は緊急の望遠機能をオンラインにして、新たに得られたデータをメインの望遠鏡からの情報と統合して船影をつくりあげ、あるイメージにぴたりと合致した。下部構造にうつろなチューブを備えた巡航艦を後方からまっすぐ見ていて、穴ごしにその先がなかば見えている。

この船はどうやってポート・スタッブスから入ってきたのだろうか？　力ずくで押し入ったのではない。ポート・スタッブス自体はまったくダメージを受けていなかった。パペットはこの侵入者と裏で手を組んでいるのだろうか？　そうだとすれば、どうやってヒンクリー要塞の攻撃をくぐり抜けたのだろうか？

いずれにしても、あまり関係はない。先を行く船はフリーシティの出口で閉じこめられるだろうからだ。軸を外から守っている防護扉は未確認の船に対して開かないし、至近距離から十以上もの砲台によって狙い撃ちされることになる。これがパペットの内戦で、侵入者にはフリーシティの港務局内に仲間がもぐりこんでいるのでもないかぎりは。

　だが、先を行く船は減速しなかった。それどころか、むしろ加速している。軸の向こう側の出口の暗い顔がいきなりその船をフルスピードで呑みこんだ。スケアクロウは反応のにぶい輸送船の速度を落とした。パペット軸のフリーシティ側の出口は門扉が閉じていて、厳重に守られていることを、下部構造にうつろな穴のあいた船は知らないのかもしれない。防護扉にまっすぐ衝突して、残骸が爆発を起こすかもしれない。事象の地平面のほんの手前で、スケアクロウはさらに減速した。

　そうして、接近警報がいきなり鳴りはじめた。ほんの一秒前までは後方に存在していなかった何かが、いまは衝突する進路で迫ってくる。

　スケアクロウの小型輸送船は船尾から衝突された。その衝撃で、エンジンや貨物室、客室がつぶれ、輸送船の残骸はスピンしながら軸の外にとびだしていった。その衝撃でベルシエ中尉は押しつぶされ、血煙とともに残された。輸送船のスピンがいきなり止まり、何かに衝突し、ちぎれてばらばらになった。

　すべてが静まったとき、スケアクロウは真空中のでこぼこした氷の上にうつぶせに倒れ、鋼鉄とカーボン・ナノチューブ構造のためにかろうじて身体がひとつにたもたれていた。体内の自動診断がはじまった。

　適当な光は何もなかったが、彼の視覚にいきなり閃光がはじけた。赤外線からガンマ線までの。パペット軸は彼からわずか五十メートルのところに、いつもと変わらず、氷の中に埋まっている。だが、周囲のほかのようすはまるで見覚えがなかった。

いる。クレーン、倉庫、展望デッキ、そして多くの砲台は金属の溶けたスラグと化して泡立っていく。溶融した金属が氷の上にしたたり落ちると、氷は音もなくはじけて真空中で蒸発していく。破壊されずに残った砲台はいまや上に向けられ、かつてはパペット軸の真上にけっして突き通せない三層の防御となっていた巨大な装甲扉の残骸ごしに発砲している。うつろなチューブ構造の船はすでにひらけた宇宙空間に出ていて、敵をひるませる砲撃に耐えて、準惑星オラーの地表の防御システムに反撃していた。

スケアクロウは現地の通信システムにアクセスしてみた。反応はない。または、周波帯が混沌としていて、通信数が多すぎてすぐには送れずにたまっているのか。そんなところに、まわりの世界がはじけた。

またしてもうつろなチューブ構造の別の船が、軸の出口から勢いよくとびだしてきた。そのままの速度をたもちながら、またたく間に洞窟部屋をもとびだしていこうとしたが、兵器担当者は正確にタイミングをはかり、船があらわれでてコンマ数秒で発射し、洞窟部屋の壁面を撃った。それにはスケアクロウの頭上の砲台も含まれていた。

氷、金属の破片、そして爆発した弾薬が彼の身体に打ちつけてきて、彼は崩落した斜面を二十メートルほども落下した。生身の人間ならとうてい生きてはいられなかったろう。だが彼は氷にしがみつき、なんとか体勢を立てなおした。

これで戦闘艦が三隻。不明の型式の。いったい、どうやってポート・スタッブス側の軸から入りこんだのだろうか？　彼の前には何も入っていかなかったし、彼が入ったときもポート・スタッブスの近辺にほかの船は一隻もなかった。ポート・スタッブスがこれほどすぐに陥落することはありえない。たとえコングリゲートであっても、あそこの防御を簡単に弱めることはできないだろう。襲撃者はポート・スタッブスのすぐそばにワームホールを誘導したのかもしれないが、出口からあらわれでるあいだに、格好の標的になったはずだ。

四隻目のうつろなチューブ構造の船が軸の出口からあらわれでた。スケアクロウは何かの力の波にあおられて、途中まで斜面を吹き上げられた。彼の体内の電磁センサーは何も感じとることができなかった。あの力はいったいなんだ？　あの船が何を使って推進しているのかさえも、彼はまだわかっていなかった。

いったい何者なのか？　そうした考えがつかの間ながら検討されたあとで、スケアクロウは自身の生存のほうを心配しないといけなくなった。巡航艦からの砲撃によって、洞窟部屋の内部が攻撃され、またしてもスケアクロウは、金属やプラスチック、氷の破片が降ってくるのを跳んで避けるはめになった。どこか安全な場所に避難する必要がある。彼は多くの困難な状況を生き延びることができるが、戦闘艦に搭載された砲台からの直撃というのはその数少ない例外のひとつだ。

五隻目の巡航艦がパペット軸からあらわれでて、そのあいだにも砲撃していく。スケアクロウは通路の溶けた部分の端を見つけた。彼はその平坦でない床をよじのぼり、通路の残骸が地滑りを起こして斜面をすべり落ちていくあいだに、頼りない遮蔽の下に入りこんだ。スケアクロウは懸命に進み、崩れ落ちたセクションに這いこんだ。

67

マリーに渡したのと量子もつれを起こしているボタンが、ベリサリウスの手の中で銀色から金色に変わった。

「マリーが外に出た」とベリサリウスは告げた。「おめでとう、少佐。〈グブドゥウェ〉は三百二十光年のかなたで、少なくとも無事に軸を通り抜けた。こっちは支払いの最初の半分の受けとりを確認できた」

「ほかには何もわからないの？」とイエカンジカが尋ねた。

「これは量子もつれを起こした粒子だ。どれだけ距離があっても伝達できるが、たったひとつの用途だけだ」

イエカンジカの指がぴくりと動いて、複雑なコードを伝達した。少しして、〈リンポポ〉が誘導して開きつづけているワームホールに次の戦闘艦が入っていくのをディスプレイが映しだした。

カサンドラの体内の量子知性体が彼らに向けてしゃべりかけた。途切れとぎれで、よそよそしい。「ベリサリウス。離れて。干渉してる」

イエカンジカが眉をひそめた。「どういうことなの、アルホーナ?」

彼の胸は誇りであふれた。量子フーガの深みにあってさえも、いまは彼女の身体を占有している量子客体へのカサンドラの命令はそのとおりに従われ、策略をつくりだしている。カサンドラの技量はそれほどまでにすぐれている。彼自身は量子知性体に対してそのように命令などできなかったろう。

「おれがそばにいるせいで、量子フーガに入りこんだ状態のカサンドラに干渉してるんだ。おれはフーガ監視者《スポッター》としての訓練を受けていないから」

「どれくらい離れている必要があるの?」

「五十メートル以上離れれば、干渉の可能性はないはずだ。タグボートで待つことにしてもいい」

「これは交戦区域内にある戦闘艦なのよ、アルホーナ」とイエカンジカがいって聞かせた。「いまのところは、最後の船が通り抜けるまで、あなたを拘留しておく。これが片づいたら、二人とも当艦を離れてかまわないわ」

「仕事のパートナーをそんなふうに扱うとはあんまりだな、少佐」

「われわれはこうして戦争を戦うの、アルホーナ。あなたはクルー船室にいたほうが安全でいられるわ」

ベリサリウスはうんざりした顔をした。イエカンジカが憲兵二人に、彼を連れていくようにと手ぶりで示す。彼は片方の憲兵のあとについて〈リンポポ〉の艦内を抜けていき、作戦指揮エリアを出て、クルーの居住区に入っていった。彼は電函から腕の細胞内の無数のマグネトソームに電流を通し、低レヴェルの磁場をつくりだして周囲の状況を感じとった。

前後に彼を挟んで歩く憲兵二人は小銃を携帯していて、カーボンファイバー製のアーマーと、ひらたいホログラム通信パッチを手の甲につけている。壁の中を通る配線が彼の磁場をやわらかにゆがめているし、壁を支える鉄骨構造やドアまわりのメカニズムも同様だ。小さなカメラが壁の高い隅にクモのように張りついているが、どこにでもあるというわけではない。

彼らはひとつの士官室のドアの前で立ちどまった。最後のカメラがあった位置から十六・三一メートル離れている。ドアが横にスライドして開いた。室内にカメラはない。この部屋の本来の住人は階級が高いため、カメラで監視されることもないからだ。

ベリサリウスはそれまでのゼロG環境下でのぎこちない動きを脱ぎ捨てて、すばやく振り返った。彼が憲兵二人の腕に触れると、空気がパチッと音をたてた。

六百ボルトの電流を四マイクロ秒はなつ。

ベリサリウスが触れた彼らの服の部分が煙を上げた。赤くなった火ぶくれが彼の指先に生じた。彼は意識をなくした二人を狭いクルー船室内に引きずりこんだ。

「いったい何をしているのですか、ミスター・アルホーナ?」とセント・マシューがベリサリウスのインプラントを通じて問いかけた。

「自分がやるべき仕事をしてるんだ」ベリサリウスは憲兵のアーマーのストラップを引っぱ

ってうめきながらいった。

「仕事とはなんの？」とセント・マシュー。「あなたの仕事は第六遠征部隊をインディアン座イプシロン星系内に連れていくことのはずです」

ベリサリウスは憲兵の一人のハンド・パッチをはがし、セント・マシューを搭載したリスト・バンドをはめているほうの手の甲にぴしゃっと貼りつけた。

「セント・マシュー、いま貼りつけたこのホログラム・パッチは〈リンポポ〉とのインターフェースだ。いますぐ入りこんで、セキュリティ・システムがおれのたったいまの行動を見ていなかったか確かめるんだ」

セント・マシューはありがたいことにしばらく質問をやめて黙りこみ、そのあいだにベリサリウスはアーマーのストラップを使って憲兵二人をまとめて縛り、寝袋に入れた。セント・マシューはホログラム・パッチをレーザー光で照らし、インターフェースと会話するあいだ、フラクタル次元の抽象的に光る模様をつくりだしていた。ベリサリウスは憲兵の制服を着こんだ。

「ほんのいくつかの例外を除けば、ソフトウェアのセキュリティ対策は比較的スタンダードなサブ＝サハラ同盟のデザインです。おそらくは三十年前の」とセント・マシューがいった。

「ただし、いくつか興味ぶかい進化を果たしています」

「わかってる」とベリサリウスはサブ＝ヴォーカライズでいった。「おれも数カ月前に入りこんだことがある」

「センサー映像を偽造して、あなたがこの部屋にとどまり、憲兵は外で待機しているようすを示しておきました。これからどうするんですか？」

「これから、本当のだましがはじまる」ベリサリウスは憲兵のヘルメットをまぶかにかぶりながら答えた。彼の肌は黒いといえば黒いが、そばで見れば遠征部隊の一員として通るには色が薄すぎる。「これから通路に出る。センサーにおれの姿が見えないようにしてくれ」

「本当のだましというのはなんのことですか？」とセント・マシュー。「なぜ誰も、わたしに本当の計画を教えてくれないのですか？」

「サブ＝サハラ同盟は単に何もないところからインフラトン・ドライヴを発明したわけじゃない。連中はタイムトラヴェル装置を見つけたんだ。おれたちはこれからそれをサブ＝サハラ同盟から盗む」

「タイムトラヴェルは可能ではありません」とセント・マシューがいった。

「サブ＝サハラ同盟は時間をさかのぼって情報を伝えた。それによって、彼らは進歩したドライヴ機構をつくりだすことが可能になった。タイム・ゲートはホモ・クアントゥスが管理するほうがはるかに安全だ。それがカサンドラとおれがこの仕事を引き受けた理由だ」

「また嘘をついたのですね」とセント・マシューが指摘した。「ほかのみんなは、このリスクに賛成しませんよ」

「いまはすでに作戦行動中だ、セント・マシュー」

「なぜですか？」とセント・マシューが尋ねた。

ベリサリウスは顎の筋肉が引き締まるのを感じた。

「パペットは、自分たちがなんであるのか確信をもって生まれてくる」とベリサリウスはいった。「ホモ・エリダヌスにとっての真実は、彼らの顔をまじまじと見つめてきて、つねに彼らの人生を圧迫している。人類は、これまであらゆる世代の歴史によって、幾度となく疑問の答えを得てきた。

そしてホモ・クアントゥスは、つかの間に生きている。われわれは何も触れることがない。われわれは何もしていない。われわれは意味に関わりなく質問する。おれは人生の意味を求めてギャレットを離れた。そして見つけたのは、不確実なエコシステム内の隙間《ニッチ》だけだった。ギャンブルや詐欺計画についての。ホモ・クアントゥスはその設計上、自分の人生に意味を与えることに適してない。

というか、そうだと思ってた。タイム・ゲートが存在すると知るまでは。タイム・ゲートは因果律そのもので、円環構造のなかに縛りつけられ、むき出しのまま研究されるのを待っている。それはおれたちが抱いてきた疑問に答えるための、もっとも直接的な手段かもしれない。人類はホモ・クアントゥスに何を埋めこんだのか。おれたちは歴史にとって、これといった機能もない補遺なのか。それとも、おれたちがなぜ存在しているのか理解するための重要なステップなのか。なぜそれが必要なのか、おまえは理解できるか？」

セント・マシューは八秒間黙りこんだ。サグネ・ステーションにこしらえた彼のささやかな教会を去るという決断をくだすのにかかったのと同じくらい長い時間だ。彼ら二人にとっては永遠にも等しい時間だった。

「あなたが意味を求めるのは、わたしにも理解できます」とセント・マシューがいった。「セキュリティを変更しておきました。いつでもどうぞ。ただし、急いでください」

ベリサリウスはドアを開け、艦尾方向に通路を矢のように駆けだした。イエカンジカのそばでは隠すのに苦労してきた機敏さで。彼らははしごや通路を跳ぶように駆け抜け、艦尾格納庫のエリアに入っていった。

「おれたちが乗ってきたタグボートにかなり近づいた」とベリサリウスはいった。「ここからなら、あれに交信できるか？」

「充分な近さです」とセント・マシュー。

「ブリッジの誰にも知られることなく、格納庫ドアを開けるんだ」とベリサリウスは命じた。「そして、タグボートを〈リンポポ〉のセクションR付近で待たせておけ。あれを誰にも見られてはいけない」

「どの外部センサーにも気づかれないようにするには、少し手間がかかりますね。この艦は現在のところ厳戒態勢で、パペットがまだ撃ってきています」

「おまえならできるさ」

セント・マシューがそれに取り組むあいだ、ベリサリウスはさらに艦尾方向へと進んでいった。

「あなたの姿を見られたと思います」とセント・マシューが報告した。

「センサーか？」

「いいえ。クルーの者に。彼らがあとを追ってきます」

「くそっ。連中が支援を呼ぼうとしたばあいに備えて、連中の通信がおまえを経由するように切り替えられるか？」

「やってみます」

ベリサリウスは体内の磁場を強めて、周囲の電磁場の感覚を高めた。気にさわる、きめの細かい磁場の干渉が体内に打ち寄せた。磁力がかるく撫でるのは、水の中を泳ぐようでもあり、ギャレットの地中の空を滑空するような感覚でもあった。サブ＝サハラ同盟が保有しているタイム・ゲートは前方のどこかにある。いくつも並んだ格納庫を途中までたどったあたりに。

「ミスター・アルホーナ」とセント・マシューが注意をうながす。「セキュリティ・システムの監視が強まったエリアに入りました」

「連中は四十年前のセキュリティ・アルゴリズムを使ってる。おまえは文明社会でもっとも進歩したＡＩだ。なんとかしろ」

「口でいうほど簡単ではありませんよ、ミスター・アルホーナ」

「おれたちはすでに作戦にコミットしてる。このまま入りこむか、死ぬかだ」

「タイム・ゲートの周囲のセキュリティがあまりに厳重だとすれば、あきらめることもできますよ。あなたには逃走プランがあるはずです。それを使いましょう」

「おれたちはこれをやり遂げられるさ、セント・マシュー」

おそらくは、さらに多くの憲兵が近づいている。人間はコンピュータほど簡単にだますことができない。

「格納庫周辺のセキュリティを破りました」とセント・マシューが告げた。「ですが、十分間でさえもまともに阻止することはできません」

ベリサリウスはゼロG環境下の空気を切り裂いて進んだ。巧みに、そこではしご段に触れ、あそこでは壁を蹴ってバランスをたもちながら。くだんの格納庫のエアロックは、ふたつの通路の交差するところにあった。まっすぐ通っているのは彼がやってきた通路で、湾曲しているほうはインフラトン・ドライヴの大きなチューブの周囲を通っている。左右に通じている通路はほんの数メートル先で下がって見えなくなっている。厚いガラス窓ごしにエアロックの内部をのぞき見ることができて、向こう側にもうひとつ、窓のはめこまれたドアがある。

エアロックのわきの戸棚には宇宙服が六着用意されていた。彼は最初の一着を取りだした。一般作業用のスーツで、パッチがたくさんついていて、337という数字が胸に手書きされている。彼はスーツを着こんでからセント・マシューを手首につけなおした。

「連中はどれくらい離れてるんだ？」とベリサリウスは尋ねた。

「現在のところ八十メートルで、慎重に近づいてきますが、ゆっくりとではありません」とセント・マシューが応じた。「約四十秒の余裕があります」

「セキュリティ・システムに信号を送って、連中を横の通路に誘え」とベリサリウスは指示した。

「うまくいかないかもしれませんよ」

「タグボートは格納庫扉の外で待機してる、そうだな？」とベリサリウスは尋ねた。「エアロックのサイクルをおこなってドアを開け、タイム・ゲートをタグボートの貨物室に運びこむのに約四分は必要だ」

「エアロックのサイクルを開始させます」とセント・マシューがいった。少しして、AIがつけ足した。「彼らが偽の誘導に引っかからなかったら、わたしたちはここに閉じこめられることになります。彼らもエアロックのサイクルをおこなって入り、われわれが格納庫扉を開けるよりずっと早く、あなたを撃つことができるでしょう。そうなったら、わたしは短い生涯の残りを、自分で何を破壊しているのか充分に理解できるほどの技術的な能力さえもたない者たちに分解されて過ごすことになるでしょうね」

エアロックが開くと、ベリサリウスはするりと入りこんだ。

「それこそは殉教だ」と彼は応じた。

ベリサリウスはエアロックのふたつめのドアの厚いガラス窓にフェースプレートを押しつけ、赤外線と紫外線の可視機能を上げていった。電磁の強い干渉が彼のマグネトソームをくすぐる。

「聖マタイの新たな福音を誰も書くことのない殉教ですね」とAIがむすっとしていった。

「その必要があるわけではありませんが。わたしはまだ奇蹟を何もなし遂げていません」

エアロックがきしむ音をたてて開き、ベリサリウスは格納庫の真空内に入っていった。彼は背後でエアロックのドアを閉じた。彼の超感覚化した視力が格納庫内を、ざらついた、詳細に見えすぎる映像として映しだした。壁の緑と青色の点が、画素のように異常に大きくざらついて見える。何もないがらんとした空間の真ん中に、緩衝用のプラスチックとゴムの留め具のあいだに挟まれて、古代からのワームホールふたつが輝いていた。

彼は畏怖の念に打たれた。

文明社会の推測しうる最良の仮説は、〈先駆者〉がはるか昔にこれらの安定したワームホールをつくったというものだ。最初の銀河がまだ形をなさず、星屑のかたまりだったころに。ワームホール・ネットワークは宇宙論的な長い時間をたもたれてきた。たとえ、それをつくった者たちはそうでなかったとしても。

だが、このひと組のワームホールは、ほかのものと違っていた。このふたつは不格好に触れあっている。この接触が意図したものでないことはきわめて明白だったし、互いに干渉しあっている。ふたつの巨視的な量子物体のように。そして干渉しあうなかで、お互いの因果律が巻きついている。こうして干渉しあい、時間をかけ渡すワームホールというのは、宇宙がそれ自体から隠してきたすべてを解き明かす新たな顕微鏡だ。彼がセント・マシューにした説明はすべて本当だった。ホモ・クアントゥスは宇宙からあいまいさの層を剝がしてむき出しにしなければならない。それは彼にとって、生存自体と同じくらいに重要なことだった。

そしてそれを手に入れるために、彼は精巧な詐欺計画をつくりあげた。サブ＝サハラ同盟が求めているとおりのものを与えて彼らの気をそらし、ほかの誰かをあざむくことへの彼らの熱意と意欲をかきたてた。実在の本質に目を据える機会を得るために。

畏怖の念。

「ミスター・アルホーナ！」とセント・マシューが呼びかけた。「憲兵がやってきます。もうエアロックのすぐ手前までやってきています。艦内のこの部分を統合して、閉回路通信に切り替えました。彼らの通信をわたしに迂回させて、わたしがブリッジの通信担当であるかのように受け答えしていますが、それでもわれわれを目にしたら撃つでしょう」

「連中を追い払えるか？」

「やってみました。彼らはなんらかの異常に気づいています」

ベリサリウスは壁のそばの陰に移動した。

「彼らが入ってきたら、止めることはできますか？」とセント・マシューが尋ねた。

「驚きの要素として、ショックを与えることができる程度だ」

「でしたら、われわれは死んだも同然です。ミス・メヒアも同様に。われわれはサブ＝サハラ同盟の艦隊をパペット軸にぐらせることができましたが、その対価は何ひとつ得られそうにありません」

「カサンドラはまだ残りの計画どおりに従って、タグボートで逃げだすことができる」

「それはなんのなぐさめにもなりませんよ！　あなたはわれわれを殺したのです！」

「まだ逃げだす手だてはある」とベリサリウスはいって聞かせたが、肋骨の下で口を大きく開けた、冷たい恐怖が彼の言葉を裏切っていた。

ベリサリウスは体内の磁場を強めた。周囲の通路や格納庫の磁気的詳細が彼を圧迫した。彼はごく特定の磁気信号を探していた。彼の思いついたアイデアがうまくいくと告げるようなものを。そして外の通路に、小さな、すばやく動く磁気信号のくすぐりを感じとった。生物学的起源のものをともなう詳細を。ホモ・クアントゥスが向こうに一人いる。

彼は不安な息を吸いこみ、サヴァンを誘導した。幾何学的な、そして数学的な認識が広がる。タイム・ゲートの淡い光が四次元の超楕円体になった。その曲線を描写する方程式が彼にははっきりし、そのかすかなチェレンコフ放射の波長が、いかにして特異点《シンギュラリティ》のふちが通常の空間と相互に作用しているのかを告げていた。

美しく、そして致死的なもの。

「ミスター・アルホーナ！　彼らがここに！」

格納庫内の明かりがまぶしい黄白色にきらめいた。エアロックののぞき窓ごしに、顔がいくつかあらわれた。憲兵がベリサリウスを見ている。

「隠れて！」とセント・マシューがいった。「何かしてください！」

そのとおり、彼は何かしていた。憲兵の注意を彼に引き寄せていた。そして彼は、タイム・ゲートに入ろうとしていた。

「連中の通信をおまえに切り替えつづけられないと、この作戦のすべてが崩れ去ることになる」とベリサリウスはいった。

「切り替えました！　彼らに受け答えしています。ですが、いずれは彼らも、わたしが何を細工しているのかに気づくでしょう」

「創造性を発揮しろ」とベリサリウスはいいながら、セント・マシューを搭載しているサーヴィス・バンドを床に置いて、磁力を帯びさせた。「連中をあと三分間は寄せつけずにおかないといけない」

「なぜ三分間なのですか？」とセント・マシューが問いただす。「三分のあいだにいったい何があるというんです？　何が起きているのか、なぜ誰もわたしに教えてくれないのでしょう？」

ベリサリウスの呼吸が震えた。手も震えている。その手があまり長いあいだ冷たいままでいることはないだろう。その点は量子フーガがなんとかしてくれる。彼は指を握りあわせて温め、タイム・ゲートの誘惑のほうを見上げた。彼は賭けに出て、カードをプレイし、プレイヤーを演じ、サイコロを振るのをすべていっぺんにやって、それがこの状況につながった。彼は量子フーガに入りこまないといけなかった。

「ミスター・アルホーナ！」とセント・マシューが送信した。「彼らが宇宙服を着こんでいます！　エアロックのサイクルをはじめるつもりです！」

サヴァン状態のベリサリウスの思考は怖れていなかった。最速でも、エアロックがサイクルを終えるのに百三十秒はかかる。それまでに彼はいなくなっているだろう。ベリサリウスは左側頭葉に電流を送り、脳の一部を遮断した。

68

ベリサリウス主体は存在するのをやめ、その空隙に量子知性体がひとりでに組み立てられた。量子知性体はただちに自己保存の優先性に着手し、宇宙服のコールド・ジェットを噴出させ、すべるようにしてワームホールに入りこんだ。

時空が拡大した。時間の歩みがのろくなり、間延びした。量子知性体は前進するのをやめた。体内の姿勢制御の感覚がはじめは理にかなわない評価値をもたらした。数秒ののち、それは自身が十一次元の超空間内の領域に浮かんでいるためだと結論づけた。量子知性体は四次元でしかない。縦、横、高さ、時間。量子知性体のまわりに開いた七つの新たな次元のほとんどは空間的なものだが、いくつかは時間的なものだ。

ワームホールというのは、船が誘導したものであれ、〈先駆者〉によってつくられた、永続的な世界軸《アクシス・ムンディ》にしても、十一次元の世界をくぐり抜ける四次元空間のトンネルだ。それは宇宙の離れた区域を実際よりもはるかに短い橋で結びつけ、時空に付加された次元を無視できる。だが、ここにあるワームホールには、トンネルは存在しない。量子知性体はむき出しの十一次元超体積の中に浮かんでいた。感覚入力というものは、視覚であれ、磁気的なものであれ、さらには触覚でさえも、あいまいなものだ。奇妙にざらついた感触の電磁場内で、マグネトソームが奇怪なさえずるような音を記録した。大きく口を開けた空間が光源のない明かりに照らされ、にぶい視覚の補助をつくりだしていた。

　時間の次元がいくつか存在するとき、量子知性体はその電磁シグナルを解釈する、既存のアルゴリズムをもちあわせていなかった。量子知性体は数分を使って、感覚に入力される情報を解釈するための数学的フィルターを構築した。エネルギー、運動量、波長、回折、そして波動伝播といったものはすべて、十一次元の世界においては異なるふるまいを見せる。

　量子知性体は万華鏡のような空間の地図を少しずつつくりあげていき、記録できるものはすべて記録していった。いまでは十一次元の時空にあうように調整された体内の姿勢制御機能が、ゆっくりとただよっていることを感知した。量子知性体は低エネルギーの経路に沿ってただよっている。構築中の地図にもとづけば、この経路はいずれ高次元空間のすべてを渡って、もう一方のワームホールの出口にたどり着くことになるだろう。十一年前に。量子知性体は十一年前の過去にあらわれ出ることになる。

　だが、これはひと組のワームホールの内部を通り抜ける唯一の経路ではない。もっとも低エネルギーな経路というだけのことだ。十一次元の時空がそれぞれのワームホールの内部と結びつき、ワームホールをくぐり抜ける可能な経路の数は実際のところそれよりも二十二桁も多く存在する。宇宙服の生命維持機能の供給が尽きる前にワームホールを脱出するために、量子知性体はもっと短い、高エネルギーの経路が必要だった。

量子知性体は宇宙服のコールド・ジェットを噴出させ、結合したワームホールのさらに深くへと分け入った。磁場や緊急標識灯の短い点滅を使って、つけ加えられた次元を手さぐりしながら、標識灯の帰還信号の時間を測ることで、量子知性体はワームホール内部の地図をつくりつづけた。いくつかの次元の内部はほんの数ミリ光秒しかないものもあれば、数光秒の広さのものもあった。さらに、時間の次元であって空間ではないものもあった。量子知性体は軌跡を計算したうえで、コールド・ジェットを作動させた。五つの軸をめぐったあとでさらに推進し、低エネルギーの経路を離れた。

この超時空の巨大さのなかで、道に迷う確率はかなり高かった。宇宙服を着た量子知性体は現在の四次元を離れて別の四次元に入ることも可能で、そうして方向を見失い、おそらくはやってきた道を戻ることさえできなくなる可能性もある。量子知性体は四・七超キロメートル秒と、軸を五つめぐったすえに立ち止まり、新たな経路を進んだ。

マグネトソームや視力、そして宇宙服に内蔵されている限定的なセンサーを通じて入ってくる観察データの急流を、量子知性体は余さず蓄積していった。視覚インプラントのデータ・バッファーは急速に満たされていき、情報を数秒ごとに生物学的記憶に放出しないといけなかった。しかしながら、マグネトソームからのデータはきわめて密度が高く、一秒ごとに数千万の各データ点から集められていた。量子知性体は問題にぶつかっていた。この比率でいけば、数分以内に空きメモリーがなくなってしまう。量子知性体はいったん作業の手を止めた。

量子知性体は相互に作用するアルゴリズムの組みあわせで、それぞれのレヴェルの重要性をもっている。もっとも深いレヴェルの重要性には、優先度が同じ価値のものがふたつある。現実を理解することと、自身の生存を維持することだ。

神経記憶は替えがきかない大切なデータでほぼいっぱいだったが、量子知性体はまだ結合したワームホールを途中までしか進んでいない。この超時空を最後まで進むのに必要になるデータ量は、全容量のかなりの割合になるだろう。

ほかでは得ることのできない観測データを消去しないと、前に進むことはできない。このまま観測データを保持しつづければ、いずれ道に迷うことになる。これらの優先度は同じレヴェルの重要性で、新たな価値を割りあてなおすことはできない。そしてこの行き詰まりを打開するのに、外部の量子知性体の手助けは期待できない。

ベリサリウス主体の記憶は何ひとつとして助けにならなかった。計画についての議論に関するベリサリウス主体の記憶は、人の目をあざむくごまかしで、それぞれが矛盾していて、ときには自身をもあざむくものでさえある。ベリサリウス主体は複数のレヴェルであざむきを実行し、現実と語りが重なりあい、相互に作用して干渉しあっているため、得られた知識はあまり事実にもとづいておらず、より確率的で、重なりあった量子波に似ている。

量子知性体としては、この判断をベリサリウス主体に譲ることはできなかった。ベリサリウス主体と量子知性体は二進状態だった。量子知性体はベリサリウス主体の存在していないときにだけ存在し、量子認識にアクセスできる。ベリサリウス主体はすぐさま波動関数を崩壊させてしまう。複雑な航行データも含めて。論理上の行き詰まり状態だった。量子知性体はこれを単独では解決することができず、問題をベリサリウス主体に受けわたすこともできなかった。そしてベリサリウス主体は、客観知性とともに存在することができない。

この最後の部分は仮定で、量子知性体の深いところにあるパラメーター空間におさめられていた。

いったいどのような状況でなら、ベリサリウス主体と量子客体が共存できるのだろうか？ ベリサリウス主体は観測し、それゆえに量子系を崩壊させ、重ねあわせる。もしベリサリウス主体が量子情報の主要なみなもとである電磁インプットを何も受けとらないことにしたら？ 記憶、情報処理、感覚入力をそのように分割するのは、量子知性体の処理資源を減少させることになるが、行き詰まりを解決するために第二の量子知性体をつくりだすことになるだろう。

量子知性体は神経構造を分割した。量子知性体は新たに構築したものを作動させ、ベリサリウス主体をあらためて構成しなおした。

69

このまま何もできないなら、スティルスは誰かをひどい目にあわせてやるつもりだった。まったく動いていないために、筋肉が引きつれていた。クジラから生成された彼の厚い皮膚は、こすったり身づくろいをしていないためにむず痒《がゆ》かった。ブラックモア湾の深みですばやく危険なダイヴをこなしたのはなかなかの遠出になったが、それ以来、彼の加圧室内の水はぬるんでいた。彼の呼吸や糞尿を浄化するために再循環システムを酷使していた。誰かをひどい目にあわせてやることだけがその癒《いや》しになる。

サブ＝サハラ同盟の工兵は彼の加圧室をふたつめのインフラトン・レーサーのコックピットに入れることができず、そのため後部貨物室の床にボルト付けして、そこにテレメトリーや遠隔操作用の配線を用意してくれた。

彼の加圧室内には操縦用の制御装置がひと揃いあって、ロックのそばの床から引き抜くことができる。このディスプレイは、視覚的な計器の代わりに電波や音波を利用したものだ。加圧室内のスピーカーは外の世界をソナー・エコーによって映しだし、それを彼は形として認識する。艦内のシステムのステータス表示と同じように、抽象的かつ非幾何学的な情報が電気的にはたらく微電流として水中にあらわれ、彼はそれを電函でもって読みとることができた。

彼は小型のインフラトン・レーサーの性能仕様書を頼りにシミュレーションをおこなっていた。エンジンのウォームアップとクールダウン時の比率、加速プロファイル、剪断力許容値、上下動、左右動、旋回の比率とバランスをあらかじめ記憶していった。

インフラトン・レーサー内から声を発することは控えていたが、このシステム内で二十分我慢したあとで、もうこれ以上は耐えられなくなった。このレーサーに兵器は搭載されていないが、威勢のいい小型船で、スピードには偏執的なこだわりがある。貨物用のスペースはあるが、あとの残りは推進システムのために使われていた。インフラトン・レーサーは醜く、力強く、コンセプトとしては堂々としていて、洗練されていないのと同時に操縦性にすぐれ、いくつかの部分では工学的な選択が少し的はずれだ。第六遠征部隊はいくつかの設計特性の傾向において、世間一般の見解を投影していたが、ほかの部分では試作品がときにそうであるように、伝統的な設計に固執していた。貨物室とコックピットを備えたこの醜いドライヴ機構のチューブは、何をどうしたいのか、まるで確信がもてていないかのようだ。彼は雑種《モングレル》族のような継ぎはぎの身体を思い起こした。

すでにサブ＝サハラ同盟のほかの九隻の戦闘艦は、〈グブドゥウェ〉につづいて準惑星オラーの地殻を抜けでていた。スティルスのインフラトン・レーサーは〈ファショダ〉に積みこまれている。最後の十隻目にワームホールをくぐる戦闘艦に。〈リンポポ〉と〈オムカマ〉はパペット軸をぐらず、手前にとどまる予定になっていた。その理由まではスティルスも知らないが、そんなことは本当のところどうでもよかった。

〈ファショダ〉がパペット軸からあらわれ出るころには、パペット・フリーシティの防御施設はハチの巣をつついたような状態であるはずだし、オラー周辺にとどまっているよその軍は血のにおいを嗅ぎつけたサメのようになるだろう。各国の軍が入り乱れて混沌とした状況は、インディアン座イプシロン星系じゅうに響きわたるだろうし、おそらくはそれよりも遠くまで届くことだろう。目撃者のない夜盗のようにこっそり忍びこむわけにはいかない。

スティルスは戦闘艦の格納庫から、大規模な軍事作戦のまっただなかにほうりだされることになる。アルホーナはスティルスが生き延びる勝算が五分五分になるような機会を用意してくれた。水の詰まった加圧室の中にいるおかげでパペット軸内での戦闘艦の動きや衝撃や加速はやわらいだが、彼が感じとれるほど大きな、不自然にがくんと跳ねる動きが、ストラップで身体を固定している彼を揺さぶった。〈ファショダ〉の外部テレメトリーのうちいくつかは、インフラトン・レーサー内にもデータが入ってきているが、ガーガーいう雑音であふれていた。

〈ファショダ〉はパペット・フリーシティの地下から舞い上がった。氷の中から破壊の筋道が吹き上がる。一キロ半の深さからで、角がぎざぎざになった円錐形の、榴散弾《りゅうさんだん》の射出口のようだ。軸からの道筋にはもはやパペットの防衛システムは残っていなかった。彼らよりも先に戦闘艦九隻が通り抜けていったときに、すでに破壊されていた。

だが、フリーシティの上空は、地上の砲台からの弾薬やレーダー妨害片《チャフ》がいまもあふれていた。レーザー砲がはなった弧の軌跡上にあった破片はすべて熱せられた。小型の戦闘機、アングロ＝スパニッシュの古いがタフなマーク21ダガーや、それよりも大きな、コングリゲートからのお下がりのペルセウスといったものがあちこちを飛び交っている。

年代物であるにもかかわらず、どちらの戦闘機も激しくやりあっていた。〈ファショダ〉のセンサーは彼が兵器認識のために訓練を受けたショートカット表示を使っていないが、マーク21がはなっているのはスティレット・ミサイルのように見える。ペルセウスからの見えない筋はX線センサーで明るく光り、放射性粒子が崩壊しながら筋を曳いていく。

熱したデブリの領域の向こうに遠く離れて位置しているのは、コングリゲートの重戦艦で、〈ヴァル＝ブリヤン〉のようだが、オラーの地底からとびだしてきたサブ＝サハラ同盟の戦闘艦の組織だっていない隊列に弾薬を撃ちこんでいる。ペルセウスからのレーザーやレールガンによる攻撃がサブ＝サハラ同盟艦隊を明るく染めていた。新型の超高速狩人《シャスール》ミサイルや、重たい岩壁粉砕《カサ＝ファス》ミサイル——衛星破壊弾《ムーン＝バスター》と呼ばれている——がパペット軸から出てきた残りの戦闘艦何隻かに投下されていった。

じつに強烈だ、確かに。

〈ファショダ〉のブリッジから彼にはなんの指示もなかった。おそらくは、びびって小便をちびるのと、応戦するのに忙しくてそれどころではないのだろう。彼らは格納庫ドアを開けて彼を解放しようとしなかった。

計画のこの部分は、はじめからもっとも危険な箇所のひとつだった。戦闘の真っ最中に〈ファショダ〉から飛び降りるというのは、つねに危険をともなうが、真の危険は、結局のところサブ＝サハラ同盟がアルホーナのふっかけてきた高い支払いを気に入らず、彼を格納庫から出そうとしないばあいだ。〈グブドゥウェ〉が軸の向こうにあらわれ出たときに、最初の手付金が支払われるように、アルホーナは設定していた。こうして仕事が完了したいま、どの請負業者でもそうであるように、アルホーナはいまいましい雇い主がきちんと残りを支払ってくれるものと期待するしかない。それとも、残金を回収するためにスティルスのような者を残すかだ。

スティルスは通信スイッチをオンにした。

《おい、ゲス野郎ども！》と彼は電子的な声でいった。《くそったれなドアを開けやがれ！きさまらがあのヤバいやつ《ホット・スタッフ》に近づく前に、こっちは逃げだしたいんだ！》

ややあって、彼の翻訳装置がエラー信号を返してきた。連中はいったいどんな言語を使ってやがるんだ？

《フランス語をしゃべりやがれ、間抜けども《ガング・ド・コンズ》！》と彼はさらにいった。おそらく、コングリゲートのクライアント国家であって、空気を吸う叛逆者連中に使うのにあまりふさわしい言葉ではなさそうだが、彼はひどく急いでいた。

《格納庫3から6に直撃弾が命中》と彼のシステムが数秒後に翻訳してきた。《格納庫内の

システムはすべてシャットダウンされた。次の攻撃がやってくる。備えて、黙りやがれ！》

おお、くそっ。

そうして〈ファショダ〉があまりに急加速したために、水の中に密閉されているスティルスでさえも、それを感じとれたほどだった。モングレル族が加速を感じとるには相当な重力が必要だ。〈ファショダ〉がクルーにこのような負荷をかけるためには、全員が加速室に入っていなければならない。

彼の計器がすてきな情報を表示しはじめた。三十五Gからさらに上昇中。

追跡してくるミサイルを〈ファショダ〉やサブ＝サハラ同盟のほかの戦闘艦が振り切るのをテレメトリーが示した。コングリゲート側の粒子兵器やレーザー砲でさえも狙いがはずれるようになった。連中の照準コンピュータはこのような加速を調整できるようにつくられていない。あまりに速いため、モングレル族のパイロットしかうまく操れないコングリゲートのトネール戦闘機でさえも、戦闘時に二十二Gの加速が限界だ。軽量のミサイルは三十Gを維持できる程度で、それ以上にすばしっこい標的にたまたま当たることを願うしかない。

くそっ。

彼としてはインフラトン・レーザーを試してみたくてうずうずしていた。だが、彼の尻は〈ファショダ〉に縛りつけられている。ブリッジは格納庫の床の留め具《クランプ》からインフラトン・レーザーを解放することができる。だが、それで彼が出られるわけではない。これだけ加速した状態では、クランプから解放されたらインフラトン・レーザーは格納庫の艦尾側の壁に衝突するだけだ。

加速がさらに鋭さを増し、彼でさえ不快な圧迫を感じるようになった。外部テレメトリーがパチパチと音を立てた。彼らは敵のはなった兵器からなんとかのがれようとしていて、一方のコングリゲート側の戦艦はこれ以上パペット軸から戦闘艦が出てこないと見てとり、彼らのあとを追ってくる。だが、サブ＝サハラ同盟の各艦はあまりに速かった。

こいつはおったまげたぜ！

彼は〈インディアン座の涙〉の深海をとびはねているように感じた。レースのときにアドレナリンが燃えるように感じた。これほどの猛烈な加速中でなければ、ストラップをはずして加圧室内で小さな宙返りでも打ってみせるところだ。ただ喜んで歓声を上げることもできる。くそったれな負け犬が、強い相手を引き離してるとは！

ざまあみやがれ、きさまら傲慢な、酸の傷が残る、コングリゲートの空気吸いどもめ！

彼は加圧室内で電子的に叫んだ。進め、くそったれに理解不能な言葉をしゃべる、死の願望を吸いこんでるやつらめ！

そうして、彼はぴたりと口をつぐんだ。彼のディスプレイに表示された、一定のソナー波による彼らの軌跡は、明白にパペット・フリーシティからこの星系内でもっとも厳重に要塞化された軍事基地、フレイジャ軸をまっすぐ目指している。

やつらはいったい何をしてやがるんだ？

コングリゲート航宙軍から逃げる進路をとるもんだろ、阿呆め！　彼は声に出していった。

彼はブリッジとの通信スイッチを入れた。《きさまら低能な空気吸いどもよ、いったいどこに向かってんだ？　きさまらのほうが向こうより速いんだぞ！　早く逃げろって。何もない空間に出たんだぞ！》

水中の静けさは、ブリッジがインフラトン・レーザーとの通信ラインをシャットダウンしたことを示していた。

スティルスはけっして臆病者ではない。これまでも、想像できるかぎりもっとも危険な任務を幾度か果たしてきた。何度となく、死に対して中指を突き立ててきた。だがここでは、彼が制御できる立場にはない。そして彼はフレイジャ要塞で軍務についたこともある。あそこの防御設備には大切な任務がひとつある。どこのどいつにもフレイジャ軸には近づかせないこと。あの要塞はアングロ＝スパニッシュの襲撃を防ぐために設計されていた。インディアン座イプシロン星系に手を伸ばしているもうひとつのいけすかない航宙軍を。コングリゲートはドレッドノート型戦艦と同じ兵器を世界軸《アクシス・ムンディ》のまわりに配置していた。ただし、さらに数が多く、さらに大きい。スティルスはそのでっかいくそ投げ装置〟と呼んでいた。モングレル族は愛着をこめてこの要塞を〝でっかいくそ投げ装置〟と呼んでいた。スティルスはそのでっかいくそと正面から向きあうことになりそうだった。

〈ファショダ〉は三十二Gで二十分間加速した。ブリッジからのテレメトリー・フィードの前方の端で多重スペクトルの空電がガーガーと音をたてていた。核兵器と重粒子ビームの撃ちあいによって起こるような音だ。サブ＝サハラ同盟のクルーや士官たちは勇敢で、しかも愚かだ。そして、作戦にコミットしている。

ただひとつの問題は、彼をいっしょに連れていこうとしていることだ。

そのとき、連中がいったい何をしようとしているのかについて、スティルスははたと気づいた。

バチュウェジとキタラ、すなわち、サブ＝サハラ同盟の故地はフレイジャ軸の向こう側にある。

サブ＝サハラ同盟はかなりの保証がなければ、パトロン国家から進歩した船や兵器を受けとれはしなかったろう。間違いなく、コングリゲートは兵器プラットフォームをひとつやふたつ、バチュウェジの軌道上に置いていて、少なくとも一発はカサ＝ファス・ミサイルを装備しているはずだ。

バチュウェジを朝食の粥《かゆ》のようにぐちゃぐちゃにするには、ムーン＝バスターひとつあれば充分だ。そして彼らの軌道上コロニー、キタラを片づけるには、カサ＝ファス・ミサイルひとつでも充分すぎる。サブ＝サハラ同盟が現在のところバチュウェジ周辺に配備している戦闘艦では、この報復を止めることなどできないだろう。それぞれの戦闘艦に常駐しているコングリゲートの政治委員には、小言をいったり密告したりといったようなたくさんの仕事があるが、重要な仕事はただひとつ、クライアント国家が反抗して暴れはじめたら、いまいましいハッチを開くスイッチを入れることだ。その一発を投下すれば、サブ＝サハラ同盟は消えてなくなる。借り物の戦闘艦や、軌道上コロニーや惑星もまとめて。

彼らはあまりに速く駆けているため、いまではテレメトリー・フィードが一秒ごとにパチパチ音を立てる情報を拾うようになっていた。サブ＝サハラ同盟の戦闘艦二隻、〈ングンデン〉と〈ピボル〉が旗艦を守るべく付き従っていたが、いまはディスプレイにデブリのフィールドとして表示された。

死にゆく者たちに敬礼《モリトゥリ・テ・サルタムス》。勇敢な、愚かな者たちよ。

戦闘艦十二隻中。二隻はあとに残り、二隻は破壊された。八隻が実動中だ。

戦闘艦六隻は百八十度旋回し、逆推進をはじめた。ほかの二隻、〈ニアリチ〉と〈グブドゥウェ〉はさらに速度を上げて前進し、まっすぐフレイジャ軸を目指している。この二隻はまだ軸から遠く離れているが、トネール戦闘機の群れがみずから発射したミサイルの軌跡を外向きに追っている。テレメトリー・ディスプレイはこの距離では粒子ビームを映していないが、それらも発射されている。なんとかしてここを早くずらからないと、彼は支払いの品物に溶接されてしまうことになりそうだ。

〈ファショダ〉が艦尾をめぐらせてフレイジャ軸に向け、二十五Gで逆推進しはじめた。なんとかしてここを早くずらからないと。だが、たとえインフラトン・レーサーを留めているクランプをなんとか壊すことができたとしても、単に格納庫の艦尾方向の壁に二十五Gで衝突するだけだ。

ただし、格納庫内で彼自身がインフラトン・レーサーを発進させ、クランプを引きちぎるなら話は別だ。

だがそれは、どうにもイカレたやり方だ。〈ファショダ〉の加速にぴったりあわせるだけのすぐれた技量が必要になる。自分が一度も飛ばしたことのない船の中で、一度も飛ばしたことのない設定を使って、誤差の許される範囲は前後に約六十メートルしかない。

どうにもイカレてる。

だが、〈モングレル族のやり方〉がいうとおり、タマを見つけたら舐めてやれ。

彼はリモート・コントロールを手でしっかりとつかんだ。彼がインフラトン・ドライヴを作動させると、ソナー・ディスプレイに炭素強化鋼とセラミック・チューブからなる軸の中心に薄いフィールドが表示された。〇・五Gの加速。奇妙な数値だ。マニュアルにはなかった。

彼は推進を高めた。インフラトン・フィールドがディスプレイにさらに強く、濃く表示された。そして、エコーを反射するようになった。インフラトン・レーサーが震えた。十Gの加速。クランプの拘束がゆるんだ。さらに奇妙な数値が表示される。

さらなる推進。十五Gと強烈な振動。ディスプレイは二十Gの加速を示すべきだが、十五Gにとどまっていた。だが、〈ファショダ〉の加速が弱まっている。平均して十五Gで、カオス的に十九まで跳ね上がり、また十四Gに落ちた。

くそっ。

彼のインフラトン・フィールドが〈ファショダ〉と干渉している。これでは両者とも格好の獲物になる。要塞からの粒子ビームはまだ遠く離れているが、〈ニアリチ〉と〈グブドゥウェ〉をはずれたどのミサイルが新たな標的を見つけても、このスピードなら約四分でインターセプトできる。

　電子とソナーの両方で通信システムのランプがともった。

《ブリッジからフライヤーに告ぐ。そっちのエンジンを止めろ！　メイン・システムと干渉している》

　少しのあいだ、スティルスは返事をしようかと考えたが、思いなおした。いつものとおり、〈モングレル族のやり方〉の中に答えがある。すべての手に嚙みつけ。スティルスはインフラトン・フィールドを広げて、二十五Gになるはずだとマニュアルが告げているものを模索した。

　振動がさらに激しくなり、彼の内臓をくすぐる。〈ファショダ〉の加速が五Gに落ちた。そして制動をはじめたほかの戦闘艦五隻を追い越す音にスティルスは耳をそばだてた。

《フライヤー！　エンジンを止めろ！　おまえは制御なしにわれわれを敵の射程内に送りこもうとしているんだぞ》

《だったら、誰かをここに来させて、おれを外に出したほうがいいな》

《そんな時間はない！》

《一秒後にはたっぷりと時間ができるだろうぜ》とスティルスは応じた。

　返事の代わりに、格納庫の床から、回転式の台座に据えられた大口径砲があらわれ、銃口をインフラトン・レーサーに向けた。

おお、くそっ。

金属のスラグがインフラトン・レーサーを叩き、格納庫内に跳弾するものもあれば、コックピットの窓を割って内部を破壊するものもあった。システム・ディスプレイがやわらいだ。彼がまだ生きていられる唯一の理由は、彼の加圧室がコックピットには大きすぎて入らず、インフラトン・レーサーの貨物室におさめられているからだ。

《きさまらを道連れにしてやる、くそ野郎め！》

スティルスはインフラトン・ドライヴを最大まで強く押しこんだ。インフラトン・レーサは最大で五十Gまで推進可能だとマニュアルにあった。ただし、無人の状況でテストされただけだが。彼のインフラトン・フィールドはまだいまのところダメージを負っておらず、チューブ内のディスプレイの中央部が固まっていった。だがそれは、〈ファショダ〉のフィールドとのある種の共振のようなものだ。それらはひとつになったように見えた。

いきなり、船内のシステムが暗くなった。インフラトン・ドライヴが自動でシャットダウンされた。インフラトン・レーサーのシステムはまだオンになっているが、インフラトン・ドライヴがオンラインに戻るのは九十秒後だ。

もはや銃弾は発射されていないが、インフラトン・レーサーのコックピットはいまや高真空にさらされている。加圧室の漏れはまだない。もうブリッジからのフィードは得られていなかった。インフラトン・レーサーのセンサーが外のようすをぼんやりと伝えている。速度、加速、軌跡といったものを。

彼らは〈ニアリチ〉と〈グブドゥウェ〉と同じくらいの速度で進んでいたが、もはや減速してはいなかった。〈ファショダ〉のインフラトン・フィールドはダウンして、再起動している最中だ。フレイジャ要塞が前方にぬうっと立ちはだかりはじめた。

インフラトン・レーサーが震え、そうして浮かびあがった。跳弾した弾のいくつかが彼の都合のいいほうにはたらいた。最初のくそったれな幸運だ、少し遅かったにしても。〈ファショダ〉のドライヴがオンラインになるまであと三十秒。彼はコールド・ジェットで姿勢を修正した。格納庫ドアは彼が思っていた以上にダメージを受けていた。〈ファショダ〉がパペット軸を出るときに何かがぶつかってへこんでいたし、そのあとで大口径砲の銃撃によって穴があいたり、さらにへこんでいた。〈ファショダ〉の艦長はどれくらい早く格納庫内の銃砲を操作可能にできるだろうか？　もう一度掃射されたら、スティルスは無事でいられまい。ソナーの音量が高まり、ブリッジのシステムとの接続もいくつかオンラインになった。

あと十秒。

格納庫ドアの裂け目から、星の光がのぞきこんでいる。

格納庫内のエアロックがサイクルされ、重たいドアが暗闇に開いた。サブ＝サハラ同盟の兵士が二人、真空用のアーマーを着た姿であらわれた。肩に載せる対空兵器のようなものを運んでいる。二人は壁の手すりに足を引っかけ、兵器を肩に担いだ。

くそっ。

彼らはよい兵士だった。彼らは大げさなことなど何もいわなかった。単に狙いをつけて発砲した。

スティルスは二Gの加速を一秒間した。インフラトン・レーサーが二十メートルとびだすにはそれで充分で、旋回して四Gでブレーキをかけた。ロケット弾二発が格納庫ドアに当たって爆発し、金属片が音もなく格納庫の床にとび散った。

このトリックは、二度目には通用しそうにない。

スティルスはコールド・ジェットで格納庫ドアの隙間のゆるんだ箇所のそばに浮かんだ。

兵士たちがふたたび発砲した。さらに二発のロケット弾が、音もなく、焼けつくガスの尾を曳いて、ひとつは標的めがけて、もう一方は三十メートル前方を狙って飛んでいった。

これは、彼がこれまでやったなかでもっとも正確な飛行になる。

インフラトン・レーサーを少し傾け、格納庫ドアをまっすぐ指すように調節した。サブ＝サハラ同盟の砲術担当者に側面をできるだけさらさないように。

ふたつの爆発がインフラトン・レーサーを両側から包んだ。

格納庫ドアは爆発を抑えこむことができず、宇宙空間に吹きとんだ。

彼はその瞬間をとらえて、インフラトン・ドライヴを十Gに上げて、星の深海にとびだしていった。

警報が耳をつんざいた。

きさまら全員、くたばるがいい！

その勢いのまま、彼はフレイジャ要塞のほうに飛んでいった。

レールガンからはなたれた弾の群れが秒速二十キロで迫ってきた。その周辺には、数十機のトネール戦闘機が飛んでいた。あやつっているのはモングレル族のパイロットだ。そのほとんどは彼と顔見知りだろう。彼らを潜水で負かし、大食いで負かし、飛行の腕前で負かしてきた。だが、いまの彼には武器がなく、相手は百機以上もいる。

スティルスは〈ファショダ〉のインフラトン・ドライヴがオンラインになるのを聞いた。だがそのとき、粒子ビームが戦闘艦に触れ、インフラトン・ドライヴの大きなチューブの外側に傷痕が螺旋《らせん》を描きながら長く刻まれていった。

スティルスは自身のドライヴをフルパワーにして、破片のちらばるフィールドのふちを通って離れていった。このままそこにとどまっていたら、金属片からもモングレル族のパイロットからものがれるだけの充分な時間がとれないだろう。

〈ニアリチ〉は彼よりもフレイジャ要塞に三十キロ近く、スティルスの軌道のまっすぐ前方に位置していた。一方の〈グブドゥウェ〉は二十キロ軸をはずれ、前方を飛んでいる。スティルスは充分に長くフレイジャ要塞で勤務してきた経験から、粒子ビームやレーダー妨害片やミサイルが大型の船に集中して向けられることを知っていた。真ん中の穴を別にすれば、どの艦体も敵の砲撃から有効な遮蔽になる。コングリゲートの要塞にずたずたにされることなく、横方向に迂回する手段を何か見つけるまでは。彼は〈ニアリチ〉のインフラトン・チューブの中心軸からわずかに角度をつけたところにインフラトン・レーサーを落ちつかせた。そこからは遠いフレイジャ軸の小さな点が見えた。文明世界における、もっとも価値ある不動産のひとつが。

そして、もしそこにいなかったなら、けっしてそれを見る機会はなかったろう。カサ＝ファスとシャスールの両方のミサイルが〈ニアリチ〉めがけて飛んできて、致死的なレーダー妨害片の波の中に密集し、粒子ビームの鋭い矢がそのあとにつづいた。インフラトン・ドライヴのチューブに光がともり、完全にソナー音や電子的さえずりに変わり、急にゆがんだ。星の光がときに大きな天体のまわりでレンズのようになるのと同じだ。レンズの光がミサイルや暗いレーダー妨害片や粒子ビームのまわりに同心円状の輪をつくり、スティルスはあたかも望遠鏡をのぞき見ているかのように、フレイジャ要塞の南翼側が拡大された。

そうしてレンズはさらに先に進み、〈ニアリチ〉を追い越して、そのあいだも光をねじ曲げていった。粒子ビームがそのなかで散乱し、外方向に屈折した。ミサイルとレーダー妨害片は引き伸ばされ、あるいは収縮して、引きちぎられて小片と化した。

なんて、こった。

六十キロ先では、レンズ効果でフレイジャ要塞の南翼側がゆがんだ。

要塞はひとりでにねじれて、白熱の破片からなる新たな穴が生じた。

それほど離れていないところから、〈グブドゥウェ〉が同じようなものを一発はなったが、スティルスの位置からではその進むようすは聞きとれなかった。レーダー妨害片やミサイルからつくりだされた放射性の小片による筋道を彼がたどっていくうちに、それはフレイジャ要塞の北翼側に到達して穴をうがった。

巨大な金属の兵器構造物や戦闘機や兵舎が爆発した。

まったく、なんてこった。

たったいま、サブ＝サハラ同盟はコングリゲートの口にくそをひって、呑みこませてやった。

レーダー妨害片や熱いデブリの雨が、高速で進む戦闘艦二隻やスティルスのほうにも飛んできた。東西側の予備砲台がさっと動いて彼らを追ったものの、たったいま目にしたものとやりあう戦闘力はもちあわせていなかった。だが、スティルスの乗り物に穴をあける程度の戦闘力ならもちあわせている。

スティルスはインフラトン・レーサーを〈ニアリチ〉の背後に近づけて、その陰にとどまったまま、両者はフレイジャ軸の直近の空間に入っていった。サブ＝サハラ同盟はこれをいったいどうやって確固たるものにするつもりだろうか？　いまだかつて、軸の半分でも奪うことのできた者はいない。これは軍事史に残る大事件だ。

スティルスは〈ニアリチ〉がどのような減速プロファイルを選ぶか待ってから、自分もそれにあわせることにした。

不安をおぼえるほど東西側の銃砲に近づいていた。ここは減速するのにちょうどいい場所ではない。

だが、〈ニアリチ〉は減速しなかった。
〈ニアリチ〉と〈グブドゥウェ〉は、軸へとまっすぐにたどっていく。
おお、くそっ。

70

フーガ・スーツが設定を変え、カサンドラ肉体を冷やしはじめた。量子知性体の演算処理能力は、誘導したワームホールの形を航法的に絶えず調節することにほとんどがついやされていた。一時的にパペット軸の細いチューブ状の部分の真ん中に接続されたワームホールはしだいに不安定になっていた。計算エラーはますます修正しづらくなっていた。

だが、マリーがワームホール内を移動して、〈リンポポ〉が誘導したワームホールを通ってパペット軸の内部に、そして小惑星オラーの平坦な時空に出るまでのあいだ、一本の確率の糸がつむがれていった。もつれあった糸がその量子的環境と共鳴して振動し、マイクのような役割を果たすことで、ワームホールの位相的収縮を聞くことができた。かつてこの観測データにアクセスした者は一人もいない。

この実験的洞察のために、量子知性体のメモリ・バッファーと処理能力は過負荷状態《オーバーロード》になりかけた。量子知性体はすでに、ワームホール内の位相幾何学が平坦ではなく、あちこちにひだがあることを観測していた。高次元幾何学のおかげで、トンネルや細いチューブ状の部分が細かく枝分かれすることが可能になっている。この一時間で、ワームホール関連の仮説がどれも誤りであることが証明された。しかしながら、つなぎあわせたワームホール構造全体が、数秒ごとに崩壊しそうになる。

パペット軸は、時空がまるまって隠された次元に折りたたまれている。これがいまのところ、観測可能な唯一の事実だ。誘導したワームホールは接触をたもつために、形状を変えつづける必要があったからだ。こうした定期的な形の変化が、蓄積した重力的緊張や潮汐応力を解放し、銀河的な長い時間にわたって世界軸《アクシス・ムンディ》を安定させている。しかしながら、形状の変化は四秒から八秒ごとに起こっていた。

パペット軸につなぎつづけるために、誘導したワームホールを調節する猶予時間は三秒から五秒あった。量子知性体は誘導したワームホールの安定した新たな形を計算していった。そのためにかかった時間は一・一秒。カサンドラ肉体の指の動きはブリッジのレーザーによって読みとられ、コイルの曲率、磁気分極、磁化率を変えていく。〈リンポポ〉が反応するのに一・二秒。誘導したワームホールが変化するのに〇・九秒。

こうして、新たなサイクルにおけるワームホールの交わりが安定した。

次のサイクルの修正時間は約一秒から四秒。

カサンドラ肉体はこれ以上あまり長くは量子知性体である状態を維持できなかった。カサンドラ主体は七十四分間にわたって抑圧され、そして最後の戦闘艦が渡りきった。スティルスによって運ばれた、量子もつれを起こした粒子の糸がパペット軸のメイン・トンネルから無事にあらわれ出た。

「誘導したワームホールを閉じる」と量子知性体が言葉にして告げた。
量子知性体がデコヒーレンスを起こして干渉性をなくした。

71

ベリサリウスは奇妙な無重力状態から起きなおった。息を吸いこむ音が耳に大きく響く。ヘルメットのフェースプレートごしに、単色光の青いチェレンコフ放射が、ゆがんだ光景のあらゆるところに輝いていた。光のいくぶんかは紫色だ。一点に集中しようとすると、その鋭さに目が痛んだ。

彼は少しだけパニックを起こし、両腕を突きだした。電磁場が感じられない。それに熱っぽかった。どれくらい長く、量子フーガの状態にあったのだろうか？　宇宙服の時計は三十分が経過したことを示しているが、時間はゆっくりと進んでいるようだった。彼はさっきまでの量子フーガ状態での経験を思いだせなかった。いつもは思いだせるのに。何が起きているのだろうか？　いまはサヴァン状態なのだろうか？

《ベリサリウス主体》

頭の中で声が呼びかけた。彼自身の声で、ロボットのような話し方だ。彼はぞっとした。

「なんだ？」ベリサリウスはためらいがちに応じた。

《仕切りは成功した》と声がいった。《ベリサリウス主体と客観量子知性体は並行して処理

作業ができるようになるかもしれない。古典的情報だけを交換しあって》
「なんだって？」ベリサリウスはヘルメットの中でいった。「ありえない。われわれは共存できない」
《量子知性体は行き詰まりの状態にあった》彼の死んだような声がいった。
「いったい何が起きてるんだ？」とベリサリウスが問いただす。「おれはどこにいるんだ？　なぜマグネトソームを感じられない？」
《古典的な主観処理と量子的な客観処理を分けるため、アルゴリズム的な仕切りがつくられた。磁場を感じとる情報は、おもに量子情報をインプットするためにある。そのようなインプットはベリサリウス主体から区分けされた。重ねあわせた量子状態が崩壊するのを避けるために》
　ベリサリウスはフェースプレートの光のもとで手をひらひらと動かしてみて、唖然とした。磁力の感覚がない。いまの彼は通常の人間のようだった——ほとんどは。非フーガ状態でさえも、彼の脳は数学的パターンや新たな理解を求める本能が生まれつき備わっている。マグネトソームがないと、視覚情報を測定するための基準線がなくなり、彼は認識論的にただよってしまう。
　どうにも信じられなかった。いまの彼をつくりだすために、遺伝学的に、そして後成学的にも何がなされてきたかを彼は知っていた。とてつもなく複雑に計画されたプロセスだ。彼は複数世代の試作品からつくりだされた、反復により進化した成果だ。しかし、彼が受けてきた訓練や遺伝子工学は、この可能性をまったく予見していなかった。これは計画にない進化の飛躍だ。もとから存在していた生物学的ツールの上に、新たな機能がひとりでつくられたことになる。

「なぜおれの脳に仕切りを？」とベリサリウスは尋ねた。

《最上位レヴェルの論理的行き詰まりが起きた》

最上位レヴェルの？　最上位レヴェルの重要度のものはふたつしか存在しない。自己保存と知識の追求だ。ふたつめのほうこそは、ホモ・クアントゥスの存在理由《レーゾン・デートル》だ。

ということは、なんらかの脅威が彼の量子脳にこれを強《し》いたのだろうか。

「どんな危険があったんだ？」とベリサリウスは尋ねた。

《ベリサリウス肉体は結合したふたつのワームホールをくぐる転移をおよそ四十六パーセントまで完了していた。その時点で、メモリー・バンクの処理スペースが足りなくなった》

「どうしておれの脳がいっぱいになるんだ？」

《航法計算は本質的に量子的で、二十二次元の時空を構成しなくてはならない。ワームホールの内部から得られる感覚データが、利用可能なメモリー領域の残りを占めている》

「科学的情報は一時的に上書きして、あとでふたたび観測しなおさないといけないかもしれないな」とベリサリウスはいった。

《あとで、とは？　利用可能な情報のすべてが、ベリサリウス主体はここを逃げださねばならないと示唆している。タイム・ゲートを離れよと。このことが最上位レヴェルの行き詰ま

りでありつづける》

「おれたちはタイム・ゲートを盗むつもりなんだ」

《それは可能ではない。ベリサリウス主体は武器を携行しておらず、安全な場所からは三百二十光年離れ、タイム・ゲートの一時的な裂け目にとらわれている。武装した主体であふれた戦闘艦内にあり、それらはいかなる状況にあっても、結合したふたつのワームホールを保持しようと意図している》

「すべては計画どおりだ。航法データでないものは上書きしろ。あとでもう一度観測しなおす」

ベリサリウスは量子脳に命令を咀嚼《そしやく》させた。彼は当惑し、唖然としていた。ベリサリウスの意識は量子知性体にとってなんの価値もない。量子知性体が彼に判断をゆだねたのは、合法的な決定票が必要だったからだ。ポーカーをプレイするコンピュータやAIと同じくらい、量子知性体にもできることには限界があって、ベリサリウスはそれを見つけていた。

彼は目を閉じた。遺伝子的に増強された数学的能力をもってしても、やわらかな、編みこまれた明かりでさえ目が痛んだ。彼には静けさが必要だ。感覚を休めることが。静謐《せいひつ》で、ゆるやかに起伏するギャレットの丘陵地のようなところが。

量子知性体が設定したこの仕切りは、格好の贈り物となりうるか、それとも根の深い脳の損傷になるかもしれない。彼は一度たりとも客観量子知性体を制御できたことがなかったが、少なくとも自分の本能や性質を否定することによって、それを不活発な状態にしておくことはできた。それがいままでは、頭の中に量子知性体が共存している。どうすればそれを追いだすことができるだろうか？

それとも、この危機が過ぎたら、量子知性体のほうが彼を追いだすのだろうか？

ベリサリウスは自身の電函を感じられなかった。量子知性体がベリサリウスの意識のオンとオフのスイッチを支配している。

「このままだと空気が足りなくなる」とベリサリウスはいった。「おれが最初に出発した時空座標にもとづいて、どの方向が出口なんだ？」

数秒間にわたって、彼の頭の中に沈黙がつづいた。

《非航法的な観測と量子干渉情報を消去している》彼の死んだような声がいった。狼狽させられるほどの安堵が全身を駆け抜けた。彼を処刑しないでおこうと誰かが決めた直後のように、彼は身体がぐったりするのを感じた。

量子知性体は単調に何度か五つの垂直軸のまわりを回転した。そして曲線を描いてぐいっと進む。五つの垂直軸か、とベリサリウスはいぶかしんだ。タイム・ゲートはホモ・クアントゥスにとって知識の大聖堂だ。遠征部隊ははかりしれないほどの認識論的価値がある古代からの装置を発見し、それを軍事科学のために使った。ベリサリウスには恥ずべきことのように思えたが、彼はクライアント国家の市民として生きたことは一度もない。彼らは自由を勝ちとるために知識の追求をあきらめた。おそらく、彼にとってはその反対になるだろう。

ベリサリウスは奇妙に奥行きの深い空間を渡っていった。秒の二乗と分の二乗ぶんの。網膜の読みとる数値が変わるたびに、推進する角度や速度を変えた。だが、自分のまわりに何があるのか、本当のところは何もわかっていなかった。

「おれは情報なしでは生きられない」とベリサリウスはついにいった。「重ねあわせの状態を崩壊させることなくおれに情報を供給することについて、何か量子客体からの提案は？」

《ベリサリウス主体は量子知性体に尋ねることができる》と量子知性体は答えた。《情報は古典的または量子的な形で提供されることができる。古典的な形で提供された情報は確率波を崩壊させる》

問いあわせのためのシステムだ。それ以上のものではない。

この五世紀にわたって、科学者は量子世界を問いつづけてきた。一度につきひとつの観測を。ホモ・クアントゥス計画はそうしたふたつの世界をかけ渡す橋となるべく設計された。だが、脳を仕切ることでベリサリウスは実験道具から引き離されたもう一人の科学者となった。そのために彼は、ほとんど普通の人間になった。ただし、自分の肉体を所有できていないが。

感情をあらわすことのない頭の中の声が、航法上の指示を出した。彼のフェースプレートの外で、新たな軸のまわりの回転が青や紫を赤に変えた。彼は時間のように思える新たな次元を移り歩き、逆方向に移動していった。ワームホールの広大な内部が暗くなった。そうして、ベリサリウスは新たな指示を受けた。ぴたりと完全に静止する。

量子知性体は新たに一連の七つの直角に交わる軸のまわりで回転をおこない、それからふたたび推進するようにと指示した。世界は赤と青のくもったようなやわらかさをともなって明るさを増し、そうしてついに、幻覚のような世界は溶けていき、ベリサリウスは〈リンポポ〉の格納庫内の、ゼロGの闇の中にあらわれでた。

72

カサンドラは新生児のような目で世界に触れた。彼女は震えていた。まつ毛の先の汗の粒が、薄闇のかすかな光をとらえてきらめく。閉じゆくワームホールを映すホログラムが、薄暗い黄色の光で彼女の手を照らした。士官やクルーの歓声がはじけた。イエカンジカでさえも満面の笑みを浮かべている。彼らはしあわせだ。とてもしあわせだ。

カサンドラはしあわせというレヴェルを超えていた。畏怖の念に打たれていた。観測結果が彼女の頭に詰まっていた。ほかでは得ることのできない実験データが。彼女は超空間自体の望遠鏡そのものだった。彼女は人間というフィルターなしに、宇宙の生の姿を観測した。彼女はわずかなあいだ、人類を超越した。この主観のない、人格もない経験の灰色のものこそは、驚くべき新事実の可能性が詰まった脳だ。最高に……圧倒される経験だった。

そしてそのどれをとっても、ギャレットを離れなければ見ることはできなかった。あそこでは、彼女はフーガ・タンクに入れられ、解熱薬剤の点滴を打ちながら、ドクター二人に見守られ、完全な支援を受けて安全で、新たなデータを得られることはない。ここでは、彼女もベルと同じように、銃で撃たれる瀬戸際にあってあやういバランスをとりながら、あまりにたくさんのことを目にしたため、自分の命や健康へのリスクなどわずかなことのように思えた。

彼女は手のひらを額に押しあててしゃがみこんだ。頭がくらくらして、気を失いかけていることを警告した。血圧が下がっている。ひどく喉が渇いていた。熱があるように身体が震える。汗のせいで、フーガ・スーツの下の衣服が皮膚に貼りつく。

「フーガ熱が出た」と彼女はしわがれた声でいった。

触覚、聴覚、視覚、嗅覚がなおもあまりに多くの情報をもたらしていた。思考にひびが入った。

准将がマグネット・ブーツを履いた足で彼女のほうに近づいてきた。

「おめでとう《フェリシタシオンズ》」と彼が声をかけた。

カサンドラは頭を抱えた。「量子フーガの直後で刺激に耐えられないの」と彼女はアングロ＝スパニッシュ語でいった。「暗くて静かなところに連れていって」

「きみの同胞の男のところに案内しよう」

彼女は首を横に振り、そしてうめいた。「一人にさせて。刺激のないところに。ほかのホモ・クアントゥスからの電気的なパターンは、ここにとどまる以上にひどいから」

めまいのする彼女のまわりで、いくつかの声がフランス語や彼ら自身の母国語で交わされた。そうして、中尉が彼女のブーツのマグネットを手動でオフにした。彼はカサンドラをそっと腕に抱き、彼女を宙に浮かせながらブリッジを出ていった。彼女は身体をまるめて、耳を覆い、目をきつくつむって、神経を阻害する物質が通常の濃度に戻るのを待った。自分の肌がこすれる音が、痛みをともなって脳にこだまする。

そして彼女は、これを薬でごまかすことができない。量子フーガのあとで通常なら服用する鎮静剤は、注意力のじゃまをする。彼女は電函からマグネトソームに基礎電流が持続してかよいつづけるようにした。彼女の脳が、周囲でうごめく艦内マップを描く。たやすく三次元の設計図を構築して、その中で自分の位置を把握した。医務室に入ると、中尉は彼女を壁の寝袋に入れてファスナーを閉め、明かりを消して、部屋を出てドアを閉めた。

親切な男だ、と彼女は思った。ギャレットですぐれた介護士になれたろう。残念なことに、彼はすぐれた士官でもあった。彼がドアの外に残していった憲兵の存在を彼女は感じとった。金属の装備が、ショッカーや炭素鋼の警棒を含め、彼女のかすかな磁場を圧迫した。

彼女としては、薬を使って数日間眠ってこの熱をやり過ごしたかった。だが、さっき学んだことのために脳がざわついている。あれはとても美しかった。人生をついやしての発見として充分なものだった。幾度かの人生にとっても。その価値はあった。そして彼らには、まだもっと大きな褒賞がある。タイム・ゲートの重要性は、彼女がついさっきなし遂げたことさえも小さく思わせる。

カサンドラは寝袋のファスナーをおろした。これほどまでにくたくたで、これほどまでに電函を使いきって、これほどまでに熱が下がらずにいたが、電函から左前頭葉に定電流を送りこんだ。苦労してどうにかサヴァン状態になった。まわりの世界に、安心できる数学的で幾何学的なパターンや角度や接点が花開いた。まるで、意味が毛細管現象によって動かされるかのように、エレガントな論理が世界を吹き消す。

彼女はフーガ・スーツに貼りつけていたステッカーを剝がし、手の甲に貼りなおした。これはセント・マシューがイエカンジカ少佐の手を観察し、そしてベルからの詳細な説明にもとづいてこしらえたものだ。ただし、セント・マシューが手掛けたものであるために、彼はこのテクノロジーをさらに進化させて、機能を追加していた。それは彼女の指の動きに反応してドアのロックのアクセス・コードを破りはじめ、それと同時に外の憲兵に再配置の指令を出した。

73

格納庫は暗かった。ベリサリウスは周囲の磁力が圧迫する感覚のないまま世界に踏みだすことに慣れていなかった。磁力の両極性や電荷の欠如は気の落ちつかないものだった。だが、なくなったのは磁力の両極性だけではない。彼の人格の根本もいくらかただよいだしたように感じられた。

彼は死ななかった。量子フーガを生き延びた。計画していたわけではなかったが、それはいまのところどうでもいい。どういうわけか、彼が十代のころから頭上にかざされてきた、遺伝子改変による死の宣告が後退していた。そして、より大きな何かが起きていた。彼はあまりに深く、あまりに桁はずれに新たな知識を経験したために、それまでの人生とそれ以降の人生を比較することもできなかった。彼はむきだしの超空間に触れた。裸の時空幾何学の中を移動した。彼は遺伝子を改変され、そのためにほぼ致命的な欠陥や新たな感覚が生じていた。それはけっして生態的ニッチを見つけることができなかった。ただし、それをそれらは見つけた。普通の人間には、彼が目にしたことを経験したり、理解することさえもできないだろうが、その経験はパペットやセント・マシューが感じるのと同じくらい宗教的なものだった。それほど大きな贈り物を目の前にして、なおも自身の怒りにしがみつくことは難しかった。

カサンドラにこのことを話してやらないといけない。

だがその前に、まずはこの状況を生き延びないといけなかった。

「これではうまくいきそうにない」とベリサリウスはささやいた。「磁力の感覚がないとおれはうまく機能できないし、意のままにサヴァン状態に出入りする必要がある。完全な制御なしにはこれをやり遂げることができない。脳神経の仕切りをはずして、制御をおれに戻せ」

沈黙が長くつづいた。量子知性体はアルゴリズムを計算処理して、未来を予測できる。すべての作業を並行的に。だが、ベリサリウスは量子知性体を理解していた。これは量子知性体にとって新しくしかも危険なことで、そのために反応を遅らせている。

間違いなく量子知性体は、自身がうまくこの詐欺計画を完了させることのできる見こみと、ベリサリウスが成功させる見こみとを比較している。量子知性体は彼と同じくらい強く、タイム・ゲートを欲しがっている。ベリサリウスが人生を必要としているのと同じくらい強く、タイム・ゲートを必要としている。

そして量子知性体は、ベリサリウスがまた量子フーガに入りこむ確率をも計算しているようだ。だが、彼の行動を予測するモデルがないため、ベリサリウスを主体にしているアルゴリズムを量子知性体は見つけることができまい。もしあるとすれば、それらは瞬間的にシフトして、彼を不可解な確率の生き物に変えるだろう。量子現象と同じように。意識をもたない超知性は、主観的意識の行動をモデル化することができない。だが、沈黙が長引くにつれ、量子知性体がこの制御をあきらめるつもりがないことにも彼は気づいた。

「だったら、仕切りを逆にしろ」とベリサリウスはいった。「おれが主体になり、量子客体が仕切られたエリア内から指示を出すように」

《継続的に？》

「そうだ」

一四・八秒が経過した。

そうして、磁極性と電気的質感がふたたび彼の世界に戻って圧迫するのが感じられた。ベリサリウスは目まいに襲われた。彼は息を吐きだした。それまで、息を詰めていたのだった。量子知性体が彼をだますことができるのでないかぎり、ベリサリウスは自分の脳をふたたび所有できるようになった。彼の脳はこれまで一度も完全に彼のものであったことはなかった。彼をつくりだした設計者は、脳の内部を人間でない何かと共有するように遺伝子を改変していた。彼はなおも量子知性体と脳をシェアする必要があるが、十代のころ以降はじめて、誤って量子フーガに入りこんでもスイッチをオフにされてしまう存在ではなくなった。彼の勝利は恐ろしいほどの進化の一歩だった。

ワームホールの過去側の出口がまじろぎひとつせずに彼を見つめている。サブ＝サハラ同盟がこれを固定するためにこしらえた緩衝フレームに挟まれているのは、低い、発光する赤色の楕円形だ。サヴァン状態でなくても、彼の脳はそこからわき上がる大理石模様を追いかけ、幾何学的に分析し、それをつき動かしている力を抽象化する方程式をさぐった。本能というのは、それが欠けているときと同じくらい危険なものだ。

彼はコールド・ジェットを作動させ、床を蹴ってエアロックのほうに跳んだ。

彼がセント・マシューを残していった床には何もなかった。彼は想定した時間に間にあって戻り、過去の彼自身が格納庫に入ってくるよりも早かった。厚いガラス窓の向こうのエアロック内も、通路も無人だった。彼は数学的な正確さで制御装置の上で手を動かし、エアロックをサイクルさせた。

通路に出ると、彼は背後でエアロックを閉め、自分がいま着ている宇宙服を取った狭い区画をのぞきこんだ。入念にいくつもパッチのついた、胸に337と書かれた宇宙服はまだそこにあった。彼がいま着ているのと同じものだ。

微小重力下に慣れた者の俊敏さで、彼は横の通路に跳ねて入りこみ、戦闘艦を貫くチューブの曲線をたどっていった。まわりの磁場をタイトにし、〈リンポポ〉の艦内のもっともかすかな電磁的な息づかいをも感じとれるようにした。通路の曲線がエアロックや交差路を隠すところまでくると、彼は手がかりにつかまって静かに待った。

彼は偽りの忍耐強さをよそおって待った。この艦の脈打つ電気的な代謝作用を感じながら、五分がたち、十分、そして十五分が過ぎていった。そうして、新たな、かすかな磁気的圧迫が遠くで感じられた。過去の彼自身だ。エアロックがサイクルされていく音がかすかに聞こえた。過去の彼自身とセント・マシューがエアロックに入った。そうして、声が警告した。憲兵二人だ。彼はさらに待った。憲兵は彼がエアロックをくぐるのを見守り、宇宙服を着こむだけの時間があった。彼は原子時計と同じくらい正確に数えていった。三分間。

ベリサリウスの脳は、手がかりの位置やそれぞれの間隔、速度に応じて必要になる腕の角度を覚えていた。こうした幾何学的計算は彼の脳にとって、純粋で、本能的な喜びだった。彼は音を立てずにはしご段をすばやくつかんで前進し、速度を上げていった。

憲兵二人はエアロックの手前に浮かび、手ばやく宇宙服のつなぎ目を密封していくところだった。どちらも彼のほうを見ていなかった。コウモリが狩りのさなかに叫びの周波数を上げるように、ベリサリウスは磁場を鋭くした。片方の憲兵が振り向き、驚きに目を見開いて、ホルスターにさっと手を伸ばした。

通り過ぎざま、ベリサリウスは手で彼らに同時に触れ、六百五十ボルトの電気をそれぞれに放出した。

彼は悲鳴をあげ、宇宙服の指先から上がる煙や小さな炎を振って消すあいだにも次の手がかりにつかまって回転し、エアロックのほうに戻っていった。ショック状態の憲兵二人はゼロG環境下でぷかりと浮かんでいた。彼が触れた部分が黒く焦げた円になっていて、一人は肩に、もう一人は胸だった。格納庫の中で光が輝いた。そこには過去の彼自身の姿はなく、ただしサーヴィス・バンドが床に磁石で留められていた。

ベリサリウスはだめになった宇宙服を痛む指で脱いでいった。指先のカーボン・ファイバーが黒ずんで溶けていた。彼は憲兵二人の手から粘着性の通信パッチをふたつはがし、小銃といっしょに戸棚にほうりこんだ。そうして、二人を背中あわせに手首で縛り、天井の手がかりのひとつに通してゆわえつけた。

彼はだめになっていない宇宙服を取って着こむあいだに、エアロックをサイクルした。宇宙服を密閉していくあいだにも、エアロックが減圧されていく。そうして彼はもう一度格納庫に入り、セント・マシューを搭載しているサーヴィス・バンドを拾い上げた。

「行こう」と彼はいった。

「ミスター・アルホーナ？」とセント・マシューが驚いて問いかける。「いったいどこからやってきたのですか？」

「円環した長い話なんだ」とベリサリウスはいった。「まだ格納庫付近の通信システムを把握してるか？」

「まだほんの二百秒ですよ。なぜわたしがやめるはずがあるでしょう？」

「憲兵二人の通信パッチを奪っておいた」とベリサリウスはいった。「艦内の自動システムに、まだ彼らとコンタクトしてるものと確実に思わせておけ」

「了解しました」

「そして、おれたちが格納庫ドアを開けて急いで逃げだすとき、内部と外部のセンサーがまだ偽の数値を受けとるようにする準備はできてるか？」

「はい」とセント・マシュー。「ですが、彼らはちょっと調べてみさえすれば、兵站《へいたん》管理プログラムがじきに積み荷の不平衡に気づくでしょう」

「連中がそうしないことを願うとしよう。よし、ワームホールの留め具を開いて、格納庫ドアを開き、いくつか積み荷用ドローンの制御を手に入れよう」

格納庫の明かりが黄色くともり、頭上の格納庫ドアが開いた。それと同時に、コールド・ジェットで動くドローンが六機、壁から離れてワームホールのまわりにさっと舞い降りた。格納庫ドアの上にはパペットのタグボートが浮かんでいた。その貨物ハッチが開き、航行灯がおだやかに点滅していた。

74

スティルスが軸にとびこむと、まわりの星が消え、インフラトン・レーサーの警告音が止まった。〈ニアリチ〉と〈グブドゥウェ〉がインフラトン・ドライヴをシャットダウンしたため、彼もそれにならった。呑みこまれるような静けさに、尻がむずむずしてきた。何か悪いことが起きようとしているかのように。戦闘艦二隻が前方を駆け、航行灯が明滅している。どちらもスピードを落とそうとはしなかった。

こんなイカレた速さで軸をくぐるやつなんていない。

もしも反対側から何かが入ってきたらどうするつもりなんだろうか？

手遅れだ。

それまでの勢いのまま、彼らは星明かりの中に吐きだされ、コングリゲートの要塞をとび越えて、軌道をめぐるコングリゲートのフリゲート艦やパトロール用戦闘機、哨戒艇をも越えていった。

粒子ビームの槍が後方から投げつけられた。

スティルスはあわててインフラトン・ドライヴを立ち上げはじめた。〈ニアリチ〉と〈グブドゥウェ〉も同じようにしているに違いない。

この連中はいったい何をしてるんだろうか？　連中の艦尾側面は完全にがらあきだ。まるで、思いきり小突いてほしいと誘っているかのように。粒子ビームや、さらにはほどほどのレーザーでさえも、連中を痛い目にあわせることができるだろう。

コングリゲートの要塞はスズメバチの巣の集まりのように警戒していた。スティルスは制御装置を叩き、愚かな推進システムが早くオンラインに戻るようにせかした。

いきなり、サブ＝サハラ同盟の戦闘艦がさらに二隻、艦尾を先にして、艦首を軸のほうに向けたままとびだしてきた。〈ジュバ〉と〈バテンブジ〉だ。

コングリゲートの要塞はすでに警戒していたため、砲撃をはじめた。

スティルスのインフラトン探知器がけたたましい音をたてた。〈ジュバ〉と〈バテンブジ〉のインフラトン・ドライヴは熱いままだ！　彼らはドライヴ機構をシャットダウンせずに、軸に入りこんでいた。自分たちの艦体や軸そのものまでも破壊しかねないというのに。

やつらはマジでイカレてやがる！

コングリゲート側のミサイルや粒子ビームが彼らに死をもたらすより先に、〈ジュバ〉と〈バテンブジ〉がインフラトン・レンズを使った兵器をはなった。要塞施設が宇宙空間で歪曲し、拡大してから縮小し、ちぎれた金属片が雨あられとなって、核燃料のように爆発してはじけた。レンズ兵器がコングリゲートのフリゲート艦の右舷側をくしゃくしゃにしたあとで、ついさっきまで要塞であったものが金属片の嵐となってあたりにとび散った。

なんてこった。ミエルダ

なおも後ろ向きに戦闘速度で進む〈ジュバ〉と〈バテンブジ〉が、軸周辺に存在するコングリゲート側の兵器にミサイルを発射した。

スティルスのインフラトン・ドライヴがようやくオンラインになった。彼は本来ここにいるはずではなかった。彼はこのくそったれなインフラトン・レーサーをインディアン座イプシロン星系で待つほかの仲間のもとに持ち帰るはずだった。だからといって、このまま一人で軸に戻るわけにもいかなかった。さらに戦闘艦が出てきて、鉢あわせしたらどうする？

バチュウェジと呼ばれる居住可能な惑星が、ちっぽけな三日月の形で見えてきた。それと、軌道上コロニー、キタラも。〈ニアリチ〉と〈グブドゥウェ〉はバチュウェジのほうにフルスピードで駆け、スティルスもその航跡を後方からたどった。

くそっ。くそっ。くそっ。

いったいどうすりゃ、おれはこのばかげた連中から逃げだせるんだ？

集中しろ、生きつづけるんだ。金を手に入れろ。

誰も彼には注意を払っていなかった。サブ＝サハラ同盟艦隊も、コングリゲートの残りの勢力も。バチュウェジの高軌道上の兵器プラットフォームからミサイルが大量にはなたれた。すべてのミサイルが戦闘艦二隻に向かっていく。サブ＝サハラ同盟の惑星や衛星を標的にしたものはひとつもなかった。

バチュウェジやキタラに深刻なダメージを与えるには、ミサイル数発で充分だろう。だからこそ、このミサイルは衛星破壊弾《ムーン＝バスター》と呼ばれている。だが、コングリゲートはこれらの艦を認識していないに違いない。これが叛乱軍だとはわかっていない。そしてそれは、それほど非論理的なことでもないのかもしれない。サブ＝サハラ同盟がほかのすべての文明世界よりもはるかに進んだ推進システムや兵器を開発するような時間や場所がいったいどこにあったというのか？

だが、これをどれくらい長くたもてるだろうか？

小型の核兵器でさえも、バチュウェジとキタラ両方の内奥まで吹きとばすことができるだろう。

粒子ビームが〈ニアリチ〉の艦腹に疵痕を刻み、艦腹を焦がして、鋼鉄と炭素樹脂の大きなかたまりを宇宙空間に吹きとばした。スティルスはインフラトン・レーザーを銀河の極北方向に急旋回させた。彼が直前までいたところに、上部構造の破片が真空をゆっくりと飛んできたからだ。

彼のディスプレイに、〈ニアリチ〉のインフラトン・ドライヴがたてたエコー的にやわらかな激しい音が表示された。

なんてこった。

ブリッジ上部構造はまだ多くがたもたれていたし、格納庫の大半や兵器のふくらみも同様だが、〈ニアリチ〉の右舷側が艦首から艦尾までちぎれて、場所によってはインフラトン・ドライヴの内壁まで達していた。〈ニアリチ〉のインフラトン・ドライヴの音がふたたび彼のディスプレイ上で激しく響きはじめた。

くそったれにタフな艦だぜ。連中はなんとかやっていけそうだ。

そのとき、彼は岩壁粉砕《カサ＝ファス》ミサイル四発を見てとった。〈ニアリチ〉が小型や中型の粒子砲台から発射したものの、いまいましいミサイルどもは撃墜されないように設計されている。プレデター＝アルゴリズムによるAI回避システムがカサ＝ファス・ミサイルを制御している。四発のミサイルは粒子砲を避けて前進をつづけた。

もしスティルスがトネール戦闘機に乗っているなら、ミサイルをひとつは、調子のいいときなら二発でさえも撃墜できたかもしれない。インフラトン・レーサーであっても何かできるかもしれないが、〝空気吸い〟の連中は意図的に兵器の搭載されていない船を支払いにあてていた。

フェアなやり方ではない。スティルスは連中のことが好きではなかった。誰一人好きではなかった。コングリゲートも。サブ＝サハラ同盟も。空気吸いどもやケツを舐めるおべっか使いどもは、顔をあわせるなり雑種族《モングレル》に唾を吐きかけようとする。だが、彼が出会った空気吸いどものなかで、このサブ＝サハラ同盟の連中はモングレル族にいちばん近いように思えた。叛乱をくわだてたこの連中は愚かだ。今日ここで一度勝利したところで、コングリゲートから全力の反撃をくらうだけだ。連中は痛い目にあう。モングレル族と同じように。

まるで遠征部隊のクルーたちは〈モングレル族のやり方〉の一部を読んだことがあるかのようだ。〝もしも相手が敬意を払おうとしないなら、怖れさせてやれ。必要ならうちは力のある者に敬意を払っておけ。そうして、あとで思いきりぶちのめしてやれ。しつこいくらいにやってやれ〟

くそっ。

彼はいくつかアイデアを考えてみた。どれもひどいアイデアで、〈モングレル族のやり方〉にそぐわない。金だけもらって出ていくのが彼らのやり方だ。相手の足に小便をひっかけてやれ。空気吸いをぶちのめすんだ。どんな手助けもただじゃすまない。そっちがやるんじゃなけりゃ、やられる側になるだけだ。

なんてこっ《カーリス》た。

スティルスはインフラトン・ドライヴを四十Gに一気に上げた。あまりに強烈な重力のために、水と水槽の外枠にくるまれていてさえ、それを感じられたほどだった。彼は巡航艦のはるか前方にとびだしていった。ミサイルと〈ニアリチ〉のあいだの射線に。ミサイル四発《カルテット》は彼に反応せず、彼はいったん通り過ぎてから旋回し、五十Gで制動して、ドライヴを高回転のままもち、ミサイルのあとを追い駆けはじめた。

ミサイルは十Gで加速していた。速度と加速をあわせるには精妙な腕が必要になった。とりわけ、この醜い、パワーばかり過剰な、連中が〝レーサー〟と呼んでいる貨物シャトルの中からでは。ミサイルとの距離をおよそ四キロにたもった。〈ニアリチ〉から飛んでくる熱い鋼鉄を回避する行動をとるために加減するためのスペースだ。スティルスはインフラトン・レーサーを旋回させ、ミサイルを追いかけた。彼が考えついたなかでもっとも危険な作戦行動だ。

ばかめ、ばかめ、ばかめ。これよりずっと危険の少ない仕事でも、はるかにたくさんの金をもらってきたってのに。

だが、それと同時に、彼は無報酬で深海ダイヴをした。自分の度胸を証明するために。彼の大きな、いまいましい睾丸《コホネス》を示すために。おれのタマにキスするがいい。彼はそう考えながら、インフラトン・レーサーのノーズをミサイルの後部に近づけ、そのために温度警報がけたたましい音をたててはじけた。ノーズの炭素鋼強化セラミックと、熱くまぶしい金属との距離はわずか数メートル。

彼はアクセルをひねり、二十Gの加速燃焼を四分の一秒間おこなった。インフラトン・レーサーのノーズがミサイルのケーシングとノズルをつつき、ミサイルは螺旋のスピンを起こして、かなたの方向に猛スピードで離れていった。

タマを舐めるがいいといったろう、くそ野郎め！

次に近いミサイルのほうにスティルスは急降下していった。ミサイルは屈んでかわす特定のパターンのない動きで避けようとしたが、相手は〈ニアリチ〉にぶちかますという目的に束縛されていた。彼はあとを追いかけ、コンピュータ・アルゴリズムに対する反応を試した。少しずつ接近していき、そうしてインフラトン・レーサーのノーズがミサイルの薄い金属の外皮に触れた。

熱いガスと放射性燃料のシャワーがインフラトン・レーサーのコックピットにふり撒かれ

た。警報が鳴りだす。レーサー内部の警報ではない。外部のだ。ミサイルが爆発しかけている。スティルスは五十Gに加速を引き上げて、銀河の極北方向に離れた。

くそっ。くそっ。くそっ。

二秒。千五百メートル。

三秒。三キロ。損傷したカサ＝ファス・ミサイルから離れる必要があるだけではない。ひとつが爆発すれば、ほかのも巻き添えをくう。

四秒。五キロ。

ドカン。

カサ＝ファス・ミサイルが彼のまわりで爆発し、衛星を破壊する力をもった光がコックピットに、さらには彼のいる貨物室の船窓までそそぎこんだ。外部テレメトリーがショートを起こしたように停止した。

五秒。七・五キロ。

爆発の衝撃は大きく、もうひとつのカサ＝ファス・ミサイルも爆発した。

六秒。十キロ。光は暗いが、熱と放射性粒子の衝撃波は従順に従う前に拡大して消散するだろう。

七秒。彼自身の体重が彼を押しつぶそうとした。十四キロ。テレメトリーが復旧した。最後のカサ＝ファス・ミサイルが爆発に呑みこまれて姿を消した。それは角度が十度ずれて、〈ニアリチ〉を高速で越えて飛んでいった。深い疵の残った戦闘艦は爆発エリアを抜けて、スティルスの横を通過していった。そのインフラトン・ドライヴがオンラインになるのを彼のディスプレイが示した。

〈グブドゥウェ〉が大量の砲撃を引き寄せた。それはブリッジ上部構造なしで進んでいた。焼け焦げたへこみが格納庫や兵器のふくらみに変わって生じていた。それでも前進をつづけ、インフラトン・ドライヴを十五Gにして、惑星バチュウェジの軌道上のコングリゲートの兵器プラットフォーム指揮官にほかの艦に狙いをつける余裕を与えなかった。

イカレた、勇敢で危険なくそ野郎だ、カサ＝ファス・ミサイルを至近距離でにらみつける度胸をもったやつだ。

至近距離で。

彼らは自分の正しさを証明しようとしているのではない。

彼らは僚艦を守ろうとしている。

なんて高貴な、度胸のあるやつらなんだ。

そうして、金属や熱い粒子やミサイルの雨が降りしきるなか、いったいどんな兵器であるにしても〈グブドゥウェ〉がそれを発射した。戦闘艦の進む軌道に沿って宇宙空間がゆがみ、その道筋に存在するあらゆるものを吸い寄せ、吐きだして、ねじ曲げて破壊していく。兵器プラットフォームが小片のシャワーとなって降り注いだ。

スティルスは旋回し、世界軸《アクシス・ムンディ》に戻る高重力の針路をとった。

やや強めの加速で、彼は軸まで約四分の位置にあった。彼の存在など小さく、傷ついていて、誰も注意を払いはしなかった。コングリゲートの戦力はサブ＝サハラ同盟の勝利を高くつくものにするだろうが、〈ジュバ〉と〈バテンブジ〉はまだ残ってうごめいているコングリゲートの連中になおも激しい攻撃を加えている。それには、数機残っていたトネール戦闘機も含まれていた。スティルスの同族であるモングレル族のパイロットが、ばらばらに引きちぎられようとするあいだにも戦闘艦の肉を削りとるのを、彼はいささかの満足とともに見守った。

コングリゲートは命を落としたモングレル族のパイロットたちに涙ひと粒さえ流しはしまい。ただ単に、新代わりを雇い入れるだけだ。

スティルスはドライヴをシャットダウンし、軸にとびこんだ。

75

カサンドラは不規則に呼吸をしながら、医務室内に浮かんで震えていた。熱っぽい皮膚は熱を放射しているように感じられた。彼女は医務室を出て、背後でドアを閉めた。サヴァン状態の脳が構築した艦内の概略図に対して、幾何学的な明確さでルートを見てとることができた。痛む身体をおして進むすべての動きは、運動量と角運動量を考慮に入れていた。六・六メートル。九十度左に曲がって、十・一度くだる。十五メートル、インフラトン・ドライヴの曲面に沿って艦内を進む。数え、測り、描写し、計算する。これ以上具合を悪くせず、ペースをゆるめず、憲兵に捕まることや、集めたデータを誰にも共有できないことを怖れずにいるために。

艦内が震えた。コールド・ジェットによる、推進するための位置調整だ。おそらくは、インフラトン・ドライヴを使って、タイム・ゲートを載せてパペット要塞から離れるために。急いでいないなら、彼女としてはこのまま〈リンポポ〉にゆっくり乗っていたいところだった。

カサンドラは作業用エアロックにたどり着いた。警報音はまったく聞こえてこない。誰も彼女を追いかけてはいない。だが、通路にオレンジ色のランプがともった。加速に備えて安全な位置を確保せよという艦内シグナルだ。〈リンポポ〉がコールド・ジェットでヒンクリー要塞を離れようとするあいだに、彼女は床をかるく蹴った。

彼女はフードをかぶって頭と顔を覆った。フーガ・スーツは真空中の長旅に向かないが、今回はほんの数分でしかない。

彼女はエアロックをオーヴァーライドするコードを入力した。緑のランプがともり、ドアがシューッと音をたてて開いた。姿勢制御ジェットの不安定な加速のもと、彼女はかろやかに跳んでエアロックの中に入り、ドアを閉めた。サイクルをはじめるボタンを叩く。

サイクルして！　早く！

エアロック内の空気が、あまりにもゆっくりと吸いだされていった。いまでは加速がより安定していた。〈リンポポ〉はいまにもインフラトン・ドライヴを作動させようとしている。カサンドラが緊急解放用のスイッチを押すと、小さなハッチが外部ドアの真ん中に開き、まだ残っていた空気を爆発的に吐きだした。彼女はハンドルを回してドアを押し開いた。

カサンドラの下には美しくひらけた宇宙が口を開けていた。小さくなっていく小惑星は暗く、デブリの輪で包まれている。そして〈リンポポ〉の真下には、ほんの数十メートルの距離をおいてタグボートがあった。〈リンポポ〉が加速をはじめるあいだに、カサンドラはとび降りた。

カサンドラの身体が回転しはじめた。それでも、彼女はまだサヴァン状態にあった。彼女は自身の回転速度や星に対する角運動量を計測し、微分方程式を解いて、回転に対して歳差運動を起こさずにどうやって手足を伸ばせばいいかがわかった。目を閉じ、一回転するあいだに一瞬だけ目を開けて、ストロボ効果でタグボートが見えるようにした。

タグボートの動きがゆっくりになり、そして止まった。カサンドラはみずからの勢いだけで近づいていった。

カサンドラのサヴァン状態の脳は衝突の瞬間を計算してタイミングを測り、手のひらをタグボートに打ちつけて回転を止めた。彼女は手すりをつたってエアロックに回転しながら入りこんだ。外のドアが閉じると、彼女の身体は内側のドアに押しつけられた。タグボートがヒンクリーや〈リンポポ〉から加速して離れていく。ぐったりした手足は力が抜けていた。彼女は力なくへたりこみ、ヘルメットの中で荒い息をあえがせた。自分は死んでいない。自分は死んでいない。自分はデータを手に入れた。

エアロック内にシューッと音をたてて空気が注入された。ドアが振動して彼女の耳のそばで大きな音をたて、そして開いた。ベルがそこにいた。安堵が彼女の身体を駆け抜けた。彼は本当に真実を話してくれた。すべてを。ほかのみんなには嘘をついていたが、彼女にはそうではなかった。カサンドラは誇らしくなり、目まいがして、圧倒された。なぜか笑いたくなったが、全身があまりにも痛かった。

ベルが彼女を抱きしめ、怪我がないか確認して、もう一度抱きしめた。ヘルメットの留め具をはずし、そっと脱がした。彼はそばに膝をつき、彼女の髪に手を置いたが、撫ではしなかった。低刺激にたもつために。量子フーガの二日酔いがどんなものか、ベルもよくわかっている。彼は明かりを暗くして、冷たい水の管をそっと彼女の唇に押しあてた。カサンドラはそこから飲んだ。

彼女は燃えるように熱かったが、いまはベルといっしょで、それに何かを学ぶことができた。何かはかりしれないほど大きなものを。二人のあいだの数年間の不仲は洗い流されていた。また幼いころの二人に戻っていた。いっしょに学ぶんだ。

「わたし、ひどい状態ね」カサンドラはかすれ声でいった。

「おれもだよ」

「すべてを見たわ、ベル」と彼女はささやいた。「三百二十光年を越えて、すべてをいっぺんに。そしてパペット軸の内部も。すべてを見た」

「どんなふうだった？」とベルが尋ねる。

「すべて」と彼女はいった。「わたしたちが望んできたすべてよ」

「おれも見たよ」

「あなたも量子フーガに入ったの？」とカサンドラは尋ねた。声に誇りがにじんでいることに自分では気づかなかった。懸念のほうが聞きとれた。もしも彼が死んでしまったら？ ふたたびベルを見つけなおしたいまになって、また彼を失ってしまうことを考えて、彼女は恐ろしくなった。

「ああ、おれはタイム・ゲートに入って、むきだしの超空間を通り、過去に戻った」

カサンドラは信じられずに、彼をまじまじと見つめた。

「ほかにもある」とベルがささやいた。「それを信じられるとすれば、もっと大きなやつが」

彼が薬をそっと口に含ませた。鎮静剤と抗刺激剤だ。彼の指がわずかなあいだ唇に押しあてられた。全身の痛みや、スポッターやドクターをつけずに量子客体をあまりに長く維持しつづけたための過剰刺激にもかかわらず、カサンドラは手を伸ばして彼の頬に触れた。彼も汗ばんでいる。本来そうあるべきようにひんやりとはしてない。

「データ」とカサンドラはささやいた。「どれくらいたくさん記憶しているの？」

「たくさんだ」ベルが笑みを浮かべた。

彼女の口の中はからからに乾いていた。

「わたしも」と彼女はささやいて、彼の頭を引きおろし、熱のある彼の唇を自分の熱のある唇に押しあてた。二人は長いことそのままでいた。

「わたしたちは殺されることになるの？」とカサンドラはささやいた。

「セント・マシューがこの船を操縦してる。彼は〈リンポポ〉のセンサーの一部に手を加えて、おれたちを元いた区画にとどめてる。連中はおれたちが何をしたか知ることになるだろう、おそらくは一時間以内に。そのときまでには、おれたちは姿を消している」

「魔術師みたいに？」

ベルは笑みを浮かべた。「そんなところだな」

彼はポケットから、ひと組のボタンを取りだした。彼女が目にしたほかのものと同じように見える。彼はそれを指でつまんだ。いまにも泣きだしそうに見えた。

「それは何？」とカサンドラは尋ねた。「スティルスの？　マリーの？」

ベルが首を横に振った。「ウィリアムはまだ生きている」

「パペットといっしょに」と彼女はいった。「ゲイツ＝15と」

ベルがうなずいた。

「彼を助けてあげられる？」

ベルは首を横に振った。「彼がいったん入りこんだら、助けだす可能性のないことはお互いにわかってた。だが、彼がまだ生きてるってことは、まだ薬を嚙んでない。それとも、薬が効かなかったのか」

「残念ね、ベル」と彼女はいって、身体じゅうの骨が痛むにもかかわらず、彼を抱きしめた。

「ウィリアムの身体に医療装置を埋めこんでおいたから、仕事が片づいたあとも彼がまだ生きてるとすれば、遠くからでも彼の命を奪うことができる。そうすれば、彼はあの環境から逃げることができる。そして彼は、われわれが成功したときにだけおれがそうすることをわかってる。彼は娘のケイトが分け前を手にできるとわかって死ぬことになる」

彼女はまるで、骨の奥まで水びたしになったように、深い悲しみが染みこんだ。そうして、ひやりとするさむけが這いこんだ。ゆっくりとその意味がわかりはじめ、信じられない思いがした。そして恐怖のわずかな戦慄も。

「あなたは友だちを自分の手で殺さないといけないの？」と彼女は尋ねた。

「そうするか、それとも彼をパペットのなかに残していくかだ」

「あなたにそれができる？」

「わからない」ベルが声を震わせていった。

めまいがカサンドラの目の奥に這いこんだ。それ以上は何も考えることなく、彼女は手袋をはめたままの手で彼の手を上から包みこみ、二人でボタンを掲げられるようにした。

「どうすればいいの？」と彼女はささやいた。

カサンドラの耳は彼の首筋のそばにあって、彼がごくりと唾を呑みこむ音が大きく聞こえた。

「ただ押せばいい」と彼が物思いに沈んだようにいった。

ベルの目は涙に濡れていた。彼女もだ。

「さよならをいってあげて、ベル」

「さよなら、ウィリアム」と彼が震える声でいった。「ケイトのことはおれがきっと面倒をみる。いろいろとありがとう」

二人はいっしょにボタンを押し、彼女の指がぎこちなく彼の手を包んでいた。ついに、ボタンの色が変わった。

ベルは長い息を吐きだして、それをほうりだした。ボタンはゆっくりと床に落ちていった。

カサンドラは長いこと彼を抱きしめ、二人はともにまっすぐ前を見つめていた。船室のほうを。そこでは星々が正面のガラス窓にウィンクしていた。

「例のあれを手に入れたの？」とカサンドラは小声で尋ねた。

ベルがゆっくりとうなずく。「あれをひと目見てみるくらいには回復したかい？」

「ぜひ見てみないと」

ベルが彼女に手を貸して立たせてくれた。いまは十分の一の重力であるにもかかわらず、二人とも支えが必要だった。彼が案内してドアをくぐり、船室の後部に入っていった。小さな食堂と棚のあるエリアで、ガラス窓のあいたドアごしに貨物室をのぞくことができる。薄暗い明かりのもとで、セント・マシューのクモ状のオートマトンが床や壁をすべるようにせわしなく動きまわり、暗く光る楕円形のものに配線やケーブルや緩衝材を貼りつけている。

ひと組のワームホールに。

カサンドラはごくりと唾を呑みこんだ。どんな言葉も、彼女の胸にわき上がった感情にぴったりとあてはまらない。頬が濡れていた。彼女は振り向いた。ベルの顔にも涙の筋がつたっている。彼女は不思議に思いながら涙を拭いて、タイム・ゲートに視線を戻した。

「宇宙のすべての答えがそこにあるのね、ベル」と彼女はいった。

彼がうれしそうにうなずいた。カサンドラは手袋をはめた指を彼の指とからみあわせ、きつく握った。

76

ウィリアムはゼロG環境下で手術台に縛りつけられ、密閉スーツを着こんだ司教兵のはかりがたい視線にさらされていた。熱があるにもかかわらず、彼はがたがた震えていた。トレンホルム・ウイルスが周期的に、肋骨を締めつけられるような苦しい咳の発作を引き起こし、そのたびに息が詰まりかけた。

彼は元妻に毒づいた。ゲイツ＝15とグラシー＝6に毒づいた。トレンホルム・ウイルスに毒づいた。ベリサリウスに毒づいた。そして自分自身に毒づいた。十二年前のあのとき、青二才の坊やの前から単に立ち去るべきだった。あの坊やがなんであったにしてもウィリアムの問題ではなかったし、ベリサリウスはどのみち自分でうまく窮地を脱することができたろう。ウィリアムは自分でも理解していないゲームにみずからはまりこんでいた。さらなる咳の発作。胸骨の奥の鋭い痛みが絶え間なくうずき、それはまるで痛みからなる小さな心臓のようだ。それが収縮するたびに、肺からわずかに空気が抜けでて、ゆっくりと彼は窒息していく。

ドアの取っ手が回り、司教冠《ミトラ》をかぶったグラシー＝6の頭がのぞいた。つづいてドクター

・テラー＝5が入ってきた。手術道具の閉じたトレイを手にしている。血色の悪いパペット女がそのあとにつづいた。青白く、汗で濡れてくしゃくしゃの髪が頭蓋にべったり貼りついている。彼女はあまりに弱っていて、ウィリアムの体臭にも反応さえしなかった。テラー＝5が空中をただよいながら、彼の隣の手術台のところまで彼女を連れていった。彼はあまりに強烈な恐怖とともにテラー＝5を見つめていたために、そのあとから入ってきたのが誰なのか、はじめは気づかなかった。そのうちに、彼の胃袋に恐怖が大きな口を開けた。事態がどれほどひどくなっているかについて、めまいとともに理解がきざした。

デル・カサルとゲイツ＝15が入ってきた。

「ハロー、ミスター・ガンダー」とデル・カサルのほうからいった。

ウィリアムの口から言葉は何ももれでなかった。

「彼らがきみをよく扱ってくれているといいんだが」と遺伝学者がいった。

めまいがさらにひどくなった。「あんたは……捕まったわけじゃないのか？」

「わたしは風向きを見てとったんだよ、ガンダー」とデル・カサルがいった。「アルホーナの計画はうまくいったはずがない。予定の期限をとっくに過ぎているし、ポート・スタッブスはサブ＝サハラ同盟の襲撃をまぬがれたようだ。彼らは数時間前にいくつかの防御設備を破壊した。だが、パペットによるとサブ＝サハラ同盟の艦隊はすでに退却したそうだ。アルホーナは失敗したんだ」

デル・カサルの言葉は指に金づちを振りおろされるようなものだった。自殺のための薬は失敗した。ベリサリウスの詐欺計画も失敗した。

「だが、わたしはそれ以上の額を支払ってくれる雇い主を見つけた」とデル・カサルがつづけた。「わたしがきみにおこなった手術は、パペットにとってとても価値あるものであることが判明した」

「さらにヌーメンをつくりだすつもりなのか？」

「彼らのほうでも、ほかに神なる存在がいなくなったら自分たちが死に絶えるということをわたしと同じくらいよくわかっている。パペットに手を貸さずにいるのは、ひとつの種族の絶滅を傍観することになる」

「連中を絶滅させるがいい！ これはどうだ？」とウィリアムが問いただし、いましめを振って示した。「あんたはほかの人々にもこんなことをやらせたいのか？ おれにも？ この連中にいって聞かせろ！ おれをここから出せ！」ウィリアムは咳きこみはじめたが、グラシー＝6司教がはっと息を呑む鋭い音が聞こえないほどではなかった。

「〈懇願の書〉の時代に生きているかのようだ」司教がぼそりといった。

「次は誰をヌーメンに仕立てるつもりなんだ、デル・カサル？」とウィリアムは問いただした。「おまえのせいで、誰が拷問されて死ぬことになるんだ？」

「それはわたしの知ったことではない」とデル・カサル。「パペットの敵である者とか？この世界は牙や爪を弱者の血で染めるものなのだよ、ガンダー」

「だったら、おまえはなぜここに？」とウィリアムが問いただす。

「彼らはわたしに外科手術を見てもらいたがっている。その必要はないといったんだが、わたしを感心させようとしているのではないかと感じたものでね」

「連中はおれを手術するつもりなのか？」

「化体だよ」と司教がいった。「あなたをより長くわれわれのもとにとどめるために」

ウィリアムは頭を手術台におろし、うめいた。そのとき、唐突に何かが彼の胸のうちでカチリと鳴った。セント・マシューのロボットがインプラントを埋めこんだ箇所だということに気づくまでに少しかかった。ベルのいう保険として、医療装置を埋めこんだところだ。胸のうちに夢見るようなぼんやりした感覚が広がり、痛みを追い払った。咳が止まった。もう二度とぶり返しはしないだろう。

ウィリアムは顔に笑みが浮かぶのを感じた。笑みを浮かべるのはひさしぶりだった。

「彼はやった」とウィリアムはもらした。「ベルはやったんだ」

「ベリサリウスが彼を殺した、という意味だろう」とデル・カサル。

ウィリアムはかぶりを振った。安堵のめまいとともに。

「彼はあんたやパペットをまんまと出し抜いた」とウィリアムはいった。「艦隊はパペット軸をくぐり抜けた。地獄を楽しむといい、デル・カサル。あんたがおれの代わりになって」

グラシー＝6司教が彼の視界にあらわれた。緑と白のミトラが天井のほとんどを覆い隠した。狂乱した表情になっている。

「何が起きたんだ？」と司教が問いただす。

ドクター・テラー＝5が手術台の反対側にまわった。「ショック状態におちいりつつあります」

「トレンホルム・ウイルスかね？」

ウィリアムは笑い声をもらした。彼が笑ったのはひさしぶりのことだった。いい気分だった。

77

ベリサリウスとカサンドラはセント・マシューに呼ばれたために、しぶしぶタイム・ゲートを眺めつづけるのをやめた。カサンドラの熱は下がっていたが、彼自身はまだ熱がある。もしも量子知性体が彼の脳に永遠にとどまるのだとすれば、このまま熱がつづくのかもしれない。おそらく、彼はひとつの死に方を別の新たな死に方と取り替えただけなのだろう。それとも、ホモ・クアントゥスの呪いを振りほどけたのかもしれない。自分が何になったのか理解するにはまだ時間がかかりそうだ。

セント・マシューは混沌としたポート・スタッブスに大きなループを描いて近づいていった。攻撃を避けてあわてて逃げだした、数百隻もの民間貨物船やタグボート、運搬用フェリーの集まりに彼らも合流しようとしていた。ポート・スタッブスの砲台が不安げな痙攣を起こして、レーダー妨害片や粒子ビームを確率論的に吐きだしている。敵がヒンクリーの向こう側からまったく出てこようとしないにもかかわらずだ。兵器の射程のはるか向こうでは、〈リンポポ〉と〈オムカマ〉がすでに退却していた。いくつかの無線チャンネルが、パペットが勝利したという混乱する知らせを伝えていた。

民間の船舶はますます渋滞しつつあって、セント・マシューはパペット軸をくぐる順番を待つ工業製品の貨物船の列にタグボートを飛ばして加わっていた。彼らはとある貨物船に近づいていき、ついには船腹と船腹が接触した。

「あなたはまだタイム・ゲートを向こう側に運びこむ危険を冒すつもり？」とカサンドラが尋ねた。

「もうじきサブ＝サハラ同盟は、おれたちがタイム・ゲートを盗んで姿をくらましたことに気づくだろう」とベリサリウスはいった。「連中はしばらくのあいだ、軸のこっち側を探すはずだ」

「パペットは軸を通る船をすべて検査するわよ」

ベリサリウスは首を横に振った。「パペットはタイム・ゲートのことなど知りもしない。連中はサブ＝サハラ同盟の戦闘艦を欲しがってるんだ。いまや連中は、積み荷を急いでくぐらせようとする」

「なぜでしょうか？」とセント・マシューが尋ねた。

「サブ＝サハラ同盟が十隻の戦闘艦をくぐらせるための唯一の手段は、フリーシティの要塞をめちゃくちゃにすることによってだ。パペットがあれを再建するには何カ月もかかる。そして輸出入制限のために、連中が必要としてる資材はすべて軸のこっち側にある。われわれのすぐ下にある貨物船は、たまたま鉄鋼を満載してる」

カサンドラがにっこりして、彼にキスした。「あなたは本当に魔術師ね」

78

スケアクロウは〈レ・ラピッド・ド・ラシーヌ〉艦内の、厳重な安全対策がほどこされた情報部の一画に入っていった。この艦はコングリゲートの重戦艦で、〈パリゾー〉が失われたいま、彼はここを本部に据えていた。彼は両手を交互に使って奥に進み、さまざまなセンサーに彼を調べさせ、本人確認をくり返したすえに、安全性の高いドアを背後で閉めた。ようやく最後のドアが開くと、彼はマグネット・ブーツの底を床におろして、コングリゲートのインディアン座イプシロン星系における情報分析部門の中枢のひとつに歩いて入っていった。

強力なサブＡＩが壁に並んでいた。この怪物的代物には、星系ひとつぶんの価値がある情報の処理解析、ファイリング、分析、そしてパターン検索をこなす能力がある。ここでは生身の人間のオペレーターが、精神的増強をしたオペレーターや分析官とともに、思考マシンの集合体に対応している。バレイユ少佐が彼女の執務室でスケアクロウを待っていた。彼はドアを背後できっちりと閉めたが、椅子のひとつにすわってストラップで身体を固定しようとはしなかった。

「悪いことでしょうか?」と少佐がいった。

「ああ《ウイ》」

彼女も多くの情報を得ているが、スケアクロウがついさっき受けとったものはそうではなかった。

「詳細に調べてみた結果、〈パリゾー〉の生存者は一人も確認できなかった」と彼はいった。

巡航艦クラスなら百名から千名のクルーが乗り組んでいる。それがドレッドノート型戦艦となると、数がひと桁は違ってきて、どの士官やクルーが失われたのか確実に調べるには数週間かかる。もしも〈パリゾー〉がその終わりを迎えただけだとしても、やはり軍事的大打撃になる。

「フレイジャ軸はいまや明確に失われたことが確認された」とスケアクロウはつづけた。「サブ=サハラ同盟の戦闘艦がいかなる兵器や推進システムを使っていたのか、われわれはまだわかっていない。〈サン=エミール〉はあまりに広範囲にダメージを負ったため、改修可能かどうかさえも確信はない」

「そして、バチュウェジの守備隊とはなんのコンタクトもとれないままですか?」とバレイユ少佐が尋ねた。「向こうでもちこたえているかもしれません」

「サブ=サハラ同盟の艦船はフレイジャ軸を自由に行き来しているようだ。航宙軍本部は、誘導したワームホールを使ってバチュウェジに大規模な偵察船団を送った」

バレイユはまたしても不満そうな顔を見せた。彼女もスケアクロウと同じくらいの計算はできる。コングリゲートの保有するなかでも最良の戦闘艦なら、ワームホールを誘導し、さらに再誘導して数光年の距離をジャンプすることもできるが、バチュウェジはそれほど近くない。向こうに船団を送りこむには最短でも三日はかかる。そして彼らが姿を見られたなら、サブ＝サハラ同盟はワームホール誘導をレーザーで妨害して、逃げ去るのを防ぐこともできる。船団を送りこむということは、現時点においてそこで得られる情報のほうが戦闘艦自体よりも価値が高いことを意味している。

「公然たる叛乱というわけですね」とバレイユがいった。

「ああ、そしてやつらには支援があった」

79

六日後、少人数の仲間がタウアンドにあらためて集合した。そこは炭素質の小惑星で、採鉱施設は数十年前から稼働していなかった。彼らの最初に取り決めたランデヴー・ポイントではなかった。デル・カサルがここにいないことは、遺伝学者が関わったすべての情報がもれていることを意味するものとベリサリウスはみなした。

マリーがいちばん最初に到着した。彼女はフリーシティ上空の破片がばらまかれた軌道上の周辺域を迂回する進路をたどってやってきた。戦場から高速で離れていく、かすかな遠距離信号をたまたまコンピュータが感知したとしても、パイロットの死んだ戦闘機と見間違えたことだろう。彼女は採鉱施設の縦坑の深いところにインフラトン・レーサーを隠した。

翌日、スティルスが到着した。割れた窓、船室内の放射能、そして船腹の片側に深く刻まれた粒子ビームの焦げ痕は、少し衝撃的だった。とはいえ、このタフな小型船のシステムはしっかりと機能していた。

六日目に、ベリサリウス、カサンドラ、そしてセント・マシューが古い貨物船〈ボヤカ〉を採鉱施設内に停泊させた。その貨物室の一部を占めていたのがパペットのタグボートで、三人はマリーやスティルスにタイム・ゲートのことを何も話さなかった。

サブ＝サハラ同盟がフレイジャ軸を奪ったという知らせはニュースフィードにあふれていて、コングリゲートの宣戦布告についても同様だった。コングリゲートに残されたほかの軸を通ってかなりのトン数の軍事用艦船がインディアン座イプシロン星系に移されたことについて、識者たちが盛んに議論していた。真の戦争行為はまだはじまっていなかった。サブ＝サハラ同盟のほうから攻撃を仕掛けるには彼らの戦力は小さすぎるし、コングリゲートはまだ何に襲撃されたのかさえもわかっていなかった。

新たな軍事的歴史がつくられた。いまだかつて、どこかの国が別の国から軸を奪ったことはなかった。貫くことのできない防衛システムを固めることは新たな戦術と兵器には不充分であることが示された。軍事監視団がインディアン座イプシロン星に大挙して押し寄せた。

外交的には、すべての国家が小刻みに動きまわりながら、利益がどこに横たわっているのかさぐりだそうとした。パペットは中立性をたもとうとした。そして数百名のパペットが死に、フリーシティ側の軸のふたを引きちぎられたにもかかわらず、サブ＝サハラ同盟の戦闘艦の残る二隻がインディアン座イプシロン星系に入ることをパペットが許可したというニュースがとび交っていた。

賭け屋《ブックメーカー》はコングリゲートがパペットに対しても宣戦布告するかどうかで評価が混沌としていた。ニュース・ネットワークに出演する識者たちは、この点の鍵になる問題を指摘していた。パペットはほかにどうすることができたというのか？　サブ＝サハラ同盟はポート・スタップス側の入口から入ることなくパペット軸のフリーシティ側の出口からあらわれ出たということを、他国の外交官を含めて数千人の目撃者が証言できた。コングリゲートはすでにドレッドノート型戦艦〈パリゾー〉とフレイジャ軸を失っている。パペットに宣戦布告したところでなんの意味があろうか？　コングリゲートが実際にパペット神政国家連盟に宣戦布告したなら、あからさまなパペット軸の強奪行為とみなされよう。そうすることで、確実にアングロ＝スパニッシュ金権国を紛争に引き寄せることになる。

サブ＝サハラ同盟の艦隊がインディアン座イプシロン星系にいきなりあらわれてからわずか数時間後、彼らが使っていた推進システムがなんであるにしても、実際に機能するサンプルがこっそり入札にかけられていた。そしてフレイジャ軸で何が起きたのかについて全貌がニュースになると、入札額はものすごい勢いではね上がった。

五日後、アングロ＝スパニッシュ金権国家第一銀行の一連の法人口座の所有主が移り変わった。はじめは目立たない仲介業者に、そしてベリサリウスらの手に。そのあいだに、自動操縦された、外見はまったく特徴のない〈ボヤカ〉が、鉱石といっしょに、ダメージがあるにしても機能するインフラトン・レーサーを運んできて、インディアン座イプシロン星系の輸送用軌道で新たな所有者と合流した。

最終的な報酬額は各人に千二百万コングリゲート・フランで、当初の見こみの四倍になった。人生を何回も生きるのに充分な額だ。ベリサリウスはウィリアムの娘のためにアングロ＝スパニッシュの法律事務所と共同の信託口座を開き、ケイトとその母親が新たな身分とともに星系を離れられるように指示をつけ加えた。

「ウィリアムに」とベリサリウスはいって、微小重力環境下でワインのグラスをそっと掲げて乾杯した。彼の隣でカサンドラが、片方の手を彼にまわし、もう一方で乾杯した。彼も彼女の肩に腕をまわした。

「手にした金であんたは何するつもりなんだ、量子の兄さん《クァンタム・マン》？」とスティルスのスピーカーが訊いた。「またいくつか山でも買って、そのてっぺんにすわってくそでもするのかい？」

「まだ決めてない」とベリサリウスはいった。「それが金のいいところじゃないか？ なんでも自分の好きなことをする機会があって」

「あんたはもう一隻インフラトン・レーサーを手に入れたんだってな」とスティルスがさらに迫った。「そいつで何をするつもりなんだ？」

「ぜいたくな旅でもするさ」

「背中にいまいましい標的をくっつけてな」とスティルス。

「かもな」とベリサリウスはいった。「どこに向かうかによる」

「残念なのは、あんたにゃ、あれがそうあるべきように操縦することさえできない点だな」

「どういう意味かな？」

「あれがつくりだせる重力《G》に、あんたは耐えられそうにない。あれはくそったれにすてきな乗り物だ」

「あんた、あれを乗りまわせないのが残念なの？」とマリーが尋ねた。

「サブ＝サハラ同盟のもとで乗り組むんでもなけりゃな」

「なんだって？」とベリサリウスが思わず声をあげた。マリーは赤ワインを鼻に詰まらせた。

「コングリゲートの航宙軍はいまもこの世で最大だ」とスティルスがいった。「だが、連中はいちばんでかいいちもつをぶら下げてるわけじゃない。おれがもし文明世界でいちばんすぐれた戦闘機を飛ばしたいなら、サブ＝サハラ同盟のために飛ばなきゃならない」

「あんたはコングリゲートのクライアントなんだよ」とマリーが指摘した。

「そんなことあるもんか」とスティルス。「雑種族《モングレル》は一度だってパトロン条約にサインしたこともない。おれたちはコングリゲートの請負業者だが、契約条項はすべてしっかりしてる」

「あんたがサブ＝サハラ同盟に加われるわけないだろ、ばかだね！」とマリーがいう。「あんたはアフリカ人じゃないんだから」

「おれは酸を吸ってる金星人でもねえが、十代のころからトネール戦闘機を乗りまわしてきたんだぜ。そういうあんたはなんだ、愛国者か？」

「いいや」とマリー。「だったら好きにしなよ。あたしの知ったことじゃないし。どうせ最後はコングリゲートが勝つんだから」

「たぶんな」とスティルスがいった。「だが、これだけは賭けてみてもいい。サブ＝サハラ同盟はすてきな戦闘機をいくつか抱えてて、それに連中はグレープフルーツ大の睾丸《コホネス》も持ってる」

「あなたは手にした金で何か愚かなことをするつもりですか、ミス・フォーカス？」とセント・マシューが尋ねた。

「あたしはすてきで安全な年金でも買うことにするよ」と彼女がきっぱりといった。そうして、自分の冗談に耐えられなくなって笑いだした。「そこまで先は考えてなかったよ。ここにいる全員が撃たれて死ぬだろうって思ってたから。さあね。どっかの衛星でも買うか、それとも金星の街をひとつ買いとってもいいな。うーん……あたしってば、誰をからかうつもりなんだろ？　たぶん、爆薬と宝くじで使い果たすだろうね」

みんなは真夜中を過ぎたというのに部屋を出ていくようすもなかったため、しばらくしてベリサリウスはカサンドラの手を取って、二人で彼の部屋に向かった。そこは準惑星プトレミーの部屋のような星の眺められる天窓もなければ、フリーシティのアパートの質素な快適さもなかったが、天井に色つきの小さな明かりをひも状につなげて張りわたしていた。彼はカサンドラの両手を取った。彼女が薄暗い光のもとで笑みを浮かべる。

彼ははるばるここまでたどり着いた。かつての彼は、怒り、怖れ、苦い気持ちでギャレットを離れた。そして新たな世界を学び、かつての世界から身を隠していたが、それでいて、最後はふたつの世界が相互に作用しあった。重ねあわせた確率波のように。そうして、どういうわけか、ふたつの世界が干渉しあううちに、彼の怒りや苦々しさは消え、怖れは消え、そしてかつての好奇心を活用することができるようになった。それこそは量子論理の本質で、ときには相互に排他的な状態が共存できる。彼は正しかった。カサンドラは正しかった。事実、すなわち最終的な観測は、その干渉の複雑さのなかにある。

「おれといっしょにいてしあわせになれると思うかい、キャシー？」

「かもね」カサンドラが恥ずかしそうにいった。彼女はベリサリウスの手をきつく握り、彼自身もきつく握り返していることに気づいた。「ベル、わたしたちがやってのけたことを、あなたは自分でも信じられる？」

二人はいまもなお、誕生日当日の子どものようだ。自分たちのしあわせを信じられずにいる。量子フーガに入りこみ、ポート・スタップスからはるばるフリーシティまでたどったときの、すべてのフィールドについて彼女が得た知覚は、数カ月、おそらく数年ぶんの分析や仮説を供給することになるだろう。

そして二人とも、まだいまのところはタイム・ゲートにあえて近づこうとしなかった。二人はあれをいっしょに探索したかったし、そのためにお互いを必要としていた。それと、ベリサリウスの脳の新たな構造の深みをくわしく調べようともしていなかった。そして、そこでいまも活動している量子客体とのあいだに見いだした一時的な平和についても。

「あなたはわたしのもとに戻ってきた」とカサンドラがいった。

「そしてきみは、おれといっしょに広い世界にやってきた」

カサンドラが彼の顔の七・二センチ手前でうれしそうにうなずいた。彼女の指は彼の手の中でひんやりと冷たかった。

「さて、いまのわたしたちは逃亡中の犯罪者だけど、一日じゅう何をして過ごしたらいいと思う、ベル？」

「タイム・ゲートの謎を解き明かすこともできる」

「あなたは確かにほかの男性とは違うわね」と彼女はからかって、さらに顔を近づけた。二人の距離は三・七センチ。「花束を用意しようなんて、一度も考えたことはないの？」

「こうしたほうがいいと思ったんだ」と彼はいった。

ベリサリウスは顔を近づけ、ついには彼女の唇と四ミリまで接近した。

「それじゃ、いっしょに仮説をつくることにしましょ」と彼女がささやいた。

彼はうなずき、そして計測すべき距離はなくなった。

謝　辞

三部構成にするとよりドラマチックになるものだから、三つに分けて謝意を捧げたい。

ありがとう、批評グループ〈イースト・ブロック不正規隊《イレギュラーズ》〉のみんな。きみらは長年にわたって、私がよい書き手になるために大いに助けとなってくれた。マット・モア、ピーター・アトウッド、ヘイデン・トレンホルム、リズ・ウェストブルック＝トレンホルム、マリー・ビロドー、ジェフ・ガンダー、アグニス・カデュー、ケイト・ハートフィールド。

ありがとう、最初の読者であるみんな。マシュー・ジョンソン、ケイト・ハートフィールド、ジェフ・ガンダー、デジリーナ・ボスコヴィッチ、ラニルト・リチャイルディス、マリー・ビロドー、ニコール・ラヴィーン、マット・モア、アグニス・カデュー。きみらは、本書『量子魔術師』の第一稿に鋭いコメントを寄せてくれた。

ありがとう、すぐれた著作権代理人のキム＝メイ・カートランド、そして優秀な編集者であるジョナサン・オリヴァーとトレヴァー・キャシュリー。

解説

本書『量子魔術師』はデレク・クンスケンによる *The Quantum Magician* (2018) の全訳である。著者の第一長篇ながら、ローカス賞第一長篇部門のほか、カナダのSF賞オーロラ賞長篇部門や中国の星雲賞翻訳部門にノミネートされた作品だ。

舞台は、先史文明が残したワームホール・ネットワーク世界軸《アクシス・ムンディ》により、人類が宇宙に進出している未来。主人公ベリサリウスは「魔術師」の異名をもつ詐欺師である。彼はホモ・クアントゥスという、驚異的な計算能力を持ち、量子の世界をも知覚することができる遺伝子操作で生み出された人類のひとり。訳ありで故郷を離れ、詐欺で生計を立てる彼のもとに、厳重警戒のワームホールに宇宙艦隊まるごとを密かに通過させるという仕事の依頼がくる。ベリサリウスは、自らを聖マタイの生まれ変わりだと信じる人工知能《AI》、爆発物作製に才能を持つ元軍人、深海で暮らすよう遺伝子操作されて高圧下でしか生きられない種族のパイロットや、生化学的に自分たちの創造主を崇拝するよう作られたパペット族の研究者といった仲間を集め、量子もつれを知覚できるホモ・クアントゥスならではの作戦を計画する。

それぞれに一癖も二癖もある仲間を集めるなか、ベリサリウスの故郷の元恋人や、彼に詐欺の世界を教えた師匠（死に至る病にかかり、幼い娘のために何かを残したいと思っている）との再会もある。あまりに危険なヤマに、裏切り者の存在も計算にいれて計画を練るベリサリウスだが、さてその結果は……。スペースオペラ版『オーシャンズ11』とでも言おうか。アクションも戦闘シーンもたっぷりの宇宙冒険SFで、コンゲームの騙し騙されるやりとりや計画の思いがけないトラブルに、全篇、緊迫感にあふれ、興奮せずにはいられない作品だ。お楽しみいただきたい。

著者クンスケンは一九七一年、カナダのオンタリオ州生まれ。ゲルフ大学で学士号、マックマスター大学で分子生物学の修士号を取得し、その後、研究の世界を離れて、中米のホンジュラスでストリートチルドレン支援活動に従事した。また、カナダ外務省に勤務した経歴も持つ。現在はオタワ在住。

二〇〇六年に短篇“Tidal Maneuvers”でデビューし、以降〈アシモフ〉誌、〈アナログ〉誌、〈クラークスワールド〉誌などに短篇を発表。二〇一二年の“The Way of the Needle”はアシモフ誌読者賞ノヴェレット部門を受賞した。これまでに、オーロラ賞、アナログ誌読者賞の候補にも何度か挙がっている。

アメリカでは『量子魔術師』の続篇 *The Quantum Garden* がこの十月に刊行された。ホモ・クアントゥスの危機に、ベリサリウスは再び危険な賭けに挑むことになる。（A・T）

訳者略歴　1969年生，1992年明治大学商学部商学科卒，英米文学翻訳家　訳書『暗黒の艦隊』ダルゼル，『女王陛下の魔術師』アーロノヴィッチ（以上早川書房刊）他多数

HM=Hayakawa Mystery
SF=Science Fiction
JA=Japanese Author
NV=Novel
NF=Nonfiction
FT=Fantasy

量子《りょうし》魔術師《まじゅつし》

〈SF2258〉

二〇一九年十一月二十日　印刷
二〇一九年十一月二十五日　発行
（定価はカバーに表示してあります）

著者　デレク・クンスケン
訳者　金《かね》子《こ》司《つかさ》
発行者　早川浩
発行所　株式会社　早川書房
郵便番号　一〇一 - 〇〇四六
東京都千代田区神田多町二ノ二
電話　〇三 - 三二五二 - 三一一一
振替　〇〇一六〇 - 三 - 四七七九九
https://www.hayakawa-online.co.jp

乱丁・落丁本は小社制作部宛お送り下さい。
送料小社負担にてお取りかえいたします。

印刷・精文堂印刷株式会社　製本・株式会社明光社
Printed and bound in Japan
ISBN978-4-15-012258-4 C0197

本書は活字が大きく読みやすい〈トールサイズ〉です。